D. H. LAWRENCE

Söhne und Liebhaber

Nottinghamshire, England, gegen Ende des 19. Jahrhunderts: Die aus besseren Kreisen stammende Gertrude Coppard heiratet den Bergmann Walter Morel, in den sie sich bei einer Weihnachtsfeier verliebt hat. Ein erster Sohn, William, wird geboren, dann die Tochter Annie und schließlich, als die Liebe schon erkaltet ist, Paul. Gertrude wendet sich ganz ihren Söhnen zu. William, der eine vielversprechende Karriere in London begonnen hat, stirbt früh. Umso intensiver wird die Beziehung zu dem künstlerisch begabten Paul, den die Mutter mit ihrer Liebe zu erdrücken droht...

Der 1930 mit nur 44 Jahren verstorbene D. H. Lawrence schrieb von 1910 bis 1912 vier Fassungen des Buchs; 1913 veröffentlichte er die erste, vom Verlag (vor allem um sexuelle Anspielungen) gekürzte Version. Erst 1992 erschien eine vollständige Fassung, die die Grundlage für diese Übersetzung ist.

D. H. LAWRENCE

Söhne und Liebhaber

Roman

Aus dem Englischen übersetzt und
mit einem Nachwort von Hans-Christian Oeser

Mit Anmerkungen von Susanne Lenz

RECLAM

Teil I

Kapitel 1
Die frühen Ehejahre der Morels

Die Bottoms folgten auf die Hell Row. Diese bestand aus einer Gruppe geduckter, strohgedeckter Hütten am Bachufer in der Greenhill Lane. Hier wohnten die Bergleute, die in den kleinen, zwei Felder entfernten Gruben arbeiteten. Der Bach floss unter Erlen dahin, kaum verschmutzt durch die kleinen Gruben, deren Kohle Esel zutage förderten, die erschöpft um einen Rundganggöpel trotteten. Die Landschaft war übersät mit solchen Gruben, von denen einige schon zu Zeiten Karls II betrieben worden waren; die wenigen Knappen und die Esel wühlten sich wie Ameisen ins Erdreich und warfen zwischen Getreidefeldern und Wiesen sonderbare Hügel und kleine schwarze Abraumhalden auf. Zusammen mit vereinzelten Gehöften und den Katen der Strumpfwirker, die sich über die ganze Gemeinde erstreckten, bildeten die Hütten dieser Bergleute – meist in Gruppen, hier und dort auch in Paaren – das Dorf Bestwood.

Dann, vor rund sechzig Jahren, setzte ein jäher Wandel ein. Die Gruben wurden von den riesigen Bergwerken der Kapitaleigner verdrängt. In Nottinghamshire und Derbyshire entdeckte man Kohle- und Eisenvorkommen. Carston, Waite & Co. traten auf den Plan. Unter gewaltiger Begeisterung eröffnete Lord Palmerston in Spinney Park am Rande des Sherwood Forest feierlich die erste Zeche der Gesellschaft.

Um diese Zeit wurde die berüchtigte Hell Row, die sich mit zunehmendem Alter einen üblen Ruf erworben hatte, niedergebrannt und mit ihr eine Menge Unrat beseitigt.

Carston, Waite & Co. merkten, dass sie auf eine Goldgrube gestoßen waren, und so wurden in den Bachtälern unterhalb von Selby und Nuttall neue Schächte niedergebracht, bis bald darauf sechs Kohlezechen in Betrieb waren. Von Nuttall, hoch oben auf dem Sandstein zwischen den Wäldern, führte eine Gleisanlage an der verfallenen Kartäuserpriorei und Robin Hood's Well vorbei hinunter nach Spinney Park, dann weiter nach Minton, einem großen Bergwerk inmitten von Getreidefeldern, und von Minton durch das Ackerland auf der Talseite nach Bunker's Hill; dort zweigte sie ab und verlief in nördlicher Richtung nach Beggarlee und Selby, von wo aus man nach Crich und auf die Hügel von Derbyshire blickt; sechs Zechen, die wie schwarze Sargnägel aus der Landschaft ragten, verbunden durch einen dünnen Kettenstrang, die Eisenbahn.

Um die Regimenter von Kumpeln unterzubringen, bauten Carston, Waite & Co. am Berghang von Bestwood die Squares, große viereckige Häuserblocks, und danach errichteten sie in der Bachsenke, auf dem Gelände der Hell Row, die Bottoms.

Die Bottoms bestanden aus sechs Blocks, zwei Zeilen zu je drei Blocks, wie die Punkte auf einem einfachen Sechser-Dominostein, und jeder Block wies zwölf Bergarbeiterhäuser auf. Diese Doppelzeile Wohnhäuser lag am Fuße des ziemlich steilen Berghangs von Bestwood, und zumindest von den Dachfenstern aus hatte man einen Blick auf das mählich nach Selby hin ansteigende Tal.

Die Häuser selbst waren solide gebaut und sehr anständig bemessen. Wenn man um sie herumspazierte, sah man in den Schattenlagen des untersten Blocks kleine Vorgärten mit Aurikeln und Steinbrech, im sonnigen obersten Block solche mit Bart- und Landnelken; man sah saubere Vorderfenster, kleine Vorbauten, niedrige Ligusterhecken und die Mansardenfenster der Dachkammern. Allein, das war von draußen; das war der Blick auf die unbewohnten guten Stuben aller Bergmannsfrauen. Der eigentliche Wohnraum, die Küche, lag auf der Rückseite des Hauses, und von dort ging der Blick auf den Hof zwischen den Blocks, auf einen schäbigen Hintergarten und weiter auf die Abtritte. Und zwischen den Häuserzeilen, zwischen den langen Reihen von Abtritten, verlief die Gasse, wo die Kinder spielten, die Frauen schwatzten und die Männer rauchten. So waren die tatsächlichen Lebensbedingungen in den Bottoms, solide gebaut und so hübsch anzusehen, doch recht unzuträglich, denn die Menschen mussten in ihren Küchen wohnen, und die Küchen führten auf die schmutzige Gasse mit den Abtritten.

Mrs Morel war durchaus nicht darauf versessen, in die Bottoms zu ziehen, die nun bereits zwölf Jahre alt waren und zusehends verfielen, als sie von Bestwood herabstieg. Aber etwas Besseres konnte sie sich nicht leisten. Überdies hatte sie ein Haus am Ende eines der obersten Blocks, somit nur einen Nachbarn und auf der anderen Seite einen zusätzlichen Streifen Garten. Und da sie ein Endhaus bewohnte, stand sie bei den Frauen in den »Zwischenhäusern« in dem Geruch, etwas Vornehmeres zu sein, betrug ihre Wochenmiete doch fünfeinhalb Shilling statt fünf. Freilich bot dieser Rangunterschied Mrs Morel nur geringen Trost.

Sie war einunddreißig Jahre alt und seit acht Jahren verheiratet. Eine eher kleinwüchsige Frau, von zartem Körperbau, aber entschlossener Haltung, scheute sie vor der ersten Begegnung mit den Frauen der Bottoms ein wenig zurück. Im Juli war sie gekommen, und im September erwartete sie ihr drittes Kind.

Ihr Mann war Bergarbeiter. Sie waren erst drei Wochen in ihrem neuen Zuhause, als die Kirmes, oder der Jahrmarkt, begann. Morel, das wusste sie, würde sich bestimmt freinehmen. Am Montag, dem Tag des Jahrmarkts, ging er frühmorgens aus dem Haus. Die beiden Kinder waren in heller Aufregung. William, der Siebenjährige, riss gleich nach dem Frühstück aus, um auf dem Rummelplatz herumzustrolchen, und ließ Annie zurück, die erst fünf war und den ganzen Vormittag über quengelte, weil sie unbedingt mitgehen wollte. Mrs Morel verrichtete ihre Arbeit. Mit ihren Nachbarinnen hatte sie noch keine rechte Bekanntschaft geschlossen und wusste nicht, wem sie die Kleine anvertrauen konnte. Daher versprach sie ihr, sie nach dem Mittagessen zur Kirmes mitzunehmen.

William tauchte um halb eins wieder auf. Er war ein sehr lebhafter Junge, hellhaarig, sommersprossig, und sah ein wenig wie ein Däne oder Norweger aus.

»Kann ich mein Essen kriegen, Mutter?«, rief er, als er, die Mütze auf dem Kopf, hereinstürzte. »Weil um halb zwei geht's los, hat der Mann gesagt.«

»Du kannst dein Essen kriegen, wenn's so weit ist«, erwiderte die Mutter.

»Isses denn noch nich so weit?«, rief er und starrte sie aus seinen blauen Augen entrüstet an. »Dann geh ich eben ohne.«

»Das lässt du hübsch bleiben. In fünf Minuten ist es so weit. Es ist erst halb eins.«

»Aber die fangen gleich an«, rief der Junge. Fast brüllte er.

»Du wirst schon nicht gleich sterben, wenn sie anfangen«, sagte die Mutter. »Außerdem ist es erst halb eins, du hast also noch eine gute Stunde.«

Hastig begann der Junge den Tisch zu decken, und dann setzten die drei sich hin. Gerade aßen sie Yorkshire Pudding mit Marmelade, als der Junge von seinem Stuhl aufsprang und vollkommen reglos stehen blieb. Aus der Ferne konnte man das erste leise Geschmetter eines Karussells hören und das Tröten eines Horns. Sein Gesicht zitterte, als er seine Mutter ansah.

»Hab ich's dir nich gesagt?«, rief er und rannte zum Geschirrschrank, auf dem seine Mütze lag.

»Nimm den Pudding in die Hand – es ist erst fünf nach eins – hast dich also geirrt – hast ja noch gar nicht deine zwei Pence«, rief die Mutter in einem Atemzug.

Bitter enttäuscht kam der Junge zurück, um seine zwei Pence in Empfang zu nehmen, dann ging er wortlos davon.

»Ich will auch hin, ich will auch hin«, sagte Annie und begann zu weinen.

»Du kannst ja hin, du kleiner Brüllaffe«, sagte die Mutter.

Und später am Nachmittag stapfte sie mit ihrem Kind an der hohen Hecke entlang den Hügel hinauf. Auf den Wiesen wurde das Heu eingebracht, das Vieh auf die Stoppelfelder getrieben. Es war warm, friedlich.

Mrs Morel mochte die Kirmes gar nicht. Es gab zwei Ringelspiele, eines dampfbetrieben, das andere von einem Pony gezogen; drei Drehorgeln plärrten, und von dort drüben ertönten vereinzelt krachende Pistolenschüsse, die gräulich schnarrende Rassel des Kokosnussmannes, das Gebrüll des Wurfbudenbesitzers, das gellende Geschrei der Guckkastendame. Die Mutter sah ihren Sohn, wie er vor der Bude des Löwen Wallace hingerissen die Bilder dieser berühmten Bestie betrachtete, die einen Schwarzen zerfleischt und zwei Weiße zeitlebens zu Krüppeln gemacht hatte. Sie ließ ihn stehen und ging weiter, um Annie Karamellbonbons zu kaufen. Mit einem Mal stand der Junge hellauf begeistert vor ihr.

»Hast ja gar nich gesagt, dass du kommst – hier is vielleicht was los – der Löwe da hat drei Männer umgebracht – meine zwei Pence hab ich schon ausgegeben – guck mal hier –«

Er zog zwei Eierbecher mit aufgemalten rosa Moosröschen aus der Tasche.

»Die hab ich von der Bude, wo du so Murmeln in so Löcher rollen musst – die beiden hab ich schon nach zwei Versuchen gewonnen – 'n halben Penny pro Versuch – da sind Moosröschen aufgemalt, guck mal! Die wollt ich haben.«

Sie wusste, dass er sie für sie haben wollte.

»Hm!«, sagte sie erfreut. »Die sind aber hübsch!«

»Kannst du sie tragen? Ich hab Angst, sie kaputtzumachen.«

Jetzt, wo sie gekommen war, zappelte er vor Aufregung, führte sie über den Rummelplatz, zeigte ihr alles. Vor dem Guckkasten erklärte sie ihm die Bilder mit Hilfe einer Art Geschichte, der er gebannt zuhörte. Die ganze Zeit über wich er nicht von ihrer Seite, strotzte vor Stolz auf sie, dem Stolz eines kleinen Jungen. Denn keine der anderen Frauen sah so damenhaft aus wie sie, in ihrem kleinen schwarzen Hut und ihrem Mantel. Sie lächelte, wenn sie Frauen begegnete, die sie kannte.

Als sie ermüdete, sagte sie zu ihrem Sohn:

»Na, kommst du jetzt schon mit oder erst später?«

»Willst du denn schon gehen?«, rief er mit vorwurfsvollem Blick.

»›Schon‹? – Es ist nach vier, das weiß ich.«

»Wieso willst du denn schon gehen?«, jammerte er.

»Du brauchst ja nicht mitzukommen, wenn du nicht willst«, sagte sie.

Und langsam ging sie mit ihrer kleinen Tochter davon, während ihr Sohn stehen blieb und ihr nachsah. Es zerriss ihm das Herz, sie ziehen zu lassen, und doch konnte er der Kirmes nicht den Rücken kehren. Als sie über den freien Platz vor dem Moon & Stars ging, hörte sie lärmende Männerstimmen und roch das Bier, und sie beschleunigte ihre Schritte ein wenig, da sie ihren Mann in der Schenke vermutete.

Gegen halb sieben kam ihr Sohn nach Hause, inzwischen müde, recht blass und ein wenig bekümmert.

»Siehst du«, sagte sie und tat so, als sei sie leicht böse auf ihn, »wenn du fünf Minuten später gekommen wärst, hätte ich schon alles abgeräumt. Zu anderen Zeiten wärst du mir schon vor Stunden verhungert –«

Und sie setzte ihm sein Abendessen vor. Ihm war elend zumute, auch wenn er es nicht wusste, denn er hatte sie allein ziehen lassen. Seit sie fort war, hatte ihm die Kirmes keinen Spaß mehr gemacht.

»War mein Papa schon da?«, fragte er.

»Nein«, antwortete seine Mutter.

»Er hilft im Moon & Stars beim Bedienen. Hab ihn durchs Fenster gesehen, durch die schwarzen Blechdinger mit den Löchern drin, er hatte die Ärmel aufgekrempelt –«

»Ha!«, rief die Mutter barsch. »Er hat doch gar kein Geld. Aber er wird schon zufrieden sein, wenn er sein Freibier bekommt, ob sie ihm nun etwas mehr geben oder nicht.«

Im Schlafzimmer ihrer Mutter durften die Kinder sich ans Fenster setzen und zuschauen, wie die Leute mit Spielzeug vom Basar nach Hause kamen, und sie lauschten dem Geschmetter der Musik, dem Geschrei, dem Krachen der Schüsse, dem schwachen Peng der dünnen eisernen Zielscheibe. Dann wurden sie endlich schläfrig und gingen zu Bett.

Als es zu dunkeln begann und Mrs Morel ihre Näharbeit nicht mehr sehen konnte, stand sie auf und ging zur Tür. Überall herrschte aufgeregter Lärm, die Rastlosigkeit des Festtages, von der zuletzt auch sie sich anstecken ließ. Sie trat in den Seitengarten hinaus. Frauen kamen von der Kirmes nach Hause, Kinder drückten ein weißes Lamm mit grünen Beinen an die Brust oder ein hölzernes Pferd. Hin und wieder stolperte ein sturzbetrunkener Mann vorbei. Zuweilen kam ein braver Ehemann friedlich mit den Seinen daher. Aber gewöhnlich waren die Frauen und Kinder allein. Die zu Hause gebliebenen Mütter standen, die Arme unter ihren weißen Schürzen verschränkt, in der sinkenden Dämmerung an den Ecken der Gasse und schwatzten.

Auch Mrs Morel war allein, aber das war sie gewohnt. Oben schliefen ihr Sohn und ihre kleine Tochter, und so hatte sie das Gefühl, als läge ihr Zuhause fest und sicher hinter ihr. Aber das künftige Kind machte sie elend. Die Welt schien ein trister Ort, an dem ihr nichts mehr bevorstand – jedenfalls nicht, solange William nicht erwachsen war. Aber für sie selbst gab es nichts als dieses triste Erdulden – bis die Kinder erwachsen wären. Und die Kinder! Dieses dritte konnte sie sich gar nicht leisten. Sie wollte es nicht. Der Vater schenkte in einem Wirtshaus Bier aus und soff sich dabei voll, bis er sturzbetrunken war. Sie verachtete ihn und war doch an ihn gefesselt. Dieses künftige Kind war zu viel für sie. Wären nicht William und Annie gewesen, der ständige Kampf gegen Armut, Hässlichkeit und Gemeinheit hätte sie angeekelt.

Sie trat in den Vorgarten, zu bedrückt, um auszugehen, aber außerstande, im Haus zu bleiben. Die Hitze erstickte sie. Und wenn sie ihr zukünftiges Leben bedachte, hatte sie das Gefühl, lebendig begraben zu sein.

Der Vorgarten war ein kleines Viereck mit einer Ligusterhecke. Dort stand sie nun und versuchte, sich mit dem Duft der Blumen und dem schwindenden schönen Abend zu besänftigen. Gegenüber der kleinen Pforte lag der Zauntritt, der zum Hügel hinaufführte, entlang der hohen Hecke und durch die leuchtende Glut der gemähten Wiesen. Über ihr flimmerte und pulste der Himmel vor Licht. Rasch sank die Glut von den Wiesen, Erde und Hecken verströmten Abenddämmer. Als es immer dunkler wurde, legte sich ein rötlicher Glanz auf die Kuppe, und aus dem Glanz drang der abklingende Lärm des Jahrmarkts.

Mitunter kamen Männer durch die düstere Mulde, die der Pfad unter den Hecken bildete, nach Hause geschwankt. Auf dem steilen Gefälle, mit dem der Hügel endete, geriet ein junger Mann ins Rutschen und schlug krachend gegen den Zauntritt. Mrs Morel schauerte zusammen. Er rappelte sich auf und stieß heftige Verwünschungen aus, aber eher kläglich, als glaube er, dass der Zauntritt ihm absichtlich weh tun wollte.

Sie trat wieder ins Haus und fragte sich, ob sich denn nie etwas ändern würde. Allmählich begriff sie, dass es sich so verhielt. Ihre Mädchenzeit schien in weiter Ferne zu liegen, so dass sie sich fragte, ob diejenige, die jetzt schweren Herzens durch den Hintergarten in den Bottoms ging, und diejenige, die zehn Jahre zuvor so leichtfüßig über den Wellenbrecher in Sheerness gehüpft war, wirklich ein und dieselbe Person waren.

»Was habe ich damit zu schaffen?«, fragte sie sich. »Was habe ich mit alledem zu schaffen? Selbst mit dem Kind, das ich bekommen werde? Ich zähle anscheinend gar nicht.«

Manchmal packt einen das Leben, reißt den Leib mit sich fort, vollendet die eigene Geschichte und ist doch nicht wirklich, sondern lässt das Ich so zurück, als wäre es verwischt.

»Ich warte«, sagte sich Mrs Morel. »Ich warte, und das, worauf ich warte, tritt niemals ein.«

Dann räumte sie die Küche auf, zündete die Lampe an, bedeckte das Kaminfeuer mit Asche, suchte die Wäsche für den nächsten Tag zusammen und weichte sie ein. Anschließend setzte sie sich wieder an ihre Näharbeit. Lange Stunden flitzte ihre Nadel gleichmäßig durch den Stoff. Ab und zu seufzte sie und dehnte sich, um sich Erleichterung zu verschaffen. Und die ganze Zeit überlegte sie, wie sie mit dem, was sie hatte, zurechtkommen konnte, den Kindern zuliebe.

Um halb zwölf kam ihr Mann. Seine Wangen waren gerötet und glänzten stark über dem schwarzen Schnauzbart. Sein Kopf nickte leicht. Er war sehr mit sich zufrieden.

»Oh! – Oh! – Haste auf mich gewartet, Mädchen? Hab Anthony geholfen, und was glaubste, was der mir gegeben hat? Nur 'ne lumpige halbe Krone, und nich 'n Penny mehr –«

»Der denkt sich, dass du den Rest in Bier gekriegt hast«, sagte sie barsch.

»Hab ich nich – hab ich nich – glaub mir, hab heut ganz wenig getrunken, nur ganz wenig.« Seine Stimme wurde zärtlich. »Hier, hab dir 'n Ingwerröllchen mitgebracht und 'ne Kokosnuss für die Kinder.« Er legte das Ingwerröllchen und die Kokosnuss, ein haariges Ding, auf den Tisch. »Na, hast wohl noch nie im Leben für was danke gesagt, oder?«

Um ihm entgegenzukommen, hob sie die Kokosnuss hoch und schüttelte sie, um zu prüfen, ob sie Milch enthielt.

»Is 'ne gute, kannste dein Leben drauf verwetten. Hab sie von Bill Hodgkisson. ›Bill‹, sag ich, ›die drei Nüsse brauchste doch nich, oder? – Kannste mir nich eine abgeben für meinen Buben und mein Mädel?‹ ›Mach ich, Walter, mein Junge‹, sagt er, ›such dir eine aus, die du magst.‹ Da hab ich mir eine genommen und mich bedankt. Ich wollt sie nicht vor seinen Augen schütteln, aber er sagt: ›Sieh zu, dass es ’ne gute is, Walt‹ – Und siehste, da wusst ich, dass es ’ne gute war. – ’n netter Kerl, der Bill Hodgkisson, ’n netter Kerl.«

»Ein Mann trennt sich von allem, solange er betrunken ist, und du bist genauso betrunken wie er«, sagte Mrs Morel.

»Ach, du kleines Drecksluder, wer is ’n hier betrunken, möcht ich mal wissen?«, sagte Morel. Er war überaus zufrieden mit sich, weil er heute im Moon & Stars beim Bedienen geholfen hatte, und schwadronierte immer weiter.

Mrs Morel war sehr müde und hatte sein Gebabbel satt. Während er die Glut zusammenscharrte, ging sie so schnell wie möglich zu Bett.

Mrs Morel entstammte einer guten alten Bürgerfamilie, berühmten Independenten, die noch mit Oberst Hutchinson gefochten hatten und stramme Kongregationalisten geblieben waren. Ihr Großvater hatte Bankrott gemacht, als der Markt für Spitze zusammengebrochen war und viele Spitzefabrikanten in Nottingham zugrunde gerichtet hatte. Ihr Vater, George Coppard, war Maschinenschlosser gewesen, ein großer, schöner, hochmütiger Mann, stolz auf seine helle Haut und seine blauen Augen, noch stolzer aber auf seine Rechtschaffenheit. Mit ihrem kleinen Wuchs ähnelte Gertrude ihrer Mutter. Doch ihr stolzes und unnachgiebiges Temperament hatte sie von den Coppards.

George Coppard haderte bitterlich mit seiner Armut. Er wurde Vorarbeiter der Maschinenschlosser auf der Werft von Sheerness. Mrs Morel – Gertrude – war seine zweite Tochter. Sie glich ihrer Mutter, liebte ihre Mutter über alles, hatte aber die klaren, trotzig blauen Augen und die breite Stirn der Coppards. Sie erinnerte sich, wie sehr sie das anmaßende Auftreten ihres Vaters gegenüber ihrer sanftmütigen, humorvollen, gutherzigen Mutter gehasst hatte. Sie erinnerte sich, wie sie über den Wellenbrecher in Sheerness gelaufen war und das Boot gefunden hatte. Sie erinnerte sich, wie sie von all den Männern verhätschelt und umschmeichelt worden war, wenn sie auf die Werft kam, denn sie war ein zartes, wenn auch ziemlich stolzes Kind gewesen. Sie erinnerte sich an die verschrobene alte Lehrerin, deren Helferin sie geworden und der sie in ihrer Privatschule so gern zur Hand gegangen war. Und die Bibel, die John Field ihr geschenkt hatte, besaß sie noch immer. Als sie neunzehn Jahre zählte, war sie nach dem Gottesdienst immer mit John Field nach Hause gegangen. Er war Sohn eines wohlhabenden Kaufmanns, hatte in London die höhere Schule besucht und sollte sich dem Geschäft widmen.

In allen Einzelheiten war ihr ein Sonntagnachmittag im September in Erinnerung, als sie unter der Weinrebe hinter dem Haus ihres Vaters gesessen hatten. Die Sonne drang durch die Lücken zwischen den Weinblättern und bildete wunderhübsche Muster, als fiele auf ihn und sie ein Kopftuch aus Spitze herab. Einige der Blätter waren ein reines Gelb, wie flache gelbe Blumen.

»Bleiben Sie still sitzen«, hatte er gerufen. »Ihr Haar, ich weiß nicht, wie es überhaupt aussieht! Es leuchtet wie Kupfer und Gold, so rot wie gebranntes Kupfer, und wo die Sonne draufscheint, hat es Goldfäden. Stellen Sie sich nur vor, dabei sagt man, es wäre braun. Ihre Mutter nennt es mausfarben.«

Sie hatte den Blick seiner glänzenden Augen aufgefangen, doch ihr klares Antlitz verriet kaum die freudige Erregung, die in ihr emporstieg.

»Aber Sie sagen doch immer, Sie machen sich nichts aus dem Geschäft?«, fuhr sie fort.

»Tu ich auch nicht – der Gedanke ist mir zuwider«, rief er hitzig.

»Und dass Sie gern ein geistliches Amt bekleiden würden«, beschwor sie ihn.

»Würde ich auch – würde ich sehr gern, wenn ich das Gefühl hätte, einen ausgezeichneten Prediger abzugeben.«

»Warum tun Sie es dann nicht – warum tun Sie es dann nicht?« Ihre Stimme klang herausfordernd. »Wenn ich ein Mann wäre, nichts sollte mich daran hindern.«

Sie hatte den Kopf erhoben – fast fürchtete er sich vor ihr.

»Aber mein Vater ist so halsstarrig. Er will mich ins Geschäft stecken, und ich weiß, er wird's tun.«

»Aber wenn Sie ein Mann wären –!«, rief sie.

»Ein Mann zu sein ist nicht alles«, entgegnete er und runzelte verwirrt und ratlos die Stirn.

Nun, da sie in den Bottoms ihrer Arbeit nachging und ihre Erfahrungen damit hatte, was es hieß, ein Mann zu sein, verstand sie, dass es tatsächlich nicht alles war.

Mit zwanzig hatte sie Sheerness ihrer Gesundheit wegen verlassen. Ihr Vater war wieder nach Nottingham gezogen, John Fields Vater ruiniert, der Sohn Lehrer in Norwood geworden. Sie hörte nichts mehr von ihm, bis sie zwei Jahre später entschlossen Nachforschungen anstellte. Er hatte seine Wirtin geheiratet, eine Frau von vierzig Jahren, eine vermögende Witwe.

Dennoch hatte Mrs Morel John Fields Bibel aufgehoben. Sie glaubte nicht mehr daran, dass er – nun, sie verstand recht gut, was er hätte werden können und was nicht. So hatte sie seine Bibel aufgehoben, und um ihrer selbst willen bewahrte sie ihm ein Andenken in ihrem Herzen. Fünfunddreißig Jahre lang, bis an ihr Lebensende, sprach sie nie wieder von ihm.

Als sie dreiundzwanzig Jahre alt war, begegnete sie auf einer Weihnachtsfeier einem jungen Mann aus dem Erewash Valley. Damals war Morel siebenundzwanzig Jahre alt, gutgewachsen, kerzengerade und sehr gepflegt. Er hatte gewelltes, glänzend schwarzes Haar und einen kräftigen schwarzen Bart, der noch nie gestutzt worden war. Seine Wangen waren gerötet, und sein feuchter roter Mund fiel auf, weil Morel so oft und herzlich lachte. Er besaß etwas Seltenes: ein volltönendes Lachen. Fasziniert hatte Gertrude Coppard ihn beobachtet. Er war so munter und lebhaft, seine Stimme wechselte so mühelos ins Komisch-Groteske, gegen jedermann war er so schlagfertig und vergnüglich. Ihr Vater besaß einen nie versiegenden Vorrat an Humor, aber der war bissig. Der Humor dieses Mannes war ganz anders: weich, unintellektuell, warm, eine Art Possenreißerei.

Sie war das genaue Gegenteil: ein neugieriger, empfänglicher Geist, der viel Freude und Vergnügen daran empfand, anderen Menschen zuzuhören. Sie verstand es, die Leute zum Reden zu bringen. Sie liebte Ideen und galt als sehr intelligent. Den größten Spaß machten ihr Streitgespräche über Religion, Philosophie oder Politik mit irgendeinem gebildeten Mann. Allerdings war dazu nur selten Gelegenheit. Deshalb sorgte sie dafür, dass die Leute ihr von sich erzählten, und fand daran Freude.

Was ihr Äußeres betraf, so war sie eher klein und zierlich, mit einer hohen Stirn und einer Fülle herabfallender seidig-brauner Locken. Ihre blauen Augen blickten ganz offen, ehrlich und forschend. Sie hatte die schönen Hände der Coppards. Ihre Kleidung war stets dezent. Sie trug dunkelblaue Seide, dazu eine eigentümliche Silberkette mit silbernen Muscheln. Diese und eine schwere Brosche aus geflochtenem Gold waren ihr einziger Schmuck. Sie war noch gänzlich unberührt, zutiefst religiös und von wunderbarem Freimut.

Walter Morel schien vor ihr dahinzuschmelzen. Für den Bergmann war sie jenes geheimnisvolle, zauberhafte Wesen: eine Dame. Wenn sie mit ihm redete, dann mit südenglischer Aussprache und einem reinen Englisch, das ihn elektrisierte. Sie beobachtete ihn. Er tanzte gut, als habe er eine natürliche Freude am Tanzen. Sein Großvater war ein französischer Flüchtling gewesen, der eine englische Servierin geheiratet hatte – falls man von einer Heirat sprechen konnte. Gertrude Coppard beobachtete den jungen Bergmann beim Tanz: Auf seinen Bewegungen lag wie ein Glanz eine Art zarter Jubel, das gerötete Gesicht, in das ihm das schwarze Haar fiel, war die Blüte seines Leibes, und immerfort lachte er, zu welcher Partnerin er sich auch herabbeugte. Sie fand ihn herrlich, denn einem wie ihm war sie noch nie begegnet. Für sie hatte ihr Vater alles Männliche verkörpert. Und George Coppard, von stolzer Körperhaltung, gutaussehend und ziemlich verbittert, ein Mann, der am liebsten in theologischen Büchern las und sich seelisch nur zu einem

Menschen, dem Apostel Paulus, hingezogen fühlte, der im Hause ein hartes Regiment führte und bei Vertraulichkeiten spöttelte, der sich jedes sinnliche Vergnügen versagte – er war so ganz anders als dieser Bergmann. Gertrude selbst verachtete das Tanzen eher, sie verspürte nicht die geringste Neigung zu dieser Kunst und hatte nicht einmal den Roger de Coverly gelernt. Sie war Puritanerin wie ihr Vater, hochgesinnt und äußerst streng. Daher erschien ihr die dunkle, goldene Weichheit der sinnlichen Lebensflamme dieses Mannes, die seinem Körper entströmte wie einer Kerze die Flamme und die, anders als ihr eigenes Leben, nicht von Geist und Gemüt verwirrt und zum Glühen gebracht wurde, wie etwas Wundervolles, Rätselhaftes.

Er kam und beugte sich zu ihr herab. Eine Wärme durchstrahlte sie, als habe sie Wein getrunken.

»Nun kommen Sie schon, tanzen Sie mit mir«, sagte er zärtlich. »Ist ganz leicht, wissen Sie. Ich würde Sie zu gern tanzen sehen.«

Schon vorher hatte sie ihm gesagt, sie könne nicht tanzen. Sie sah seine Demut und lächelte. Ihr Lächeln war sehr schön. Es rührte den Mann so sehr, dass er alles andere vergaß.

»Nein, ich tanze nicht«, sagte sie leise. Ihre Worte klangen makellos.

Ohne zu wissen, was er tat – oft tat er instinktiv das Richtige –, setzte er sich neben sie und verneigte sich ehrerbietig.

»Aber Sie dürfen Ihren Tanz nicht versäumen«, tadelte sie ihn.

»Nee, den mag ich nich tanzen – aus dem mach ich mir nichts.«

»Aber eben haben Sie mich doch noch aufgefordert.«

Darüber musste er herzlich lachen.

»Hatte ich ganz vergessen. Sie brauchen nich lange, um mir auf die Schliche zu kommen.«

Jetzt war es an ihr, rasch aufzulachen.

»Sie sehen mir nicht so aus, als würden Sie schleichen«, sagte sie.

»Na ja, 'n Schleicher bin ich nich, ich schleich nur, wo ich nich tanzen kann«, lachte er ziemlich ausgelassen. »Haben Sie denn gar nichts zu trinken?«, fragte er dann.

»Nein, danke – ich habe überhaupt keinen Durst.«

Er zögerte – erriet, dass sie Abstinenzlerin war – und fühlte sich zurückgewiesen.

Dann stellte er eine Reihe höflicher, interessierter Fragen. Sie antwortete ihm fröhlich. Er schien drollig.

»Und Sie sind Bergmann!«, rief sie überrascht aus.

»Jawohl. Bin schon mit zehn eingefahren.«

Verwundert, bestürzt sah sie ihn an.

»Schon mit zehn! War das nicht sehr anstrengend?«, fragte sie.

»Da gewöhnt man sich schnell dran. Man lebt wie die Mäuse, und nachts steckt man den Kopf raus, um zu sehn, was vor sich geht.«

»Ich fühle mich jetzt schon blind«, sagte sie stirnrunzelnd.

»Wie 'n Maulwurf!«, lachte er. »Jawohl, und 's gibt Burschen, die laufen rum wie die Maulwürfe.« Er streckte das Gesicht vor wie die Schnauze eines blinden Maulwurfs, der schnüffelnd und blinzelnd nach dem Weg sucht. »Tun sie wirklich!«, beteuerte er naiv. »Wie die sich reinwühln, so was haste noch nich gesehn. Aber ich muss dich mal mit runternehmen, dann kannste's mit eignen Augen sehn.«

Erschrocken blickte sie ihn an. Plötzlich tat sich ein ganz neuer Lebensraum vor ihr auf. Sie sah das Leben der Bergleute vor sich, sah Hunderte von ihnen unter der Erde arbeiten und abends wieder nach oben kommen. Er schien ihr erhaben. Täglich setzte er frohgemut sein Leben aufs Spiel. Sie blickte ihn an, und in ihrer reinen Demut lag etwas Flehendes.

»Hättste nich Lust?«, fragte er zärtlich. »Vielleicht ja nich, da würdste dreckig bei.«

Noch nie zuvor war sie gleich geduzt worden.

Weihnachten darauf heirateten sie, und drei Monate lang war sie vollkommen glücklich, sechs Monate lang sehr glücklich.

Er hatte das Gelübde unterschrieben und trug das blaue Band

der Temperenzler; er prahlte gern. Sie glaubte, dass sie in seinem eigenen Haus wohnten. Es war klein, aber zweckdienlich und recht hübsch eingerichtet, mit soliden, haltbaren Möbeln, die ihrem ehrlichen Gemüt zusagten. Ihre Nachbarinnen waren ihr ziemlich fremd, und Morels Mutter und Schwester neigten dazu, über ihr damenhaftes Wesen zu spotten. Doch solange sie ihren Mann in der Nähe wusste, konnte sie sehr wohl allein leben.

Manchmal, wenn sie das Liebesgeflüster leid hatte, versuchte sie, ihm ernstlich ihr Herz zu öffnen. Sie sah, wie er ihr rücksichtsvoll, aber ohne jedes Verständnis zuhörte. Das erstickte ihr Bemühen um tiefere Vertrautheit, und dann blitzte Furcht in ihr auf. Manchmal wurde er gegen Abend unruhig, und sie merkte, dass ihre Gegenwart ihm nicht genügte. Sie war froh, wenn er sich kleineren Arbeiten zuwandte.

Er war ein bemerkenswert geschickter Mann, alles konnte er selbst basteln oder ausbessern. So sagte sie etwa:

»Das Schüreisen deiner Mutter gefällt mir – so klein und hübsch.«

»Wirklich, Mädchen? Hab ich selbst gemacht, kann dir also auch eins machen.«

»Was? – Aber das ist doch aus Stahl –!«

»Na und? – Kriegst auch so eins, auch wenn's nich genau das gleiche is.«

Das Durcheinander störte sie nicht, ebenso wenig das Hämmern und Lärmen. Er war beschäftigt, und er war glücklich.

Im siebenten Monat jedoch, als sie seinen Sonntagsrock ausbürstete, fühlte sie in der Brusttasche Papiere, und von plötzlicher Neugier gepackt, zog sie sie hervor, um sie zu lesen. Den Gehrock, in dem er getraut worden war, trug er nur selten, und bislang war ihr nie in den Sinn gekommen, wegen dieser Papiere Neugier zu verspüren. Es waren die Rechnungen für den Hausrat, noch unbezahlt.

»Sieh mal«, sagte sie am Abend, als er sich gewaschen und gegessen hatte. »Die hab ich in der Tasche deines Hochzeitsrocks gefunden. Hast du die Rechnungen denn noch nicht bezahlt?«

»Nein – hatte noch keine Gelegenheit.«

»Aber du hast mir doch gesagt, es wäre alles bezahlt. Am Samstag fahre ich besser nach Nottingham und bezahle sie, ich sitze nicht gern auf Stühlen, die einem anderen gehören, und esse nicht gern von einem unbezahlten Tisch.«

Er antwortete nicht.

»Ich kann doch dein Sparbuch haben?«

»Das kannste haben, wenn's dir was nützt.«

»Ich dachte –«, begann sie. Er hatte ihr erzählt, er habe eine hübsche Stange Geld zurückgelegt. Aber sie merkte, dass es keinen Zweck hatte, Fragen zu stellen. Starr vor Bitterkeit und Empörung saß sie da.

Am nächsten Tag ging sie hinunter zu seiner Mutter.

»Hast du nicht die Möbel für Walter gekauft?«, fragte sie.

»Ja, das habe ich«, erwiderte die ältere Frau schneidend.

»Und wie viel hat er dir dafür gegeben?«

Die ältere Frau war ungehalten und entrüstet.

»Achtzig Pfund, wenn du's unbedingt wissen willst«, antwortete sie.

»Achtzig Pfund! Aber zweiundvierzig Pfund stehen noch offen!«

»Daran kann ich auch nichts ändern.«

»Aber wo ist das ganze Geld denn hin?«

»Ich denke, du wirst die Papiere schon noch alle finden, wenn du nachsiehst – außer den zehn Pfund, die er mir schuldet, und den sechs Pfund, die die Hochzeit hier unten gekostet hat.«

»Sechs Pfund!«, wiederholte Gertrude Morel. Es kam ihr ungeheuerlich vor, dass auf Walters Kosten in seinem Elternhaus sechs Pfund für Essen und Trinken verprasst worden waren, nachdem doch schon ihr Vater so viel für die Hochzeit ausgegeben hatte.

»Und wie viel hat er in seinen Häusern angelegt?«, fragte sie.

»In seinen Häusern – was für Häusern?«

Gertrude Morel erbleichte bis in die Lippen. Er hatte ihr erzählt, das Haus, in dem er wohne, gehöre ihm ebenso wie das Nachbarhaus.

»Ich dachte, das Haus, in dem wir wohnen –«, setzte sie an.

»Das sind meine Häuser, alle beide«, sagte die Schwiegermutter. »Und noch nicht abbezahlt. Ich kann gerade mal die Hypothekenzinsen abstottern.«

Blass und stumm saß Gertrude da. Jetzt war sie ganz ihr Vater.

»Dann sollten wir dir Miete zahlen«, sagte sie kalt.

»Walter zahlt mir ja Miete«, erwiderte die Mutter.

»Und wie viel?«, fragte Gertrude.

»Sechseinhalb Shilling die Woche«, gab die Mutter zurück.

Das war mehr, als das Haus wert war. Gertrude hatte den Kopf gehoben und sah gerade vor sich hin.

»Du kannst von Glück reden«, sagte die ältere Frau bissig, »dass du einen Mann hast, der dir alle Geldsorgen abnimmt und dir freie Hand lässt.«

Die junge Ehefrau schwieg.

Zu ihrem Mann sagte sie nur sehr wenig, aber ihr Benehmen ihm gegenüber hatte sich gewandelt. Etwas in ihrer stolzen, rechtschaffenen Seele hatte sich zu Stein verhärtet.

Als es Oktober wurde, dachte sie nur noch an Weihnachten. Weihnachten vor zwei Jahren hatte sie ihn kennengelernt. Letzte Weihnachten hatte sie ihn geheiratet. Diese Weihnachten würde sie ihm ein Kind gebären.

Dank ihres freundlichen Wesens lernte sie alsbald ihre Nachbarinnen kennen, oft stand sie mit ihnen im Gespräch beisammen und hatte nur Angst, sie könnten sie wegen ihrer andersartigen Sprechweise für dünkelhaft halten, so wie seine Angehörigen es taten. Sie ließen sie immer zuerst reden, aber sie mochten sie.

»Sie selbst tanzen wohl nicht, Missis, oder?«, fragte die Nachbarin von nebenan, als im Oktober davon die Rede war, dass in

Bestwood über dem Brick & Tile ein Tanzkurs eröffnet werden sollte.

»Nein – habe nie die geringste Neigung dazu verspürt«, antwortete Mrs Morel.

»Sieh einer an! Ulkig, dass Sie da ausgerechnet Ihren Mann geheiratet haben. Sie wissen doch, dass er ein ziemlich berühmter Tänzer ist.«

»Ich wusste nicht, dass er berühmt ist«, entgegnete Mrs Morel lachend.

»Doch, ist er! Über fünf Jahre hat er den Tanzkurs im Vereinsraum des Miners' Arms geleitet.«

»Ach?«

»Aber ja.« Die andere Frau wurde immer kecker. »Und jeden Dienstag, Donnerstag und Samstag war's brechend voll – und was man so hört, gab's allerhand Techtelmechtel.«

So etwas war bittere Galle für Mrs Morel, und sie bekam genug davon ab. Anfangs ersparten die Frauen ihr nichts, denn sie war etwas Besseres, auch wenn sie nichts dafürkonnte.

Er fing an, ziemlich spät nach Hause zu kommen.

»Die arbeiten jetzt wohl sehr lange?«, sagte sie zu ihrer Waschfrau.

»Nicht länger als sonst auch, glaub ich. Aber bei Ellen's halten sie eben an, trinken 'n Bier und fangen an zu reden, und dann hat man die Bescherung! – Essen eiskalt – geschieht ihnen recht.«

»Aber Mr Morel trinkt doch gar nicht.«

Die Frau ließ die Wäsche fallen und sah Mrs Morel an, dann fuhr sie wortlos mit ihrer Arbeit fort.

Gertrude Morel war sehr krank, als der Junge zur Welt kam. Morel war gut zu ihr, kreuzbrav. Aber Meilen von den Ihren entfernt, fühlte sie sich sehr einsam. Auch bei ihm fühlte sie sich jetzt einsam, und seine Gegenwart verstärkte dieses Gefühl nur noch.

Zu Beginn war der Junge klein und gebrechlich, doch er entwickelte sich rasch, ein schönes Kind mit dunkelgoldenen Ringellöckchen und dunkelblauen Augen, die allmählich in Hell-grau übergingen. Seine Mutter liebte ihn leidenschaftlich. Er kam in dem Augenblick zur Welt, als sie die Bitternis ihrer Ent-täuschung kaum noch ertragen konnte, als ihr Glaube an das Le-ben erschüttert war und ihre Seele sich trüb und einsam fühlte. Sie machte viel Wesens um das Kind, und der Vater wurde eifer-süchtig.

Schließlich verachtete Mrs Morel ihren Mann. Sie wandte sich dem Kind zu, vom Vater wandte sie sich ab. Er hatte ange-fangen, sie zu vernachlässigen, der Reiz des Neuen, eines eige-nen Heims, war verflogen. Er hat keinen Schneid, sagte sie sich verbittert. Was er im Augenblick empfindet, gilt ihm alles. Er kann nicht bei einer Sache bleiben. Hinter all dem Getue steckt nichts.

So brach ein Kampf aus zwischen Mann und Frau, ein schreck-licher, blutiger Kampf, der erst mit dem Tod des einen endete. Sie kämpfte darum, dass er seiner Verantwortung nachkam, sei-ne Verpflichtungen erfüllte. Aber er war so ganz anders als sie. Seine Natur war rein sinnlich, und sie trachtete danach, ihn mo-ralisch, ihn religiös zu machen. Sie wollte ihn dazu zwingen, der Wirklichkeit ins Auge zu sehen. Das konnte er nicht ertragen – es brachte ihn um den Verstand.

Solange das Baby noch klein war, geriet der Vater so leicht in Wut, dass kein Verlass mehr auf ihn war. Das Kind brauchte nur für etwas Unruhe zu sorgen, und schon tobte der Mann. Etwas mehr, und die harten Bergmannsfäuste schlugen den Jungen. Dann hasste Mrs Morel ihren Mann, hasste ihn tagelang; und er ging aus dem Haus und trank; und ihr war es gleichgültig, was er trieb. Aber wenn er zurückkehrte, ließ sie ihn ihren vernichten-den Hohn spüren.

Die Entfremdung zwischen ihnen veranlasste ihn, sie, ob wissentlich oder nicht, auch da schwer zu beleidigen, wo er es sonst nicht getan hätte. William, der Kleine, war gerade ein Jahr alt, lernte eben laufen und hübsche Dinge sagen. Er war ein reizendes Kind und hatte noch immer die wuscheligen Knabenlocken, die mittlerweile nachdunkelten. Er hing sehr an seinem Vater, der, wenn ihm der Sinn danach stand, liebevoll, nachsichtig und einfallsreich sein konnte, um das Kind zu amüsieren. Die beiden spielten zusammen, und Mrs Morel fragte sich, wer von beiden das wahre Kind sei.

Morel stand, ob Feier- oder Arbeitstag, immer beizeiten auf, gegen fünf oder sechs Uhr früh. Sonntagmorgens erhob er sich und machte Frühstück. Das Kaminfeuer ließ er nie ausgehen. Erst zur Schlafenszeit wurde es mit Asche bedeckt. Das heißt, ein großes Stück Kohle wurde daraufgelegt, das bis zum Morgen fast durchgebrannt war. Sonntagmorgens stand das Kind immer zusammen mit seinem Vater auf, während die Mutter noch eine Stunde oder so im Bett liegen blieb. So war sie, wenn Vater und Kind unten plauderten und spielten, ausgeruhter als zu jeder anderen Zeit.

William war also erst ein Jahr alt, und seine Mutter war stolz auf ihn, so hübsch sah er aus. Sie hatte nicht viel Geld, aber der Junge wurde von ihren Schwestern eingekleidet. Mit seinem kleinen weißen Hütchen, auf dem eine Straußenfeder wippte, und seinem weißen Mantel, mit den Ringellöckchen, die seinen Kopf dicht umrahmten, war er ihre ganze Freude. Eines Sonntagmorgens lag Mrs Morel im Bett und lauschte dem Geplapper der beiden. Dann schlummerte sie wieder ein. Als sie nach unten kam, glühte ein großes Feuer auf dem Rost, das Zimmer war warm, das Frühstück nachlässig aufgedeckt. Morel saß leicht verängstigt auf seinem Lehnstuhl vor dem Kamin, zwischen seinen Beinen stand – geschoren wie ein Schaf, mit seltsam rundem Schädel – das Kind und sah sie verwundert an, und auf einer Zeitung, die auf dem Kaminvorleger ausgebreitet war, lagen im rötlichen Schein des Feuers unzählige sichelförmige Locken verstreut, wie die Blütenblätter einer Ringelblume.

Reglos stand Mrs Morel da. Es war ihr erstes Kind. Sie wurde kreideweiß und konnte nicht sprechen.

»Na, was hältste von ihm?« Morel lachte unbehaglich.

Sie ballte beide Fäuste, hob sie und trat auf ihn zu. Morel wich zurück.

»Ich könnte dich umbringen!«, rief sie. Sie erstickte vor Wut, hatte noch immer die Fäuste gehoben.

»Du willst doch wohl kein Mädchen aus ihm machen?«, fragte Morel in erschrockenem Tonfall und senkte den Kopf, um seine Augen vor ihr zu schützen. Das Lachen war ihm vergangen.

Die Mutter blickte auf den zerklüfteten, kurzgeschorenen Schädel ihres Kindes. Sie legte ihm die Hände aufs Haar und streichelte und liebkoste seinen Kopf.

»Ach – mein Junge! –« Sie stockte. Ihre Lippen bebten, ihr Gesicht zerfiel fast, und sie riss das Kind an sich, vergrub das Gesicht an seiner Schulter und weinte schmerzlich. Sie war eine jener Frauen, die nicht weinen können, denen das Weinen ebenso weh tut wie einem Mann. Ihr Schluchzen hörte sich an, als würde ein Stück von ihr herausgerissen. Morel saß da, die Ellbogen auf die Knie gestützt, die Hände so verkrampft, dass die Knöchel weiß anliefen. Er stierte ins Feuer und fühlte sich wie gelähmt, als könne er nicht atmen.

Sogleich verstummte sie, beschwichtigte das Kind – und räumte den Frühstückstisch ab. Die mit Locken übersäte Zeitung ließ sie ausgebreitet auf dem Kaminvorleger liegen. Schließlich hob ihr Mann sie auf und legte sie aufs Feuer. Ganz still, mit zusammengepresstem Mund, ging sie ihrer Arbeit nach. Morel war kleinlaut. Kläglich schlich er umher, und seine Mahlzeiten an diesem Tag waren eine Qual. Sie sprach höflich mit ihm, und nie wieder erwähnte sie, was er getan hatte. Aber er spürte, dass sich etwas Endgültiges ereignet hatte.

Hinterher sagte sie sich, sie sei albern gewesen, früher oder später hätten dem Jungen die Haare ohnehin geschnitten werden müssen. Zu guter Letzt rang sie sich dazu durch, ihrem Mann zu sagen, es sei schon recht, dass er den Friseur gespielt habe. Aber sie wusste doch, und Morel wusste es auch, dass diese Tat etwas Folgenschweres in ihrer Seele ausgelöst hatte. Ihr ganzes Leben lang erinnerte sie sich an die Szene als diejenige, unter der sie am stärksten gelitten hatte.

Diese aus männlicher Taktlosigkeit geborene Tat war die Lanze in ihrer Seite, das Ende ihrer Liebe zu Morel. Mochte sie zuvor erbittert gegen ihn angekämpft haben, so hatte sie sich doch seinetwegen gequält, so als wäre er nur auf Abwege geraten. Nun hörte sie auf, sich seiner Liebe wegen zu quälen: Er war ihr fremd geworden. Auf diese Weise wurde das Leben viel erträglicher.

Dennoch rang sie auch weiterhin mit ihm. Noch immer hatte sie ihr hohes moralisches Bewusstsein, das Erbteil ganzer Generationen von Puritanern. Inzwischen war es ein religiöser Instinkt, und Morel gegenüber führte sie sich wie eine Fanatikerin auf, da sie ihn liebte oder doch einmal geliebt hatte. Wenn er sündigte, marterte sie ihn. Wenn er trank oder log, oft eine Memme, manchmal ein Schuft, schwang sie gnadenlos die Peitsche.

Ein Jammer, dass sie das genaue Gegenteil von ihm war. Mit dem wenigen, was er sein konnte, wollte sie sich nicht zufriedengeben, wollte ihn so haben, wie er sein sollte. Und in dem Bemühen, ihn edler zu machen, als er sein konnte, zerstörte sie ihn. Sie selbst schädigte sich, kränkte sich und entstellte sich, verlor aber nichts von ihrem Wert. Außerdem hatte sie ja die Kinder.

Er trank reichlich, wenn auch nicht mehr als viele andere Bergleute und immer nur Bier, so dass seine Gesundheit zwar angegriffen, aber nicht wirklich untergraben war. Die meisten Gelage fanden an den Wochenenden statt. Jeden Freitag-, Samstag- und Sonntagabend saß er bis zur Sperrstunde im Miners' Arms. Montags und dienstags musste er schon gegen zehn Uhr aufstehen und widerwillig den Saal räumen. An Mittwoch- und Donnerstagabenden blieb er manchmal zu Hause oder ging nur auf ein Stündchen aus. Aber so gut wie nie versäumte er infolge seiner Trinkerei die Arbeit.

Dennoch nahm sein Lohn ab, obwohl er sehr zuverlässig arbeitete. Er war ein Schwätzer, ein Zungenwetzer. Autorität war ihm verhasst, daher konnte er die Grubenaufseher nur beschimpfen. So schwadronierte er etwa im Palmerston:

»Heut Morgen kommt doch der Steiger zu uns in den Arbeitsstand und sagt: ›Hör mal, Walter, das geht nich. Was is mit den Stempeln hier?‹ Da sag ich zu ihm: ›Wovon redste da? Was soll denn sein mit den Stempeln?‹ ›Der hier taugt nichts‹, sagt er. ›Eines Tages stürzt dir noch das Dach ein.‹ Da sag ich: ›Dann stell dich doch auf den Tonklumpen da und stütz es mit dem Kopf ab.‹ Da isser vielleicht fuchtig geworden, hat gewettert und geflucht, und die andern Jungs ham gelacht.« Morel war ein guter Stimmenimitator. Er äffte die fette, quäkige Stimme des Aufsehers nach und sein Bemühen, gepflegtes Englisch zu sprechen.

»›Das dulde ich nicht, Walter. Wer versteht mehr davon, ich oder du?‹ Da sag ich: ›Hab nie rausgefunden, wie viel du davon verstehst, Alfred. Vielleicht trägt dich ja dein Verstand grad mal bis ins Bett und wieder zurück.‹«

Und so schwatzte Morel weiter, zur Belustigung seiner Zechkumpane. Und manches traf auch wirklich zu. Der Steiger war kein gebildeter Mann. Er war zusammen mit Morel Schlepperjunge gewesen, so dass sich die beiden zwar nicht leiden konnten, einander aber doch als selbstverständlich hinnahmen. Doch Alfred Charlesworth verzieh dem Hauer die Redensarten im Wirtshaus nicht. Daher bekam Morel, obwohl er ein tüchtiger Bergmann war und bei seiner Heirat mitunter bis zu fünf Pfund die Woche verdiente, immer schlechtere Stollen zugewiesen, in denen die Flöze dünn waren, schwer abzubauen und wenig ergiebig.

Ein Hauer ist ein Unternehmer. Zwei oder drei Hauer erhalten eine bestimmte Kohleschicht zugeteilt, die sie auf eine bestimmte Länge abbauen. Für jede Tonne Kohle, die sie zutage fördern, werden ihnen drei bis vier Shilling ausbezahlt. Davon müssen sie nicht nur die Tagelöhner bezahlen, Schrämer und Belader, sondern auch Werkzeug, Pulver und so weiter. Wenn es sich um einen guten Stollen handelt und die Grube rund um die Uhr in Betrieb ist, so fördern sie ein-, zweihundert Tonnen Kohle und verdienen gutes Geld. Falls aber nicht, bekommen sie sehr wenig, mögen sie noch so hart arbeiten. In dreißig Lebensjahren hatte Morel noch nie einen guten Stollen erhalten. Aber daran war er, wie seine Frau sagte, selbst schuld.

Außerdem herrscht sommers in den Bergwerken Flaute. An hellen, sonnigen Morgen sieht man die Männer oft schon um zehn, elf oder zwölf Uhr wieder nach Hause strömen. Dann stehen keine leeren Grubenhunte am Schachteingang. Wenn die Frauen vom Hang am Zaun die Kaminvorleger ausklopfen, blicken sie hinüber und zählen die Hunte, die die Lokomotive talauf zu den Gruben zieht.

»Sieben«, sagen sie zueinander, »entweder für Minton oder für Spinney Park. Das reicht nicht, um 'ne Grube in Gang zu halten.«

Und wenn die Kinder um die Mittagszeit aus der Schule kommen, über die Felder blicken und sehen, dass die Räder der Fördertürme stillstehen, sagen sie:

»Minton macht Feierabend. Mein Papa ist bestimmt zu Hause.«

Und über alle, Frauen und Kinder und Männer, legt sich eine Art Schatten, denn am Ende der Woche wird das Geld knapp werden.

Morel gab seiner Frau wöchentlich dreißig Shilling, wovon sie alles bestreiten musste: Miete, Nahrungsmittel, Kleidung, Vereine, Versicherung, Ärzte. Gelegentlich, wenn er gut bei Kasse war, gab er ihr auch fünfunddreißig. Diese Gelegenheiten machten jedoch keineswegs jene wett, da er ihr nur fünfundzwanzig gab. Im Winter mochte der Bergmann in einem anständigen Stollen fünfzig oder fünfundfünfzig Shilling die Woche verdienen. Dann war er glücklich. Freitagabend, Samstag und Sonntag gab er fürstlich Geld aus und wurde im Handumdrehen einen Sovereign los. Und von alldem behielt er kaum einen Penny für die Kinder übrig oder kaufte ihnen ein Pfund Äpfel. Alles wurde durch die Gurgel gejagt. In schlechten Zeiten war es noch beunruhigender, aber dann war er wenigstens nicht so oft betrunken, so dass Mrs Morel zu sagen pflegte:

»Ich bin mir nicht sicher, ob ich nicht lieber knapp bei Kasse bin, denn wenn er gut bei Kasse ist, herrscht nicht eine Minute Frieden.«

Verdiente er vierzig Shilling, so behielt er zehn für sich; von fünfunddreißig fünf, von zweiunddreißig vier, von achtundzwanzig drei, von vierundzwanzig zwei, von zwanzig anderthalb, von achtzehn einen Shilling, von sechzehn einen halben. Nie legte er einen Penny beiseite und gönnte auch seiner Frau keine Möglichkeit zum Sparen; stattdessen musste sie mitunter seine Schulden begleichen, nicht etwa Wirtshausschulden, denn die wurden nie an die Frauen weitergereicht, sondern Schulden, wenn er sich einen Kanarienvogel oder einen ausgefallenen Spazierstock gekauft hatte.

Während der Kirmes arbeitete Morel nur wenig, und Mrs Morel versuchte, das Geld für ihr Wochenbett zusammenzusparen. Daher erfüllte sie der Gedanke, dass er seinem Vergnügen nachging und Geld verjubelte, während sie von Sorgen gequält zu Hause saß, mit großer Bitterkeit. Es gab zwei freie Tage. Am Dienstagmorgen stand Morel früh auf. Er war bester Laune. In aller Frühe, schon vor sechs Uhr, hörte sie ihn unten vor sich hinpfeifen. Er hatte eine angenehme Art zu pfeifen, lebhaft und wohlklingend. Fast immer pfiff er Kirchenlieder. Er war Chorknabe gewesen und hatte eine so schöne Stimme gehabt, dass er im Dom zu Southwell allein vorsingen durfte. Das war selbst seinem morgendlichen Pfeifen noch anzuhören.

Seine Frau lag im Bett und lauschte, wie er im Garten hantierte. Während er sägte und hämmerte, ertönte sein Gepfeife. Ihn, wenn sie im Bett lag und die Kinder noch schliefen, am hellen frühen Morgen so zu hören, glücklich nach Männerart, gab ihr jedes Mal ein Gefühl von Wärme und Ruhe.

Um neun Uhr, die Kinder saßen mit nackten Beinen und Füßen auf dem Sofa und spielten, die Mutter wusch ab, kam er mit aufgerollten Ärmeln und offener Weste von seiner Schreinerarbeit herein. Er war noch immer ein stattlicher Mann, mit gewelltem schwarzem Haar und einem mächtigen schwarzen Schnauzer. Sein Gesicht war vielleicht allzu gerötet und zeigte ein geradezu übellauniges Aussehen. Jetzt aber war er vergnügt. Schnurstracks steuerte er auf den Spülstein zu, wo seine Frau den Abwasch besorgte.

»Was, du hier?«, polterte er. »Rutsch mal 'n Stück, dass ich mich waschen kann.«

»Du kannst warten, bis ich fertig bin«, sagte seine Frau.

»Ach, kann ich das? – Und was is, wenn ich nich will?«

Die gutmütige Drohung erheiterte Mrs Morel.

»Kannst ja gehen und dich in der Regentonne waschen.«

»Ha! Und ob ich das kann, du kleines Drecksluder.«

Er blieb einen Moment stehen und sah ihr zu, dann ging er und wartete, bis sie fertig war.

Wenn er wollte, konnte er noch immer den »Galan« spielen. Gewöhnlich zog er es vor, nur mit einem Halstuch auszugehen. Jetzt hingegen machte er richtig Toilette. Die Art, wie er beim Waschen prustete und planschte, verriet so viel Genuss, die Art, wie er zum Küchenspiegel eilte und sich, weil dieser so niedrig hing, in gebückter Stellung peinlich genau sein nasses schwarzes Haar scheitelte, so viel Eifer, dass es Mrs Morel verdross. Er band einen Umlegekragen und eine schwarze Schleife um und zog seinen Sonntagsschoßrock an. Richtig geschniegelt sah er aus, und was seine Kleider nicht hergaben, das besorgte sein Gespür dafür, wie er aus seinem guten Aussehen das Beste machen konnte.

Um halb zehn kam Jerry Purdy, um seinen Kumpan abzuholen. Jerry war Morels Busenfreund, und Mrs Morel konnte ihn nicht leiden. Er war ein hoch aufgeschossener, dürrer Mann mit einem Fuchsgesicht, einem jener Gesichter, in denen die Wimpern zu fehlen scheinen. Mit steifer, spröder Würde stolzierte er einher, als säße sein Kopf auf einer hölzernen Feder. Sein Wesen war kalt und berechnend. Großzügig, wo er großzügig sein wollte, schien er Morel herzlich zugetan und ihn mehr oder weniger unter seine Fittiche zu nehmen.

Mrs Morel hasste ihn. Sie hatte seine Frau gekannt, die an der Schwindsucht gestorben war und am Ende eine so heftige Abneigung gegen ihren Mann gefasst hatte, dass sie Blut spucken musste, wenn er nur in ihr Zimmer trat. Jerry hatte sich offenbar nicht daran gestört. Und jetzt führte ihm seine älteste Tochter, ein Mädchen von fünfzehn Jahren, den ärmlichen Haushalt und kümmerte sich um die beiden jüngeren Kinder.

»Ein gemeiner, hartherziger Kerl!«, sagte Mrs Morel von ihm.

»Hab Jerry mein Lebtag noch nich gemein erlebt«, wandte Morel ein. »Einen freigebigeren und großzügigeren Burschen kannste meines Wissens nich finden.«

»Freigebig dir gegenüber«, erwiderte Mrs Morel. »Aber bei seinen Kindern, den armen Würmern, bleibt seine Faust fest geschlossen.«

»Arme Würmer? – Möcht mal wissen, wieso das arme Würmer sind.«

Doch was Jerry betraf, ließ Mrs Morel sich nicht besänftigen.

Der Gegenstand ihres Streits wurde sichtbar, wie er seinen dürren Hals über den Vorhang des Spülküchenfensters reckte. Er fing Mrs Morels Blick auf.

»Morgen, Missis! – Der Mann zu Haus?«

»Ja – er ist da.«

Jerry trat unaufgefordert ein und blieb in der Küchentür stehen. Sie lud ihn nicht ein, Platz zu nehmen, und so stand er einfach da und machte kühl die Rechte von Männern und Gatten geltend.

»Ein schöner Tag«, sagte er zu Mrs Morel.

»Ja.«

»Herrlich heut Morgen – herrlich für einen Spaziergang.«

»Heißt das, Sie wollen einen Spaziergang machen?«, fragte sie.

»Ja. Wir wollen nach Nottingham laufen«, antwortete er.

»Hm!«

Die beiden Männer begrüßten einander, beide erfreut, Jerry freilich voller Selbstbewusstsein, Morel dagegen eher kleinlaut, ängstlich darauf bedacht, in Gegenwart seiner Frau nicht allzu fröhlich zu wirken. Aber rasch, in gehobener Stimmung, schnürte er sich die Stiefel. Sie wollten zehn Meilen querfeldein nach Nottingham wandern. Von den Bottoms erkletterten sie den Berghang und stiegen lustig in den Morgen hinaus. Im Moon & Stars tranken sie das erste Glas, dann ging's weiter zum Old Spot. Darauf folgte eine fünf Meilen lange Durststrecke, bis sie nach Bulwell gelangten, wo sie einen herrlichen Pint Bitterbier hinunterstürzten. Doch dann verweilten sie auf einer Wiese bei einigen Heumachern, deren Fünfliterflasche noch gefüllt war, so dass Morel, als Nottingham in Sicht kam, ganz schläfrig war. Vor ihnen, in mittäglichem Glanz, erstreckte sich die Stadt, leicht in Rauch gehüllt, der Hügelkamm im Süden mit Türmen, Fabrikhallen und -schloten gespickt. Auf der letzten Wiese legte sich Morel unter eine Eiche und schlief über eine Stunde lang den Schlaf des Gerechten. Als er wieder aufstand, um weiterzugehen, war er ganz benommen.

Im Meadows aßen die beiden mit Jerrys Schwester zu Mittag, dann zogen sie weiter in die Punch Bowl, wo sie in die Aufregung eines Taubenwettflugs hineingerieten. Morel hatte noch nie in seinem Leben Karten gespielt, denn er glaubte, dass ihnen eine geheime, böswillige Macht innewohne: »Teufelsbilder« nannte er sie. Doch im Kegeln und im Dominospiel war er Meister. Von einem Mann aus Newark ließ er sich zum Wettkegeln herausfordern. Sämtliche Männer in der alten, langgestreckten Schenke schlugen sich auf die eine oder die andere Seite und schlossen Wetten ab. Morel zog seinen Rock aus. Jerry hielt den Hut mit dem Geld. Die Männer an den Tischen sahen zu. Einige standen mit dem Krug in der Hand. Morel wog sorgsam seine große hölzerne Kugel, dann warf er sie. Er wütete schrecklich unter den Kegeln und gewann eine halbe Krone, was seine Zahlungsfähigkeit wiederherstellte.

Um sieben Uhr waren die beiden guter Dinge. Sie erreichten den Sieben-Uhr-dreißig-Zug.

An dem Tag fühlte Mrs Morel sich niedergedrückt und elend. So gut sie konnte, erledigte sie die Wäsche, aber das Durchrühren mit dem Bleuel war zu viel für sie. William räumte im Haus für sie auf.

»Soll ich noch was tun, Mutter?«, fragte er.

»Nein, es gibt nichts mehr für dich zu tun – außer mit Annie hinauszugehen.«

»Ich will aber nicht.«

»Ob du's willst oder nicht, du musst.«

So ging der Junge, behindert von seiner Schwester, aus dem Haus, während seine Mutter arbeitete. Er war ärgerlich, weil sie ihm diese Bürde aufgehalst hatte, und doch grämte er sich um sie, denn er wusste, dass irgendetwas nicht stimmte. Die Liebe zu seiner Mutter quälte den Jungen, und so machte er das Beste daraus.

Nachmittags war es in den Bottoms nicht auszuhalten. Jeder noch verbliebene Bewohner stand im Freien. Die Frauen, zu zweien oder dreien, barhäuptig und in weißer Schürze, schwatzten in der Gasse zwischen den Blocks. Männer, die sich ein Päuschen zwischen ihren Bieren gönnten, hockten da und plauderten. Die Siedlung roch schal, die Schieferdächer blitzten in der trockenen Hitze.

Mrs Morel brachte das kleine Mädchen zum keine zweihundert Meter entfernten Wiesenbach. Hurtig eilte das Wasser über Steine und zerbrochene Töpfe dahin. Mutter und Kind lehnten sich gegen das Geländer der alten Schafbrücke und blickten umher. An der Badestelle am anderen Ende der Wiese sah Mrs Morel die nackten Knaben um das tiefe gelbe Wasser spurten oder hin und wieder eine hell glitzernde Gestalt über die stille schwärzliche Wiese sausen. Sie wusste, dass William sich an der Badestelle aufhielt, und es war die Angst ihres Lebens, er könnte ertrinken. Annie spielte unter der hohen alten Hecke und las Erlenzapfen auf, die sie »Beeren« nannte. Das Kind musste dauernd beaufsichtigt werden, und die Fliegen waren lästig.

Um sieben Uhr wurden die Kinder zu Bett gebracht. Dann arbeitete sie noch eine Weile.

Als Walter Morel und Jerry in Bestwood ankamen, fühlten sie sich sehr erleichtert: Es stand ihnen keine Eisenbahnfahrt mehr bevor, und so konnten sie den prächtigen Tag zu einem krönenden Abschluss bringen. Mit der Genugtuung heimgekehrter Reisender betraten sie das Nelson. Mrs Morel behauptete immer, das Jenseits halte für ihren Mann keine Überraschung mehr bereit: Wenn er von der Grube nach Hause komme, steige er aus der Unterwelt ins Fegefeuer und fahre im Palmerston Arms zum Himmel auf.

Wenn es in den Bottoms kühler wurde, duftete der kleine Garten angenehm. Mrs Morel ging hinaus, um die Blumen zu betrachten und die Abendluft einzuatmen. Ihre Nachbarin, Mrs Kirk, war nicht zu Hause, sonst hätten die beiden sich unterhalten können. So aber war sie allein. Über ihr flitzten die schwarzen Mauersegler, von den Kindern »Teufelchen« genannt, wie schwarze Pfeilspitzen hin und her, schwenkten um die Hausecke, flogen in die breiten Dachtraufen, schlüpften wieder heraus und stürzten sich mit leisen Schreien, die aus dem Licht, nicht von den geräuschlosen Vögeln zu stammen schienen, durch die Lüfte. Jemand hatte den Mauerpfeffer zertrampelt, der mit herabgefallenen weißen Rosenblättern übersät war. Sie bückte sich und strich ihn glatt, damit sich seine kleinen gelben Blüten wieder aufrichten konnten.

Der nächste Tag war ein Arbeitstag, und der bloße Gedanke daran setzte der Stimmung der Männer einen Dämpfer auf. Außerdem hatten die meisten ihr Geld schon ausgegeben. Einige trotteten bereits missgelaunt heimwärts, um sich für den kommenden Tag auszuschlafen. Mrs Morel, die ihrem düsteren Gesang lauschte, trat wieder ins Haus. Es wurde neun, dann zehn, und das »Paar« war noch immer nicht zurück. Irgendwo auf einer Türschwelle sang ein Mann laut und schleppend »Führ, liebes Licht«. Mrs Morel empörte sich stets darüber, dass Betrunkene, wenn sie rührselig wurden, ausgerechnet immer dieses Kirchenlied singen mussten.

»Als wenn ›Genevieve‹ es nicht auch täte«, meinte sie.

In der Küche roch es nach gekochten Kräutern und Hopfen. Auf dem Herd dampfte ein großer schwarzer Tiegel. Mrs Morel nahm eine große, dicke Schale aus gebranntem rotem Ton, schüttete einen Haufen weißen Zucker hinein und goss dann, sich mit dem Gewicht abmühend, die Flüssigkeit zu.

In diesem Augenblick kam Morel herein. Im Nelson war er noch sehr vergnügt gewesen, auf dem Heimweg aber reizbar geworden. Das Gefühl der Reizbarkeit und des Schmerzes, das sich eingestellt hatte, nachdem er in der Hitze auf dem Erdboden eingeschlafen war, hatte er noch nicht recht überwunden; und als er sich dem Haus näherte, plagte ihn sein schlechtes Gewissen. Ihm war gar nicht bewusst, dass er wütend war. Doch als die Gartenpforte seinen Versuchen, sie zu öffnen, widerstand, trat er danach und zerbrach den Riegel. Er trat in dem Augenblick ein, als Mrs Morel den Kräuteraufguss aus dem Tiegel goss. Leicht schwankend, taumelte er gegen den Tisch. Der kochende Sud schwappte über. Mrs Morel zuckte zurück.

»Grundgütiger«, rief sie, »kommt er wieder betrunken nach Hause!«

»Kommt er wieder wie nach Hause – ?«, knurrte er, den Hut über die Augen geschoben.

Da schoss ihr das Blut ins Gesicht.

»Sag bloß, du bist nicht betrunken!«, brach es aus ihr heraus.

Sie hatte den Tiegel abgesetzt und verrührte den Zucker im Bier. Er ließ beide Hände schwer auf den Tisch fallen und reckte ihr das Gesicht entgegen.

»›Sag bloß, du bist nicht betrunken!‹«, wiederholte er. »Auf so 'n Gedanken kann nur so 'n fieses kleines Miststück wie du kommen.«

»Du hast doch den ganzen Tag gesoffen, wenn du da nicht um elf Uhr nachts sternhagelvoll bist –«, entgegnete sie, immer noch rührend.

»Ich hab nich den ganzen Tag gesoffen – ich habe nicht den ganzen Tag gesoffen – genau da irrst du dich«, sagte er knurrend.

»Es sieht so aus, als hätte ich mich geirrt«, erwiderte sie.

»Ach ja – ach ja – allerdings – und ob!«

»Geht morgens um neun aus und kommt um Mitternacht nach Hause getorkelt. Außerdem wissen wir sehr wohl, was du treibst, wenn du mit deinem schönen Jerry ausgehst.«

»›Mit deinem schönen Jerry‹ – wie? – was redest du da, Frau? – He? – Wie?«

Wieder reckte er ihr das Gesicht entgegen.

»Zum Bechern ist immer genug Geld da, für anderes nie.«

»Keine zwei Shilling hab ich heut ausgegeben«, sagte er.

»Von nichts wird man nicht sternhagelvoll«, antwortete sie. »Und falls du dich von deinem geliebten Jerry hast aushalten lassen«, rief sie in einem plötzlichen Wutausbruch, »der sollte sich lieber um seine Gören kümmern, die haben's bitter nötig.«

»›Der sollte sich lieber um seine Gören kümmern.‹ – Ich würd gern mal wissen, wer sich besser um seine Kinder kümmert als der.«

»Mein Verehrtester, wenn du dich kümmern müsstest. – Ein Mann, der es sich leisten kann, sich von morgens bis abends die Hucke vollzusaufen –«

»Das ist gelogen, gelogen ist das«, rief er aufbrausend und schlug auf den Tisch.

»– kann es sich nicht leisten, für seine Gören zu sorgen«, fuhr sie fort.

»Was hat das mit mir zu tun?«, brüllte er.

»›Was hat das mit mir zu tun?‹ – Na, 'ne ganze Menge. – Gibt mir elende fünfundzwanzig Shilling, wovon ich alles bezahlen muss, macht einen Tagesausflug und kommt um Mitternacht nach Hause gewankt –«

»Das ist gelogen, Frau, gelogen ist das!«

»Und bildet sich ein, ich würde weiter knapsen und knausern und klügeln, während er kübelt und bechert und nach Nottingham wandert, um zu zechen –«

»Das ist gelogen, gelogen ist das – halt's Maul, Alte.«

Jetzt entbrannte ein offener Kampf. Die beiden vergaßen alles, nur nicht den Hass auf den anderen, nur nicht den Kampf, der zwischen ihnen tobte. Sie war ebenso hitzig und heftig wie er. So ging es weiter, bis er sie eine Lügnerin nannte.

»Nein«, rief sie und fuhr auf, kaum imstande zu atmen. »So nennst du mich nicht – du, der abscheulichste Lügner, der je in Schuhleder gelaufen ist.« Die letzten Worte stieß sie halb erstickt hervor.

»Du bist die Lügnerin!«, schrie er gellend und schlug mit der Faust auf den Tisch. »Du bist die Lügnerin, die Lügnerin bist du.«

Sie straffte sich und ballte die Fäuste.

»Ich würde dich erschlagen, du feige Bestie, wenn ich es könnte«, sagte sie in leisem, zitterndem Ton.

Dann, mit der nächsten Woge, brach ihr ganzer leidenschaftlicher Hass aus ihr heraus. Morel wütete gegen sie und schlug auf den Tisch, bis das Haus widerhallte, während sie ihn mit all ihrer Verachtung und Abscheu überschüttete.

»Du verdreckst mir das Haus«, rief sie.

»Dann mach, dass du rauskommst – es gehört mir. Mach, dass du rauskommst«, schrie er. »Ich bin's, der das Geld nach Haus bringt, nicht du. Es ist mein Haus, nicht deins. Dann mach, dass du rauskommst – mach, dass du rauskommst!«

»Das würde ich auch«, rief sie, und plötzlich schossen ihr Tränen der Ohnmacht in die Augen. »Ach, würde ich das etwa nicht, wäre ich nicht schon lange, schon längst gegangen, wenn die Kinder nicht wären? Ja, hat's mich nicht gereut, dass ich

nicht schon vor Jahren gegangen bin, als ich erst das eine hatte –«
Ihre Tränen versiegten vor Zorn. »Meinst du etwa, ich würde
deinetwegen bleiben – meinst du, ich würde auch nur eine Minute deinetwegen bleiben –«

»Dann geh doch«, schrie er außer sich. »Geh!«

»Nein!« Sie wandte ihm das Gesicht zu. »Nein«, rief sie laut,
»du sollst nicht in allem deinen Willen haben, du sollst nicht immer tun, wie's dir beliebt. Ich muss mich um die Kinder kümmern. Auf mein Wort –«, lachte sie, »das wäre ja noch schöner,
wenn ich sie dir überlassen würde.«

»Geh!«, rief er dumpf und hob die Faust. Er fürchtete sich vor
ihr. »Geh!«

»Von Herzen gern – lachen würde ich, lachen, mein Herr und
Gebieter, wenn ich von dir wegkönnte«, erwiderte sie.

Da kam er, das rote Gesicht mit den blutunterlaufenen Augen
vorgereckt, auf sie zu und packte sie an den Armen. Aus Angst
vor ihm schrie sie auf und versuchte, sich ihm zu entwinden.
Langsam, keuchend, gewann er die Selbstbeherrschung wieder
und drängte sie grob zur Außentür, stieß sie hinaus und schob
krachend den Riegel hinter ihr vor. Dann ging er wieder in die
Küche, ließ sich auf seinen Lehnstuhl fallen und den bis zum
Zerbersten hämmernden Kopf zwischen den Knien hängen. So
versank er allmählich in eine Starre aus Erschöpfung und Be-
rauschtheit.

Der Mond stand hoch und herrlich in der Augustnacht.
Mrs Morel, glühend vor Erregung, erschauerte, als sie sich dort
draußen in dem hellen, weißen Lichtschein wiederfand, der kalt
auf sie herabfiel und ihre entflammte Seele erschütterte. Einige
Augenblicke stand sie so da und starrte hilflos auf die glänzenden großen Rhabarberblätter neben der Tür. Dann sog sie die
Luft in ihre Brust. An allen Gliedern zitternd, ging sie den Gartenweg hinab, und das Kind in ihr regte sich. Eine Weile hatte
sie keine Macht über ihr Bewusstsein; mechanisch ging sie die
letzte Szene durch, dann noch einmal; jedes Mal drückten sich

ihrer Seele wie ein glühend heißes Brandeisen bestimmte Sätze, bestimmte Momente auf, und jedes Mal, wenn sie die vergangene Stunde an sich vorüberziehen ließ, senkte sich das Brandeisen an denselben Stellen herab, bis das Mal eingebrannt und der Schmerz ausgebrannt war und sie endlich wieder zu sich kam. Eine halbe Stunde mochte sie sich in diesem Fieberwahn befunden haben. Dann drang wieder die Gegenwart der Nacht in ihr Bewusstsein. Furchtsam blickte sie sich um. Sie war in den Seitengarten geirrt, wo sie jetzt auf dem Weg neben den Johannisbeersträuchern unter der langen Mauer auf und ab ging. Der Garten war nur ein schmaler Streifen, durch eine dichte Dornenhecke von der Straße getrennt, die schräg zwischen den Blocks verlief.

Aus dem Seitengarten eilte sie vors Haus, wo sie wie in einer ungeheuren Bucht weißen Lichts stehen konnte, hoch oben erstrahlte der Mond, auf den Hügeln vor ihr stand Mondlicht und füllte beinahe blendend das Tal, in das sich die Bottoms duckten. Dort keuchte und weinte sie fast unter der seelischen Belastung und murmelte wieder und wieder vor sich hin: »Der Nichtsnutz! – Der Nichtsnutz!«

Sie spürte etwas um sich her. Mühsam raffte sie sich auf, um zu sehen, was ihr da zu Bewusstsein kam. Die hohen weißen Lilien wiegten sich im Mondlicht, und ihr Wohlgeruch erfüllte die Luft wie ein unsichtbarer Geist. Mrs Morel verschlug es fast den Atem vor Angst. Sie berührte die großen, blassen Blütenblätter und schauderte zusammen. Im Mondlicht schienen sie sich auszudehnen. Sie legte die Hand in einen der weißen Kelche: Im Mondlicht war das Gold an ihren Fingern kaum zu erkennen. Sie beugte sich hinab, um den Kelch voller gelbem Blütenstaub näher zu betrachten, doch er wirkte nur düster. Dann sog sie den Duft tief ein. Fast wurde ihr schwindlig davon.

Sie schaute sich um. Die schwarze Ligusterhecke schimmerte schwach. Einige weiße Blüten hatten sich geöffnet. Vor ihr erhob der Hügel sich ins Ungefähre, hohe schwarze Hecken verstellten ihr den Blick, und das Vieh, das sich im matten Mondlicht bewegte, sorgte für Unruhe. Hier und da schien das Mondlicht sich zu regen und zu kräuseln.

Mrs Morel stützte sich auf die Gartenpforte und sah eine Weile selbstverloren in die Ferne. Sie wusste nicht, was sie dachte. Zwar verspürte sie eine leichte Übelkeit und war sich des Kindes bewusst, doch in der blass schimmernden Luft verflüchtigte sich ihr Ich wie ein Dufthauch. Nach einer Weile verflüchtigte sich mit ihr auch das Kind im Schmelztiegel des Mondlichts, und sie ruhte bei den Hügeln und Lilien und Häusern, alles in einer Art Ohnmacht miteinander verschmolzen.

Als sie wieder zu sich kam, war sie schlafensmüde. Ermattet sah sie sich um; die weißen Phloxstauden muteten wie mit Leinentüchern behängte Büsche an; ein Falter flatterte über sie hinweg und durch den Garten. Als sie ihm mit dem Blick folgte, wurde sie munterer. Der starke, strenge Duft des Phloxes, der sie ein paarmal anwehte, belebte sie. Sie ging den Weg entlang, bei dem weißen Rosenstrauch zögerte sie. Er duftete süß und schlicht. Sie berührte die weißen Rüschen der Rosen. Ihr frischer Duft und ihre kühlen, weichen Blätter ließen sie an Morgenfrühe und Sonnenschein denken. Sie liebte Rosen. Aber jetzt war sie müde und wollte schlafen. In der geheimnisvollen freien Natur fühlte sie sich so verlassen.

Zunächst war nirgends ein Geräusch zu hören. Offenbar waren die Kinder nicht aufgewacht oder wieder eingeschlafen. Drei Meilen entfernt donnerte ein Zug durchs Tal. Die Nacht war groß und sonderbar, ihre graue Ferne dehnte sich ins Unermessliche. Und aus dem silbergrauen Dunst der Dunkelheit drangen undeutlich heisere Laute herüber: eine Wiesenralle nahebei, das seufzerähnliche Geschnaube einer Lokomotive, fernes Männergrölen.

Ihr besänftigtes Herz begann wieder rascher zu schlagen, und sie eilte durch den Seitengarten zur Rückseite des Hauses. Sachte hob sie den Riegel an. Der Bolzen war noch vorgeschoben und die Tür fest vor ihr verschlossen. Leise klopfte sie an, wartete, klopfte erneut. Sie durfte die Kinder nicht wecken, und auch die Nachbarn nicht. Er schlief bestimmt und würde nicht so leicht aufwachen. Sie brannte darauf, ins Haus zu gelangen, und umklammerte den Türgriff. Inzwischen war es kalt: Sie würde sich verkühlen, und das in ihrem Zustand!

Sie schlug die Schürze über Kopf und Arme und eilte wieder in den Seitengarten, zum Küchenfenster. Als sie sich auf die Fensterbank stützte, sah sie unter dem Vorhang die auf der Tischplatte ausgebreiteten Arme und den schwarzen Schopf ihres Mannes. Er schlief, das Gesicht auf den Tisch gebettet. Etwas an seiner Körperhaltung machte, dass sie der Dinge überdrüssig wurde. Die Lampe qualmte, das merkte sie an der Kupferfarbe des Lichts. Sie pochte ans Fenster, lauter und immer lauter. Fast schien es, als wolle die Scheibe zerspringen. Aber er wachte nicht auf.

Nach vergeblichen Anstrengungen begann sie zu frösteln, teils weil sie den Stein berührt hatte, teils vor Erschöpfung. Stets in Angst um das ungeborene Kind, überlegte sie, was sie tun könne, um sich zu wärmen. Sie ging zum Kohlenschuppen, wo ein alter Kaminvorleger lag, den sie am Vortag für den Lumpensammler hinausgeschafft hatte. Den schlang sie sich um die Schultern. Er war verrußt, aber warm. Dann ging sie den Gartenweg auf und nieder, wobei sie dann und wann unter dem Vorhang hindurchspähte und anklopfte. Sie sagte sich, am Ende müsse seine unbequeme Stellung ihn doch wecken.

Nach einer guten Stunde klopfte sie schließlich lange und leise ans Fenster. Allmählich drang das Geräusch zu ihm durch. Als sie in ihrer Verzweiflung schon aufgehört hatte zu klopfen, sah sie, wie er sich rührte und verständnislos den Kopf hob. Das Hämmern seines Herzens holte ihn ins Bewusstsein zurück. Da klopfte sie noch einmal gebieterisch ans Fenster. Er fuhr zusammen. Sofort sah sie seine geballten Fäuste und seine funkelnden Augen. Er empfand keine Spur körperlicher Angst. Hätten ihm zwanzig Einbrecher gegenübergestanden, er wäre blindlings auf sie losgegangen. Verwirrt, aber kampfbereit starrte er um sich.

»Mach auf, Walter«, sprach sie kalt.

Seine Fäuste lösten sich – ihm dämmerte, was er angerichtet hatte. Mürrisch, verbissen ließ er den Kopf sinken. Sie sah, wie er zur Tür eilte, hörte, wie er den Bolzen zurückschob. Er versuchte zu öffnen. Die Tür sprang auf – und da stand, furchterregend nach dem kupferbraunen Licht der Lampe, die silbergraue Nacht. Er hastete zurück.

Als Mrs Morel hereinkam, sah sie ihn durch die Tür zur Treppe rennen. In seiner Hast, noch vor ihrem Eintreten zu verschwinden, hatte er sich den Kragen vom Hals gerissen, und da lag er nun mit zerrissenen Knopflöchern. Das ärgerte sie.

Sie wärmte sich und suchte sich zu beruhigen. In ihrer Müdigkeit vergaß sie alles und widmete sich den kleinen Aufgaben, die noch zu erledigen waren, deckte sein Frühstück, spülte seine Grubenflasche aus, legte seine Grubenkluft zum Wärmen auf die Kaminplatte, stellte seine Grubenstiefel daneben, legte ihm ein sauberes Halstuch, seinen Proviantbeutel und zwei Äpfel hin, bedeckte das Kaminfeuer mit Asche und ging zu Bett. Er schlief bereits fest. Die schmalen schwarzen Brauen hatte er in einer Art verdrießlicher Trübsal in die Stirn gezogen, während seine hängenden Backen und sein Schmollmund zu sagen schienen: »Mir doch egal, wer du bist oder was du bist, ich tu doch, was ich will.«

Mrs Morel kannte ihn zu gut, als dass sie ihn hätte anblicken müssen. Als sie vor dem Spiegel ihre Brosche löste und sah, dass ihr Gesicht ganz mit gelbem Lilienstaub beschmiert war, musste sie leicht lächeln. Sie wischte ihn ab und legte sich endlich hin. Eine Zeit lang tobte und raste ihr Verstand weiter, doch noch ehe ihr Mann aus dem ersten Schlummer seiner Trunkenheit erwachte, war sie eingeschlafen.

Kapitel 2
Pauls Geburt und noch ein Streit

Nach einem Vorfall wie dem letzten war Walter Morel einige Tage lang beschämt und verlegen, bald aber gewann er seine alte einschüchternde Gleichgültigkeit wieder. Und doch war sein Selbstvertrauen geschwächt, hatte sich etwas zurückgebildet. Sogar körperlich schrumpfte er, und seine schöne, stattliche Erscheinung verfiel. Er war nie beleibt gewesen, und als er seine aufrechte, selbstbewusste Haltung einbüßte, schien mit seinem Stolz und seiner moralischen Stärke auch sein Körper zu verkümmern.

Inzwischen aber merkte er, wie schwer es seiner Frau wurde, sich mit der Hausarbeit abzumühen, und da Reue ihn in seinem Mitgefühl bestärkte, beeilte er sich, ihr zu helfen. Von der Grube kam er schnurstracks nach Hause und blieb abends daheim – bis zum Freitag, dann hielt er es nicht länger aus. Aber um zehn Uhr kehrte er fast nüchtern zurück.

Sein Frühstück machte er sich immer selbst. Da er ein Frühaufsteher war und viel Zeit hatte, trieb er anders als so mancher Bergmann seine Frau nicht schon um sechs Uhr aus dem Bett. Um fünf, bisweilen noch früher, wurde er wach, kroch sofort aus den Federn und ging nach unten. Wenn seine Frau nicht schlafen konnte, wartete sie auf diesen Augenblick wie auf eine Spanne Friedens. Doch wirkliche Ruhe war ihr erst beschieden, wenn er das Haus verlassen hatte.

Im Hemd ging er nach unten, wo er in seine Grubenhose stieg, die die ganze Nacht über zum Wärmen auf der Kaminplatte gelegen hatte. Das Feuer brannte durchgehend, da Mrs Morel es stets mit Asche bedeckte. Und das erste Geräusch im Haus war das Bumm! Bumm! des Schürhakens, der auf das große Kohlestück niedersauste, als Morel die verklumpte Kohle zerschlug, damit der Kessel, der gefüllt auf dem Herd stand, endlich siedete. Tasse, Messer, Gabel, alles, was er brauchte, bis auf das Essen selbst, lagen fertig auf einer Zeitung auf dem Tisch. Dann holte er sich sein Frühstück, brühte Tee auf, verstopfte die Türritzen gegen die Zugluft mit Wolldecken, schürte ein großes Feuer und setzte sich zu einer Freudenstunde hin. Auf einer Gabel röstete er seinen Speck und fing das herabtropfende Fett mit einer Scheibe Brot auf. Danach legte er den Speck auf die dicke Brotscheibe und schnitt mit einem Klappmesser große Runken davon ab, goss sich den Tee auf die Untertasse und war glücklich. Wenn die Familie anwesend war, gerieten die Mahlzeiten nie so gemütlich. Gabeln verabscheute er. Die Gabel ist eine neuzeitliche Erfindung, beim einfachen Volk kaum verbreitet. Morel bevorzugte das Klappmesser. Dann aß und trank er ganz allein. Bei kaltem Wetter saß er oft mit dem Rücken zum warmen Kamin auf einem kleinen Schemel, das Essen auf dem Vorsetzer, die Tasse auf der Kaminplatte. Dabei las er, soweit er es vermochte, die Zeitung vom Vorabend, indem er sie mühsam durchbuchstabierte. Die Vorhänge ließ er lieber zugezogen und die Kerzen brennen, sogar wenn es draußen schon hell war. Eine Angewohnheit aus der Zeche.

Um Viertel vor sechs stand er auf, schnitt zwei dicke Scheiben Brot ab, bestrich sie mit Butter und steckte sie in den Proviantbeutel aus weißer Baumwolle. Seine Blechflasche füllte er mit Tee. In der Grube trank er am liebsten kalten Tee ohne Milch und Zucker. Danach zog er sein Hemd aus und das Grubenhemd an, ein rund ausgeschnittenes Unterjäckchen aus dickem Flanell mit kurzen Ärmeln wie das Unterhemd einer Frau.

Schließlich ging er nach oben zu seiner Frau und brachte ihr eine Tasse Tee, weil sie krank war und weil es ihm gerade in den Sinn kam.

»Hab dir 'ne Tasse Tee gebracht, Mädchen«, sagte er.

»Das ist nicht nötig, du weißt doch, dass ich keinen Tee mag«, erwiderte sie.

»Nun trink schon, dann schläfste wieder ein.«

Sie nahm den Tee. Er freute sich, dass sie ihn nahm und daran nippte.

»Ich wette mein Leben, dass da kein Zucker drin ist«, sagte sie.

»Doch – ein ganzer Löffel voll«, entgegnete er gekränkt.

»Das sollte mich wundern«, sagte sie und nahm noch einen Schluck.

Wenn ihr Haar gelöst war, hatte ihr Gesicht etwas Liebreizendes. Er mochte es, wenn sie so mit ihm schimpfte. Noch einmal sah er sie an und ging dann wieder, ohne sich zu verabschieden. Er nahm nie mehr als zwei Butterbrote mit in die Grube, deshalb war ein Apfel oder eine Orange für ihn ein Hochgenuss. Er freute sich, wenn sie ihm welche hinlegte. Er band ein Halstuch um, zog die großen, schweren Stiefel und den Rock mit der weiten Tasche an, in der er seinen Proviantbeutel und seine Flasche Tee verwahrte, und ging hinaus in die frische Morgenluft. Die Tür zog er hinter sich zu, ohne sie abzuschließen. Er liebte den frühen Morgen. Stets verließ er das Haus um sechs, obwohl die Männer erst gegen sieben in die Grube einfuhren und er nur eine halbe Stunde zu gehen hatte. Meist wanderte er über die Felder, und im Sommer suchte er auf der Wiese über einer stillgelegten Grube oft nach Pilzen, dann irrte er in seinen Grubenstiefeln durch das dichte, nasse Gras und hielt nach den verborgenen fleischigen weißen Dingern Ausschau. Wenn er welche fand, verstaute er sie sorgfältig in seiner Manteltasche. Es machte ihm fast nichts aus, die frische, kühle Morgenluft hinter sich zu lassen und hinabzusteigen. Er war so daran gewöhnt, dass es das Einfachste und Natürlichste von der Welt für ihn war. So erschien er am Grubeneingang, oft mit einem Zweig aus der Hecke zwischen den Zähnen, auf dem er den ganzen Tag kaute, um den Mund unten in der Grube feucht zu halten. Dort fühlte er sich ebenso glücklich wie auf dem Feld.

Später, als die Geburt des Kindes herannahte, hantierte er auf seine nachlässige Art herum, scharrte die Asche zusammen, säuberte den Kamin und fegte das Haus, bevor er zur Arbeit ging. Dann ging er voller Selbstgerechtigkeit zu ihr hinauf.

»Hab für dich saubergemacht, brauchst den ganzen Tag keinen Finger zu rühren, kannst dich setzen und in deinen Büchern lesen.«

Worüber sie trotz ihrer Entrüstung lachen musste.

»Und das Abendessen kocht sich wohl von selbst?«, fragte sie.

»Ach, von Essen versteh ich nichts.«

»Würdest du aber, wenn's keins gäbe.«

»Mag sein«, antwortete er und ging.

Wenn sie nach unten kam, war das Haus zwar aufgeräumt, aber schmutzig. Sie fand keine Ruhe, ehe sie nicht gründlich geschrubbt hatte. Wenn sie mit dem Kehrblech zum Abtritt ging, lauerte Mrs Kirk ihr auf und richtete es so ein, dass sie genau in derselben Minute zu ihrem Abtritt gehen musste. Dann rief sie ihr über den Holzzaun zu:

»Sie sind ja immer noch auf den Beinen?«

»Ja«, antwortete Mrs Morel wegwerfend. »Es bleibt einem nichts anderes übrig.«

Mrs Kirk war eine hagere, nervöse Frau, die zur Hysterie neigte. Mrs Morel mochte sie. Die beiden Frauen standen beieinander, jede auf ihrer Seite des Zauns, jede mit dem Kehrblech in der Hand, und unterhielten sich eine Weile. Dann:

»Sie arbeiten ja wirklich bis zum Umfallen«, sagte Mrs Kirk. »Kann Ihnen Ihr Mann denn nichts abnehmen? Tom ist in der Hinsicht nicht schlecht.«

»Ja«, antwortete ihre Nachbarin, »heut Morgen ist er raufgekommen, um mir zu sagen, dass er saubergemacht hat, so dass ich den ganzen Tag nichts anderes zu tun hätte, als zu sitzen und zu lesen.«

»Ha, sind Männer nicht große Schafsnasen!«, rief Mrs Kirk aus.

»Dabei war der Kamin völlig verrußt, und der ganze Dreck lag unterm Kaminvorleger.«

Mrs Kirk lachte und entblößte dabei die Zähne in ihrem hageren Gesicht.

»Die sind alle gleich«, sagte sie. »Wischen einmal mit Bürste und Staubwedel drüber und denken, hach, das reicht schon.«

»Genauso gut könnten sie in einem Schweinestall leben.«

»Allerdings. Mein Tom ist genauso.«

»Alle gleich«, sagte Mrs Morel.

»Haben Sie schon von Mrs Allsop gehört?«

»Nein.«

»Nein? – Ihrs ist schon da.«

»Was Sie nicht sagen! Wann denn?«

»Vorgestern – nach dem Gewitter –«

»Was –!«

Und die beiden Frauen lachten herzlich.

»Haben Sie den Strumpfmann schon gesehen?«, rief eine sehr kleine Frau über die Straße. Es war Mrs Anthony, eine schwarzhaarige, sonderbar kleine Person, die stets ein enganliegendes braunes Samtkleid trug.

»Ich nicht«, sagte Mrs Morel.

»Ich wünschte, er würde bald kommen. Ich hab einen ganzen Kessel voller Wäsche, und ich glaub, ich hab seine Glocke gehört.«

»Da unten ist er.«

Die beiden Frauen blickten die Gasse hinunter. Auf einem altmodischen Einspänner am Ende der Bottoms stand ein Mann über Bündel cremefarbenen Stoffs gebeugt, während ihm eine Gruppe Frauen, einige davon ebenfalls mit Bündeln, die Arme entgegenstreckte. Auch Mrs Anthony hatte einen Packen cremefarbener, ungefärbter Strümpfe über den Arm gehängt.

»Zehn Dutzend hab ich diese Woche gemacht«, erzählte sie Mrs Morel stolz.

»Ts-ts!«, machte die andere. »Ich weiß gar nicht, wo Sie die Zeit hernehmen.«

»Ach!«, sagte Mrs Anthony. »Wenn man sich die Zeit nimmt, findet man sie auch.«

»Aber ich weiß nicht, wie Sie das schaffen«, sagte Mrs Morel. »Und was bekommen Sie für so viele?«

»Zweieinhalb Pence das Dutzend«, erwiderte die andere.

»Na!«, sagte Mrs Morel. »Lieber würde ich hungern als mich hinsetzen und für zweieinhalb Pence vierundzwanzig Strümpfe zusammennähen.«

»Ach, ich weiß nicht«, sagte Mrs Anthony. »Das geht doch von ganz allein.«

Der Strumpfmann näherte sich und läutete seine Glocke. An den Hoftoren warteten die Frauen, die genähten Strümpfe über dem Arm. Der Mann, ein gewöhnlicher Kerl, scherzte mit ihnen, versuchte sie zu beschwindeln und schüchterte sie ein. Voller Verachtung ging Mrs Morel über ihren Hof.

Die Frauen hatten sich abgesprochen, dass, wenn eine von ihnen etwas von ihrer Nachbarin wollte, sie nur den Schürhaken ins Feuer zu stecken und gegen die Rückwand des Kamins zu klopfen brauchte, was im angrenzenden Haus großen Lärm machte, da die Kamine Rücken an Rücken standen. Eines Morgens wäre Mrs Kirk, die gerade einen Pudding anrührte, vor Schreck beinahe aus der Haut gefahren, als sie das Bumm! Bumm! in ihrem Kamin hörte. Mit mehligen Händen stürzte sie zum Zaun.

»Haben Sie geklopft, Mrs Morel?«

»Falls es Ihnen nichts ausmacht, Mrs Kirk.«

Mrs Kirk kletterte auf ihren Wäschekessel, stieg über die Mauer auf Mrs Morels Kessel und rannte ins Haus ihrer Nachbarin.

»Meine Liebe, wie fühlen Sie sich?«, rief sie besorgt.

»Sie können jetzt Mrs Bower holen«, sagte Mrs Morel.

Mrs Kirk ging wieder in den Hof, hob ihre kräftige, schrille Stimme und rief:

»Ag-gie – Ag-gie!«

Der Ruf hallte von einem Ende der Bottoms zum andern. Schließlich kam Aggie herbeigelaufen und wurde zu Mrs Bower geschickt, während Mrs Kirk ihren Pudding stehen ließ und bei ihrer Nachbarin blieb.

Mrs Morel ging zu Bett. Mrs Kirk ließ Annie und William bei

sich zu Hause essen. Die fette Mrs Bower watschelte im Haus umher und übernahm das Kommando.

»Hacken Sie meinem Mann doch etwas kaltes Fleisch klein und machen Sie ihm einen Brotpudding mit Äpfeln«, sagte Mrs Morel.

»Heute kann er wohl mal ohne Pudding auskommen«, sagte Mrs Brower.

In der Regel gehörte Morel nicht zu denjenigen, die sich als Erste auf dem Grubengrund einfanden, um auszufahren. Ein paar Männer waren schon vor vier Uhr da, wenn die Pfeife das Schichtende signalisierte. Morel dagegen, dessen Stollen etwa anderthalb Meilen vom Grund des Förderschachtes entfernt und wenig ertragreich war, arbeitete meist weiter, bis der Vorarbeiter aufhörte, dann erst machte auch er Feierabend. An diesem Tag jedoch war der Bergmann die Arbeit leid. Um zwei Uhr sah er im Schein der grünen Kerze – er arbeitete in einem sicheren Teil des Bergwerks – auf seine Uhr, und um halb drei noch einmal. Er hackte gerade auf ein Felsstück ein, das der Arbeit des nächsten Tages im Weg war. Während er hockte oder kniete und mit seinem Pickel drauflosschlug, keuchte er: »Hussa – hussa!«

»Mensch, willste nich endlich aufhörn?«, rief Barker, sein Kumpel.

»Aufhörn? Niemals, solang die Welt noch steht!«, knurrte Morel.

Und er schlug weiter. Er war erschöpft.

»Eine seelentötende Arbeit«, sagte Barker.

Aber Morel war zu aufgebracht, zu ausgelaugt, um zu antworten. Dennoch hieb und hackte er mit aller Macht drauflos.

»Nun lass aber gut sein, Walter«, sagte Barker. »Morgen ist auch noch 'n Tag, ohne dass du dir die Gedärme aus dem Leib hackst.«

»Morgen tu ich keinen gottverdammten Schlag nich, Israel«, rief Morel.

»Na schön, wenn du's nich tust, muss es halt 'n andrer tun«, sagte Israel.

Da schlug Morel weiter.

»He, ihr da drüben – Schichtende«, riefen die Männer, die den Nachbarstollen verließen.

Morel schlug weiter.

»Vielleicht überholste mich ja noch«, sagte Barker im Fortgehen.

Als er weg war, geriet Morel, allein gelassen, außer sich vor Wut. Er hatte seine Arbeit nicht beendet. Er hatte sich bis zur Raserei gesteigert. Schweißtriefend stand er auf, warf sein Werkzeug zu Boden, zog seinen Rock an, blies seine Kerze aus, nahm seine Lampe und ging. Die Lichter der anderen Männer schwankten den Hauptgang entlang. Ihr Stimmengewirr hallte hohl wider. Ein langes, schweres Getrampel war unter Tage.

Er saß auf dem Grund der Grube, wo große Wassertropfen auf die Erde platschten. Viele Bergleute warteten auf die Ausfahrt und unterhielten sich lärmend. Morel gab nur kurz und missmutig Antwort.

»Mensch, es regnet«, sagte der alte Giles, der die Neuigkeit von oben erfahren hatte. Morel fand einen Trost. In der Lampenkaue hatte er seinen alten Regenschirm, den er sehr liebte. Schließlich bekam er seinen Platz im Förderkorb und war im Nu oben. Danach lieferte er seine Lampe ab und ließ sich seinen Schirm geben, den er für anderthalb Shilling bei einer Versteigerung erstanden hatte. Einen Augenblick blieb er am Rand der Hängebank stehen und sah hinaus. Auf die Felder fiel grauer Regen. Die Hunte waren mit nasser, glänzender Kohle beladen. An den Seitenwänden lief Wasser über das »C. W. & Co.«. Die Bergleute achteten nicht auf den Regen, sondern strömten die Bahnstrecke entlang und das Feld hinauf, eine grau-düstere Masse. Morel spannte seinen Schirm auf und freute sich an den herabprasselnden Regentropfen.

Nass und grau und schmutzig stapften die Kumpel die Straße nach Bestwood entlang, doch ihre roten Münder schwatzten lebhaft. Auch Morel ging in einer Kolonne, schwieg aber und runzelte nur verdrießlich die Stirn. Viele Männer kehrten im Prince of Wales oder bei Ellen's ein. Morel, der missgestimmt genug war, um der Versuchung zu widerstehen, trabte unter den triefenden Bäumen entlang, die über die Parkmauer ragten, und durch den Schlamm der Greenhill Lane.

Mrs Morel lag im Bett und lauschte auf den Regen, auf die Schritte und die Stimmen der Bergleute aus Minton und das Klapp! Klapp! des Gatters, als sie über den Zauntritt das Feld hinaufgingen.

»Hinter der Speisekammertür steht Kräuterbier«, sagte sie. »Bestimmt will mein Mann etwas trinken, wenn er nicht einkehrt.«

Aber er verspätete sich, und daraus schloss sie, dass er doch eingekehrt war, weil es regnete. Was kümmerte er sich schon um sie oder das Kind?

Sie war immer sehr krank, wenn sie ein Kind zur Welt brachte.

»Was ist es?«, fragte sie und fühlte sich sterbenselend.

»Ein Junge.«

Und darin fand sie Trost. Der Gedanke, Mutter männlicher Wesen zu sein, wärmte ihr das Herz. Sie betrachtete das Kind. Es hatte blaue Augen und einen dichten blonden Haarschopf und war reizend. Heiße Liebe stieg in ihr auf, trotz allem. Sie behielt es bei sich im Bett.

Morel, der sich nichts dachte, schleppte sich den Gartenweg hinauf. Er schloss seinen Regenschirm und stellte ihn in den Spülstein. Dann schleuderte er seine schweren Stiefel in die Küche. In der inneren Tür erschien Mrs Bower.

»Nun«, sagte sie, »es geht ihr so schlecht wie noch nie. – Es ist ein Junge.«

Der Bergmann grunzte, legte seinen leeren Proviantbeutel und seine Blechflasche auf den Geschirrschrank, ging wieder in die Spülküche und hängte seinen Rock auf, dann kam er herein und ließ sich auf seinen Stuhl fallen.

»Gibt's was zu trinken?«, fragte er.

Die Frau ging in die Speisekammer. Man hörte das Knallen eines Korkens. Mit einem leisen empörten Poltern stellte sie den Becher vor Morel auf den Tisch. Er trank, schnappte nach Luft, wischte sich mit dem Ende seines Halstuchs den großen Schnauzbart ab, trank, schnappte wieder nach Luft und lehnte sich in seinen Stuhl zurück. Die Frau wollte nicht noch einmal mit ihm reden – sie setzte ihm sein Abendessen vor und ging nach oben.

»War das mein Mann?«, fragte Mrs Morel.

»Ich hab ihm sein Essen gegeben«, antwortete Mrs Bower.

Nachdem er, die Arme auf dem Tisch, dagesessen hatte – es ärgerte ihn, dass Mrs Bower kein Tischtuch für ihn aufgelegt und ihm nur einen kleinen Teller statt eines richtigen Esstellers hingestellt hatte –, begann er zu essen. Dass seine Frau krank war, dass er noch einen Jungen bekommen hatte, bedeutete ihm in diesem Augenblick gar nichts. Er war zu müde; er wollte sein Abendessen, wollte die Arme auf die Tischplatte stützen; Mrs Bower wollte er nicht um sich haben. Das dürftige Feuer behagte ihm nicht.

Nachdem er seine Mahlzeit beendet hatte, blieb er zwanzig Minuten sitzen. Danach schürte er ein mächtiges Feuer. Dann erst ging er widerstrebend auf Strümpfen zu ihr hinauf. Er war müde, und in diesem Augenblick kostete es ihn Überwindung, seiner Frau gegenüberzutreten. Sein Gesicht war schwarz und mit Schweiß beschmiert. Sein Grubenhemd war getrocknet und hatte den Schmutz aufgesogen. Er hatte ein schmutziges wollenes Halstuch um. So stand er am Fußende des Bettes.

»Na, wie geht's dir?«, fragte er.

»Es wird schon werden«, antwortete sie.

»Hm!«

Er stand da, mehr wusste er nicht zu sagen. Er war müde, die Aufregung war ihm lästig, und er wusste nicht recht, wo er war.

»'n Junge, sagste?«, stammelte er.

Sie schlug die Decke zurück und zeigte ihm das Neugeborene.

»Gott segne ihn!«, murmelte er. Da musste sie lachen, denn die Worte entfuhren ihm mechanisch – sollten so etwas wie väterliche Rührung vortäuschen, die er in diesem Augenblick gar nicht empfand.

»Geh jetzt«, sagte sie.

»Ja doch, Mädchen«, antwortete er und wandte sich ab.

So entlassen, hätte er sie gern geküsst und wagte es doch nicht. Halb wünschte auch sie, dass er sie küsste, brachte es aber nicht über sich, es sich anmerken zu lassen. Erst als er, einen schwachen Dunst von Grubenschmutz hinter sich lassend, aus dem Zimmer gegangen war, konnte sie wieder frei atmen.

Jeden Tag bekam Mrs Morel Besuch von Mr Heaton, dem Geistlichen der Kongregationalisten. Mr Heaton war jung und sehr arm. Seine Frau war bei der Geburt des ersten Kindes gestorben, und so lebte er allein im Pfarrhaus. Er hatte einen Bachelor of Arts von Cambridge, war sehr scheu und kein guter Prediger. Mrs Morel mochte ihn, und er war auf sie angewiesen. Als sie wieder wohlauf war, sprach er stundenlang mit ihr. Er wurde Pate des Kindes.

Die Mutter lag im Bett und dachte an ihre Kinder. Da sie kein Eigenleben führte, sondern von morgens bis abends mit Putzen, Kochen, Stillen und Nähen beschäftigt war, musste sie das eigene Lebensgefühl beiseitelegen, es gewissermaßen auf der Bank ihrer Kinder einzahlen. Sie dachte an sie und wartete auf sie, träumte davon, was sie tun würden, wenn sie erwachsen wären, und sah sich selbst als ihre Antriebskraft. William war bereits so etwas wie ihr Liebhaber. Wenn sie an den Nervenschmerzen litt, die sie mitunter besonders heftig befielen, und blass und schweigsam ihrer Arbeit nachging, fragte er:

»Hast du Zahnweh, Mutter?«

»Ja.«

»Ist es schlimm?«

Trotz der Schmerzen musste sie lachen. Aber manchmal, wenn sie das Baby stillte, waren die Schmerzen so stark, dass sie sich kaum rühren konnte. Dann traf man ihren ältesten Sohn bitterlich weinend im Vorderzimmer an, und wenn sein Vater fragte: »Was hast du, mein Schatz?«, erwiderte er: »Meine Mutter hat Zahnweh.«

»Nun«, sagte Mrs Morel, wenn sie ihn so reden hörte, »*du* hast doch kein Zahnweh, Dummerchen, wozu weinst du also?«

Außerdem mochte er das Neugeborene nicht.

»Er sieht widerlich aus, Mutter«, sagte er.

»Wieso?«, fragte seine Mutter.

»Er zieht die Stirn in Falten«, antwortete William.

Da küsste Mrs Morel das Baby eilends. Es hatte eigentümliche Runzeln auf der Stirn, als habe irgendetwas noch vor seiner Geburt sein winziges Bewusstsein erschreckt. Wenn Mrs Morel den Kleinen ansah, verspürte sie im Innern einen Stich. Aber das Baby war gesund. Oft saß sie da und sang ihm Kinderlieder vor.

»Er versteht doch gar nicht, was du ihm da vorsingst«, sagte William.

»Nun, den Klang mag er bestimmt«, erwiderte die Mutter und lachte das Baby an, und in ihren blauen Augen leuchtete eine seltene Wärme auf. Mit den Lippen liebkoste sie seine winzigen Finger, und William stand dabei und schäumte vor Wut.

Manchmal blieb der Pfarrer bei Mrs Morel zum Tee. Dann breitete sie frühzeitig das Tischtuch aus, holte ihre besten Tassen hervor, die mit dem schmalen grünen Rand, und hoffte, dass Morel nicht allzu bald nach Hause kommen würde. Ja, wenn er heute ein Glas Bier trank, hätte sie nichts dagegen. Sie musste immer zwei Mahlzeiten kochen, denn sie fand, dass die Kinder ihre Hauptmahlzeit mittags einnehmen sollten, wohingegen Morel seine um fünf Uhr benötigte. So hielt denn Mr Heaton das Baby, während Mrs Morel den Teig für einen Yorkshire Pudding anrührte oder die Kartoffeln schälte. Ohne sie aus den Augen zu lassen, besprach er mit ihr seine nächste Predigt. Seine Gedanken waren wunderlich und verstiegen, und mit ihrer Besonnenheit brachte sie ihn wieder auf den Boden der Tatsachen zurück. Sie besprachen die Hochzeit zu Kana.

»Wenn Er zu Kana das Wasser in Wein verwandelt«, sagte er, »so ist dies ein Symbol dafür, dass das gewöhnliche Leben, selbst das Blut des Ehemannes und der Ehefrau, das, wie das Wasser, vorher nicht vom Geist erfüllt ist, jetzt vom Geist erfüllt ist und wie Wein, denn wo die Liebe Einzug hält, wandelt sich die ganze geistige Verfassung eines Menschen, füllt sich mit dem Heiligen Geist, und fast wandelt sich auch seine körperliche Gestalt.«

Mrs Morel dachte:

»Ja, der arme Kerl, seine junge Frau ist tot; deshalb verwandelt er seine Liebe in den Heiligen Geist.«

»Nein«, sagte sie laut, »verwandeln Sie Dinge nicht in Symbole. Sagen Sie lieber: ›Es war eine Hochzeit, und es gebrach an Wein. Da war der Schwiegervater beunruhigt, weil er nichts hatte, was er den Gästen vorsetzen konnte, außer Wasser – zu jener Zeit gab es keinen Tee, keinen Kaffee, nur Wein. Und wie würde es ihm gefallen, all die Leute nur mit Gläsern Wasser vor sich dasitzen zu sehen? Der Gastgeber und seine Frau waren beschämt, die Braut unglücklich und der Bräutigam übel gelaunt. Und Jesus sah sie besorgt miteinander flüstern. Und Er wusste, dass sie arm waren. Vielleicht waren es nur Knechte. Und so dachte Er: „Es ist ein Jammer! – Die ganze Hochzeit ruiniert." Und so machte er, so schnell Er konnte, Wein.‹ – Sie können sagen, Wein ist schließlich kein Bier, nicht so berauschend – und im Orient werden die Leute nie betrunken. Was so schlimm ist am Bier, ist das Betrunkenwerden.«

Der arme Mann blickte sie an. Er wollte unbedingt sagen, dass menschliche Liebe die Gegenwart des Heiligen Geistes sei und die Liebenden göttlich und unsterblich mache. Mrs Morel bestand darauf, dass er die Bibel für die Leute so wirklichkeitsnah wie möglich auslegte und nur hin und wieder seine eigenen Ansichten einstreute. Beide waren sehr aufgeregt und sehr glücklich. Plötzlich erschien William.

»Meine Güte!«, rief Mrs Morel aus. »Ist es schon so spät?«

Sie stellte den Wasserkessel auf den Herd und sputete sich mit dem einzigen sauberen Tuch, in der Hoffnung, dass ihr Mann nicht so früh nach Hause käme. William und Annie gingen, jeder mit einem Butterbrot, zum Spielen auf die Straße. Zum Tee gab es Radieschen, Konfitüre und Orangenmarmelade. Alles sah reinlich und hübsch aus. Mrs Morel war glücklich, dass sie ihren Geistlichen mit seinen Predigten tyrannisieren und mit einem Gentleman beim Tee sitzen konnte, der ihr das Brot und die Butter reichte und abwartete, bis sie begonnen hatte.

Sie hatten die erste Tasse Tee erst zur Hälfte ausgetrunken, als sie das Schlurfen von Grubenstiefeln hörten.

»Du lieber Himmel!«, rief Mrs Morel unwillkürlich.

Der Pfarrer wirkte recht erschrocken. Morel trat ein. Er war ziemlich wütend. Dem Geistlichen, der aufgestanden war, um ihm die Hand zu schütteln, nickte er ein »Wie geht's?« zu.

»Nein«, sagte Morel und zeigte ihm seine Hand, »schauen Sie die doch mal an! Sie wollen doch wohl nicht so eine Hand schütteln, oder? Da ist zu viel Dreck von Pickel und Schaufel dran.«

Der Pfarrer errötete verwirrt und setzte sich wieder. Mrs Morel erhob sich und trug den dampfenden Topf hinaus. Morel zog den Rock aus, schob seinen Lehnstuhl an den Tisch und ließ sich schwerfällig nieder.

»Sind Sie müde?«, fragte der Geistliche.

»Müde? Und ob!«, antwortete Morel. »Sie wissen gar nicht, was es heißt, so müde zu sein wie ich.«

»Nein«, entgegnete der Geistliche.

»Schauen Sie her«, sagte der Bergmann und zeigte ihm die Schultern seines Grubenhemdes. »Jetzt ist es schon ein bisschen trocken, aber immer noch nass von Schweiß wie ein Scheuerlappen. Fühlen Sie mal.«

»Um Gottes willen!«, rief Mrs Morel. »Mr Heaton will doch nicht dein widerliches Grubenhemd anfassen.«

Zaghaft streckte der Geistliche die Hand aus.

»Nein, vielleicht nicht«, sagte Morel. »Aber ob Sie's glauben oder nicht, das alles hab ich ausgeschwitzt. Und jeden Tag ist mein Grubenhemd klitschnass. – Haste für 'n Mann, der wo völlig verdreckt aus der Grube nach Haus kommt, nichts zu trinken da, Frau?«

»Du weißt genau, dass du alles Bier weggetrunken hast«, sagte Mrs Morel und schenkte ihm seinen Tee ein.

»Und konntste keins besorgen?« – Dann, an den Geistlichen gewandt: »'n Mann, der wo von der Kohlenzeche so staubverkrustet, so dreckverklumpt ist, braucht 'n Bier, wenn er nach Haus kommt, wissen Sie.«

»Davon bin ich überzeugt«, sagte der Geistliche.

»Aber zehn zu eins, dass keins vor ihm steht.«

»Es gibt Wasser – und es gibt Tee«, sagte Mrs Morel.

»Wasser – mit Wasser kann er sich nich die Kehle ausspülen.«

Er goss den Tee auf seine Untertasse, pustete und schlürfte ihn durch seinen großen schwarzen Schnauzbart; anschließend seufzte er. Dann goss er sich noch eine Untertasse voll und stellte seine Tasse wieder auf den Tisch.

»Mein Tischtuch!«, sagte Mrs Morel und stellte die Tasse auf einen Teller.

»'n Mann, der wo so müd nach Haus kommt wie ich, schert sich nich um Tischtücher«, sagte Morel.

»Wie schade!«, rief seine Frau sarkastisch.

Im Zimmer roch es nach Fleisch und Gemüse und nach Grubenkluft.

Morel beugte sich zu dem Pfarrer und stülpte seinen großen Schnauzbart vor. Sein Mund leuchtete rot in seinem schwarzen Gesicht.

»Mr Heaton«, sagte er, »'n Mann, der wo den ganzen Tag im schwarzen Loch gesteckt und auf 'n Kohlenflöz eingehackt hat, viel härter als die Wand da –«

»Brauchst gar nicht zu jammern«, fiel ihm Mrs Morel ins Wort.

»Brauch ich nich – ach, brauch ich nich? Weiß ja, dass du davon nichts hören willst.« Dann wandte er sich von ihr ab und wieder dem Geistlichen zu. »– kommt so müd nach Haus, dass er nich weiß, wohin mit sich.« Er warf einen Blick auf das Abendessen, das vor ihm stand. »Ja, er is zu müd, um was zu essen, isser.« Daraufhin legte er die von Kohlenstaub schwarzen Arme auf das weiße Tischtuch.

»Du liebe Güte, Mann, ein sauberes Tuch!«, rief Mrs Morel unwillkürlich aus. Es war das einzige saubere Tuch.

»Soll ich etwa im Hof essen wie 'n Hund?«, schrie er.

Er behielt die Arme auf dem Tischtuch.

»Wenn 'n Mann den ganzen Tag 'n Pickel in den harten Fels getrieben hat, Mr Heaton, sind seine Arme so müd, dass er nich weiß, wohin mit ihnen.«

»Das kann ich gut verstehen«, sagte der Geistliche.

Der Bergmann mutete ihn wie ein seltsames Tier an.

»Dein Stuhl hat Lehnen«, sagte Mrs Morel.

»Du musst mir natürlich 'n Knüppel zwischen die Beine werfen!«, sagte ihr Mann.

Sie hütete sich zu sagen, wie sehr sie sich schinden und abschuften musste. Der Bergmann aß mit dem Messer und schaufelte sich geräuschvoll das Essen in den Mund. Seine Frau überlief es kalt. Auf die Gefühle anderer nahm er überhaupt keine Rücksicht. Nach einer Weile legte er das Messer hin.

»Mr Heaton«, sagte er, »können Sie mir was für meinen Kopf empfehlen?«

»Ich finde Cascara –«, stammelte der Pfarrer.

»Sagen Sie ihm, er soll weniger Bier trinken und auf seine Leber achten«, sagte Mrs Morel.

»»Weniger Bier trinken!««, wiederholte Morel. »Oh! – oh! – Immer wieder Bier! – 'n Mann trinkt 'n Gläschen Bier, Mr Heaton, und immer wieder kriegt er das zu hören.«

»Ich bin ja so froh, dass er ein Gläschen trinkt«, sagte Mrs Morel.

Sie hasste ihren Mann, weil er, wann immer er Publikum hatte, zu jammern begann und Mitgefühl heischte. William, der dasaß und das Baby im Arm hielt, hasste ihn mit dem Hass eines Jungen auf unechte Gefühle und auf die törichte Behandlung seiner Mutter. Annie hatte ihn noch nie gemocht; sie mied ihn einfach.

Als der Pfarrer gegangen war, besah Mrs Morel ihr Tischtuch.

»Eine schöne Schweinerei!«, sagte sie.

»Glaubst du etwa, ich sitz mit baumelnden Armen da, nur weil du 'n Pfarrer zum Tee dahast?«, brüllte er.

Sie waren beide wütend, aber sie sagte nichts. Das Baby fing an zu weinen, und als Mrs Morel einen Topf vom Herd nahm, stieß sie Annie versehentlich am Kopf, woraufhin das Mädchen zu wimmern begann und Morel sie anschrie. In dem Höllenlärm sah William zu dem großen gerahmten Spruch über dem Kaminsims auf und las laut und deutlich:

»Gott segne unser Heim.«

Worauf Mrs Morel, die versuchte, das Baby zu beschwichtigen, auf ihn zustürzte, ihm eine Ohrfeige gab und sagte:

»Was mischst du dich ein?«

Und dann setzte sie sich und lachte, bis ihr die Tränen über die Wangen kullerten, während William dem Schemel, auf dem er gesessen hatte, einen Fußtritt versetzte und Morel knurrte:

»Versteh nich, was es da zu lachen gibt.«

Um diese Zeit zerstörte Mrs Morel die Autorität ihres Mannes. Bis dahin hatte sie sich zu allein gefühlt, um sich von ihm zu distanzieren. Doch William wuchs heran, und sein ganzes junges Gemüt stand auf der Seite der Mutter. Auch Annie war gegen ihren Vater eingestellt. Schließlich war da noch das letzte Kind. Bereits im Jahr vor der Geburt hatte Mrs Morel ihren Mann gehasst. Sie waren arm, und Morel war geizig. Er hatte sich auf eine Gruppe von Freunden eingelassen, unter ihnen Jerry, die darauf beharrten, dass der Mann arbeitete und genügend Geld zur Verfügung haben sollte, um sich zu vergnügen. Sie erörterten das jeweilige Ausmaß, in dem ihre Frauen von ihnen abhängig waren. Morel fand, dass seine Frau nicht hinreichend gezähmt war. Als Jerry ihn nach einem erhitzten Abend aufgefordert hatte, »sich nicht das herrschsüchtige Auftreten einer Frau gefallen zu lassen, wozu bist du ein Mann?«, schrie er sie an:

»Ich werd dafür sorgen, dass du beim Klang meiner Schritte erzitterst.«

Das war eine denkwürdige Redewendung in ihrem Leben. Sie hatte sich hingesetzt und gelacht, bis die Vorstellung sie recht heiter und fröhlich stimmte. Er hatte dagestanden und wäre fast geplatzt vor Zorn und Schmach. Und indem er ihr so wenig Geld wie möglich gab, indem er viel trank und mit Männern ausging, die ihn und seine Vorstellung von Frauen verrohen ließen, zahlte er es ihr heim. Dann führte sie sich vor Augen, dass sein Vergnügen auf Kosten der Kinder ging, und schlug sich auf deren Seite.

Eines Abends, gleich nach dem Besuch des Pfarrers, konnte sie es nach einem neuerlichen Auftritt ihres Mannes nicht länger ertragen, nahm Annie und das Baby und ging aus dem Haus. Morel hatte William einen Tritt gegeben, und das würde die Mutter ihm niemals verzeihen.

Sie ging über die Schafbrücke und ein Stück Wiese zum Kricketplatz. Die Wiesen schienen eine einzige Fläche reifen Abendlichts zu sein, in der Ferne flüsterte das Gerinne der Mühle. Auf dem Kricketplatz setzte sie sich unter den Erlen auf eine Bank und schaute in den Abend. Vor ihr erstreckte sich das große grüne Spielfeld, eben und fest wie der Grund eines Meeres aus Licht. Im bläulichen Schatten des Pavillons spielten Kinder. Hoch oben flogen zahllose Saatkrähen krächzend durch den seidenweich gewebten Himmel zurück zu ihren Nestern. In weitem Bogen stießen sie herab in die goldene Glut, ballten sich krächzend zusammen und kreisten wie schwarze Flocken in einem langsamen Wirbel über einer Baumgruppe, die einen dunklen Buckel auf der Wiese bildete.

Ein paar Herren übten, und Mrs Morel konnte das Klacken des Balles hören und die Stimmen von Männern, die sich plötzlich ereiferten; konnte die weißen Gestalten von Männern sehen, die sich schweigend über die Rasenfläche bewegten, auf der bereits die Schatten schwelten. Die Heumieten des Gutshofes waren auf einer Seite beleuchtet, auf der anderen blau-grau. Ein Fuhrwerk mit Garben schwankte winzig durch das schmelzende gelbe Licht.

Die Sonne ging unter. An jedem klaren Abend flammten die Hügel von Derbyshire im roten Sonnenuntergang. Mrs Morel beobachtete, wie die Sonne aus dem strahlenden Himmel herabsank und oben ein weiches Blumenblau hinterließ, während der Westen sich rötete, als sei alles Feuer dort hinabgeflossen. Die Himmelsglocke war in ein makelloses Blau getaucht. Einen Augenblick lang hoben sich die Beeren der Ebereschen auf dem Feld glühend gegen die dunklen Blätter ab. In einer Ecke der Brache ragten einige Getreidemandeln auf, als seien sie lebendig; sie stellte sich vor, dass sie sich neigten; vielleicht würde ihr Sohn ein Joseph werden. Im Osten, gegenüber dem Scharlach des Westens, schwebte eine rosige Spiegelung des Sonnenuntergangs. Die großen Heumieten auf dem Hang, die in den Glanz stießen, erkalteten.

Für Mrs Morel war dies einer jener stillen Augenblicke, da die kleinen Sorgen schwinden und die Schönheit der Dinge hervortritt, und sie hatte die Ruhe und die Kraft, sich selbst wahrzunehmen. Dann und wann schoss eine Schwalbe dicht an ihr vorüber. Dann und wann kam Annie mit einer Handvoll »Beeren« herbei. Das Baby zappelte auf den Knien seiner Mutter und griff mit den Händen nach dem Licht.

Mrs Morel betrachtete den Kleinen. Wegen ihrer Gefühle ihrem Mann gegenüber hatte sie sich vor diesem Kind gefürchtet wie vor einem Verhängnis. Und jetzt hegte sie eigentümliche Empfindungen dem Säugling gegenüber. Das Herz war ihr schwer, fast so, als sei das Kind kränklich oder missgestaltet. Dabei wirkte es ganz gesund. Doch sie bemerkte das sonderbare Stirnrunzeln des Babys und eine sonderbare Schwere in seinen Augen, als versuche es, etwas Schmerzliches zu verstehen. Wenn sie in die dunklen, grüblerischen Pupillen des Kindes blickte, war ihr, als liege eine Last auf ihrem Herzen.

»Er sieht aus, als würde er über etwas nachdenken – ganz kummervoll«, sagte Mrs Kirk.

Wie die Mutter ihn so betrachtete, schmolz das Gefühl der Bedrückung in ihrem Herzen plötzlich zu leidenschaftlichem Gram. Sie beugte sich über ihn, und aus der Tiefe ihres Herzens stiegen rasch ein paar Tränen empor. Das Baby hob seine Finger.

»Mein Lämmchen!«, weinte sie leise.

Und in diesem Moment spürte sie im Innersten ihrer Seele, dass sie und ihr Mann schuldig waren.

Das Baby sah zu ihr auf. Es hatte blaue Augen wie sie, doch sein Blick war schwer, starr, als habe es etwas begriffen, das einen Teil seines Innersten betäubt hatte.

Der zarte Säugling lag in ihren Armen. Seine tiefblauen Augen, die unverwandt zu ihr aufsahen, schienen ihr ihre tiefsten Gedanken zu entlocken. Sie liebte ihren Mann nicht mehr; sie hatte sich dieses Kind nicht gewünscht; und nun lag es in ihren Armen und zehrte an ihrem Herzen. Sie hatte das Gefühl, als sei die Nabelschnur, die seinen gebrechlichen kleinen Körper mit dem ihren verbunden hatte, noch nicht zertrennt. Eine Woge heißer Liebe zu dem Kleinen durchflutete sie. Sie drückte ihn an ihr Gesicht und ihre Brust. Mit aller Kraft, mit ganzer Seele würde sie wiedergutmachen, dass sie ihn ungeliebt zur Welt gebracht hatte. Nun, da er hier war, würde sie ihn nur umso mehr lieben, ihn mit ihrer Liebe tragen. Seine klaren, wissenden Augen flößten ihr Schmerz und Furcht ein. Wusste er alles über sie? Hatte er gelauscht, als er unter ihrem Herzen lag? Enthielt sein Blick einen Vorwurf? Sie spürte, wie ihr vor Furcht und Schmerz das Mark in den Knochen schmolz.

Wieder kam ihr zu Bewusstsein, wie rot die Sonne am Rand des gegenüberliegenden Hügels stand. Plötzlich hielt sie das Kind auf den Händen empor.

»Schau mal!«, sagte sie. »Schau doch nur, mein Hübscher!«

Geradezu erleichtert hob sie den Säugling der karmesinrot flimmernden Sonne entgegen. Sie sah, wie er die kleine Faust ballte. Dann nahm sie ihn wieder an die Brust; fast beschämt über ihre Regung, ihn dorthin zurückzugeben, von wo er gekommen war.

»Wenn er am Leben bleibt«, dachte sie bei sich, »was wird aus ihm werden – was wird er sein?«

Ihr Herz war bange.

»Ich will ihn Paul nennen«, sagte sie plötzlich und wusste den Grund nicht.

Nach einer Weile ging sie nach Hause. Ein feiner Schatten war über die tiefgrüne Wiese gebreitet und verdüsterte alles.

Wie sie erwartet hatte, fand sie das Haus leer. Aber um zehn Uhr war Morel zu Hause, und wenigstens dieser Tag endete friedlich.

Zu der Zeit war Walter Morel äußerst reizbar. Seine Arbeit schien ihn zu entkräften. Wenn er nach Hause kam, sprach er zu keinem ein höfliches Wort. War das Kaminfeuer niedergebrannt, schikanierte er alle; er schimpfte über das Essen; wenn die Kinder plapperten, schrie er sie auf eine Weise an, dass das Blut ihrer Mutter kochte und sie ihn hassten.

»Du brauchst ihnen nicht gleich den Kopf abzureißen«, sagte Mrs Morel dann. »Keiner von uns ist schwerhörig.«

»Ich werd auf den Tisch hauen«, brüllte er.

Wenn er sich in der Spülküche wusch und jemand das Haus betrat oder verließ, schrie er: »Mach die Tür zu!«, so dass man ihn in den Bottoms hören konnte.

»Es ist ein Jammer, du armes, schwaches Geschöpf!«, sagte Mrs Morel leise.

»Ich lass mir von der Zugluft nich die Rippen aus dem Leib

blasen, für keinen«, schrie er dann. Immer wenn er zornig war, brüllte er.

»Du liebe Güte, Mann«, sagte Mrs Morel schließlich. »Solange du da bist, herrscht keine Ruhe im Haus.«

»Das weiß ich. Ich weiß, dass es dir erst gutgeht, wenn ich dir aus den Augen komme.«

»Richtig«, sagte sie ruhig zu sich.

»Oh, ich weiß – ich weiß, was du da grummelst. Ihr seid nie zufrieden, bis ich in der Zeche bin, keiner von euch. Sie sollten mich dabehalten, wie eins von den Pferden.«

»Richtig«, flüsterte Mrs Morel erneut und wandte sich mit verkniffenem Mund ab.

Er beeilte sich, aus dem Haus zu fliehen, und reckte ihr in wütender Entschlossenheit das Gesicht entgegen.

»Ich zahl sie aus, die Schl–!«, sagte er bei sich selbst und meinte seine Frau.

Um elf Uhr war er noch immer nicht zu Hause. Das Kind war unwohl und ruhelos und schrie, sobald es hingelegt wurde. Mrs Morel, die sterbensmüde und noch geschwächt war, hatte sich kaum in der Gewalt.

»Ich wünschte, der Nichtsnutz würde kommen«, sagte sie matt zu sich.

Endlich sank der Kleine auf ihren Armen in Schlaf. Sie war zu müde, um ihn in die Wiege zu legen.

»Aber ich werde nichts sagen, ganz gleich, wann er kommt«, sagte sie. »Das regt mich nur auf, ich werde nichts sagen.« Doch sie traute sich selbst nicht über den Weg. Wieder und wieder hatte sie sich das Gleiche vorgenommen, entschlossen, sich zurückzuhalten, und dann war ihr Zorn jäh aufgeflammt. Aus Abscheu und Überdruss wünschte sie, es würde ihr erspart bleiben, ihn zu sehen, wenn er nach Hause kam. Der Grund, weswegen sie nicht zu Bett ging und ihn zu ihr kriechen ließ, wenn ihm danach war – jede Frau weiß ein Lied davon zu singen.

»Ich weiß, wenn er irgendetwas tut, bringt er nur mein Blut in Wallung«, sagte sie kläglich.

Sie seufzte, als sie ihn kommen hörte, als könne sie es nicht ertragen. Aus Rache hatte er sich fast betrunken. Als er eintrat, neigte sie den Kopf über das Kind, um ihn nicht sehen zu müssen. Doch als er im Vorbeigehen gegen den Geschirrschrank torkelte, so dass die Zinnteller klapperten, und haltsuchend nach den weißen Schubladenknäufen griff, durchfuhr es sie wie ein glühender Feuerstrahl. Er hängte seinen Hut und seinen Rock auf, dann kam er zurück, blieb in einiger Entfernung stehen und starrte sie, die über das Kind gebeugt saß, mit finsterer Miene an.

»Nichts zu essen im Haus?«, fragte er herrisch, als rede er mit einer Dienstmagd. In gewissen Phasen seiner Trunkenheit ahmte er die knappe, gekünstelte Sprechweise der Städter nach. In diesem Zustand hasste Mrs Morel ihn am meisten.

»Du weißt, was im Haus ist«, sagte sie so kalt, dass es unpersönlich klang.

Er stand da und starrte sie an, ohne einen Muskel zu bewegen.

»Ich habe eine höfliche Frage gestellt und erwarte eine höfliche Antwort«, sagte er geziert.

»Und die hast du bekommen«, sagte sie, ohne ihn weiter zu beachten.

Wieder starrte er sie finster an. Dann kam er schwankend näher. Mit einer Hand stützte er sich auf den Tisch, mit der anderen riss er an der Tischschublade, um ein Brotmesser hervorzuholen. Da er seitlich an der Lade zog, klemmte sie. Wütend zerrte er so lange an ihr, bis sie auf einmal herausflog und Löffel, Gabeln, Messer und hundert Metallgegenstände sich rasselnd und prasselnd auf den Steinboden ergossen. Erschrocken zuckte das Baby zusammen.

»Was tust du da, du ungeschickter, betrunkener Tölpel?«, rief die Mutter.

»Hättst das verdammte Ding ja selbst rausziehen können.

Aufstehn solltest du wie andere Weiber auch und deinen Mann bedienen.«

»Dich bedienen – *dich* bedienen!«, rief sie. »So sehe ich gerade aus!«

»Wart's nur ab, ich werd's dir schon noch beibringen. Mich bedienen, ja, bedienen sollst du mich –«

»Niemals, mein Herr. Da bediene ich lieber den Hund vor der Tür.«

»Was – was?«

Er versuchte gerade, die Schublade hineinzuschieben. Bei ihrer letzten Bemerkung wandte er sich um. Sein Gesicht war hochrot, seine Augen blutunterlaufen. Eine stumme Sekunde lang starrte er sie drohend an.

»Pah!«, sagte sie rasch und voller Verachtung.

In seiner Erregung riss er wieder an der Schublade. Sie fiel heraus und schlug hart gegen sein Schienbein, und im Reflex schleuderte er sie nach ihr.

Als die flache Schublade gegen den Kamin polterte, streifte eine der Ecken sie an der Stirn. Sie wankte, und wie betäubt fiel sie beinahe vom Stuhl. Bis ins Innerste angewidert, drückte sie das Kind fest an ihre Brust. Ein paar Augenblicke verstrichen. Dann raffte sie sich mühsam auf. Das Kind weinte herzergreifend. Ihre linke Braue blutete stark. Es schwindelte ihr, und als sie auf das Kind niederblickte, fielen ein paar Blutstropfen auf sein weißes Tuch. Aber wenigstens war der Kleine nicht verletzt. Sie hob den Kopf, um das Gleichgewicht zu halten, und das Blut floss ihr ins Auge.

Mit ausdrucksloser Miene blieb Walter Morel stehen, eine Hand auf den Tisch gestützt. Als er sich überzeugt hatte, dass er sich auf den Beinen halten konnte, kam er schwankend auf sie zu und ergriff die Rückenlehne ihres Schaukelstuhls, so dass sie fast herauskippte. Dann, noch immer schwankend, beugte er sich über sie und fragte in einem Ton fürsorglicher Verwunderung:

»Hab ich dich etwa getroffen?«

Wieder schwankte er und drohte auf das Kind zu fallen. Über dem Unglück hatte er jede Balance verloren.

»Geh weg!«, sagte sie, darum bemüht, ihre Geistesgegenwart zu bewahren.

Er stieß auf. »Lass – lass mal sehn«, sagte er und stieß erneut auf.

»Geh weg«, rief sie.

»Lass mich – nun lass mich doch mal sehn, Mädchen.«

Sie roch seine Fahne und spürte das unregelmäßige Rucken seines unsicheren Griffs an der Lehne ihres Schaukelstuhls.

»Geh«, sagte sie und stieß ihn schwach von sich.

Taumelig stand er da und starrte sie an.

Das Baby im Arm, bot sie all ihre Kraft auf und erhob sich. Mit einer grausamen Willensanstrengung wankte sie wie im Schlaf hinüber in die Spülküche, wo sie ihr Auge eine Minute lang in kaltem Wasser badete. Aber ihr war zu schwindlig. Aus Angst, ohnmächtig zu werden, kehrte sie, am ganzen Leib zitternd, wieder zu ihrem Schaukelstuhl zurück. Instinktiv umklammerte sie das Kind.

Beunruhigt hatte Morel die Schublade wieder in ihre Höhlung geschoben. Jetzt kniete er und tastete mit steifen Pfoten nach den verstreuten Löffeln.

Ihre Braue blutete noch. Da stand Morel auf und kam mit vorgestrecktem Hals auf sie zu.

»Hat sie dich getroffen, Mädchen?«, fragte er in kläglichem, demütigem Ton.

»Das siehst du ja wohl«, antwortete sie.

Vorgebeugt stand er da, auf die Hände gestützt, die seine Beine genau über den Knien umfassten. Er besah sich die Wunde. Vor dem vorgeschobenen Gesicht mit dem großen Schnauzbart wich sie zurück und entzog sich ihm, soweit sie konnte. Als er sie kalt und unbewegt wie ein Stein mit zusammengekniffenem Mund dasitzen sah, wurde ihm vor Schwäche und Hoffnungslosigkeit elend. Gerade wollte er sich trübsinnig abwenden, als er sah, wie aus der Wunde in ihrem abgekehrten Gesicht ein Blutstropfen auf das zarte, glänzende Haar des Babys fiel. Gebannt beobachtete er, wie der schwere, dunkle Tropfen in dem glitzernden Wölkchen hängen blieb und den Haarschleier niederdrückte. Wieder fiel ein Tropfen. Er würde auf die Kopfhaut des Babys sickern. Gebannt sah er hin und spürte, wie der Tropfen versickerte. Da brach seine Männlichkeit endlich zusammen.

»Und was ist mit dem Kind?« Mehr sagte seine Frau nicht. Aber ihr leiser, eindringlicher Tonfall ließ ihn den Kopf noch tiefer senken. Sie wurde weich.

»Hol mir aus der mittleren Schublade etwas Watte«, sagte sie.

Gehorsam stolperte er davon und kehrte gleich darauf mit einem Wattebausch wieder, den sie am Kaminfeuer ansengte und sich dann auf die Stirn legte, während sie, das Kind auf dem Schoß, sitzen blieb.

»Jetzt das saubere Grubenhalstuch.«

Wieder stöberte und kramte er in der Schublade und kam mit einem schmalen roten Halstuch zurück. Sie nahm es und begann, es sich mit zitternden Fingern um den Kopf zu binden.

»Lass mich's doch umbinden«, sagte er demütig.

»Das kann ich schon selbst«, erwiderte sie.

Als sie fertig war, ging sie nach oben, wies ihn an, das Feuer mit Asche zu bedecken und die Tür abzuschließen.

Am Morgen sagte Mrs Morel:

»Ich habe mich am Riegel des Kohlenschuppens gestoßen, als ich im Dunkeln ein Stück Kohle gesucht habe, weil die Kerze ausgegangen ist.« Mit großen, erschrockenen Augen sahen ihre beiden kleinen Kinder zu ihr auf. Sie sagten nichts, doch ihre geöffneten Lippen schienen die Tragödie auszudrücken, die sie unbewusst empfanden.

Am nächsten Tag blieb Walter Morel fast bis zum Mittagessen im Bett. Er dachte nicht mehr an den Vorfall vom Abend vorher. Er dachte an kaum etwas, hieran aber wollte er nicht denken. Er lag da und litt wie ein knurriger Hund. Am meisten hatte er sich selbst weh getan. Und das wog umso schwerer, als er ihr gegenüber niemals ein Wort sagen oder sein Bedauern ausdrücken würde. Er versuchte, sich herauszuwinden.

»Sie ist selbst schuld«, sagte er bei sich. Doch nichts konnte sein Gewissen daran hindern, ihm eine Strafe aufzuerlegen, die sich wie Rost in seine Seele einfraß und die er nur mildern konnte, indem er trank.

Er hatte das Gefühl, als könne er nicht die Kraft aufbringen, aufzustehen oder ein Wort zu sagen oder sich zu rühren, als könne er nur liegen bleiben wie ein Klotz. Außerdem hatte er heftige Kopfschmerzen. Es war Samstag. Gegen Mittag erhob er sich, schnitt sich in der Speisekammer etwas Brot ab und verzehrte es mit gesenktem Kopf, zog dann seine Stiefel an und ging aus dem Haus, um gegen drei Uhr angeheitert und erleichtert zurückzukommen; daraufhin legte er sich sofort wieder ins Bett. Um sechs Uhr abends stand er auf, trank Tee und ging gleich wieder aus.

Am Sonntag hielt er es genauso: bis mittags im Bett, dann bis halb drei ins Palmerston Arms, Mittagessen und Bett; kaum dass er ein Wort sprach. Als Mrs Morel gegen vier Uhr nach oben ging, um ihre Sonntagskleider anzuziehen, schlief er fest. Sie hätte Mitleid mit ihm gehabt, hätte er nur einmal gesagt: »Frau, es tut mir leid.« Aber nein, er beharrte darauf, dass sie an allem schuld sei. Und so gewöhnte er sich. So überließ sie ihn sich selbst. Zwischen ihnen stand unversöhnliche Wut, und sie war die Stärkere.

Die Familie saß beim Abendessen. Sonntag war der einzige Tag, an dem alle ihre Mahlzeiten gemeinsam einnahmen.

»Steht mein Vater denn nicht auf?«, fragte William.

»Lass ihn nur liegen«, erwiderte die Mutter.

Das Elend war im ganzen Haus zu greifen. Die Kinder atmeten die vergiftete Luft und fühlten sich erbärmlich. Sie waren untröstlich und wussten nicht, was sie tun, was sie spielen sollten.

Sobald Morel aufwachte, stand er auf. Das war sein ganzes Leben lang bezeichnend für ihn gewesen. Er war stets für Betätigung. Die kraftlose Untätigkeit zweier Vormittage erstickte ihn.

Es war fast sechs Uhr, als er herunterkam. Diesmal trat er ohne Zögern ein, da seine zimperliche Empfindlichkeit sich wieder verhärtet hatte. Es war ihm gleichgültig, was die Familie dachte oder fühlte.

Das Geschirr stand noch auf dem Tisch. William las gerade aus einer Zeitschrift für Kinder vor, Annie hörte zu und fragte unentwegt: »Warum?« Beide Kinder verstummten, als sie die von Strümpfen gedämpften Schritte ihres Vaters nahen hörten, und duckten sich zusammen, als er eintrat. Dabei war er gegen sie meist nachsichtig.

Morel schlang seine Mahlzeit allein hinunter. Er aß und trank geräuschvoller als nötig. Niemand sprach mit ihm. Das Familienleben zog sich zurück, schrumpfte und verstummte. Aber es war ihm gleichgültig, dass er sich ihnen entfremdet hatte.

Kaum hatte er sein Abendessen beendet, stand er munter auf, um auszugehen. Was Mrs Morel kränkte, war diese Munterkeit, diese Hast, nur schnell wegzukommen. Als sie hörte, wie er sich gründlich mit kaltem Wasser besprizte, als sie hörte, wie er mit dem stählernen Kamm eifrig am Rand der Waschschüssel kratzte, um sich das Haar anzufeuchten, schloss sie die Augen vor Abscheu. Als er sich bückte, um sich die Stiefel zu schnüren, lag ein gewisser brutaler Genuss in seiner Bewegung, der ihn vom zurückhaltenden, wachsamen Rest der Familie absonderte. Dem Kampf mit sich selbst wich er stets aus. Selbst im tiefsten Innern seines Herzens suchte er Ausflüchte, indem er sagte: »Hätte sie nicht das und das gesagt, wäre es nie dazu gekommen. Sie hat nichts anderes verdient.« Beherrscht warteten die Kinder darauf, dass er seine Vorbereitungen abschloss. Sobald er fort war, seufzten sie erleichtert auf.

Er zog die Tür hinter sich zu und war froh. Es war ein regnerischer Abend. Im Palmerston würde es umso gemütlicher sein.

Voller Vorfreude eilte er los. Die Schieferdächer der Bottoms glänzten schwarz vor Nässe. Die Straßen, ohnehin dunkel vom Kohlenstaub, waren mit schwärzlichem Schlamm bedeckt. Er hastete weiter. Die Fenster des Palmerston waren beschlagen, der Flur von nassen Fußspuren übersät. Aber die Luft, wenngleich stickig, war warm und von Stimmenlärm und dem Geruch von Bier und Rauch erfüllt.

»Was willste 'n trinken, Walter?«, rief eine Stimme, sobald Morel in der Tür erschien.

»Ach, Jim, mein Junge, wo kommst du denn her?«

Die Männer rückten zusammen und nahmen ihn herzlich auf. Er war froh. Nach ein, zwei Minuten hatten sie alles Verantwortungsgefühl, alle Scham, alle Sorge in ihm weggetaut, und ungetrübt konnte er einen feuchtfröhlichen Abend genießen.

Doch als er am nächsten Abend an der Gartenpforte auf den Fersen hockte, den Bergleuten auf der anderen Seite der Gasse etwas zurief und rauchend zusah, wie die Jugendlichen, noch ungewaschen von der Grube, Fußball spielten, kam Mrs Kirk aus ihrem Hof.

»Abend, Missis!«, sagte Morel auf seine höfliche, herzliche Art.

»Sie wirken aber sehr zufrieden«, sagte Mrs Kirk.

»Wieso, was is?«, rief Morel.

»Zuzulassen, dass Ihre Missis sich so den Kopf aufschlägt«, sagte Mrs Kirk.

»Ja, 'n böser Unfall«, sagte Morel, dankbar, dass seine Frau ihren Nachbarinnen nichts gesagt hatte.

»Ich kann mir gar nicht denken, wie das passiert ist«, sagte Mrs Kirk.

»Ich auch nich«, entgegnete Morel.

»Jedenfalls wird sie ihr Leben lang eine Narbe haben.«

»Ja, ein schlimmer Bums«, sagte Morel. »Ja – jammerschade! Ich wollte ja, dass sie zum Arzt damit geht, aber sie wollte nich.«

»Ihr Mann sagt, er will, dass Sie mit dem Auge zum Arzt gehen«, sagte Mrs Kirk zu Mrs Morel.

»Ach ja?«, antwortete Mrs Morel.

Am folgenden Mittwoch hatte Morel keinen Penny. Er fürchtete sich vor seiner Frau. Da er ihr weh getan hatte, hasste er sie. Er wusste nicht, was er an diesem Abend mit sich anfangen sollte, denn er besaß nicht einmal zwei Pence, mit denen er zum Palmerston gehen konnte, und stand schon ziemlich tief in der Kreide. Daher durchstöberte er, als seine Frau mit dem Kind im Garten war, die oberste Schublade des Geschirrschranks, wo sie ihre Geldbörse verwahrte, fand sie und sah hinein. Sie enthielt eine halbe Krone, zwei halbe Pennies und ein Sixpence-Stück. Das Sixpence-Stück nahm er an sich, legte die Börse sorgfältig wieder an ihren Platz und ging aus dem Haus.

Als sie anderntags den Gemüsehändler bezahlen wollte, suchte sie in ihrer Börse nach dem Sixpence-Stück, und das Herz stockte ihr. Dann setzte sie sich hin und dachte nach: »War da nicht ein Sixpence-Stück? – Ich hab's doch nicht etwa ausgegeben? Und ich hab's doch auch nicht irgendwo liegen lassen?«

Sie war ganz verwirrt. Überall suchte sie nach dem Geldstück. Und noch während sie suchte, überkam sie die Gewissheit, dass ihr Mann es an sich genommen hatte. Was sie in ihrer Börse hatte, war alles Geld, das sie besaß. Dass er es ihr so entwendet hatte, war unerträglich. Schon zweimal hatte er das getan. Beim ersten Mal hatte sie ihn nicht beschuldigt, und am Wochenende hatte er den Shilling wieder in ihre Börse gesteckt. Auf diese Weise hatte sie gewusst, dass er ihn genommen hatte. Beim zweiten Mal hatte er ihn nicht zurückgegeben.

Diesmal war er, wie sie fand, zu weit gegangen. Als er zu Abend gegessen hatte – an diesem Tag war er frühzeitig nach Hause gekommen –, sagte sie kalt zu ihm:

»Hast du gestern Abend ein Sixpence-Stück aus meiner Börse genommen?«

»Ich?«, sagte er und sah sie gekränkt an. »Nein, hab ich nich. Hab deine Börse überhaupt nich zu Gesicht bekommen.«

Aber sie durchschaute die Lüge.

»Du weißt, dass du's getan hast«, sagte sie ruhig.

»Ich sag dir doch, hab ich nich«, schrie er. »Fängste schon wieder an? Ich hab's satt.«

»Während ich die Wäsche abnehme, stiehlst du also ein Sixpence-Stück aus meiner Börse?«

»Das sollst du mir büßen«, sagte er und stieß rasend vor Wut den Stuhl zurück. Er hantierte herum und wusch sich, dann ging er entschlossen nach oben. Kurz danach kam er angekleidet und mit einem großen Bündel in einem blaukarierten Tuch wieder herunter.

»Und jetzt«, sagt er, »siehste mich so bald nich wieder.«

»Eher, als mir lieb ist«, entgegnete sie, und mit seinem Bündel marschierte er aus dem Haus. Sie zitterte leicht und musste sich setzen, doch ihr Herz floss über vor Verachtung. Was würde sie tun, wenn er zu einer anderen Grube ging, Arbeit fand und sich mit einer anderen Frau zusammentat? Aber dafür kannte sie ihn zu gut – das konnte er nicht. Sie war sich seiner todsicher. Trotzdem nagte etwas an ihrem Herzen.

»Wo ist mein Papa?«, fragte William, als er aus der Schule kam.

»Er sagt, er rennt weg«, antwortete seine Mutter.

»Wohin?«

»Ach, ich weiß nicht. Im blauen Tuch hat er ein Bündel mitgenommen und sagt, dass er nicht wiederkommt.«

»Was sollen wir nur tun?«, rief der Junge.

»Ach, keine Bange, der kommt nicht weit.«

»Aber wenn er nun nicht wiederkommt?«, jammerte Annie.

Und sie und William zogen sich aufs Sofa zurück und weinten. Mrs Morel saß da und lachte.

»Ihr zwei Heulsusen!«, rief sie. »Ehe die Nacht um ist, seht ihr ihn wieder.«

Aber die Kinder wollten sich nicht trösten lassen. Die Abenddämmerung brach herein. Vor lauter Müdigkeit wurde Mrs Morel nun doch ängstlich. Ein Teil von ihr sagte sich, es wäre eine

Entlastung, ihn nie mehr wiederzusehen; ein anderer sorgte sich um den Unterhalt der Kinder; und in ihrem Innern kam sie noch nicht ganz von ihm los. Im Grunde aber wusste sie sehr wohl, dass er gar nicht wegkonnte.

Als sie zum Kohlenschuppen am Ende des Gartens ging, spürte sie etwas hinter der Tür. Sie sah nach. Und dort im Dunkeln lag das große blaue Bündel. Sie setzte sich auf einen Klumpen Kohle vor dem Bündel und lachte. Jedes Mal, wenn ihr Blick auf das Bündel fiel, das so dick und doch so schimpflich in der dunklen Ecke lag und von dessen Knoten die Zipfel wie Schlappohren herabhingen, musste sie abermals lachen.

Mit ihrer Kohle ging sie ins Haus. Annie und William heulten von neuem, weil sie hinausgegangen war.

»Ihr zwei Kindsköpfe«, sagte sie. »Geht mal zum Kohlenschuppen und schaut hinter der Tür nach, dann seht ihr, wie weit er gekommen ist.«

»Was?«, rief William kläglich.

»Geht nur und schaut«, sagte seine Mutter.

Und er schlich hinaus, gefolgt von Annie, die schniefend hinter ihm hertrottete. Gleich darauf erschien er in heller Aufregung wieder, das Bündel an sich gedrückt.

»Jetzt geht er nicht mehr weg, Mutter, oder?«, rief er.

»Nein – ich wusste ja, dass er's nicht tut. – Ich hatte nur Angst, dass er was verpfändet. Aber bring's wieder zurück – geh und leg's wieder dahin, wo du's gefunden hast.«

»Aber –!«, zögerte William. »Was ist denn drin?«

»Geh und leg's wieder zurück«, beharrte sie, »und lass gut sein.«

Der Junge schleppte das dicke Bündel wieder über den Hof und ließ es hinter die Tür des Kohlenschuppens fallen. Dann gingen die Kinder erleichtert, wenn auch noch nicht ganz beruhigt, zu Bett.

Mrs Morel saß und wartete. Er hatte kein Geld, das wusste sie; wenn er also irgendwo einkehrte, musste er anschreiben lassen.

Sie war seiner müde, so todmüde. Er hatte nicht einmal den Mut gehabt, sein Bündel bis übers Hofende hinaus mitzunehmen.

Gegen neun Uhr ging, während sie so grübelte, die Tür auf, und er kam mürrisch hereingeschlichen. Sie sagte kein Wort. Er legte seinen Rock ab und stahl sich zu seinem Lehnstuhl, wo er begann, sich die Stiefel auszuziehen.

»Ehe du dir die Stiefel ausziehst, solltest du lieber dein Bündel holen«, sagte sie ruhig.

»Du kannst von Glück reden, dass ich heute Abend zurückgekommen bin«, sagte er und sah sie mit gesenktem Kopf von unten her an, mürrisch, aber bemüht, Eindruck zu machen.

»Wohin hättest du schon gehen können? Du traust dich ja nicht mal, dein Bündel weiter als bis zum Hofende zu tragen«, sagte sie.

Er sah so tolpatschig aus, dass sie nicht einmal böse auf ihn war. Er fuhr fort, sich die Stiefel auszuziehen und sich bettfertig zu machen.

»Ich weiß nicht, was in deinem blauen Tuch ist«, sagte sie. »Aber wenn du es da liegen lässt, finden es morgen die Kinder.«

Worauf er aufstand und aus dem Haus ging. Gleich darauf kam er wieder, durchquerte mit abgewandtem Gesicht die Küche und eilte nach oben. Als Mrs Morel ihn mit seinem Bündel durch die innere Tür schleichen sah, lachte sie vor sich hin – aber ihr Herz war bitter, denn sie hatte ihn geliebt.

Kapitel 3

Abwendung von Morel, Hinwendung zu William

Während der nächsten Woche war Morels Laune fast unerträglich. Wie alle Bergleute liebte er Arzneien sehr und bezahlte merkwürdigerweise selbst dafür.

»Du musst mir 'n Tropfen Vitriolöl holen«, sagte er. »Ein Ärgernis, dass wir nie 'n Schluck im Haus haben.«

Also kaufte ihm Mrs Morel Vitriolelixier, seine Lieblingsarznei. Und er braute sich einen Krug Wermuttee. Auf dem Dachboden hatte er große Bündel getrockneter Kräuter hängen: Wermut, Gartenraute, Herzgespann, Holunderblüten, Steinbrech, Eibisch, Ysop, Löwenzahn und Tausendgüldenkraut. Auf dem Kaminvorsprung stand meist ein Krug mit dem einen oder anderen Absud, dem er reichlich zusprach.

»Großartig!«, sagte er und schmatzte nach einem Schluck Wermut mit den Lippen. »Großartig!« Und er redete den Kindern zu, davon zu kosten.

»Besser als euer Tee- oder Kakaogebräu«, beteuerte er. Doch sie ließen sich nicht verlocken.

Diesmal jedoch konnten weder Pillen noch Vitriol noch alle seine Kräuter die »scheußlichen Schmerzen in meinem Kopf« beseitigen. Er erkrankte an einer Hirnhautentzündung. Seit seinem Ausflug mit Jerry nach Nottingham, als er auf dem Erdboden geschlafen hatte, war er nicht mehr wohlauf gewesen. Seitdem hatte er getrunken und getobt. Nun wurde er ernstlich krank, und Mrs Morel musste ihn pflegen. Er war einer der denkbar ungeduldigsten Patienten. Dennoch wünschte sie ihm nie wirklich den Tod. Abgesehen davon, dass er der Ernährer war, wollte ein Teil von ihr ihn noch immer für sich selbst.

Die Nachbarinnen waren sehr gut zu ihr; hin und wieder holten einige die Kinder zum Essen zu sich, hin und wieder nahmen ihr einige die Hausarbeit ab; eine kümmerte sich einen Tag lang um das Baby. Trotzdem rieb sie sich auf. Schließlich halfen die Nachbarinnen nicht jeden Tag. Dann musste sie Kind und Mann versorgen, saubermachen und kochen, alles allein. Sie war ganz erschöpft, tat aber, was ihr abverlangt wurde.

Und das Geld reichte eben hin. Von den Vereinen erhielt Morels Frau siebzehn Shilling die Woche, und jeden Freitag steckten ihr Barker und der andere Hauer einen Teil des Gewinns aus dem Stollen zu. Und die Nachbarinnen kochten Kraftbrühen und brachten ihr Eier und ähnliche Krankenkost. Hätten sie ihr in dieser Zeit nicht so freigebig unter die Arme gegriffen, hätte sich Mrs Morel niemals durchschlagen können, ohne erdrückende Schulden zu machen.

Die Wochen vergingen, und beinahe entgegen aller Hoffnung kam Morel wieder zu Kräften. Er hatte eine starke Konstitution, so dass er, als er erst einmal auf dem Weg der Besserung war, bald vollends genas. Nach kurzer Zeit werkelte er wieder unten herum. Während seiner Krankheit hatte seine Frau ihn etwas verwöhnt. Nun wollte er, dass sie damit fortfuhr. Oft hob er die Hand an den Kopf, zog die Mundwinkel herab und schützte Schmerzen vor, die er gar nicht empfand. Aber sie ließ sich nicht täuschen. Zuerst lächelte sie nur vor sich hin. Dann wies sie ihn scharf zurecht.

»Du liebe Güte, Mann, sei doch nicht so wehleidig.«

Das versetzte ihm einen Stich, trotzdem täuschte er weiterhin Krankheit vor.

»Ich wäre nicht so ein Hätschelkind«, sagte seine Frau schroff.

Da war er empört und fluchte wie ein kleiner Junge leise vor sich hin. Sie zwang ihn, sein Gejammer sein zu lassen und einen normalen Ton anzuschlagen.

Dennoch herrschte eine Zeit lang Frieden im Haus. Mrs Morel hatte größere Nachsicht mit ihm, und er, der fast wie ein Kind von ihr abhängig war, fühlte sich recht glücklich. Beide wussten nicht, dass sie nur deshalb mehr Nachsicht mit ihm hatte, weil sie ihn weniger liebte. Bis dahin war er trotz allem ihr Ehemann gewesen und ihr Gefährte. Sie hatte mehr oder weniger empfunden, dass er das, was er sich antat, auch ihr antat. Ihr Leben hing von ihm ab. Das Verebben ihrer Liebe zu ihm vollzog sich in vielen, vielen Stufen, stets aber war es ein Verebben.

Nun, mit der Geburt ihres dritten Kindes, war ihr Ich nicht länger hilflos auf ihn gerichtet, sondern wie eine Flutwelle, die kaum noch anstieg, die Abstand zu ihm hielt. Danach begehrte sie ihn kaum noch. Und da sie Distanz zu ihm wahrte und ihn nicht mehr als Teil ihrer selbst, sondern nur noch als Teil ihrer Lebensumstände empfand, machte sie sich nicht so viel daraus, was er tat, und konnte ihn sich selbst überlassen.

Im folgenden Jahr gab es jenen Stillstand, jene Wehmut, die wie der Herbst im Leben eines Menschen sind. Seine Frau ließ ihn fallen, mit leichtem Bedauern, aber schonungslos; ließ ihn fallen und suchte Liebe und Leben bei ihren Kindern. Fortan war er mehr oder weniger eine leere Hülse. Und wie so viele Männer, die ihren Platz den Kindern abtreten müssen, fügte er sich halb darein.

Während seiner Genesung, als es eigentlich schon aus war zwischen ihnen, gaben sich beide Mühe, zu dem alten Verhältnis in den ersten Monaten ihrer Ehe zurückzufinden. Er saß zu Hause, und wenn die Kinder im Bett lagen und sie nähte – sie nähte alles, sämtliche Hemden und Kinderkleider, von Hand –, las er ihr aus der Zeitung vor, wobei er die Wörter langsam und gezielt aussprach, wie ein Mann, der Wurfringe wirft. Oft trieb sie ihn an und nannte ihm eine Wendung im Voraus. Und dann nahm er ihre Worte demütig entgegen.

Das Schweigen zwischen ihnen war sonderbar. Da war das rasche, leichte Klappern ihrer Nadel, das scharfe Schnalzen seiner Lippen, wenn er den Rauch ausstieß, die Wärme, das Zischen der Gitterstäbe, wenn er ins Feuer spuckte. Dann wandten ihre Gedanken sich William zu. Der wuchs bereits zu einem großen Jungen heran. Schon war er der Klassenbeste, und der Lehrer sagte, er sei der Klügste in der Schule. Sie sah ihn als

Mann, jung, voller Kraft, der die Welt für sie neu erglänzen ließ.

Und Morel saß da, ganz allein, und da er nichts hatte, worüber er nachdenken konnte, war ihm leicht unbehaglich zumute. Seine Seele griff blindlings nach ihr und fand sie nicht vor. Er empfand eine Art Leere, fast wie ein Vakuum in seiner Seele. Er war unruhig, rastlos. Bald konnte er in dieser Atmosphäre nicht länger leben, und damit steckte er seine Frau an. Beide verspürten Atembeklemmung, wenn sie einige Zeit allein waren. Dann ging er zu Bett, und sie machte es sich bequem, um sich allein zu zerstreuen – zu arbeiten, zu denken, zu leben.

Da Morel einer Atmosphäre bedurfte, in der er leben konnte, da er nicht in seine eigene Vernichtung einwilligen konnte, taumelte er wieder ins Palmerston und zu Jerry, und seine Frau war insgeheim erleichtert, ihn gehen zu sehen.

Sein Spiel hatte er längst verloren. Obwohl er natürlich immer wieder auf sein altes Ich zurückgriff und Momente der Macht, der Autorität und des Stolzes erlebte. Aber diese waren nur mehr wie ein Echo. Der kleine Paul, zu dem er sich sonderbar hingezogen fühlte, ließ sich von ihm nicht anfassen. Im Alter von acht Monaten hatte das Kind Eiter im Ohr und war sehr gereizt. Morel wollte den Jungen auf den Arm nehmen, um ihn zu beruhigen. Es hätte dem Mann gutgetan, sein krankes Baby streicheln zu können. Aber das Kind wollte sich von ihm nicht streicheln lassen. Obwohl gewöhnlich ein stilles Baby, erstarrte es in seinen Armen und schrie, wich vor den Händen des Vaters zurück. Und wenn Morel sah, wie das Baby die kleinen Fäuste ballte, das Gesicht abkehrte und seine nassen blauen Augen verzweifelt der Mutter zuwandte, sagte er in einer Art ungehaltener Hoffnungslosigkeit:

»Hier, komm und nimm ihn!«

»Dein Schnauzer macht ihm Angst«, erwiderte sie dann, nahm das Kind und drückte es an ihre Brust. Aber es zerriss ihr doch das Herz. Und Morel fürchtete sich vor dem Kind.

Unterdessen war ein weiteres Kind unterwegs, die Frucht dieses kurzen Friedens und der Zärtlichkeit zwischen den auseinandergehenden Eltern. Paul war siebzehn Monate alt, als das neue Baby zur Welt kam. Er war jetzt ein pummeliges, blasses Kind, ruhig, mit schweren blauen Augen und jenem sonderbaren leichten Stirnrunzeln. Das jüngste Kind war wiederum ein Junge, blond und herzig. Mrs Morel war betrübt, als sie merkte, dass sie wieder schwanger war, einmal aus wirtschaftlichen Gründen, aber auch, weil sie ihren Mann nicht mehr liebte; nicht jedoch, was das Kind selbst betraf.

Sie nannten es Arthur. Er war sehr hübsch, mit einem Schopf goldener Locken, und liebte seinen Vater von Anfang an. Mrs Morel war froh, dass wenigstens dieses Kind den Vater liebte. Wenn der Kleine die Schritte des Bergmanns hörte, warf er die Arme in die Luft und krähte. Und wenn Morel guter Laune war, rief er ihm mit seiner warmen, weichen Stimme sofort zu:

»Was is 'n, mein Allerschönster – ich komm ja gleich zu dir.«

Und sobald er seinen Grubenrock ausgezogen hatte, band Mrs Morel dem Kind einen Latz vor und reichte es seinem Vater.

»Wie der Junge wieder aussieht!«, rief sie mitunter, wenn sie ihm das Kind wieder abnahm, dessen Gesicht von den Küssen und Neckereien seines Vaters ganz verschmiert war. Dann lachte Morel fröhlich.

»Er is 'n richtiger kleiner Bergmann, das Lämmchen«, rief er. Und dies waren nun Augenblicke des Glücks in ihrem Leben, wenn die Kinder den Vater wieder ins Herz schlossen.

Unterdessen wurde William immer größer, kräftiger und reger, während Paul, eher zart und still, immer schlanker wurde und hinter seiner Mutter hertrabte wie ihr Schatten. Meist war er lebhaft und interessiert, manchmal aber litt er unter Anfällen von Schwermut. Dann fand die Mutter den drei- oder vierjährigen Knaben weinend auf dem Sofa.

»Was ist?«, fragte sie und bekam keine Antwort.

»Was ist?«, drang sie in ihn und wurde ärgerlich.

»Ich weiß nicht«, schluchzte das Kind.

So versuchte sie, ihm gut zuzureden oder ihn zu erheitern, aber ohne Erfolg. Sie geriet ganz außer sich. Dann sprang der Vater, stets ungeduldig, von seinem Stuhl auf und schrie:

»Wenn er nich aufhört, werd ich ihn verprügeln, bis er's tut.«

»Du wirst nichts dergleichen tun«, sagte die Mutter kalt.

Und dann trug sie das Kind in den Hof, setzte es auf seinen kleinen Stuhl und sagte:

»Hier kannst du weinen, du armes Wurm!«

Und dann fiel sein Blick vielleicht auf einen Schmetterling auf den Rhabarberblättern, oder er weinte sich endlich in den Schlaf. Diese Anfälle waren zwar nicht häufig, aber sie warfen doch einen Schatten auf Mrs Morels Herz, und sie behandelte Paul anders als die übrigen Kinder.

Eines Morgens hörte Mrs Morel den Ruf des Bierhefeverkäufers und ging mit ihrem Krug hinaus auf die Gasse. Der Mann war noch nicht an ihrer Pforte angelangt, und so stand sie wartend da und lauschte auf die Melodiefetzen der Choräle, die er sang, während er die Kanne in seine Fässer tauchte und die Töpfe füllte, die die Frauen ihm reichten. Er war ein fröhlicher alter Mann mit einem lustigen, knollenartigen Gesicht, das von einem weißen Backenbart gerahmt war. Auf seinem klapprigen alten Karren hatte er zwei Fässer mit Brauereihefe, die mit einem nassen Sack bedeckt waren. Im Gehen sang er Choräle, da er drei Monate zuvor bekehrt worden war.

»Sehen wir uns hinterm Strome,
Wo die Wogen nicht mehr roll'n? – Bäää̈r-me!«

ertönte sein lauter, fast böser Ruf durch die Gasse. Und wenn er für einen halben Penny Bärme für sie schöpfte, neckte er die Frauen. Plötzlich hörte Mrs Morel, wie eine Stimme sie anrief. Es war die dünne, kleine Mrs Anthony in braunem Samt.

»Mrs Morel, ich muss Ihnen was über Ihren Willie sagen.«

»Ach ja?«, erwiderte Mrs Morel.

Mrs Anthony kam nicht näher, sondern blieb stehen und rief über die Gasse hinweg.

»Glauben Sie etwa, er hat das Recht, unserem Alfie den Kragen abzureißen?«

»Wie, hat er das getan?«, rief Mrs Morel zurück. Beide Frauen vermieden es, sich einander zu nähern.

»Das hat er – und wenn Sie's mir nicht glauben, geh ich den Kragen holen.«

»Das brauchen Sie nicht«, sagte Mrs Morel. »Aber woher wissen Sie, dass es unser William war?«

»Was, meinen Sie etwa, unser Alfie sagt nicht die Wahrheit? In den Bottoms gibt's keinen wahrheitsliebenderen Burschen. Na schön, fragen Sie doch Annie Bower und die andern. Er hat meinen Jungen am Kragen gepackt und ihm den glatt abgerissen. Und ich kann's mir nicht leisten, einen neuen zu kaufen, wenn Leute ihm den Kragen abreißen –«

»Das weiß ich«, sagte Mrs Morel.

»Und ich sag Ihnen eins«, entgegnete Mrs Anthony hitzig, »er sollte eine tüchtige Tracht Prügel beziehen, das sollte er.«

»›An dem Kreuz, an dem Kreuz, wo ich Ihn fand‹ – Bärme! – Bäääär-me! – Wie viel darf's denn sein, Missis?«

»Für einen halben Penny, das reicht«, sagte Mrs Morel und gab ihm ihren Krug.

»Einen Krug für einen halben Penny, bitte sehr, ganz frisch und tropfnass, und Gottes Segen«, antwortete der Hefeverkäufer. Er und sein Karren standen zwischen den beiden Frauen.

»›Schauet die Lilien auf dem Felde, wie sie wachsen.‹ – Ja, Mrs Anthony – für einen halben Penny. Alle immer nur für einen halben Penny. Macht nichts. ›Sie arbeiten nicht, auch spinnen sie nicht. Dass auch Salomo‹ – Danke sehr –«

Er zog weiter. Auf die beiden Frauen hatte er nicht den geringsten Eindruck gemacht. Vielmehr war Mrs Anthony empörter denn je.

»– ein Bursche, der wo einen andern packt und ihm die Kleider vom Leib reißt«, wiederholte sie.

»Ihr Alfred ist genauso alt wie mein William«, sagte Mrs Morel.

»Mag sein, aber das gibt ihm nicht das Recht, meinen Jungen am Kragen zu packen und ihm den glatt abzureißen.«

»Nun«, sagte Mrs Morel, »ich prügele meine Kinder nicht, und selbst wenn ich es täte, würde ich gern hören, was sie dazu zu sagen haben.«

»Vielleicht würden sie sich ein bisschen besser benehmen, wenn sie Dresche bezögen«, gab Mrs Anthony zurück, »einem Jungen mit Absicht einfach den sauberen Kragen abzureißen –«

»Das hat er bestimmt nicht mit Absicht getan«, sagte Mrs Morel.

»Halten Sie mich etwa für eine Lügnerin?«, brüllte Mrs Anthony.

Mrs Morel ging davon und schloss die Pforte. Die Hand, in der sie den Krug mit Hefe hielt, zitterte.

»Aber ich werd's Ihrem Mann erzählen«, rief Mrs Anthony ihr nach.

Mittags, als William gegessen hatte und wieder hinauswollte – damals war er elf Jahre alt –, sagte seine Mutter zu ihm:

»Warum hast du Alfred Anthony den Kragen abgerissen?«

»Wann soll ich ihm denn den Kragen abgerissen haben?«

»Ich weiß nicht, wann, aber seine Mutter sagt, dass du es warst.«

»Das war gestern – aber der war schon eingerissen.«

»Aber du hast ihn weiter eingerissen.«

»Ich hatte 'ne Kastanie, die hat schon siebzehnmal gesiegt – und Alfie Anthony sagt:

›Adam und Eva und Kneifmich
Badeten einmal im Fluss,
Adam und Eva ertranken,
Wer ward gerettet zum Schluss?‹

Also sag ich: ›Oh, Kneif*dich*‹, und hab ihn gekniffen, und da ist er wütend geworden, hat sich meine Kastanie geschnappt und ist damit weggerannt. Ich hinter ihm her, und wie ich ihn gepackt hab, hat er sich geduckt, und da ist der Kragen abgerissen. Aber meine Kastanie hab ich wieder –«

Er zog eine schwarze alte Rosskastanie, die an einem Bindfaden hing, aus der Tasche. Die alte Kastanie hatte bereits siebzehn andere Kastanien an ähnlichen Bindfäden getroffen und zerschmettert. Daher war der Junge stolz auf sie.

»Du weißt«, sagte Mrs Morel, »dass du kein Recht hast, ihm den Kragen abzureißen.«

»Mutter«, antwortete er, »das wollte ich auch gar nicht – es war ja nur ein alter Gummikragen und schon eingerissen.«

»Das nächste Mal«, sagte seine Mutter, »sei vorsichtiger. Mir würde es auch nicht gefallen, wenn du mit abgerissenem Kragen nach Hause kämst.«

»Das ist mir gleich, Mutter, ich hab's ja nicht mit Absicht getan.«

Der Junge war ziemlich traurig, weil er gemaßregelt wurde.

»Nein – aber sei vorsichtiger!«

William stürzte davon, froh, freigesprochen worden zu sein. Und Mrs Morel, die jeden Streit mit den Nachbarinnen hasste, nahm sich vor, Mrs Anthony den Vorfall zu erklären, und damit wäre die Sache erledigt.

Als jedoch Morel an diesem Abend von der Grube nach Hause kam, wirkte er sehr mürrisch. Er stand in der Küche und starrte um sich, sagte aber einige Minuten lang nichts. Dann:

»Wo is Willie?«, fragte er.

»Was willst du denn von ihm?«, fragte Mrs Morel, die ahnte, worum es ging.

»Das wird er erfahren, wenn ich ihn zu fassen krieg«, sagte Morel und knallte seine Grubenflasche auf den Geschirrschrank.

»Mrs Anthony hat dich wohl abgepasst und dir von Alfies Kragen erzählt?«, fragte Mrs Morel ziemlich spöttisch.

»Ganz gleich, wer mich abgepasst hat«, sagte Morel. »Wenn ich ihn abpasse, schlag ich ihm die Knochen entzwei.«

»Ein Armutszeugnis«, sagte Mrs Morel, »dass du dich so bereitwillig auf die Seite eines zänkischen Weibes schlägst, das dir mit Geschichten gegen die eigenen Kinder in den Ohren liegt.«

»Dem werd ich's zeigen!«, sagte Morel. »Spielt keine Rolle, wem sein Junge er is, der zerreißt und zerfetzt nich einfach, wie er lustig ist.«

»Zerreißt und zerfetzt?«, wiederholte Mrs Morel. »Er ist hinter Alfie hergerannt, als der ihm seine Kastanie abgenommen hatte, und hat ihn zufällig am Kragen gepackt – denn der andere hat sich geduckt, wie's ein Anthony halt tut.«

»Ich weiß –«, brüllte Morel drohend.

»Du weißt immer schon alles, bevor man's dir sagt«, erwiderte seine Frau bissig.

»Na und?«, tobte Morel. »Ich weiß, was ich zu tun hab.«

»Das ist mehr als zweifelhaft«, sagte Mrs Morel. »Angenommen, irgend so ein Lästermaul will, dass du die eigenen Kinder verprügelst.«

»Ich weiß«, wiederholte Morel.

Aber er sagte nichts mehr, sondern setzte sich hin und pflegte seine schlechte Laune.

Plötzlich kam William hereingerannt und sagte:

»Kann ich meinen Tee haben, Mutter?«

»Du kannst noch viel mehr haben«, brüllte Morel.

»Mach nicht so einen Lärm, Mann«, sagte Mrs Morel. »Und zieh nicht so ein lächerliches Gesicht.«

»Der wird 'n lächerliches Gesicht ziehen, noch bevor ich mit ihm fertig bin«, brüllte Morel, erhob sich von seinem Stuhl und funkelte seinen Sohn an. William, für seine Jahre groß, aber sehr empfindlich, war blass geworden und sah seinen Vater erschrocken an.

»Geh hinaus!«, befahl Mrs Morel ihrem Sohn.

William besaß nicht die Geistesgegenwart, sich von der Stelle zu rühren. Plötzlich ballte Morel die Faust und kauerte sich zusammen.

»Ich werd ihn das Hinausgehn schon noch lehren«, brüllte er wie von Sinnen.

»Was?«, rief Mrs Morel und keuchte vor Wut. »Du wirst ihn nicht anrühren, nur weil die irgendwas dahergeschwätzt hat, das wirst du nicht.«

»Das werd ich nich?«, brüllte Morel. »Das werd ich nich?«

Und mit finsterer Miene stürzte er sich auf den Jungen. Mrs Morel sprang mit erhobener Faust dazwischen.

»Wag das bloß nicht!«, rief sie.

»Was?«, brüllte er und war einen Augenblick lang verdutzt. »Was?«

Sie wirbelte herum zu ihrem Sohn.

»Geh jetzt aus dem Haus!«, herrschte sie ihn voller Zorn an. Als wäre er von ihr hypnotisiert, drehte der Junge sich plötzlich um und war weg. Morel stürzte zur Tür, kam aber zu spät. Blass vor Wut unter seinem Grubendreck, kam er zurück. Doch jetzt war seine Frau vollends aufgebracht.

»Wag es nur!«, sagte sie mit laut schallender Stimme. »Wag es nur, mein Herr, dem Kind auch nur ein Haar zu krümmen. Das würdest du ewig bereuen.«

Er hatte Angst vor ihr. In rasender Wut setzte er sich.

»Nein, du hast es früher getan, aber du wirst es nicht mehr tun!«, begann sie plötzlich, nach einer Pause. »Ich werde nie vergessen, wie dich der Teufel geritten hat und du William getreten hast, bis er große blaue Flecken bekam – das wirst du nicht mehr tun«, keuchte sie. Vor Zorn war sie ganz außer Atem.

»Das werd ich nich? Das werd ich nich?«, wiederholte Morel.

»Du brutaler Kerl, du elender Feigling und brutaler Kerl!«, rief sie. »Hast du nicht mehr Mumm, als dich von einer schnöden alten Hexe wie dieser Anthony herumkommandieren zu lassen, die dir befiehlt, deine Kinder zu verprügeln? Soll die etwa für dich entscheiden, wann du nach Hause kommst und den Jungen vermöbelst? – Und du tust es auch noch, du Feigling, du brutaler Kerl! – Nein, nicht, solange ich hier bin!«

»Du wirst schon sehn, was passiert, solang du hier bist«, drohte Morel.

»Nie wieder, mein Herr, nie wieder krümmst du meinen Kindern auch nur ein Haar.«

»Oh! – Oh!!«, knurrte er.

Und an diesem Abend ging er aus und betrank sich, und am Wochenende gab er William nicht seinen wöchentlichen Penny.

»Ohne den bist du besser dran«, sagte Mrs Morel zu ihrem Sohn.

Als die Kinder alt genug waren, um allein gelassen zu werden, trat Mrs Morel der Frauengilde bei. Diese war ein kleiner Verein für Frauen, der der Konsumgenossenschaft angeschlossen war und montagabends in dem langen Saal über dem Lebensmittelgeschäft der Genossenschaft von Bestwood zusammentraf. Die Frauen sollten die Vorteile, die sich aus der Genossenschaftsbewegung ergaben, sowie andere soziale Fragen erörtern. Zuweilen hielt Mrs Morel einen Vortrag. Für die Kinder war es ein seltsamer Anblick, wenn ihre Mutter, die sonst immer nur im Haushalt zu tun hatte, sich hinsetzte, auf ihre flinke Art etwas aufschrieb, nachgrübelte, Bücher zu Rate zog und weiterschrieb. Bei solchen Gelegenheiten empfanden sie den größten Respekt vor ihr.

Aber die Gilde liebten sie. Diese war das Einzige, was sie ihrer Mutter nicht missgönnten; teils, weil sie ihr Freude machte, teils wegen der Überraschungen, die für sie selbst dabei abfielen. Ein paar feindselige Ehemänner, die das Gefühl hatten, ihre Frauen würden zu eigenständig, nannten sie »Klatsch-« oder »Tratschbude«. Tatsächlich konnten die Frauen vom Fundament der Gilde aus ihr Zuhause und ihre eigenen Lebensbedingungen überblicken und erkennen, woran es mangelte. Daher fanden die Bergleute es recht beunruhigend, dass ihre Frauen einen neuen, ganz eigenen Maßstab gewonnen hatten. Außerdem brachte

Mrs Morel jeden Montagabend viele Neuigkeiten mit, so dass die Kinder sich freuten, wenn William zu Hause war, da sie ihm manches erzählte.

Als William dreizehn war, verschaffte sie ihm eine Anstellung im Büro der Genossenschaft. Er war ein sehr gescheiter Junge, aufrichtig, mit ziemlich groben Gesichtszügen und blauen Augen wie ein echter Wikinger.

»Wozu willste 'n Bürohengst aus ihm machen?«, fragte Morel. »Der wird sich nur den Hosenboden durchscheuern und nichts verdienen. Was kriegt er denn am Anfang?«

»Was er am Anfang kriegt, spielt gar keine Rolle«, antwortete Mrs Morel.

»Doch. Schick ihn zu mir in die Grube, da verdient er schon am Anfang gut und gerne zehn Shilling die Woche. Aber ich weiß ja, sechs Shilling dafür, dass er sich auf 'nem Hocker den Hintern durchsitzt, is besser als zehn Shilling mit mir in der Grube.«

»Der kommt mir nicht in die Grube«, sagte Mrs Morel. »Schluss jetzt damit.«

»Für mich war sie gut genug, aber für ihn natürlich nich.«

»Wenn dich deine Mutter mit zwölf in die Grube geschickt hat, ist das für mich noch längst kein Grund, mit meinem Jungen genauso zu verfahren.«

»Zwölf? – 's war lange davor!«

»Wann immer«, sagte Mrs Morel.

Sie war sehr stolz auf ihren Sohn. Er besuchte die Abendschule und lernte Kurzschrift, so dass er, abgesehen von einem anderen, mit sechzehn Jahren der beste Stenograph und Buchhalter im Büro war. Danach unterrichtete er an Abendschulen. Aber er war so feurig, dass nur seine Gutmütigkeit und seine Körpergröße ihn schützten.

Alles, was Männer tun – alles Anständige –, tat auch William. Er konnte rennen wie der Wind. Als er zwölf war, gewann er den ersten Preis bei einem Wettlauf: ein gläsernes Tintenfass, das wie ein Amboss geformt war. Stolz stand es auf dem Geschirrschrank und bereitete Mrs Morel große Freude. Der Junge lief nur für sie. Atemlos kam er mit seinem Amboss nach Hause gestürmt:

»Sieh nur, Mutter!«

Es war der erste wirkliche Tribut an sie. Wie eine Königin nahm sie ihn entgegen.

»Wie hübsch!«, rief sie.

Wenn die Kinder der Bottoms am Zauntritt spielten und Willie des Weges kam, riefen sie immer:

»Spring drüber, Willie – spring drüber.«

Und großspurig setzte er über den anderthalb Meter hohen Zaun hinweg.

»Seht euch das an!«, riefen die kleinen Jungen.

Er konnte auch weiter werfen als jeder andere Halbwüchsige in Bestwood. Seine Freunde und seine Gegner waren sehr eifersüchtig auf diese Kunststücke, und sie schworen, dass es nicht seine Steine waren, die am weitesten dort hinter der Hecke lagen. Da markierte William sie verachtungsvoll mit einem W. M.

Als er siebzehn war, siegte er bei einem Radrennen in Ilkeston. In einem seiner Anfälle von Prahlsucht hatte Morel seinen Sohn dazu herausgefordert, gegen jeden Titelhalter anzutreten, der im Wirtshaus saß. William sah es als seine Pflicht an, der Angeberei seines Vaters Genüge zu tun. Mrs Morel billigte die Sache nicht.

»Sieh nur, wie ich sie besiegen werde, Mutter!«, rief er und schlug sich auf die Waden. Mrs Morel saß den ganzen Tag voller Spannung und Elend da. Womöglich verletzte er sich oder kam ums Leben. Sie war überzeugt, dass sein Herz für Radrennen nicht kräftig genug war. Doch am Abend kam er mit einem kleinen Schreibtisch aus Eichenholz nach Hause.

»Hier, Mutter!«, rief er. »Hab ich dir nicht gesagt, ich würde dir was mitbringen?«

Aber er musste ihr versprechen, nie wieder an einem Radrennen teilzunehmen.

Er hatte Schüler und unterrichtete zu Hause Kurzschrift. Dabei war er so aufbrausend und ungestüm, dass ihn nur Jugendliche, die von Natur aus gute Schüler waren, ertragen konnten. Mit seinem Schüler saß er am Tisch in der von einer Lampe erleuchteten Küche, wo es warm und ganz ruhig war. Die roten Chintzkissen auf dem Sofa waren weich, das rote baumwollene Tischtuch schien gemütlich. In der Regel saß der Schüler, ein Bursche von dreizehn oder vierzehn Jahren, ängstlich dabei, während William rasch und energisch die Hausaufgaben korrigierte. Der Lehrer schnaubte voller Ungeduld und Abscheu. Dann rief er plötzlich:

»Du tatteriger Dummkopf, den letzten Satz hattest du doch richtig, und jetzt –«

Der arme Schüler schnäuzte sich nervös mit seinem roten Taschentuch die Nase, während er über Williams Ellbogen spähte. Manchmal saß Mrs Morel mit einer Näharbeit in ihrem Schaukelstuhl. Dann begann der eigentliche Unterricht. William wurde immer ungeduldiger, bis es aus ihm herausbrach:

»Du großer Dussel, du Dummkopf, du gewaltiger Trottel und Narr, hab ich dir nicht tausendmal erklärt –?«

»William! William!«, rief seine Mutter. »Du solltest dich was schämen! Ich frage mich, wie es irgendjemand bei dir aushält. – Beachte ihn gar nicht, Robert, es liegt an seiner eigenen Ungeduld, nicht an dir. Du bist aufgeweckt genug.« Und Robert warf Mrs Morel einen ebenso beschämten wie dankbaren Blick zu, während William fortfuhr:

»Nun komm schon – und sei um Himmels willen kein Dummkopf –!«

Schließlich machte Mrs Morel es sich zur Regel, wann immer Unterricht stattfand, aus dem Haus zu gehen, um die Gefühle der armen Burschen zu schonen.

William musste um acht im Büro sein, und so stand seine Mutter um sieben Uhr auf, um alles für ihn zu richten. Meist war er spät dran, oder doch beinahe. Doch nichts konnte ihn zur Eile treiben. Er liebte es, mit seiner Mutter allein zu frühstücken. Dann plapperte er fröhlich drauflos und neckte sie.

Eines Morgens stand er auf dem Kaminvorleger und bat sie um ein frisches Hemd. Sie reichte es ihm und setzte sich dann zu ihrer Tasse Tee hin. Er hielt das aufgeknöpfte, reichlich geflickte Wollhemd vor sich.

»Wie nennst du denn so was, Mutter?«, fragte er.

»Hemd«, antwortete sie und fing an zu lachen.

»›Was uns Rose heißt, wie es auch hieße, würde lieblich duften –‹«, zitierte er launig.

»Wenn du es auch immer zerreißt – und ich hatte nicht mehr den gleichen Stoff wie das Hemd – außerdem, wer sieht das schon?«

»Bist du sicher, dass meine Hose nicht durchguckt – ich hab das Gefühl, die scheint durch«, sagte er und musterte noch immer unschlüssig das Hemd.

»Zieh's an – sieh nur, wie spät es ist!«, befahl sie und musste unwillkürlich lachen, als sie in ihrem Schaukelstuhl saß und an ihrem Tee nippte. Er stand genau vor ihr, ein großer, kräftiger Junge, und hielt sein Flickenhemd in die Höhe.

»Mein bunter Rock!«, sprach er es an. »Ich glaube nicht, dass jemand neidisch auf dich ist – eins, zwei, drei, vier – welches ist denn nun der ursprüngliche Stoff, Mutter?«

»Zieh's an!«, befahl seine Mutter.

»Aber angenommen, ich habe einen Unfall und werde ins Krankenhaus gebracht und komme wieder zu mir und sehe vier Krankenschwestern, die meinen Hemdschoß halten –«, murrte er.

»Die werden sagen, wie gut sich jemand um dich kümmert«, lachte sie.

Er zwängte sich in sein Hemd und sagte mit vermummtem Gesicht:

»Auch Salomo in aller seiner Herrlichkeit –«

»Nein«, lachte Mrs Morel, »ich nehme an, für Salomo hat niemand so viel genäht.«

William blickte spöttisch über die Schulter.

»Mein Leidenshemd!«, klagte er.

Jetzt schüttelte sich Mrs Morel geradezu vor Lachen. Sie kämpfte mit sich und erholte sich hinreichend, um mit der Faust auf den Tisch zu schlagen und zu rufen:

»Wirst du dich wohl endlich anziehen, Junge! Es ist schon Viertel vor acht.«

»Du erwartest doch wohl nicht, dass ich mich beeile, wenn ich in solche Flicken gehüllt bin, Mutter?«

»Ach, du Dummerjan, du Jammerlappen!«, rief sie. »Auf diesem Fahrrad wirst du dir noch mal den Hals brechen –«

»Ja, wenn ich tot wäre, müsste ich mich für mein Hemd nicht schämen«, fiel er ihr ins Wort.

Sie sprang auf, ergriff die Haarbürste und schlug ihm damit auf den Kopf.

»Bürste dir jetzt die Haare«, befahl sie.

Als sie auseinandergingen, glühten sie vor Wärme: Er wärmte ihr Innerstes, und sie seins.

Dann wurde er ehrgeizig. All sein Geld übergab er seiner Mutter. Als er vierzehn Shilling die Woche verdiente, gab sie ihm zwei davon für sich zurück, und da er niemals trank, kam er sich reich vor. Er verkehrte in den besseren Kreisen von Bestwood. Das Städtchen kannte keinen Höhergestellten als den Geistlichen. Danach kamen der Bankleiter, die Ärzte, die Kaufleute und dann erst die Masse der Bergarbeiter. William pflegte Umgang mit den Söhnen des Apothekers, des Lehrers und der Kaufleute. Im Handwerkersaal spielte er Billard. Und er ging tanzen – gegen den Willen seiner Mutter. Er genoss alles, was das Leben in Bestwood ihm zu bieten hatte, vom Sixpence-Schwof unten in der Church Street bis hin zu Sport und Billard.

»Walzen!«, rief sein Vater. »Glaubst du etwa, du kannst walzen? Als ich noch 'n bisschen besser zu Fuß war, hab ich mich auf 'ner Münze drehen können.«

»Ganz bestimmt«, sagte William skeptisch.

»Und ob ich das konnte!«, beteuerte Morel stolz.

»Dann zeig her – lass mal sehen.«

Aber Morel hatte Angst, vor seinen Kindern zu tanzen.

»Nee, tu ich nich! Is doch 'n Narrenspiel das, und ich versteh nich, was es dir nützen soll.«

»Du siehst, ich trete in die Fußstapfen meines Vaters«, sagte William.

»Umso närrischer«, sagte sein Vater, »wenn du das tust.«

»Na schön, wenn du halt zu steif bist, um noch zu tanzen«, sagte William.

»Hab seit zwanzig Jahren nich mehr getanzt«, rief Morel erbost.

»Und ich wette, dass es dir schwergefallen ist, es aufzugeben.«

William ließ sich nicht beirren. Er war der große Liebling der Damen.

»Apostel«, sagte er immer zu seinem Bruder Paul, wenn die beiden nach einem Tanz zusammen im Bett lagen. »Apostel – ein Mädchen in weißem Satin – hörst du, in weißem Satin bis hinunter zu den Schuhen – wohnt in Sutton – ziemlich scharf auf mich! Die treffe ich morgen.«

Nach vierzehn Tagen fragte ihn Paul:

»Was ist denn nun mit der Dame in weißem Satin?«

»Aus der mach ich mir nichts, Apostel – ist nicht so doll! Aber da ist eine kleine Perle aus Ripley – duftet leicht nach Kirschblüte – weiß wie eine Lilie –«

Paul unterhielt er mit prächtigen Schilderungen allerlei blütengleicher Damen, die meist wie Schnittblumen nur kurze vierzehn Tage in Williams Herzen lebten.

Bisweilen kam eine seiner Flammen auf der Suche nach ihrem abtrünnigen Verehrer vorbei. Dann fand Mrs Morel ein unbekanntes Mädchen vor der Haustür und witterte gleich, woher der Wind wehte.

»Ist Mr Morel zu Hause?«, fragte das Fräulein flehentlich.

»Mein Mann ist zu Hause«, erwiderte Mrs Morel.

»Ich – ich meine den jungen Mr Morel«, wiederholte das junge Mädchen verlegen.

»Welchen? – Es gibt mehrere.«

Woraufhin die Schöne errötete und ins Stammeln geriet.

»Ich – ich habe Mr Morel – in Ripley – kennengelernt«, erklärte sie.

»Oh – bei einem Tanz?«

»Ja.«

»Ich billige die Mädchen nicht, die mein Sohn beim Tanzen kennenlernt. Und er ist *nicht* zu Hause.«

Mrs Morel verabscheute die billigen Tanzveranstaltungen, die ihr Sohn besuchte.

»Meinst du etwa«, sagte sie zu ihm, »ich kenne die schamlosen Flittchen nicht, die da hingehen?«

»Nun, Mutter, *ich* bin nicht schamlos, wie du siehst.«

»Da bin ich mir nicht so sicher«, lachte seine Mutter.

»Du glaubst doch nicht etwa, dass ich mich in sie verliebe, oder? Das tu ich nicht. Ich will nur ein bisschen Spaß mit ihnen haben.«

»Aber sie wollen mehr als nur ein bisschen Spaß mit dir. Und es ist nicht recht.«

»Wieso? Ich werde nicht heiraten. Sorg dich nicht, Mater. Ich werde erst heiraten, wenn ich eine Frau wie dich kennenlerne – und das kann lange dauern. – Und außerdem werde ich erst mit dreißig heiraten, wenn ich keine Lust mehr habe herumzuschmusen.«

»Wir werden sehen, mein Sohn«, erwiderte seine Mutter.

Dann kam er nach Hause und ärgerte sich über seine Mutter, weil sie das Mädchen so schroff abgewiesen hatte. Er war ein sorgloser, aber eifriger Bursche, der mit weit ausholenden Schritten daherging, manchmal die Stirn runzelte und oft die Mütze keck in den Nacken schob. Jetzt kam er mit gerunzelter Stirn herein. Er warf die Mütze aufs Sofa, umfasste sein kräftiges

Kinn und blickte finster auf seine Mutter hinab. Sie war klein und trug das Haar aus der Stirn gekämmt. Sie hatte ein ruhiges Wesen, gebieterisch und doch voll seltener Wärme. Als sie sah, dass ihr Sohn sich ärgerte, zitterte sie innerlich.

»Hat sich gestern eine Dame nach mir erkundigt, Mutter?«, fragte er.

»Von einer Dame weiß ich nichts – aber ein Mädchen war hier.«

»Und warum hast du mir nichts davon gesagt?«

»Weil ich es schlicht vergessen habe.«

Er schnaubte leicht vor Wut.

»Ein hübsches Mädchen – sieht aus wie eine Dame?«

»Ich habe sie mir nicht angesehen.«

»Große braune Augen –?«

»Ja.«

Wieder schnaubte er.

»Und was hast du ihr gesagt?«

»Dass du nicht zu Hause bist.«

»Und was noch?«

»Nur, dass ich es nicht billige, wenn Mädchen, die du erst einmal getroffen hast, zum Haus deiner Mutter kommen und sich nach dir erkundigen.«

»Das hättest du nicht sagen sollen«, erwiderte er. »Ihr Vater ist wohlhabend – sie haben zwei Hausangestellte –«

»Die waren nicht dabei, also habe ich es nicht gewusst.«

»Aber warum musstest du so gehässig sein – es war doch nicht unrecht, dass sie gekommen ist, oder?«

»Ich habe sie für ein schamloses Flittchen gehalten.«

»Das ist sie nicht – das ist sie nicht – ihr Vater –«

»– hat zwei Hausangestellte«, warf Mrs Morel ein.

»Nein – er ist Tierarzt in Woodlinton – und außerdem, Mutter –«

»– war sie ein schamloses Flittchen.«

»Das ist sie nicht. – Und sie war doch hübsch, nicht wahr?«

»Ich habe sie mir nicht angesehen.«

»Du musst sie dir doch angesehen haben – gib's zu –«

»Ich habe sie mir *nicht* angesehen. Und sag deinen Mädchen, mein Sohn, sie sollen, wenn sie dir schon hinterherlaufen, nicht hierherkommen und deine Mutter nach dir fragen – sag ihnen das – diesen schamlosen Schlampampen, die du in der Tanzstunde kennenlernst.«

»Ich bin sicher, dass sie ein nettes Mädchen ist –«

»Und ich bin sicher, dass sie das nicht ist.«

Damit endete die Auseinandersetzung. Wegen des Tanzens tobte zwischen Mutter und Sohn ein heftiger Streit. Die Unzufriedenheit erreichte einen Höhepunkt, als William sagte, er wolle zu einem Maskenball nach Hucknall Torkard – einer als ordinär geltenden Stadt. Er wollte als Hochländer gehen. Es gab da ein Kostüm, das er sich leihen konnte, das einer seiner Freunde getragen hatte und das ihm wie angegossen saß. Das Hochländerkostüm wurde ins Haus gebracht. Mrs Morel nahm es frostig entgegen und wollte es nicht auspacken.

»Ist mein Kostüm gekommen?«, rief William.

»Im Vorderzimmer liegt ein Paket.«

Er stürzte hinein und durchschnitt den Bindfaden.

»Wie wird dir dein Sohn darin gefallen?«, sagte er entzückt und zeigte ihr das Kostüm.

»Du weißt genau, dass ich dich darin nicht sehen will.«

Als er am Abend des Tanzes nach Hause kam, um sich umzukleiden, zog Mrs Morel ihren Mantel an und setzte ihren Hut auf.

»Willst du nicht hierbleiben und mich darin sehen, Mutter?«, fragte er.

»Nein – ich will dich darin nicht sehen«, antwortete sie.

Sie war ziemlich blass, ihr Gesicht hart und verschlossen. Sie befürchtete, ihr Sohn könne denselben Weg einschlagen wie sein Vater. Er zögerte einen Augenblick, und vor Angst stand ihm das Herz still. Dann fiel sein Blick auf den Hochländerhut mit den Bändern. Fröhlich hob er ihn auf und vergaß sie. Sie ging hinaus.

Er wusste gar nicht, wie enttäuscht er war. Die Erregtheit des Augenblicks und die Vorfreude reichten aus, um ihn durch die Gegenwart zu tragen. Doch sein ganzer Stolz war darauf gerichtet, dass *sie* ihn sah. Und hinterher schmerzte es ihn immer, an diesen Ball zurückzudenken.

Dennoch ging er in heller Aufregung nach oben. Paul half ihm beim Ankleiden.

»Das ist ein Ballkostüm, Apostel«, sagte er. »Gib mir mal die Sachen.« Er zwängte sich in eine enge, sehr kurze schwarze Unterhose. Dann baute er sich fröhlich vor dem Spiegel seiner Mutter auf.

»Nun sieh mich in meiner schwarzen Unterhose!«, sagte er und drehte sich herum. Dann fügte er hinzu: »Weißt du, Apostel, ein echter Hochländer trägt keine Unterhose – er bedeckt seine Blöße mit einem Schottenrock. Aber falls ich zufällig die Beine hoch in die Luft werfe, vor all den anwesenden Damen – das geht nun wirklich nicht!«

Der kleine Junge stimmte ihm zu, obwohl ihm die Sache nicht ganz so schlimm vorkam.

»Schöne Beine, Apostel! Schöne Beine! Die haben mir vier Preise beim Wettlauf und zwei beim Radrennen eingebracht. Nicht schlecht, was?« Er schlug sich auf die jungen, kräftigen Schenkel. »Muskeln, mein Junge! – Aber es gibt einen Defekt, ich schaffe es nicht, dass meine Knie sich berühren. Ich bin leicht o-beinig, Apostel. Aber das macht ihre Kraft aus. – Nicholas Nickleby – der hatte schöne Beine – der schaffte es, dass seine Knie sich berührten, laut Illustration. Und ich schätze, bei Mr Good war's nicht anders. War's Mr Good, der in *König Salomons Schatzkammer* die ›schönen weißen Beine‹ hatte? Machst du mal eben zu? Das Kostüm steht mir richtig gut, stimmt's, Apostel?«

»Ja«, sagte Paul ehrerbietig.

»Ein echter Hochländer«, fuhr William fort, »muss seinen Schottenrock plissieren. Ich wünschte, der hier wäre auch so einer – ich würde gern mal versuchen, ihn zurechtzufalten. Weißt du, Apostel, ich kann einen Schottenrock tragen, weil ich da, wo er anliegt, hübsch rund bin. Für dich wäre das nichts – flach wie ein Kistendeckel. Du musst zum Herrgott beten, dass Er dich an der Stelle entwickelt, oder du wirst nie einen Schottenrock tragen können.«

Paul fragte sich undeutlich, weshalb er je einen Schottenrock tragen sollte. Da er selbst klein und schmächtig war, konnte er nicht nach Muskelkraft und Körpergröße seines Bruders trachten.

»Wie sehen meine Knie aus? – Gut, nicht wahr? Tolle Knie sind das – tolle Knie – die Beine überhaupt! Neulich im Büro haben die Burschen gewettet, ich wäre gepolstert. Als ich gerade am Schreiben war, hat Vickers sich an mich herangeschlichen und eine Nadel hineingesteckt. Mit meinem Gebrüll hätte ich fast die Decke zum Einsturz gebracht, und ich bin aufgesprungen und habe ihm eins über die Rübe gegeben, das kann ich dir sagen. – Ich wünschte, ich hätte mir beim Radfahren nicht den Fetzen Haut abgestoßen.«

»Vielleicht kannst du ein bisschen von deinem rosa Zahnpulver drauftun«, schlug Paul vor.

»Vielleicht – da steht ›Antiseptikum‹ – aber das macht mich fertig! Weißt du, ich bin 'ne echte Hochländergestalt – rötliches Haar, blaue Augen und grimmig, Apostel, grimmig – und dazu noch Muskeln zur Unterstützung. – Falls ich mich je freiwillig melden sollte, dann zur Schwarzen Wache, dem Hochlandregiment. – Das mit dem Zahnpulver ist 'ne prima Idee –«

Als er angekleidet war, kam ein Trupp Kinder herein, um ihn in Augenschein zu nehmen, dazu mehrere Nachbarinnen. Dann brach er auf. Er amüsierte sich köstlich; doch in der Erinnerung schien das Ganze ein einziger Schmerz. Seine Mutter verhielt sich ein, zwei Tage lang sehr kühl ihm gegenüber. Dabei war er so anbetungswürdig –! Und doch – wieder stahl sich ein Anflug von Einsamkeit zwischen sie und ihn.

Um diese Zeit begann er zu studieren. Zusammen mit einem Freund nahm er sich vor, Französisch und Lateinisch und andere Dinge zu lernen. Bald wurde er blass. Nach dem Büro ging er zu Fred Simpsons Haus, und die beiden büffelten zusammen bis Mitternacht, fast bis ein Uhr. Mrs Morel machte ihm Vorhaltungen, wurde sehr zornig und beschwor ihn, mehr auf seine Gesundheit zu achten.

»Wenn wir dabei sind«, sagte er, »vergesse ich – vergessen wir beide – ganz die Zeit, bis Freds Mutter von unten ruft.«

Diese Studiennächte wechselten ab mit »Soirées« und Bällen. Als er älter wurde, magerte er ab, und die Sorglosigkeit wich aus seinen Augen.

Seine Mutter, die über ihn wachte und auf ihn wartete, verspürte einen leichten Kälteschauer im Herzen. Würde er Erfolg haben? Ihrem Stolz auf ihn war ein Gran Sorge beigemischt. Sie hatte so lange auf ihn gewartet, dass sie es nicht ertragen könnte, falls er missriet. Sie wusste nicht, was sie von ihm wollte. Vielleicht wollte sie nur, dass er er selbst war, sich entwickelte und alles verwirklichte, was sie in ihn hineingelegt hatte. In ihm sah sie die Erfüllung ihres Lebens, das war alles. Und mit ihrer ganzen Seelenstärke versuchte sie, ihm Kraft, Gleichgewicht und Geradlinigkeit zu verleihen. Aber er war verwirrend, ohne klare Absicht. Manchmal entgleiste er und war genau wie sein Vater. Dann verließ sie der Mut vor lauter Bestürzung und Besorgnis.

Er hatte Dutzende von Techtelmechteln, doch keins davon kam einer Liebesaffäre nahe. Gegen Techtelmechtel hatte sie nichts einzuwenden, solange er nur beharrlich seine Laufbahn verfolgte. Aber sie hatte große Angst, wegen eines seichten Flittchens könnte er auf die Nase fallen.

Als er neunzehn war, verließ er das Büro der Genossenschaft plötzlich und nahm eine Stellung in Nottingham an. An seinem neuen Arbeitsplatz verdiente er dreißig statt achtzehn Shilling die Woche. Das war in der Tat ein Aufstieg. Seine Mutter und sein Vater flossen über vor Stolz. Alle Welt lobte William. Es hatte den Anschein, als käme er rasch voran. Mrs Morel hoffte, mit seiner Hilfe ihre jüngeren Söhne weiterzubringen. Unterdessen wurde Annie zur Lehrerin ausgebildet. Paul, der ebenfalls blitzgescheit war, machte rasche Fortschritte und erhielt bei seinem Paten, dem Geistlichen, der mit Mrs Morel noch befreundet war, Französisch- und Deutschunterricht. Arthur, ein verzogener und sehr gut aussehender Junge, ging auf die staatliche Volksschule, allerdings hieß es, er wolle versuchen, ein Stipendium für den Besuch der Privatschule in Nottingham zu erhalten.

William blieb ein Jahr in seiner neuen Stellung in Nottingham. Er lernte tüchtig und wurde ernst. Etwas schien ihn zu quälen. Dennoch ging er zu Tanzabenden und Flussfahrten. Er trank nicht. Die Kinder waren alle fanatische Abstinenzler. Abends kam er sehr spät nach Hause und saß noch lange über seinen Büchern. Seine Mutter bat ihn inständig, besser auf sich aufzupassen, entweder das eine *oder* das andere zu tun.

»Tanze, wenn du tanzen musst, mein Sohn, aber glaube nicht, dass du im Büro arbeiten, dich danach vergnügen und obendrein noch lernen kannst. Das kannst du nicht, so ist der menschliche Körper nicht beschaffen. Tu entweder das eine oder das andere – vergnüge dich oder lerne Latein –, aber versuche nicht, beides auf einmal zu tun.«

Dann erhielt er eine Anstellung in London, hundertzwanzig Pfund im Jahr. Das schien eine fabelhafte Summe. Seine Mutter wusste nicht, ob sie sich freuen oder grämen sollte.

»Montag in einer Woche soll ich in der Lime Street sein, Mutter«, rief er mit leuchtenden Augen, als er den Brief las. Mrs Morel spürte, wie alles in ihr verstummte. Er las ihr den Brief vor: »›– bitte antworten Sie bis Donnerstag, ob Sie annehmen – Mit vorzüglicher Hochachtung –‹ Die wollen mich, Mutter, hundertzwanzig Pfund im Jahr, und nicht mal ein Vorstellungsgespräch. Hab ich dir nicht gesagt, dass ich es schaffe! Stell dir vor, ich in London! – Und ich kann dir zwanzig Pfund im Jahr geben, Mater – wir werden im Geld schwimmen.«

»Das werden wir, mein Sohn«, antwortete sie traurig.

Ihm kam gar nicht in den Sinn, dass sein Fortgehen sie mehr schmerzen mochte, als sein Erfolg sie freute. Ja, je näher der Tag seiner Abreise heranrückte, desto verschlossener, betrübter und verzweifelter wurde ihr Herz, so sehr liebte sie ihn. Mehr noch, so große Hoffnungen setzte sie in ihn. Fast lebte sie nur durch ihn. Alles, was sie für ihn tat, tat sie gern: stellte ihm die Teetasse hin und bügelte ihm die Hemdkragen, auf die er so stolz war. Es freute sie, dass er auf seine Hemdkragen so stolz war. Eine Wäscherei gab es nicht. Daher plättete sie sie mit ihrem kleinen, konvex gewölbten Eisen, glättete sie, bis sie vom schieren Druck ihres Armes glänzten. Nun würde sie nichts mehr davon für ihn tun. Nun würde er fortgehen. Fast hatte sie das Gefühl, dass er auch aus ihrem Herzen fortging. Er schien nicht mehr darin zu wohnen. Das war ihr Kummer und ihr Schmerz. Nahezu sein ganzes Ich nahm er mit fort.

Wenige Tage vor seiner Abreise – er war eben zwanzig – verbrannte er seine Liebesbriefe. Sie hatten an einem Draht oben am Küchenschrank gehangen. Aus einigen hatte er seiner Mutter Auszüge vorgelesen. Andere hatte sie selbst gelesen. Aber die meisten waren zu trivial.

Nun, am Samstagmorgen, sagte er:

»Komm, Apostel, wir wollen meine Briefe durchgehen, und du kannst die Vögel und Blumen kriegen.«

Da dies sein letzter freier Tag war, hatte Mrs Morel ihre Samstagsarbeit schon am Freitag erledigt. Sie buk ihm einen seiner geliebten Reiskuchen, den er mitnehmen sollte. Er merkte kaum, wie unglücklich sie war.

Er nahm den ersten Brief vom Draht. Er war malvenfarben, mit roten und grünen Disteln. William schnupperte an dem Blatt:

»Schöner Duft – riech mal – !«

Und er hielt Paul das Blatt vor die Nase.

»Mm«, sagte Paul und sog den Duft ein. »Wie heißt das?«

»Das ist Jockey Club«, sagte William, obwohl er nicht die leiseste Ahnung hatte.

»Das können keine Disteln sein«, sagte Paul. »Disteln riechen nicht.«

»Hör zu – ›Mein Lieber‹ – so hör doch, Mater.«

»Ich will die albernen Flittchen nicht hören«, sagte Mrs Morel.

»Doch, hör zu! – ›Mein Lieber – Du hast mir Deinen *Vornamen* nicht genannt, deswegen kann ich Dich nur mit dem anreden, was Du *bist*. Ich muss Dir einfach schreiben, oder ich verliere den Verstand –‹ Stell dir vor, Mater.«

»Ja, die albernen Gänse! Die haben wenig Verstand zu verlieren. – Und die wissen gar nicht, welche Rute sie sich für den eigenen Rücken flechten, wenn sie dir so den Bauch pinseln.«

»Das ist keine Bauchpinselei. Die war richtig scharf auf mich.«

»Und wenn schon, ist das etwa ein Grund, stolz zu sein? Albernes Ding!«

»Du solltest nicht sagen: ›Die wissen gar nicht, welche Rute sie sich für den eigenen Rücken flechten, wenn sie dir so den Bauch pinseln‹«, unterbrach Paul.

»*Du* hast natürlich recht«, lachte seine Mutter.

»›Ich *liebe* so ziemlich alles Schottische, seit ich Dich in diesem Schottenrock gesehen habe. Der hat dir *furchtbar* gut gestanden. Ich glaube, ich habe noch nie jemanden gesehen, der so gut aussah, mit diesem *Schottenrock* und diesen *Strümpfen* –‹ Es sind meine Knie – ich weiß, es sind meine Knie, Mater. Die verfehlen ihre Wirkung nicht.«

»Natürlich nicht, wenn sich's um falsche Katzen handelt.«

»Schneid dir die Distel aus, Apostel. Die ist niedlich, nicht wahr?«

Paul liebte die hübschen kleinen Verzierungen auf den Liebesbriefen. William verbrannte den Brief. Der nächste war rosa, mit Kirschblüten in der Ecke.

»Kirschblüten!«, sagte Paul und atmete tief ein. »Großartig – riech mal, Mutter.«

Seine Mutter senkte ihre schmale, zierliche Nase aufs Papier.

»Ich will deren Schund nicht riechen«, sagte sie schnuppernd.

»Der Vater dieses Mädchens«, sagte William, »ist reich wie Krösus. Dem gehören Ländereien ohne Ende. – Sie nennt mich Lafayette, weil ich Französisch kann. – ›Du siehst, ich habe Dir verziehen.‹ – Gefällt mir, dass sie mir verziehen hat. – ›Heute morgen habe ich Mutter von Dir erzählt, und sie würde sich sehr freuen, wenn Du am Sonntag zum Tee kämst, aber sie braucht noch Vaters Einwilligung. Ich hoffe aufrichtig, dass er zustimmt. Ich gebe Dir Bescheid, was der Kasus ist. Falls Du aber – ‹«

»›Gebe Dir Bescheid, was?‹«, unterbrach ihn Mrs Morel.

»›Was der Kasus ist‹ – o ja!«

»›Was der Kasus ist!‹«, wiederholte Mrs Morel spöttisch. »Die ist wohl sehr gebildet!«

William verspürte ein leichtes Unbehagen und verzichtete auf das Mädchen. Paul gab er die Ecke mit den Kirschblüten. Er fuhr fort, Auszüge aus seinen Briefen vorzulesen; einige davon belustigten seine Mutter, andere stimmten sie traurig und besorgt um seinetwillen.

»Mein Junge«, sagte sie, »die sind ganz schön gerissen. Die wissen, dass sie nur deiner Eitelkeit zu schmeicheln brauchen, und schon drängst du dich an sie wie ein Hund, dem man den Kopf krault.«

»Nun, sie können mich nicht ewig kraulen«, entgegnete er. »Und wenn sie fertig sind, trotte ich davon.«

»Aber eines Tages findest du eine Leine um den Hals, die du nicht mehr abstreifen kannst«, antwortete sie.

»Ich doch nicht! Mit denen nehme ich's allemal auf, Mater, die brauchen sich gar nichts einzubilden.«

»*Du* bildest dir was ein«, sagte sie ruhig.

Bald lag nur noch ein Häufchen zusammengerollter schwarzer Seiten da, das Einzige, was von dem Bündel parfümierter Briefe geblieben war; Paul allerdings hatte dreißig oder vierzig hübsche Bildchen von den Ecken des Briefpapiers, Schwalben und Vergissmeinnicht und Efeuranken. Und William ging nach London, um ein neues Bündel anzulegen.

Kapitel 4
Pauls Jugendjahre

Es war abzusehen, dass Paul seiner Mutter nachschlagen würde: schmächtig und ziemlich klein. Sein helles Haar wurde erst rötlich, dann dunkelbraun; seine Augen waren grau. Er war ein blasses, stilles Kind, mit Augen, die zu lauschen schienen, und einer vollen, hängenden Unterlippe.

In der Regel wirkte er älter, als er war. Er besaß ein feines Gespür dafür, was andere Menschen empfanden, besonders seine Mutter. Er verstand sofort, wenn sie sich sorgte, und kannte dann keine Ruhe. Seine Seele schien stets auf sie gerichtet.

Mit zunehmendem Alter wurde er kräftiger. William stand ihm altersmäßig viel zu fern, um ihn als Spielgefährten zu akzeptieren. So hielt sich der kleinere Junge zuerst fast ganz an Annie. Sie war ein Wildfang und ein »Sausewind«, wie ihre Mutter sie nannte. Aber ihren zweiten Bruder liebte sie sehr. So folgte er Annie dicht auf den Fersen und nahm an ihren Spielen teil. Beim Versteckspiel tobte sie zügellos mit den anderen jungen Wildkatzen der Bottoms umher. Und Paul jagte neben ihr dahin und durchlebte ihren Anteil am Spiel, denn einen eigenen Anteil hatte er noch nicht. Er war still und unauffällig. Aber seine Schwester betete ihn an. Solange sie es wünschte, schien ihm immer an allem gelegen zu sein.

Sie besaß eine große Puppe, auf die sie furchtbar stolz war, auch wenn sie sie nicht sonderlich gern hatte. Einmal legte sie die Puppe aufs Sofa und deckte sie zum Schlafen mit einem Schonbezug zu. Dann vergaß sie sie. Unterdessen musste Paul unbedingt das Herunterspringen von der Sofalehne üben. Und pardauz!, sprang er der versteckten Puppe mitten ins Gesicht. Annie stürzte herbei, stieß ein lautes Gejammer aus und setzte sich, um eine Totenklage anzustimmen. Paul blieb ganz ruhig.

»Ich konnte doch nicht wissen, dass sie da lag, Mutter, ich konnte doch nicht wissen, dass sie da lag«, wiederholte er ein übers andere Mal. Solange Annie die Puppe beweinte, saß er hilflos herum, ein Häufchen Elend. Ihr Kummer erschöpfte sich. Sie verzieh ihrem Bruder, so fassungslos war er. Doch ein, zwei Tage später war sie empört.

»Wir wollen Arabella opfern«, sagte er. »Wir wollen sie verbrennen.« Sie war entsetzt und doch fasziniert. Sie wollte sehen, was der Junge vorhatte. Aus Ziegelsteinen baute er einen Altar, zupfte einige Hobelspäne aus Arabellas Körper, legte die Wachssplitter auf das hohle Gesicht, goss etwas Paraffin darüber und steckte das Ganze in Brand. Voll böser Genugtuung sah er zu, wie das Wachs auf Arabellas zerbrochener Stirn schmolz und Schweißtropfen gleich in die Flamme sickerte. Solange die alberne große Puppe brannte, freute er sich stumm. Am Ende stocherte er mit einem Stock in der Asche herum, fischte die geschwärzten Arme und Beine heraus und zerschmetterte sie mit Steinen.

»Das ist der Opfertod der Missis Arabella«, sagte er. »Und ich bin heilfroh, dass nichts mehr von ihr übrig ist.«

Was Annie zutiefst verstörte, obwohl sie nichts sagen konnte. Offenbar war ihm die Puppe deshalb so gründlich verhasst, weil er sie zerbrochen hatte.

Alle Kinder, besonders aber Paul, waren gegen den Vater eingestellt, genau wie die Mutter. Morel fuhr fort, zu trinken und sie zu tyrannisieren. Es gab Zeiten, manchmal Monate hintereinander, in denen er der Familie das Leben zur Hölle machte. Nie vergaß Paul jenen Montagabend, als die jüngeren Kinder aus dem Temperenzlerverein für Jugendliche nach Hause gekommen waren und seine Mutter mit einem geschwollenen blauen Auge angetroffen hatten; breitbeinig, mit gesenktem Kopf, stand ihr Vater auf dem Kaminvorleger, und William, der kurz zuvor von der Arbeit heimgekommen war, starrte ihn an. Als sie eintraten, herrschte Schweigen, doch keiner der Älteren sah sich um.

William war bleich bis in die Lippen und hatte die Fäuste geballt. Er wartete, bis die Kinder, die voller Kinderzorn und Kinderhass zusahen, still waren, dann sagte er:

»Du Feigling, wäre ich zu Hause, würdest du das nicht wagen.«

Aber Morels Blut kochte. Er wirbelte herum zu seinem Sohn. William war größer, aber Morel besaß harte Muskeln und war außer sich vor Wut.

»Nich wagen?«, brüllte er. »Nich wagen? Noch so 'ne Unverschämtheit, mein Früchtchen, und du kriegst meine Faust zu spüren. Darauf kannste Gift nehmen.«

Er ging in die Knie und zeigte auf hässliche, fast tierische Art seine Faust. William war bleich vor Zorn.

»Wirklich?«, sagte er ruhig und nachdrücklich. »Aber das wäre das letzte Mal.«

Geduckt tänzelte Morel näher an ihn heran und holte mit der Faust zum Schlag aus. Kampfbereit hob William die Fäuste. Ein Licht trat in seine blauen Augen, fast wie ein Lachen. Er behielt seinen Vater im Blick. Noch ein Wort, und die Männer hätten mit dem Faustkampf begonnen. Paul hoffte darauf. Die drei Kinder saßen blass auf dem Sofa.

»Hört auf, ihr zwei«, rief Mrs Morel mit harter Stimme. »Für einen Abend reicht es. – Und du«, sagte sie, zu ihrem Mann gewendet, »sieh dir nur mal deine Kinder an.«

Morel blickte zum Sofa.

»Sieh sie dir doch selbst an, du fieses kleines Miststück«, höhnte er. »Möchte mal wissen, was *ich* den Kindern getan hab. Aber die sind genauso wie du – die haste zu deinen eigenen Schlichen und Gemeinheiten angestiftet – hast se ihnen beigebracht, haste.«

Sie verzichtete darauf, ihm zu antworten. Niemand sprach. Nach einer Weile schleuderte er seine Stiefel unter den Tisch und ging zu Bett.

»Warum durfte ich nicht auf ihn losgehen?«, fragte William, als sein Vater oben war. »Ich wäre spielend mit ihm fertig geworden.«

»Eine schöne Sache, mit deinem eigenen Vater«, erwiderte sie.

»Vater?«, wiederholte William. »Den nennst du meinen *Vater*?«

»Er ist es – und deshalb –«

»Aber warum darf ich ihn nicht niederschlagen? Das könnte ich spielend.«

»Was für ein Gedanke!«, rief sie. »So weit kommt es noch.«

»Nein«, sagte er, »es ist schon viel schlimmer gekommen – schau dich doch an. Warum durfte ich ihm keinen Denkzettel verpassen?«

»Weil ich es nicht ertragen könnte, also lass dir das bloß nicht einfallen«, rief sie rasch.

Und traurig gingen die Kinder zu Bett.

Als William heranwuchs, zog die Familie aus den Bottoms in ein Haus oben auf dem Hügel. Von dort aus hatte man einen Blick auf das Tal, das wie eine gewölbte Herz- oder Venusmuschel dalag. Vor dem Haus stand ein riesige alte Esche. Der Westwind, der aus Derbyshire heranfegte, packte die Häuser mit voller Wucht, und dann kreischte der Baum. Das gefiel Morel.

»Das ist Musik«, sagte er. »Das schläfert mich ein.«

Paul, Arthur und Annie aber hassten es. Für Paul war es ein geradezu dämonisches Geräusch. In ihrem ersten Winter im neuen Haus war ihr Vater sehr böse. Die Kinder spielten bis acht Uhr auf der Straße am Rande des weiten, dunklen Tales. Danach gingen sie zu Bett. Ihre Mutter saß unten bei ihren Näharbeiten. Die große Weite vor dem Haus gab den Kindern ein Gefühl von Nacht, von Unermesslichkeit und Schrecken. Der Schrecken rührte von dem Kreischen des Baumes und der Qual häuslicher Zwietracht. Oft wachte Paul, nachdem er lange geschlafen hatte, von dem Gepolter unten auf. Sofort war er hellwach. Dann hörte er das dröhnende Gebrüll seines Vaters, der halb betrunken nach Hause kam, gefolgt von den scharfen Antworten seiner Mutter, er hörte, wie sein Vater bumm! bumm! mit der Faust auf den Tisch hieb und seine Stimme immer schriller wurde, ein hässliches Geschrei. Und das Ganze wurde übertönt von dem durchdringenden Kreischen und Klagen der großen, windgepeitschten Esche. Die Kinder lagen in bangem Schweigen da und warteten darauf, dass Windstille eintrat, damit sie hören konnten, was ihr Vater tat. Womöglich schlug er die Mutter wieder. Dem Dunkel wohnte ein Gefühl von Grauen inne, etwas Haarsträubendes, eine Ahnung von Blut. Wie sie so dalagen, krallte sich heftige Angst in ihre Herzen. Immer grimmiger fegte der Wind durch den Baum. Alle Saiten der großen Harfe summten, pfiffen und kreischten. Und dann kam das Grauen der jähen Stille: allenthalben Stille, draußen und unten. Was war das? – War es die Stille nach dem Blutvergießen? Was hatte er getan?

Die Kinder lagen da und atmeten das Dunkel. Und dann hörten sie endlich, wie ihr Vater seine Stiefel zu Boden warf und auf Strümpfen nach oben stapfte. Sie lauschten noch immer. Und schließlich, wenn der Wind es erlaubte, hörten sie, wie das Wasser aus dem Hahn in den Kessel trommelte, den ihre Mutter für den Morgen füllte, und konnten beruhigt einschlafen.

So waren sie am Morgen glücklich, sehr glücklich, und abends spielten sie, tanzten in der Dunkelheit um den einsamen Laternenpfahl. Aber in ihren Herzen gab es *eine* enge Kammer der Angst, in ihren Augen *ein* Dunkel, das ihr ganzes Leben lang sichtbar blieb.

Paul hasste seinen Vater. Als Knabe hatte er einen ganz eigenen, inbrünstigen Gottesglauben.

»Mach, dass er aufhört zu trinken«, betete er jeden Abend.

»Lieber Gott, mach, dass mein Vater stirbt«, betete er sehr oft.

»Mach, dass er in der Grube umkommt«, betete er, wenn der Vater nach dem Abendessen nicht von der Arbeit nach Hause kam.

Das war wieder so eine Zeit, in der die Familie unendlich litt. Die Kinder kamen aus der Schule und aßen zu Abend. Auf dem Herd siedete der große schwarze Tiegel, im Ofen stand der Eintopf für Morels Abendessen. Er wurde um fünf Uhr erwartet.

Doch seit Monaten kehrte er jeden Abend auf dem Heimweg von der Arbeit ein, um zu trinken.

An den Winterabenden, wenn es kalt war und früh dunkelte, stellte Mrs Morel immer einen Messingleuchter auf den Tisch und zündete eine Talgkerze an, um Gas zu sparen. Die Kinder verzehrten ihre Butter- oder Schmalzbrote und wollten eigentlich hinausgehen, um zu spielen. Aber wenn Morel noch nicht gekommen war, zauderten sie. Der Gedanke, dass er nach einem langen Arbeitstag in all seinem Grubenschmutz dasaß und trank, dass er nicht nach Hause kam, aß und sich wusch, sondern dasaß und sich auf nüchternen Magen betrank, machte Mrs Morel fast rasend. Von ihr übertrug sich das Gefühl auf die Kinder. Nie wieder litt sie allein: Die Kinder litten mit ihr.

Paul ging mit den anderen hinaus, um zu spielen. Dort, wo sich die Gruben befanden, brannten winzige Lichtbündel in der großen dämmrigen Talmulde. Ein paar letzte Bergleute kamen den finsteren Feldweg heraufgezockelt. Der Laternenanzünder ging vorbei. Bergleute kamen keine mehr. Über dem Tal schloss sich die Dunkelheit, es war Feierabend, es war Nacht.

Da lief Paul ängstlich in die Küche. Auf dem Tisch brannte noch immer die eine Kerze, rot glühte das große Kaminfeuer, Mrs Morel saß allein da. Auf dem Herd dampfte der Tiegel; auf dem Tisch stand wartend der Essteller. Der ganze Raum war in Erwartung, in Erwartung des Mannes, der ohne Abendessen in seinem Grubenschmutz eine Meile von zu Hause irgendwo in der Dunkelheit saß und sich betrank. Paul stand in der Tür.

»Ist mein Papa da?«, fragte er.

»Du siehst doch, dass er nicht da ist«, sagte Mrs Morel, die sich über die sinnlose Frage ärgerte.

Dann trödelte Paul in der Nähe seiner Mutter herum. Sie teilten die gleiche Sorge. Bald darauf ging die Mutter hinaus und goss die Kartoffeln ab.

»Die sind verdorben, ganz schwarz«, sagte sie, »aber was kümmert's mich?« Es wurde nicht viel gesprochen. Beinahe hasste Paul seine Mutter, weil sie darunter litt, dass sein Vater nicht von der Arbeit nach Hause kam.

»Was quälst du dich?«, fragte er. »Wenn er unbedingt einkehren und sich betrinken will, warum lässt du ihn dann nicht?«

»Ihn lassen?«, fuhr Mrs Morel auf. »Du hast gut reden: ›ihn lassen‹.« Sie wusste, dass ein Mann, der auf dem Heimweg von der Arbeit einkehrt, auf dem besten Wege ist, sich und sein Heim zugrunde zu richten. Die Kinder waren noch klein und abhängig von ihrem Ernährer. William verschaffte ihr ein Gefühl der Erleichterung, da es endlich jemanden gab, zu dem sie Zuflucht nehmen konnte, wenn Morel versagte. Aber an diesen Abenden der Erwartung herrschte doch immer die gleiche angespannte Atmosphäre im Zimmer.

Die Minuten tickten dahin. Um sechs Uhr lag noch immer das Tuch auf dem Tisch, wartete noch immer das Abendessen, füllten noch immer Sorge und Erwartung den Raum. Der Junge hielt es nicht länger aus. Er konnte nicht hinausgehen und spielen. So lief er ins übernächste Haus zu Mrs Inger, um mit ihr zu reden. Sie hatte keine Kinder. Ihr Mann war gut zu ihr, arbeitete aber in einem Laden und kam erst spät nach Hause. Als sie den Jungen an der Tür sah, rief sie:

»Komm herein, Paul.«

Die beiden saßen eine Weile da und redeten, dann stand der Junge plötzlich auf und sagte:

»Ich geh jetzt und schau mal nach, ob meine Mutter eine Besorgung für mich hat.«

Er tat ganz vergnügt und erzählte seiner Freundin nicht, was ihn bedrückte. Dann lief er zurück in sein Haus.

Damals kam Morel immer mürrisch und hasserfüllt heim.

»Eine schöne Zeit, um nach Hause zu kommen«, sagte Mrs Morel.

»Was geht's dich an, wann ich nach Hause komme?«, brüllte er.

Und keiner im Haus rührte sich, denn er war gefährlich. Sein Essen schlang er auf fast viehische Art hinunter, und wenn er aufgegessen hatte, schob er sämtliche Schüsseln in einem Haufen von sich, um die Arme auf den Tisch legen zu können. Dann schlief er ein.

Paul hasste seinen Vater so. Der kleine, böse Kopf des Bergmanns, dessen schwarzes Haar leicht angegraut war, ruhte auf den bloßen Armen, und das schmutzige, entzündete Gesicht mit der fleischigen Nase und den dünnen, kümmerlichen Brauen war zur Seite geneigt, schläfrig vom Bier, von Müdigkeit und schlechter Laune. Trat jemand plötzlich ein oder wurde ein Geräusch gemacht, blickte der Mann auf und brüllte:

»Ich sag dir, ich geb dir eins mit der Faust über die Rübe, wenn du nich mit dem Krach aufhörst. Haste verstanden?«

Und diese letzten beiden Wörter, die er drohend ausstieß, meist gegen Annie, sorgten dafür, dass die Familie sich vor Hass auf diesen Mann zusammenkrümmte.

Von allen Familienangelegenheiten war er ausgeschlossen. Niemand erzählte ihm etwas. Waren die Kinder mit ihrer Mutter allein, berichteten sie ihr von den Tagesereignissen. An diesen war niemand wirklich beteiligt, solange er nicht der Mutter davon erzählt hatte. Doch sobald der Vater hereintrat, verstummte alles. Er war wie ein Sperrkeil im reibungslosen, glücklichen Räderwerk des Hauses. Und es entging ihm nicht, wie bei seinem Eintritt alles in Schweigen verfiel, wie sich das Leben gegen ihn verschloss, wie unwillkommen er war. Indes waren die Dinge schon zu weit gediehen, als dass er daran etwas hätte ändern können.

Er hätte es so gern gesehen, wenn die Kinder mit ihm gesprochen hätten, aber sie vermochten es nicht. Manchmal sagte Mrs Morel:

»Das solltet ihr eurem Vater erzählen.«

Paul gewann einen Preis beim Wettbewerb einer Kinderzeitung. Alle jubelten.

»Das solltest du deinem Vater erzählen, wenn er nach Hause kommt«, sagte Mrs Morel. »Du weißt, er macht immer Theater und sagt, dass man ihm nie etwas erzählt.«

»Na schön«, sagte Paul. Aber fast hätte er auf den Preis lieber verzichtet, als seinem Vater davon zu erzählen.

»Ich habe einen Preis in einem Wettbewerb gewonnen, Papa«, sagte er.

Morel wandte sich zu ihm um.

»So, mein Junge – was für ein Wettbewerb denn?«

»Ach, nichts – über berühmte Frauen.«

»Und wie hoch ist der Preis, den du gekriegt hast?«

»Es ist ein Buch.«

»Ach ja?«

»Über Vögel.«

»Hm – hm!«

Und das war alles. Eine Unterhaltung zwischen dem Vater und irgendeinem anderen Mitglied der Familie war unmöglich. Er war ein Außenseiter. Er hatte den Gott in sich verleugnet.

Nur wenn er arbeitete und bei seiner Arbeit glücklich war, trat er wieder in das Leben der Seinen ein. Manchmal flickte er abends die Stiefel oder besserte den Kessel oder seine Gruben-flasche aus. Dafür benötigte er immer mehrere Helfer, und die Kinder hatten Freude daran. Bei der Arbeit, bei einer richtigen Tätigkeit, wenn er wieder ganz er selbst war, fühlten sie sich ihm verbunden.

Er war ein tüchtiger, geschickter Handwerker, der, wenn er in guter Stimmung war, stets sang. Er kannte ganze Perioden, Monate, nahezu Jahre, der Reizbarkeit und der schlechten Laune. Dann wiederum konnte er vergnügt sein. Es sah hübsch aus, wenn er mit einem Stück glühend heißen Eisens in die Spülküche eilte und rief:

»Aus dem Weg, aus dem Weg!«

Dann hämmerte er das weiche, rotglühende Eisen auf seinem Schneidereisen und brachte es in die gewünschte Form. Oder er saß einen Moment lang versunken bei der Lötarbeit. Die Kinder sahen voller Vergnügen zu, wie das Metall plötzlich schmolz und vor die Nase des Lötkolbens geschoben wurde, während der

Raum nach verbranntem Harz und heißem Zinn roch und Morel eine Minute lang stumm und gespannt dasaß. Wenn er Stiefel flickte, sang er immer, weil das Gehämmer so lustig klang. Und er war geradezu glücklich, wenn er dasaß und große Flicken auf seine Grubenhose aus Moleskin setzte, was er häufig tat, weil er sie zu schmutzig fand und den Stoff zu hart, als dass seine Frau sie flicken konnte.

Aber das Schönste für die jüngeren Kinder war, wenn er Lunten anfertigte. Morel holte ein Bündel langer intakter Weizenhalme vom Dachboden. Diese säuberte er von Hand, bis jeder von ihnen glänzte wie ein Stängel aus Gold. Danach schnitt er die Halme in etwa fünfzehn Zentimeter lange Stücke, wobei er nach Möglichkeit am Ende eines jeden Stückes eine Kerbe einschnitzte. Er hatte ein wunderbar scharfes Messer, das den Halm glatt durchtrennte, ohne ihn einzureißen. Daraufhin schüttete er mitten auf den Tisch ein Häufchen Schießpulver, ein kleines Häufchen schwarzer Körner, auf die weißgescheuerte Tischplatte. Er schnitt die Halme zu, während Paul und Annie sie füllten und stopften. Paul sah zu gern, wie die schwarzen Körner aus seiner leicht geöffneten Handfläche in die Mündung des Halmes rannen und lustig nach unten rieselten, bis der Halm gefüllt war. Dann versiegelte er die Öffnung mit etwas Seife – die er mit dem Daumennagel von einem Klacks auf einer Untertasse abschabte –, und der Halm war fertig.

»Sieh mal, Papa!«, sagte er.

»So ist's recht, mein Allerschönster«, erwiderte Morel, der es seinem zweiten Sohn gegenüber an Kosewörtern seltsamerweise nicht fehlen ließ. Paul steckte die Lunte in die Pulverbüchse, so dass Morel sie am nächsten Morgen mit in die Grube nehmen und einen Schuss damit abfeuern konnte, der die Kohle lossprengte.

Währenddessen stützte sich Arthur, der seinem Vater noch immer zugetan war, auf die Armlehne von Morels Stuhl und sagte:

»Erzähl uns von unter Tage, Papa.«

Das tat Morel nur allzu bereitwillig.

»Na, 's gibt da so 'n kleines Pferd, wir nennen's Taffy«, begann er dann. »Und das is 'n richtiger Schlauberger!«

Morel hatte eine warmherzige Art, eine Geschichte zu erzählen. Man spürte förmlich Taffys Gerissenheit.

»Das is 'n Brauner«, fuhr er fort, »und nich sehr groß. Na, der kommt in 'n Stollen getrappelt, und dann hörste ihn niesen.

›Hallo, Taff‹, sagen wir, ›was nieste denn da? Haste 'ne Prise genommen?‹

Und er niest wieder. Dann schleicht er sich ran und legt dir den Kopf auf die Schulter, ganz zahm.

›Was willste denn, Taff?‹, fragen wir.«

»Und was will er?«, fragte Arthur jedes Mal.

»'n bisschen Tabak will er, mein Küken.«

Diese Geschichte von Taffy ging endlos weiter, und jeder liebte sie.

Manchmal gab's auch eine neue Geschichte.

»Und was glaubste, mein Liebling? Als ich zur Brotzeit meinen Rock anziehen will, was läuft mir da wohl übern Arm? 'ne Maus!

›He, du da!‹, ruf ich.

Und hab sie grad noch am Schwanz erwischt.«

»Und hast du sie totgemacht?«

»Hab ich, denn die sind 'ne richtige Landplage. Da unten wimmelt's nur so von denen.«

»Und wovon leben sie?«

»Vom Hafer, den die Pferde fallen lassen – und sie kriechen dir in die Tasche und fressen dein Brot, wenn du sie lässt – egal, wo du deinen Rock aufhängst – diese huschenden, knabbernden Biester, denn das sind se –«

Diese glücklichen Abende kamen nur dann zustande, wenn Morel eine Arbeit zu verrichten hatte. Und dann ging er immer sehr früh zu Bett, oft noch vor den Kindern. Wenn er etwas geflickt und die Schlagzeilen der Zeitung überflogen hatte, sah er keinen Grund mehr, länger aufzubleiben.

Und wenn ihr Vater im Bett lag, fühlten die Kinder sich sicher. Sie lagen da und unterhielten sich noch leise eine Weile. Kroch plötzlich ein Lichtschein über die Zimmerdecke, schraken sie auf. Der kam von den schwingenden Lampen in den Händen der Bergleute, die auf dem Weg zur Neun-Uhr-Schicht draußen vorbeistapften. Sie lauschten auf die Stimmen der Männer und malten sich aus, wie sie ins finstere Tal hinabstiegen. Manchmal gingen sie auch ans Fenster und sahen zu, wie die drei oder vier Lampen im Dunkeln die Felder hinunterschwankten und immer winziger wurden. Dann war es ein Genuss, wieder ins Bett zurückzustürzen und sich in der Wärme zusammenzukuscheln.

Paul war ein recht zarter Knabe, anfällig für Bronchitis. Die anderen waren alle ganz kräftig; wieder ein Grund, weshalb seine Mutter ihm besondere Gefühle entgegenbrachte. Eines Tages kam er zum Mittagessen nach Hause und fühlte sich krank. Aber dies war keine Familie, die viel Aufhebens machte.

»Was hast du denn?«, fragte seine Mutter scharf.

»Nichts«, antwortete er.

Aber er aß nicht.

»Wenn du dein Mittagessen nicht isst, gehst du nicht zur Schule«, sagte sie.

»Warum nicht?«, fragte er.

»Darum nicht.«

So legte er sich nach dem Essen aufs Sofa, auf die warmen Chintzkissen, die die Kinder liebten. Dann verfiel er in eine Art Halbschlaf. An diesem Nachmittag musste Mrs Morel bügeln. Während sie so arbeitete, lauschte sie auf die leisen, unruhigen Geräusche, die der Junge mit seiner Kehle machte. Wieder stieg in ihrem Herzen das alte, fast matte Gefühl für ihn auf. Sie hatte nie erwartet, dass er am Leben bleiben würde. Und doch steckte sein junger Körper voller Lebenskraft. Vielleicht wäre es eine kleine Erleichterung für sie gewesen, wenn er gestorben wäre. Ihrer Liebe zu ihm war stets Sorge beigemischt.

Im Halbschlaf hörte er undeutlich das Klappern des Eisens auf der Ablage, das schwache Wupp! Wupp! auf dem Bügelbrett. Einmal wurde er wach und schlug die Augen auf. Da sah er, wie seine Mutter auf dem Kaminvorleger stand und sich das heiße Bügeleisen an die Wange hielt, als lausche sie der Hitze. Als er ihr regloses Gesicht mit dem vor Leid, Enttäuschung und Selbstverleugnung zusammengepressten Mund, ihre ein ganz klein wenig schiefe Nase und ihre so jungen, flinken und warmen blauen Augen sah, krampfte sich ihm vor Liebe das Herz zusammen. Wenn sie so still war, wirkte sie tapfer und lebensvoll, und doch wie um ihr Recht betrogen. Es schmerzte den Jungen sehr, dieses Gefühl, dass ihrem Leben keine Erfüllung beschieden war; seine Unfähigkeit, es gutzumachen, schmerzte ihn mit einem Gefühl der Ohnmacht, ließ ihn innerlich jedoch beharrlich und verbissen werden. Es gutzumachen war sein kindliches Streben.

Sie spuckte auf das Bügeleisen, und ein Klümpchen Speichel sammelte sich und lief an der dunkel glänzenden Oberfläche entlang. Dann kniete sie nieder und rieb das Eisen kräftig an der sackleinenen Unterseite des Kaminvorlegers ab. Im rötlichen Feuerschein wirkte sie warm. Paul liebte die Art, wie sie sich hinkauerte und den Kopf zur Seite neigte. Ihre Bewegungen waren leicht und rasch. Es war ein Vergnügen, ihr zuzusehen. Nichts von dem, was sie tat, keine ihrer Bewegungen konnten die Kinder tadeln. – Das Zimmer war warm und von dem Geruch heißen Leinens erfüllt. Später kam der Geistliche und unterhielt sich leise mir ihr.

Wegen eines Anfalls von Bronchitis musste Paul das Bett hüten. Er machte sich nicht viel daraus. Was geschah, geschah, und es hatte keinen Sinn, wider den Stachel zu löcken. Er liebte die Abende nach acht Uhr, wenn das Licht gelöscht wurde und er zusehen konnte, wie die Flammen des Kaminfeuers über das

Dunkel der Wände und der Zimmerdecke sprangen; zusehen konnte, wie riesige Schatten wogten und wankten, bis der Raum voll schien von stumm kämpfenden Männern.

Bevor der Vater sich für die Nacht zurückzog, kam er ins Krankenzimmer. Er war immer sehr sanft, wenn jemand krank war. Aber er verdarb dem Jungen die Stimmung.

»Schläfste, mein Liebling?«, fragte Morel leise.

»Nein – kommt meine Mutter noch?«

»Sie legt eben noch die Wäsche zusammen. Brauchste was?«

»Ich brauche nichts. – Aber wie lange dauert es noch?«

»Nich mehr lang, mein Küken.«

Ein, zwei Augenblicke wartete der Vater unschlüssig auf dem Kaminvorleger. Er spürte, dass sein Sohn ihn nicht in seiner Nähe haben wollte. Dann ging er zum Treppenabsatz und sagte zu seiner Frau:

»Das Kind fragt nach dir – wie lange brauchste noch?«

»Bis ich fertig bin, du liebe Güte! Sag ihm, er soll schlafen.«

»Sie sagt, du sollst schlafen«, wiederholte der Vater sanft zu Paul.

»Ich will aber, dass sie kommt«, bettelte der Junge.

»Er sagt, er kann nich einschlafen, eh du nich kommst«, rief Morel nach unten.

»Großer Gott! Es dauert nicht mehr lange. Und hör auf, nach unten zu brüllen. Die anderen Kinder sind auch noch da –«

Dann kam Morel wieder ins Schlafzimmer und hockte sich vor das Kaminfeuer. Er liebte Kaminfeuer.

»Sie sagt, 's dauert nich mehr lang«, sagte er.

Er trödelte endlos. Der Junge begann vor Ärger zu fiebern. Die Gegenwart seines Vaters schien all seine krankhafte Ungeduld nur noch zu verschlimmern. Morel blieb eine Weile stehen und betrachtete seinen Sohn, dann sagte er leise:

»Gute Nacht, mein Liebling.«

»Gute Nacht«, erwiderte Paul und drehte sich um, erleichtert darüber, endlich allein zu sein.

Paul schlief gern bei seiner Mutter. Entgegen allen Auffassungen der Hygieniker ist Schlaf dann am vollkommensten, wenn er mit einem geliebten Wesen geteilt wird. Die Wärme, die Geborgenheit und der Seelenfrieden, der ungeheure Trost, den die Berührung eines anderen spendet, vertiefen den Schlaf, so dass er Leib und Seele vollständig in seine heilende Kraft einschließt. Paul lag neben ihr, schlief und genas – während sie, die immer schon eine schlechte Schläferin gewesen war, erst später in einen tiefen Schlummer sank, der ihr Glauben zu verleihen schien.

Während seiner Genesung saß er im Bett auf, sah die struppigen Pferde, die an den Futtertrögen auf dem Feld fraßen und ihr Heu über den zertretenen gelben Schnee verstreuten; beobachtete, wie die Bergleute nach Hause strömten, kleine schwarze Gestalten, die langsam in Trupps über das weiße Feld dahinzogen. Dann stieg in dunkelblauem Dunst die Nacht aus dem Schnee empor.

Während seiner Genesung war alles wunderbar. Die Schneeflocken, die plötzlich gegen die Fensterscheibe schlugen, blieben einen Augenblick lang dort haften wie Schwalben, dann waren sie verschwunden, und ein Wassertropfen kroch die Scheibe herab. Schneeflocken wirbelten um die Hausecke, schossen vorüber wie Tauben. Auf der anderen Seite des Tals kroch ein kleiner, schwarzer Zug unentschlossen durch das große Weiß.

Solange sie so arm waren, freuten sich die Kinder immer, wenn sie irgendetwas tun konnten, das beim Wirtschaften half. Im Sommer gingen Annie, Paul und Arthur frühmorgens aus dem Haus und suchten Pilze, durchstöberten das feuchte Gras, aus dem die Lerchen aufflogen, nach den wunderbaren weißhäutigen nackten Leibern, die sich heimlich ins Grün duckten. Und wenn sie ein halbes Pfund beisammenhatten, fühlten sie sich überglücklich: Es war die Freude, etwas zu finden, die Freude, etwas unmittelbar aus der Hand der Natur zu empfangen, die Freude, etwas zur Haushaltskasse beisteuern zu können.

Doch die wichtigste Ernte nach der Ährenlese waren die

Brombeeren. Samstags musste Mrs Morel immer Obst für Puddings kaufen; aber auch Brombeeren mochte sie. Also durchkämmten Paul und Arthur, solange noch eine Brombeere zu finden war, Gestrüpp, Gehölz und alte Steinbrüche und gingen jedes Wochenende auf die Suche. In jener Gegend mit Bergarbeiterdörfern wurden Brombeeren geradezu eine Seltenheit. Aber Paul suchte weit und breit. Er hielt sich gern auf weiter Flur auf, zwischen den Büschen. Aber auch der Gedanke, mit leeren Händen zu seiner Mutter zurückzukehren, war ihm unerträglich. Das, spürte er, würde sie enttäuschen, und er wäre lieber gestorben.

»Du liebe Güte!«, rief sie, wenn die Jungen spät nach Hause kamen, ausgehungert und todmüde. »Wo habt ihr euch nur herumgetrieben?«

»Na ja, es gab keine«, erwiderte Paul, »da sind wir zu den Misk Hills hinübergegangen. – Sieh nur, Mutter.«

Sie blickte in den Korb.

»Die sind aber schön«, rief sie aus.

»Und mehr als zwei Pfund – sind das nicht mehr als zwei Pfund?«

Sie hob den Korb an.

»Ja«, antwortete sie zweifelnd.

Dann fischte Paul einen kleinen Zweig heraus. Stets brachte er ihr einen Zweig mit, den schönsten, den er finden konnte.

»Hübsch!«, sagte sie in einem sonderbaren Tonfall, wie eine Frau, die ein Liebeszeichen entgegennimmt.

Der Junge war lieber den ganzen Tag, Meile um Meile, unterwegs, als sich geschlagen zu geben und mit leeren Händen zu ihr zu kommen. Solange er noch klein war, wurde ihr das nie recht bewusst. Sie war eine Frau, die es nicht erwarten konnte, bis ihre Kinder erwachsen waren. Und William beschäftigte sie am meisten.

Als William jedoch nach Nottingham ging und nicht mehr so oft zu Hause war, nahm die Mutter sich Paul zum Gefährten.

Dieser war, ohne es zu ahnen, eifersüchtig auf seinen Bruder, und William war eifersüchtig auf ihn. Gleichzeitig waren sie gute Freunde.

Mrs Morels enges Verhältnis zu ihrem zweiten Sohn war zarter und feiner, vielleicht nicht ganz so leidenschaftlich wie das zu ihrem Ältesten. In der Regel musste Paul am Freitagnachmittag das Geld abholen. Die Bergleute der fünf Gruben wurden freitags ausbezahlt, allerdings nicht individuell. Die Erträge jedes Stollens wurden dem Obersteiger als dem Pächter ausgehändigt, und dieser verteilte die Löhne entweder im Wirtshaus oder in seinem eigenen Haus. Damit die Kinder das Geld abholen konnten, wurde die Schule freitagnachmittags schon früher geschlossen. Alle Morel-Kinder, erst William, dann Annie, dann Paul, hatten freitagnachmittags das Geld abgeholt, bis sie selbst arbeiten gingen. Paul machte sich gewöhnlich um halb vier mit einem kleinen Baumwollbeutel in der Tasche auf den Weg. Auf allen Wegen sah man Frauen und Mädchen, Jungen und Männer zu den Geschäftsräumen strömen.

Die Geschäftsräume waren recht ansehnlich: ein neuer roter Backsteinbau am Ende der Greenhill Lane, der von gepflegten Anlagen umgeben war, fast wie ein Herrenhaus. Der Flur, ein langer, kahler Raum mit blauem Steinfußboden und einer Sitzbank rundherum an der Wand entlang, diente als Wartesaal. Hier saßen die Kumpel in ihrem Grubenschmutz. Sie waren frühzeitig ausgefahren. Die Frauen und die Kinder lungerten gewöhnlich auf den roten Kieswegen herum. Paul untersuchte immer die Rabatten und die breite Grasböschung, weil dort winzige Stiefmütterchen und Vergissmeinnicht wuchsen. Es herrschte vielstimmiger Lärm. Die Frauen hatten ihre Sonntagshüte auf. Die Mädchen schnatterten laut. Kleine Hunde rannten hierhin und dorthin. Die grünen Sträucher ringsumher waren stumm.

Dann ertönte von drinnen der Ruf »Spinney Park – Spinney Park«. Alles Volk von Spinney Park drängte hinein. Als Bretty an die Reihe kam, ausbezahlt zu werden, mischte Paul sich unter die Menge. Die Zahlstelle war recht klein. Ein langer Tresen in der Mitte des Raumes teilte diesen in zwei Hälften. Hinter dem Tresen standen zwei Männer, Mr Braithwaite und sein Schreiber Mr Winterbottom. Mr Braithwaite war groß; mit seinem ziemlich schütteren weißen Bart wirkte er wie ein gestrenger Patriarch. Meist war er in ein riesiges seidenes Halstuch gehüllt, und bis in den heißen Sommer hinein loderte im offenen Kamin ein gewaltiges Feuer. Keines der Fenster war geöffnet. Im Winter dörrte die Luft den Menschen, die aus der Kälte kamen, zuweilen die Kehle aus. – Mr Winterbottom war eher klein, dick und sehr kahlköpfig. Er machte Bemerkungen, die nicht witzig waren, während sein Vorgesetzter die Grubenarbeiter mit patriarchalischen Ermahnungen bedachte.

Im Raum wimmelte es von Bergleuten in ihrem Grubenschmutz, von Männern, die nach Hause gegangen waren und sich umgezogen hatten, von Frauen und ein oder zwei Kindern; meist war auch noch ein Hund da. Paul war recht klein, und so widerfuhr es ihm oft, dass er hinter den Beinen der Männer feststeckte, in der Nähe des Feuers, das ihn versengte. Er kannte die Reihenfolge der Namen – sie richtete sich nach der Stollennummer.

»Holliday«, erscholl Mr Braithwaites Stimme. Dann kam schweigend Mrs Holliday nach vorn, wurde ausbezahlt und wich zur Seite.

»Bower – John Bower.«

Ein Junge trat an den Tresen. Mr Braithwaite, groß und jähzornig, funkelte ihn über seine Brille hinweg an.

»John Bower!«, wiederholte er.

»Das bin ich«, sagte der Junge.

»Früher hattste aber 'ne andre Nase«, sagte der glänzende Mr Winterbottom und spähte über den Tresen. Die Leute kicherten, weil sie an John Bower senior dachten.

»Warum ist dein Vater nicht hier?«, fragte Mr Braithwaite mit mächtiger, gebieterischer Stimme.

»Es geht ihm nicht gut«, piepste der Junge.

»Du kannst ihm sagen, er soll mit dem Trinken aufhören«, äußerte der große Kassierer.

»Und mach dir nichts draus, wenn er dich vermöbelt«, kam von hinten eine spöttische Stimme.

Die Männer lachten alle. Der große, wichtigtuerische Kassierer sah auf das nächste Blatt.

»Fred Pilkington!«, rief er völlig gleichgültig.

Mr Braithwaite war ein bedeutender Anteilseigner der Firma.

Paul wusste, dass er als übernächster an der Reihe war, und sein Herz fing an zu klopfen. Er wurde gegen den Kaminsims gedrängt. Seine Waden brannten. Aber er machte sich keine Hoffnung, den Wall aus Männern zu durchdringen.

»Walter Morel!«, kam die schallende Stimme.

»Hier!«, piepste Paul, klein und der Situation nicht gewachsen.

»Morel – Walter Morel!«, wiederholte der Kassierer; er hielt die Abrechnung zwischen Daumen und Zeigefinger und wollte schon zum nächsten übergehen.

Paul wand sich unter einem Anfall von Befangenheit und konnte oder wollte nicht rufen. Die Rücken der Männer verdeckten ihn. Da kam ihm Mr Winterbottom zu Hilfe.

»Er ist doch hier – wo steckt er denn? Morels Junge?«

Der dicke, rotgesichtige, kahlköpfige kleine Mann spähte mit scharfen Augen umher. Die Bergleute sahen sich um, traten zur Seite und gaben den Blick auf den Jungen frei.

»Da isser ja!«, sagte Mr Winterbottom.

Paul ging zum Tresen.

»Siebzehn Pfund, elf Shilling und fünf Pence – wieso meldste dich nich, wenn du aufgerufen wirst?«, fragte Mr Braithwaite. Er knallte einen Sack mit fünf Pfund in Silber auf die Abrechnung, dann hob er mit einer anmutigen, zierlichen Handbewegung eine kleine Säule mit zehn Pfund in Gold auf und ließ sie neben das Silber plumpsen. In hellem Strom ergoss sich das Gold über das Papier. Der Kassierer zählte das Geld zu Ende, der Junge schob das Ganze über den Tresen zu Mr Winterbottom, dem die Lohnabzüge für Miete und Werkzeug entrichtet werden mussten. Hier litt er von neuem.

»Sechzehn und sechs«, sagte Mr Winterbottom.

Der Junge konnte vor Verwirrung nicht zählen. Er schob einige lose Silbermünzen und einen halben Sovereign hin.

»Wie viel, glaubste, haste mir gegeben?«, fragte Mr Winterbottom.

Der Junge sah ihn an, sagte aber nichts. Er hatte nicht die leiseste Ahnung.

»Haste keine Zunge im Mund?«

Paul biss sich auf die Lippen und schob noch mehr Silberstücke hin.

»Bringen sie euch auf der Volksschule kein Zählen bei?«, fragte Mr Winterbottom.

»Nichts als Algebra und Französisch«, sagte ein Bergmann.

»Und Frechheit und Unverschämtheit«, meinte ein anderer.

Paul hielt jemand anderen auf. Mit zitternden Fingern stopfte er sein Geld in den Beutel und schlüpfte hinaus. Bei solchen Gelegenheiten litt er die Qualen der Verdammten.

Als er draußen war und die Mansfield Road entlanglief, war seine Erleichterung unermesslich. Das Moos an der Parkmauer leuchtete grün. Unter den Apfelbäumen eines Obstgartens pickten goldene und weiße Hühner nach Futter. Die Bergleute strömten nach Hause. Verlegen drückte sich der Junge an der Mauer entlang. Er kannte viele von den Männern, aber unter ihrem Schmutz konnte er sie nicht erkennen. Und das war eine neue Qual für ihn.

Als er das New Inn in Bretty erreichte, war sein Vater noch nicht da. Mrs Wharmby, die Wirtin, kannte ihn. Seine Großmutter, Morels Mutter, war mit Mrs Wharmby befreundet gewesen.

»Dein Vater ist noch nicht da«, sagte die Wirtin in dem halb verächtlichen, halb gönnerhaften Ton einer Frau, die überwiegend mit erwachsenen Männern spricht. »Setz dich hin.«

Paul setzte sich auf die Kante einer Bank im Schankraum. In einer Ecke machten einige Bergleute ihre »Abrechnung« – teilten ihr Geld untereinander auf; andere kamen herein. Sie alle warfen dem Jungen einen Blick zu, ohne etwas zu sagen. Zuletzt kam auch Morel: forsch und mit einem gewissen Gehabe, selbst unter seiner Schwärze.

»Hallo«, sagte er beinahe zärtlich zu seinem Sohn. »Biste mir zuvorgekommen? Willste was trinken?«

Paul und die anderen Kinder waren zu strengen Alkoholgegnern erzogen worden. Und doch hätte er stärker darunter gelitten, vor all den Männern eine Limonade zu trinken, als sich einen Zahn ziehen zu lassen.

Die Wirtin musterte ihn fast mitleidig *de haut en bas*; zugleich nahm sie ihm seine klare, harte Sittenstrenge übel. Mit finsterer Miene zog Paul nach Hause. Stumm trat er ein. Freitag war Backtag, und gewöhnlich gab es ein warmes süßes Brötchen. Seine Mutter legte es ihm hin.

Plötzlich wandte er sich mit wütend blitzenden Augen zu ihr.

»Auf die Zahlstelle gehe ich nie mehr«, sagte er.

»Wieso, was ist denn?«, fragte seine Mutter überrascht. Seine jähen Wutanfälle belustigten sie eher.

»Da gehe ich nicht mehr hin«, erklärte er.

»Na schön, sag's deinem Vater.«

Er kaute an seinem Brötchen herum, als sei es ihm verleidet.

»Ich nicht – ich hole das Geld nicht mehr.«

»Dann kann ja eins von Carlins Kindern gehen. Die würden sich über das Sixpence-Stück freuen«, sagte Mrs Morel.

Das Sixpence-Stück war Pauls einziges Einkommen. Meist ging es für Geburtstagsgeschenke drauf. Aber es war doch ein Einkommen, und er schätzte es sehr. Aber:

»Die können es ruhig haben!«, sagte er. »Ich will es nicht.«

»Na schön«, sagte seine Mutter. »Aber deswegen brauchst du mich nicht gleich anzufahren.«

»Die sind abscheulich und gewöhnlich, richtig abscheulich

sind sie, und ich gehe nicht mehr hin. Mr Braithwaite und Mr Winterbottom verschleifen die Wörter immer so.«

»Und deshalb willst du nicht mehr hin?«, fragte Mrs Morel lächelnd.

Der Junge schwieg eine Weile. Sein Gesicht war blass, seine Augen dunkel vor Zorn. Seine Mutter ging ihrer Arbeit nach und nahm keine Notiz von ihm.

»Die stellen sich immer so vor mich, dass ich nicht durchkomme«, sagte er.

»Nun, mein Junge, du brauchst sie doch nur zu bitten«, erwiderte sie.

»Und dann sagt Alfred Winterbottom: ›Was bringen sie euch auf der Volksschule eigentlich bei?‹«

»Ihm haben sie jedenfalls nicht viel beigebracht«, sagte Mrs Morel, »so viel steht fest – weder Benimm noch Verstand – und seine Durchtriebenheit ist ihm angeboren.«

»Und sie sagen: ›Nichts als Algebra und Französisch.‹ Dabei bringen sie mir auf der Volksschule gar kein Französisch bei.«

»Und selbst wenn«, sagte seine Mutter lächelnd, »deswegen brauchst du dich doch nicht gleich so hineinzusteigern. – Du bist ein solcher Kindskopf, mein Junge, wenn man auch nur ein Wort zu dir sagt.«

»Aber –!« Als er sie ansah, hatte er fast Tränen in den Augen, doch eher vor Wut und Hass als vor Kummer.

»Du bist ein solches Dummerchen«, sagte sie. »Du kannst einfach nicht sagen: ›Jetzt bin ich dran.‹ Du lässt dich übergehen, und dann gerätst du in Wut. Bist selbst schuld.«

So besänftigte sie ihn auf ihre Weise. Seine lächerliche Überempfindlichkeit tat ihr im Herzen weh. Und manchmal rüttelte die Wut in seinen Augen sie wach, ließ ihre schläfrige Seele einen Moment lang überrascht aufhorchen.

»Wie lautet die Abrechnung?«, fragte sie.

»Siebzehn Pfund, elf Shilling und fünf Pence, und sechzehn Shilling und sechs Pence Lohnabzüge«, antwortete der Junge.

»Es war eine gute Woche, bloß fünf Shilling Lohnabzüge für meinen Vater.«

Auf diese Weise konnte sie berechnen, wie viel ihr Mann verdient hatte, und ihn zur Rechenschaft ziehen, wenn er ihr zu wenig Geld ablieferte. Morel selbst behielt das Geheimnis seines Wochenverdiensts stets für sich.

Freitag war Backtag und Markttag. Üblicherweise blieb Paul zu Hause und half beim Backen. Er war gern zu Hause und las oder zeichnete; Zeichnen mochte er besonders gern. Annie »scherbelte« an Freitagabenden immer, Arthur vergnügte sich wie gewöhnlich. So blieb der Junge allein.

Mrs Morel ging gern auf den Markt. Auf dem winzigen Marktplatz oben auf dem Hügel, wo vier Straßen, aus Nottingham und Derby, Ilkeston und Mansfield, zusammentrafen, waren viele Buden aufgebaut. Aus den umliegenden Dörfern kamen Kremser gefahren. Der Marktplatz war voller Frauen, die Straßen wimmelten von Männern. Es war erstaunlich, so viele Männer auf den Straßen zu sehen. Mrs Morel haderte gewöhnlich mit der Spitzenverkäuferin, hatte Mitgefühl mit dem Obstverkäufer, der gern schwatzte, aber eine böse Frau hatte, scherzte mit dem Fischverkäufer, der ein Spitzbube, aber immer zu Späßen aufgelegt war, wies den Linoleumverkäufer in die Schranken, zeigte sich kalt gegen den Trödler und ging zum Steingutverkäufer nur, wenn es unbedingt sein musste – oder wenn die Kornblumen auf einer kleinen Schale sie lockten. Dann war sie von kalter Höflichkeit.

»Ich frage mich, was wohl die kleine Schale da kostet«, sagte sie.

»Für Sie sieben Pence.«

»Danke.«

Sie stellte die Schale wieder hin und ging davon. Aber ohne die Schale konnte sie den Markt nicht verlassen. Wieder ging sie an der Bude vorbei, vor der die Töpfe kalt auf dem Erdboden standen, und warf, während sie ganz unbeteiligt tat, einen verstohlenen Blick auf die Schale.

Sie war eine kleine Frau mit Hut und schwarzem Kostüm. Ihr Hut war im dritten Jahr und bereitete Annie großen Kummer.

»Mutter!«, hatte das Mädchen gefleht. »Setz doch nicht dieses knubbelige kleine Ding auf.«

»Was soll ich denn sonst aufsetzen?«, hatte die Mutter streng entgegnet. »Und er ist bestimmt noch gut genug.«

Begonnen hatte der Hut mit einer Feder; dann folgten Blumen; jetzt war er auf schwarze Spitze und ein bisschen Jett beschränkt.

»Er sieht ziemlich heruntergekommen aus«, hatte Paul gesagt. »Könntest du ihn nicht wenigstens etwas auffrischen?«

»Gleich kriegst du was hinter die Löffel für deine Frechheit«, hatte Mrs Morel gesagt und tapfer die Bänder des schwarzen Hutes unter dem Kinn zusammengebunden.

Wieder warf sie einen Blick auf die Schale. Sowohl sie wie auch ihr Feind, der Topfverkäufer, hatten ein unbehagliches Gefühl, als stünde etwas zwischen ihnen. Plötzlich rief er:

»Wollen Sie sie für fünf Pence?«

Sie schrak zusammen. Ihr Herz verhärtete sich. Aber dann bückte sie sich doch und hob ihre Schale auf.

»Ich nehme sie«, sagte sie.

»Ach, Sie wollen mir den Gefallen tun?«, sagte er. »Spucken Sie getrost hinein, so als hätten Sie sie geschenkt gekriegt.«

Ungerührt zahlte Mrs Morel ihm die fünf Pence.

»Geschenkt haben Sie sie mir jedenfalls nicht«, sagte sie. »Sie würden sie mir nicht für fünf Pence überlassen, wenn Sie nicht wollten.«

»In diesem verflixten armseligen Nest kann man sich glücklich schätzen, wenn man seine Sachen verschenken kann«, brummte er.

»Ja, es gibt schlechte Zeiten und gute«, sagte Mrs Morel.

Aber sie hatte dem Topfverkäufer schon verziehen. Sie waren Freunde. Nun wagte sie es auch, seine Töpfe zu befingern. Daher war sie glücklich.

Paul wartete schon auf sie. Er liebte es, wenn sie nach Hause kam. Dann war sie bester Laune, siegesfroh, müde, mit Paketen beladen, innerlich bereichert. Er hörte ihre raschen, leichten Schritte vor dem Haus und blickte von seiner Zeichnung auf.

»Oh!«, seufzte sie und lächelte ihn von der Tür aus an.

»Auf mein Wort, du bist aber beladen!«, rief er und legte seinen Pinsel hin.

»Bin ich auch!«, keuchte sie. »Die freche Annie hat gesagt, sie würde sich mit mir treffen. Was für ein Gewicht!«

Sie ließ ihr Einkaufsnetz und ihre Pakete auf den Tisch fallen.

»Ist das Brot fertig?«, fragte sie und ging zum Ofen.

»Das letzte geht noch auf«, antwortete er. »Du brauchst nicht nachzusehen, ich habe es nicht vergessen.«

»Ach, dieser Topfverkäufer!«, sagte sie und schloss die Ofenklappe. »Ich habe dir ja gesagt, was für ein Schuft er ist. Inzwischen denke ich, dass er nicht ganz so schlimm ist.«

»So?«

Der Junge hörte ihr aufmerksam zu. Sie setzte ihren kleinen schwarzen Hut ab.

»Nein – ich glaube, der verdient überhaupt kein Geld – na ja, das behaupten sie heutzutage alle – und deswegen ist er so unangenehm.«

»Das wäre ich auch«, meinte Paul.

»Na ja, ist nicht weiter verwunderlich. – Und er hat mir – was meinst du, für wie viel er mir die hier überlassen hat?«

Sie wickelte die Schale aus dem Stück Zeitungspapier und besah sie voller Freude.

»Zeig mal«, sagte Paul.

Die beiden standen beisammen und betrachteten verzückt die Schale.

»Ich mag Kornblumen auf Sachen«, sagte Paul.

»Ja, und ich musste an die Teekanne denken, die du mir gekauft hast –«

»Ein Shilling, drei Pence«, sagte Paul.

»Fünf Pence!«

»Das reicht nicht, Mutter.«

»Nein. Weißt du, ich habe mich schnell mit ihr aus dem Staub gemacht. Aber ich war schon so verschwenderisch gewesen, mehr konnte ich mir nicht leisten. Und er hätte sie mir ja nicht zu überlassen brauchen, wenn er nicht gewollt hätte.«

»Nein, das hätte er nun wirklich nicht«, sagte Paul, und die beiden halfen einander über die Furcht hinweg, den Topfverkäufer betrogen zu haben.

»Wir können Kompott hineintun«, sagte Paul.

»Oder Vanillesoße und Wackelpeter«, sagte seine Mutter.

»Oder Radieschen und Kopfsalat«, sagte er.

»Vergiss nicht das Brot«, sagte sie, ihre Stimme hell vor Freude.

Paul sah in den Ofen und beklopfte die Unterseite des Brotlaibs.

»Ist fertig«, sagte er und reichte ihn ihr.

Sie beklopfte ihn ebenfalls.

»Ja«, bestätigte sie und ging ihr Einkaufsnetz auspacken. »Ach, ich bin ein böses, ausschweifendes Weib – ich weiß, ich gerate noch mal in Not.«

Eifrig kam er zu ihr gehüpft, um ihre neueste Ausschweifung zu bestaunen. Sie wickelte einen weiteren Packen Zeitungspapier auseinander und brachte einige Wurzeln von Stiefmütterchen und roten Tausendschönchen zum Vorschein.

»Für vier Pence!«, stöhnte sie.

»Wie billig!«, rief er.

»Ja, aber ausgerechnet diese Woche konnte ich sie mir gar nicht leisten.«

»Aber hübsch!«, rief er.

»Nicht wahr?«, rief sie und ließ ihrer Freude freien Lauf. »Paul – sieh nur die gelbe hier – ist sie nicht –? – und ein Gesicht genau wie ein alter Mann!«

»Genau!«, rief Paul und beugte sich vor, um daran zu schnuppern. »Und wie gut sie riecht! Ist aber ein bisschen verschmutzt.«

Er lief in die Spülküche, kam mit einem Wolllappen zurück und wusch das Stiefmütterchen sorgfältig ab.

»Jetzt schau's dir an, jetzt, wo's nass ist!«, sagte er.

»Ja!«, rief sie voller Genugtuung.

Die Kinder der Scargill Street hielten sich für etwas ganz Besonderes. An dem Ende, wo die Morels wohnten, gab es nicht viele junge Dinger. Daher schlossen sich die wenigen umso enger zusammen. Jungen und Mädchen spielten gemeinsam, die Mädchen nahmen an Balgereien und ruppigen Spielen teil, die Jungen beteiligten sich an den Tanzspielen, dem Ringelreihen und den Rollenspielen der Mädchen.

Annie, Paul und Arthur liebten die Winterabende, wenn es draußen nicht nass war. Sie blieben im Haus, bis die Bergleute alle heimgekommen waren, bis es stockdunkel war und die Straße menschenleer. Dann banden sie ihre Halstücher um, denn Mäntel verachteten sie wie alle Bergarbeiterkinder, und gingen ins Freie. Der Weg vor dem Haus war pechschwarz, und an seinem Ende öffnete sich wie eine Höhle die ganze große Nacht; nur unten, wo die Grube von Minton lag, sah man ein winziges Lichtergewirr und gegenüber in der Ferne noch eins, das war Selby. Die fernsten kleinen Lichter schienen die Finsternis nur noch weiter auszudehnen. Ängstlich blickten die Kinder die Straße hinab zu dem einen Laternenpfahl, der am Ende des Feldwegs stand. Lag der erleuchtete kleine Fleck verlassen, so fühlten sich die beiden Jungen vollkommen einsam. Die Hände in den Hosentaschen, standen sie unter der Laterne, kehrten der Nacht den Rücken zu und betrachteten kreuzunglücklich die düsteren Häuser. Plötzlich war eine Schürze unter einem kurzen Mantel zu sehen, und ein langbeiniges Mädchen kam auf sie zugeflitzt.

»Wo sind Billy Pillins und eure Annie und Eddie Dakin?«

»Weiß nicht.«

Aber darauf kam es nicht an – jetzt waren sie zu dritt. Sie begannen ein Spiel rund um die Laterne, bis auch die anderen gellend herbeistürmten. Dann ging es Schlag auf Schlag.

Es gab nur diesen einen Laternenpfahl. Dahinter lag das große Gewölbe der Dunkelheit, als balle die Nacht sich hier zusammen. Vor ihnen tat sich noch ein anderer weiter, finsterer
Weg über den Hügelkamm auf. Bisweilen kam jemand diesen
Weg entlang und lief den Pfad hinab ins Feld. Nach einem Dutzend Meter hatte die Nacht ihn verschluckt. Die Kinder spielten
weiter.

Ihre Isolation brachte sie einander ganz nahe. Entstand Streit,
war gleich das ganze Spiel verdorben. Arthur war sehr reizbar,
und Billy Pillins, eigentlich Philips, noch schlimmer. Dann
musste Paul Arthurs Partei ergreifen, und Alice schlug sich auf
Pauls Seite, während Billy Pillins immer Emmie Limb und Eddie Dakin hinter sich wusste. Dann balgten sich die sechs, hassten einander mit wütendem Hass und flohen voller Entsetzen
nach Hause. Paul vergaß nie, wie er nach einer dieser grimmigen, mörderischen Schlachten einen großen roten Mond emporsteigen sah, langsam, mitten auf der öden Straße über der
Hügelkuppe; stetig wie ein großer Vogel. Und er musste an die
Bibel denken: dass der Mond ward wie Blut. Und am nächsten
Tag vertrug er sich rasch wieder mit Billy Pillins. Und dann setzten sie, von so viel Dunkelheit umschlossen, die wilden, heftigen Spiele unter dem Laternenpfahl fort. Wenn Mrs Morel in
ihre gute Stube ging, hörte sie die Kinder singen:

»Die Schuhe aus spanischem Leder,
Die Socken aus Seide gemacht,
Ein Ringlein an jedem der Finger,
In Milch ich mich bade, habt acht.«

Wenn ihre Stimmen aus der Nacht drangen, waren sie so vollkommen in ihr Spiel versunken, dass es sich anhörte, als sängen
wilde Kreaturen. Die Mutter war aufgewühlt. Und wenn sie um
acht Uhr hereinkamen, mit roten Gesichtern, leuchtenden Augen und rascher, leidenschaftlicher Rede, so verstand sie sie.

Sie alle liebten das Haus in der Scargill Street wegen seiner freien Lage, wegen der großen Weltmuschel, auf die es blickte. An Sommerabenden standen die Frauen schwatzend am Feldzaun, schauten nach Westen und sahen zu, wie der Sonnenuntergang rasch aufloderte, bis sich die Hügelkämme von Derbyshire, dem schwarzen Rücken eines Wassermolchs gleich, gegen das Rot in der Ferne abhoben.

In dieser sommerlichen Jahreszeit wurden in den Gruben nicht alle Schichten gefahren, besonders nicht in denen mit weicher Kohle. Wenn Mrs Dakin, die neben Mrs Morel wohnte, zum Feldzaun ging, um ihren Kaminvorleger auszuklopfen, beobachtete sie, wie Männer langsam den Hügel heraufkamen. Sie sah sofort, dass es Bergleute waren. Dann wartete sie, eine hochgewachsene, dünne Frau mit bösem Gesicht, stand auf der Hügelkuppe fast wie eine Drohung gegen die armen Kumpel, die sich da den Hang heraufschleppten. Es war erst elf Uhr. Der Nebel auf den fernen bewaldeten Hügeln, der wie ein feiner schwarzer Trauerflor über dem Rücken eines Sommermorgens hängt, war noch nicht verdunstet. Der erste Mann kam zum Zauntritt. Klapp, klapp!, machte das Gatter, als er es aufstieß.

»Was, habt ihr schon ausgestempelt?«, rief Mrs Dakin.

»Haben wir, Missis.«

»Ein Jammer, dass sie euch nach Hause schicken«, sagte sie sarkastisch.

»So ist es«, erwiderte der Mann.

»Ihr wisst ja, ihr habt's eilig, auszufahren«, sagte sie.

Und der Mann zog weiter. Als Mrs Dakin wieder durch ihren Hof ging, erblickte sie Mrs Morel, die ihre Asche zum Abtritt trug.

»Ich glaube, Minton macht Feierabend, Missis«, rief sie.

»Dabei könnte einem speiübel werden!«, rief Mrs Morel wutentbrannt.

»Ha! – Aber eben hab ich Jont Hutchly gesehen.«

»Da hätten sie sich ihr Schuhleder auch sparen können«, sagte Mrs Morel, und die beiden Frauen gingen empört ins Haus.

Mit kaum geschwärzten Gesichtern strömten die Bergleute wieder nach Hause. Morel hasste es, jetzt schon zurückkehren zu müssen. Zwar liebte er den sonnigen Morgen. Aber er war zur Grube gegangen, um zu arbeiten, und dass er wieder nach Hause geschickt wurde, verdarb ihm die Laune.

»Du liebe Güte, um diese Zeit schon!«, rief seine Frau, als er eintrat.

»Kann ich was dafür, Frau?«, schrie er.

»Und ich habe nicht mal genug Mittagessen.«

»Dann ess ich halt das bisschen, was ich mitgenommen hab«, brüllte er kläglich. Er fühlte sich beschämt und beleidigt.

Und wenn die Kinder aus der Schule kamen, sahen sie verwundert, dass ihr Vater zum Mittagessen die beiden dicken Scheiben ziemlich trockenen und angeschmutzten Butterbrots verzehrte, die den Weg in die Grube und wieder zurück hinter sich hatten.

»Wieso isst mein Papa seine Brotzeit erst jetzt?«, wollte Arthur wissen.

»Weil sie mir sonst an den Kopf geschmissen würde«, schnaubte Morel.

»Was für ein Ammenmärchen!«, rief seine Frau.

»Soll ich sie vielleicht umkommen lassen?«, fragte Morel. »Ich bin nich so verschwenderisch wie ihr mit eurer Prasserei. Wenn mir in der Grube ein Stückchen Brot hinfällt, in all den Staub und Dreck, heb ich's auf und ess es.«

»Die Mäuse würden's doch fressen«, sagte Paul. »Es würde schon nicht umkommen.«

»'n gutes Butterbrot is nichts für Mäuse«, sagte Morel. »Dreckig oder nich, lieber ess ich's, als dass ich's umkommen lass.«

»Du könntest es getrost den Mäusen überlassen und mit deinem nächsten Glas Bier dafür bezahlen«, sagte Mrs Morel.

»Ach, wirklich?«, rief er.

In jenem Herbst waren sie sehr arm. William war gerade nach London gegangen, und seine Mutter vermisste sein Geld. Ein-

oder zweimal schickte er zehn Shilling, doch zunächst musste er für vieles selbst aufkommen. Seine Briefe kamen regelmäßig, einmal in der Woche. Er schrieb seiner Mutter ausführlich, erzählte ihr von seinem Leben, seinen Freundschaften, gegenseitigem Sprachunterricht bei einem Franzosen, davon, wie es ihm in London gefiel. Seine Mutter hatte das Gefühl, dass er ihr wieder genauso nahestand wie zu der Zeit, als er noch zu Hause wohnte. Jede Woche schrieb sie ihm ihre offenen, geistreichen Briefe. Den ganzen Tag, wenn sie im Haus saubermachte, dachte sie an ihn. Er war in London: Er würde seinen Weg gehen. Fast war er wie ein Ritter, der in der Schlacht ihr Abzeichen trug.

Weihnachten wollte er für fünf Tage zu Besuch kommen. Solche Vorbereitungen hatte es noch nie gegeben. Paul und Arthur durchkämmten die Gegend nach Stechpalmenzweigen und Immergrün. Annie fertigte altmodische Papierketten an. Und in der Speisekammer herrschte unerhörter Überfluss. Mrs Morel buk einen großen, herrlichen Kuchen. Sie zeigte Paul, wie man Mandeln blanchiert, und fühlte sich dabei wie eine Königin. Ehrfürchtig enthäutete er die langen Kerne und zählte sie genau ab, damit nur ja keiner verlorenging. Es hieß, Eischnee lasse sich am besten an einem kalten Ort schlagen. So stand der Junge in der Spülküche, wo die Temperatur fast beim Gefrierpunkt lag, und quirlte und quirlte, und als das Eiweiß steifer und schneeiger wurde, stürzte er aufgeregt zu seiner Mutter.

»Sieh nur, Mutter – ist das nicht wunderbar?«

Und er balancierte etwas Eischnee auf der Nase und pustete ihn dann in die Luft.

»Vergeude ihn nicht«, sagte die Mutter.

Alle waren vor Aufregung ganz aus dem Häuschen. Am Heiligabend würde William kommen. Mrs Morel überprüfte ihre Speisekammer. Es gab einen großen Weihnachtskuchen und einen Reiskuchen, Marmeladentörtchen, Zitronentörtchen und Mince Pies, zwei riesige Schüsseln voll. Eben war sie fertig geworden mit Backen – Linzer Törtchen und Käsekuchen. Überall war geschmückt. Der Stechpalmenzweig mit den Beeren, unter dem man sich küsste, war mit leuchtenden, glitzernden Dingen behangen und drehte sich langsam über Mrs Morels Kopf, als sie in der Küche ihre kleinen Törtchen verzierte. Ein großes Feuer brannte. Es duftete nach Backwerk. Um sieben Uhr sollte er ankommen, würde sich aber verspäten. Die drei Kinder waren zum Bahnhof gegangen, um ihn abzuholen. Sie war allein. Doch um Viertel vor sieben kam Morel wieder herein. Weder Frau noch Mann sprachen. Ganz verlegen vor Aufregung, saß er in seinem Lehnstuhl, und sie fuhr ruhig in ihrer Backtätigkeit fort. Nur an der Sorgfalt, mit der sie jeden Handschlag tat, merkte man, wie bewegt sie war. Die Uhr tickte weiter.

»Um wie viel Uhr soll er kommen, sagste?«, fragte Morel zum fünften Mal.

»Der Zug kommt um halb sieben an«, antwortete sie mit Nachdruck.

»Dann isser zehn nach sieben hier.«

»Ach Gott, auf der Midland-Strecke wird der Zug stundenlang Verspätung haben«, sagte sie gleichgültig. Doch indem sie William später erwartete, hoffte sie nur, ihn desto früher zu sehen. Morel ging vors Haus, um nach ihm Ausschau zu halten. Dann kam er wieder zurück.

»Du liebe Güte, Mann!«, sagte sie. »Du bist ja wie ein aufgescheuchtes Huhn.«

»Willste ihm nich lieber was zu essen machen?«, fragte der Vater.

»Dazu ist noch reichlich Zeit«, antwortete sie.

»Soweit ich seh, nich mehr ganz so viel«, entgegnete er und drehte sich unwirsch auf seinem Lehnstuhl um. Sie begann, den Tisch abzuräumen. Der Kessel summte. Sie warteten und warteten.

Währenddessen standen die drei Kinder auf dem Bahnsteig von Lethley Bridge an der Midland-Hauptstrecke, zwei Meilen von zu Hause entfernt. Sie warteten eine geschlagene Stunde.

Ein Zug fuhr ein – William war nicht da. Den Schienenstrang entlang leuchteten rote und grüne Lichter. Es war sehr dunkel und sehr kalt.

»Frag ihn mal, ob der Zug aus London schon gekommen ist«, sagte Paul zu Annie, als sie einen Mann mit einer Schirmmütze sahen.

»Tu ich nicht«, sagte Annie. »Sei still – sonst schickt er uns noch weg.«

Aber nach Pauls Willen sollte der Mann unbedingt erfahren, dass sie jemanden mit dem Zug aus London erwarteten: Es klang so eindrucksvoll. Allerdings fürchtete er sich viel zu sehr davor, einen wildfremden Mann anzusprechen, noch dazu einen mit Schirmmütze, und ihn etwas zu fragen. Die drei Kinder trauten sich kaum, in den Wartesaal zu gehen, aus Angst, fortgeschickt zu werden, und aus Angst, etwas zu verpassen, wenn sie nicht auf dem Bahnsteig stünden. So harrten sie in Dunkelheit und Kälte aus.

»Er hat anderthalb Stunden Verspätung«, jammerte Arthur.

»Na ja«, sagte Annie, »ist ja auch Heiligabend.«

Sie alle verstummten. William würde nicht kommen. Sie blickten den dunklen Schienenstrang entlang. Dort lag London! Das schien ihnen die denkbar größte Entfernung. Wenn jemand aus London kam, konnte ihm alles Mögliche zustoßen, dachten sie. Sie waren zu beunruhigt, um zu reden. Frierend, unglücklich und stumm drängten sie sich auf dem Bahnsteig aneinander.

Nach mehr als zwei Stunden sahen sie in dunkler Ferne endlich die Lichter einer Lokomotive um die Kurve biegen. Ein Gepäckträger kam gelaufen. Mit klopfenden Herzen traten die Kinder zurück. Ein großer Zug, unterwegs nach Manchester, fuhr ein. Zwei Türen öffneten sich – und in einer davon stand William! Sie flogen auf ihn zu. Vergnügt überreichte er ihnen Pakete und begann ihnen sofort zu erklären, der große Zug habe nur seinetwegen auf einem so kleinen Bahnhof wie Lethley Bridge gehalten; im Fahrplan sei der Halt gar nicht vorgesehen.

Inzwischen wurden die Eltern immer besorgter. Der Tisch war gedeckt, das Kotelett gebraten, alles stand bereit. Mrs Morel band ihre schwarze Schürze um. Sie hatte ihr bestes Kleid an. Dann setzte sie sich und gab vor zu lesen. Die Minuten waren eine Folter für sie.

»Hm!«, machte Morel. »Schon anderthalb Stunden.«

»Und die Kinder warten!«, sagte sie.

»Der Zug kann noch nicht eingelaufen sein«, sagte er.

»Ich sage dir doch, am Heiligabend haben sie stundenlang Verspätung.«

Sie waren beide etwas böse miteinander, so sehr nagte die Sorge an ihnen. Draußen stöhnte die Esche in einem kalten, rauen Wind. Und die ganze weite Nacht von London bis nach Hause! Mrs Morel litt. Das leichte Klacken des Uhrwerks irritierte sie. Es wurde so spät; es wurde unerträglich.

Schließlich hörten sie Stimmen und Schritte vor dem Haus.

»Das ist er!«, rief Morel und sprang auf.

Dann wich er zurück. Die Mutter lief ein paar Schritte zur Tür hin und wartete. Dann eiliges Fußgetrappel, die Tür flog auf, William war da. Er ließ seine Reisetasche fallen und schloss seine Mutter in die Arme.

»Mater!«, sagte er.

»Mein Junge!«, rief sie.

Und zwei Sekunden lang, nicht länger, umhalste und küsste sie ihn. Dann trat sie zurück und sagte in dem Versuch, ganz gewöhnlich zu klingen:

»Aber wie spät du kommst!«

»Nicht wahr!«, rief er und wandte sich zu seinem Vater. »Na, Papa?«

Die beiden Männer schüttelten sich die Hand.

»Na, mein Junge?«

Morels Augen waren feucht.

»Wir dachten schon, du würdst gar nich mehr kommen«, sagte er.

»Ach, ich wäre schon noch gekommen«, rief William.

Dann wandte sich der Sohn wieder seiner Mutter zu.

»Gut schaust du aus«, sagte sie stolz und lachte.

»Gut?«, rief er. »Das möchte ich meinen – wenn man nach Hause kommt.«

Er war ein hübscher Bursche, groß, gerade und furchtlos. Als er sich umblickte, sah er das Immergrün, den Stechpalmenzweig und die kleinen Törtchen, die in ihren Backformen auf dem Herd standen.

»Bei Gott, Mutter, es hat sich nichts verändert«, sagte er beinahe erleichtert.

Alles schwieg einen Augenblick. Dann sprang er plötzlich vor, nahm ein Törtchen vom Herd und schob es sich auf einmal in den Mund.

»Haste schon mal so 'n Dorfofen gesehn?«, rief der Vater.

William hatte ihnen eine Fülle Geschenke mitgebracht. Jeden Penny, den er besaß, hatte er dafür ausgegeben. Ein Gefühl von Wohlleben durchströmte das Haus. Für seine Mutter gab es einen Regenschirm, dessen blasser Griff mit Gold verziert war. Sie behielt ihn bis an ihr Lebensende und hätte lieber alles andere eingebüßt als ihn. Jeder bekam etwas Prächtiges, und daneben gab es pfundweise unbekannte Naschereien: türkischen Honig, kandierte Ananas und dergleichen, Dinge, wie sie nach Ansicht der Kinder nur der Glanz Londons herbeischaffen konnte. Und Paul prahlte mit diesen Naschereien vor seinen Freunden.

»Richtige Ananas, in Scheiben geschnitten und dann kandiert – einfach großartig!«

Alle in der Familie waren vor Freude außer sich. Ihr Zuhause war ihr Zuhause, und sosehr sie gelitten hatten, sie liebten es mit wahrer Leidenschaft. Es gab Gesellschaften, es gab Freudenfeste. Leute kamen, um William zu besuchen, um zu sehen, ob London ihn wohl verändert habe. Und sie alle fanden in ihm »einen solchen Gentleman, und was für ein feiner Kerl, auf mein Wort!«.

Als er wieder abreiste, verkroch sich jedes der Kinder in einen Winkel, um sich allein auszuweinen, Morel ging sterbenselend zu Bett, und Mrs Morel hatte das Gefühl, als sei sie wie von einer Arznei betäubt, als sei alles Empfinden in ihr abgetötet. Sie liebte William leidenschaftlich.

Er arbeitete in der Kanzlei eines Anwalts, der mit einer großen Reederei in Verbindung stand, und im Hochsommer bot sein Vorgesetzter ihm eine Reise durchs Mittelmeer auf einem der Schiffe an, zu einem recht geringen Preis. Mrs Morel schrieb: »Geh, geh, mein Junge, eine solche Gelegenheit wird sich dir vielleicht nie wieder bieten, und die Vorstellung, dass du dort im Mittelmeer kreuzt, ist mir fast lieber, als dich zu Hause zu haben.« Für seine vierzehn Tage Urlaub kam William aber doch nach Hause. Nicht einmal das Mittelmeer, das die Reiselust des jungen Mannes ebenso auf die Probe stellte wie die Neugier des armen Mannes auf den Zauber des Südens, vermochte ihn zu locken, wenn er nach Hause kommen konnte. Das entschädigte seine Mutter für vieles.

Kapitel 5
Pauls Eintritt ins Leben

Morel war ein ziemlich unachtsamer Mann, unbekümmert um Gefahr. So stießen ihm andauernd Unfälle zu. Hörte Mrs Morel, wie das Gerumpel eines leeren Kohlenkarrens vor ihrem Haus verstummte, lief sie immer in die gute Stube, um nachzuschauen, und rechnete beinahe damit, ihren Mann auf dem Karren sitzen zu sehen, das Gesicht grau unter seinem Schmutz, der Körper schlaff und krank von dieser oder jener Verletzung. Wäre das der Fall, wollte sie gleich hinausrennen, um ihm beizustehen.

Etwa ein Jahr, nachdem William nach London aufgebrochen war, und kurz nach Pauls Schulabgang war Mrs Morel gerade oben, als an die Tür geklopft wurde. Ihr Sohn malte in der Küche – er führte den Pinsel sehr geschickt –, und verärgert legte er ihn hin, um aufzumachen. In demselben Augenblick öffnete seine Mutter oben ein Fenster und blickte hinab.

Auf der Türschwelle stand ein Schlepperjunge in seinem Dreck.

»Is das Walter Morels Haus?«, fragte er.

»Ja!«, antwortete Mrs Morel. »Was gibt's?«

Aber sie hatte es bereits erraten.

»Ihr Mann hat sich verletzt«, sagte er.

»Großer Gott!«, rief sie. »Es wäre ja auch ein Wunder, wenn er sich nicht verletzt hätte, mein Junge. Und was hat er diesmal angestellt?«

»Ich weiß nich genau, aber es is sein Bein. Sie haben ihn ins Krankenhaus gebracht.«

»Du liebe Güte!«, rief sie. »Ach je, das ist mir vielleicht einer! Keine fünf Minuten Ruhe, ich will mich hängen lassen, wenn's anders ist! Sein Daumen ist schon fast verheilt, und jetzt – hast du ihn gesehen?«

»Unten in der Grube hab ich ihn gesehn. Und gesehn, wie sie ihn im Förderkorb raufgeschafft haben, und in tiefer Ohnmacht hat er dagelegen. Aber als Dr. Fraser ihn in der Lampenkaue untersucht hat, hat er gebrüllt wie am Spieß – und geschimpft und geflucht – und gesagt, er will nach Haus gebracht werden – er will nich ins Krankenhaus –!« Der Junge stockte.

»Natürlich will er nach Hause kommen, damit ich die ganzen Scherereien habe. – Dank dir, mein Junge. – Ach je, wenn's mir nicht bis hier steht – es hängt mir zum Hals heraus –!«

Sie kam nach unten. Mechanisch hatte Paul seine Malerei wieder aufgenommen.

»Und es muss schon ziemlich schlimm sein, wenn sie ihn ins Krankenhaus gebracht haben«, fuhr sie fort. »Aber was ist er auch für ein unachtsames Geschöpf! Andere Männer haben doch auch nicht dauernd Unfälle. – Ja, natürlich will er mir die ganze Last aufbürden. – Ach je, gerade jetzt, wo's uns endlich ein bisschen besser geht. – Räum die Sachen weg, jetzt ist keine Zeit zum Malen. – Wann geht ein Zug? Ich weiß, bis Keston muss ich mich zu Fuß schleppen. – Das Schlafzimmer muss ich erst mal sein lassen.«

»Das kann ich doch aufräumen«, sagte Paul.

»Das brauchst du nicht – den Sieben-Uhr-Zug zurück kriege ich bestimmt. – Heiliges Herz, was für ein Theater, was für einen Zirkus der wieder machen wird! Und die Pflastersteine in Tinder Hill – er nennt sie ganz richtig Katzenköpfe – die werden ihn völlig durchrütteln. Ich frage mich, wieso sie die nicht ausbessern können bei dem Zustand, in dem sie sind, und bei all den Leuten, die im Rettungswagen drüber müssen. – Man sollte meinen, die hätten ein Krankenhaus am Ort. – Das Grundstück dafür ist schon gekauft, und Unfälle, mein Verehrtester, gibt's ja wohl genug, um es in Gang zu halten. Aber nein, da müssen sie sie in einem langsamen Rettungswagen die zehn Meilen nach Nottingham schaffen. Eine Schande ist das! – Ach, und was für ein Theater er machen wird, das weiß ich! Wer wohl bei ihm ist? – Vermutlich Barker. Der arme Teufel, der wäre auch lieber woanders. Aber bestimmt wird er sich um ihn kümmern.

Schwer zu sagen, wie lange er im Krankenhaus bleiben muss – und wie er das verfluchen wird! Aber wenn's nur sein Bein ist, ist es ja nicht so schlimm.«

Die ganze Zeit über machte sie sich fertig. Eilends zog sie ihr Mieder aus und kauerte sich vor den Heißwasserspeicher, während das Wasser langsam in ihre Schöpfkanne floss.

»Ich wünschte, der Heißwasserspeicher läge auf dem Grunde des Meeres!«, rief sie und drehte ungeduldig am Hahn. Für eine so kleine Frau hatte sie ganz überraschend schöne, kräftige Arme.

Paul räumte ab, setzte den Kessel auf und deckte den Tisch.

»Der nächste Zug geht erst um vier Uhr zwanzig«, sagte er. »Du hast genug Zeit.«

»O nein, hab ich nicht!«, rief sie und blinzelte über das Handtuch, mit dem sie sich das Gesicht abtrocknete, zu ihm hin.

»Hast du wohl – jedenfalls musst du erst einmal eine Tasse Tee trinken. Soll ich dich bis Keston begleiten?«

»Mich begleiten? Wozu denn, möchte ich wissen! – Was muss ich denn nun alles für ihn mitnehmen? Ach je! – Sein sauberes Hemd – was für ein Segen, dass es sauber ist. Aber es muss erst noch lüften – und Strümpfe – die braucht er nicht – und ein Handtuch, nehme ich an – und Taschentücher – was noch?«

»Einen Kamm, ein Messer, eine Gabel und einen Löffel«, sagte Paul. Sein Vater war schon einmal im Krankenhaus gewesen.

»Weiß Gott, in was für einem Zustand seine Füße waren«, fuhr Mrs Morel fort, während sie ihr langes braunes Haar kämmte, das weich wie Seide und inzwischen von grauen Strähnen durchzogen war. »Sich bis zur Taille zu waschen, da ist er sehr eigen, aber darunter, meint er, kommt's nicht so drauf an. Aber ich nehme an, den Anblick sind sie gewohnt.«

Paul hatte den Tisch gedeckt. Er schnitt seiner Mutter ein, zwei hauchdünne Brotscheiben ab und bestrich sie mit Butter.

»So«, sagte er und stellte eine Tasse Tee auf ihren Platz.

»Damit kann ich mich jetzt nicht abgeben«, rief sie verärgert aus.

»Musst du aber, wo er nun schon mal dasteht«, beharrte er.

Da setzte sie sich hin, nippte an ihrem Tee und aß stumm ein paar Bissen. Sie überlegte.

Nach wenigen Minuten war sie fort, um die zweieinhalb Meilen bis zum Bahnhof von Keston zu laufen. Alles, was sie für ihn mitnahm, trug sie in ihrem prallen Einkaufsnetz. Paul sah ihr nach, wie sie, eine kleine, schnell dahintrippelnde Gestalt, die Straße zwischen den Hecken hinaufging, und ihm blutete das Herz, weil sie wieder in Leid und Sorge hineingetrieben wurde. Und wie sie in ihrer Unruhe so schnell dahintrippelte, fühlte sie hinter ihrem Rücken das Herz ihres Sohnes auf sie warten, fühlte, dass er, soweit er es konnte, einen Teil der Last auf sich nahm, sie dabei sogar noch stützte. Und als sie im Krankenhaus war, dachte sie: »Es wird den Jungen aufregen, wenn ich ihm sage, wie schlimm es steht – ich will mich lieber in Acht nehmen.« Und als sie wieder nach Hause trottete, hatte sie das Gefühl, dass sie heimkam, um ihre Last zu teilen.

»Steht's schlimm?«, fragte Paul, sobald sie ins Haus trat.

»Ziemlich schlimm«, antwortete sie.

»Was ist es denn?«

Sie seufzte, setzte sich und löste die Bänder ihres Hutes. Ihr Sohn sah, wie sie das Gesicht hob und wie ihre kleinen, abgearbeiteten Hände an der Schleife unter ihrem Kinn herumnestelten.

»Nun«, antwortete sie, »wirklich gefährlich ist es nicht – aber die Schwester meint, das Bein sei furchtbar zerschmettert. Weißt du, ein großes Felsstück ist ihm aufs Bein gefallen – hier – und es ist ein komplizierter Bruch – einzelne Knochensplitter stehen hervor –«

»Igitt – wie grässlich!«, riefen die Kinder.

»Und«, fuhr sie fort, »natürlich sagt er, er wird sterben – das sieht ihm ähnlich. ›Mit mir isses vorbei, Mädchen!‹, hat er gesagt und mich dabei angesehen. ›Sei nicht so albern‹, hab ich zu ihm gesagt. ›An einem gebrochenen Bein stirbt man nicht, und

145

wenn's noch so zerschmettert ist.‹ – ›Hier komm ich nur in 'ner Holzkiste wieder raus‹, hat er gestöhnt. ›Nun‹, hab ich gesagt, ›wenn's dir wieder besser geht und du willst, dass man dich in einer Holzkiste in den Garten trägt, wird man's bestimmt tun.‹ – ›Wenn wir's für zuträglich halten‹, hat die Schwester gesagt. Die Schwester ist furchtbar nett, aber ziemlich streng.«

Mrs Morel setzte ihren Hut ab. Die Kinder warteten schweigend.

»Natürlich geht's ihm schlecht«, fuhr sie fort, »wie sollte es auch anders sein. Es ist ein schwerer Schock, und er hat viel Blut verloren – und natürlich ist es eine sehr gefährliche Verletzung. Es steht durchaus nicht fest, dass sie leicht verheilt. Und dann noch das Risiko von Wundfieber und Brand – wenn's eine schlimme Wendung nimmt, ist er bald hin. – Aber er ist ein Mann mit reinem Blut, seine Wunden verheilen schnell, und ich sehe keinen Grund, weshalb es eine schlimme Wendung nehmen sollte. – Natürlich ist da eine Wunde –«

Vor Unruhe und Besorgnis war sie jetzt ganz blass. Die drei Kinder merkten wohl, dass es sehr schlecht um ihren Vater stand, und das Haus verstummte ängstlich.

»Aber er erholt sich doch immer«, sagte Paul nach einer Weile.

»Genau das sage ich ihm ja«, erwiderte die Mutter.

Alle bewegten sich schweigend umher.

»Und er sah wirklich fast so aus, als wär's vorbei mit ihm«, sagte sie. »Aber die Schwester meint, das sind die Schmerzen.«

Annie nahm ihrer Mutter Hut und Mantel ab.

»Und wie er mich angesehen hat, als ich wegging! Ich hab gesagt: ›Ich muss jetzt gehen, Walter, wegen des Zuges – und wegen der Kinder –‹ Wie er mich da angesehen hat! – Das war schon nicht einfach –«

Paul nahm wieder seinen Pinsel zur Hand und malte weiter. Arthur ging nach draußen, um Kohlen zu holen. Annie saß bedrückt da. Und Mrs Morel blieb regungslos grübelnd auf dem kleinen Schaukelstuhl sitzen, den ihr Mann für sie gezimmert hatte, als sie ihr erstes Kind erwartete. Sie war bekümmert, und der schwerverletzte Mann tat ihr bitter leid. Aber dennoch, im Grunde ihres Herzens, dort, wo Liebe hätte brennen sollen, herrschte nichts als Leere. Nun, da ihr ganzes weibliches Mitgefühl erregt war, da sie sich zu Tode gerackert hätte, um ihn zu pflegen und ihn zu retten, da sie, wenn es ihr möglich gewesen wäre, seine Schmerzen auf sich genommen hätte, empfand sie in ihrem tiefsten Innern Gleichgültigkeit gegen ihn und sein Leid. Dies tat ihr besonders weh: dass sie ihn zu lieben versäumte, selbst wenn er starke Gefühle in ihr wachrief. Sie grübelte eine Weile.

»Und noch etwas!«, sagte sie plötzlich. »Als ich schon halb in Keston war, habe ich gemerkt, dass ich in meinen Arbeitsschuhen losgezogen bin – schaut sie euch nur an.« Es waren alte braune Schuhe, die Paul gehört hatten und an den Zehen durchgescheuert waren. »Vor Scham wusste ich gar nicht, wohin mit mir«, fügte sie hinzu.

Am Morgen, als Annie und Arthur in der Schule waren, sprach Mrs Morel wieder mit ihrem Sohn, der ihr bei der Hausarbeit half.

»Im Krankenhaus hab ich Barker angetroffen. Er sah schlimm aus, der arme kleine Kerl. ›Na‹, hab ich zu ihm gesagt, ›wie war denn die Fahrt mit ihm?‹ ›Fragen Sie mich bloß nich, Missis!‹, hat er gesagt. ›Ja‹, hab ich gesagt, ›ich weiß schon, wie er sich angestellt haben wird.‹ – ›Es war aber auch wirklich schlimm für ihn, Mrs Morel, war's wirklich!‹, hat er gesagt. ›Ich weiß‹, hab ich gesagt. ›Bei jedem Stoß hab ich gedacht, mir fliegt glatt das Herz aus dem Mund‹, hat er gesagt. ›Und die Schreie, die er manchmal ausgestoßen hat, Missis – das möcht ich für alles Geld der Welt nich noch mal durchmachen.‹ ›Kann ich gut verstehen‹, hab ich gesagt. ›Aber 's is 'ne schlimme Geschichte‹, hat er gesagt, ›und 's wird lang dauern, bis es wieder in Ordnung kommt.‹ ›Das fürchte ich auch‹, hab ich gesagt. Ich mag Mr Barker – ich mag ihn wirklich. Er hat so was Männliches.«

Schweigend nahm Paul seine Tätigkeit wieder auf.

»Für einen Mann wie deinen Vater ist ein Krankenhausaufenthalt natürlich schwer«, fuhr Mrs Morel fort. »Regeln und Vorschriften versteht er einfach nicht. Und wenn er es verhindern kann, lässt er sich von niemandem sonst anfassen. Als er den Muskelriss am Schenkel hatte und viermal am Tag verbunden werden musste, durfte ihn da außer mir oder seiner Mutter irgendjemand berühren? – Nicht doch. Natürlich wird er's schwer haben mit den Schwestern. – Und ich hab ihn nur ungern dagelassen. Als ich ihn zum Abschied geküsst hab, kam ich mir richtig schändlich vor –«

So sprach sie zu ihrem Sohn, fast, als würde sie nur laut denken, und er nahm ihre Worte auf, so gut er konnte, teilte ihre Sorge und minderte sie. Und ohne es zu ahnen, teilte sie schließlich nahezu alles mit ihm.

Morel ging es gar nicht gut, eine Woche lang befand er sich in einem kritischen Zustand. Dann war er auf dem Weg der Besserung. Und als die Familie wusste, dass er genesen würde, atmeten alle erleichtert auf und lebten fröhlich weiter.

Finanziell ging es ihnen nicht schlecht, solange Morel im Krankenhaus war. Die Grube zahlte vierzehn Shilling die Woche, der Krankenverein zehn Shilling und die Invaliditätskasse fünf Shilling; außerdem brachten die Kumpel Mrs Morel allwöchentlich etwas Geld, fünf oder sieben Shilling, so dass sie hinreichend versorgt war. Und solange Morel im Krankenhaus gute Fortschritte machte, führte die Familie ein glückliches und friedvolles Leben. Samstags und mittwochs fuhr Mrs Morel nach Nottingham, um ihren Mann zu besuchen. Dann brachte sie stets eine Kleinigkeit mit: eine kleine Tube Farbe oder etwas Zeichenkarton für Paul; zwei, drei Ansichtskarten für Annie, über die sich die ganze Familie tagelang freute, ehe das Mädchen sie verschicken durfte; eine Laubsäge oder ein Stück hübsches Holz für Arthur. Fröhlich schilderte sie ihre Abenteuer in den großen Läden. Im Zeichenbedarfsgeschäft kannte man sie bald und wusste auch von Paul. Das Mädchen in der Buchhandlung interessierte sich sehr für sie. Wenn Mrs Morel aus Nottingham zurückkam, war sie voller Neuigkeiten. Die drei saßen bis zur Schlafenszeit um sie herum, lauschten, fragten, stritten. Dann bedeckte oft Paul das Kaminfeuer mit Asche.

»Jetzt bin ich der Mann im Haus«, sagte er freudig zu seiner Mutter. Die Kinder merkten, wie vollkommen friedlich es daheim zugehen konnte. Und bedauerten fast, dass ihr Vater bald zurückkehren würde – wenngleich sich keiner von ihnen eine solche Gefühllosigkeit eingestanden hätte.

Paul war jetzt vierzehn und sah sich nach Arbeit um. Er war ein ziemlich kleiner und zierlich gebauter Junge mit dunkelbraunem Haar und hellblauen Augen. Sein Gesicht hatte die jugendliche Pausbäckigkeit bereits verloren, ähnelte mit seinen groben, fast durchfurchten Zügen allmählich Williams und war ungemein ausdrucksfähig. Gewöhnlich erweckte er den Eindruck, als schaue er Dinge, war voller Leben und Wärme; bald brach wie bei seiner Mutter plötzlich ein liebenswertes Lächeln hervor, bald wurde sein Gesicht dumpf und hässlich, wenn etwas den schnellen Lauf seines Geistes hemmte. Er war einer von den Jungen, die zum Kasper und zum Lümmel werden, sobald sie sich unverstanden oder zurückgesetzt glauben, und die bei dem ersten Hauch von Wärme wieder reizend sind.

Unter der ersten Berührung mit allem Neuen litt er sehr. Als er sieben war, hatte die Einschulung ihn wie ein Alptraum gepeinigt. Danach ging er jedoch gern zur Schule. Und jetzt, wo er ins Leben hinaus musste, durchlebte er die Qualen eines schrumpfenden Selbstbewusstseins. Für einen Knaben seines Alters war er ein geschickter Maler. Und er besaß Französisch-, Deutsch- und Mathematikkenntnisse, Dinge, in denen ihn Mr Heaton unterrichtet hatte. Doch nichts davon ließ sich gewerblich nutzen. Für schwere körperliche Arbeit sei er nicht kräftig genug, meinte seine Mutter. Er machte sich nichts aus manueller Arbeit, sondern zog es vor, umherzurennen, die Gegend zu durchstreifen, zu lesen und zu malen.

»Was möchtest du mal werden?«, fragte ihn seine Mutter.

Er hatte nicht den blassesten Schimmer. Er hätte auch weiterhin gern gemalt, aber es kam ihm nicht in den Sinn, eine Laufbahn als Maler anzustreben, da dies ein Ding der Unmöglichkeit war. Im Grunde genommen wollte er gar nichts tun. Doch inzwischen wurde es immer dringlicher, dass er Geld verdiente. Und da er nicht das Gefühl hatte, in der Welt einen hohen Geldwert zu besitzen, da er wusste, dass man in jedem Beruf dreißig oder fünfunddreißig Shilling die Woche verdiente, antwortete er unweigerlich:

»Irgendwas.«

»Das ist keine Antwort«, sagte Mrs Morel.

In Wahrheit war dies die einzige Antwort, die er geben konnte. Was weltliche Besitztümer betraf, so bestand sein stiller Ehrgeiz darin, dreißig oder fünfunddreißig Shilling die Woche zu verdienen, in der Nähe des Elternhauses zu wohnen und nach dem Tode seines Vaters mit seiner Mutter ein Cottage zu teilen, zu malen, nach Belieben auszugehen und bis an sein Lebensende glücklich zu sein. Dies war sein Programm, soweit man überhaupt etwas tun musste. Innerlich dagegen war er stolz, maß die Menschen an sich selbst und wies jedem unerbittlich seinen Platz zu. Und er glaubte, vielleicht doch noch einen Maler abgeben zu können, das einzig Wahre. Aber darauf verwendete er nicht viele Gedanken.

»Dann musst du die Anzeigen in der Zeitung studieren«, sagte seine Mutter.

Er sah sie an. Es kam ihm wie eine bittere Demütigung und eine Tortur vor. Aber er sagte nichts. Wenn er morgens aufstand, krampfte sich sein ganzes Wesen bei dem einen Gedanken zusammen:

»Ich muss die Stellenanzeigen studieren.«

Vor jedem Morgen stand dieser Gedanke und tötete jegliche

Freude in ihm ab, sogar das Leben. Sein Herz fühlte sich an wie ein straffer Knoten.

Und dann, um zehn Uhr, brach er auf. Er galt als sonderbares, stilles Kind. Wenn er die sonnige Straße des kleinen Städtchens entlangging, hatte er das Gefühl, als ob alle Menschen, denen er begegnete, bei sich sagten: »Der geht zum Lesesaal der Genossenschaft, um in den Zeitungen nach einer Stelle zu suchen. Er kann keine Arbeit finden. Vermutlich lässt er sich von seiner Mutter aushalten.« Dann schlich er die Steintreppe hinter dem Textilgeschäft der Genossenschaft hinauf und spähte in den Lesesaal. Meist saßen dort ein, zwei Männer, entweder alte, verbrauchte Kerle oder Bergleute, die vom Krankengeld lebten. Er trat ein – wenn sie aufblickten, fühlte er sich kleiner werden und litt –, setzte sich an einen Tisch und tat so, als überfliege er die Nachrichten. Bestimmt dachten sie: »Was will ein vierzehnjähriger Bursche im Lesesaal mit einer Zeitung?«, und er litt.

Dann schaute er gedankenverloren aus dem Fenster. Er war bereits ein Gefangener des Industrialismus. Über die alte rote Mauer des gegenüberliegenden Gartens blickten große Sonnenblumen und nickten fröhlich auf die Frauen herab, die mit ihren Mittagseinkäufen heimwärts eilten. Das Tal stand voller Getreide, das in der Sonne leuchtete. Zwei Zechen schwenkten ihre kleinen weißen Rauchfahnen zwischen den Feldern. Auf den fernen Hügeln erhoben sich dunkel und verlockend die Wälder von Aldersley. Schon verließ ihn der Mut. Er wurde in die Knechtschaft verschleppt. Seine Freiheit im geliebten Heimattal schwand.

Aus Keston kamen die Brauereifuhrwerke mit riesigen Fässern, vier auf jeder Seite wie Bohnen in einer aufgeplatzten Schote. Der Fuhrmann, der hoch oben thronte und auf seinem Sitz schwerfällig hin und her schwankte, befand sich beinahe auf Augenhöhe mit Paul. Das Haar auf dem kleinen kugelrunden Schädel des Mannes war von der Sonne nahezu weiß gebleicht, und auf seinen dicken roten Armen, die müßig auf seiner sackleinenen Schürze schunkelten, glitzerten weiße Härchen. Sein rotes Gesicht glänzte, und im Sonnenschein nickte er fast ein. Die schönen Braunen trotteten ganz von allein weiter und wirkten wie die eigentlichen Herren.

Paul wünschte, er wäre dumm. »Ich wünschte«, dachte er, »ich wäre dick wie der oder wie ein Hund in der Sonne. Ich wünschte, ich wäre ein Schwein oder Fuhrmann einer Brauerei.«

Wenn der Saal endlich leer war, schrieb er auf einem Zettel hastig eine Anzeige ab, dann noch eine und schlüpfte mit einem ungeheuren Gefühl der Erleichterung hinaus. Seine Mutter prüfte das Geschriebene genau.

»Ja«, sagte sie, »versuch's mal damit.«

William hatte ein in bewundernswerter Geschäftssprache gehaltenes Bewerbungsschreiben aufgesetzt, das Paul mit einigen Veränderungen abschrieb. Die Handschrift des Jungen war scheußlich, so dass William, der alles immer gewissenhaft erledigte, in fieberhafte Ungeduld verfiel.

Der ältere Bruder war piekfein geworden. Er merkte, dass er in London Umgang mit Männern haben konnte, die im Rang weit über seinen Freunden in Bestwood standen. Einige unter den Büroangestellten hatten Jura studiert und durchliefen mehr oder weniger eine Art Lehre. William hatte ein so fröhliches Gemüt, dass er, wohin er auch ging, überall Freundschaften schloss. So verkehrte er bald in den Häusern von Männern, die in Bestwood auf den unnahbaren Bankleiter herabgesehen und dem Pfarrer nur einen Höflichkeitsbesuch abgestattet hätten. Daher begann er sich für ein großes Tier zu halten. Die Leichtigkeit, mit der er ein Gentleman geworden war, verblüffte ihn geradezu.

Seine Briefe an seine Mutter schlugen oft einen selbstzufriedenen Ton an.

Meine liebe Mater,
es ist neun Uhr morgens. Stell Dir Deinen Sohn vor, wie er
auf einem alten Eichenstuhl sitzt, die neueste elektrische
Lampe vor sich auf dem Tisch, und an Dich schreibt. Er trägt
einen Gesellschaftsanzug und die goldenen Kragenknöpfe,
die Du ihm zu seinem einundzwanzigsten Geburtstag geschenkt hast, und hält sich für sehr vornehm. Er wünscht
sich nur, Du könntest ihn sehen. Im Vergleich dazu muss Salomo in aller seiner Herrlichkeit sich schäbig vorgekommen
sein.

Ich verbringe das Wochenende bei Loosemore und nutze
die Gelegenheit, Dir zu schreiben. –

Seine Mutter war froh, dass er so zufrieden wirkte. Und seine
Unterkunft in Walthamstow war so ärmlich. Aber jetzt schien
sich so etwas wie ein Fieber in die Briefe des jungen Mannes ein-
zuschleichen. All die Veränderungen warfen ihn aus dem ge-
wohnten Gleis, er stand noch nicht auf eigenen Füßen, sondern
schien sich von der raschen Strömung seines neuen Lebens
ziemlich leichtfertig treiben zu lassen. Seine Mutter sorgte sich
um ihn. Sie spürte, dass er sich verlor. Er war tanzen und ins
Theater gegangen, hatte Bootsfahrten auf dem Fluss gemacht,
sich mit Freunden vergnügt; und sie wusste, dass er danach in
seinem ungeheizten Schlafzimmer saß und Latein büffelte, weil
er im Büro weiterkommen und sich, soweit er es vermochte, in
Jura fortbilden wollte. Inzwischen schickte er seiner Mutter kein
Geld mehr. Das wenige, das er besaß, ging für sein eigenes Leben drauf. Und sie wollte auch keins, nur manchmal, wenn sie in
Verlegenheit war und zehn Shilling ihr manche Sorge erspart
hätten. Noch immer träumte sie von William und davon, was er
erreichen würde, wenn sie sich hinter ihn stellte. Nicht einen

Augenblick hätte sie sich eingestanden, wie schwer und bang ihr Herz seinetwegen war.

Außerdem erzählte er jetzt viel von einem Mädchen, das er auf einem Ball kennengelernt hatte, einer hübschen Brünetten, recht jung und damenhaft, hinter der die Männer her seien.

»Ob Du auch dann hinter ihr herlaufen würdest, mein Junge«, schrieb ihm seine Mutter, »wenn Du ihr nicht all die anderen Männer nachjagen sähest? In der Menge fühlst Du Dich sicher und eitel genug. Aber sieh Dich vor, achte darauf, wie Du Dich fühlst, wenn Du allein bist und siegreich –«

Darüber ärgerte sich William und setzte die Jagd fort. Er hatte das Mädchen auf eine Bootsfahrt mitgenommen –

Wenn Du sie sehen könntest, Mutter, wüsstest Du, was ich empfinde. Hochgewachsen und elegant, mit dem reinsten, klarsten olivfarbenen Teint, pechschwarzem Haar und grauen Augen, hell, spöttisch, wie Lichter auf dem Wasser bei Nacht. Du kannst Dich gern über sie lustig machen, solange Du sie nicht selbst gesehen hast. Und sie kleidet sich wie nur eine in London. Ich sage Dir, Dein Sohn trägt den Kopf ganz schön hoch, wenn sie mit ihm durch Piccadilly spaziert.

Im Innersten fragte sich Mrs Morel, ob ihr Sohn nicht lieber mit einer eleganten Gestalt in schönen Kleidern durch Piccadilly flanierte als mit einer Frau, die ihm nahestand. Doch auf ihre zögerliche Art beglückwünschte sie ihn. Und wenn sie vor dem Waschzuber stand, grübelte die Mutter über ihren Sohn nach. Sie sah, dass er sich mit einer eleganten und kostspieligen Frau belastete, wenig Geld verdiente, sich dahinschleppte und sich in einem kleinen, hässlichen Vorstadthaus beschmuddelte. »Also wirklich«, sagte sie sich, »ich bin doch zu albern – sehe überall nur Schwierigkeiten.« Dennoch wich die Last der Sorge, William könne das Falsche tun, nie aus ihrem Herzen.

Bald darauf wurde Paul eingeladen, sich bei Thomas Jordan,

Fabrikant orthopädischer Hilfsmittel, in 21 Spaniel Row, Nottingham einzufinden. Mrs Morel war außer sich vor Freude.

»Siehst du!«, rief sie mit leuchtenden Augen. »Du hast erst vier Briefe geschrieben, und schon der dritte wird beantwortet. Du hast Glück, mein Junge, hab ich's nicht immer gesagt?«

Paul besah sich die Abbildung eines Holzbeins auf Mr Jordans Briefpapier, das mit einem Gummistrumpf und anderen Bandagen versehen war, und war bestürzt. Dass es Gummistrümpfe gab, hatte er gar nicht gewusst. Und er schien die Geschäftswelt mit ihrem geordneten Wertesystem und ihrer Unpersönlichkeit zu ahnen und fürchtete sie. Dass ein Unternehmen mit Holzbeinen handelte, kam ihm widernatürlich vor.

Eines Dienstagmorgens brachen Mutter und Sohn auf. Es war August und glühend heiß. Paul ging an ihrer Seite, etwas in ihm war wie blockiert. Lieber hätte er starken körperlichen Schmerz erduldet als diese sinnlose Qual, Fremden gegenüberzutreten zu müssen, um angenommen oder abgelehnt zu werden. Und doch plauderte er mit seiner Mutter. Nie hätte er ihr gestanden, wie sehr er unter diesen Dingen litt, und sie erriet es nur teilweise. Sie war aufgedreht wie ein Liebchen. In Bestwood stand sie vor dem Fahrkartenschalter, und Paul sah zu, wie sie das Geld für die Fahrkarten aus ihrer Börse holte. Als er sah, wie ihre Hände in den alten schwarzen Glacéhandschuhen das Silber aus der abgenutzten Börse nahmen, zog sich ihm vor schmerzlicher Liebe zu ihr das Herz zusammen.

Sie war sehr aufgeregt und sehr fröhlich. Er litt, weil sie in Gegenwart der Mitreisenden so laut sprach.

»Nun schau dir diese alberne Kuh an!«, sagte sie. »Rast herum, als wäre sie im Zirkus.«

»Wahrscheinlich eine Pferdebremse«, sagte er sehr leise.

»Eine was?«, fragte sie munter und ungezwungen.

Sie dachten eine Weile nach. Die ganze Zeit über war er sich bewusst, dass sie ihm gegenübersaß. Plötzlich trafen sich ihre Blicke, und sie lächelte ihn an, ein seltenes, vertrautes Lächeln, in seiner Helle und Liebe sehr schön. Dann schauten sie beide aus dem Fenster.

Und plötzlich wandte sie sich ihm zu und sagte laut und deutlich:

»Ich glaube wirklich, dass du die Stelle bekommst. – Und falls nicht, nun, du kannst nicht schimpfen, wenn du die dritte Anstellung, auf die du dich beworben hast, nicht bekommst, oder? Aber ich glaube, du wirst sie bekommen. Du hast Glück, auch wenn du es nicht verdienst.« – Sie sprach absichtlich so laut, damit die anderen Leute es hörten!

Die sechzehn Meilen gemächlicher Bahnfahrt waren überstanden. Mutter und Sohn gingen die Station Street entlang und waren aufgeregt wie Verliebte, die zusammen ein Abenteuer erleben. In der Carrington Street hielten sie an, um sich über das Geländer zu beugen und unten auf dem Kanal die Kähne zu betrachten.

»Genau wie in Venedig«, sagte er, als er das Sonnenlicht auf dem Wasser sah, das zwischen hohen Fabrikmauern lag.

»Vielleicht«, antwortete sie lächelnd.

Die Geschäfte gefielen ihnen ausnehmend gut.

»Sieh nur die Bluse da«, sagte sie, »würde die nicht unserer Annie stehen? – Und nur für einen Shilling, elfdreiviertel Pence. Ist das nicht billig?«

»Und dazu noch Handarbeit«, sagte er.

»Ja.«

Sie hatten noch viel Zeit, daher beeilten sie sich nicht. Die Stadt erschien ihnen fremd und herrlich. Innerlich aber verkrampfte sich der Junge vor Angst. Er fürchtete sich vor dem Vorstellungsgespräch mit Thomas Jordan.

Auf der Uhr der St. Peter's Church war es fast elf. Sie bogen in eine enge Straße, die zum Schloss führte. Sie war düster und altmodisch, mit niedrigen, dunklen Läden und dunkelgrünen Haustüren mit Messingklopfern und ockergelb gestrichenen Türstufen, die auf den Gehsteig vorsprangen; dann kam wieder ein altes Geschäft, dessen kleines Schaufenster wie ein listiges, halb geschlossenes Auge aussah. Mutter und Sohn gingen vorsichtig, suchten überall nach »Thomas Jordan & Son«. Es war, als wären sie in einer wilden Gegend auf Jagd. Sie waren ganz angespannt vor Aufregung.

Plötzlich sahen sie einen großen, dunklen Torbogen, an dem die Namen verschiedener Firmen standen, darunter auch Thomas Jordan.

»Hier ist es«, sagte Mrs Morel. »Aber wo?«

Sie blickten sich um. Auf der einen Seite stand eine sonderbare, düstere Kartonfabrik, auf der anderen ein Hotel für Handlungsreisende.

»Die Einfahrt hinauf«, sagte Paul.

Und sie wagten sich unter dem Torbogen hindurch wie in den Rachen eines Drachen. Sie gelangten auf einen breiten Hof, wie ein Brunnen, der ringsum von Gebäuden gesäumt war. Er war mit Stroh, Kisten und Kartons übersät. Das Sonnenlicht fiel auf einen Korb, dessen Stroh sich wie Gold auf den Hof ergoss. Ansonsten aber wirkte der Hof wie eine Grube. Es gab mehrere Türen und zwei Treppen. Genau vor ihnen, an einer schmutzigen Glastür oben an der Treppe, waren die unheilvollen Worte »Thomas Jordan & Son – Orthopädische Hilfsmittel« zu lesen. Mrs Morel trat zuerst ein, gefolgt von ihrem Sohn. Karl I hatte sein Schafott leichteren Herzens bestiegen, als Paul Morel seiner Mutter die schmutzigen Stufen hinauf zu der schmutzigen Tür folgte.

Sie stieß die Tür auf und blieb angenehm überrascht stehen. Vor ihr tat sich ein großes Warenlager mit vielen cremefarbenen Paketen auf, und Gehilfen liefen zwanglos mit aufgekrempelten Ärmeln umher. Das Licht war gedämpft, die glänzenden cremefarbenen Pakete schienen zu leuchten, die Tresen waren aus dunkelbraunem Holz. Alles wirkte geruhsam und sehr anheimelnd. Mrs Morel trat zwei Schritte vor, dann wartete sie. Paul stand hinter ihr. Sie trug ihren Sonntagshut und einen schwarzen Schleier, er den breiten weißen Kragen eines Jungen und einen Norfolk-Anzug.

Einer der Gehilfen sah auf. Er war dünn und groß, mit einem schmalen Gesicht. Sein Blick war wachsam. Dann schaute er zum anderen Ende des Raumes, wo sich ein Glasverschlag befand. Und dann näherte er sich. Er sagte nichts, verneigte sich aber sanft und neugierig vor Mrs Morel.

»Ist Mr Jordan zu sprechen?«, fragte sie.

»Ich hole ihn«, antwortete der junge Mann.

Er ging zu dem Glasverschlag. Ein rotgesichtiger, weißbärtiger alter Mann blickte auf. Er erinnerte Paul an einen Spitz. Dann kam der kleine Mann durch den Raum. Er hatte kurze Beine, war ziemlich beleibt und trug ein Jackett aus Alpakawolle. Gewissermaßen mit gespitzten Ohren kam er forschenden Blickes durch den Raum.

»Guten Morgen!«, sagte er und zögerte vor Mrs Morel, da er zweifelte, ob sie Kundin war oder nicht.

»Guten Morgen – ich bin mit meinem Sohn, Paul Morel, hier – Sie hatten ihn gebeten, heute Morgen vorzusprechen.«

»Hier entlang«, sagte Mr Jordan ganz zackig; er wollte wohl geschäftsmäßig wirken.

Sie folgten dem Fabrikanten in ein schmuddeliges kleines Zimmer, das mit schwarzem, von vielen Kunden blank gescheuertem amerikanischem Leder ausgestattet war. Auf dem Tisch lag ein wirrer Haufen Bruchbänder, gelber Waschledergürtel. Sie wirkten neu und lebendig. Paul schnupperte den Geruch neuen Waschleders. Er fragte sich, wozu die Dinger wohl dienten. Inzwischen war er so betäubt, dass er nur Äußerliches wahrnahm.

»Nehmen Sie Platz!«, sagte Mr Jordan zu Mrs Morel und zeigte griesgrämig auf einen Stuhl mit Rosshaarpolster. Unsicher setzte sie sich auf die Stuhlkante. Dann kramte der kleine alte Mann herum, bis er ein Papier fand.

»Hast du den Brief geschrieben?«, bellte er und hielt Paul einen Briefbogen hin, den dieser als seinen eigenen erkannte.

»Ja«, antwortete er.

In diesem Augenblick beschäftigte ihn zweierlei: Zum einen fühlte er sich schuldig, weil er gelogen hatte, denn William hatte den Brief aufgesetzt, zum anderen fragte er sich, weshalb ihm sein Brief in der feisten roten Hand des Mannes so seltsam und so anders vorkam als damals, als er auf dem Küchentisch lag. Er war wie ein Teil seiner selbst, der sich hierher verirrt hatte. Es ärgerte ihn, wie der Mann den Brief hielt.

»Wo hast du schreiben gelernt?«, fragte der alte Mann mürrisch.

Paul sah ihn nur beschämt an und antwortete nicht.

»Er hat keine schöne Handschrift«, warf Mrs Morel entschuldigend ein. Dann schob sie ihren Schleier hoch. Paul hasste sie dafür, dass sie diesem gewöhnlichen kleinen Mann gegenüber nicht stolzer auftrat, aber er liebte ihr unverschleiertes Gesicht.

»Und du sagst, du kannst Französisch?«, erkundigte sich der kleine Mann noch immer in schneidendem Ton.

»Ja«, sagte Paul.

»Welche Schule hast du besucht?«

»Die Volksschule.«

»Und da hast du das gelernt?«

»Nein – ich –« Der Junge errötete und stockte.

»Sein Pate hat ihm Stunden gegeben«, sagte Mrs Morel halb flehend, halb distanziert.

Mr Jordan zögerte. Dann zog er – er schien seine Hände dauernd einsatzbereit zu halten – auf seine griesgrämige Art einen weiteren Bogen aus der Tasche und entfaltete ihn. Das Papier knisterte. Er reichte es Paul.

»Lies vor«, sagte er.

Es war eine Notiz auf Französisch, in einer schwachen, zarten ausländischen Handschrift, die der Junge nicht entziffern konnte. Verständnislos starrte er auf das Papier.

»»*Monsieur*««, begann er, dann sah er Mr Jordan verwirrt an.

»Es ist die – es ist die –«

Er wollte »Handschrift« sagen, aber sein Geist funktionierte nicht einmal mehr hinreichend, um ihm das Wort einzugeben. Er kam sich wie ein ausgemachter Dummkopf vor und hasste Mr Jordan, verzweifelt wandte er sich wieder dem Papier zu.

»›Sir, bitte senden Sie mir‹ – äh – äh – ich kann die – äh – ›zwei Paar‹ – ›gris fil bas‹ – ›graue Zwirnstrümpfe‹ – äh – äh – ›sans‹ – ›ohne‹ – äh, ich kann die Wörter nicht – äh – ›doigts‹ – ›Finger‹ – äh – ich kann die –«

Er wollte »Handschrift« sagen, aber das Wort fiel ihm noch immer nicht ein. Als Mr Jordan sah, dass er steckenblieb, entriss er ihm das Papier.

»›Bitte senden Sie mir umgehend zwei Paar graue Zwirnstrümpfe ohne Zehen –‹«

»Aber *doigts* bedeutet auch Finger«, brauste Paul auf, »in der Regel –«

Der kleine Mann sah ihn an. Er wusste nicht, ob *doigts* Finger bedeutete, er wusste nur, dass es für seine Zwecke Zehen bedeutete.

»Finger an Strümpfen!«, schnauzte er.

»Aber es bedeutet doch Finger«, beteuerte der Junge.

Er hasste den kleinen Mann, der ihn zu einem solchen Trottel machte. Mr Jordan sah erst den blassen, dummen, trotzigen Jungen an, dann die Mutter, die still dabeisaß, mit der sonderbar verschlossenen Miene armer Leute, die auf die Gunst anderer angewiesen sind.

»Und wann könnte er anfangen?«, fragte er.

»Nun«, antwortete Mrs Morel, »sobald Sie es wünschen. Mit der Schule ist er fertig.«

»Würde er in Bestwood wohnen?«

»Ja – aber er könnte – um Viertel vor acht – am Bahnhof sein –«

»Hm!«

Das Gespräch endete mit Pauls Einstellung als Bürogehilfe in der Stützstrumpfabteilung zu acht Shilling die Woche. Nachdem der Junge darauf bestanden hatte, dass *doigts* Finger bedeutete, hatte er den Mund nicht wieder aufgetan. Er folgte seiner Mutter die Treppe hinab. Voller Liebe und Freude blickte sie ihn aus ihren hellblauen Augen an.

»Ich glaube, es wird dir gefallen«, sagte sie.

»*Doigts* bedeutet doch Finger, Mutter – und es war die Handschrift – ich konnte die Handschrift nicht entziffern.«

»Es tut nichts, mein Junge. – Der ist bestimmt in Ordnung, und du wirst ihn nicht oft sehen. – War der erste junge Mann nicht nett? – Den wirst du bestimmt mögen.«

»Aber war Mr Jordan nicht sehr gewöhnlich, Mutter? Gehört das alles ihm?«

»Ich nehme an, er war Arbeiter und hat es zu was gebracht«, sagte sie. »Du darfst dich nicht immer so an den Leuten stoßen. Die sind nicht zu *dir* unfreundlich – es ist einfach nur ihre Art – du glaubst immer, dass die Leute sich auf dich beziehen. Aber das tun sie nicht.«

Es war sehr sonnig. Über dem großen, öden Marktplatz schimmerte der blaue Himmel, und die granitenen Pflastersteine glitzerten. Die Läden in der Long Row lagen in tiefem Schatten, und der Schatten war voller Farbe. Wo die Pferdebahnen über den Markt ratterten, stand eine Reihe von Obstbuden mit Früchten, die in der Sonne glühten: Äpfeln, Haufen rötlicher Orangen, kleinen Reineclauden und Bananen. Als Mutter und Sohn vorübergingen, wehte sie ein warmer Obstduft an. Allmählich wichen Schmach und Zorn von ihm.

»Wo sollen wir zu Mittag essen?«, fragte die Mutter.

»Sollen wir was kaufen und im Baumgarten essen?«

»Nein.«

»Sollen wir zu Morley's gehen?«

»Bei denen ist der Tee zu stark. Nein – du hast die Stelle bekommen – wir essen richtig zu Mittag.«

Das empfanden beide als unverantwortliche Verschwendung. Paul war erst ein- oder zweimal in seinem Leben in einem Speiselokal gewesen, und dann hatte er nur eine Tasse Tee und ein süßes Brötchen zu sich genommen. Die meisten Menschen in Bestwood waren der Meinung, dass sie sich in Nottingham höchstens eine Tasse Tee und ein Butterbrot leisten konnten, vielleicht noch Schmalzfleisch. Eine richtige warme Mahlzeit galt als großer Luxus. Paul fühlte sich sehr schuldbewusst.

Sie fanden eine Gaststätte, die recht preiswert aussah. Als Mrs Morel jedoch die Karte überflog, wurde ihr das Herz schwer, so teuer waren die Speisen. Daher bestellte sie das billigste Gericht, Nierenpastete mit Kartoffeln.

»Wir hätten nicht hierherkommen dürfen, Mutter«, sagte Paul.

»Macht doch nichts«, sagte sie. »Wir kommen ja nicht wieder.«

Sie bestand darauf, dass er eine kleine Korinthenschnitte aß, da er so gerne Süßes mochte.

»Ich will aber keine«, wandte er ein.

»Doch«, beharrte sie, »du sollst eine haben.«

Und sie blickte sich nach der Kellnerin um. Aber die Kellnerin war beschäftigt, und Mrs Morel wollte sie nicht stören. So warteten Mutter und Sohn, bis es dem Mädchen, das mit den Männern schäkerte, in den Kram passte.

»Schamloses Flittchen«, sagte Mrs Morel zu Paul. »Nun schau dir das an, bringt sie doch dem Mann den Pudding, dabei ist er erst lange nach uns gekommen.«

»Das macht doch nichts, Mutter«, sagte Paul.

Mrs Morel war verärgert. Aber sie war zu arm und ihre Bestellung zu gering, als dass sie den Mut gehabt hätte, auf ihrem Recht zu bestehen. Sie warteten und warteten.

»Sollen wir gehen, Mutter?«, fragte er.

Da erhob sich Mrs Morel. Das Mädchen kam gerade vorbei.

»Bringen Sie uns eine Korinthenschnitte«, sagte Mrs Morel klar und deutlich.

Das Mädchen sah sich dreist um.

»Sofort«, sagte sie.

»Wir haben lange genug gewartet«, sagte Mrs Morel.

Gleich darauf kam das Mädchen mit der Schnitte zurück. Kühl verlangte Mrs Morel die Rechnung. Paul wäre am liebsten im Erdboden versunken. Er staunte über die Härte seiner Mutter. Er wusste, dass nur jahrelange Plackerei sie gelehrt hatte, wenigstens dieses kleine bisschen auf ihrem Recht zu bestehen. Sie scheute ebenso davor zurück wie er.

»Hier bin ich zum letzten Mal gewesen!«, erklärte sie, als sie draußen vor dem Lokal standen, dankbar, ihm entronnen zu sein.

»Wir gehen zu Keep's und Boot's und ein, zwei anderen Läden, ja?«, sagte sie.

Sie unterhielten sich über die Bilder, und Mrs Morel wollte ihm einen kleinen Zobelhaarpinsel kaufen, den er schon lange haben wollte. Doch diesen Luxus schlug er aus. Vor den Hut- und Tuchgeschäften blieb er stehen, fast gelangweilt zwar, aber doch zufrieden, dass sie ihr Interesse fanden. Sie zogen weiter.

»Nun schau dir diese schwarzen Trauben an!«, sagte sie. »Da fließt einem ja das Wasser im Mund zusammen. – Die wollte ich schon seit Jahren mal kosten, aber da werde ich wohl noch eine Weile warten müssen.«

Dann freute sie sich über den Blumenladen, blieb in der Tür stehen und sog den Duft ein.

»Ah! – Ah! – Sind die nicht wunderbar?«

In der Dunkelheit des Ladens sah Paul eine elegante junge Dame in Schwarz, die neugierig über den Tresen spähte.

»Die gucken dich schon an«, sagte er und versuchte, seine Mutter wegzuzerren.

»Aber wie heißen sie nur?«, rief sie aus und rührte sich nicht vom Fleck.

»Levkojen!«, antwortete er und schnupperte hastig. »Schau, da steht ein ganzer Kübel davon.«

»Richtig – rote und weiße! – Ich wusste gar nicht, dass Levkojen so duften!« Und zu seiner großen Erleichterung trat sie aus der Tür, aber nur, um vor dem Schaufenster stehen zu bleiben.

»Paul!«, rief sie ihm zu, während er versuchte, sich den Blicken der eleganten jungen Dame in Schwarz, des Ladenmädchens, zu entziehen. »Paul! Sieh doch mal!«

Widerstrebend kam er zurück.

»Sieh doch mal die Fuchsie!«, rief sie und zeigte hin.

»Hm!« Er gab einen seltsamen, interessiert klingenden Laut von sich. »Man denkt, die Blüten würden jeden Augenblick abfallen, so groß und schwer hängen sie an den Zweigen.«

»Und welche Fülle!«, rief sie.

»Und wie sie nach unten hängen, mit ihren Blütenstielen und Fruchtknoten –!«

»Ja!«, rief sie. »Wunderbar!«

»Wer die wohl kaufen wird?«, fragte er.

»Das möchte ich auch gern wissen!«, antwortete sie. »Wir jedenfalls nicht.«

»In unserer guten Stube würde sie eingehen.«

»Ja, in diesem scheußlich kalten, sonnenlosen Loch kommt jedes Pflänzchen um, das man hineinstellt – und in der Küche ersticken sie im Qualm –«

Sie kauften ein paar Kleinigkeiten und machten sich auf den Weg zum Bahnhof. Als sie durch die dunkle Häuserschlucht den Kanal hinaufsahen, erblickten sie in einem regelrechten Wunder feinen Sonnenlichts das Schloss auf seiner braunen, grün bestrauchten Felsenklippe.

»Wird's nicht schön sein, in der Mittagspause hier herauszukommen?«, fragte Paul. »Dann kann ich überall herumgehen und mir alles anschauen. Das wird mir gefallen.«

»So ist es«, stimmte seine Mutter zu.

Er hatte mit seiner Mutter einen ungetrübten Nachmittag verlebt. Am milden Abend trafen sie glücklich, begeistert und ermüdet zu Hause ein. Anderntags füllte er den Vordruck für seine Dauerkarte aus und ging damit zum Bahnhof. Als er zurückkam, fing seine Mutter gerade an, den Fußboden zu wischen. Mit hochgezogenen Beinen saß er auf dem Sofa.

»Er sagt, Samstag kann ich sie abholen«, berichtete er.

»Und wie viel kostet sie?«

»Etwa ein Pfund elf Shilling«, sagte er.

Schweigend wischte sie weiter den Fußboden.

»Ist das viel?«, fragte er.

»Nicht mehr, als ich dachte«, antwortete sie.

»Und ich verdiene acht Shilling die Woche«, sagte er.

Sie erwiderte nichts, sondern fuhr in ihrer Arbeit fort. Schließlich sagte sie:

»Als William nach London gegangen ist, hat er versprochen, mir monatlich ein Pfund zu schicken. Zehn Shilling hat er mir geschickt – zweimal. Und ich weiß, wenn ich ihn jetzt um einen Viertelpenny bäte, hätte er keinen. Nicht, dass ich das will. Ich dachte nur, er könnte mir vielleicht bei dieser Dauerkarte aushelfen, mit der ich gar nicht gerechnet hatte.«

»Er verdient 'ne Menge«, sagte Paul.

»Er verdient hundertdreißig Pfund. Aber sie sind alle gleich. Im Versprechen sind sie groß, aber mit dem Halten nehmen sie's nicht so genau.«

»Er gibt mehr als fünfzig Shilling in der Woche für sich aus«, sagte Paul.

»Und ich führe den Haushalt mit weniger als dreißig«, erwiderte sie, »und soll auch noch Geld für Sonderausgaben auftreiben. Aber wenn sie erst einmal aus dem Haus sind, denken sie nicht daran, einem zu helfen. Lieber gibt er sein Geld für dieses aufgetakelte Frauenzimmer aus.«

»Wenn sie so vornehm ist, sollte sie ihr eigenes Geld haben«, sagte Paul.

»Sollte sie, hat sie aber nicht. Ich habe ihn gefragt. – Und ich weiß, dass er ihr nicht ohne Grund eine goldene Armspange kauft. Wer hat mir schon mal eine goldene Armspange gekauft?«

»Du wolltest doch nie eine.«

»Nein – aber selbst wenn, das wäre aufs selbe hinausgekommen.«

»Hat mein Vater dir denn nie etwas gekauft?«

»Doch – ein halbes Pfund Äpfel – das war alles – der einzige Penny, den er vor unserer Heirat je für mich ausgegeben hat.«

»Warum?«

»Weil ich dumm war, und wenn er gefragt hat: ›Was soll ich dir kaufen?‹, hab ich gesagt: ›Nichts.‹ Aber mir einfach so mal etwas mitbringen – das wäre ihm im Traum nicht eingefallen. Und auch William würde keine goldenen Armspangen kaufen, außer für ein geistloses Geschöpf, das hohe Ansprüche stellt.«

»Und ich wette, sie hat jede Menge davon«, sagte der Junge.

»Und ob! Aber natürlich muss er ihr noch eine schenken, um Eindruck zu schinden. Was kümmert ihn das alles! Solange er nur ein paar Shilling verdiente, musste ich für seinen Unterhalt sorgen, doch sobald es ein bisschen mehr ist und man ein wenig Ruhe und Sicherheit genießen könnte, geht er fort, und die ganze Plackerei fängt wieder von vorn an; niemand, an den man sich wenden könnte, wenn etwas gebraucht wird, niemand, den man um eine Gefälligkeit bitten könnte.«

»Du solltest ihn darum bitten.«

»Ja, und das Geld müsste er sich borgen. Da könnte ich es mir auch gleich selbst borgen. Ich will ihm auf keinen Fall für etwas dankbar sein, worum ich ihn erst bitten muss. Er braucht mir auch gar nicht zu schreiben, ihr Loblied zu singen, die Opern zu erwähnen, die sie sich angesehen haben. Ich will's gar nicht wissen. Auf mich verwendet er keinen Gedanken, ich muss schon sagen. – Aber das alles kümmert sie nicht! Sie wollen ihr eigenes Leben leben und ihren eigenen Weg gehen, was bedeute ich ihm da schon? Aber nie werde ich ihm zur Last fallen oder ihn um etwas bitten. – Und ich hoffe, dein Vater wird so lange leben, bis ich tot bin. Denn es ist eine schlimme Geschichte, von den eigenen Kindern abhängig zu sein.«

»Nun, Mutter – bald werde ich ja verdienen – und mein Geld kannst du immer haben, denn heiraten werde ich nie.«

»Das ist eine alte Geschichte und eine, die auch William immer gepredigt hat. Warte nur ein bisschen, dann wirst du ein anderes Lied singen.«

»Werde ich nicht.«

»Na schön.«

Schweigend fuhr sie fort, den roten Ziegelfußboden zu wischen.

»Was wirst du tun?«, fragte Paul.

»Ich werde wohl Geld von der Genossenschaft abheben müssen – dann muss ich meinen Anteil anbrechen, so dass ich nicht die volle Dividende bekomme. Und ich will ihn nicht schon wieder anbrechen.«

Der Junge fühlte sich sehr ärgerlich, geradezu elend. Das Geld wurde für ihn benötigt, und das erbitterte ihn.

»Nun«, sagte er, »ich werde bald eine Gehaltserhöhung bekommen, und du kannst all mein Geld haben.«

»Das ist ja alles schön und gut«, sagte sie. »Aber deswegen haben wir am Samstagmorgen immer noch keine dreißig Shilling.«

William hatte Erfolg bei seiner »Zigeunerin«, wie er sie nannte. Er bat das Mädchen – sie hieß Louisa Lily Denys Western – um ein Foto, das er seiner Mutter schicken konnte. Das Foto kam an – die Profilaufnahme einer hübschen, affektiert lächelnden Brünetten, die dazu noch ganz ausgezogen wirkte, weil auf dem Foto weit und breit kein Kleidungsstück zu sehen war, sondern nur die nackte Büste.

»Ja«, schrieb Mrs Morel an ihren Sohn, »das Foto von Louie ist sehr eindrucksvoll, und sie muss wohl sehr attraktiv sein. Aber glaubst du wirklich, mein Junge, dass es von gutem Geschmack zeugt, wenn ein Mädchen ihrem jungen Freier als Erstes ein solches Foto gibt, das er seiner Mutter schicken kann? Gewiss sind die Schultern sehr schön, wie du sagst. Aber ich war schwerlich darauf gefasst, gleich beim ersten Mal so viel von ihnen zu sehen zu bekommen –«

Morel sah das Foto auf der Chiffoniere in der guten Stube stehen. Er nahm es zwischen seinen dicken Daumen und seinen Zeigefinger und kam damit heraus.

»Wer is 'n das?«, fragte er seine Frau.

»Das Mädchen, mit dem unser William geht«, antwortete Mrs Morel.

»Hm! 'ne ganz Durchtriebene, so wie sie aussieht – und eine, die ihm nich sehr gut bekommen wird. – Wer issie denn?«

»Sie heißt Louisa Lily Denys Western.«

»Was du nich sagst!«, rief der Bergmann. »Issie Schauspielerin?«

»Nein. Angeblich ist sie eine Dame.«

»Von wegen!«, rief er und starrte immer noch das Foto an. »Eine Dame, die? Und wovon meint sie, sich solche Sperenzchen leisten zu können?«

»Von nichts – sie lebt mit einer alten Tante zusammen, die sie hasst, und nimmt das bisschen Geld, das man ihr gibt.«

»Hm!«, machte Morel und legte das Foto hin. »Dann isser 'n Narr, dass er sich auf so eine eingelassen hat.«

»Liebe Mater«, antwortete William. »Es tut mir leid, dass dir das Foto nicht gefallen hat. Als ich es abgeschickt habe, bin ich gar nicht auf den Gedanken gekommen, du könntest es unanständig finden. Aber ich habe der Zigeunerin gesagt, dass es deinen prüden Auffassungen nicht entspricht, und sie wird dir ein anderes schicken, das dir hoffentlich besser gefällt. Sie wird andauernd fotografiert. Die Fotografen drängen sich geradezu darum, sie umsonst ablichten zu dürfen.«

Kurz darauf kam das neue Foto mit einer kurzen, albernen Notiz des Mädchens. Diesmal sah man die junge Dame im schwarzseidenen Abendmieder mit viereckigem Ausschnitt und kleinen Puffärmeln, und über ihren schönen Armen hing schwarze Spitze.

»Ob sie auch mal etwas anderes als Abendkleider trägt?«, fragte Mrs Morel sarkastisch. »Bestimmt will sie Eindruck auf mich machen.«

»Du bist wirklich nicht sehr liebenswürdig, Mutter«, sagte Paul. »Das erste mit den bloßen Schultern fand ich hübsch.«

»Ach ja?«, entgegnete die Mutter. »Ich jedenfalls nicht.«

Am Montagmorgen stand der Junge um sechs auf, um seine Stelle anzutreten. Die Dauerkarte, die so viel Bitterkeit hervorgerufen hatte, steckte in seiner Westentasche. Er mochte sie sehr, mit ihren gelben Querstreifen. Seine Mutter packte sein Mittagessen in einen kleinen Korb mit Deckel, und um Viertel vor sieben brach er auf, um den Sieben-Uhr-fünfzehn-Zug zu erreichen. Mrs Morel begleitete ihn bis vors Haus.

Es war ein herrlicher Morgen. In der leichten Brise blinkten die schlanken grünen Eschenfrüchte, die die Kinder »Tauben« nennen, fröhlich in die Vorgärten der Häuser. Über dem Tal lag glänzender dunkler Nebel, durch den das reife Korn schimmerte und in dem der Dampf der Grube von Minton rasch verdunstete. Windstöße kamen auf. Paul blickte über die hohen Wälder von Aldersley, wo das Land leuchtete, und nie hatte die Heimat so stark an ihm gezerrt.

»Guten Morgen, Mutter«, sagte er lächelnd, fühlte sich aber sehr unglücklich.

»Guten Morgen«, erwiderte sie heiter und zärtlich.

Mit ihrer weißen Schürze stand sie auf der offenen Straße und sah ihm nach, wie er das Feld durchquerte. Er hatte einen kleinen, gedrungenen Körper, der voller Lebenskraft schien. Als sie ihn so über das Feld traben sah, spürte sie, dass er jedes Ziel erreichen würde, für das er sich entschied. Sie dachte an William. Der wäre über den Zaun gesprungen, statt zum Zauntritt zu gehen. Er war in London und ließ es sich wohl sein. Paul würde in Nottingham arbeiten. Jetzt hatte sie zwei Söhne in der Welt. Sie konnte an zwei Städte, zwei große Industriezentren denken und das Gefühl haben, dass sie in jedes davon einen Mann gestellt hatte und diese Männer das vollbringen würden, was *sie* begehrte; sie entstammten ihr, waren ihr Fleisch und Blut, und auch ihre Leistungen würden die ihren sein. Den ganzen Morgen über dachte sie an Paul.

Um acht Uhr stieg er die düstere Treppe zu Jordans Fabrik empor, blieb hilflos vor dem ersten großen Paketregal stehen und wartete darauf, dass ihn jemand abholte. Der Raum war noch nicht zu Leben erwacht. Über den Tresen waren große Tücher gegen den Staub ausgebreitet. Erst zwei Männer waren da, er hörte sie in einer Ecke miteinander reden, während sie die Röcke auszogen und die Hemdsärmel aufkrempelten. Es war zehn nach acht. Offenbar herrschte keine Eile, pünktlich zu sein. Paul lauschte auf die Stimmen der beiden Gehilfen. Dann hörte er jemanden husten, und im Büro am Ende des Raumes sah er einen altersschwachen Schreiber mit einem runden, rot und grün bestickten Rauchkäppchen aus schwarzem Samt, der Briefe öffnete. Paul wartete und wartete. Einer der Bürogehilfen ging zu dem Alten und begrüßte ihn laut und fröhlich. Anscheinend war der alte »Chef« taub. Dann kam der junge Bursche mit gewichtigen Schritten an seinen Tresen. Er entdeckte Paul.

»Hallo!«, sagte er. »Bist du der neue Bürogehilfe?«

»Ja«, antwortete Paul.

»Hm! Wie heißt du denn?«

»Paul Morel.«

»Paul Morel? – Schön, dann komm mal mit.«

Paul folgte ihm um das Rechteck der Tresen. Der Raum lag im zweiten Stockwerk. Mitten im Fußboden befand sich ein großes Loch, das wie mit einer Mauer aus Tresen eingehegt war, und durch diesen breiten Schacht gingen die Aufzüge, durch ihn fiel das Licht ins untere Stockwerk. In die Decke war ein entsprechend großes, rechteckiges Loch eingelassen, und oben, hinter dem Gitter des obersten Stockwerks, waren mehrere Maschinen zu sehen. Ganz oben schließlich war das Glasdach, von dort kam das Licht für alle drei Stockwerke und wurde immer schwächer, so dass im Erdgeschoss stets Nacht herrschte und im zweiten Stock Dämmerung. Die Fabrik lag im obersten, das Warenlager im zweiten, die Auslieferung im untersten Stockwerk. Das Gebäude war ungesund und vorsintflutlich.

Paul wurde in eine sehr dunkle Ecke geführt.

»Das ist die Stützstrumpfecke«, sagte der Gehilfe. »Du bist in der Stützstrumpfabteilung, bei Pappleworth. Er ist dein Vorgesetzter, aber er ist noch nicht da. Er kommt nicht vor halb neun. Wenn du magst, kannst du dahinten bei Mr Melling schon mal die Briefe holen.«

Der junge Mann zeigte auf den alten Schreiber im Büro.

»In Ordnung«, sagte Paul.

»Hier ist ein Haken, wo du deine Mütze aufhängen kannst – hier sind deine Eintragsbücher – Pappleworth wird gleich kommen.«

Und mit langen, geschäftigen Schritten stakste der hagere junge Mann über den hohl klingenden Holzfußboden davon.

Nach ein, zwei Minuten ging Paul zu dem Glasverschlag und blieb in der Tür stehen. Der alte Schreiber mit dem Rauchkäppchen lugte über den Rand seiner Brille.

»Guten – Morgen«, sagte er freundlich und nachdrücklich. »Du willst die Briefe für die Stützstrumpfabteilung holen, Thomas?«

Dass er Thomas genannt wurde, ärgerte Paul. Aber er nahm die Briefe und kehrte in seine dunkle Ecke zurück, wo der Tresen einen Winkel bildete, wo das große Paketregal aufhörte und wo sich drei Türen befanden. Er setzte sich auf einen hohen Schemel und las die Briefe durch, deren Handschrift nicht allzu schwer zu entziffern war. Sie lauteten folgendermaßen:

»Senden Sie mir bitte umgehend ein Paar seidene Damenschenkelstrümpfe ohne Füße, so wie ich sie letztes Jahr von Ihnen bezogen habe – Länge – vom Schenkel bis zum Knie – usw.«

Oder: »Major Chamberlain möchte seine frühere Bestellung eines unelastischen seidenen Suspensoriums wiederholen.«

Viele dieser Briefe, einige davon auf Französisch oder Norwegisch, stellten den Jungen vor große Rätsel. Unruhig saß er auf seinem Schemel und erwartete die Ankunft seines Chefs. Als um halb neun die Fabrikmädchen auf dem Weg nach oben an ihm vorbeiströmten, litt er Qualen der Schüchternheit.

Gegen zwanzig vor neun, als alle anderen Männer schon bei der Arbeit waren, erschien, ein Chlorodyne-Kaugummi kauend, Mr Pappleworth. Er war ein magerer, blässlicher Mann mit einer roten Nase, rascher, abgehackter Sprechweise und elegant, aber steif gekleidet, um die sechsunddreißig Jahre alt. Er hatte etwas ziemlich Schickes, ziemlich Fesches, ziemlich Schlaues und Geriebenes, eine gewisse Wärme und etwas leicht Verächtliches.

»Der neue Bursche?«, fragte er.

Paul stand auf und bejahte.

»Die Briefe geholt?«

Mr Pappleworth kaute an seinem Kaugummi.

»Ja.«

»Kopiert?«

»Nein.«

»Na, dann komm, mach fix. Andere Jacke angezogen?«

»Nein.«

»Du solltest 'ne alte Jacke mitbringen und hierlassen.« Als er die letzten Wörter aussprach, hatte er das Chlorodyne-Kaugummi zwischen den Backenzähnen. Er verschwand im Dunkel hinter dem großen Paketregal, kam ohne Rock wieder und krempelte an einem mageren, behaarten Arm einen elegant gestreiften Ärmelaufschlag hoch. Dann schlüpfte er in seine Jacke. Paul fiel auf, wie mager er war und dass seine Hose hinten Falten warf. Er griff sich einen Schemel, rückte ihn neben den des Jungen und setzte sich.

»Setz dich«, sagte er. Paul nahm Platz. Mr Pappleworth saß dicht neben ihm. Der Mann schnappte sich die Briefe, holte aus einem Fach vor ihm ein längliches Eintragsbuch, schlug es auf, ergriff eine Schreibfeder und sagte:

»Jetzt pass auf – du kopierst die Briefe hierein.«

Er schnüffelte zweimal, kaute rasch an seinem Kaugummi, starrte unverwandt auf einen Brief, dann wurde er ganz still und nachdenklich und nahm in schönster Schnörkelschrift wieselflink den Eintrag vor. Paul warf er einen raschen Blick zu.

»Gesehen?«

»Ja.«

»Glaubst du, du kannst das?«

»Ja.«

»Na, dann mal los – lass sehen.«

Er sprang von seinem Schemel. Paul nahm eine Feder. Mr Pappleworth verschwand. Paul kopierte die Briefe recht gern, aber er schrieb langsam, mühsam und äußerst unschön. Gerade war er mit dem vierten Brief befasst und fühlte sich ganz eifrig und glücklich, als Mr Pappleworth wieder auftauchte.

»Na – wie kommst du voran? – Fertig?«

Kauend beugte er sich über die Schulter des Jungen. Er roch nach Chlorodyne.

»Mich trifft der Schlag, Junge, du bist mir vielleicht ein Schön-schreiber!«, rief er höhnisch. »Macht nichts, wie viele hast du fertig? Erst drei? Die hätte ich im Handumdrehen geschafft. Nun aber zu, mein Junge, und schreib Ziffern drauf – so! Mach schon!«

Paul mühte sich mit den Briefen ab, während sich Mr Pappleworth um verschiedene Aufgaben kümmerte. Plötzlich fuhr der Junge zusammen. Dicht vor seinem Ohr ertönte ein schriller Pfiff. Mr Pappleworth kam herbei, zog einen Stöpsel aus einem Rohr und sagte in erstaunlich schroffem und herrischem Ton:

»Ja!«

Paul hörte eine schwache Stimme, wie die einer Frau, aus dem Ende des Rohrs. Verwundert schaute er hin, denn er hatte noch nie eine Sprechrohranlage gesehen.

»Nun«, sprach Mr Pappleworth schlecht gelaunt in das Rohr, »dann sollten Sie den Arbeitsrückstand endlich aufholen.«

Wieder war die dünne Frauenstimme zu hören, sie klang hübsch und verärgert zugleich.

»Ich habe keine Zeit, mir Ihr Gerede anzuhören«, sagte Mr Pappleworth und drückte den Stöpsel wieder ins Rohr.

»Komm, mein Junge«, sagte er inständig zu Paul, »das war Polly, die dringend die Bestellungen abwickeln will. Kannst du ein bisschen zumachen? Hier – zeig mal her.«

Zu Pauls ungeheurem Verdruss nahm er das Buch zur Hand und begann, selbst zu kopieren. Er arbeitete schnell und sauber. Als er fertig war, ergriff er einige längliche, ungefähr sieben Zentimeter breite Papierstreifen und stellte die Tagesbestellungen für die Mädchen aus.

»Du solltest aufpassen«, sagte er zu Paul, während er die ganze Zeit über wieselflink arbeitete. Paul besah sich die seltsamen kleinen Zeichnungen von Beinen, Schenkeln und Fußgelenken mit Querstrichen und Ziffern und die wenigen knappen Anweisungen, die sein Chef auf dem gelben Papier notierte. Dann war Mr Pappleworth fertig und sprang auf.

»Komm mit«, sagte er und stürzte, die flatternden gelben Papierstreifen in den Händen, durch eine Tür und eine Treppe hinunter ins Untergeschoss, wo Gasflammen brannten. Sie durchquerten den kalten, feuchten Auslieferungsraum, dann einen langgestreckten öden Raum mit einem langen Tisch auf Böcken, bis sie in ein kleineres, gemütliches, nicht sehr hohes Zimmer gelangten, das an das Hauptgebäude angebaut war. In diesem Zimmer erwartete sie wie ein stolzes Zwerghuhn eine kleine Frau in roter Sergebluse und mit hochgestecktem schwarzem Haar.

»Hier!«, sagte Mr Pappleworth.

»Sie meinen wohl ›Hier, bitte schön!‹«, rief Polly. »Die Mädchen warten schon seit fast einer halben Stunde. Denken Sie nur an die Zeitverschwendung!«

»Denken *Sie* lieber daran, Ihre Arbeit zu tun und nicht so viel zu reden«, sagte Mr Pappleworth. »Sie hätten schon längst alles erledigen können.«

»Sie wissen ganz genau, dass wir schon am Samstag alles erledigt haben«, rief Polly und stürzte mit blitzenden dunklen Augen auf ihn zu.

»Ts-ts-ts«, spottete er. »Hier ist Ihr neuer Bursche. Verderben Sie ihn nicht, so wie den letzten.«

»›So wie den letzten!‹«, wiederholte Polly. »Ja, ja, wir verderben sie alle. Auf mein Wort, an so einem Burschen ist nichts mehr zu verderben, wenn er erst einmal bei Ihnen gewesen ist.«

»Jetzt ist Zeit zum Arbeiten und nicht zum Schwatzen«, sagte Mr Pappleworth streng und kalt.

»Zeit zum Arbeiten war vorhin schon«, sagte Polly und stolzierte hoch erhobenen Hauptes davon. Sie war eine kleine, kerzengerade Person von vierzig Jahren.

In dem Zimmer standen auf einer Bank unter dem Fenster zwei Rundstrickmaschinen. Durch eine Innentür blickte man in ein längeres Zimmer mit sechs weiteren Maschinen. Ein Grüppchen adrett gekleideter Mädchen mit weißen Schürzen stand schwatzend beisammen.

»Habt ihr nichts anderes zu tun, als zu schwatzen?«, sagte Mr Pappleworth.

»Doch, auf Sie zu warten«, erwiderte lachend ein hübsches Mädchen.

»Macht hin, macht hin«, sagte er. »Komm, mein Junge. Den Weg hierher kennst du jetzt also.«

Und Paul lief hinter seinem Chef die Treppe hinauf. Er sollte Rechnungen prüfen und ausstellen. Er stand am Schreibtisch und quälte sich mit seiner abscheulichen Handschrift. In diesem Augenblick kam Mr Jordan aus seinem Glasverschlag stolziert und stellte sich zum großen Unbehagen des Jungen hinter ihn. Plötzlich stieß ein dicker roter Finger auf das Formular, das er gerade ausfüllte.

»Mr J. A. Bates Esquire!«, rief die ärgerliche Stimme dicht an seinem Ohr.

Paul besah sich das »Mr J. A. Bates Esquire« in seiner abstoßenden Handschrift und fragte sich, was denn nun schon wieder los war.

»Haben sie dir nichts Besseres beigebracht, wo sie schon einmal dabei waren? Wenn du ›Mr‹ schreibst, brauchst du nicht ›Esquire‹ zu schreiben – ein Mann kann nicht beides zusammen sein.«

Der Junge bedauerte seine allzu große Freigebigkeit bei der Verleihung von Ehrentiteln und strich das »Mr« mit zitternden Fingern aus. Da entriss ihm Mr Jordan plötzlich die Rechnung.

»Schreib's noch mal! Willst du das etwa einem Gentleman schicken?« Und gereizt zerfetzte er das blaue Formular.

Rot bis über die Ohren vor Scham, fing Paul wieder von vorn an. Mr Jordan sah ihm immer noch zu.

»Ich weiß nicht, was sie euch in der Schule beibringen. Du musst besser schreiben lernen. Heute lernen die Burschen nichts als Gedichte hersagen und Fiedel spielen. – Haben Sie seine Schrift gesehen?«, fragte er Mr Pappleworth.

»Ja – erstklassig, nicht wahr?«, antwortete Mr Pappleworth gleichmütig. »Er wird schon noch Fortschritte machen.«

Mr Jordan grunzte etwas, aber nicht unfreundlich. Paul dachte sich, dass bellende Hunde nicht beißen. Mochte der kleine Fabrikant auch schlechtes Englisch sprechen, so war er doch Gentleman genug, seine Leute in Ruhe zu lassen und sich um Kleinigkeiten nicht zu kümmern. Aber er wusste, dass er nicht aussah wie der Chef und Besitzer der Fabrik, und so musste er zuvörderst die Rolle des Eigentümers herausstreichen, um die Sache auf die richtige Grundlage zu stellen.

»Sag mal, wie heißt du noch gleich?«, fragte Mr Pappleworth den Jungen.

»Paul Morel.«

Es ist seltsam, dass Kinder so sehr darunter leiden, den eigenen Namen aussprechen zu müssen.

»Paul Morel? Na, dann paul-morel dich mal durch die Sachen hier, und dann –«

Mr Pappleworth ließ sich auf einen Schemel sinken und begann zu schreiben. Durch eine Tür gleich hinter ihm kam ein Mädchen herein, legte frisch gebügelte elastische Gewebe auf den Tresen und ging wieder. Mr Pappleworth hob ein weiß-lich-blaues Knieband auf, prüfte es rasch, ebenso den gelben Bestellschein, und legte es beiseite. Als nächstes kam ein fleischfarbenes »Bein« an die Reihe. Er ging die paar Dinge durch, schrieb zwei, drei Bestellungen aus und rief Paul zu, ihn zu begleiten. Diesmal gingen sie durch die Tür, durch die das Mädchen gekommen war. Paul stand oben an einer kleinen Holztreppe und sah unter sich einen Raum mit Fenstern an beiden Seiten. Am anderen Ende saßen ein halbes Dutzend Mädchen, beugten sich im Licht des Fensters über die Werk-bänke und nähten. Gemeinsam sangen sie »Zwei kleine Mäd-chen in Blau«. Als sie hörten, wie sich die Tür öffnete, drehten sie sich alle um und sahen Mr Pappleworth und Paul, die vom oberen Ende des Raumes auf sie herabblickten. Sie hörten auf zu singen.

»Könnt ihr nicht weniger Krach machen?«, fragte Mr Papple-worth. »Die Leute glauben noch, wir hielten Katzen.«

Eine bucklige Frau auf einem hohen Schemel wandte Mr Pap-pleworth ihr längliches, ziemlich schweres Gesicht zu und sagte mit einer Altstimme:

»Dann sind's aber lauter Kater.«

Vergebens versuchte Mr Pappleworth, vor Paul Eindruck zu schinden. Er stieg die Stufen in den Fertigungsraum hinab und ging zu der buckligen Fanny. Auf dem hohen Schemel war ihr Körper so gedrungen, dass ihr Kopf mit den großen Flechten hellbraunen Haars und ihr blasses, schweres Gesicht massig wirkten. Sie trug ein grün-schwarzes Kaschmirkleid, und ihre Handgelenke, die aus den engen Ärmeln ragten, waren schmal und flach, als sie jetzt nervös ihre Arbeit niederlegte. Er zeigte ihr, was an dem Knieschützer verkehrt war.

»Nun«, sagte sie, »Sie brauchen nicht herzukommen und mich zu tadeln – meine Schuld ist es nicht.« Röte stieg ihr in die Wangen.

»Ich habe ja gar nicht gesagt, dass es Ihre Schuld ist – werden

Sie tun, wie ich Ihnen gesagt habe?«, erwiderte Mr Pappleworth schroff.

»Sie sagen zwar nicht, dass es meine Schuld ist, aber Sie tun so«, rief die bucklige Frau fast unter Tränen. Dann riss sie ihrem Chef den Knieschützer aus der Hand und sagte: »Ja, ich werd's schon für Sie tun, aber Sie brauchen nicht gleich so bissig zu sein.«

»Hier ist der neue Bursche«, sagte Mr Pappleworth.

Fanny drehte sich um und lächelte Paul sehr freundlich zu.

»Oh!«, sagte sie.

»Ja – macht nur keinen Weichling aus ihm.«

»Wir würden doch keinen Weichling aus ihm machen«, sagte sie entrüstet.

»Dann komm, Paul«, sagte Mr Pappleworth.

»*Au revoir*, Paul«, sagte eines der Mädchen.

Ein Gekicher erhob sich. Ohne ein Wort gesagt zu haben, ging Paul mit hochrotem Kopf hinaus.

Der Tag war sehr lang. Den ganzen Morgen über kamen Arbeiter, um mit Mr Pappleworth zu sprechen, Paul schrieb oder lernte, Pakete zu packen, die mit der Mittagspost abgehen sollten. Um ein Uhr, oder eher um Viertel vor eins, verschwand Mr Pappleworth, um seinen Zug zu erreichen: Er wohnte in einem der Vororte. Um ein Uhr nahm Paul, der sich völlig verloren vorkam, seinen Esskorb mit in die Auslieferung im Untergeschoss, wo der lange Tisch auf Böcken stand, und schlang, allein in dem düsteren, verlassenen Keller, hastig seine Mahlzeit hinunter. Dann ging er ins Freie. Die Helligkeit und Freiheit der Straßen erfüllte ihn mit Abenteuerlust und Glücksgefühl. Doch um zwei Uhr saß er wieder in der Ecke des großen Raumes. Bald strömten die Arbeiterinnen an ihm vorbei und ließen Bemerkungen fallen. Es waren die gewöhnlicheren Mädchen, die oben arbeiteten und die schwere Aufgabe hatten, Bruchbänder anzufertigen und künstliche Gliedmaßen fertigzustellen. Er wartete auf Mr Pappleworth, wusste nicht, was er tun sollte, saß da und

kritzelte auf den gelben Bestellscheinen herum. Mr Pappleworth kam um zwanzig vor drei. Er setzte sich hin, plauderte
mit Paul und behandelte den Jungen ganz wie einen Ebenbürti-
gen, ja wie einen Gleichaltrigen.

Nachmittags gab es nie viel zu tun, außer zum Wochenende
hin, wenn abgerechnet werden musste. Um fünf Uhr gingen alle
Männer hinunter in den »Kerker« mit dem Tisch auf Böcken,
und dort tranken sie auf den kahlen, schmutzigen Dielenbret-
tern Tee, aßen Butterbrote und unterhielten sich mit derselben
hässlichen Hast und Schludrigkeit, mit der sie ihre Mahlzeit verzehrten. Dabei war die Stimmung unter ihnen sonst stets fröhlich und hell. Der Keller und die Böcke verfehlten ihre Wirkung
auf sie nicht.

Wenn nach dem Tee die Gaslampen brannten, ging die Arbeit flotter voran. Die umfangreiche Abendpost musste vorbereitet werden. Die Strümpfe kamen warm und frisch gebügelt
aus der Werkstatt. Paul hatte die Rechnungen ausgestellt. Jetzt
musste er Pakete packen und adressieren, danach seinen Stapel
Pakete auf der Waage wiegen. Überall Stimmen, die Gewichte
ausriefen, das Klirren von Metall, das rasche Kappen von Bindfäden, der eilige Weg zum alten Mr Melling, um Briefmarken zu
holen. Und schließlich kam lachend und fröhlich der Postbote
mit seinem Sack. Dann erlahmte alles, und Paul nahm seinen
Esskorb und rannte zum Bahnhof, um den Acht-Uhr-zwanzig-
Zug zu erreichen. Der Tag in der Fabrik dauerte genau zwölf
Stunden.

Seine Mutter saß ängstlich da und wartete auf ihn. Von Keston aus musste er zu Fuß gehen, so dass er erst gegen zwanzig
nach neun zu Hause ankam. Und morgens verließ er vor sieben
das Haus. Mrs Morel machte sich ziemliche Sorgen um seine Gesundheit. Aber sie selbst musste so vieles hinnehmen, dass sie
das Gleiche von ihren Kindern erwartete. Sie mussten durchstehen, was auf sie zukam. Und Paul blieb bei Jordan's, obwohl seine Gesundheit während der ganzen Zeit dort unter der Dunkel-

heit, dem Mangel an frischer Luft und den langen Arbeitsstunden litt.

Blass und erschöpft kam er herein. Seine Mutter betrachtete ihn. Sie sah, dass er recht zufrieden war, und da schwanden ihre Sorgen.

»Und – wie war's?«, fragte sie.

»Eigentlich recht lustig, Mutter«, antwortete er. »Man braucht überhaupt nicht schwer zu arbeiten, und sie sind nett zu einem.«

»Und bist du gut zurechtgekommen?«

»Ja – nur meine Handschrift ist schlecht, sagen sie. Aber Mr Pappleworth, der hält zu mir – hat Mr Jordan gesagt, ich würde es schon schaffen. Ich bin in der Strumpfabteilung, Mutter. Du musst mal kommen und sie dir ansehen. Es ist richtig nett.«

Er teilte ihr alles mit, seine sämtlichen Beobachtungen, seine sämtlichen Gedanken, jedes noch so kleine Erlebnis. Nur eines enthielt er ihr vor: dass er »Mr J. A. Bates Esquire« geschrieben hatte. Hätte sie davon erfahren, so hätte er sich sehr geschämt. Und er erzählte ihr nicht von den Unfreundlichkeiten, sondern nur von den Nettigkeiten, die man ihm gesagt hatte, und versuchte stets, sie glauben zu machen, dass er glücklich und beliebt und die Welt ihm gewogen sei – was sie zumeist ja auch war. Er erzählte ihr alles, nur nicht von der einen oder anderen kleinen Schmach oder Schande; er hätte es nicht ertragen, wenn sie sich seinetwegen geschämt hätte.

Bald ging er gern zu Jordan's. Mr Pappleworth, der eine gewisse Aura von »Salonbar« hatte, war immer natürlich und behandelte ihn, als sei er ein Kamerad. Manchmal war der Chef der Strumpfabteilung reizbar und kaute mehr Pastillen denn je. Doch selbst dann wurde er nie ausfallend; vielmehr zählte er zu jenen Menschen, die sich selbst mit ihrer Reizbarkeit mehr kränken als andere.

»Hast du das immer noch nicht erledigt?«, rief er etwa. »Der Monat besteht wohl nur aus Sonntagen?«

Dann wieder, und das konnte Paul am wenigsten verstehen, war er spaßig und übermütig.

»Morgen bringe ich meine kleine Yorkshire-Terrier-Hündin mit«, sagte er triumphierend zu Paul.

»Was ist ein Yorkshire-Terrier?«

»Du weißt nicht, was ein Yorkshire-Terrier ist – du kennst keine Yorkshire-Terrier –?« Mr Pappleworth war entgeistert.

»Ist das so ein kleiner seidiger – mit einem eisenfarbenen und rostig-silbernen Fell?«

»Ganz richtig, mein Junge. Sie ist ein Prachtstück. Hat schon Welpen im Wert von fünf Pfund gehabt, und sie selbst ist mehr als sieben Pfund wert. Und wiegt gerade mal ein halbes Kilo –«

Am nächsten Tag traf die Hündin ein. Sie war ein zitterndes, elendes, winziges Etwas. Paul mochte sie nicht, so sehr ähnelte sie einem nassen Lappen, der nie trocknet. Dann kam ein Mann vorbei, um sie zu besehen, und begann, grobe Witze zu reißen. Aber Mr Pappleworth nickte in Richtung des Jungen, und das Gespräch wurde *sotto voce* fortgesetzt.

Mr Jordan machte nur noch einen Abstecher, um Paul zuzusehen, und fand lediglich zu beanstanden, dass er sah, wie der Junge seine Feder auf den Tresen legte.

»Steck die Feder hinters Ohr, wenn du ein richtiger Gehilfe sein willst. Feder hinters Ohr!«

Und eines Tages sagte er zu dem Jungen:

»Warum hältst du die Schultern nicht gerade? Komm mal mit.« Und er nahm ihn mit in seinen Glasverschlag und stattete ihn mit Spezialhosenträgern aus, damit er die Schultern nicht krümmte.

Am besten gefielen Paul jedoch die Mädchen. Die Männer kamen ihm gewöhnlich und ziemlich begriffsstutzig vor. Er mochte sie alle, aber sie waren uninteressant. Als Polly, die lebhafte kleine Aufseherin im Untergeschoss, Paul im Keller essen sah, fragte sie ihn, ob sie ihm auf ihrem kleinen Öfchen etwas zu essen kochen könne. Am nächsten Tag gab seine Mutter ihm ein Gericht mit, das aufgewärmt werden konnte. Er nahm es mit in den freundlichen sauberen Raum, zu Polly. Und sehr bald wurde es ihm zur festen Gewohnheit, mit ihr zu Mittag zu essen. Wenn er morgens um acht hereinkam, brachte er ihr seinen Korb, und wenn er um ein Uhr hinunterging, hatte sie ihm sein Mittagessen zubereitet.

Er war nicht sehr groß, und er war blass, mit dichtem Kastanienhaar, unregelmäßigen Gesichtszügen und einem breiten, vollen Mund. Sie war wie ein kleiner Vogel. Oft nannte er sie »Rotkehlchen«. Obwohl von Natur aus eher still, saß er stundenlang da, plauderte mit ihr und erzählte ihr von zu Hause. Die Mädchen hörten ihn alle gern reden. Oft scharten sie sich in einem kleinen Kreis um ihn zusammen, während er auf einer Bank saß und sich lachend über alles Mögliche ausließ. Einige von ihnen hielten ihn für ein seltsames kleines Geschöpf, so ernst war er und doch so klug und lustig und im Umgang mit ihnen immer so zartfühlend. Sie alle hatten ihn gern, und er himmelte sie an. Polly fühlte er sich zugehörig. Connie mit ihrer roten Haarmähne, ihrem apfelblütenfarbenen Gesicht, ihrer dahinplätschernden Stimme, in ihrem schäbigen schwarzen Kleid eine solche Dame, reizte die romantische Seite in ihm.

»Wenn du so dasitzt und Garn aufspulst«, sagte er, »sieht es aus, als säßest du an einem Spinnrad – es sieht so hübsch aus. Du erinnerst mich an Elaine in *Die Idyllen des Königs*. Ich würde dich malen, wenn ich könnte.« Und sie sah ihn an und errötete scheu. Und später verfertigte er eine Skizze, die er sehr schätzte: Connie saß auf dem Schemel vor dem Rad, die flammend rote Haarmähne über dem abgewetzten schwarzen Kleid, der rote Mund ernst und verschlossen, und wickelte den scharlachroten Faden von der Docke auf die Haspel.

Mit der hübschen, frechen Louie, die ihm immer die Hüfte entgegenzurecken schien, scherzte er gewöhnlich.

»Was machst du da?«

»Wozu willst du das wissen?«, entgegnete sie und hob spöttisch den Kopf.

»Ich glaube, du weißt es selbst nicht so recht.«

»Wieso?« Sie fand ihn pikant.

»Du siehst nicht so aus, als ob du's wüsstest.«

»Wie sehe ich denn aus?«

»Du siehst aus, als würdest du an etwas denken. Woran denkst du?«

Sie warf ihm einen Seitenblick zu, brach in Lachen aus und sagte:

»Das hättest du gern gewusst, was?«

»Komm«, sagte er, »wir geben deinem Strumpf eine Drehung.«

Und er umfasste den Griff der Maschine und begann daran zu drehen.

Plötzlich stieß sie ihn weg.

»Das geht daneben«, rief sie.

Sie sahen einander an und mussten lachen.

Emma war ziemlich unansehnlich, ziemlich alt und gönnerhaft. Aber ihm gegenüber gönnerhaft zu sein stimmte sie glücklich, und ihm machte es nichts aus.

»Wie setzt du eigentlich die Nadeln in die Maschine ein?«, fragte er.

»Geh weg und stör mich nicht.«

»Aber ich muss wissen, wie du die Nadeln einsetzt.«

Die ganze Zeit über drehte sie mit sicherer Hand an ihrer Maschine.

»Es gibt vieles, was du wissen musst«, erwiderte sie.

»Dann sag mir, wie man die Nadeln in die Maschine einsetzt.«

»Ach, dieser Junge, was für ein Quälgeist! – Na, so geht das halt –«

Aufmerksam sah er ihr zu. Plötzlich ertönte ein Pfiff. Dann erschien Polly und sagte mit klarer Stimme:

»Mr Pappleworth will wissen, wie lange du noch hier unten bleiben und mit den Mädchen herumtändeln willst, Paul.«

Paul rief »Auf Wiedersehen!« und stürzte nach oben, und Emma richtete sich auf:

»Ich wollte doch nicht, dass er an der Maschine herumspielt«, sagte sie.

»Was hast du getrieben?«, fragte Mr Pappleworth, als der Junge auftauchte.

»Hab mich nur mit Emma unterhalten und gelernt, wie man Nadeln einsetzt.«

»Du solltest lieber deine Arbeit nehmen und dich da unten einquartieren.«

»Es gibt doch gar nichts Besonderes zu tun, oder?«

»Der Chef hat eben nach dir gefragt. Du kriegst was zu hören! Und was ist mit dem Hauptbuch?«

Paul klemmte sich vergnügt hinter seine Arbeit.

Um zwei Uhr, wenn die Mädchen zurückkamen, rannte er meist von unten zur buckligen Fanny im Fertigungsraum. Mr Pappleworth erschien erst um zwanzig vor drei, und oft fand er seinen Burschen plaudernd, malend oder mit den Mädchen singend bei Fanny sitzen.

»Komm her, Paul, mein Schatz«, rief Fanny dann. »Wir dachten schon, du kommst heute nicht. Wir dachten, du bleibst unten, weil wir dir nicht gut genug sind.«

»Ich war in der Stadt.«

»Was wolltest du denn in der Stadt, mein Süßer?«

»Ein Fässchen Preiselbeeren für meine Mutter.«

»Und hast du es bekommen?«

Dann fingen sie an zu reden, und es gab kein Ende. Er mochte Fanny sehr gern, und die Bucklige liebte ihn. Sie war neunundzwanzig Jahre alt und hatte so gelitten. Er setzte sich gern neben sie, blickte aus ihrem Fenster und machte Skizzen von dem unheimlichen Dschungel aus Schornsteinen und Dachfirsten, alt und steil, die ihm vor Augen standen. Dann sagte er:

»Sing was, Fanny.«

»Hör mal, du willst doch gar nicht, dass ich singe«, antwortete sie und nähte rasch und nervös mit ihren schmalen Händen. »Du willst dich nur über mich lustig machen.«

»Aber nein! Gerade erst habe ich meiner Mutter erzählt, wie schön du singen kannst –«

»Ich weiß nicht, was deine Mutter von mir denken würde, Paul, wenn sie mich sähe. Sie würde denken, ich sei ein Affe auf der Stange.«

»Sie weiß, wie du bist, denn ich hab's ihr gesagt. Und sie mag dich. Sing ›In der Stadt steht eine Taverne‹. – Die Skizze, die ich hier mache, wird großartig.«

Erst zögerte sie eine Minute, dann begann Fanny zu singen. Sie hatte eine schöne Altstimme. Den Refrain sangen alle mit, und es klang nicht übel. Paul war überhaupt nicht verlegen, wenn er mit dem halben Dutzend Arbeiterinnen in einem Raum zusammensaß.

Wenn das Lied zu Ende war, sagte Fanny:

»Ich weiß, dass ihr mich ausgelacht habt.«

»Sei doch nicht albern, Fanny!«, rief eines der Mädchen.

Einmal kam die Rede auf Connies rotes Haar.

»Meiner Meinung nach ist Fannys schöner«, sagte Emma.

»Du brauchst mich nicht zum Narren zu machen«, sagte Fanny tief errötend.

»Nein, wirklich, Paul, sie hat wunderschönes Haar.«

»Eine wahre Farbenpracht«, sagte er. »Diese kalte Farbe, wie Erde und doch glänzend. Wie Moorwasser.«

»Du liebe Güte!«, rief lachend eines der Mädchen.

»Immer mäkelt ihr an mir herum«, sagte Fanny.

»Aber du solltest erst mal sehen, wenn sie's herunterlässt, Paul«, rief Emma ernsthaft. »Es ist einfach wunderbar. Lass es doch mal herunter, Fanny, wenn er was zu malen haben will.«

Fanny weigerte sich. Dabei wollte sie es so gern.

»Dann lasse ich es eben selbst herunter«, sagte der Junge.

»Na gut, wenn du möchtest, darfst du«, sagte Fanny.

Und behutsam löste er die Nadeln aus dem Knoten, und eine Flut gleichmäßig dunkelbraunen Haares ergoss sich über den buckligen Rücken.

»Was für eine Pracht!«, rief er.

Die Mädchen sahen zu. Es herrschte Schweigen. Der Junge schüttelte die Haare aus.

»Es ist herrlich«, sagte er und sog den Duft ein. »Das ist bestimmt viel Geld wert.«

»Ich vermach's dir, wenn ich sterbe, Paul«, sagte Fanny halb scherzend.

»Du siehst wie jede andere aus, die dasitzt und sich die Haare trocknet«, sagte eines der Mädchen zu der langbeinigen Buckligen.

Die arme Fanny war krankhaft empfindlich und bildete sich stets Beleidigungen ein. Polly war knapp und geschäftlich. Die beiden Abteilungen lagen dauernd im Streit, und Paul traf Fanny immer in Tränen an. Dann wurde er zum Empfänger ihres ganzen Kummers und musste bei Polly ihre Sache vertreten.

Mr Jordans Tochter war Malerin. Sie ließ Connie Modell sitzen. Connie erzählte ihr von Paul, und Miss Jordan bat darum, einige seiner Skizzen sehen zu dürfen. Dann suchte sie ihn auf. Sie war trocken und sachlich, fand aber Interesse an dem Jungen.

So verging die Zeit recht angenehm. Die Fabrik hatte etwas Anheimelndes. Niemand wurde gehetzt oder getrieben. Paul freute sich immer, wenn sich die Arbeit zur Postzeit hin beschleunigte und alle sich gemeinsam anstrengten. Er sah den anderen Gehilfen gern bei der Arbeit zu. Der Mann war die Arbeit, und die Arbeit war der Mann, eine Zeit lang eins. Bei den Mädchen verhielt es sich anders. Eine echte Frau schien nie so recht bei der Arbeit zu sein, sondern zu warten, als sei sie von ihr ausgeschlossen.

Nachts auf der Heimfahrt betrachtete er vom Zug aus immer die Lichter der Stadt, mit denen die Hügel dicht besprenkelt waren und die sich in den Tälern zu einem Flammenglanz vereinten. Er fühlte sich glücklich und voller Leben. Wenn er weiterfuhr, sah er bei Bulwell einen Lichterfleck, als wären von den Sternen unzählige Blütenblätter auf die Erde herabgeschüttelt worden; und dahinter war der rote Schein der Hochöfen, der wie heißer Atem über die Wolken wehte.

Von Keston musste er mehr als zwei Meilen nach Hause laufen, zwei lange Hügel hinauf, zwei kurze Hügel hinab. Oft war er müde, und wenn er den Hügel vor ihm erklomm, zählte er die Lampen, an denen er noch vorbeimusste. Und in pechfinsteren Nächten schaute er von der Spitze des Hügels auf die fünf oder sechs Meilen entfernten Dörfer, die wie Schwärme glitzernder Lebewesen schimmerten, fast wie ein Himmel zu seinen Füßen. Marlpool und Heanor streuten Helligkeit in das ferne Dunkel. Und mitunter wurde das schwarze Tal dazwischen von einem großen Zug aufgescheucht und aufgestört, der südwärts nach London oder nordwärts nach Schottland brauste. Rauchend und brennend donnerten die Züge wie Geschosse waagerecht durch die Dunkelheit, dass das Tal von ihrer Durchfahrt widerhallte. Dann waren sie verschwunden, und die Lichter der Städte und Dörfer funkelten still.

Und schließlich kam er zu der Hausecke, die der anderen Seite der Nacht gegenüberlag. Die Esche kam ihm jetzt wie ein Freund vor. Sobald er eintrat, erhob sich seine Mutter voller Freude. Stolz legte er seine acht Shilling auf den Tisch.

»Hilft das, Mutter?«, fragte er wehmütig.

»Es bleibt reichlich wenig übrig«, antwortete sie, »wenn deine Fahrkarte, dein Mittagessen und dergleichen abgezogen sind.«

Dann erzählte er ihr von den Erlebnissen des Tages. Abend für Abend erzählte er seiner Mutter seine Lebensgeschichte, wie *Tausendundeine Nacht*, nur viel langweiliger. Fast war es so, als sei es ihr eigenes Leben.

Kapitel 6
Tod in der Familie

Arthur Morel wuchs heran. Er war ein rascher, sorgloser, impulsiver Junge, ganz wie sein Vater. Er lernte nur ungern, stöhnte viel, wenn er arbeiten musste, und entfloh, so schnell er konnte, wieder zu seinen Spielen.

In seinem Äußeren blieb er die Zierde der Familie, gutgewachsen, anmutig und voller Leben. Sein dunkelbraunes Haar und seine frische Gesichtsfarbe, seine herrlichen, von langen Wimpern beschatteten dunklen Augen, zusammen mit seiner Hochherzigkeit und seinem hitzigen Temperament, machten ihn zu aller Liebling. Doch je älter er wurde, desto launenhafter wurde sein Temperament. Wegen nichts und wieder nichts geriet er in Wut, schien unerträglich grob und reizbar.

Seine Mutter, die er liebte, wurde seiner manchmal überdrüssig. Er dachte immer nur an sich. Wenn er sich vergnügen wollte, hasste er alles, was ihm dabei im Weg stand, auch wenn sie es war. Wenn er in Schwierigkeiten kam, jammerte er unentwegt.

»Du meine Güte, Junge«, sagte sie, wenn er über einen Lehrer stöhnte, der ihn, wie er sagte, nicht leiden konnte, »wenn's dir nicht passt, dann ändere es, und wenn du's nicht ändern kannst, dann finde dich damit ab.«

Und seinen Vater, den er geliebt und der ihn vergöttert hatte, lernte er verabscheuen. Mit zunehmendem Alter verfiel Morel zusehends. Sein Körper, der schön von Gestalt und schön in seinen Bewegungen gewesen war, schrumpfte zusammen, schien mit den Jahren nicht zu reifen, sondern armselig und jämmerlich zu werden. Etwas Armseliges und Schäbiges kam über ihn. Und wenn der armselig aussehende ältliche Mann den Jungen schikanierte und herumkommandierte, wurde Arthur wütend. Überdies wurden Morels Manieren immer schlechter, seine Gewohnheiten widerlich. Als die Kinder heranwuchsen und ins schwierige Alter kamen, wirkte der Vater wie ein gefährlicher Reizstoff auf ihre Seelen. Im Haus führte er sich nicht anders auf als bei den Kumpeln unter Tage.

»Dieser Dreckskerl!«, rief Arthur, wenn sein Vater ihn anwiderte, sprang auf und lief aus dem Haus.

Je mehr seine Kinder Morels Benehmen hassten, desto mehr blieb er dabei. Er schien eine Art Befriedigung daraus zu ziehen, dass er sie anwiderte und zur Raserei brachte, da sie im Alter von vierzehn oder fünfzehn Jahren doch so reizbar und empfindlich waren. Arthur, der heranwuchs, als sein Vater bereits verfallen und ältlich war, hasste ihn am meisten.

Manchmal aber schien der Vater den verachtungsvollen Hass seiner Kinder zu spüren.

»Kein Mann reibt sich mehr für seine Familie auf«, brüllte er dann. »Er tut sein Bestes für sie und wird dabei behandelt wie ein Hund. – Aber eins sag ich euch, das lasse ich mir nicht bieten!«

Hätte er ihnen nicht gedroht, hätte er sich tatsächlich so aufgerieben, wie er sich einbildete, sie hätten Mitleid mit ihm gehabt. So aber tobte der Kampf zwischen Vater und Kindern fast ununterbrochen weiter, und er beharrte auf seinem gemeinen, widerwärtigen Benehmen, um seine Unabhängigkeit zu behaupten. Sie verabscheuten ihn.

Schließlich war Arthur so wutentbrannt und auffahrend, dass, als er ein Stipendium für den Besuch des Gymnasiums in Nottingham gewann, seine Mutter sich entschloss, ihn bei einer ihrer Schwestern in der Stadt wohnen zu lassen, damit er nur an den Wochenenden nach Hause zu kommen brauchte.

Annie war noch immer Hilfslehrerin an der Volksschule und verdiente etwa vier Shilling die Woche. Da sie aber ihre Prüfung bestanden hatte, würde sie bald fünfzehn Shilling beziehen, und im Haus würde finanziell Ruhe herrschen.

Nun klammerte sich Mrs Morel an Paul. Er war still und glänzte nicht. Er blieb seiner Malerei treu, und er blieb seiner Mutter treu. Alles, was er tat, tat er für sie. Abends wartete sie auf seine Rückkehr, und dann schüttete sie ihm ihr Herz aus: worüber sie gegrübelt hatte, was ihr im Lauf des Tages widerfahren war. Er saß da und hörte ihr ernst zu. Die beiden teilten ein Leben.

Unterdessen hatte William sich mit seiner Brünetten verlobt und ihr einen Verlobungsring gekauft, der acht Guineen kostete. Die Kinder sperrten den Mund auf angesichts dieses fabelhaften Preises.

»Acht Guineen!«, sagte Morel. »Was für ein Tor! – Hätt ihm besser angestanden, mir was davon abzugeben.«

»Dir was davon abzugeben!«, rief Mrs Morel. »Wieso dir was davon abzugeben?«

Sie dachte daran, dass er selbst ihr keinen Verlobungsring gekauft hatte, und William, der, auch wenn es töricht von ihm war, nicht geizte, war ihr lieber. Inzwischen erzählte der junge Mann aber nur noch von den Bällen, die er mit seiner Verlobten besuchte, und von den prächtigen Kleidern, die sie trug; oder er berichtete seiner Mutter voller Freude, dass sie ins Theater gingen, ganz wie die feinen Pinkel.

Er wollte das Mädchen mit nach Hause bringen. Mrs Morel sagte, sie solle Weihnachten kommen. Diesmal traf William also mit einer Dame ein, aber ohne Geschenke. Mrs Morel hatte das Abendessen vorbereitet. Als sie Schritte hörte, stand sie auf und ging zur Tür. William trat ein.

»Hallo, Mutter!« Er küsste sie hastig, dann trat er zur Seite, um ihr ein hochgewachsenes, hübsches Mädchen vorzustellen, das ein schönes schwarz-weiß kariertes Kostüm und einen Pelz trug.

»Das ist die ›Zigeunerin‹!«

Miss Western streckte die Hand aus und entblößte ihre Zähne zu einem zierlichen Lächeln.

»Oh, guten Abend, Mrs Morel!«, rief sie.

»Sie haben bestimmt Hunger?«, fragte Mrs Morel.

»O nein, wir haben im Zug zu Abend gegessen. – Hast du meine Handschuhe, Dickerchen?«

William Morel, groß und grobknochig, warf ihr einen raschen Blick zu.

»Wieso ich?«, fragte er.

»Dann muss ich sie wohl verloren haben. Sei mir nicht böse –«

Ein Stirnrunzeln huschte über sein Gesicht, aber er sagte nichts. Sie blickte sich in der Küche um. Mit dem Stechpalmenzweig, dem Immergrün hinter den Bildern, den Holzstühlen und dem kleinen Tisch aus Kiefernholz kam sie ihr wohl klein und eigenartig vor. In diesem Augenblick trat Morel herein.

»Hallo, Papa!«

»Hallo, mein Sohn – du bist ja schon vor mir da!«

Die beiden gaben sich die Hand, und William stellte ihm die Dame vor. Sie zeigte dasselbe Lächeln, das ihre Zähne entblößte.

»Wie geht es Ihnen, Mr Morel?«

Morel verbeugte sich unterwürfig.

»Sehr gut, und Ihnen hoffentlich auch. – Fühlen Sie sich ganz wie zu Hause.«

»Oh, danke«, erwiderte sie leicht belustigt.

»Möchten Sie erst einmal nach oben gehen?«, fragte Mrs Morel.

»Wenn Sie nichts dagegen haben – aber nur, wenn es Ihnen keine Umstände bereitet.«

»Durchaus nicht – Annie bringt Sie nach oben – Walter, trag den Koffer hinauf.«

»Und mach dich nicht stundenlang fein«, sagte William zu seiner Verlobten.

Fast zu schüchtern, um ein Wort herauszubringen, nahm Annie einen Kerzenhalter aus Messing und ging der jungen Dame ins vordere Schlafzimmer voran, das Mr und Mrs Morel für sie frei gemacht hatten. Auch dieses war klein und wirkte im Licht der Kerze kalt. Nur in ernsten Krankheitsfällen machten die Bergarbeiterfrauen auch im Schlafzimmer Feuer.

»Soll ich den Koffer aufschnallen?«, fragte Annie.

»Oh, danke sehr!«

Annie spielte das Dienstmädchen, dann ging sie hinunter, um heißes Wasser zu holen.

»Ich glaube, sie ist ziemlich müde, Mutter«, sagte William. »Es ist eine anstrengende Reise, und wir mussten uns so beeilen.«

»Kann ich ihr irgendetwas geben?«, fragte Mrs Morel.

»Ach nein – es geht schon.«

Aber es lag etwas Frostiges in der Luft. Nach einer halben Stunde kam Miss Western nach unten. Sie hatte ein blassviolettes Kleid angezogen, zu vornehm für die Küche eines Bergmanns.

»Ich hab dir doch gesagt, du brauchst dich nicht umzuziehen«, sagte William zu ihr.

»Ach, Dickerchen!« Dann wandte sie sich mit ihrem süßlichen Lächeln an Mrs Morel. »Finden Sie nicht, dass er dauernd was zu mäkeln hat, Mrs Morel?«

»So?«, sagte Mrs Morel. »Das ist aber nicht sehr nett von ihm.«

»Wirklich nicht!«

»Ihnen ist kalt«, sagte die Mutter. »Wollen Sie sich nicht ans Feuer setzen?«

Morel sprang aus seinem Lehnstuhl.

»Setzen Sie sich hierher«, rief er, »setzen Sie sich hierher.«

»Nein, Papa – behalt du nur deinen Platz – setz dich aufs Sofa, Zigeunerin«, sagte William.

»Nein, nein!«, rief Morel. »Der Stuhl hier ist der wärmste. Setzen Sie sich hierher, Miss Western.«

»Danke vielmals«, sagte das Mädchen und setzte sich in den Lehnstuhl des Bergmanns, auf den Ehrenplatz. Sie fröstelte, als sie spürte, wie die Wärme der Küche sie durchdrang.

»Holst du mir ein Taschentuch, liebes Dickerchen?«, sagte sie. Sie hielt ihm den Mund hin und sprach in einem innigen Ton, als wären sie allein. Die übrige Familie hatte das Gefühl, als dürften sie gar nicht zugegen sein. Offenbar nahm die junge Dame sie als Menschen überhaupt nicht wahr; für den Augenblick waren sie nichts als Geschöpfe für sie. William zuckte zusammen.

In Streatham wäre Miss Western in einem solchen Haushalt eine Dame gewesen, die sich Rangniedrigeren gegenüber leutselig gibt. Für sie waren diese Leute ganz gewiss tölpelhaft – kurz, Angehörige der Arbeiterklasse. Wie sollte sie sich einpassen?

»Ich gehe«, sagte Annie.

Miss Western nahm keine Notiz von ihr, ganz so, als hätte ein Dienstmädchen gesprochen. Als das Mädchen aber mit dem Taschentuch wieder herunterkam, sagte sie huldvoll:

»Oh, danke.«

Sie saß da und plauderte: über das Abendessen im Zug, das so dürftig gewesen sei, über London, über Bälle. Sie war wirklich sehr nervös und plapperte aus Angst drauflos. Morel saß die ganze Zeit dabei, rauchte seinen Strangtabak, sah ihr zu und lauschte, während er qualmte, ihrer oberflächlichen Londoner Redeweise. Mrs Morel, die ihre beste schwarzseidene Bluse trug, antwortete leise und recht kurz. Die Kinder saßen in stummer Bewunderung im Kreis. Miss Western war die Prinzessin. Für sie war nur das Beste hervorgeholt worden: die besten Tassen, die besten Löffel, das beste Tischtuch, die beste Kaffeekanne. Die Kinder glaubten, sie müsse alles ganz großartig finden. Sie kam sich vor wie eine Fremde, konnte die Leute nicht begreifen, wusste nicht, wie sie sie behandeln sollte. William scherzte und fühlte sich leicht unbehaglich.

Gegen zehn Uhr sagte er zu ihr:

»Bist du nicht müde, Zigeunerin?«

»Ziemlich, Dickerchen«, antwortete sie sofort in demselben innigen Ton und neigte den Kopf etwas zur Seite.

»Soll ich ihr die Kerze anzünden, Mutter?«, fragte er.

»Nur zu«, erwiderte die Mutter.

Miss Western erhob sich und reichte Mrs Morel die Hand.

»Gute Nacht, Mrs Morel«, sagte sie.

Paul saß vor dem Heißwasserspeicher und ließ Wasser aus dem Hahn in eine steinerne Bierflasche laufen. Annie umwickelte die Flasche mit einem alten flanellenen Grubenhemd und gab ihrer Mutter einen Gutenachtkuss. Da das Haus voll war, sollte sie mit der Dame das Zimmer teilen.

»Warte einen Moment«, sagte Mrs Morel zu Annie. Und Annie setzte sich und umfasste die Wärmflasche. Miss Western schüttelte zu aller Unbehagen jedem die Hand und empfahl sich. William war ihr vorausgegangen. Nach fünf Minuten war er wieder unten. Sein Herz war wund, er wusste nicht, warum. Er sprach sehr wenig, bis alle außer ihm und seiner Mutter zu Bett gegangen waren. Dann pflanzte er sich nach seiner alten Art mit gespreizten Beinen auf dem Kaminvorleger auf und fragte zögernd:

»Nun, Mutter?«

»Nun ja, mein Sohn!«

Sie saß im Schaukelstuhl und fühlte sich seinetwegen irgendwie gekränkt und gedemütigt.

»Gefällt sie dir?«

»Jaa«, kam die gedehnte Antwort.

»Sie ist noch etwas schüchtern, Mutter – sie ist es nicht gewohnt. Es ist so ganz anders als im Haus ihrer Tante, weißt du.«

»Natürlich, mein Junge – und sicher nicht einfach für sie.«

»Nein.« Dann runzelte er kurz die Stirn. »Wenn sie nur nicht immer so verdammt vornehm tun würde!«

»Das ist nur die erste Verlegenheit, mein Junge. Sie wird schon klarkommen.«

»Bestimmt«, sagte der Junge dankbar. Aber seine Stirn war noch immer umwölkt. »Weißt du, sie ist nicht so wie du, Mutter – sie ist nicht ernst – und sie kann nicht denken.«

»Sie ist ja auch noch jung, mein Sohn.«

»Ja! – Und keiner hat's ihr vorgemacht. Ihre Mutter starb, als sie noch ein Kind war. Seitdem wohnt sie bei ihrer Tante, die sie nicht ausstehen kann. Und ihr Vater war ein Lebemann. – Liebe hat sie nie empfangen.«

»Nein! – Nun, dann musst du's an ihr gutmachen.«

»Und deshalb – muss man ihr vieles nachsehen.«

»Was muss man ihr denn nachsehen, mein Junge?«

»Ich weiß nicht – wenn sie oberflächlich scheint, muss man daran denken, dass sie nie jemanden hatte, der ihre tiefere Seite zum Vorschein bringt. – Und mich hat sie furchtbar gern.«

»Das sieht jeder.«

»Aber weißt du, Mutter – sie ist – sie ist anders als wir. Die Menschen, unter denen sie lebt – sie scheinen nicht dieselben Grundsätze zu haben.«

»Du darfst nicht so hastig urteilen«, sagte Mrs Morel.

Aber er wirkte beklommen.

Am nächsten Morgen jedoch sang und alberte er im ganzen Haus herum.

»Hallo!«, rief er auf der Treppe sitzend. »Stehst du jetzt auf?«

»Ja«, erklang schwach ihre Stimme.

»Fröhliche Weihnachten!«, rief er zu ihr hinauf.

Aus dem Schlafzimmer war ein hübsches, helles Lachen zu hören. Nach einer halben Stunde war sie immer noch nicht unten.

»Wollte sie wirklich aufstehen, wie sie behauptet hat?«, fragte er Annie.

»Ja«, antwortete Annie.

Er wartete eine Weile, dann ging er wieder zur Treppe.

»Glückliches neues Jahr!«, rief er.

»Danke, liebes Dickerchen!«, kam die lachende Stimme aus der Ferne.

»Mach doch hin!«, flehte er.

Fast eine Stunde war vergangen, und er wartete noch immer auf sie. Morel, der stets vor sechs aufstand, sah nach der Uhr.

»Das haut mich glatt um!«, rief er.

Bis auf William hatte die ganze Familie schon gefrühstückt. Er ging ans Fußende der Treppe.

»Muss ich dir etwa ein Osterei hinaufschicken?«, rief er recht aufgebracht. Sie lachte nur. Nach dieser langen Vorbereitungszeit rechnete die Familie mit einem zauberhaften Anblick. Endlich kam sie und sah in Bluse und Rock sehr adrett aus.

»Hast du wirklich so lange gebraucht, um dich fertigzumachen?«, fragte William.

»Liebes Dickerchen! – Diese Frage ist nicht zulässig, nicht wahr, Mrs Morel?«

Zuerst mimte sie die große Dame. Als sie mit William zur Kirche ging, er in Gehrock und Zylinder, sie in Pelz und Londoner Kostüm, erwarteten Paul, Arthur und Annie, dass sich alle bis zum Boden verneigen würden vor Bewunderung. Und Morel, der in seinem Sonntagsrock am Ende der Straße stand und dem Liebespaar nachschaute, hatte das Gefühl, Vater von Prinzen und Prinzessinnen zu sein.

Dabei war sie gar nichts Besonderes. Seit einem Jahr war sie eine Art Sekretärin oder Gehilfin in einem Londoner Büro.

Doch solange sie bei den Morels wohnte, spielte sie die große Dame, saß da und ließ sich von Annie oder Paul bedienen, als seien sie ihre Hausangestellten. Sie behandelte Mrs Morel mit einer gewissen Oberflächlichkeit und Morel gönnerhaft. Doch nach ein, zwei Tagen begann sie eine andere Tonart anzuschlagen.

William wollte immer, dass Paul oder Annie die beiden auf ihren Spaziergängen begleiteten. Das war viel interessanter. Und tatsächlich bewunderte Paul die »Zigeunerin« von ganzem Herzen. Seine Mutter verzieh es dem Jungen kaum, dass er das Mädchen so umschmeichelte.

Als Lily am zweiten Tag fragte: »Ach, Annie, weißt du, wo ich meinen Muff gelassen habe?«, antwortete William: »Du weißt genau, dass er in deinem Zimmer liegt. Warum fragst du Annie?«

Und mit mürrisch verkniffenem Mund ging Lily nach oben. Aber es ärgerte den jungen Mann, dass sie seine Schwester zum Dienstmädchen machte.

Am dritten Abend saßen William und Lily zusammen in der guten Stube im Dunkeln vor dem Kamin. Um Viertel vor elf war zu hören, wie Mrs Morel das Feuer in der Küche mit Asche bedeckte. William ging hinein, gefolgt von seiner Braut.

»Ist es denn schon so spät, Mutter?«, fragte er. Sie hatte allein dagesessen.

»Spät ist es nicht, mein Junge – aber länger bleibe ich meist nicht auf.«

»Willst du dann nicht zu Bett gehen?«, fragte er.

»Und euch zwei allein lassen? – Nein, mein Junge, davon halte ich nichts.«

»Hast du denn kein Vertrauen zu uns, Mutter?«

»Ob ich Vertrauen habe oder nicht, ich dulde es nicht. – Wenn ihr wollt, könnt ihr noch bis elf aufbleiben, und ich kann lesen.«

»Geh zu Bett, Zigeunerin«, sagte er zu seinem Mädchen. »Mater soll unseretwegen nicht warten.«

»Annie hat die Kerze brennen lassen, Lily«, sagte Mrs Morel. »Ich denke, Sie werden sehen können.«

»Ja, danke. Gute Nacht, Mrs Morel.«

Am Fuß der Treppe küsste William seine Liebste, und sie ging nach oben. Er kehrte in die Küche zurück.

»Hast du denn gar kein Vertrauen zu uns, Mutter?«, wiederholte er ziemlich gekränkt.

»Mein Junge, ich sage dir doch, ich halte nichts davon, zwei junge Dinger wie euch allein unten zu lassen, wenn alle anderen schon im Bett sind.«

Und mit dieser Antwort musste er sich abfinden. Er gab seiner Mutter einen Gutenachtkuss.

Ostern kam er allein zu Besuch. Und dann sprach er mit der Mutter endlos über seine Liebste.

»Weißt du, Mutter – wenn ich nicht bei ihr bin, mache ich mir überhaupt nichts aus ihr – es würde mir nichts ausmachen, sie nie wiederzusehen. Aber wenn ich abends mit ihr zusammen bin, mag ich sie furchtbar gern.«

»Das ist aber eine seltsame Liebe, deretwegen du heiraten willst«, sagte Mrs Morel. »Wenn sie dich nicht stärker gefangen nimmt!«

»Es ist schon komisch!«, rief er. Es quälte und bestürzte ihn.

»Aber trotzdem – zwischen uns ist so vieles, dass ich sie nicht aufgeben könnte.«

»Das musst du am besten wissen«, sagte Mrs Morel. »Aber wenn es so ist, wie du sagst, würde ich es nicht Liebe nennen – jedenfalls sieht es mir nicht gerade danach aus.«

»Ach, ich weiß nicht, Mutter. Sie ist doch Waise, und –«

Nie gelangten sie zu einem Schluss. Er schien verwirrt und beunruhigt. Sie gab sich ziemlich reserviert. Seine ganze Kraft und all sein Geld gingen für den Unterhalt des Mädchens drauf. Als er zu Besuch war, konnte er sich kaum einen Ausflug mit seiner Mutter nach Nottingham leisten.

Zu Pauls großer Freude war sein Lohn an Weihnachten auf zehn Shilling erhöht worden. Er fühlte sich bei Jordan's recht wohl, doch unter den langen Arbeitsstunden und den beengten Verhältnissen litt seine Gesundheit. Seine Mutter, der er zunehmend mehr bedeutete, überlegte, wie sie ihm helfen könne.

Montagnachmittags hatte er frei. Als die beiden eines Montagmorgens im Mai allein beim Frühstück saßen, sagte sie:

»Ich glaube, der Tag wird schön.«

Überrascht blickte er auf. Das hatte etwas zu bedeuten.

»Du weißt doch, dass Mr Leivers einen neuen Bauernhof hat. Vergangene Woche hat er mich gefragt, ob ich nicht Mrs Leivers besuchen will, und ich habe versprochen, dich an einem Montag mitzunehmen, wenn es schön ist. Sollen wir hingehen?«

»Kleine Frau, wie herrlich!«, rief er. »Und wollen wir schon heute Nachmittag hin?«

»Wenn du nicht zu müde bist – es ist ein weiter Weg.«

»Wie weit?«

»Vier Meilen.«

»Pah – nach vier Meilen Wanderung bin ich doch nicht müde, höchstens du. Schaffst du's denn?«

»Natürlich schaffe ich das.«

»Na, wunderbar!«, rief er. »Ich beeile mich, nach Hause zu kommen. Und ist es da hübsch?«

»Er sagt, ja – du musst es schon mit eigenen Augen sehen.«

»Ich kenne doch Mrs Leivers gar nicht, Mutter – du?«

»Natürlich kennst du sie – eine kleine, mitleiderregende Frau mit großen braunen Augen, die uns in der Kirche immer gegenübersaß.«

»Ich kann mich nicht an sie erinnern.«

»Ich hätte gedacht, dass du dich an ihren Hut erinnern kannst, wenn schon an nichts anderes – in den sechs Jahren, in denen ich sie kenne, hat sie nie einen neuen getragen: ein kleines schwarzes Ding mit einem Stück Spitze, das wie zufällig angeklebt aussieht. Wenn ich den Sonntag für Sonntag auf ihrem Kopf sitzen sah und sie schon wieder damit ankam, hatte ich immer Lust, ihn herunterzureißen. Dabei ist ihr Mann so elegant und sieht gut aus.«

»Vielleicht war sie ja arm«, meinte Paul.

»Na und? Ich weiß, dass sie nicht schlimmer dran war als ich. Aber sie wollte einfach nichts Neues, weil sie es nicht wollte.«

»Aber ist sie nett?«

»Ja, ich habe sie immer gemocht – nur nicht, dass es ihr einfach nicht gelingt, sich für ihren Mann einigermaßen herzurichten. – Und daran ist nur ihr Stolz schuld, sonst gar nichts.«

»Wieso?«

»Nun, sie ist eine kleine, zarte, gebildete Frau mit großen, mitleiderregenden braunen Augen – richtig seelenvoll. Und ich weiß, dass sie eine schlimme, eine schwere Zeit durchgemacht hat, mit sieben Kindern und Alfred Leivers' bisschen Geld. Ich glaube, er arbeitet nicht gern – obwohl vielleicht – aber weil sie heruntergekommen ist und er einen richtigen Packesel aus ihr gemacht hat, ist sie zu stolz, um auf ihr Äußeres zu achten wie jede andere gewöhnliche Frau, und läuft mit einem so altmodischen Ding herum – dabei ist sie hübsch.«

»Ist sie stolz, Mutter?«

»Nein, nicht anderen gegenüber. Aber sich selbst gegenüber ist sie so stolz wie nur irgendeine. Ihre Armut und ihre Plackerei verwunden ihre Seele, also hält sie sich an das bisschen schwarzen Hut, um ihrer Armut zu trotzen – oder ihm – was weiß ich. Aber du wirst sie mögen – und ich mag sie.«

»Na ja«, sagte Paul, »wenn wir sie auf dem Bauernhof besuchen, wird sie ja keinen Hut aufhaben.«

»Hoffentlich nicht«, sagte Mrs Morel. »Es ist wirklich ein Skandal und eine Schande, einer kleinen Person wie ihr eine solche Last aufzubürden, aber deswegen braucht sie nicht aus schierem Trotz so verboten auszusehen. Wie er sich wohl dabei fühlt – ?«

Glückstrahlend eilte Paul zum Bahnhof. Unten an der Derby Road stand ein Kirschbaum, der intensiv glänzte. Die alte Ziegelmauer am Knechtemarkt leuchtete scharlachrot, der Frühling war eine einzige grüne Flamme. Und herrlich gemustert von Sonnenlicht und Schatten, lag die steil abfallende Landstraße vollkommen still in ihrem kühlen Morgenstaub. Stolz ließen die Bäume ihre großen grünen Schultern hängen. Und im Lagerhaus hatte der Junge den ganzen Vormittag über den Frühling draußen vor Augen.

Als er zum Mittagessen nach Hause kam, war seine Mutter schon ganz aufgeregt.

»Gehen wir?«, fragte er.

»Wenn ich fertig bin«, antwortete sie.

»Aber die Hausarbeit hast du erledigt?«

»Ja.«

Er setzte sich zu Tisch. Sie nahm die Bratpfanne zur Hand.

»Was fällt dir ein, Rhabarberküchlein zu backen«, fragte er, »wo du doch gar keine Zeit hast?«

»Weil ich Lust darauf hatte«, sagte sie. »Und so schnell wie du bin ich allemal fertig.«

Die Rhabarberküchlein wollte sie deshalb backen, weil er sie immer so gern aß und nur an diesem einen Wochentag zum Mittagessen nach Hause kam.

»Nein, das wirst du nicht – geh und lass mich mal ran«, sagte er.

Er stand auf und versuchte, ihr den Griff der Bratpfanne zu entwinden.

»Das kommt überhaupt nicht in Frage!«, sagte sie und wedelte mit der Gabel. »Ich habe viel Zeit.«

Verwirrt zog er sich an den Tisch zurück, während sie weiterkochte.

»Typisch Frau«, sagte er, »hantiert mit der Bratpfanne herum, wenn sie sich zum Ausgehen fertigmachen soll.«

»Typisch Junge«, sagte sie, »bildet sich ein, dass er alles besser weiß.« Sie stellte ihm die Süßspeise hin.

»Und du hast dir das Gesicht wie sonst was verbrannt«, sagte er. »Du weißt genau, wenn du ankommst, wirst du aussehen wie die aufgehende Sonne.«

»Dann werde ich dich eben bitten, mich nicht anzuschauen.«

»Das würde ich selbst dann nicht tun, wenn du es wolltest«, sagte er.

»Kerl!«

»Rotgesicht!«

Sie rümpfte die Nase und richtete sich in einer Weise auf, die er »kentern« nannte.

»Hast du dich gewaschen?«, fragte er.

»Ja.«

»So siehst du mir aber nicht aus, du hast wie immer Ruß auf der Nase.«

Sie ging zum Spiegel, um nachzuschauen.

»Wie ärgerlich!«, rief sie.

Da stand er auf. Er wusch das Geschirr ab, räumte alles weg und holte dann ihre Schuhe. Sie waren ganz sauber. Mrs Morel gehörte zu den von Natur aus gepflegten Menschen, die durch Straßenkot laufen können, ohne sich die Schuhe zu beschmutzen. Aber Paul musste sie doch für sie putzen. Es waren Ziegenlederschuhe zu acht Shilling das Paar. Er aber hielt sie für die exquisitesten Schuhe der Welt und putzte sie so ehrfurchtsvoll, als wären es Blumen.

Plötzlich stand sie fast schüchtern in der Innentür. Sie hatte eine neue Baumwollbluse an. Paul sprang auf und trat auf sie zu.

»O mein Gott!«, rief er. »Ein echter Knüller!«

Hochmütig rümpfte sie ein wenig die Nase und hob den Kopf.

»Die ist doch kein Knüller!«, erwiderte sie. »Die ist doch ganz unauffällig.«

Sie trat vor, während er sie von allen Seiten begutachtete.

»Nun«, fragte sie ganz schüchtern, gab sich dabei aber durchaus hochmütig, »gefällt sie dir?«

»Sehr! Du bist doch wirklich eine feine kleine Frau für einen Ausflug!«

Er trat hinter sie und betrachtete sie von hinten.

»Wirklich«, sagte er, »wenn ich auf der Straße hinter dir ginge, würde ich sagen: ›Die kleine Person kommt sich wohl sehr wichtig vor.‹«

»Das tut sie nicht«, entgegnete Mrs Morel. »Sie ist sich nicht einmal sicher, ob die Bluse ihr steht.«

»O nein! – Lieber läuft sie in schmuddeligem Schwarz herum und sieht aus, als wäre sie in verkohltes Papier gewickelt. Sie steht dir, und ich sage dir, du siehst gut aus.«

Wieder rümpfte sie ein wenig die Nase. Sie freute sich, tat aber so, als wüsste sie es besser.

»Nun«, sagte sie, »die hat mich nur drei Shilling gekostet. Für den Preis hätte man sie nicht einmal von der Stange kaufen können, oder?«

»Ich glaube nicht«, erwiderte er.

»Und weißt du, es ist ein guter Stoff.«

»Sehr hübsch«, sagte er.

Die Bluse war schwarz-weiß, mit einem kleinen Vanilleblumenzweig.

»Aber zu jung für mich, fürchte ich«, meinte sie.

»Zu jung für dich!«, rief er voller Abscheu aus. »Warum kaufst du dir nicht gleich eine graue Perücke und stülpst sie dir über?«

»Die brauche ich bald nicht mehr«, erwiderte sie. »Ich ergraue auch so schon schnell genug.«

»Dazu hast du kein Recht«, sagte er. »Was soll ich mit einer grauhaarigen Mutter?«

»Ich fürchte, mit der wirst du dich abfinden müssen, mein Junge«, sagte sie in einem recht sonderbaren Ton.

So setzten sie sich vornehm in Marsch. Wegen der Sonne nahm sie den Schirm mit, den William ihr geschenkt hatte. Paul war um einiges größer als sie, dabei gar nicht hochgewachsen. Darauf bildete er sich etwas ein.

Seidig glänzte der junge Weizen auf den gelb-braunen Feldern. Die Grube von Minton schwenkte ihre weißen Rauchfahnen, hustete und rasselte heiser.

»Sieh dir das an!«, sagte Mrs Morel. Mutter und Sohn blieben auf der Straße stehen und schauten genauer hin. Über den Kamm der großen Grubenhalde kroch eine kleine Gruppe, die sich gegen den Himmel abzeichnete: ein Pferd, ein kleiner Förderwagen und ein Mann. Sie kletterten die Steigung hinauf gen Himmel. Oben kippte der Mann den Karren um, und als sich der Abraum über die steile Böschung der riesigen Halde ergoss, gab es ein lärmendes Gepolter.

»Setz dich einen Augenblick, Mutter«, sagte er, und sie nahm am Wegrain Platz, während er rasch eine Skizze aufs Papier warf. Solange er arbeitete, schwieg sie und blickte in den Nachmittag hinein, auf die roten Cottages, die in all dem Grün leuchteten.

»Die Welt ist doch wunderbar«, sagte sie, »und so wunder-wunderschön.«

»Ja, auch die Grube«, sagte er. »Schau nur, wie sie daliegt, fast wie etwas Lebendiges – wie ein großes, unbekanntes Geschöpf.«

»Ja«, sagte sie. »Vielleicht!«

»Und all die Förderwagen, die dastehen wie eine Herde von Tieren, die darauf warten, gefüttert zu werden«, sagte er.

»Und ich bin sehr dankbar, dass sie so dastehen«, sagte sie, »denn das bedeutet, dass sie diese Woche leidlich verdienen.«

»Aber ich mag das Gefühl des Menschlichen an den Dingen, solange sie lebendig sind. Die Förderwagen haben alle etwas Menschliches an sich, weil sie von Menschenhänden berührt worden sind.«

»Ja«, sagte Mrs Morel.

Unter den Bäumen der Landstraße gingen sie weiter. Paul redete dauernd auf sie ein, aber sie zeigte Interesse. Sie kamen am Ende des Wasserreservoirs Nethermere vorbei, das leicht wie Blütenblätter den Sonnenschein in seinem Schoß wiegte. Dann bogen sie in eine private Auffahrt und näherten sich fast furchtsam einem großen Gehöft. Ein Hund bellte wütend. Eine Frau trat aus dem Haus, um nachzusehen.

»Ist das der Weg nach Willey Farm?«, fragte Mrs Morel.

Paul hielt sich hinter ihr, er hatte Angst, man könnte sie zurückschicken. Aber die Frau war liebenswürdig und zeigte ihnen den Weg. Mutter und Sohn gingen durch Weizen- und Haferfelder über eine kleine Brücke auf eine verwilderte Wiese. Über ihnen kreisten und klagten Kiebitze mit weiß schimmernder Brust. Der See war still und blau. Hoch oben schwebte ein Reiher. Auf dem Hügel gegenüber stand grün und still der Wald.

»Das ist aber ein unberührter Weg, Mutter«, sagte Paul. »Genau wie in Kanada.«

»Ist es nicht wunderbar?«, sagte Mrs Morel und blickte um sich.

»Sieh mal den Reiher – sieh nur – siehst du seine Beine?«

Er wies seine Mutter an, worauf sie achten musste und worauf nicht. Und sie hatte nichts dagegen einzuwenden.

»Jetzt aber«, sagte sie, »wie weiter? – Er hat mir gesagt, durch den Wald.« Der Wald, eingezäunt und dunkel, lag zu ihrer Linken.

»Hier entlang spüre ich eine Art Pfad«, sagte Paul. »Irgendwie hast du Stadtfüße, wirklich.«

Sie fanden ein kleines Tor und waren bald auf einem breiten grünen Waldweg, auf der einen Seite ein junges Tannen- und Kieferndickicht, auf der anderen eine schräg geneigte Waldwiese mit alten Eichen. Und zwischen den Eichen, unter den jungen grünen Haselsträuchern, auf einem hellbraunen Boden aus Eichenblättern standen in Lachen von Azur die Hasenglöckchen. Er suchte Blumen für sie.

»Hier ist ein bisschen frisch gemähtes Heu«, sagte er, dann brachte er ihr auch noch Vergissmeinnicht. Und wieder tat ihm das Herz weh vor Liebe, als er sah, wie ihre abgearbeitete Hand den kleinen Blumenstrauß hielt, den er ihr gepflückt hatte. Sie war vollkommen glücklich.

Aber am Ende des Reitwegs mussten sie über einen Zaun steigen. Paul war im Nu hinüber.

»Komm«, sagte er, »ich helfe dir.«

»Nein – geh weg. Ich kann das auch allein.«

Er stand unten und streckte ihr die Hände entgegen, um ihr zu helfen. Vorsichtig stieg sie hinüber.

»So klettert man da doch nicht drüber!«, rief er spöttisch, als sie wieder sicher auf dem Erdboden stand.

»Abscheuliche Zauntritte!«, rief sie.

»Und du dumme kleine Frau«, entgegnete er, »kommst nicht mal hinüber.«

Vor ihnen, am Rande des Waldes, standen dicht gedrängt niedrige rote Wirtschaftsgebäude. Die beiden hasteten weiter. Auf gleicher Höhe wie der Wald war ein Apfelgarten, in dem die Blüten auf einen Schleifstein fielen. Tief unter einer Hecke und überhängenden Eichen lag ein Teich. Ein paar Kühe standen im Schatten. Das Bauernhaus und die Nebengebäude, drei Seiten eines Gevierts, umarmten den Sonnenschein zum Wald hin. Es war sehr still.

Mutter und Sohn gingen in den kleinen, eingefriedeten Garten, wo es nach roten Nelken duftete. An der offenen Tür standen einige mehlbestäubte Brotlaibe zum Abkühlen. Gerade kam ein Huhn herbei, um daran zu picken. Dann erschien plötzlich ein Mädchen mit schmutziger Schürze in der Tür. Es war etwa vierzehn Jahre alt, hatte ein rosiges, gebräuntes Gesicht, eine

Fülle schöner kurzer schwarzer Locken, die ungehindert herab-
fielen, und dunkle Augen: schüchtern, forschend, ein wenig
verärgert über die Fremden. Sie verschwand wieder. Kurz darauf
erschien eine andere Gestalt, eine kleine, zarte Frau, rosig, mit
großen dunkelbraunen Augen.

»Oh!«, rief sie lächelnd und errötete leicht. »Dann sind Sie
also doch gekommen. Ich freue mich ja so, Sie zu sehen.« Ihre
Stimme klang innig und etwas traurig.

Die beiden Frauen reichten sich die Hand.

»Sind Sie auch sicher, dass wir Sie nicht stören?«, fragte Mrs
Morel. »Ich weiß, wie das Leben auf einem Bauernhof ist.«

»Aber nein! Wir sind ja so dankbar, mal ein neues Gesicht zu
sehen, so abgelegen ist es hier.«

»Das glaube ich gern«, sagte Mrs Morel.

Sie wurden ins Wohnzimmer geführt – ein langer, niedriger
Raum mit einem großen Schneeballstrauß im Kamin. Dort un-
terhielten sich die Frauen, während Paul hinausging, um sich die
Ländereien anzusehen. Er war gerade im Garten, roch an den
Nelken und besah sich die Pflanzen, als das Mädchen schnellfü-
ßig auf den Kohlenhaufen zuging, der am Zaun lag.

»Das sind bestimmt Kohlrosen«, sagte er zu ihr und zeigte auf
die Sträucher am Zaun. Mit großen, erstaunten braunen Augen
sah sie ihn an.

»Das sind bestimmt Kohlrosen, wenn sie aufgehen?«, fragte er.

»Ich weiß nicht«, stammelte sie. »Sie sind weiß und in der
Mitte rosa.«

»Dann sind es Jungfernrosen.«

Sie errötete. Sie hatte eine schöne, warme Gesichtsfarbe.

»Ich weiß nicht«, wiederholte sie.

»Viel habt ihr aber nicht in euerm Garten«, sagte er.

»Es ist unser erstes Jahr hier«, antwortete sie kühl und ziemlich überheblich, wandte sich um und ging wieder ins Haus. Er
achtete nicht weiter darauf, sondern setzte seinen Erkundungs-

gang fort. Gleich danach kam seine Mutter heraus, und sie besichtigten die Wirtschaftsgebäude. Paul war hocherfreut.

»Ich nehme an, um das Geflügel, die Kälber und die Schweine kümmern Sie sich?«, sagte Mrs Morel zu Mrs Leivers.

»Nein«, antwortete die kleine Frau. »Ich habe nicht die Zeit, mich um das Vieh zu kümmern, und ich bin es nicht gewohnt. Ich habe genug im Haushalt zu tun.«

»Das glaube ich gern«, sagte Mrs Morel.

Dann kam das Mädchen wieder heraus.

»Der Tee ist fertig, Mutter«, sagte sie mit wohlklingender, ruhiger Stimme.

»Oh, danke, Miriam, wir kommen gleich«, erwiderte die Mutter fast schmeichlerisch. »Ist es Ihnen recht, wenn wir jetzt Tee trinken, Mrs Morel?«

»Natürlich«, sagte Mrs Morel. »Wann immer er serviert wird.«

Paul, seine Mutter und Mrs Leivers tranken zusammen Tee. Danach gingen sie hinaus in den Wald, der mit Hasenglöckchen übersät war, während auf den Wegen rauchblaue Vergissmeinnicht wuchsen. Mutter und Sohn empfanden dieselbe Begeisterung.

Als sie wieder ins Haus traten, waren Mr Leivers und Edgar, der älteste Sohn, in der Küche. Edgar war etwa achtzehn. Dann kamen Geoffrey und Maurice, stramme Burschen von zwölf und dreizehn Jahren, aus der Schule. Mr Leivers war ein gutaussehender Mann in der Blüte seiner Jahre, mit einem goldbraunen Schnurrbart und zusammengekniffenen blauen Augen.

»Hast du dich umgesehen?«, fragte er Paul herzlich.

»Noch nicht überall«, antwortete der Junge.

Dann ging er mit Geoffrey und Maurice hinaus.

»Wo arbeitest du?«, fragte ihn Geoffrey. Alle drei waren etwas gehemmt.

»In Jordan's Fabrik für orthopädische Hilfsmittel in Nottingham.«

»Und was tust du da?«

»Ich bin Bürogehilfe.«

»Und was tust du?«

»Ich kopiere Briefe, nehme Bestellungen entgegen und schreibe Rechnungen.«

»Was für Briefe kopierst du denn?«

»Ach – alles Mögliche – meistens Bestellungen für Elastikstrümpfe.«

»Elastikstrümpfe! – Was ist denn das?«

Es folgten zahlreiche Erklärungen.

»Und einige Briefe kommen aus Frankreich und aus anderen Ländern«, sagte Paul.

»Und die kopierst du?«

»Ja.«

»Auf Französisch?«

»Nein – ich übersetze sie.«

»Glaubst du denn, du kannst Französisch?«

»Ein bisschen schon – und auch Deutsch.«

»Wer hat dir denn das beigebracht?«

»Mein Pate – neben Algebra und Euklid.«

»Mit dem Zeug will ich *meinen* Kopf nicht vollstopfen«, sagte Geoffrey.

Die Jungen waren unglaublich herablassend. Aber Paul achtete kaum darauf. Sie gingen Eier suchen, krochen in alle möglichen Ecken. Als sie die Hühner fütterten, kam Miriam heraus. Die Jungen nahmen keine Notiz von ihr. In einem Hühnerstall war eine Henne mit ihren gelben Küken. Maurice nahm eine Handvoll Körner und ließ sie sich von der Henne aus der Hand picken.

»Traust du dich?«, fragte er Paul.

»Mal sehen«, sagte Paul.

Er hatte eine kleine, warme und doch fähig wirkende Hand. Miriam beobachtete ihn. Er hielt der Henne die Körner hin. Der Vogel beäugte sie mit seinem harten, hellen Auge, und plötzlich hieb er mit dem Schnabel nach der Hand. Paul schrak zurück und lachte. Pick, pick, pick, machte der Schnabel des Vogels auf seiner flachen Hand. Wieder lachte er, und die anderen Jungen stimmten ein.

»Die pickt und die zwickt, aber weh tut sie einem nicht«, sagte Paul, als das letzte Korn verschwunden war.

»Jetzt du, Miriam«, sagte Maurice, »versuch du's mal.«

»Nein«, rief sie und wich zurück.

»Ha! Hasenherz, Heulsuse!«, sagten ihre Brüder.

»Es tut überhaupt nicht weh«, sagte Paul. »Es zwickt nur, eigentlich ganz angenehm.«

»Nein«, rief sie wieder, schüttelte die schwarzen Locken und wich noch weiter zurück.

»Sie traut sich nicht«, sagte Geoffrey. »Sie traut sich nie etwas, außer Gedichte aufzusagen.«

»Traut sich nicht, vom Tor zu springen – traut sich nicht zu pfeifen – traut sich nicht auf 'ne Rutsche – traut sich nicht, sich zu wehren, wenn ein Mädchen sie schlägt – läuft immer nur rum und hält sich für wer weiß wen – für das ›Fräulein vom See‹ – jawohl!«, rief Maurice.

Miriam wurde rot vor Scham und Elend.

»Ich traue mich mehr als ihr«, rief sie. »Ihr seid nichts als Rüpel und Rabauken!«

»Och! ›Rüpel und Rabauken!‹«, wiederholten sie und äfften gespreizt ihre Redeweise nach.

»Wenn ein Lümmel mich empört,
Er von mir nur Schweigen hört«,

führte Maurice gegen sie an und brüllte vor Lachen.

Sie zog sich wieder ins Haus zurück. Paul ging mit den Jungen in den Obstgarten, wo sie einen Barren aufgebaut hatten. Sie vollführten Kraftakte. Er selbst war eher behände als kräftig, doch auch das kam ihm zustatten. Er griff nach einer Apfelblüte, die niedrig an einem schwankenden Ast hing.

»Ich würde keine Apfelblüten pflücken«, sagte Edgar, der älteste Bruder. »Sonst gibt es nächstes Jahr keine Äpfel.«

»Das hatte ich auch gar nicht vor«, erwiderte Paul und ging davon.

Die Jungen hatten eine starke Abneigung gegen ihn. Ihre eigenen Beschäftigungen interessierten sie mehr. Er ging zurück zum Haus, um seine Mutter zu suchen. Als er hinten ums Haus kam, sah er Miriam, wie sie vor dem Hühnerstall kniete und Maiskörner in der Hand hielt. Sie biss sich auf die Lippen und kauerte in angespannter Haltung da. Die Henne beäugte sie böse. Ganz behutsam streckte Miriam ihre Hand aus. Die Henne kam auf sie zugetrippelt. Mit einem Schrei, halb vor Angst, halb vor Ärger, zuckte sie zurück.

»Sie tut dir schon nicht weh«, sagte Paul.

Sie errötete und stand auf.

»Ich wollte es nur mal versuchen«, sagte sie mit leiser Stimme.

»Schau, es tut nicht weh«, sagte er, legte zwei Körner auf seinen Handteller und ließ sie sich von der Henne pick, pick aus der bloßen Hand picken. »Es kitzelt nur«, sagte er.

Wieder streckte sie die Hand aus und zog sie wieder weg, versuchte es abermals und schrak schreiend zurück. Er runzelte die Stirn.

»Ich würde mir die Körner sogar vom Gesicht picken lassen«, sagte Paul, »aber dafür flattert sie zu stark. Sie ist so reinlich. Wäre sie's nicht, was meinst du, wie viel Dreck sie jeden Tag aufpicken würde.«

Er wartete hartnäckig und sah Miriam zu. Endlich ließ sie den Vogel aus ihrer Hand picken. Dabei stieß sie einen leisen, kläglichen Schrei aus, vor Angst und vor Schmerz über die Angst. Aber sie hatte es getan und tat es noch einmal.

»Siehst du«, sagte der Junge. »Es tut nicht weh, oder?«

Aus weiten, dunklen Augen blickte sie ihn an.

»Nein«, lachte sie zitternd.

Dann stand sie auf und ging ins Haus. Aus irgendeinem Grund schien sie dem Jungen zu grollen.

»Er hält mich für ein gewöhnliches Mädchen«, dachte sie und wollte ihm beweisen, dass sie eine vornehme Dame sei wie das »Fräulein vom See«.

Paul fand seine Mutter zum Aufbruch bereit. Sie lächelte ihren Sohn an. Er nahm den großen Blumenstrauß. Mr und Mrs Leivers begleiteten sie durch die Felder. Golden standen die Hügel im Abendlicht. Tief im Wald zeigte sich das dunkelnde Violett der Hasenglöckchen. Überall war es vollkommen still, bis auf das Rascheln der Blätter und der Vögel.

»Was für ein herrlicher Ort«, sagte Mrs Morel.

»Ja«, antwortete Mr Leivers. »Es ist ein hübscher kleiner Flecken, wenn da nur nicht die Kaninchen wären. Die Weide ist völlig kahlgefressen. Ich weiß gar nicht, ob ich je die Pacht zusammenbekomme.«

Paul klatschte in die Hände, und in der Nähe des Waldes erwachte das Feld zum Leben, überall hoppelten braune Kaninchen.

»Nicht zu glauben!«, rief Mrs Morel.

Dann gingen sie und Paul allein weiter.

»War das nicht wunderbar, Mutter?«, fragte er leise. Ein dünner Mond kam hervor. Pauls Herz war so voller Glück, dass es schmerzte. Seine Mutter musste einfach reden, weil auch sie vor lauter Glück weinen wollte.

»Wie gern würde ich dem Mann helfen!«, sagte sie. »Wie gern würde ich mich um das Geflügel und das junge Vieh kümmern! Und ich würde melken lernen, und ich würde mit ihm reden, und ich würde mit ihm Pläne schmieden. Auf mein Wort, wenn ich seine Frau wäre, würde der Hof schon in Schwung kommen, das weiß ich. – Aber sie hat die Kraft nicht – sie hat einfach nicht die Kraft. Das hätte man ihr niemals aufbürden sollen, weißt du. Sie tut mir leid, und auch er tut mir leid. Auf mein Wort, wenn ich mit ihm verheiratet wäre, würde ich ihn nicht für einen schlechten Ehemann halten. – Nicht, dass sie es tut. – Und sie ist sehr liebenswert.«

Zu Pfingsten kam William wieder mit seiner Liebsten nach Hause. Er hatte eine Woche Urlaub. Es herrschte schönes Wetter. In der Regel gingen William, Lily und Paul morgens spazieren. William sprach nicht viel mit seiner Geliebten, nur wenn er ihr von seiner Kindheit erzählte. Paul unterhielt sich ununterbrochen mit den beiden. Alle drei legten sich auf eine Wiese bei der Kirche von Minton. Auf einer Seite, in der Nähe des Schlossgutes, erhob sich ein herrlicher, hin und her schwankender Windschutz aus Pappeln. Aus den Hecken tropfte Weißdorn. Auf dem Feld standen wie ein helles Lachen Gänseblümchen und Kuckuckslichtnelken. William, ein großer Kerl von dreiundzwanzig Jahren, inzwischen schmaler, ja fast hager, lag im Sonnenschein auf dem Rücken und träumte vor sich hin, während sie mit seinem Haar spielte. Paul zog los, um die großen Gänseblümchen zu pflücken. Lily hatte ihren Hut abgesetzt. Ihr Haar war so schwarz wie eine Pferdemähne. Paul kam zurück und flocht Gänseblümchen in ihr pechschwarzes Haar, große, weiß leuchtende Pailletten, dazu ein paar rosa Kuckuckslichtnelken.

»Jetzt siehst du aus wie eine junge Fee«, sagte der Junge zu ihr.

Lily lachte. William schlug die Augen auf und betrachtete sie. In seinem verwirrten Blick lag eine Mischung aus Qual und grimmiger Anerkennung.

»Hat er mich bös zugerichtet?«, fragte sie und lachte auf ihren Liebhaber herab.

»Das hat er!«, antwortete William lächelnd. Und während er so dalag, sah er sie weiter an. Seine Augen suchten nie die ihren. Er wollte ihrem Blick nicht begegnen. Er wollte sie nur betrachten, aber ohne dass ihre Blicke sich träfen. Und dass er ihr auszuweichen suchte, stand in seinen Augen geschrieben wie eine Qual. Er wandte sich wieder ab. Sie ließ ihre schlanke dunkle Hand, an der die Diamanten glitzerten, noch einen Moment in seinem Haar verweilen. Dann sagte sie:

»Paul weiß, wie man's macht.«

»Schön«, sagte er. »Solange er dich glücklich macht. Ihn kannst du morgens haben, mich abends.«

Lachend drehte sie sich zu dem Jungen um.

»Ich will dir nur noch drei übers Ohr stecken«, sagte der und stand auch schon über ihr. »Dann bist du fertig.«

Sie fügte sich. Er flocht ihr die Gänseblümchen ins Haar.

»Riechst du nicht die Sonne auf deinem Haar?«, fragte er. »So kannst du jetzt auf einen Ball gehen.«

»Danke«, sagte sie lachend.

Dann standen sie auf, um zu gehen.

»Setz deinen Hut noch nicht auf«, sagte Paul.

»Wirklich?«, fragte sie William. »Darf ich so gehen?«

William betrachtete sie erneut. Ihre Schönheit schien ihn zu schmerzen. Er warf einen Blick auf ihren mit Blumen geschmückten Kopf und runzelte die Stirn.

»So siehst du hübsch genug aus, falls du das hören willst«, sagte er.

Und sie ging ohne Hut weiter. Nach einer kurzen Weile erholte William sich wieder und war ganz zärtlich zu ihr. Als sie an eine Brücke kamen, schnitt er ihre und seine Initialen in ein Herz:

L. L. W.
W. M.

Sie beobachtete seine kräftige, nervöse Hand mit den glitzernden Härchen und Sommersprossen und schien davon fasziniert.

Solange William und Lily im Haus waren, herrschte die ganze Zeit über eine Atmosphäre der Trauer, der Wärme und der Zärtlichkeit. Aber oft war er auch gereizt. Für einen achttägigen Aufenthalt hatte sie fünf Kleider und sechs Blusen mitgenommen.

»Hättest du etwas dagegen«, sagte sie zu Annie, »mir die beiden Blusen zu waschen – und die Sachen hier?«

Und am nächsten Morgen stand Annie am Waschzuber, während William und Lily ausgingen. Mrs Morel war verärgert. Und manchmal, wenn er mitbekam, wie seine Liebste Annie behandelte, hasste der Mann sie.

Am Sonntagmorgen sah sie wunderschön aus, in einem rauschenden seidigen Foulardkleid, blau wie das Gefieder eines Eichelhähers, und einem großen cremefarbenen Hut, der mit vielen, meist roten Rosen bedeckt war.

»Dickerchen, hast du meine Handschuhe?«

»Welche?«, fragte William.

»Meine neuen, die schwarzen, wildledernen?«

»Nein.«

Nun ging die Sucherei los. Sie hatte sie verloren.

»Schau her, Mutter«, sagte William. »Das ist nun schon das vierte Paar, das sie seit Weihnachten verloren hat – fünf Shilling das Paar.«

»Mir hast du nur zwei geschenkt«, hielt sie ihm vor.

Und nach dem Abendessen stand er, während sie auf dem Sofa saß, auf dem Kaminvorleger und schien sie zu hassen. Am Nachmittag hatte er einen alten Freund besucht und sie allein gelassen. Sie hatte dagesessen und in einem Buch geblättert. Nach dem Abendessen wollte William einen Brief schreiben.

»Hier ist Ihr Buch, Lily«, sagte Mrs Morel. »Möchten Sie noch ein paar Minuten darin lesen?«

»Nein, danke«, antwortete das Mädchen. »Ich werde stillsitzen.«

»Aber es ist doch so langweilig –«

William kritzelte rasch und gereizt. Als er den Umschlag zuklebte, sagte er:

»Ein Buch lesen! – Die hat doch in ihrem ganzen Leben noch kein Buch gelesen.«

»Lass das!«, sagte Mrs Morel, verärgert über die Übertreibung.

»Aber es stimmt, Mutter – sie kann überhaupt nicht lesen – was hast du ihr denn gegeben?«

»Ich habe ihr ein kleines Buch von Annie Swan gegeben. An einem Sonntagnachmittag will niemand etwas Fades lesen.«

»Wetten, dass sie keine zehn Zeilen darin gelesen hat?«

»Da irrst du dich«, sagte seine Mutter.

Die ganze Zeit über saß Lily unglücklich auf dem Sofa. Er drehte sich schnell zu ihr um.

»Hast du auch nur eine Seite gelesen?«, fragte er.

»Ja«, antwortete sie.

»Wie viele?«

»Ich weiß nicht, wie viele Seiten –«

»Sag mir, was du gelesen hast.«

Sie konnte es nicht.

»Sei still, William«, sagte seine Mutter. »So ein Unsinn!«

»Aber sie kann gar nicht lesen!«, rief er verbittert. »Und wenn sie doch liest, versteht sie's nicht. Sie kann nicht lesen, und sie kann nicht reden. Es gibt nichts, worüber man mit ihr reden könnte. Sie denkt nur an Kleider und daran, wie die Leute sie bewundern.«

»Beachten Sie ihn gar nicht, Lily«, sagte Mrs Morel.

»Sind doch Narren, die wo ihre Nase in Bücher stecken, sag ich«, fügte Morel hinzu.

Und das arme Mädchen konnte die Schmach nicht abschütteln. Er schien sie zu hassen. Später fand Mrs Morel ein leicht zugängliches Buch für sie, und wenn sie sich an einem regnerischen Nachmittag unglücklich durch ein paar Zeilen quälte, bot sie einen kläglichen Anblick. Über die zweite Seite kam sie nie hinaus. Er dagegen las sehr viel und hatte einen raschen, regen Verstand. Sie verstand sich nur aufs Schäkern und Schwatzen. Er war es gewohnt, dass alle seine Gedanken durch den Verstand seiner Mutter gesiebt wurden. Und wenn er eine Gefährtin haben wollte und seine Verlobte stattdessen von ihm verlangte, dass er den schnäbelnden, zwitschernden Liebhaber abgab, hasste er sie.

»Weißt du, Mutter«, sagte er, als er abends allein mit ihr war, »von Geld hat sie keine Ahnung, sie ist so wirr im Kopf. Wenn sie ihr Gehalt bekommt, kauft sie gleich so einen Unfug wie *marrons glacés*. Und dann muss *ich* die Dauerkarte für sie kaufen und ihre Extras, sogar ihre Unterwäsche. Und sie will heiraten. – Und ich meine ja auch, dass wir nächstes Jahr heiraten könnten. Aber wenn das so weitergeht – !«

»Das würde ja eine hübsche Ehe werden«, erwiderte seine Mutter. »Ich würde es mir noch einmal überlegen, mein Junge.«

»Na ja – bin schon zu weit gegangen, um jetzt noch Schluss zu machen«, sagte er. »Darum werde ich so bald wie möglich heiraten.«

»Na schön, mein Junge. Wo du willst, da willst du, und niemand kann dich aufhalten. – Aber eins sage ich dir: Wenn ich daran denke, kann ich gar nicht schlafen.«

»Ach, sie wird schon werden. Wir werden's schon schaffen.«

»Und sie lässt sich von dir Unterwäsche kaufen?«, fragte die Mutter.

»Darum gebeten hat sie mich nicht«, begann er kleinlaut. »Aber eines Morgens – es war richtig kalt – habe ich sie am Bahnhof getroffen, sie hat gezittert und konnte gar nicht stillhalten. Da habe ich sie gefragt, ob sie warm genug angezogen ist. Sie hat gesagt: ›Ich glaube schon.‹ Also habe ich gesagt: ›Hast du auch warmes Unterzeug an?‹ Und sie hat gesagt, nein, es sei aus Baumwolle. Ich habe sie gefragt, warum zum Teufel sie sich bei solchem Wetter nichts Wärmeres angezogen hat, und sie hat gesagt, weil sie nichts hätte. Dabei hat sie dauernd Bronchitis! – Ich musste sie einfach mitnehmen und ihr ein paar warme Sachen besorgen. – Mutter, das Geld wäre mir gleich, wenn wir welches hätten. – Und weißt du, sie sollte wirklich so viel übrigbehalten, dass sie ihre Dauerkarte selbst bezahlen kann. Aber nein – damit kommt sie zu mir, und dann muss ich das Geld auftreiben – «

»Das sind ja trübe Aussichten«, sagte Mrs Morel bitter.

Er war blass, und seinem durchfurchten Gesicht, das stets so vollkommen sorglos gelacht hatte, waren Zwiespalt und Verzweiflung eingeprägt.

»Aber ich kann sie nicht aufgeben, jetzt, wo wir schon so weit gekommen sind«, sagte er. »Außerdem kann ich in mancher Hinsicht nicht auf sie verzichten – «

»Mein Junge, denk daran, dass du dein Leben in die eigenen Hände nimmst«, sagte Mrs Morel. »Nichts ist schlimmer als eine Ehe, die sich als ein hoffnungsloser Fehlschlag erweist. Meine war weiß Gott schlimm genug und sollte dir eine Lehre sein. – Aber es hätte bei weitem schlimmer kommen können.«

Die Hände in den Taschen, lehnte er mit dem Rücken gegen die Seite des Kamins. Er war ein großer, grobknochiger Mann, der aussah, als würde er bis ans Ende der Welt gehen, wenn er es nur wollte. Aber sie bemerkte wohl die Verzweiflung in seinem Gesicht.

»Ich könnte sie jetzt nicht aufgeben«, sagte er.

»Nun«, sagte sie, »denk daran, dass es schlimmere Dinge gibt, als eine Verlobung aufzulösen.«

Sie verharrten in Schweigen, er starrte im Zimmer umher. Jetzt konnte ihm nur noch seine Mutter helfen. Und dennoch ließ er nicht zu, dass sie für ihn entschied. Er blieb bei seinem Entschluss.

»Und natürlich«, fügte Mrs Morel hinzu, »beweist es sehr viel mehr Edelmut, Schluss zu machen, um weiteres Unrecht zu verhindern, als ein Verhältnis fortzusetzen, nur weil du es versprochen hast.«

Er stand stockstill und starrte im Zimmer umher.

»Ich kann sie *jetzt* nicht aufgeben«, sagte er.

Die Uhr tickte. Mutter und Sohn verharrten wieder in Schweigen, sie lagen im Widerstreit. Aber er sagte nichts mehr. Schließlich meinte sie:

»Geh jetzt zu Bett, mein Sohn – morgen fühlst du dich besser – und vielleicht weißt du's dann auch besser.«

Er küsste sie und ging. Sie bedeckte das Feuer mit Asche. Das

Herz war ihr schwerer denn je zuvor. Früher, als es um ihren Mann gegangen war, schien zwar etwas in ihr zu zerbrechen, aber es hatte nicht ihre Lebenskraft zerstört. Jetzt aber war ihre Seele erlahmt, war ihrer Hoffnung ein Schlag versetzt worden.

Diesen Hass auf seine Verlobte bekundete William oft. Am letzten Abend zu Hause fiel er über sie her.

»Nun«, sagte er, »wenn du mir schon nicht glaubst, was für eine sie ist, vielleicht glaubst du mir, dass sie dreimal konfirmiert worden ist!«

»Unsinn«, lachte Mrs Morel.

»Unsinn oder nicht, aber so ist es! Da sieht man, was die Konfirmation ihr bedeutet – ein bisschen Theater, wo sie eine gute Figur abgeben kann.«

»Das stimmt nicht, Mrs Morel!«, rief das Mädchen. »Das stimmt nicht. Das ist nicht wahr.«

»Was?«, brüllte er und fuhr herum. »Einmal in Bromley, einmal in Beckenham und einmal irgendwo anders.«

»Nirgendwo anders!«, sagte sie voller Tränen. »Nirgendwo anders.«

»Doch! Und selbst wenn nicht, warum bist du dann *zweimal* konfirmiert worden?«

»Das erste Mal war ich erst vierzehn, Mrs Morel«, verteidigte sie sich mit Tränen in den Augen.

»Ja«, sagte Mrs Morel. »Das kann ich gut verstehen, Kind. Beachten Sie ihn gar nicht. Du solltest dich schämen, William, so etwas zu sagen.«

»Aber es ist doch wahr. Sie ist religiös – hat blausamtene Gebetbücher – dabei steckt in ihr nicht mehr Religion oder sonst etwas als in diesem Tischbein. Lässt sich dreimal konfirmieren, nur zur Schau, um sich zur Geltung zu bringen. Und so ist sie in allem, in allem!«

Weinend saß das Mädchen auf dem Sofa. Sie war nicht sehr stark.

»Und was die Liebe betrifft!«, rief er. »Genauso gut könntest du eine Fliege bitten, dich zu lieben. Die liebt es auch, sich auf dich draufzusetzen –«

»Schweig jetzt«, befahl Mrs Morel. »Wenn du so etwas sagst, musst du dir ein anderes Haus suchen. Ich schäme mich für dich, William. Warum bist du nicht männlicher? An einem Mädchen immer nur herumzukritteln – und dann so zu tun, als wärst du mit ihr verlobt –!« Mrs Morel verstummte vor Zorn und Empörung.

Auch William schwieg. Und später bereute er, küsste und tröstete das Mädchen. Aber er hatte die Wahrheit gesagt: Er hasste sie.

Als sie abreisten, begleitete Mrs Morel sie bis Nottingham. Es war ein weiter Weg bis zum Bahnhof von Keston.

»Weißt du, Mutter«, sagte er zu ihr, »die ›Zigeunerin‹ ist so oberflächlich – bei der gibt's keine Tiefe.«

»William, ich möchte nicht, dass du so etwas sagst«, sagte Mrs Morel, die sich sehr unbehaglich fühlte, da das Mädchen neben ihr ging.

»Aber so ist es, Mutter. – Jetzt ist sie sehr verliebt in mich. – Aber sollte ich sterben, würde sie mich schon nach drei Monaten vergessen.«

Mrs Morel hatte Angst. Ihr Herz schlug heftig, als sie die ruhige Bitterkeit in den letzten Worten ihres Sohnes vernahm.

»Woher willst du das wissen?«, entgegnete sie. »Du weißt es nicht – und deshalb hast du kein Recht, so etwas zu sagen.«

»Er redet immer so!«, rief das Mädchen.

»Drei Monate nach meiner Beerdigung hättest du einen anderen, und ich wäre vergessen«, sagte er. »Und das ist deine Liebe!«

In Nottingham brachte Mrs Morel sie bis an den Zug, dann kehrte sie nach Hause zurück.

»Weißt du«, sagte sie kläglich zu Paul, »es geht nicht gut, und es wird nie gutgehen. Ich will gar nicht daran denken, wie es sein wird, sollten sie tatsächlich heiraten. Wenn er sie nur laufen ließe, würde er sie nicht so quälen, da bin ich mir sicher. Aber sie klammern sich so sehr aneinander, bis sie einander umbringen. Und als er das gesagt hat, auf dem Weg nach Keston, hatte ich das Gefühl, keinen weiteren Schritt tun zu können. Das arme Ding, es tut mir leid um sie. Aber sie passt einfach nicht zu ihm. Ich weiß, es ist gemein von mir, so etwas zu sagen, aber sie ist verwöhnt, und es wäre mir lieber, sie würde sterben, als dass er sie heiratet.«

Den ganzen Sommer hindurch grübelte Mrs Morel über ihren Sohn nach. Er schien drauf und dran, sein Leben zugrunde zu richten. Aber bis zur Hochzeit war es noch lange hin.

»Einen Trost habe ich«, sagte sie zu Paul, »er wird nicht das nötige Geld haben, um zu heiraten, davon bin ich überzeugt. Und auf diese Weise wird sie ihn davor bewahren.«

Und so verbesserte sich ihre Stimmung. Die Lage war doch noch nicht ganz aussichtslos. Sie glaubte fest, dass William seine Zigeunerin niemals heiraten werde. Sie wartete und hielt Paul in ihrer Nähe.

Den ganzen Sommer hindurch hatten Williams Briefe etwas Fieberhaftes. Er schien unnatürlich und angespannt. Manchmal wirkte er in seinen Briefen übertrieben fröhlich, meist aber lustlos und bitter.

»Ja«, sagte seine Mutter, »ich fürchte, er geht noch zugrunde an diesem Weib, das seiner Liebe nicht wert ist, nicht mehr als eine Flickenpuppe.«

Er wollte nach Hause kommen. Der Sommerurlaub lag hinter ihm. Bis Weihnachten dauerte es noch lange. In wilder Erregung schrieb er, er könne doch Samstag und Sonntag in der ersten Oktoberwoche zum Gänsemarkt kommen.

»Du bist krank, mein Junge«, sagte seine Mutter, als sie ihn sah. Sie war fast in Tränen, da sie ihn wieder ganz für sich hatte.

»Nein, ich bin nicht gesund«, sagte er, »den ganzen letzten Monat scheine ich eine Erkältung mit mir herumgeschleppt zu haben. Aber ich glaube, sie ist bald ausgestanden.«

Es war sonniges Oktoberwetter. Er schien außer sich vor Freude, wie ein weggelaufener Schuljunge. Dann wieder war er schweigsam und in sich gekehrt. Er war hagerer denn je, und sein Blick war verstört.

»Du arbeitest zu viel«, sagte seine Mutter zu ihm.

Er mache Überstunden, sagte er, versuche, sich etwas Geld hinzuzuverdienen, um heiraten zu können. Nur einmal unterhielt er sich mit seiner Mutter, am Samstagabend. Da war er traurig und zärtlich besorgt um seine Geliebte.

»Aber trotzdem, Mutter, weißt du, sollte ich sterben, hätte sie zwei Monate lang ein gebrochenes Herz, und dann würde sie mich bald vergessen. Du wirst schon sehen, sie würde niemals hierherkommen, um mein Grab zu besuchen, kein einziges Mal.«

»Aber William«, sagte seine Mutter, »du stirbst doch gar nicht, wozu also darüber reden?«

»Ob ich nun sterbe oder nicht –«, antwortete er.

»Und sie kann nichts dafür – sie ist nun mal so – und wenn du sie dir aussuchst, darfst du nicht murren«, sagte seine Mutter.

Als er am Sonntagmorgen den Kragen umband, sagte er zu seiner Mutter, indem er das Kinn hob:

»Sieh mal den Ausschlag unter meinem Kinn, der kommt vom Kragen!«

Wo Kinn und Hals zusammenstießen, war eine großflächige rote Entzündung zu sehen.

»Das dürfte eigentlich nicht sein«, sagte seine Mutter. »Hier, reib ein bisschen von der schmerzlindernden Salbe auf. Du solltest andere Kragen tragen.«

Sonntag um Mitternacht fuhr er ab. Nach den zwei Tagen zu Hause schien er sich wohler und kräftiger zu fühlen.

Am Dienstagmorgen traf ein Telegramm aus London ein: Er sei krank. Mrs Morel, die gerade den Fußboden aufwischte, erhob sich von den Knien, las das Telegramm, rief eine Nachbarin, ging zur Hauswirtin und lieh sich einen Sovereign, zog sich an und ging aus dem Haus. Sie eilte nach Keston und nahm in Nottingham den Schnellzug nach London. In Nottingham hatte sie fast eine Stunde Aufenthalt. Eine kleine Gestalt unter einem schwarzen Hut, fragte sie ängstlich die Gepäckträger, ob sie wüssten, wie man nach Elmers End komme. Die Fahrt dauerte drei Stunden. In einer Art Starre saß sie in ihrer Ecke und rührte sich nicht. Auch in King's Cross konnte ihr niemand Auskunft geben, wie man nach Elmers End kam. – Mit ihrem Einkaufsnetz, das Nachthemd, Kamm und Bürste enthielt, lief sie von einem zum anderen. Schließlich schickte man sie mit der U-Bahn zur Cannon Street.

Es war sechs Uhr, als sie in Williams Wohnung ankam. Die Rollläden waren nicht heruntergelassen.

»Wie geht es ihm?«, fragte sie.

»Nicht besser«, antwortete die Wirtin.

Sie folgte der Frau nach oben. William lag mit blutunterlaufenen Augen und verfärbtem Gesicht auf dem Bett. Seine Kleider lagen verstreut umher, es brannte kein Feuer im Raum, auf dem Nachttisch neben dem Bett stand ein Glas Milch. Niemand war bei ihm gewesen.

»Ach, mein Sohn!«, sagte die Mutter tapfer.

Er antwortete nicht. Er blickte sie an, ohne sie wahrzunehmen.

Dann sagte er mit dumpfer Stimme, als wiederhole er ein Briefdiktat:

»Infolge eines Lecks im Schiffsrumpf hatte der Zucker sich gesetzt und war steinhart geworden. Er musste losgehackt werden –«

Er war kaum bei Bewusstsein. Zu seinen Aufgaben hatte es gehört, eine solche Zuckerladung im Londoner Hafen zu untersuchen.

»Wie lange geht es ihm schon so?«, fragte seine Mutter die Wirtin.

»Am Montagmorgen ist er um sechs Uhr nach Hause gekommen und hat offenbar den ganzen Tag geschlafen. In der Nacht haben wir ihn reden hören, und heute Morgen hat er nach Ihnen gefragt. Deshalb habe ich telegraphiert, und wir haben den Arzt gerufen.«

»Können Sie ein Feuer anzünden?«

Mrs Morel versuchte, ihren Sohn zu beruhigen, ihn still zu halten.

Der Arzt kam. Es sei eine Lungenentzündung, sagte er, und eine sonderbare Hautrose, die unter dem Kinn, wo der Kragen scheuerte, angefangen habe und sich über das ganze Gesicht ausbreite. Er hoffe, dass sie nicht auch das Hirn angreife.

Mrs Morel übernahm die Pflege. Sie betete für William, betete, dass er sie erkennen möge. Aber das Gesicht des jungen Mannes verfärbte sich immer mehr. In der Nacht kämpfte sie um ihn. Immer wieder redete er irre und erlangte das Bewusstsein nicht wieder. Um zwei Uhr, nach einem schrecklichen Anfall, starb er.

Eine Stunde lang saß Mrs Morel vollkommen regungslos in dem möblierten Zimmer. Dann weckte sie den Haushalt.

Um sechs Uhr bahrte sie ihn mit Hilfe der Putzfrau auf. Anschließend ging sie durch die öde Londoner Vorstadt zum Standesbeamten und zum Arzt.

Um neun Uhr ein anderes Telegramm an das Cottage in der Scargill Street: »William letzte Nacht gestorben. Vater soll kommen. Geld mitbringen.«

Annie, Paul und Arthur waren zu Hause. Mr Morel war zur Arbeit gegangen. Die drei Kinder sprachen kein Wort. Annie begann vor Furcht zu wimmern. Paul machte sich auf den Weg zu seinem Vater.

Es war ein schöner Tag. Langsam zerstob der weiße Rauch der Grube von Bretty im Sonnenschein eines sanften blauen Himmels; hoch oben funkelten die Räder der Fördertürme, das Schaufelrad, das die Kohle in die Wagen kippte, ratterte geschäftig.

»Ich will zu meinem Vater – er muss nach London«, sagte der Junge zu dem ersten Mann, den er auf der Hängebank sah.

»Du willst zu Walter Morel? – Geh mal da rein und sag's Joe Ward.«

Paul ging in das kleine obere Büro.

»Ich will zu meinem Vater – er muss nach London.«

»Dein Vater – isser unten – wie heißt er?«

»Mr Morel.«

»Was, Walter? Stimmt was nich?«

»Er muss nach London.«

Der Mann ging ans Telefon und rief im unteren Büro an.

»Walter Morel wird gewünscht – Nummer 42, hartes Flöz. Irgendwas stimmt nich – sein Junge is hier.«

Dann wandte er sich zu Paul.

»Er ist in ein paar Minuten oben«, sagte er.

Paul schlenderte zum Schachteingang. Er sah zu, wie der Förderkorb mit einem Hunt voller Kohle heraufkam. Der große eiserne Käfig kam auf den Stützen zur Ruhe, der volle Hunt wurde herausgezogen, ein leerer in den Förderkorb geschoben, irgendwo bimmelte eine Glocke, der Korb ruckte in die Höhe, dann sackte er wie ein Stein in die Tiefe.

Paul hatte gar nicht mehr daran gedacht, dass William tot war – bei einem solchen Lärm war das unmöglich. Der Schlepperjunge schob den kleinen Förderwagen auf die Drehscheibe, ein anderer Mann rannte mit ihm die Hängebank entlang, die kurvigen Gleise hinab. »William ist tot, und meine Mutter ist in London, und was mag sie da jetzt wohl tun?«, fragte sich der Junge, als sei es ein Scherzrätsel.

Einen Förderkorb nach dem anderen sah er heraufkommen, und noch immer kein Vater. Endlich, neben einem Hunt, eine Männergestalt! Der Förderkorb kam auf den Stützen zur Ruhe, Morel stieg aus. Seit seinem Unfall hinkte er leicht.

»Bist du's, Paul? – Isses schlimmer geworden?«

»Du musst nach London.«

Die beiden verließen die Hängebank, wo die Männer sie neugierig musterten. Als sie herauskamen und den Schienenstrang entlanggingen, das besonnte Herbstfeld auf der einen Seite, ein Wall aus Grubenwagen auf der anderen, fragte Morel mit furchtsamer Stimme:

»Er is doch nich tot, Kind?«

»Doch.«

»Wann?«

Die Stimme des Bergmanns klang entsetzt.

»Letzte Nacht – wir haben von Mutter ein Telegramm erhalten.«

Morel ging ein paar Schritte weiter, dann lehnte er sich, die Hände über den Augen, an einen Förderwagen. Er weinte nicht. Paul stand wartend da und schaute sich um. Langsam rollte ein Hunt auf die Waage. Paul sah alles, nur seinen Vater nicht, der sich an den Förderwagen lehnte, als sei er müde.

Morel war erst einmal in London gewesen. Bange und kränklich brach er auf, um seiner Frau beizustehen. Das war am Dienstag. Die Kinder blieben allein im Haus zurück. Paul ging zur Arbeit, Arthur ging zur Schule, und Annie hatte eine Freundin bei sich.

Als Paul am Samstagabend auf dem Heimweg von Keston um die Ecke bog, sah er seine Mutter und seinen Vater, die bis Lethley Bridge gefahren waren. Schweigend, müde gingen sie jeder für sich durch die Dunkelheit. Der Junge wartete.

»Mutter!«, rief er in die Dunkelheit hinein.

Mrs Morels kleine Gestalt schien ihn nicht zu bemerken. Wieder rief er.

»Paul!«, sagte sie teilnahmslos. Sie ließ sich von ihm küssen, schien ihn aber gar nicht wahrzunehmen.

Im Haus war sie genauso: klein, blass und stumm. Sie bemerkte nichts, sagte nichts, außer: »Heute Abend kommt der Sarg, Walter. Du kümmerst dich lieber um Hilfe.« Dann, an die Kinder gewandt: »Wir bringen ihn heim.«

Dann verfiel sie wieder in dieselbe Starre, sah stumm ins Leere, die gefalteten Hände auf dem Schoß. Wenn Paul sie anblickte, war ihm, als könne er nicht atmen. Im Haus herrschte Totenstille.

»Ich bin zur Arbeit gegangen, Mutter«, sagte er traurig.

»So?«, antwortete sie dumpf.

Nach einer halben Stunde kam Morel verstört und verwirrt wieder herein.

»Wo solln wir ihn denn hintun, wenn er kommt?«, fragte er seine Frau.

»Ins Vorderzimmer.«

»Dann rück ich lieber den Tisch weg?«

»Ja.«

»Und wir bahren ihn auf den Stühlen auf?«

»Du weißt schon – ja – ich denke schon.«

Morel und Paul gingen mit einer Kerze in die gute Stube. Dort gab es kein Gas. Der Vater schraubte die Platte des großen ovalen Mahagonitisches ab und räumte die Mitte des Zimmers frei. Dann rückte er je drei Stühle gegeneinander, so dass der Sarg auf den Sitzpolstern ruhen konnte.

»So 'n langen wie den haste noch nich gesehn!«, sagte der Bergmann und passte ängstlich auf, während er weiterarbeitete.

Paul ging zum Erkerfenster und sah hinaus. Die Esche stand ungeheuer groß und schwarz vor dem weiten Dunkel. Die Nacht leuchtete nur schwach. Paul ging wieder zu seiner Mutter.

Um zehn Uhr rief Morel:

»Er ist da!«

Alle schraken auf. Man hörte, wie die Haustür, die aus der Nacht geradewegs ins Zimmer führte, aufgeriegelt und aufgeschlossen wurde.

»Bringt noch 'ne Kerze«, rief Morel.

Annie und Arthur gingen zuerst. Paul folgte mit seiner Mutter. Den Arm um ihre Taille gelegt, stand er in der Innentür. In der Mitte des ausgeräumten Zimmers warteten sechs gegeneinandergerückte Stühle. Vor dem Fenster mit der Spitzengardine hielt Arthur eine Kerze in die Höhe – und an der offenen Haustür stand Annie, in die Nacht gebeugt. Ihr Messingleuchter glitzerte.

Man hörte Räder rattern. In der Dunkelheit der Straße unten

konnte Paul Pferde und ein schwarzes Gefährt ausmachen, eine Lampe und ein paar fahle Gesichter. Einige Männer, Bergleute, alle in Hemdsärmeln, schienen sich in der Finsternis mit etwas abzuquälen. Gleich darauf tauchten zwei Männer auf, die sich unter einer schweren Last beugten. Es waren Morel und sein Nachbar.

»Sachte!«, rief Morel außer Atem.

Er und sein Kumpan kamen die steile Gartentreppe herauf und hievten sich mit ihrem glänzenden Sargende in den Schein der Kerze. Hinter ihnen sah man die Gliedmaßen weiterer Männer, die sich mit ihrer Last abschleppten. Morel und Burns strauchelten. Die große, dunkle Last schwankte.

»Sachte, sachte!«, rief Morel wie unter Schmerzen.

Alle sechs Träger waren jetzt in dem kleinen Garten und stemmten den großen Sarg in die Höhe. Bis zur Tür waren es noch drei Stufen. Unten auf der schwarzen Straße leuchtete einsam die gelbe Lampe der Kutsche.

»Jetzt!«, sagte Morel.

Der Sarg schwankte, die Männer begannen, mit ihrer Bürde die drei Stufen heraufzusteigen. Annies Kerze flackerte, und sie wimmerte, als die ersten Männer erschienen. Alle sechs mühten sich gesenkten Hauptes, mit dem Sarg, der sich wie ein großes Leid von ihren lebendigen Leibern tragen ließ, ins Zimmer zu gelangen.

»O mein Sohn – mein Sohn!«, sang Mrs Morel leise. Und jedes Mal, wenn der Sarg bei den ungleichmäßigen Schritten der Männer schwankte:

»O mein Sohn – mein Sohn – mein Sohn!«

»Mutter«, wimmerte Paul, der noch immer ihre Taille umfasste. »Mutter!«

Sie hörte ihn nicht.

»O mein Sohn, mein Sohn!«, wiederholte sie.

Paul sah, wie seinem Vater der Schweiß von der Stirn tropfte. Sechs Männer waren im Zimmer, sechs Männer ohne Rock, deren erschlaffende, sich quälende Gliedmaßen das Zimmer ausfüllten und gegen die Möbel stießen. Der Sarg wurde gedreht und behutsam auf die Stühle hinabgesenkt. Von Morels Gesicht tropfte der Schweiß auf die Sargbretter.

»Auf mein Wort, der wiegt vielleicht schwer!«, sagte einer der Männer, und die fünf anderen Bergleute seufzten auf, verneigten sich, schlossen die Tür hinter sich und stiegen, zitternd von der Anstrengung, wieder die Stufen hinab.

Die Familie blieb mit dem großen, blanken Sarg allein in der guten Stube zurück. William, nun aufgebahrt, war einen Meter dreiundneunzig groß. Wie ein Monument lag der massige hellbraune Sarg da. Paul glaubte nicht, dass man ihn je wieder aus dem Zimmer schaffen würde. Seine Mutter streichelte das blanke Holz.

Am Montag begruben sie ihn auf dem kleinen Friedhof am Hügelhang, der über die Felder auf die große Kirche und die Häuser geht. Die Sonne schien, und die weißen Chrysanthemen kräuselten sich in der Wärme.

Danach ließ Mrs Morel sich nicht dazu bewegen, den Mund aufzumachen und ihr altes, munteres Interesse am Leben wiederzugewinnen. Sie schloss sich gegen alles ab. Auf der Rückfahrt, im Zug, hatte sie gedacht: »Wäre ich es doch gewesen.«

Wenn Paul abends nach Hause kam, saß die Mutter nach ihrem Tagwerk unbeweglich da und hatte die Hände auf dem Schoß gefaltet, auf ihrer groben Schürze. Früher hatte sie sich immer umgezogen und eine schwarze Schürze vorgebunden. Jetzt trug Annie sein Abendessen auf, und seine Mutter saß da, starrte ausdruckslos, mit verkniffenem Mund, gerade vor sich hin. Dann zermarterte er sich das Hirn, um ihr Neuigkeiten zu erzählen.

»Mutter, heute war Miss Jordan da und hat gesagt, meine Skizze von dem Bergwerk in Betrieb wäre wunderbar –«

Aber Mrs Morel nahm keine Notiz. Abend für Abend zwang er sich dazu, ihr etwas zu erzählen, obwohl sie ihm gar nicht zuhörte. Dass sie so war, trieb ihn fast bis zum Wahnsinn. Schließlich fragte er:

»Was ist mit dir, Mutter?« Sie hörte ihn nicht.

»Was ist mit dir?«, wiederholte er. »Mutter, was ist mit dir?«

»Du weißt genau, was mit mir ist«, antwortete sie gereizt und wandte sich ab. Der Junge – er war jetzt sechzehn Jahre alt – ging bedrückt zu Bett. Den ganzen Oktober, November und Dezember über war er von allem abgeschnitten und tief unglücklich. Seine Mutter versuchte wohl, sich aufzuraffen, vermochte es aber nicht. Sie konnte nur über ihren toten Sohn nachgrübeln. Man hatte ihn so grausam sterben lassen.

Schließlich, am 23. Dezember, kam Paul mit fünf Shilling Weihnachtsgeld in der Tasche nach Hause gelaufen. Seine Mutter sah ihn an, und das Herz stand ihr still.

»Was ist los?«, fragte sie.

»Ich fühle mich nicht wohl, Mutter!«, antwortete er. »Mr Jordan hat mir fünf Shilling als Weihnachtsgeld gegeben.«

Er reichte es ihr mit zitternden Händen. Sie legte das Geld auf den Tisch.

»Du freust dich ja gar nicht«, warf er ihr vor.

Dabei zitterte er heftig.

»Wo tut es weh?«, fragte sie und knöpfte seinen Überzieher auf.

Es war die alte Frage.

»Ich fühle mich nicht wohl, Mutter.«

Sie entkleidete ihn und steckte ihn ins Bett. Er habe eine gefährliche Lungenentzündung, sagte der Arzt.

»Hätte er sie nicht bekommen, wenn ich ihn hierbehalten und nicht nach Nottingham hätte gehen lassen?«, war eine ihrer ersten Fragen.

»Vielleicht nicht ganz so schlimm«, antwortete der Arzt.

Mrs Morel sah sich für ihre eigene Fahrlässigkeit gestraft.

»Ich hätte bei dem Lebenden wachen sollen statt bei dem Toten«, sagte sie sich.

Paul war sehr krank. Nachts legte sich seine Mutter zu ihm ins Bett. Eine Pflegerin konnten sie sich nicht leisten. Sein Zustand verschlechterte sich, und die Krise nahte. Eines Nachts erlangte er das Bewusstsein wieder, mit jenem grässlichen, widerwärtigen Gefühl, wenn alle Zellen des Körpers in höchster Reizbarkeit zu zerfallen scheinen und das Bewusstsein noch einmal in einem letzten Kampf aufflackert, wie im Wahnsinn.

»Ich werde sterben!«, rief er und rang auf dem Kissen nach Atem.

Sie richtete ihn auf und rief leise:

»O mein Sohn, mein Sohn!«

Das brachte ihn zu sich. Er erkannte sie. Sein ganzer Wille erwachte und hielt ihn fest. Er legte den Kopf an ihre Brust und gewann aus Liebe zu ihr innere Ruhe.

»In mancher Hinsicht war es doch gut«, sagte seine Tante, »dass Paul Weihnachten krank war. Ich glaube, das hat seine Mutter gerettet.«

Sieben Wochen lag Paul im Bett. Blass und schwach stand er auf. Sein Vater hatte ihm einen Blumentopf mit scharlachroten und goldenen Tulpen gekauft. Wenn er auf dem Sofa saß und mit seiner Mutter plauderte, flammten sie am Fenster in der Märzensonne. Die beiden waren einander in vollkommener Eintracht verbunden. Mrs Morels Leben wurzelte jetzt in Paul.

William war ein Prophet gewesen. Zu Weihnachten erhielt Mrs Morel ein kleines Geschenk und einen Brief von Lily. Mrs Morels Schwester erhielt zu Neujahr einen Brief.

»Gestern Abend war ich auf einem Ball. Es waren einige entzückende Leute da, und ich habe mich bestens amüsiert«, hieß es in dem Brief. »Jeden Tanz habe ich getanzt – nicht einen ausgelassen –«

Mrs Morel hörte nie wieder von ihr.

Eine Zeit lang gingen Morel und seine Frau nach dem Tode ihres Sohnes sehr sanft miteinander um. Manchmal verfiel er in eine Art Trance und starrte mit weiten, ausdruckslosen Augen ins Zimmer. Dann stand er unvermittelt auf, eilte ins Three Spots und kehrte in normalem Zustand zurück. Aber nie wieder in seinem Leben unternahm er einen Spaziergang nach Shepstone, an dem Büro vorbei, in dem sein Sohn gearbeitet hatte, und den Friedhof wusste er stets zu meiden.

Teil II

Kapitel 7
Jungen- und Mädchenliebe

Im Herbst war Paul viele Male auf Willey Farm gewesen. Mit den beiden jüngeren Söhnen hatte er sich angefreundet. Edgar, der Älteste, wollte sich zunächst nicht herablassen. Und auch Miriam verweigerte jede Annäherung. Sie fürchtete, von ihm verschmäht zu werden wie von ihren eigenen Brüdern. Das Mädchen war eine romantische Seele. Allenthalben sah sie Walter-Scott-Heldinnen um sich, die von Männern mit Helmen oder federgeschmückten Hüten geliebt wurden. Sich selbst hielt sie für eine Art Prinzessin, die in eine Schweinehirtin verwandelt worden war. Und sie fürchtete, dass dieser Junge, der doch aussah wie ein Walter-Scott-Held, der malen und Französisch parlieren konnte, der wusste, was Algebra bedeutete, und jeden Tag mit dem Zug nach Nottingham fuhr, in ihr vielleicht nur die Schweinehirtin sah, außerstande, die darunter verborgene Prinzessin zu erkennen. Deshalb hielt sie sich abseits.

Ihre große Gefährtin war ihre Mutter. Sie hatten beide braune Augen und neigten zur Mystik, Frauen, die die Religion in sich speichern, sie durch die Nasenlöcher einatmen und das Ganze des Lebens wie durch einen Nebelschleier wahrnehmen. So waren Christus und Gott für Miriam *eine* große Gestalt, die sie, wenn am westlichen Himmel ein gewaltiger Sonnenuntergang flammte, mit zitternder Inbrunst liebte; und am Morgen ließen Edith und Lucy und Rowena, Brian de Bois Guilbert, Rob Roy und Guy Mannering die sonnigen Blätter rascheln oder saßen, wenn es schneite, allein oben in ihrem Schlafzimmer. Das war für sie Leben. Ansonsten plagte sie sich mit dem Haushalt ab, eine Arbeit, gegen die sie nichts einzuwenden gehabt hätte, wäre ihr reinlicher roter Fußboden nicht gleich wieder von den trampelnden Ackerstiefeln ihrer Brüder verschmutzt worden; sie war darauf versessen, ihren kleinen vierjährigen Bruder mit ihrer Liebe einzuhüllen und zu ersticken; demütig, mit gesenktem Kopf ging sie zur Kirche und schauderte gepeinigt vor der Rohheit der anderen Chormädchen und der gewöhnlich klingenden Stimme des Vikars zurück; sie zankte mit ihren Brüdern, die sie für grobe Lümmel hielt; und auch von ihrem Vater hatte sie keine sehr hohe Meinung, weil er in seinem Herzen keine mystischen Ideale hegte, sondern sich das Leben so leicht wie möglich zu machen suchte und seine Mahlzeiten dann einnehmen wollte, wenn ihm danach war.

Ihre Stellung als Schweinehirtin war ihr verhasst. Sie suchte Beachtung. Sie wollte sich bilden, denn sie glaubte, wenn sie, wie Paul das von sich behauptete, *Colomba* oder die *Voyage autour de ma chambre* lesen könnte, würde sich ihr die Welt von einer anderen Seite zeigen und ihr tieferen Respekt entgegenbringen. Prinzessin konnte sie nicht durch Reichtum oder Ansehen werden. Also war sie begierig nach einer Bildung, auf die sie stolz sein konnte. Denn sie war anders als andere Leute und durfte mit der gemeinen Brut nicht in einen Topf geworfen werden. Bildung war die einzige Auszeichnung, der sie nachzustreben gedachte.

Ihre Schönheit – die eines scheuen, wilden, empfindsam zusammenschauernden Wesens – galt ihr nichts. Selbst ihre Seele, die sich so nach Schwärmerei sehnte, war ihr nicht genug. Sie musste etwas haben, das ihren Stolz stärkte, eben weil sie sich anders fühlte als andere Menschen. Paul betrachtete sie eher versonnen. Alles in allem verachtete sie das männliche Geschlecht. Hier aber war ein neues Exemplar, rasch, leicht, anmutig, ein Junge, der sanft sein konnte und der traurig sein konnte, der klug war und eine Menge wusste, der einen Todesfall in der Familie gehabt hatte. Die armseligen Bildungsbrocken des Jungen hoben ihn fast himmelhoch in ihrer Wertschätzung. Dennoch gab sie sich größte Mühe, ihn zu verachten, weil er in ihr nicht die Prinzessin sah, sondern nur die Schweinehirtin.

Und er beachtete sie kaum.

Aber er war doch so krank gewesen, und sie fühlte, er würde schwach bleiben. Dann wäre sie stärker als er. Dann könnte sie ihn lieben. Wenn sie in seiner Schwäche Herrin über ihn sein könnte, für ihn sorgen könnte, wenn er sich auf sie stützen, sie ihn gewissermaßen in ihren Armen halten könnte, wie würde sie ihn da lieben!

Sobald der Himmel sich aufhellte und die Pflaumenblüte begann, fuhr Paul auf dem schweren Wagen des Milchmanns nach Willey Farm. Mr Leivers rief dem Jungen ein paar freundliche Worte zu, dann schnalzte er mit der Peitsche, und in der Frische des Morgens erklomm das Pferd langsam den Hügel. Weiße Wolken zogen ihres Wegs und ballten sich hinter den Hügeln zusammen, die im Frühling erwachten. Unter ihnen lag, tiefblau gegen die versengten Wiesen und die Dornbüsche, das Wasser des Nethermere.

Es war eine Fahrt von viereinhalb Meilen. In den Hecken öffneten sich winzige kupfergrün leuchtende Knospen zu Rosetten. Drosseln riefen, Amseln kreischten und schimpften. Es war eine neue, zauberhafte Welt.

Miriam spähte durchs Küchenfenster und sah, wie das Pferd durch das große weiße Tor auf den Hof trottete, hinter dem der noch kahle Eichenwald lag. Dann kletterte ein Junge in einem schweren Überzieher vom Wagen. Er streckte die Hände nach der Peitsche und der Decke aus, die der gutaussehende Bauer mit dem rötlichen Gesicht ihm hinabreichte.

Miriam erschien in der Tür. Sie war beinahe sechzehn und mit ihrer warmen Gesichtsfarbe, ihrem Ernst, ihren plötzlich wie in Verzückung geweiteten Augen sehr schön.

»Hör mal«, sagte Paul und wandte sich schüchtern zur Seite, »eure Narzissen sind ja fast schon raus. Ist das nicht sehr früh? Sehen die nicht ganz kalt aus?«

»Ganz kalt!«, sagte Miriam mit ihrer melodisch liebkosenden Stimme.

»Das Grün an ihren Knospen –«, und er verstummte ängstlich.

»Komm, ich nehm die Decke«, sagte Miriam überfreundlich.

»Ich kann sie selbst tragen«, antwortete er ziemlich gekränkt. Aber er überließ sie ihr doch.

Dann erschien Mrs Leivers.

»Du bist bestimmt müde, und dir ist kalt«, sagte sie. »Komm, ich nehm deinen Mantel. Der ist aber schwer – weit darfst du in dem nicht gehen.«

Sie half ihm aus dem Mantel. Solche Aufmerksamkeit war er nicht gewohnt. Vom Gewicht des Mantels wurde sie fast erdrückt.

»Tja, Mutter«, sagte der Bauer lachend, als er, die großen Milchkannen schwingend, durch die Küche kam: »Da hast du dir wohl mehr aufgepackt, als du tragen kannst.« Sie schüttelte für den Jungen die Sofakissen auf.

Die Küche war sehr klein und uneinheitlich. Ursprünglich war der Bauernhof eine Tagelöhnerhütte gewesen. Und die Möbel waren alt und überall angestoßen. Aber Paul gefiel das alles, ihm gefiel das Sacktuch, aus dem der Kaminvorleger war, der lustige kleine Winkel unter der Treppe und das schmale Fenster hinten in der Ecke, durch das er, wenn er sich etwas bückte, die Pflaumenbäume im Hintergarten und die lieblich gerundeten Hügel dahinter sehen konnte.

»Willst du dich nicht hinlegen?«, fragte Mrs Leivers.

»Ach nein – ich bin nicht müde«, antwortete er. »Es ist doch herrlich, hier herauszukommen, finden Sie nicht? Ich habe einen blühenden Schlehdorn gesehen und viel Schöllkraut. Ich bin ja so froh, dass es sonnig ist.«

»Kann ich dir etwas zu essen oder zu trinken anbieten?«

»Nein, danke.«

»Wie geht's deiner Mutter?«

»Ich glaube, in letzter Zeit ist sie sehr erschöpft – ich glaube, sie hatte zu viel zu tun. Vielleicht fährt sie bald mit mir nach Skegness. Dann kann sie sich erholen. Das würde mich freuen.«

»Ja«, erwiderte Mrs Leivers. »Es ist ein Wunder, dass sie nicht selbst krank ist.«

Miriam war mit der Zubereitung des Mittagessens beschäftigt. Paul beobachtete alles, was vor sich ging. Sein Gesicht war blass und schmal, aber seine Augen waren wie immer flink und lebenshell. Er beobachtete die seltsame, fast schwärmerische Art, wie das Mädchen sich bewegte, wenn sie eine große Kasserolle zum Ofen trug oder sich über einen Kochtopf beugte. Hier herrschte eine andere Atmosphäre als bei ihm zu Hause, wo alles so gewöhnlich schien. Wenn Mr Leivers draußen laut nach dem Pferd rief, das den Hals vorreckte, um im Garten an den Rosensträuchern zu knabbern, schrak das Mädchen zusammen und sah mit dunklen Augen um sich, als sei etwas in ihre Welt eingebrochen. Eine Stille lag über dem Haus. Miriam wirkte wie in einem märchenhaften Traum befangen, eine Magd in Knechtschaft, deren Geist sich in ein fernes Zauberland hinüberträumte. Ihr verschossenes altes blaues Kleid und ihre zerrissenen Stiefel kamen ihm vor wie die malerischen Lumpen von König Cophetuas Bettlermädchen.

Plötzlich bemerkte sie, dass seine scharfen blauen Augen auf ihr ruhten, sie ganz in sich aufnahmen. Sofort schmerzten sie ihre abgerissenen Stiefel und ihr ausgefranstes altes Kleid. Es ärgerte sie, dass er alles sah. Sogar er wusste nun, dass ihr Strumpf nicht hochgezogen war. Sie errötete tief und ging in die Spülküche. Und danach zitterten ihre Hände bei der Arbeit ein wenig; fast alles, was sie berührte, ließ sie fallen. Wenn ihr innerer Traum erschüttert wurde, bebte ihr Körper vor Angst. Es ärgerte sie, dass er so viel sah.

Mrs Leivers setzte sich eine Zeit lang zu dem Jungen, um sich mit ihm zu unterhalten, obwohl sie bei der Arbeit gebraucht wurde. Sie war zu höflich, um ihn allein zu lassen. Aber dann entschuldigte sie sich doch und stand auf. Nach einer Weile spähte sie in den zinnernen Topf.

»Liebe Güte, Miriam«, rief sie, »die Kartoffeln haben ja gar kein Wasser mehr!«

Wie von der Tarantel gestochen zuckte Miriam zusammen.

»Wirklich, Mutter?«, rief sie.

»Mir wär's ja gleich, Miriam«, sagte die Mutter, »wenn ich sie dir nicht anvertraut hätte.« Sie blickte wieder in den Topf.

Das Mädchen erstarrte, als hätte man ihr einen Schlag versetzt. Ihre dunklen Augen weiteten sich, sie rührte sich nicht vom Fleck.

»Aber ich bin sicher«, antwortete sie ganz verlegen vor Scham, »dass ich vor fünf Minuten noch nachgeschaut habe.«

»Ja«, sagte die Mutter. »Ich weiß, so was geht schnell.«

»Sie sind aber nicht sehr angebrannt«, meinte Paul. »Nicht weiter schlimm, oder?«

Mrs Leivers sah den Jungen mit ihren traurigen braunen Augen an.

»Es wäre nicht weiter schlimm, wenn die Buben nicht wären«, sagte sie zu ihm. »Aber Miriam weiß ja, was die für ein Theater machen, wenn die Kartoffeln angebrannt sind.«

»Dann sollten Sie sie nicht so ein Theater machen lassen«, dachte Paul bei sich.

Nach einer Weile kam Edgar herein. Er trug Gamaschen, und seine Stiefel waren lehmverkrustet. Für einen Bauern war er ziemlich klein, ziemlich steif. Er warf einen Blick auf Paul, nickte ihm kühl zu und sagte:

»Steht das Mittagessen bereit?«

»Gleich, Edgar«, erwiderte die Mutter kleinlaut.

»Ich für mein Teil bin so weit«, sagte der junge Mann, nahm die Zeitung zur Hand und las. Kurz darauf trabte der Rest der Familie herein. Es wurde aufgetragen. Die Mahlzeit verlief eher ungehobelt. Die übergroße Freundlichkeit und der kleinlaute Ton der Mutter unterstrichen das rohe Benehmen der Söhne nur noch. Edgar kostete die Kartoffeln, wobei er den Mund rasch wie ein Kaninchen bewegte, dann blickte er die Mutter entrüstet an und sagte:

»Die Kartoffeln sind angebrannt, Mutter!«

»Ja, Edgar – ich habe sie eine Minute aus den Augen gelassen. Vielleicht nimmst du Brot, wenn du sie nicht essen kannst.«

Wütend sah Edgar zu Miriam hin.

»Was hatte denn Miriam zu tun, dass sie nicht auf sie aufpassen konnte?«, fragte er.

Miriam blickte auf. Ihr Mund öffnete sich, ihre dunklen Augen funkelten und zuckten, aber sie sagte nichts. Sie schluckte Groll und Scham hinunter und senkte den dunklen Kopf.

»Sie hat sich bestimmt Mühe gegeben«, sagte die Mutter.

»Nicht mal zum Kartoffelkochen reicht ihr Verstand«, sagte Edgar. »Wozu ist sie überhaupt noch im Haus?«

»Doch nur, um alles aufzufuttern, was in der Speisekammer steht«, sagte Maurice.

»Diese Kartoffelpastete werden sie unserer Miriam nie vergessen«, sagte der Vater lachend. Miriam war aufs äußerste gedemütigt. Die Mutter saß schweigend da und litt wie eine Heilige, die an diesem groben Tisch fehl am Platz war.

Paul war verwirrt. Undeutlich fragte er sich, weshalb wegen ein paar angebrannter Kartoffeln so hitzige Aufregung herrschte. Die Mutter erhob alles, selbst die kleinste Hausarbeit, zu einer Frage religiösen Vertrauens. Die Söhne verübelten es ihr; sie hatten das Gefühl, dass ihnen der Boden unter den Füßen weggezogen wurde, und reagierten mit Grobheiten und spöttischem Hochmut.

Paul entwickelte sich eben vom Kind zum Mann. Diese Atmosphäre, in der alles einen religiösen Wert annahm, übte eine subtile Faszination auf ihn aus. Es lag etwas in der Luft. Seine eigene Mutter dachte immer nur logisch. Hier war etwas anderes, etwas, das er liebte, etwas, das er zuweilen aber auch hasste.

Miriam stritt wild mit ihren Brüdern. Später am Nachmittag, als sie wieder aus dem Haus waren, sagte ihre Mutter:

»Beim Mittagessen hast du mich enttäuscht, Miriam.«

Das Mädchen ließ den Kopf hängen.

»Das sind solche Rohlinge!«, rief sie plötzlich und sah mit blitzenden Augen auf.

»Aber hattest du nicht versprochen, nicht auf sie einzugehen?«, fragte die Mutter. »Und ich habe dir geglaubt. Ich kann's nicht haben, wenn ihr euch in den Haaren liegt.«

»Aber sie sind so abscheulich!«, rief Miriam. »Und – und so niederträchtig.«

»Ja, Liebling. Aber wie oft habe ich dich gebeten, Edgar keine patzigen Antworten zu geben. Kannst du ihn nicht reden lassen, was er will?«

»Aber warum soll er denn reden, was er will?«

»Bist du nicht stark genug, das zu ertragen, Miriam, wenigstens um meinetwillen? Bist du so schwach, dass du dich mit ihnen zanken musst?«

Mrs Leivers hielt unerschütterlich an der Lehre vom »Hinhalten der anderen Wange« fest. Den Jungen konnte sie diese ganz und gar nicht einflößen. Bei den Mädchen hatte sie mehr Erfolg, und Miriam war das Kind ihres Herzens. Die Jungen hassten die andere Wange, wenn sie ihnen dargeboten wurde. Oft war Miriam so hochherzig, dass sie sie ihnen hinhielt. Dann spien sie sie an und hassten sie. Sie aber ging einher in ihrer stolzen Demut und lebte in sich gekehrt.

In der Familie Leivers herrschte stets dieser Eindruck von Streit und Zwietracht. Obwohl die Jungen den dauernden Appell an ihre tieferen Gefühle der Ergebenheit und der stolzen Demut bitter übelnahmen, verfehlte er doch nicht seine Wirkung auf sie. Zwischen sich und einem Außenstehenden konnten sie nicht einmal die gewöhnlichsten menschlichen Gefühle oder einfache Freundschaft herstellen: Immer suchten sie rastlos nach etwas Tieferem. Gewöhnliche Leute kamen ihnen flach, belanglos und unbedeutend vor. Und deshalb war der einfachste gesellschaftliche Verkehr ihnen ungewohnt, sie waren schmerzlich unbeholfen darin, litten und waren doch anmaßend in ihrer Überlegenheit. Unter alledem lebte die Sehnsucht nach jener Seelenvertrautheit, die sie nicht erlangen konnten, weil sie zu stumpf dafür waren, und jeder Versuch einer engeren Verbindung wurde durch ihre plumpe Verachtung anderer Menschen vereitelt. Sie wünschten sich echte Vertrautheit, konnten sich aber niemandem auch nur auf die übliche Art nähern, da sie es verschmähten, den ersten Schritt zu tun, da sie die Belanglosigkeiten verschmähten, die nun einmal den allgemeinen Umgang miteinander ausmachen.

Paul verfiel Mrs Leivers' Zauber. Wenn er bei ihr war, bekam alles eine religiöse, eine gesteigerte Bedeutung. Seine wunde, hochentwickelte Seele suchte sie, als wäre sie Nahrung. Gemeinsam schienen sie aus jeder Erfahrung den wesentlichen Gehalt zu destillieren.

Miriam war die Tochter ihrer Mutter. Im nachmittäglichen Sonnenschein gingen Mutter und Tochter mit Paul über die Felder. Sie suchten Nester. In der Hecke beim Obstgarten war das Nest eines Zaunkönigs.

»Das musst du dir anschauen«, sagte Mrs Leivers.

Er kauerte sich nieder und steckte vorsichtig den Finger durch die Dornen in die runde Öffnung des Nests.

»Es ist fast, als würde man das lebendige Innere des Vogels abtasten«, sagte er, »so warm ist es. Angeblich macht ein Vogel sein Nest dadurch so becherrund, dass er mit der Brust dagegen drückt. Aber ich würde gern wissen, wie er dann auch die Decke so rund gemacht hat.« Für die beiden Frauen schien das Nest zum Leben zu erwachen. Von da an kam Miriam jeden Tag, um es anzuschauen. Es schien ihr nahezugehen. Als Paul mit dem Mädchen an der Hecke entlanglief, bemerkte er am Grabenrand wieder das Schöllkraut, eingekerbte Goldflecken.

»Es gefällt mir«, sagte er, »wenn die Blütenblätter in der Sonne flach werden. Sie scheinen sich gegen die Sonne zu pressen.«

Und von da an zog das Schöllkraut sie wie mit Zauberkraft an. Sie musste immer alles vermenschlichen und spornte ihn an, die Dinge in diesem Licht zu würdigen, erst dann lebten sie für sie. Es schien, als müssten die Dinge sich erst in ihrer Einbildungskraft oder in ihrer Seele entzünden, ehe sie das Gefühl hatte, sie zu besitzen. Vom gewöhnlichen Leben war sie durch ihre religiöse Inbrunst abgeschnitten, die die Welt für sie zu einem Klostergarten machte, zu einem Paradies, in dem es weder Sünde noch Erkenntnis gab, oder aber zu etwas Hässlichem, Grausamem.

In dieser Atmosphäre zarter Vertrautheit, dieser Übereinstimmung in ihren Empfindungen für einen Naturgegenstand begann ihre Liebe.

Bei ihm selbst dauerte es geraume Zeit, bis er sich Miriam vor Augen führte. Nach seiner Krankheit musste er zehn Monate zu Hause bleiben. Für eine Weile fuhr er mit seiner Mutter nach Skegness und war vollkommen glücklich. Doch selbst aus dem Seebad schrieb er Mrs Leivers lange Briefe über Strand und Meer. Und er brachte seine geliebten Skizzen von der flachen Lincoln-Küste mit, die sie unbedingt sehen sollten. Fast interessierten sie die Leivers mehr als seine Mutter. Aber nicht an seiner Kunst war Mrs Morel gelegen, sondern an ihm selbst und seiner Leistung. Dabei waren Mrs Leivers und ihre Kinder fast seine Schüler. Sie entflammten ihn und ließen ihn bei seiner Arbeit erglühen, während der Einfluss seiner Mutter ihn ruhig, entschlossen, geduldig, beharrlich, unermüdlich machen sollte.

Bald schloss er Freundschaft mit den Jungen, deren Grobheit nur äußerlich war. Sobald sie Vertrauen in sich selbst haben konnten, waren sie allesamt von sonderbarer Sanftmut und Liebenswürdigkeit.

»Kommst du mit auf die Brache?«, fragte Edgar ziemlich zaghaft. Freudig ging Paul mit und verbrachte den Nachmittag damit, dass er seinem Freund beim Hacken oder beim Ausheben der Rüben half. Mit den drei Brüdern lag er immer im Heu, das in der Scheune aufgeschichtet war, und erzählte ihnen von Nottingham und von Jordan's. Dafür brachten sie ihm das Melken bei und ließen ihn kleinere Arbeiten verrichten, Heu schneiden oder Rüben stampfen, wozu er gerade Lust hatte. Im Sommer arbeitete er mit ihnen die ganze Heuernte hindurch, und dann liebte er sie. Die Familie war von der Welt wirklich ganz abgeschnitten. Irgendwie kamen sie ihm vor wie »*les derniers fils d'une race épuisée*«. Wenngleich die Burschen gesund und kräftig waren, so besaßen sie doch all die Überempfindlichkeit und Zurückhaltung, die sie so einsam, aber auch, hatte man erst einmal ihr Vertrauen gewonnen, zu so nahen, feinfühligen Freunden machte. Paul liebte sie innig, und sie ihn auch.

Miriam kam erst später. Er aber war, noch ehe sie irgendwelche Spuren bei ihm hinterließ, in ihr Leben eingetreten. Eines trüben Nachmittags, als die Männer auf dem Feld waren und die anderen in der Schule, nur Miriam und ihre Mutter waren zu Hause, sagte das Mädchen nach einigem Zögern zu ihm:

»Hast du schon die Schaukel gesehen?«

»Nein«, antwortete er. »Wo denn?«

»Im Kuhstall«, erwiderte sie.

Immer scheute sie davor zurück, ihm etwas zu bieten oder zu zeigen. Männer besitzen andere Wertmaßstäbe als Frauen, und über Dinge, die ihr lieb und teuer waren, hatten ihre Brüder so oft gespottet und gehöhnt.

»Dann komm«, sagte er und sprang auf.

Es gab zwei Kuhställe, zu beiden Seiten der Scheune einen. In dem niedrigen, dunkleren Stall befanden sich Stände für vier Kühe. Zeternd stoben die Hühner über die Krippenwand, als der Junge und das Mädchen auf das lange, dicke Seil zugingen, das in der Dunkelheit über ihren Köpfen vom Balken herabhing und um einen Pflock in der Wand geschlungen war.

»Das ist ja ein richtiges Tau!«, rief er anerkennend aus und setzte sich gleich hin, um es auszuprobieren. Dann stand er sofort wieder auf.

»Komm, du zuerst«, sagte er zu dem Mädchen.

»Sieh mal«, entgegnete sie und ging in die Scheune, »wir legen erst ein paar Säcke auf den Sitz.« Und sie machte die Schaukel bequem für ihn. Das bereitete ihr Vergnügen. Er hielt das Seil fest.

»Komm schon«, sagte er zu ihr.

»Nein, ich will nicht zuerst«, erwiderte sie.

In ihrer stillen, zurückhaltenden Art trat sie zur Seite.

»Warum?«

»Du zuerst«, bat sie.

Wohl zum ersten Mal in ihrem Leben empfand sie das Vergnügen, einem Mann nachzugeben, ihn zu verwöhnen. Paul sah sie an.

»Na gut«, sagte er und setzte sich. »Pass auf!«

Mit einem Sprung legte er los, und im Nu flog er durch die Luft, fast zur Scheunentür hinaus, deren obere Hälfte offen stand und den Blick nach draußen freigab: auf den nieselnden Regen, den schmutzigen Hof, das Vieh, das sich trostlos gegen den schwarzen Wagenschuppen drängte, und die grau-grüne Wand des Waldes im Hintergrund. Er blickte auf sie hinab, und sie sah, wie seine blauen Augen glänzten.

»Eine herrliche Schaukel«, sagte er.

»Ja.«

Er schwang durch die Luft, alles an ihm schwang, wie ein Vogel, der aus Lust an der Bewegung herabstößt. Und er blickte auf sie nieder. Ihre rote Schottenmütze hing ihr über die dunklen Locken, ihr schönes, warmes Gesicht, so still in einer Art Nachdenklichkeit, war zu ihm emporgehoben. Im Stall war es düster und recht kalt. Plötzlich flog eine Schwalbe vom hohen Dach herab und schoss zur Tür hinaus.

»Ich wusste gar nicht, dass uns ein Vogel zugesehen hat«, rief er.

Er schaukelte unachtsam. Sie spürte, wie er durch die Luft fiel und stieg, als trüge ihn irgendeine Kraft.

»Jetzt will ich sterben«, sagte er mit einer abgeklärten, träumerischen Stimme, als sei er selbst die ersterbende Bewegung der Schaukel. Sie beobachtete ihn wie gebannt. Plötzlich bremste er und sprang ab.

»Ich war lange genug dran«, sagte er. »Aber es ist eine herrliche Schaukel, wirklich eine herrliche Schaukel.«

Miriam war erfreut, dass er die Schaukel so ernst nahm und so warm für sie empfand.

»Nein, mach nur weiter«, sagte sie.

»Ja, willst du denn gar nicht?«, fragte er erstaunt.

»Nicht so richtig. Ich schaukle nur ein bisschen.«

Sie setzte sich, während er die Säcke für sie hielt.

»Es geht prima«, sagte er und schubste sie an. »Nimm die Hacken hoch, sonst schlagen sie noch gegen die Krippenwand.«

Sie spürte die Präzision, mit der er sie im richtigen Moment wieder auffing, die genau bemessene Kraft seines Stoßes, und sie bekam Angst. Bis in die Eingeweide flutete die heiße Woge der Angst. Sie war in seinen Händen. Wieder kam der Stoß im richtigen Moment, fest und unvermeidlich. Der Ohnmacht nahe, klammerte sie sich an das Seil.

»Ha!«, lachte sie ängstlich. »Nicht höher!«

»Aber du bist doch überhaupt nicht hoch«, wandte er ein.

»Aber nicht höher.«

Er hörte die Angst in ihrer Stimme und ließ ab. Als der Moment nahte, da er sie wieder nach vorn stoßen musste, schmolz ihr das Herz vor heißer Pein. Aber er ließ sie in Ruhe. Sie atmete auf.

»Willst du wirklich nicht weiter?«, fragte er. »Soll ich dich festhalten?«

»Nein, lass mich allein schaukeln«, antwortete sie.

Er trat beiseite und sah ihr zu.

»Du bewegst dich ja kaum«, sagte er.

Sie lachte leise vor Beschämung und stieg augenblicklich ab.

»Man sagt, wer schaukeln kann, wird nicht seekrank«, bemerkte er, als er sich wieder auf die Schaukel setzte. »Ich glaube, ich werde nie seekrank.«

Und los ging's. Etwas an ihm faszinierte sie. In diesem Augenblick war er nichts als ein Stück schwingendes Zeug, nicht ein Teilchen in ihm, das nicht schwang. Sie selbst könnte sich nie so verlieren, und ihre Brüder auch nicht. Es löste eine Wärme in ihr aus. Fast war es, als sei er eine Flamme, die eine Wärme in ihr erzeugte, während er mitten in der Luft schwang.

Und allmählich konzentrierte sich die Vertrautheit mit der Familie auf drei Personen: die Mutter, Edgar und Miriam. Bei der Mutter suchte er jenes Mitgefühl und jenen Anreiz, die ihm zu erlauben schienen, aus sich herauszugehen. Edgar war sein ganz besonders enger Freund. Und zu Miriam ließ er sich mehr oder weniger herab, da sie so demütig schien.

Aber allmählich kam das Mädchen ihm näher. Wenn er sein Skizzenbuch mitbrachte, war sie es, die am längsten über das neueste Bild nachdachte. Dann sah sie immer zu ihm auf. Plötzlich leuchteten ihre dunklen Augen wie Wasser, das im Dunkeln von einem Goldstrom zittert, und sie fragte:

»Warum gefällt mir das so?«

Etwas in seiner Brust schauderte immer zurück vor diesen innig-vertrauten, diesen verwirrten Blicken.

»Und – warum?«

»Ich weiß nicht – es scheint so wahr.«

»Das liegt daran – das liegt daran, dass kaum Schatten drin ist – es schimmert eher – als hätte ich das schimmernde Protoplasma in den Blättern und überall sonst gemalt und nicht die Steifheit der Form. Die kommt mir tot vor. Nur dieses Schimmern ist wirkliches Leben. Die Form ist eine tote Kruste. Der Schimmer ist eigentlich im Innern.«

Und mit dem kleinen Finger im Mund dachte sie über diese Aussprüche nach. Sie gaben ihr ein neues Lebensgefühl und belebten Dinge, die für sie keine Bedeutung gehabt hatten. Es gelang ihr, seinen langatmigen, abstrakten Reden einen Sinn abzugewinnen. Und sie waren das Mittel, durch das sie mit ihren geliebten Gegenständen deutlich in Berührung kam.

Einmal saß sie bei Sonnenuntergang neben ihm, während er einige Kiefern malte, in denen sich die rote Glut des Westens fing. Er hatte geschwiegen.

»Na bitte!«, sagte er plötzlich. »Das wollte ich. Nun schau sie dir an und sag mir, sind das Kiefernstämme, oder sind das rote Kohlen, aufrechtstehende Feuersäulen im Dunkel? Da hast du den brennenden Dornbusch Gottes, der nicht verzehrt ward.«

Miriam sah hin und erschrak. Aber die Kiefern kamen ihr wunderbar vor und so deutlich. Er packte seinen Malkasten zusammen und stand auf. Plötzlich blickte er sie an.

»Warum bist du immer so traurig?«, fragte er.

»Traurig?«, rief sie und sah aus bestürzten, wunderbar braunen Augen zu ihm auf.

»Ja«, erwiderte er. »Du bist immer, immer traurig.«

»Bin ich nicht – kein bisschen!«, rief sie.

»Aber selbst deine Freude ist wie eine Flamme, die aus der Traurigkeit aufschießt«, beharrte er. »Du bist nie froh oder auch nur so-so.«

»Nein«, überlegte sie. »Ich verstehe auch nicht – warum –«

»Weil du nicht – weil du innerlich anders bist – wie eine Kiefer – und dann flammst du auf – aber du bist nicht wie ein gewöhnlicher Baum, mit unruhigen Blättern und hübschen –«

Er verfing sich in seinen eigenen Worten; aber sie grübelte darüber nach, und er hatte die sonderbar erregende Empfindung, als sei sein Fühlen ganz neu. Sie war ihm so nahe. Das war ein sonderbarer Anreiz.

Manchmal aber hasste er sie. Ihr jüngster Bruder war erst fünf. Ein schwacher Bursche mit großen braunen Augen in einem merkwürdig zarten Gesicht; einer aus Reynolds' »Chor der Engel«, der etwas Elfisches in seinem Wesen hatte. Miriam kniete oft vor dem Kind nieder und zog es an sich.

»Ach, mein Hubert!«, sang sie dann mit schwerer, liebessatter Stimme. »Ach, mein Hubert!«

Sie nahm ihn in die Arme und wiegte ihn zärtlich hin und

her, das Gesicht halb gehoben, die Augen halb geschlossen, die Stimme von Liebe durchtränkt.

»Nicht!«, sagte das Kind unruhig. »Nicht, Miriam.«

»Ja, du liebst mich, nicht wahr?«, murmelte sie tief in der Kehle, beinahe so, als wäre sie in Trance, und wiegte sich mit ihm, als vergingen ihr in einem Liebestaumel die Sinne.

»Nicht!«, wiederholte das Kind und zog die glatte Stirn kraus.

»Du liebst mich, nicht wahr?«, murmelte sie.

»Warum machst du so ein Theater?«, rief Paul, der unter ihrer außergewöhnlichen Erregung furchtbar litt. »Warum kannst du nicht normal mit ihm umgehen?«

Wortlos ließ sie von dem Kind ab und erhob sich. Ihre Leidenschaftlichkeit, die sich mit keiner gewöhnlichen Gefühlsregung begnügte, reizte den Jungen bis zur Weißglut. Und dieser schrecklich nackte Kontakt ihrer Seele bei den geringsten Anlässen empörte ihn. Er war an die Zurückhaltung seiner Mutter gewöhnt. Und bei solchen Anlässen war er in Herz und Seele dankbar, dass er seine Mutter hatte, so vernünftig und gesund.

Das ganze Leben von Miriams Körper lag in ihren Augen, die meist dunkel waren wie eine dunkle Kirche, die jedoch aufflammen konnten wie eine Feuersbrunst. Ihr Gesicht verlor kaum je seinen grüblerischen Ausdruck. Sie hätte eine von den Frauen sein können, die mit Maria gingen, als Jesus tot war. Ihr Körper selbst war unbiegsam und unlebendig, ihr Gang schwingend, aber recht schwerfällig, der Kopf nachdenklich vorgebeugt. Sie war nicht unbeholfen, und doch schien keine ihrer Bewegungen die einzig richtige zu sein. Wenn sie das Geschirr abtrocknete, stand sie oft bestürzt und beklommen da, weil sie eine Tasse oder ein Glas zerbrochen hatte. Es war, als strenge sie sich aus Furcht und mangelndem Selbstvertrauen zu sehr an bei ihrer Arbeit. Sie hatte nichts Gelöstes oder Hingebungsvolles. Alles packte sie verkrampft an, und ihre übertriebene Anstrengung scheiterte an sich selbst.

Nur selten wich sie von ihrem schwingenden, nach vorn gerichteten, angespannten Gang ab. Manchmal rannte sie mit Paul über die Felder. Dann flammten ihre Augen ungeschützt in einer Art Verzückung, die ihn ängstigte. Körperlich aber war sie furchtsam. Wenn sie über einen Zauntritt kletterte, ergriff sie in kleiner, harter Qual seine Hände und verlor jede Geistesgegenwart. Und er konnte sie nicht überreden, auch nur aus geringer Höhe herabzuspringen. Ihre Augen weiteten sich und zitterten unverhüllt.

»Nein!«, rief sie und lachte halb vor Entsetzen. »Nein!«

»Und ob!«, rief er einmal und riss sie nach vorn, so dass sie vom Zaun stürzte. Aber ihr wildes »Ah!« des Schmerzes, als verlöre sie das Bewusstsein, schnitt ihm ins Herz. Sie landete sicher auf den Füßen, und danach hatte sie wenigstens in dieser Hinsicht Mut.

Oft gingen sie, Paul und Miriam, über die Felder zum Nethermere. Paul war von Natur aus flink und sehr behände, tanzte hierhin und dorthin. Sie aber hielt sich fast starr an den vorgeschriebenen Weg. Und allmählich schloss er auf, fiel in ihren Schritt ein und ging mit gesenktem Kopf neben ihr her. Bis sie zum Wasser kamen. Das Seeufer war mit weißen Schwanenfedern übersät. Sie setzten sich auf den Kieselstrand. Plötzlich erblickte er einen schönen flachen Stein, sprang auf und ließ ihn über die Wasseroberfläche schnellen.

»Kannst du ditschen?«, fragte er.

»Nicht sehr gut«, antwortete sie und schüttelte den Kopf. Sie blieb sitzen und sah ihm zu.

»Hast du das gesehen?«, rief er. »Vier Sprünge!«

»Ja«, sagte sie und lobte ihn. »Das war sehr gut.« Aber bald hörte er auf, kam herbei und setzte sich wieder neben sie.

»Warum willst du nicht auch mal ditschen?«, fragte er.

»Weiß nicht«, antwortete sie.

»Du willst nie irgendetwas spielen«, sagte er.

»Ja, weißt du, ich muss im Haushalt arbeiten.«

Er setzte den Streit nicht fort. Sie verlegten sich auf ein Gespräch über Bücher.

Sie war mit ihrem Los sehr unzufrieden.

»Bist du denn nicht gern im Haus?«, fragte Paul sie überrascht.

»Wer wäre das schon?«, antwortete sie leise und angespannt. »Was nutzt es denn? Den ganzen Tag mache ich sauber, was die Jungens in fünf Minuten wieder schmutzig machen. Ich will nicht zu Hause sein.«

»Was willst du denn?«

»Ich will etwas tun. Ich will eine Chance wie jeder andere auch. Warum soll ich, nur weil ich ein Mädchen bin, zu Hause bleiben und nichts werden dürfen? Was für eine Chance habe ich denn?«

»Chance wozu?«

»Etwas zu wissen – zu lernen – etwas zu tun. Das ist nicht gerecht, nur weil ich eine Frau bin.«

Sie schien sehr verbittert. Paul überlegte. Bei ihm zu Hause war Annie fast froh darüber, dass sie ein Mädchen war. Sie hatte nicht so viel Verantwortung, für sie war alles leichter. Sie wollte nie etwas anderes als ein Mädchen sein. Miriam dagegen wünschte sich fast ingrimmig, sie wäre ein Mann. Und gleichzeitig hasste sie die Männer doch.

»Aber es ist doch einerlei, ob man eine Frau oder ein Mann ist«, sagte er und runzelte die Stirn.

»Ha! – Ist es das? Männer haben alles.«

»Ich finde, Frauen sollten darüber, dass sie Frauen sind, genauso froh sein wie Männer darüber, dass sie Männer sind«, entgegnete er.

»Nein!« Sie schüttelte den Kopf. »Nein! Alles haben die Männer.«

»Aber was willst du denn?«, fragte er.

»Ich will lernen. Warum sollte es so sein, dass ich nichts weiß?«

»Was denn – Mathematik und Französisch etwa –?«

»Warum sollte ich keine Mathematik können? – Ja!«, rief sie, und ihre Augen weiteten sich vor Trotz.

»Du kannst so viel lernen, wie ich weiß«, sagte er. »Wenn du magst, bring ich's dir bei.«

Wieder riss sie die Augen auf. Sie misstraute ihm als Lehrer.

»Willst du?«, fragte er.

Sie hatte den Kopf gesenkt und lutschte grübelnd an ihrem Finger.

»Ja«, sagte sie zögernd.

Dies alles erzählte er immer seiner Mutter.

»Wolltest du auch einmal ein Mann sein, Mutter?«, fragte er.

»Manchmal schon – aber es ist albern – und nein, eigentlich will ich nichts anderes sein als ich selbst und wollte es nie.«

»Warum wolltest du ein Mann sein, wenn auch nur manchmal?«

»Nun, mein Junge«, sagte sie lachend, »ich dachte, ich könnte mehr daraus machen als die meisten Männer – was nicht weiter verwunderlich ist.«

»Ich will keine Frau sein«, erwiderte er nachdenklich. »Und ich glaube nicht, dass ich eine bessere Frau als irgendeine Frau sein könnte.«

»Nein«, sagte seine Mutter lachend. »Das glaube ich auch nicht. – Aber manchmal haben wir das Gefühl, dass wir unsere Sache besser machen könnten als Männer.«

»Du könntest es vielleicht, Mutter«, sagte er.

»Na ja!«, erwiderte sie mit einem belustigten Naserümpfen. »Und mein Junge«, fuhr sie fort, »alles, was natürlich ist, freut sich, es selbst zu sein. Und wenn eine Frau unbedingt ein Mann sein will, kannst du dein Leben darauf verwetten, dass sie als Frau nicht viel taugt.«

»Ich hasse es, wenn eine Frau ein Mann sein will«, sagte er.

»Es beweist, dass ihr Stolz als Frau ziemlich gering ist«, entgegnete sie. Immer kam er zu seiner Mutter und machte sie zum Prüfstein von allem.

»Ich werde Miriam Algebra beibringen«, sagte er.

»Nun«, erwiderte sie, »hoffentlich wird sie reich davon.«

Als er am Montagabend zum Hof ging, brach schon die Dämmerung herein. Miriam fegte gerade die Küche aus und kniete vor dem Herd, als er eintrat. Alle anderen waren aus dem Haus gegangen. Errötend sah sie sich nach ihm um. Ihre dunklen Augen leuchteten, ihr feines Haar fiel ihr ums Gesicht.

»Hallo«, sagte sie weich und wohlklingend. »Ich wusste, dass du's warst.«

»Wieso?«

»Ich hab deinen Schritt erkannt. Niemand tritt so rasch und fest auf.«

Seufzend setzte er sich.

»Lust auf ein bisschen Algebra?«, fragte er und zog ein kleines Buch aus der Tasche.

»Aber –!« Er spürte, wie sie zurückwich.

»Du hast doch gesagt, du wolltest«, beharrte er.

»Aber heute Abend –?« Sie stockte.

»Deswegen bin ich ja gekommen. Und wenn du lernen willst, musst du irgendwann damit anfangen.«

Sie fegte die Asche auf die Kehrichtschaufel und sah ihn halb zitternd, halb lachend an.

»Ja, aber heute Abend! – Du siehst doch, dass ich nicht daran gedacht habe.«

»Ach, du meine Güte – nimm schon die Asche und komm.«

Er ging hinaus und setzte sich auf die Steinbank im Hinterhof, wo die umgedrehten großen Milchkannen zum Lüften standen. Die Männer waren in den Kuhställen. Er hörte den leisen Singsang der Milch, die in die Eimer spritzte. Gleich darauf kam sie und brachte ein paar dicke grünliche Äpfel mit.

»Die magst du doch so gern«, sagte sie.

Er biss hinein.

»Setz dich«, sagte er mit vollem Mund.

Sie war kurzsichtig und blickte ihm über die Schulter. Das ärgerte ihn. Rasch gab er ihr das Buch.

»Hier«, sagte er. »Es sind Buchstaben anstelle von Zahlen. Statt ›2‹ oder ›6‹ schreibst du ›a‹.«

Sie arbeiteten. Er erklärte, sie beugte den Kopf über das Buch.

Er war schnell und hastig. Sie antwortete nie. Manchmal, wenn er von ihr wissen wollte: »Begreifst du denn?«, sah sie zu ihm auf, die Augen von dem halben Lachen geweitet, das von der Angst herrührt.

»Begreifst du denn nicht?«, rief er.

Er war zu schnell vorgegangen. Aber sie sagte nichts. Er fragte sie weiter aus und erhitzte sich. Es brachte sein Blut in Wallung, sie dort zu sehen, als sei sie ihm ausgeliefert: mit offenem Mund, die Augen geweitet vor Lachen, einem Lachen, das bänglich, schüchtern, beschämt war. Dann kam Edgar mit zwei Eimern Milch des Wegs.

»Hallo!«, sagte er. »Was treibt ihr denn da?«

»Algebra«, antwortete Paul.

»Algebra!«, wiederholte Edgar neugierig. Dann ging er lachend weiter. Paul biss in den vergessenen Apfel, besah sich die jämmerlichen Kohlköpfe im Garten, in die das Geflügel Spitzenmuster gepickt hatte, und wollte sie herausziehen. Dann warf er einen Blick auf Miriam. Sie brütete über dem Buch, schien ganz darein vertieft und zitterte doch vor Angst, es nicht zu verstehen. Das ärgerte ihn. Schön sah sie aus mit ihrem geröteten Gesicht. Innerlich jedoch schien sie das Algebrabuch inständig anzuflehen. Schaudernd klappte sie es zu, weil sie wusste, dass er böse mit ihr war. Und in demselben Augenblick wurde er sanft, denn er sah, wie sehr es sie schmerzte, dass sie nicht begriff.

»Sag mir, was dir schwer vorkommt«, sagte er zärtlich.

Bei diesem neuen Ton blickte sie ihn plötzlich an, aus dunklen Augen, die überanstrengt wirkten. Das schmerzte ihn, und eine Woge der Zärtlichkeit überkam ihn.

»Weißt du, mir kommt's leicht vor«, sagte er. »Ich bin damit vertraut, und dann vergesse ich. Sieh mal –«

Dann ging er die Aufgabe geduldig und sanft noch einmal von vorn durch. Edgar war gekommen und stand hinter ihnen. Miriams dunkler Schopf befand sich unter Pauls Augen. Sie hatte einen kleinen Kopf, der von schwarzen Locken umflossen war wie von Seide. Sie wirkte überanstrengt. Ihre Stimme war stets wie eine Liebkosung.

»Ich kapier's!«, rief Edgar plötzlich von hinten. »Aber – das –«

Und sein dicker Zeigefinger senkte sich auf das Buch. Miriam zuckte zurück. Paul drehte sich zu seinem Freund um. Edgar war ein hübscher Kerl, und seine braunen Augen, gesund und kräftig, wirkten interessiert. Ihm etwas zu erklären war wie ein Hauch frischer Luft.

Paul unterrichtete Miriam regelmäßig. Die Stunden fanden meist in der guten Stube statt. Munter begann der Junge dort. Sie hatte gebüffelt, wusste immer, welche Hausaufgaben er ihr in der Vorwoche aufgegeben hatte. Oft wusste sie es genauer als er. Aber sie begriff nur langsam. Und wenn sie sich in der Gewalt hatte und vor der Lektion überaus demütig wirkte, geriet sein Blut in Wallung. Dann tobte er, schämte sich, fuhr mit dem Unterricht fort und wurde wieder wütend und beschimpfte sie. Manchmal, sehr selten, verteidigte sie sich. Ihre feuchten dunklen Augen funkelten ihn an.

»Du lässt mir keine Zeit, es zu lernen«, sagte sie.

»Na schön«, erwiderte er, warf das Buch auf den Tisch und zündete sich eine Zigarette an. Nach einer Weile kam er reumütig zu ihr zurück. So verliefen die Unterrichtsstunden. Immer war er entweder in Rage oder ganz sanft.

»Warum erbebt deine *Seele* davor?«, rief er. »Mit deiner verflixten Seele lernst du keine Algebra. Kannst du sie nicht mit deinem klaren, schlichten Verstand angehen?«

Wenn er in die Küche ging, sah Mrs Leivers ihn oft vorwurfsvoll an und sagte:

»Paul, sei nicht so streng mit Miriam. Sie mag ja nicht ganz so fix sein – aber Mühe gibt sie sich bestimmt.«

»Ich kann nichts dafür«, sagte er recht kläglich. »Ich gehe einfach in die Luft.«

»Du bist mir doch nicht böse, Miriam?«, fragte er das Mädchen später.

»Nein«, beruhigte sie ihn mit ihrer schönen, tiefen Stimme. »Nein, ich bin dir nicht böse.«

»Sei mir nicht böse, es ist meine Schuld.«

Doch wenn er bei ihr war, begann er gegen seinen Willen vor Wut zu kochen. Seltsam, dass ihn niemand sonst so zornig machte. Er brauste auf. Einmal warf er ihr den Bleistift ins Gesicht. Da herrschte Schweigen. Sie wandte das Gesicht leicht zur Seite.

»Ich wollte dir nicht –«, begann er, kam aber nicht weiter, weil er sich bis auf die Knochen geschwächt fühlte. Nie machte sie ihm Vorwürfe oder war böse mit ihm. Oft schämte er sich schrecklich. Trotzdem platzte seine Wut wieder wie eine übervolle Blase. Und wenn er ihr eifriges, stummes, gewissermaßen blindes Gesicht sah, kam ihm der Wunsch, den Bleistift hineinzuwerfen. Aber wenn er ihre zitternde Hand und ihren leidvoll geöffneten Mund sah, brannte sein Herz vor Qual. Und wegen der Leidenschaft, die sie in ihm weckte, suchte er sie.

Dann wieder mied er sie oft und ging mit Edgar. Miriam und ihr Bruder waren natürliche Gegensätze. Edgar war Freidenker, er war neugierig und hatte so etwas wie ein wissenschaftliches Interesse am Leben. Für Miriam war es sehr bitter, mitansehen zu müssen, dass Paul sie Edgar zuliebe verließ, der so viel tiefer zu stehen schien. Aber bei ihrem älteren Bruder war der Junge sehr glücklich. Die beiden jungen Männer verbrachten ganze Nachmittage auf dem Land oder, wenn es regnete, auf dem Speicher, wo sie schreinerten. Sie unterhielten sich miteinander, oder Paul lehrte Edgar die Lieder, die er selbst von Annie am Klavier gelernt hatte. Und oft führten alle Männer, auch Mr Leivers, erregte Debatten über die Verstaatlichung von Grund und Boden und verwandte Probleme. Paul hatte hierzu schon die Ansichten seiner Mutter gehört, und da er sie vorläufig noch teilte, stritt er für sie. Miriam wohnte den Versammlungen bei und beteiligte sich daran, wartete aber die ganze Zeit darauf, dass sie zu Ende gingen und ein persönlicher Gedankenaustausch zustande käme.

»Schließlich«, sagte sie bei sich, »bleiben Edgar, Paul und ich dieselben, auch wenn das Land verstaatlicht wird.«

So wartete sie darauf, dass der Junge zu ihr zurückkehrte.

Er lernte weiter malen. Nachts saß er gern allein mit seiner Mutter zu Hause und arbeitete und arbeitete. Sie nähte oder las. Wenn er von seiner Aufgabe aufblickte, ließ er die Augen einen Moment auf ihrem Gesicht verweilen, das vor lebendiger Wärme leuchtete, und wandte sich froh wieder seiner Arbeit zu.

»Am besten kann ich arbeiten, wenn du dort in deinem Schaukelstuhl sitzt, Mutter«, sagte er.

»Das glaube ich wohl!«, rief sie und rümpfte mit gespielter Skepsis die Nase. Aber sie spürte, dass es so war, und ihr Herz zitterte vor Helligkeit. Viele Stunden saß sie still und war sich undeutlich bewusst, dass er sich abmühte, während sie nähte oder in ihrem Buch las. Und er, der den Bleistift mit aller Seelenstärke führte, empfand ihre Wärme in seinem Innern wie eine Kraft. Beide waren sehr glücklich so, und beide waren sich dessen nicht bewusst. Diese Momente, die so viel bedeuteten und die wirkliches Leben waren, beachteten sie fast gar nicht.

Bewusst lebte er nur, wenn er angeregt wurde. Hatte er eine Skizze beendet, wollte er sie immer gleich zu Miriam tragen. Dann erst wurde er zu einer Erkenntnis des Werkes angeregt, das er unbewusst geschaffen hatte. Durch den Kontakt zu Miriam erlangte er Einsicht, seine Vision vertiefte sich. Bei seiner Mutter holte er sich die Lebenswärme, die Schaffenskraft; Miriam steigerte diese Wärme zur Intensität von Weißlicht.

Als er wieder in die Fabrik zurückkehrte, waren die Arbeitsbedingungen besser. Die Mittwochnachmittage hatte er frei, um die Kunstschule zu besuchen – eine Maßnahme Miss Jordans –, und kam am Abend zurück. Dienstag- und freitagabends schloss die Fabrik bereits um sechs statt um acht.

In Bestwood gab es eine ordentliche kleine Bücherei, für die die Mitgliedschaft nur vier Shilling sechs Pence betrug. Mrs Morel und Mrs Leivers waren beide beigetreten, als ihre Kinder heranwuchsen. Die Bücherei in zwei Räumen des Handwerkersaals war jeden Donnerstagabend von 19 bis 21 Uhr geöffnet. Paul nahm immer die Bücher für seine Mutter entgegen, die eine beträchtliche Menge las, und Miriam stapfte mit fünf oder sechs Bänden für ihre Familie davon. Die zwei machten es sich zur Gewohnheit, sich in der Bücherei zu treffen.

Paul kannte die beiden kleinen Räume mit den Büchern an sämtlichen Wänden. Es war warm, in der Ecke brannte ein großes Kaminfeuer. Mr Sleath, der Bibliothekar, hatte einen weißen Backenbart, der sein kindliches Gesicht rahmte. Er war groß und wissbegierig, aber sehr herzlich, kannte jeden und jedermanns Verhältnisse. Mr Smedley war rundlich, kahlköpfig und schlau.

Paul stand wartend da, während Mr Sleath seinen Schwatz mit dem letzten Büchereimitglied beendete. Dann ließ er seine Bücher auf den Tresen fallen. Mr Sleath betrachtete ihn mit einem lebhaften, aber leeren Blick aus seinen alten blauen Augen.

»Zweiundzwanzig siebenundfünfzig«, sagte Paul.

Der Bibliothekar – einer der Bürovorsteher der Bergwerksgesellschaft und im Vergleich zu dem Jungen ein richtiger Gentleman – wiederholte die Zahlen fröhlich und blätterte in seinem großen Hauptbuch.

»Ha! – Ha!«, rief er aus, als er die Seite gefunden hatte. Dann sah er den Jungen warm und einladend an, rieb sich die Hände und sagte:

»Ha! – Na, Paul! – Ha! Wie geht's deiner Mutter?«

»Sehr gut«, antwortete Paul. »Danke.«

»Das ist recht! Am Sonntagabend war sie nicht im Gottesdienst.«

»Nein, sie hatte eine Ohrentzündung.«

»Oje – oje – das tut mir aber leid!«

»Ich dachte«, warf Mr Smedley ein, »du hättest gesagt, es geht ihr gut.« Paul entgegnete nichts und blickte auch nicht zu dem kleinen Mann hinter dem Tresen. Mr Sleath hakte die Bücher in seinem großen Hauptbuch ab. Mr Smedley legte Kohlen nach.

Mehrere Leute, die vor den Regalen standen, unterhielten sich unbefangen. Wenn sie auf dem Ziegelfußboden umherliefen, klackten ihre Absätze.

»Aber dieses Wochenende wird sie doch ausgehen können?«, fragte Mr Sleath, als er die Bücher abgehakt hatte.

»Ja«, antwortete Paul.

»Das ist recht – das ist recht! Ich hatte mich schon gewundert, wo sie bleibt.«

Es verstand sich von selbst, dass die Leute sich nach seiner Mutter erkundigten, aber sein Vater wurde nie erwähnt.

Er trat an die Regale. Immer mehr Leute kamen herein, stellten ihre Regenschirme im Gang ab und tauschten einen freundlichen Gruß. Der Junge kannte jeden und jedermanns Geschichte. Sie interessierten ihn nicht. Vielleicht würde Miriam wegen des Regens nicht kommen. Er betrachtete das Buch in seiner Hand, nahm es aber einige Augenblicke gar nicht wahr, da er an sie dachte, dann erst sah er es wieder. Die Zeit verging wie im Schlaf. Es gab Geräusche von Leuten, die den Raum verließen, aber niemand trat ein. Und wenn sie nicht kam? Bei diesem Gedanken sah er die Nacht vor sich, trübe und unnütz. Aber sie würde kommen. Noch fühlte die Nacht vor ihm sich warm und reich an, und über den Augenblick ihres Kommens reichte sie nicht hinaus.

»Schlimme Nacht, Alfred, schlimme Nacht«, sagte Mr Sleath, der sich umwandte, um mit jemandem zu reden. Die Bücherei hatte sich geleert.

»Sieht ganz danach aus«, erwiderte Mr Smedley.

Dann erblickte Mr Sleath Paul.

»Hallo, Paul!«, rief er. »Nicht gefunden, was du suchst, eh?«

»Ich glaube nicht, dass Paul auf Bücher wartet«, sagte Mr Smedley.

»Oh! – Oh –!«, rief Mr Sleath.

»Ich glaube, dahinter steckt eine junge Dame«, erklärte Mr Smedley. »Aber 's ist 'ne schlechte Nacht für den weiten Weg von Willey Woods.«

Im Gang waren Schritte zu hören. Der junge Mann horchte. Das war sie nicht. Ein Junge trat ein. Als Paul den Jungen in der Tür sah, wo sie hätte stehen sollen, hasste er ihn. Aber sie würde kommen. Sie war so verlässlich. Für den jungen Mann bestand einer ihrer großen Reize darin, dass sie sich nicht an Konventionen hielt. Wenn sie kommen wollte, würde sie trotz Regen kommen. Und so schlimm war es nun auch wieder nicht. Er lauschte auf das Geräusch des Wetters. Er hörte den Jungen sagen, dass es in Strömen goss. Der Junge war unangenehm. Sie würde kommen, ihm zum Trotz. Er klammerte sich an die Hoffnung auf sie. Durch die Nacht hindurch spürte er, dass sie kommen wollte. Und versetzt hatte sie ihn noch nie. Bei ihr zählte das innere Leben alles, das äußere nichts.

Dann hörte er ihre Schritte im Gang, und seine Spannung ließ nach. Er sah hin. In der Tür zögerte sie einen Augenblick. Ihre rote Schottenmütze glitzerte vor Regen, ihr Haar schwelgte in feuchten Locken, ihr Gesicht glühte. Ängstlich hielt sie nach ihm Ausschau. Dann traf ihr kurzsichtiger Blick den seinen. Eine Flamme schoss in ihr auf, die auch ihn versengte. Befriedigt ging sie zum Tresen. Er kehrte ihr den Rücken zu.

Dann kam sie zögernd auf ihn zu.

»Habe ich mich verspätet?«, fragte sie.

»Wie immer«, erwiderte er. »Bist du nass?«

»Nein – es ist nichts.«

»Bist du die Bahnstrecke entlanggekommen?«, fragte er.

»Ja. Hattest du Angst, ich würde nicht kommen?«

»Ein bisschen.«

Er schenkte ihr ein kleines Lächeln.

»Sieh mal, welche Bücher ich für dich gefunden habe«, sagte er. Sie folgte ihm vorbehaltlos. Bücher bedeuteten ihr nichts. Doch er bestand darauf, dass sie seine Wahl billigte. Sie schaute über seinen Arm, ohne zu sehen. Aber sie berührte ihn.

»Sind die in Ordnung?«, fragte er.

»Ja«, antwortete sie.

Als Miriams Bücher ins Hauptbuch eingetragen waren, traten die beiden rasch aus der Bücherei. Sie freuten sich über die Dunkelheit und waren aufgeregt und glücklich. Paul hatte einen großen schwarzen Regenmantel an, unter dessen Umhang er die Bücher trug. In dem regnerischen Dunkel, unter den triefenden Bäumen gingen sie Seite an Seite die Mansfield Road entlang.

Ein munteres, lebhaftes Gespräch begann, das sofort zu einer Diskussion wurde. Leidenschaftlich ließ er sich über ein Buch aus, sie lauschte, und ihre Seele weitete sich. Von dem Buch kamen sie zwangsläufig zu einer sehr vertraulichen Erörterung ihrer Glaubensvorstellungen.

»Es scheint, als käme es nicht darauf an, unter allen einer mehr oder weniger zu sein«, sagte er.

»Nein«, erwiderte sie ernst, fragend.

»Früher habe ich die Sache mit dem fallenden Sperling und den gezählten Haaren auf dem Haupte geglaubt –«, meinte er.

»Ja«, sagte sie. »Und jetzt?«

»Jetzt denke ich, dass es auf die Gattung der Sperlinge ankommt und nicht auf den einen Sperling; auf alle meine Haare und nicht auf das eine Haar.«

»Ja«, sagte sie fragend.

»Und auf *die* Menschen kommt es an. Aber *einer* ist nicht so wichtig. Nimm William.«

»Ja«, überlegte sie.

»Ich nenn's bloße Verschwendung«, sagte er. »Verschwendung, sonst nichts.«

»Ja«, sagte sie ganz leise.

Sie glaubte, dass es auf die Menschen umso weniger ankam, je mehr es von ihnen gab. Aber ihn reden zu hören war für sie wie Leben, wie der einsetzende Atem eines Neugeborenen.

»Trotzdem glaube ich«, sagte er, »dass es einen richtigen Weg gibt, den wir gehen müssen – und wenn wir ihn gehen, ist es gut um uns bestellt – oder wenn wir wenigstens in seiner Nähe gehen. Aber wenn wir auf Abwege geraten, sterben wir. Ich bin sicher, dass unser William irgendwo auf Abwege geraten ist.«

»Und wenn wir dem Lauf unseres Lebens folgen, sterben wir nicht?«, fragte sie.

»Nein. Was wir innerlich sind, bewirkt, dass wir einen bestimmten Weg einschlagen und keinen andern.«

»Aber wissen wir denn, ob wir dem wahren Weg folgen?«, fragte sie.

»Ja! Ich schon. Ich weiß, dass ich meinem folge.«

»Wirklich?«, fragte sie.

»Ja – da bin ich mir sicher.«

Er war unter einer Laterne stehen geblieben, um nachzudenken. Sein Regenmantel glänzte nass. Sie betrachtete sein Gesicht. Sein Blick, so fest und unverwandt, haftete auf ihr. Er war seiner selbst ganz gewiss. Das faszinierte sie. Sie ging weiter nach Hause, und ihr Herz glühte.

Doch als er sich umwandte, um zurückzugehen, vergaß er sie, denn er wusste, dass seine Mutter ungehalten sein würde, weil er so weit gelaufen und nass geworden war. Er eilte nach Hause, dennoch glühte er von der Begegnung mit Miriam. Die Nacht hatte ihm Genugtuung verschafft.

»Willst du mir etwa sagen, dass du Miriam Leivers in einer solchen Nacht nach Hause begleitet hast?«, fragte seine Mutter, kaum dass er ins Haus getreten war, und sah plötzlich zu ihm auf.

»Ich bin die ganze Zeit in der Bücherei gewesen«, erwiderte Paul.

»Was, ist sie etwa gekommen?«, rief Mrs Morel leise, aber bissig. Paul fuhr zusammen.

»Sie hat die ganze Woche nichts zu lesen, wenn sie nicht kommt«, sagte er.

»Ich weiß nicht, was ihre Mutter sich denkt, dass sie sie fast zehn Meilen weit durch den strömenden Regen stapfen lässt.«

»So sehr regnet es doch gar nicht«, sagte er. »Gar nicht so schlimm.«

»Ich brauch mir doch nur deinen Regenmantel und deine Stiefel anzusehen«, antwortete sie.

»Schau mal, was ich dir mitgebracht habe«, sagte er, aber sie war zu verärgert, um sich darauf einzulassen.

Eines Sommerabends kamen Miriam und er auf dem Heimweg von der Bücherei über die Felder bei Herod's Farm. Bis Willey Farm waren es nur noch drei Meilen. Über der Mahd lag ein gelber Schimmer, und die Blüten des Sauerampfers leuchteten rot. Wie sie so über die hoch gelegenen Äcker liefen, wandelte sich das Gold im Westen allmählich zu Rot, das Rot zu Karmin, und dann kroch vor all der Glut ein kaltes Blau herauf.

Sie kamen auf die Landstraße nach Alfreton, die sich weiß zwischen den dunkelnden Feldern hinzog. Dort zögerte Paul. Für ihn waren es noch zwei Meilen bis nach Haus, für Miriam eine Meile. Beide blickten sie die Straße hinauf, die unter der Glut des nordwestlichen Himmels im Schatten lag. Auf dem Hügelkamm hob sich Selby mit seinen scharf umrissenen Häusern und den aufragenden Fördertürmen der Zeche als kleine, schwarze Silhouette gegen den Himmel ab.

Er sah auf die Uhr.

»Neun Uhr!«, sagte er.

Beide standen da, die Bücher unterm Arm, und konnten sich nicht trennen.

»Der Wald ist jetzt so wunderbar«, sagte sie. »Ich wollte, dass du ihn siehst.«

Langsam folgte er ihr über die Straße zu dem weißen Tor.

»Sie schimpfen so, wenn ich zu spät komme«, sagte er.

»Aber du tust doch nichts Unrechtes«, antwortete sie ungeduldig. In der Dämmerung folgte er ihr über die abgegraste Weide. Im Halbdunkel des Waldes war es kühl und duftete nach Laub und Geißblatt. Stumm gingen die beiden weiter. Dort, im Dickicht dunkler Baumstämme, brach wunderbar die Nacht herein. Erwartungsvoll sah er sich um.

Sie wollte ihm eine bestimmte Wildrose zeigen, die sie entdeckt hatte. Sie wusste, dass der Strauch herrlich war. Aber sie spürte, dass er nicht in ihre Seele eingedrungen wäre, solange nicht auch Paul ihn gesehen hätte. Nur durch ihn würde er ihr Eigen sein und unsterblich. Sie war unzufrieden.

Auf den Wegen lag schon Tau. In dem alten Eichenwald stieg Nebel auf, und Paul zauderte und wunderte sich, ob das Weiße dort ein Nebelstreif oder nur eine fahle Wolke Lichtnelken war.

Als sie zu den Kiefern gelangten, wurde Miriam vor Eifer ganz nervös. Vielleicht war ihr Strauch ja verblüht. Vielleicht würde sie ihn nicht finden. Und das wollte sie doch so gern. Fast leidenschaftlich wünschte sie, zusammen mit ihm vor den Blüten zu stehen. Sie würden miteinander eins werden – etwas, das sie erschauern ließ, etwas Heiliges. Schweigsam ging er neben ihr. Sie waren einander sehr nahe. Sie erbebte, und er lauschte beklommen.

Als sie den Waldrand erreichten, sahen sie den perlmuttfarbenen Himmel und die dunkelnde Erde vor sich. Irgendwo an den äußersten Zweigen des Kiefernwaldes verströmte das Geißblatt seinen Duft.

»Wohin?«, fragte er.

»Den mittleren Weg«, murmelte sie zitternd.

An einer Wegbiegung blieb sie stehen. Als sie sich erschrocken auf dem breiten Pfad zwischen den Kiefern umblickte, konnte sie zunächst nichts erkennen, da das grauer werdende Licht den Dingen die Farbe nahm. Dann sah sie ihren Strauch.

»Ah!«, rief sie und eilte voran.

Es war ganz still. Der Strauch war hoch und ausladend. Seine Zweige rankten sich um einen Weißdornbusch, seine langen, dichten Ausläufer hingen ins Gras herab und sprenkelten das Dunkel ringsumher mit großen verstreuten Sternen von reinem Weiß. Mit ihren Buckeln von Elfenbein und ihren großen, hingesprenkelten Sternen glänzten die Rosen vor dem Dunkel der Blätter, Stiele und Gräser. Stumm standen Paul und Miriam dicht beieinander und schauten. Stern um Stern leuchteten die

Rosen ihnen entgegen und schienen etwas in ihren Seelen zu entfachen. Wie Rauch umhüllte sie die Dämmerung und löschte die Rosen doch nicht aus.

Paul sah Miriam in die Augen. Sie war blass und erwartungsvoll vor Staunen, ihre Lippen waren geöffnet, und offen standen ihre dunklen Augen vor ihm. Sein Blick schien in sie einzudringen. Ihre Seele bebte. Dies war die Einswerdung, die sie ersehnte. Wie gepeinigt wandte er sich von ihr ab und dem Strauch zu.

»Sie scheinen zu zittern und zu flattern wie Schmetterlinge«, sagte er.

Sie blickte auf ihre Rosen. Sie waren weiß, einige noch keusch geschlossen, andere in Verzückung entfaltet. Der Strauch selbst war dunkel wie ein Schatten. Impulsiv hob sie die Hand nach den Blüten, trat heran und berührte sie ehrfürchtig.

»Lass uns gehen«, sagte er.

Ein kühler Duft von elfenbeinfarbenen Rosen, ein weißer, jungfräulicher Duft lag in der Luft. Etwas bewirkte, dass er sich beklommen und wie gefangen fühlte. Schweigend gingen die beiden weiter.

»Bis Sonntag«, sagte er leise und verließ sie, und langsam ging sie nach Hause in dem Gefühl, dass ihre Seele befriedigt war von der Heiligkeit der Nacht. Er stolperte den Weg entlang. Und sobald er aus dem Wald heraus war und auf der freien, offenen Wiese stand, wo er atmen konnte, begann er zu rennen, so schnell er konnte. Wie ein köstlicher Rausch rann es ihm durch die Adern.

Er wusste, dass seine Mutter sich um ihn sorgte und sich über ihn ärgerte, wann immer er mit Miriam unterwegs war und es spät wurde, und er verstand nicht, warum. Als er ins Haus kam und seine Mütze hinwarf, sah seine Mutter nach der Uhr. Sie hatte dagesessen und nachgedacht, denn wegen einer Augenentzündung konnte sie nicht lesen. Sie spürte, dass dieses Mädchen ihr Paul entfremdete. Und sie machte sich nichts aus Miriam. »Sie ist eine von denen, die einem Mann die Seele aussaugen, bis nichts mehr von ihr übrig ist«, sagte sie bei sich, »und er ist genau die Art Trottel, der sich aufsaugen lässt. Nie wird sie ihn zum Mann werden lassen, niemals.« So wurde Mrs Morel immer aufgewühlter, wenn er mit Miriam unterwegs war.

Sie sah auf die Uhr und sagte kalt und ziemlich müde:

»Heute Abend bist du weit genug gelaufen.«

Seine Seele, warm und ungeschützt durch die Berührung mit dem Mädchen, schrak zurück.

»Du hast sie wohl nach Hause gebracht?«, fuhr seine Mutter fort.

Er antwortete nicht. Mrs Morel blickte rasch zu ihm auf und sah, dass das Haar auf seiner Stirn feucht war von der Eile, sah, wie er in seiner schwerfälligen Art die Brauen zusammenzog.

»Sie muss ja ungeheuer fesselnd sein, dass du nicht von ihr loskommst und zu dieser Nachtzeit acht Meilen weit laufen musst.«

Nach dem vergangenen Zauber mit Miriam schmerzte ihn das Wissen, dass seine Mutter sich sorgte. Er hatte vorgehabt, ihr nichts zu sagen, ihr nicht Rede und Antwort zu stehen. Aber er konnte sein Herz nicht so weit verhärten, dass er seine Mutter einfach überging.

»Ich unterhalte mich eben gern mit ihr«, antwortete er gereizt.

»Hast du denn sonst niemand, mit dem du dich unterhalten kannst?«

»Wenn ich mit Edgar unterwegs wäre, würdest du doch auch nichts sagen.«

»Du weißt, ich würde sehr wohl etwas sagen. Ganz gleich, mit wem du unterwegs wärst, ich würde immer sagen, dass es viel zu weit dafür ist, dich spätabends noch herumzutreiben, wenn du in Nottingham gewesen bist. – Außerdem –«, plötzlich blitzten Ärger und Verachtung in ihrer Stimme auf, »– ist es widerwärtig, wenn Burschen und Mädchen miteinander schäkern.«

»Wir schäkern nicht«, rief er.

»Ich weiß nicht, wie du es sonst nennen willst.«

»So ist es aber nicht. Glaubst du etwa, wir schmusen? Wir unterhalten uns nur.«

»Bis Gott weiß wann und wohin«, lautete die höhnische Antwort. Ärgerlich zerrte Paul an seinen Schnürsenkeln.

»Was regst du dich so auf?«, fragte er. »Bloß weil du sie nicht leiden kannst.«

»Ich sage nicht, dass ich sie nicht leiden kann. Aber ich halte nichts davon, dass Jugendliche einander Gesellschaft leisten, das hab ich noch nie.«

»Aber dass unsere Annie mit Jim Inger geht, dagegen hast du nichts.«

»Die sind ja auch vernünftiger als ihr zwei.«

»Wieso?«

»Unsere Annie ist nicht so durchtrieben.«

Den Sinn dieser Bemerkung verstand er nicht. Aber seine Mutter sah müde aus. Seit Williams Tod war sie nicht mehr so kräftig. Und ihre Augen schmerzten.

»Ach«, sagte er, »es ist so schön auf dem Lande. – Mr Sleath hat nach dir gefragt. Er sagt, er hätte dich lange nicht gesehen. – Geht's dir etwas besser?«

»Ich hätte längst zu Bett gehen sollen«, erwiderte sie.

»Aber Mutter, du weißt doch genau, dass du vor Viertel nach zehn nicht zu Bett gegangen wärst.«

»Wäre ich wohl.«

»Ach, kleine Frau, das sagst du doch nur, weil du böse auf mich bist.«

Er küsste ihre Stirn, die er so gut kannte: die tiefen Furchen zwischen den Brauen, das feine Haar, das sich darüber erhob und bereits ergraute, und die stolzen Schläfen. Nach dem Kuss ließ er seine Hand auf ihrer Schulter ruhen. Dann ging er langsam zu Bett. Miriam hatte er vergessen; er sah nur noch, dass seine Mutter sich das Haar aus der warmen, breiten Stirn gestrichen hatte. Und irgendwie war sie gekränkt.

Als er Miriam wiedersah, sagte er zu ihr:

»Heute Abend darf's nicht so spät werden – nicht später als zehn. Meine Mutter regt sich so auf.«

Miriam ließ den Kopf sinken und grübelte.

»Wieso regt sie sich auf?«, fragte sie.

»Sie sagt, wenn ich früh aufstehen muss, sollte ich nicht so spät noch draußen sein.«

»Na schön«, sagte Miriam ziemlich ruhig, aber mit einem Anflug von Spott. Das nahm er ihr übel. Und kam wie immer zu spät.

Dass zwischen ihm und Miriam Liebe aufkeimte, hätte keiner von beiden zugegeben. Er fand sich zu gescheit für derlei Gefühlsduselei, und sie glaubte, darüber erhaben zu sein. Beide gelangten sie spät zur Reife, und ihre seelische Reife blieb noch weit hinter ihrer körperlichen zurück. Miriam war ausgesprochen empfindsam, wie ihre Mutter es stets gewesen war. Vor den geringsten Grobheiten schauderte sie fast ängstlich zurück. Ihre Brüder waren zwar roh, aber niemals derb in ihren Reden. Sämtliche Angelegenheiten des Hofes besprachen die Männer draußen. Aber vielleicht war Miriam gerade wegen des dauernden Zeugens und Gebärens, das auf jedem Bauernhof vor sich geht, in diesen Dingen so überempfindlich, dass schon die leiseste Andeutung solchen Verkehrs sie mit Abscheu erfüllte. Paul übernahm diese Haltung von ihr, und ihre Vertraulichkeit blieb auch weiterhin ganz rein und keusch. Nie durfte erwähnt werden, dass die Stute trächtig war.

Als er neunzehn war, verdiente er nur zwanzig Shilling die Woche, aber er war glücklich. Mit seiner Malerei ging es voran, und mit seinem Leben nicht minder. Am Karfreitag organisierte er eine Wanderung zum Hemlock Stone. Drei gleichaltrige Burschen wollten mit, Annie und Arthur, Miriam und Geoffrey. Arthur, der in Nottingham als Elektriker in die Lehre ging, war zum Feiertag nach Hause gekommen. Morel war wie gewohnt früh aufgestanden und sägte pfeifend im Hof. Um sieben Uhr hörte die Familie, wie er für drei Pence Rosinenbrötchen kaufte. Vergnügt plauderte er mit dem kleinen Mädchen, das sie brachte, und nannte sie »mein Liebling«. Ein paar Jungen, die auch noch mit Brötchen ankamen, wies er ab und sagte ihnen, ein kleines Mädchen sei ihnen zuvorgekommen. Dann stand auch Mrs Morel auf, und die Familie kam langsam nach unten gezottelt. Für alle war das Im-Bett-Bleiben über die gewöhnliche Zeit hinaus an einem Wochentag ein ungeheurer Luxus. Paul und Arthur lasen vor dem Frühstück und nahmen die Mahlzeit ungewaschen und in Hemdsärmeln ein. Das war auch so ein Feiertagsluxus. Das Zimmer war warm. Alle fühlten sich von Angst und Sorge befreit. Im Haus herrschte ein Gefühl des Überflusses.

Während die Jungen noch lasen, ging Mrs Morel in den Garten. Sie wohnten jetzt in einem alten Haus in der Nähe des Hauses in der Scargill Street, aus dem sie bald nach Williams Tod ausgezogen waren. Bald ertönte vom Garten her ein aufgeregter Ruf:

»Paul – Paul – komm und schau!«

Es war die Stimme seiner Mutter. Er warf sein Buch hin und ging hinaus. Der langgestreckte Garten reichte bis an ein Feld. Es war ein grauer, kalter Tag, von Derbyshire her wehte ein scharfer Wind. Zwei Felder weiter begann Bestwood mit seinem Dickicht von Dächern und roten Giebelwänden, aus dem der Kirchturm und die Turmspitze der Kongregationalistenkapelle aufragten. Und dahinter lagen Wälder und Hügel bis hin zu den blassgrauen Höhen der Pennines.

Im Garten suchte Paul nach seiner Mutter. Ihr Kopf tauchte zwischen den jungen Johannisbeersträuchern auf.

»Komm mal!«, rief sie.

»Wozu?«, antwortete er.

»Komm nur und schau.«

Sie hatte die Knospen an den Johannisbeersträuchern betrachtet. Paul ging zu ihr.

»Wenn ich mir vorstelle«, sagte sie, »dass ich die beinahe übersehen hätte!«

Ihr Sohn trat neben sie. In einem kleinen Beet unten am Zaun war ein Gewirr armseliger, grasartiger Blätter zu sehen, wie sie aus schlecht ausgereiften Zwiebeln sprießen, und drei Schneeglanz in Blüte. Mrs Morel wies auf die tiefblauen Blumen.

»Sieh doch nur!«, rief sie. »Ich hab mir die Johannisbeersträucher angesehen, und auf einmal denk ich: ›Ist da nicht was Blaues – ein Fetzen von einem Zuckersack?‹ Von wegen Zuckersack! Drei Sternhyazinthen, und was für schöne! Aber wie in aller Welt kommen die hierher?«

»Woher soll ich das wissen?«, sagte Paul.

»Ein regelrechtes Wunder! Und ich dachte, ich kenne jedes Kraut und jeden Halm in diesem Garten. Aber sind sie nicht schön geworden? Siehst du, der Stachelbeerstrauch schützt sie. Unbeschädigt, unberührt!«

Er kauerte nieder und hob die Glöckchen der blauen Blüten an.

»Eine prächtige Farbe!«, sagte er.

»Nicht wahr?«, rief sie. »Ich schätze, die kommen aus der Schweiz, wo sie angeblich so reizende Sachen haben. Stell sie dir mal im Schnee vor! Aber wie kommen sie hierher? Sie können doch nicht hergeweht worden sein?«

Dann fiel ihm ein, dass er an dieser Stelle ein Häufchen kleiner Zwiebeln zum Austreiben gesetzt hatte.

»Davon hast du mir nie erzählt«, sagte sie.

»Nein, ich dachte, ich warte damit, bis sie blühen.«

»Siehst du wohl! Beinahe hätte ich sie übersehen. Und ich habe noch nie in meinem Leben eine Sternhyazinthe in meinem Garten gehabt.«

Sie war stolz und erregt. Der Garten bereitete ihr unendlich viel Freude. Ihretwegen war Paul dankbar, dass sie endlich in einem Haus mit einem langgestreckten Garten wohnten, der bis an ein Feld reichte. Jeden Morgen nach dem Frühstück ging sie hinaus und werkelte fröhlich vor sich hin. Und wirklich, sie kannte jedes Kraut und jeden Halm.

Zur Wanderung hatten sich alle vollzählig eingefunden.

Wegzehrung wurde eingepackt, und man brach auf, eine muntere, lustige Gesellschaft. Sie beugten sich über die Brüstung des Mühlgerinnes, warfen auf einer Seite des Durchlasses Papierschnipsel ins Wasser und beobachteten, wie sie auf der anderen Seite hervorschossen. Auf der Fußgängerbrücke über der Boathouse Station blieben sie stehen und blickten hinab auf die kalt glitzernden Gleise.

»Ihr solltet den ›Flying Scotsman‹ sehen, der um halb sieben hier durchkommt«, sagte Leonard, dessen Vater Stellwärter war. »Junge, Junge, der rast vielleicht!« Und die kleine Gesellschaft blickte die Schienen entlang, die in einer Richtung nach London und in der anderen nach Schottland führten, und fühlte sich berührt vom Zauber dieser beiden Orte.

In Ilkeston warteten Scharen von Bergleuten darauf, dass die Wirtshäuser öffneten. Es war eine Stadt des Müßiggangs und des Herumlungerns. Die Eisengießerei in Stanton Gate glühte. Alles wurde ausführlich beredet. Bei Trowell überschritten sie die Grenze zwischen Derbyshire und Nottinghamshire. Um die Mittagszeit erreichten sie den Hemlock Stone. Auf dem Feld drängten sich Menschen aus Nottingham und Ilkeston.

Sie hatten mit einem ehrwürdigen und erhabenen Denkmal gerechnet. Stattdessen fanden sie einen kleinen, knorrigen, verdrehten Felsstumpf, wie ein verwester Pilz, der jammervoll am Rande eines Feldes stand. Leonard und Dick machten sich gleich daran, ihre Initialen L. W. und R. P. in den alten roten Sandstein einzuritzen; Paul aber unterließ es, denn in der Zeitung hatte er spöttische Bemerkungen über Initialenritzer gelesen, die keinen anderen Weg zur Unsterblichkeit kennen. Dann kletterten die Jungen alle auf den Fels, um den Rundblick zu genießen.

Überall unten auf dem Feld aßen Fabrikmädchen und Burschen zu Mittag oder tollten umher. Dahinter lag der Garten eines alten Herrensitzes. Umgeben war er von Eibenhecken, der Rasen von dichten Haufen gelber Krokusse eingefasst.

»Sieh nur«, sagte Paul zu Miriam, »was für ein stiller Garten.«

Sie sah die dunklen Eiben und die goldgelben Krokusse, dann blickte sie dankbar zu ihm auf. Unter all den anderen schien er ihr gar nicht zu gehören; dann war er so anders, nicht ihr Paul, der das leiseste Zittern ihrer innersten Seele verstand, sondern ein anderer, der eine andere Sprache sprach als sie. Wie sie das schmerzte und ihre Empfindsamkeit abtötete! Erst wenn er wieder ganz zu ihr zurückkäme, sein anderes und, wie sie fand, geringeres Ich zurückließe, würde sie sich wieder lebendig fühlen. Und jetzt bat er sie, sich diesen Garten anzusehen, wünschte wieder die Berührung mit ihr. Ungehalten über die Gruppe auf dem Feld, wandte sie sich dem ruhigen Rasen zu, der von Büscheln noch geschlossener Krokusse gesäumt war. Ein Gefühl von Stille, fast von Verzückung überkam sie. Fast war es so, als sei sie allein mit ihm in diesem Garten.

Dann verließ er sie wieder und gesellte sich zu den anderen. Bald traten sie den Heimweg an. Miriam bummelte allein hinterdrein. Sie passte nicht zu den anderen; nur sehr selten gelang es ihr, menschliche Beziehungen zu jemandem aufzunehmen; daher war ihr die Natur Freundin, Gefährtin, Geliebte. Sie sah, wie die fahle Sonne unterging. In den kalt dämmernden Hecken hingen einzelne rote Blätter. Sie blieb zurück, um sie zu pflücken, zärtlich, leidenschaftlich. Die Liebe in ihren Fingerkuppen koste die Blätter, die Leidenschaft in ihrem Herzen glühte auf den Blättern.

Plötzlich merkte sie, dass sie allein war auf einem unbekannten Weg, und sie eilte weiter. Als sie um eine Ecke bog, traf sie auf Paul, der sich konzentriert über etwas beugte und daran herumhantierte, stetig, geduldig, ein wenig hoffnungslos. Zögernd trat sie näher, um ihn zu beobachten.

In tiefen Gedanken stand er mitten auf dem Weg. Ein einzelner heller Goldstreif hob seine dunkle Silhouette gegen den farblosen grauen Abend ab. Schlank und fest sah sie Paul dastehen, als habe die untergehende Sonne ihn ihr zum Geschenk gemacht. Ein tiefer Schmerz ergriff sie, und sie wusste, dass sie ihn lieben musste. Sie hatte ihn entdeckt, hatte in ihm eine seltene Wirkkraft entdeckt, hatte seine Einsamkeit entdeckt. Bebend wie vor einer »Verkündigung« ging sie langsam weiter.

Schließlich blickte er auf.

»Was?«, rief er dankbar. »Du hast auf mich gewartet?«

Sie sah einen tiefen Schatten in seinen Augen.

»Was ist denn?«, fragte sie.

»Die Feder ist zerbrochen.«

Und er zeigte ihr, wo sein Regenschirm beschädigt war. Sofort wusste sie mit einem gewissen Gefühl der Scham, dass nicht er den Schaden angerichtet hatte, sondern dass Geoffrey dafür verantwortlich war.

»Es ist doch bloß ein alter Schirm, nicht wahr?«, fragte sie.

Sie wunderte sich, weshalb er, der sich um Lappalien sonst nicht scherte, aus einer Mücke einen Elefanten machte.

»Aber es war Williams Schirm – und meine Mutter wird's merken«, sagte er ruhig und hantierte geduldig weiter an dem Schirm herum. Wie eine Klinge schnitten die Worte durch Miriam. Das also war die Bestätigung ihrer Vision von ihm! Sie betrachtete ihn. Aber eine gewisse Zurückhaltung umgab ihn, und sie wagte es nicht, ihn zu trösten, nicht einmal, ihn leise anzusprechen.

»Komm«, sagte er. »Ich schaff's nicht.«

Und schweigend gingen sie den Weg entlang.

Am selben Abend spazierten sie unter den Bäumen in der Nähe des Nether Green. Gereizt redete er auf sie ein, schien sich damit abzuquälen, sich selbst zu überzeugen.

»Weißt du«, sagte er mit Mühe, »wenn der eine liebt, tut es der andere auch.«

»Ah!«, erwiderte sie. »Wie Mutter zu mir sagte, als ich klein war: ›Liebe erzeugt Liebe.‹«

»Ja – so ungefähr muss es wohl sein.«

»Ich hoffe es – denn wenn es nicht so wäre, dann wäre die Liebe etwas ganz Schreckliches«, sagte sie.

»Ja, aber es ist so – wenigstens bei den meisten Menschen«, antwortete er.

Und Miriam, die glaubte, dass er sich vergewissert hatte, fühlte sich innerlich stark. Die plötzliche Begegnung mit ihm auf dem Feldweg fasste sie stets als Offenbarung auf. Und das Gespräch blieb ihrem Gedächtnis eingeschrieben als einer der Buchstaben des Gesetzes.

Von nun an stand sie bei ihm und zu ihm. Als er, etwa um diese Zeit, die Gefühle der Familie auf Willey Farm mit einer anmaßenden Beleidigung kränkte, hielt sie zu ihm und glaubte ihn im Recht.

Und um diese Zeit träumte sie von ihm – lebhafte, unvergessliche Träume. Diese Träume kehrten später wieder, auf subtilerer seelischer Stufe.

Am Ostermontag unternahm dieselbe Gesellschaft einen Ausflug nach Wingfield Manor. Für Miriam war es sehr aufregend, im Gewühl der Feiertagsmenge in Lethley Bridge einen Zug zu besteigen. In Alfreton stiegen sie aus. Paul interessierte sich für die Straße und für die Bergleute mit ihren Hunden. Das war eine neue Art Grubenarbeiter. Miriam lebte erst auf, als sie zur Kirche kamen. Ihnen allen war ziemlich bange davor, mit ihren Proviantbeuteln einzutreten, weil sie fürchteten, hinausgewiesen zu werden. Leonard, ein lustiger, dünner Bursche, ging als Erster, Paul, der lieber gestorben wäre, als sich hinausschicken zu lassen, als Letzter. Der Raum war für Ostern geschmückt. Im Taufbecken schienen Hunderte von weißen Narzissen zu wachsen. Die Luft war dämmrig, aber bunt von den Kirchenfenstern und von feinem Lilien- und Narzissenduft durchweht. In dieser Atmosphäre glühte Miriams Seele auf. Paul hatte Angst vor Dingen, die er nicht tun durfte. Und er war empfänglich für die Stimmung des Ortes. Miriam wandte sich zu ihm. Er antwortete. Sie waren zusammen. Er wollte nicht hinter das Altargitter treten. Dafür liebte sie ihn. Neben ihm weitete sich ihre Seele zum Gebet. Er empfand den sonderbaren

Zauber düsterer Gotteshäuser. Sein ganzer verborgener Mystizismus erwachte zum Leben. Sie fühlte sich zu ihm hingezogen. Zusammen mit ihr wurde er zum Gebet.

Auf dem Kirchhof waren die Osterglocken und Jonquillen herausgekommen und im Sonnenschein so hell, dass sie zu flattern schienen. Von den vielen leisen Blöklauten der Lämmer erzitterte die Luft im Park. Zur Entrüstung von Paul und Annie kehrten Leonard und Dick in ein Wirtshaus ein.

»Was wolltet ihr im Wirtshaus?«, fragte Paul ärgerlich.

»Wir wollten nur eine Limonade trinken«, antwortete Dick lachend.

»Die hättet ihr auch im Laden bekommen«, sagte Annie.

»Nein«, sagte Paul, »ich seh doch eure feisten britischen Mäuler.«

»Was soll denn mit meinem Maul nicht stimmen?«, fragte Leonard und wischte sich über den breiten Mund.

Miriam unterhielt sich nur sehr selten mit den anderen Burschen. Im Gespräch mit ihr wurden sie sofort unbeholfen. Daher blieb sie meist stumm.

Es war bereits Nachmittag, als sie den steilen Pfad zum Herrenhaus hinaufstiegen. In der wunderbar warmen und belebenden Sonne bekamen alle Dinge einen weichen Glanz. Schöllkraut und Veilchen blühten. Jeder war randvoll mit Glück. Das Glitzern des Efeus, das weiche, luftige Grau der Schlossmauern, die Sanftheit der Dinge in der Nähe der Ruine waren vollkommen.

Das Herrenhaus bestand aus hartem blassgrauem Stein, und die Außenmauern waren glatt und ruhig. Die jungen Leute waren begeistert. Furchtsam gingen sie umher, hatten beinahe Angst, dass ihnen die Freude, diese Ruine zu erforschen, verwehrt werden mochte. Im ersten Hof innerhalb der hohen, zerfallenen Gemäuer standen Ackerwagen, deren Deichseln müßig auf dem Boden lagen, die Radreifen glänzten von rotgoldenem Rost. Es war ganz still.

Jeder bezahlte bereitwillig sein Sixpence-Stück, dann traten sie zaghaft durch den schönen, reinen Torbogen des Innenhofes. Sie waren eingeschüchtert. Auf dem Pflaster, wo der Saal gestanden hatte, blühte ein alter Dornbusch. Im Dunkel um sie her waren allerlei seltsame Öffnungen und eingestürzte Räume zu erkennen.

»Ist das nicht wunderbar?«, rief Leonard.

»Nicht wahr?«, fügte Paul hinzu.

Und sie stürmten davon, die Ruine zu erkunden.

»Junge, Junge!«, rief Leonard. »Das ist vielleicht ein Ofen!«

Und sogleich kroch er in die Höhle. Dick und Paul krabbelten hinter ihm her, und die drei saßen da und brüllten wie aus den Eingeweiden der Erde.

»Hier drin hätte man ein, zwei Ochsen braten können«, sagte Dick.

»Und ein, zwei Hirsche«, fügte Paul an.

»Und ein, zwei Esel«, setzte Leonard hinzu.

Daraufhin i-ahte er laut, während die beiden anderen ihn knufften. Paul stürzte an die frische Luft, und die Erkundung wurde fortgesetzt. Schließlich stießen sie wieder zu Geoffrey und den Mädchen. Geoffrey aß bereits.

»Ich schätze, es ist wirklich Zeit zu futtern«, meinte Leonard.

»Ich hab schon angefangen«, sagte Geoffrey. Er hatte mehr oder weniger gegessen, seit die Gesellschaft aufgebrochen war.

»Wo sollen wir uns hinsetzen?«, fragte Miriam.

»Lasst uns zum Bankettsaal gehen«, schlug Paul vor.

»Woher weißt du, dass es ein Bankettsaal ist?«, fragte Leonard.

»Weil ich ihn auf einem Bild gesehen habe.«

»Na gut, dann bankettieren wir eben«, sagte Leonard.

In dem großen verfallenen Saal, dessen rohe Mauerenden hoch in den blauen Himmel ragten, setzten sie sich in den Sonnenschein, um zu essen. Sie blickten zu den Vögeln auf, die im Maßwerk des großen Fensters zwitscherten.

»Nun, Lord Pusteblume«, sagte Leonard zu Paul, »wollt Ihr nicht dieser Wildbretpastete zusprechen?«

»Nein, danke, Lord Stützknochen«, erwiderte Paul. »Ich koste lieber von dieser Keule Käsebrot.«

»Und ich bitte Euch«, sagte Geoffrey, »zusammenzurücken und etwas Platz zu machen.«

»Bitte tausendmal um Entschuldigung, gnädiger Herr«, sagte Leonard. »Ihr macht Euch so breit.«

»Paul«, sagte Annie, »hier ist dein hartgekochtes Ei.«

»Heute, Ihr wackeren Edlen, haben wir ein Festmahl aus Phönixeiern, von unserem einzigen Phönix gelegt und mit unser aller Wappen versehen, das unser zuvorkommendes Federvieh darauf gedruckt hat –«, sagte Paul.

»Nämlich ein Stück Dreck«, sagte Leonard.

»Welches seit Generationen unser stolzes Wappen ist. Amen!«, sagte Annie.

»Ungezügelter Schmutz«, fügte Paul hinzu, und Miriam musste lachen.

Nach dem Mittagessen zogen sie noch einmal los, um die Ruine zu erkunden. Diesmal gingen die Mädchen mit den Jungen, die als Führer und Kommentatoren dienen konnten. In einer Ecke stand ein hoher, ziemlich wackliger Turm, von dem es hieß, Maria Stuart sei darin eingesperrt gewesen.

»Stell dir vor, wie die Königin hier hinaufgegangen ist«, sagte Miriam leise, als sie die ausgetretenen Stufen emporstieg.

»Falls sie hinaufgekommen ist«, erwiderte Paul, »denn sie hatte furchtbares Rheuma. Ich finde, sie haben sie niederträchtig behandelt.«

»Du glaubst nicht, dass sie es verdient hat?«, fragte Miriam.

»Nein. Sie war nur lebenslustig.«

Sie kletterten die Wendeltreppe weiter nach oben. Durch die Schießscharten wehte ein scharfer Wind, pfiff durch den Treppenschacht und blähte die Röcke des Mädchens wie einen Ballon, so dass sie sich schämte, bis Paul den Saum ihres Kleides fasste und ihn für sie festhielt. Er tat das so selbstverständlich, als hätte er ihren Handschuh aufgehoben. Das vergaß sie nie.

Um die zerbrochene Brüstung des Turmes rankte sich alter, schöner Efeu. Auch ein paar kühle Levkojen mit blassen Knospen gab es. Miriam wollte sich hinüberbeugen, um etwas Efeu zu pflücken, doch das ließ er nicht zu. Stattdessen musste sie hinter ihm warten und jeden Zweig, den er pflückte und ihr reichte, entgegennehmen, jeden einzeln, nach Art reinster Ritterlichkeit. Der Turm schien im Wind zu schwanken. Meilenweit schauten sie über Wälder und schimmerndes Weideland.

Die Gruft unter dem Herrenhaus war wunderschön und vollständig erhalten. Paul fertigte eine Zeichnung an. Miriam blieb bei ihm. Sie musste an Maria Stuart denken, wie sie ihre überanstrengten, hoffnungslosen Augen, die Elend nicht begreifen konnten, zu den Bergen hob, von welchen ihr keine Hilfe kam, oder wie sie in dieser Gruft saß und sich von einem Gott erzählen ließ, der so kalt war wie der Ort, an dem sie saß.

Fröhlich brachen sie auf und blickten sich noch einmal nach ihrem geliebten Herrenhaus um, das so rein und groß auf seinem Hügel stand.

»Gesetzt den Fall, du könntest diesen Bauernhof haben«, sagte Paul zu Miriam.

»Ja!«

»Wäre das nicht herrlich, dich zu besuchen?«

Inzwischen befanden sie sich in dem kahlen Landstrich mit Steinmauern, den er so liebte und der, obwohl nur zehn Meilen von ihrem Haus entfernt, Miriam so fremd vorkam. Jetzt zerstreute sich die Gesellschaft. Als sie über eine große Wiese gingen, die schräg in der Sonne lag, auf einem Pfad, der mit unzähligen winzigen Glitzerpunkten übersät war, schlang Paul, der neben Miriam ging, seine Finger um die Henkel der Tasche, die sie trug, und sofort spürte sie Annie hinter sich, lauernd und eifersüchtig. Aber die Wiese lag in gleißenden Sonnenschein gebadet, und der Pfad war mit Juwelen bestreut, und es geschah so selten, dass er ihr irgendein Zeichen gab. Sie hielt ihre Finger um die Henkel der Tasche sehr still, und seine Finger berührten sie. Und die Gegend war golden wie eine Erscheinung.

Schließlich gelangten sie in das hochgelegene graue Streudorf Crich. Hinter dem Dorf erhob sich der berühmte Crich Stand, den Paul zu Hause vom Garten aus sehen konnte. Die Gesellschaft drängte voran. Um sie her und unter ihnen dehnte sich das weite Land. Die Burschen wollten unbedingt den Gipfel des Hügels erklimmen. Dieser wurde von einer runden Kuppe gekrönt, die zur Hälfte schon abgetragen war und auf der stämmig und gedrungen ein altes Denkmal stand. In alten Zeiten wurden von hier aus Signale in die Ebenen von Nottinghamshire und Leicestershire ausgesandt.

Hier oben, an dieser ungeschützten Stelle, wehte es so stark, dass man nur in Sicherheit war, wenn man sich vom Wind an die Turmmauer nageln ließ. Zu ihren Füßen ging es steil hinab in die Tiefe eines Steinbruchs, wo Kalk gewonnen wurde. Unter ihnen lag ein Gewirr von Hügeln und winzigen Dörfchen – Matlock, Ambergate, Stoney Middleton. Die Burschen waren darauf erpicht, in der bewaldeten Gegend zu ihrer Linken in weiter Ferne die Kirche von Bestwood zu erspähen. Sie waren entrüstet, weil sie in einer Ebene zu stehen schien. Sie sahen, wie die Hügel von Derbyshire zu den eintönigen Midlands hin abfielen, die sich nach Süden erstreckten.

Miriam fürchtete sich ein wenig vor dem Wind, aber die Burschen hatten ihre helle Freude daran. Meile um Meile wanderten sie weiter nach Whatstandwell. Der Mundvorrat war aufgezehrt, alle waren hungrig, und sie hatten nur noch wenig Geld für den Heimweg. Aber es gelang ihnen, sich einen Laib Brot und ein Korinthenbrot zu verschaffen, die sie mit Klappmessern zersäbelten und auf der Mauer nahe der Brücke sitzend verzehrten. Sie sahen den hellen Derwent rasch vorüberfließen und die Wagonetten aus Matlock vor dem Gasthof halten.

Inzwischen war Paul blass vor Müdigkeit. Den ganzen Tag

über war er für die Gesellschaft verantwortlich gewesen, und jetzt konnte er nicht mehr. Miriam verstand ihn und hielt sich in seiner Nähe, und er überließ sich ihr.

Am Bahnhof von Ambergate mussten sie eine Stunde warten. Züge fuhren ein, dicht besetzt mit Ausflüglern, die nach Manchester, Birmingham und London zurückkehrten.

»Da könnten wir auch hin – vielleicht glauben die Leute, dass wir auch so weit fahren«, sagte Paul.

Sie kamen recht spät zurück. Miriam, die mit Geoffrey nach Hause ging, sah den Mond aufsteigen: groß und rot und dunstig. Sie spürte, dass etwas in ihr zur Erfüllung gekommen war.

Sie hatte eine ältere Schwester namens Agatha, die Schullehrerin war. Die beiden Mädchen lagen in Fehde miteinander. Miriam hielt Agatha für zu weltlich gesinnt. Und sie selbst wollte ebenfalls Lehrerin werden.

Eines Samstagnachmittags waren Agatha und Miriam oben beim Anziehen. Ihre Schlafkammer lag über dem Stall. Es war ein niedriges, nicht sehr großes, kahles Zimmer. Miriam hatte einen Druck von Veroneses Vision der hl. Helena an die Wand genagelt. Sie liebte die Frau, die träumend im Fenster saß. Ihre eigenen Fenster waren zu klein, um darin zu sitzen. Aber das vordere war von Geißblatt und Wildem Wein fast überwuchert und blickte auf die Baumwipfel des Eichenwaldes auf der anderen Seite des Hofes, während das kleine hintere Fenster, nicht größer als ein Taschentuch, ein Ausguck nach Osten war, zur Morgenröte hin, die gegen die geliebten runden Hügel schlug.

Die beiden Schwestern redeten nicht viel miteinander. Agatha, die hellhaarig, klein und entschlossen war, hatte sich gegen die häusliche Atmosphäre aufgelehnt, gegen die Lehre vom »Hinhalten der anderen Wange«. Jetzt war sie draußen in der Welt, auf dem besten Wege zur Unabhängigkeit. Und sie beharrte auf weltlichen Werten, die Miriam am liebsten ignoriert hätte: äußere Erscheinung, Benehmen, Stellung.

Beide Mädchen waren gern oben, aus dem Weg, wenn Paul

kam. Sie zogen es vor, hinunterzustürzen, die Tür am Fuß der Treppe aufzureißen und zu sehen, wie er sie erwartungsvoll musterte. Miriam stand da und streifte sich mühsam einen Rosenkranz über den Kopf, den er ihr geschenkt hatte. Er verfing sich in den feinen Strähnen ihres Haars. Zuletzt aber hatte sie ihn um, und die rotbraunen Holzperlen nahmen sich hübsch aus an ihrem kühlen braunen Hals. Sie war ein gutentwickeltes Mädchen und sehr schön. Doch in dem kleinen Spiegel, der an der weiß getünchten Wand hing, konnte sie sich immer nur bruchstückweise sehen. Agatha hatte sich einen eigenen kleinen Spiegel gekauft, den sie aufstellte, wo es ihr passte. Miriam stand am Fenster. Plötzlich hörte sie das wohlbekannte Klirren der Kette und sah, wie Paul das Tor aufstieß und sein Fahrrad in den Hof schob. Sie sah, wie er zum Haus hinblickte, und zuckte zurück. Er lief ganz lässig, und sein Fahrrad lief neben ihm her wie ein lebendiges Wesen.

»Paul ist da!«, rief sie.

»Da freust du dich wohl«, sagte Agatha schneidend.

Vor Verwunderung und Verwirrung stand Miriam ganz still.

»Wieso, du denn nicht?«, fragte sie.

»Ja, aber ich werde es mir nicht anmerken lassen, sonst denkt er noch, ich will ihn.«

Miriam war verblüfft. Sie hörte, wie er sein Rad unten im Stall abstellte und mit Jimmy sprach, einem ehemaligen Grubenpferd, das jetzt alt war und ausgedient hatte.

»Na, Jimmy, mein Junge, wie geht's? Immer nur krank und betrübt? Jammerschade, alter Knabe!«

Sie hörte, wie der Strick durch den Ring glitt, als das Pferd unter der Liebkosung des Jungen den Kopf hob. Wie gerne sie lauschte, wenn er glaubte, nur das Pferd könne ihn hören. Aber es gab eine Schlange in ihrem Eden. Ernst erforschte sie ihr Inneres, um herauszufinden, ob sie Paul Morel wollte. Sie fühlte, dass etwas Schändliches darin lag. Voll widerstreitender Gefühle hatte sie Angst davor, dass sie ihn wollte. Selbstüberführt stand sie da. Dann überkam sie die Pein neuer Scham. Wie unter Folterqualen krümmte sie sich zusammen. Wollte sie Paul Morel, und wusste er, dass sie ihn wollte? Welch heikle Schande sie auf sich lud! Sie hatte das Gefühl, als sei ihre ganze Seele zu Knoten der Scham verschlungen.

Agatha war als Erste angekleidet und lief nach unten. Miriam hörte, wie sie den Jungen fröhlich begrüßte, und wusste genau, wie sehr ihre grauen Augen bei diesem Tonfall leuchteten. Sie selbst hätte es als Kühnheit empfunden, ihn so zu begrüßen. Und doch stand sie unter der Selbstanklage, ihn zu wollen, war an diesen Marterpfahl gefesselt. In bitterer Verwirrung kniete sie nieder und betete:

»O Herr, lass mich Paul Morel nicht lieben. Bewahre mich davor, ihn zu lieben, wenn ich ihn nicht lieben darf.«

Etwas Widernatürliches in diesem Gebet ließ sie stutzen. Sie hob den Kopf und dachte nach. Wie konnte es unrecht sein, ihn zu lieben? Die Liebe war ein Geschenk Gottes. Und doch löste sie Scham bei ihr aus. Das war seinetwegen, Paul Morels wegen. Aber es war doch gar nicht seine Angelegenheit, sondern ihre, eine Angelegenheit zwischen Gott und ihr selbst. Sie sollte ein Opfer werden. Aber es war Gottes Opfer, nicht Paul Morels oder ihres. Nach einigen Minuten verbarg sie wieder ihr Gesicht im Kissen und sagte:

»Aber, Herr, wenn es dein Wille ist, dass ich ihn lieben soll, so mach, dass ich ihn liebe – wie Christus ihn geliebt hätte, der für die Seelen der Menschen starb. Mach, dass ich ihn herrlich liebe, denn er ist dein Sohn.«

Eine Weile blieb sie ganz still und tief bewegt auf den Knien liegen, ihr schwarzes Haar ruhte auf den roten und mit Lavendelzweigen verzierten Quadraten der Patchworkdecke. Beten war für sie fast lebenswichtig. Dann verfiel sie in den Taumel der Selbstaufopferung, identifizierte sich mit einem Gott, der geopfert worden war, was so vielen Menschenseelen höchstes Glück bescherte.

Als sie nach unten ging, saß Paul zurückgelehnt in einem Armsessel und redete heftig auf Agatha ein, die über ein kleines Bild spottete, das er mitgebracht hatte, um es ihr zu zeigen. Miriam betrachtete die beiden und wollte ihrer Ungezwungenheit aus dem Weg gehen. Sie ging in die gute Stube, um allein zu sein.

Erst beim Abendessen konnte sie mit Paul sprechen, und dann war ihr Benehmen so abweisend, dass er glaubte, sie gekränkt zu haben.

Miriam gab ihre Gewohnheit auf, jeden Donnerstagabend zur Bücherei in Bestwood zu gehen. Nachdem sie Paul das ganze Frühjahr über regelmäßig besucht hatte, rückten ihr mehrere geringfügige Vorfälle und kleine Sticheleien vonseiten seiner Familie ins Bewusstsein, welche Haltung diese ihr gegenüber einnahm, und sie beschloss, nicht mehr hinzugehen. So kündigte sie Paul eines Abends an, dass sie ihn an den Donnerstagabenden nicht mehr zu Hause besuchen wolle.

»Warum?«, fragte er kurz angebunden.

»Darum. Ich will nicht mehr.«

»Na schön.«

»Aber«, stammelte sie, »wenn du mich treffen möchtest, könnten wir trotzdem miteinander gehen.«

»Dich treffen, wo denn?«

»Irgendwo – wo du willst.«

»Ich werde dich nicht irgendwo treffen. Ich sehe nicht ein, warum du mich nicht weiter besuchen willst. Aber wenn du nicht willst, will ich dich auch nicht treffen.«

So wurden die Donnerstagabende, die ihr, und ihm, so kostbar gewesen waren, aufgegeben. Stattdessen arbeitete er. Mrs Morel rümpfte befriedigt die Nase, als sie von dieser Absprache erfuhr.

Er wollte nicht zugeben, dass sie ein Liebespaar waren. Die Vertrautheit zwischen ihnen war so unsinnlich gewesen, eine solche Seelenangelegenheit, so ganz Gedanke und mühsames Ringen um Bewusstheit, dass er sie nur als platonische Freundschaft auffasste. Mannhaft leugnete er, dass sonst noch etwas zwischen ihnen war. Miriam blieb stumm oder pflichtete ihm ruhig bei. Er war ein solcher Narr, dass er nicht merkte, was mit ihm geschehen war. In stillschweigendem Übereinkommen überhörten sie die Bemerkungen und Anspielungen ihrer Bekannten.

»Wir sind kein Liebespaar, wir sind Freunde«, sagte er zu ihr. »*Wir* wissen es. Lass sie nur reden. Was liegt daran, was sie reden?«

Manchmal, wenn sie zusammen spazieren gingen, schob sie schüchtern ihren Arm in seinen. Aber das verübelte er ihr, und sie wusste es. Es löste einen heftigen Zwiespalt in ihm aus. Bei Miriam befand er sich immer auf der hohen Ebene der Abstraktion, wo das natürliche Feuer der Liebe in den feinen Dunst des Gedankens überführt wurde. Sie wollte es so. Wenn er fröhlich oder, wie sie es nannte, frech war, wartete sie, bis er zu ihr zurückkehrte, bis wieder der Wandel in ihm stattgefunden hatte und er – finster, leidenschaftlich in seinem Verlangen nach Erkenntnis – mit seiner Seele rang. Und in dieser Leidenschaft nach Erkenntnis lag ihre Seele dicht an seiner, dann gehörte er ganz ihr. Aber zuerst musste er unsinnlich werden.

Wenn sie dann ihren Arm in den seinen legte, verursachte ihm dies fast Folterqualen. Sein Bewusstsein schien sich zu spalten. Die Stelle, wo sie ihn berührte, glühte wie durch Reibung. Dann war er ganz mörderischer Kampf, und deshalb wurde er grausam zu ihr.

Eines Abends im Hochsommer besuchte Miriam ihn zu Hause, erhitzt vom Anstieg. Paul war allein in der Küche, seine Mutter hörte man oben umhergehen.

»Komm, sieh dir mal die Gartenwicken an«, sagte er zu dem Mädchen.

Sie gingen in den Garten. Der Himmel hinter dem Städtchen und der Kirche war orange-rot, der Blumengarten von einem sonderbar warmen Licht überflutet, das jedes Blatt zu etwas Bedeutsamem erhob. Paul ging eine schöne Reihe von Wicken entlang und pflückte hier und da eine Blüte, alle cremefarben oder blassblau. Miriam folgte ihm und atmete den Duft ein. Blumen sprachen sie so stark an, dass sie das Gefühl hatte, sie zu einem Teil ihrer selbst machen zu müssen. Wenn sie sich bückte und an einer Blume roch, war ihr, als wenn sie und die Blume einander liebten. Paul hasste sie dafür. Ihre Handlungsweise kam einer Art Selbstentblößung gleich, war etwas zu Intimes.

Als er einen hübschen Strauß beisammenhatte, kehrten sie ins Haus zurück. Einen Augenblick lang horchte er auf die ruhigen Bewegungen seiner Mutter oben, dann sagte er:

»Komm her, ich will sie dir anstecken.«

Er heftete je zwei, drei an den Ausschnitt ihres Kleides. Hin und wieder trat er zurück, um die Wirkung zu prüfen.

»Weißt du«, sagte er und nahm die Nadel aus dem Mund, »eine Frau sollte sich ihre Blumen immer vor dem Spiegel anstecken.«

Miriam lachte. Sie glaubte, Blumen könne man sich ohne jede Sorgfalt ans Kleid heften. Dass Paul sich die Mühe machte, ihre Blumen für sie zu befestigen, war eine Laune von ihm.

Ihr Lachen beleidigte ihn ziemlich.

»Manche Frauen tun das – die, die anständig aussehen«, sagte er.

Als Miriam hörte, dass er sie mit anderen Frauen in einen Topf warf, musste sie abermals lachen, aber freudlos. Bei den meisten Männern hätte sie es überhört. Aber bei ihm tat es ihr weh.

Er hatte das Blumenarrangement fast beendet, als er die Schritte seiner Mutter auf der Treppe hörte. Eilends steckte er die letzte Nadel fest und wandte sich ab.

»Mater darf davon nichts wissen«, sagte er.

Miriam nahm ihre Bücher und blieb in der Tür stehen. Bekümmert betrachtete sie den herrlichen Sonnenuntergang. Sie nahm sich vor, Paul nicht mehr zu besuchen.

»Guten Abend, Mrs Morel«, grüßte sie ehrerbietig. Es klang, als fühlte sie, dass sie kein Recht habe, hier zu sein.

»Ach, du bist's, Miriam!«, erwiderte Mrs Morel kühl.

Aber Paul bestand darauf, dass jedermann seine Freundschaft mit dem Mädchen akzeptierte, und Mrs Morel war zu klug, um es auf eine Entzweiung ankommen zu lassen.

Erst als er zwanzig Jahre alt war, konnte sich die Familie eine Ferienreise leisten. Abgesehen von einem Besuch bei ihrer Schwester, hatte Mrs Morel seit ihrer Heirat noch nie eine Ferienreise unternommen. Jetzt hatte Paul endlich genug Geld gespart, und sie alle wollten verreisen. Es sollte eine ganze Gesellschaft werden: einige von Annies Freundinnen, ein Freund von Paul, ein junger Mann aus demselben Büro, wo William früher gearbeitet hatte, und Miriam.

Es war sehr aufregend, wegen der Zimmer zu schreiben. Paul und seine Mutter überlegten unaufhörlich. Sie wollten ein möbliertes Cottage für zwei Wochen. Sie meinte, eine Woche sei genug, aber er beharrte auf zweien. Wenn morgens die Post kam, war er schon aus dem Haus. So lauteten die ersten Worte, die seine Mutter an ihn richtete, wenn er nach Hause kam:

»Paul, du weißt schon, dieses Weibsstück in Skegness – für ihren schäbigen Bungalow verlangt sie vier Guineen die Woche.«

»Dann pfeifen wir drauf«, sagte Paul.

»Das finde ich auch«, erwiderte seine Mutter empört. Dann schrieb er noch am selben Abend einen weiteren Brief. Schließlich bekamen sie Antwort aus Mablethorpe, ein Cottage ganz nach ihren Wünschen für dreißig Shilling die Woche. Es herrschte gewaltiger Jubel. Seiner Mutter wegen war Paul außer sich vor Freude. Jetzt würde sie einmal richtig Ferien machen. Abends saßen sie zusammen und malten sich aus, wie es sein würde. Annie kam herein, und Leonard, und Alice, und Kitty. Alle waren voll unbändiger Freude und Erwartung. Paul erzählte es Miriam. Diese schien darüber nachzugrübeln. Aber das Haus der Morels hallte wider vor Aufregung.

Am Samstagmorgen wollten sie den Sieben-Uhr-Zug nehmen. Paul schlug vor, dass Miriam bei ihm zu Hause übernachtete, weil sie so weit zu gehen hatte. Sie kam zum Abendessen. Alle waren so aufgeregt, dass selbst Miriam herzlich empfangen wurde. Doch kaum war sie eingetreten, schlug die Stimmung in der Familie um, wurde dumpf und angespannt. Paul hatte ein Gedicht von Jean Ingelow entdeckt, in dem von Mablethorpe die Rede war, das musste er Miriam vorlesen. Nie wäre er auf dem Wege der Rührseligkeit so weit gegangen, seiner Familie Gedichte vorzulesen. Jetzt aber ließen sie sich herbei, ihm zuzuhören. Miriam saß auf dem Sofa, ganz in ihn versunken. In seiner Gegenwart schien sie stets in ihn versunken. Mrs Morel saß eifersüchtig auf ihrem Stuhl. Sie wollte auch zuhören. Und selbst Annie und der Vater widmeten sich ihm, Morel mit seitlich geneigtem Kopf wie jemand, der einer Predigt lauscht und sich dessen bewusst ist. Paul beugte den Kopf über das Buch. Jetzt hatte er alle Zuhörer um sich, an denen ihm lag. Und Mrs Morel und Annie wetteiferten geradezu mit Miriam, wer am besten zuhörte und seine Gunst gewann. Paul war in bester Verfassung.

»Aber«, unterbrach Mrs Morel, »was ist eigentlich ›Die Braut von Enderby‹, das, weshalb die Glocken läuten sollen?«

»Es ist eine alte Melodie, die man früher mit den Glocken geläutet hat, als Warnung vor Hochwasser. Ich nehme an, dass die Bräute von Enderby bei einer Überschwemmung ertrunken sind«, antwortete er. Er hatte nicht die leiseste Ahnung, worum es sich tatsächlich handelte, aber nie hätte er sich so weit erniedrigt, dies vor den Frauen einzugestehen. Sie lauschten und glaubten ihm. Er selbst glaubte es auch.

»Und die Leute wussten, was es mit dieser Melodie auf sich hat?«, fragte seine Mutter.

»Ja – genau wie die Schotten, wenn sie ›Die Blumen des Waldes‹ hörten – und wenn die Glocken zur Warnung rückwärts läuteten.«

»Wie denn das?«, sagte Annie. »Eine Glocke klingt doch immer gleich, ob sie nun vorwärts oder rückwärts geläutet wird.«

»Aber«, wandte er ein, »wenn man mit der tiefen Glocke beginnt und sich zur hohen emporarbeitet – ding – dong – ding – dong – ding – dong – ding – dong!«

Er kletterte die Tonleiter hinauf. Das fanden alle gescheit. Er auch. Nachdem er eine Minute gewartet hatte, fuhr er mit dem Gedicht fort.

»Hm!«, sagte Mrs Morel neugierig, als er fertig war. »Aber ich wünschte, es wäre nicht alles so traurig, was geschrieben wird.«

»Ich versteh nich, wozu die sich alle ertränken wollten«, sagte Morel. Es entstand eine Pause. Annie stand auf, um den Tisch abzuräumen.

»Ich finde, Elizabeth ist ein schöner Name«, sagte Miriam mit leiser Stimme. »›Die Frau meines Sohnes, Elizabeth –‹«

»Ja«, sagte Paul.

»Ja«, sagte seine Mutter. »Aber ›Lizzie‹ mag ich nicht, und ›Liza‹ finde ich abscheulich.«

Weder Paul noch Miriam kam in den Sinn, dass »Lizzie« und »Liza« irgendetwas damit zu tun hatten.

»Aber ›Elizabeth‹!«, murmelte Miriam.

»Und Königin Elizabeth ließ sich furchtbar gern mit ›Große Eliza‹ anreden«, sagte Paul.

»Wie bitte was?«, rief Morel.

Mrs Morel lachte – Paul auch.

»Ich wette, die hat sich 'n Lappen um die Füße gebunden«, setzte Morel seinen Scherz fort.

»Red nicht so frech von einer Königin«, sagte Annie.

»Königinnen!«, sagte Morel. »Seid's ihr nich alle Königinnen? Ihr braucht doch nichts weiter zu tun, als in eurer Pracht dazusitzen.«

Miriam stand auf, um mit den Töpfen zu helfen.

»Lass mich beim Abwasch helfen«, sagte sie.

»Auf keinen Fall«, rief Annie. »Du setzt dich wieder hin. Es sind ja nicht viele.«

Und Miriam, die nicht zu vertraulich sein und darauf bestehen durfte, setzte sich wieder hin, um mit Paul ins Buch zu schauen.

Er war der Leiter der Gesellschaft – sein Vater war zu nichts zu gebrauchen. Und Paul litt große Qualen, falls die Zinntruhe in Firsby ausgeladen wurde statt in Mablethorpe. Eine Kutsche konnte er auch nicht besorgen. Das tat seine tapfere kleine Mutter.

»Hier!«, rief sie einem Mann zu. »Hier!«

Paul und Annie versteckten sich hinter den anderen. Sie erstickten fast vor beschämtem Lachen.

»Was kostet die Fahrt nach Brook Cottage?«, fragte Mrs Morel.

»Zwei Shilling.«

»Wie weit ist es?«

»Ein ziemliches Stück.«

»Das glaube ich nicht«, sagte sie.

Aber sie stieg doch ein. Zu acht drängten sie sich in die alte Seebadkutsche.

»Seht ihr«, sagte Mrs Morel, »das macht für jeden nur drei Pence, und wenn's ein Pferdebahnwagen wär –«

Sie fuhren los. Bei jedem Cottage, zu dem sie kamen, rief Mrs Morel:

»Ist es das? – Das hier muss es sein!«

Alle saßen in atemloser Spannung da. Sie fuhren vorbei. Allgemeines Seufzen.

»Ich bin ja so dankbar, dass es nicht dieser Schuppen ist«, sagte Mrs Morel. »Ich hatte solche Angst.«

Sie fuhren immer weiter.

»Dieser stinkende Halunke hat gesagt, zehn Minuten bis zum Meer –!«, rief Mrs Morel.

»'ne volle Stunde«, erwiderte Morel.

Und alle stürzten sich wütend auf ihn.

»Werden wir denn nie ankommen?«, rief Mrs Morel.

»Schrei nicht so, Mutter«, sagte Annie. »Was soll er von uns denken?«

Mrs Morel betrachtete spöttisch den Kutscher.

»Weiß ich doch nicht. Aber nicht viel, so wie er dreinschaut.«

Endlich stiegen sie vor einem Haus aus, das allein über dem Deich an der Landstraße stand. Es herrschte wilde Aufregung, weil sie, um in den Vorgarten zu gelangen, eine kleine Brücke überqueren mussten. Aber sie liebten das einsam gelegene Haus, mit einer Meerwiese auf einer Seite und der unendlichen Weite der Äcker, die mit weißer Gerste, gelbem Hafer, rotem Weizen und grünen Hackfrüchten gefleckt waren und sich flach und eben bis zum Horizont erstreckten.

Paul führte Buch. Er und seine Mutter schmissen den Laden. Die Gesamtkosten – Unterkunft, Nahrung, alles – beliefen sich pro Person auf sechzehn Shilling die Woche. Am Morgen gingen Leonard und er baden. Morel wanderte schon in aller Frühe umher.

»Du, Paul«, rief seine Mutter aus dem Schlafzimmer. »Iss erst ein Butterbrot.«

»In Ordnung«, antwortete er.

Als er zurückkam, sah er, wie seine Mutter am Frühstückstisch feierlich den Vorsitz führte. Die Frau des Hauses war noch jung. Ihr Mann war blind, und sie besorgte für andere Leute die Wäsche. Deshalb erledigte Mrs Morel immer den Abwasch und machte die Betten.

»Aber du hast doch gesagt, du wolltest mal richtige Ferien haben«, sagte Paul, »und jetzt arbeitest du.«

»Arbeiten!«, rief sie. »Wovon redest du?«

Er ging gern mit ihr über die Felder ins Dorf und ans Meer. Sie fürchtete sich vor den Holzstegen, und er schimpfte mit ihr, weil sie sich wie ein Kleinkind aufführte. Insgesamt aber wich er nicht von ihrer Seite, als sei er *ihr* Mann.

Miriam bekam ihn nicht oft zu sehen – es sei denn vielleicht, wenn die anderen alle zu den Coons gingen, schwarz geschminkten Weißen, die »Negerlieder« sangen. Die Coons kamen Miriam unerträglich albern vor, daher war er derselben Meinung und hielt Annie selbstgefällige Predigten darüber, wie töricht es sei, sie sich anzuhören. Dennoch kannte er alle ihre Songs und sang sie lärmend auf den Straßen. Und wenn er sich beim Zuhören ertappte, bereitete ihre Albernheit ihm größten Spaß. Zu Annie aber sagte er:

»So ein Blödsinn! – Ohne jeden Sinn und Verstand. Niemand, der auch nur ein bisschen mehr Grütze hat als ein Grashüpfer, würde da hingehen, sich setzen und zuhören.«

Und zu Miriam sagte er von Annie und den anderen verächtlich:

»Ich schätze, die sind bei den Coons.«

Es war ein seltsamer Anblick, wenn Miriam Coon-Songs sang. Sie hatte ein gerades Kinn, das senkrecht von der Unterlippe bis zur Halsbiegung verlief. Wenn sie sang, und sei es auch:

»Komm in die Liebesgasse,
Geh mit mir und sprich mit mir – «,

erinnerte sie Paul immer an einen der traurigen Engel Botticellis.

Nur wenn er zeichnete oder wenn die anderen abends bei den Coons waren, hatte sie ihn für sich. Dann redete er mit ihr endlos von seiner Liebe zur Horizontalen: dass die weiten Flächen von Himmel und Erde in Lincolnshire für ihn die Ewigkeit des Willens verkörperten, ebenso wie die normannischen Rundbögen der Kirche in ihrer dauernden Wiederholung das hartnäckige Vorandrängen der beharrlichen menschlichen Seele bedeuteten, immer weiter, niemand wisse, wohin; im Gegensatz zu den senkrechten Linien und den gotischen Spitzbögen, die, wie er sagte, zum Himmel empordrängten, an Ekstase rührten und sich im Göttlichen verlören. Er selbst, führte er aus, sei normannisch, Miriam gotisch. Selbst dem fügte sie sich zustimmend.

Eines Abends wanderten die beiden über den breiten, ausgedehnten Sandstrand nach Theddlethorpe. Die langen Sturzwellen überschlugen sich und liefen in zischendem Schaum die Küste entlang. Es war ein warmer Abend. Auf der weiten Sandfläche war außer ihnen keine Menschenseele zu sehen, kein Geräusch zu hören als der Klang des Meeres. Paul sah zu gern, wie es sich an das Land schmiegte. Zwischen dem Lärmen des Meeres und dem Schweigen des Sandstrands spürte er zu gern das eigene Ich. Miriam war bei ihm. Alles wurde sehr eindringlich. Als sie umkehrten, war es schon dunkel. Der Heimweg führte durch eine Lücke in den Dünen und einen erhöhten Graspfad zwischen zwei Deichen entlang. Das Land lag schwarz und still. Hinter den Dünen flüsterte das Meer. Paul und Miriam gingen schweigend dahin. Plötzlich fuhr er zusammen. Sein Blut schien in Flammen zu stehen, und er konnte kaum atmen. Vom Rand der Dünen starrte ein gewaltiger orangefarbener Mond sie an. Paul blieb reglos stehen und betrachtete ihn.

»Ah!«, rief Miriam, als sie den Mond sah.

Paul blieb vollkommen reglos und starrte auf den riesigen roten Mond, den einzigen Gegenstand im weiten Dunkel der Ebene. Sein Herz schlug schwer, seine Armmuskeln spannten sich.

»Was ist?«, murmelte Miriam, die auf ihn wartete.

Er wandte sich um und sah sie an. Sie stand neben ihm, für immer im Dunkeln. Ihr Gesicht, bedeckt vom Schatten ihres Hutes, beobachtete ihn, ohne dass er es merkte. Aber sie grübelte. Sie fürchtete sich ein wenig – war zutiefst ergriffen und andächtig. Das war ihr bester Gemütszustand. Dann vermochte er nichts gegen sie. Das Blut brannte ihm in der Brust wie eine Flamme. Aber er konnte nicht zu ihr hinübergelangen. Blitze durchzuckten sein Blut. Aber irgendwie bemerkte sie sie nicht. Sie erwartete einen andächtigen Zustand von ihm. Noch immer voller Sehnsucht, war sie sich seiner Aufgewühltheit halb inne, sah ihn besorgt an.

»Was ist?«, murmelte sie wieder.

»Der Mond«, antwortete er stirnrunzelnd.

»Ja«, pflichtete sie ihm bei. »Ist er nicht wunderschön?« Sie war neugierig auf Paul. Die Krise war überstanden.

Er wusste ja selbst nicht, was mit ihm los war. Er war seinem Wesen nach so jung und ihrer beider Intimität so unsinnig, dass er gar nicht wusste, wie gern er sie an seine Brust gedrückt hätte, um den Schmerz dort zu lindern. Er hatte Angst vor ihr. Dass er sie womöglich so wollte, wie ein Mann eine Frau will, war in ihm schamvoll unterdrückt worden. Wenn sie bei dem bloßen Gedanken an dergleichen in krampfhaft zuckender Qual zurückschreckte, fuhr er in den Tiefen seiner Seele zusammen. Und nun verhinderte diese »Reinheit« sogar ihren ersten Liebeskuss. Es war, als könne sie die Erschütterung körperlicher Liebe, ja auch nur eines leidenschaftlichen Kusses, kaum ertragen, und dann war auch er zu schüchtern und zu empfindsam, ihn zu geben.

Als sie die dunkle Marschwiese entlanggingen, betrachtete er den Mond und sprach nicht. Sie stapfte neben ihm her. Er hasste sie, denn in gewisser Weise schien sie Selbstverachtung in ihm auszulösen. Als er nach vorn blickte, sah er ein einziges Licht in der Dunkelheit, das von einer Lampe erleuchtete Fenster ihres Cottages.

Er dachte gern an seine Mutter und die anderen fröhlichen Menschen.

»Alle anderen sind längst wieder da!«, sagte seine Mutter, als sie eintraten.

»Was macht das schon?«, rief er gereizt. »Ich darf doch wohl noch spazieren gehen, wenn mir danach ist?«

»Und ich hätte gedacht, ihr könntet wie die anderen rechtzeitig zum Abendessen zurück sein«, sagte Mrs Morel.

»Ich kann machen, wie's mir passt«, erwiderte er. »Es ist nicht spät. Ich tue, was ich will.«

»Nun gut«, sagte seine Mutter schneidend, »dann tu, was du willst.«

Und sie beachtete ihn an diesem Abend nicht weiter. Er tat so, als bemerke er es nicht und als kümmere es ihn nicht, sondern saß da und las. Auch Miriam las, wie um sich auszulöschen. Mrs Morel hasste sie, weil sie ihren Sohn so verändert hatte. Sie beobachtete, wie reizbar, selbstgefällig und schwermütig Paul wurde. Schuld daran gab sie Miriam. Annie und alle ihre Freundinnen schlossen sich gegen das Mädchen zusammen. Miriam hatte keinen Freund außer Paul. Aber sie litt nicht sehr darunter, weil sie die Plattheit dieser Leute verachtete.

Paul aber hasste sie, weil sie seine Ungezwungenheit und seine Natürlichkeit zerstörte. Und er wand sich im Gefühl seiner Erniedrigung.

Kapitel 8
Streit in der Liebe

Arthur schloss seine Lehre ab und bekam eine Stelle im Elektrizitätswerk der Grube von Minton. Er verdiente sehr wenig, hatte jedoch gute Aussichten auf Beförderung. Allerdings war er unbesonnen und rastlos. Er trank zwar nicht, und er spielte nicht. Und doch brachte er es immer wieder fertig, in Schwierigkeiten zu geraten, stets durch eine hitzköpfige Gedankenlosigkeit. Entweder ging er in den Wäldern wie ein Wilddieb auf Kaninchenjagd, oder er blieb die ganze Nacht über in Nottingham, statt nach Hause zu kommen, oder er verrechnete sich beim Kopfsprung in den Kanal bei Bestwood und zerschrammte sich an den kantigen Steinen und Blechbüchsen auf dem Grunde die Brust zu einer wunden Masse.

Er war noch nicht viele Monate in seiner neuen Stellung gewesen, als er eines Nachts wieder einmal nicht nach Hause kam.

»Weißt du, wo Arthur ist?«, fragte Paul beim Frühstück.

»Nein«, antwortete seine Mutter.

»Er ist ein Narr«, sagte Paul. »Wenn er wenigstens etwas ausfressen würde, hätte ich ja nichts dagegen. Aber nein, er kann einfach nicht von einer Partie Whist wegkommen oder muss ein Mädchen von der Eisbahn nach Hause bringen – das gehört sich ja auch – und kann deshalb nicht nach Hause kommen. Er ist ein Narr.«

»Ich weiß nicht, ob es so viel besser wäre, wenn er etwas ausfressen würde, worüber wir uns alle schämen müssten«, sagte Mrs Morel.

»Jedenfalls würde er in meiner Achtung steigen«, sagte Paul.

»Das bezweifle ich sehr«, antwortete seine Mutter kühl.

Sie frühstückten weiter.

»Hast du ihn schrecklich gern?«, fragte Paul seine Mutter.

»Wieso fragst du?«

»Weil es heißt, dass eine Frau ihren Jüngsten immer am liebsten hat.«

»Mag sein – ich nicht. – Nein, er zermürbt mich.«

»Und hättest du es wirklich lieber, er wäre gut?«

»Ich hätte es lieber, er würde mehr männlichen Verstand zeigen.«

Paul war empfindlich und reizbar. Auch er zermürbte seine Mutter sehr oft. Sie sah, wie der Sonnenschein aus ihm wich, und nahm es ihm übel.

Als sie zu Ende gefrühstückt hatten, kam der Postbote mit einem Brief aus Derby. Mrs Morel kniff die Augen zusammen, um die Adresse zu entziffern.

»Gib her, du blindes Huhn!«, rief ihr Sohn und entriss ihr den Brief. Sie sprang auf und hätte ihm fast eine Ohrfeige verpasst.

»Er ist von deinem Sohn Arthur«, sagte er.

»Was ist denn jetzt schon wieder –?«, rief Mrs Morel.

»›Meine liebste Mutter‹«, las Paul vor. »›Ich weiß nicht, warum ich ein solcher Narr bin. Ich möchte, dass du kommst und mich von hier wegholst. Statt zur Arbeit zu gehen, bin ich gestern mit Jack Bredon hierhergekommen und habe mich anwerben lassen. Er sagte, er hätte es satt, sich den Hosenboden durchzusitzen, und wie der Dummkopf, als den du mich kennst, bin ich mitgegangen.

Ich habe den Shilling des Königs genommen, aber wenn du kommst, lassen sie mich vielleicht wieder laufen. Ich war ein Narr, als ich es tat. Ich will nicht zur Armee. Meine liebe Mutter, ich mache dir nichts als Sorgen. Aber wenn du mich hier herausholst, verspreche ich dir, Vernunft anzunehmen und mehr Rücksicht zu zeigen –‹«

Mrs Morel setzte sich wieder in ihren Schaukelstuhl.

»Nein«, rief sie, »er bleibt, wo er ist!«

»Ja«, sagte Paul. »Er bleibt, wo er ist.«

Es trat Schweigen ein. Mit unbewegter Miene, die Hände in der Schürze gefaltet, saß die Mutter da und dachte nach.

»Wenn einen das nicht krank macht!«, rief sie. »Krank!«

»Also wirklich«, sagte Paul und runzelte die Stirn, »du wirst dir doch deswegen nicht die Seele zerquälen, hörst du?«

»Soll ich es etwa als einen Segen auffassen?«, fuhr sie auf und wandte sich gegen ihren Sohn.

»Jedenfalls wirst du keine Tragödie daraus machen«, entgegnete er.

»Dieser Narr! – Dieser junge Narr!«, rief sie.

»Er wird gut aussehen in Uniform«, sagte Paul stichelnd.

Seine Mutter stürzte sich auf ihn wie eine Furie.

»Ach, tatsächlich?«, rief sie. »In meinen Augen jedenfalls nicht –!«

»Er sollte in ein Kavallerieregiment eintreten – da wird er einen Mordsspaß haben und mächtig was hermachen.«

»Was hermachen! – Was hermachen! – Von wegen mächtig was hermachen! – Ein gemeiner Soldat!«

»Nun«, sagte Paul, »was bin ich anderes als ein gemeiner Schreiber?«

»Eine ganze Menge, mein Junge«, rief seine Mutter gekränkt.

»Und das wäre?«

»Auf alle Fälle ein *Mann* und kein Ding in einem roten Rock.«

»Ich hätte nichts gegen einen roten Rock – oder einen dunkelblauen, der stünde mir noch besser –, wenn man mich nur nicht zu sehr herumkommandiert.«

Aber seine Mutter hörte ihm nicht mehr zu.

»Ausgerechnet jetzt, wo er in seiner Stelle weiterkommt oder hätte weiterkommen können – der junge Nichtsnutz –, geht er hin und ruiniert sich fürs Leben.«

»Vielleicht bringen sie ihm ja den letzten Schliff bei«, sagte Paul.

»Den letzten Schliff! – Das letzte *Mark* werden sie ihm aus den Knochen saugen. Ein Soldat! – Ein gemeiner Soldat! – Nichts als ein Körper, der Bewegungen ausführt, wenn er ein Gebrüll hört! Das ist mal was Feines!«

»Ich verstehe nicht, warum du dich so aufregst«, sagte Paul.

»Nein, vielleicht nicht. Aber *ich* verstehe es.« Und damit lehnte sie sich voller Ärger und Wut wieder in ihren Stuhl zurück, das Kinn in die eine Hand gestützt, den Ellbogen in die andere.

»Und wirst du nach Derby fahren?«, fragte Paul.

»Ja.«

»Das nützt doch nichts.«

»Das werde ich ja sehen.«

»Und warum in aller Welt soll er nicht bleiben, wo er ist? Genau das will er doch.«

»Natürlich«, rief die Mutter, »*du* weißt, was er will.«

Sie machte sich fertig und fuhr mit dem ersten Zug nach Derby, wo sie ihren Sohn und den Feldwebel sprach. Aber es nützte nichts.

Als Morel beim Abendessen saß, sagte sie plötzlich:

»Ich musste heute nach Derby fahren.«

Der Bergarbeiter hob die Augen, so dass das Weiße in seinem schwarzen Gesicht zu sehen war.

»Mussteste das, Mädchen – was hat dich hingeführt?«

»Dieser Arthur!«

»Ach – und was is diesmal los?«

»Er hat sich anwerben lassen.«

Morel legte sein Messer hin und lehnte sich auf seinem Stuhl zurück.

»Nein«, sagte er, »das hat er nich.«

»Und geht morgen schon nach Aldershot.«

»Na!«, rief der Bergarbeiter. »Das ist ein Schlag.«

Er überlegte einen Augenblick, sagte »Hm!« und setzte seine Mahlzeit fort. Plötzlich zog sich sein Gesicht voller Wut zusammen.

»Ich hoffe, der setzt mir nie wieder einen Fuß ins Haus«, sagte er.

»So ein Unsinn!«, rief Mrs Morel. »So etwas zu sagen!«

»Hoff ich aber«, wiederholte Morel. »Ein Narr, der wo weg-

rennt, um Soldat zu werden – soll er sehen, wie er fertig wird –
für den rühr ich keinen Finger mehr.«

»Als hättest du je einen Finger für ihn gerührt«, sagte sie.

Und an diesem Abend schämte Morel sich fast, ins Wirtshaus
zu gehen.

»Und, bist du hingefahren?«, fragte Paul seine Mutter, als er
nach Hause kam.

»Ja.«

»Und hast du ihn sprechen können?«

»Ja.«

»Und was hat er gesagt?«

»Als ich gegangen bin, hat er geheult.«

»Hm!«

»Und ich auch, brauchst also gar nicht ›hm!‹ zu machen.«

Mrs Morel sorgte sich um ihren Sohn. Sie wusste, dass es ihm
in der Armee nicht gefallen würde. Die Disziplin war ihm unerträglich.

»Aber der Arzt«, sagte sie mit einem gewissen Stolz zu Paul,
»hat gemeint, er wäre wohlproportioniert – alles am rechten
Fleck, er hätte die richtigen Maße. Du weißt ja, er sieht gut aus.«

»Er sieht furchtbar gut aus. Aber die Mädchen kriegt er nicht
so leicht wie William, oder?«

»Nein – er hat einen anderen Charakter. Er hat viel Ähnlichkeit mit seinem Vater, ohne jedes Verantwortungsgefühl.«

Um seine Mutter zu trösten, ging Paul in dieser Zeit nicht oft
nach Willey Farm. Und in der Herbstausstellung von Schüler-
arbeiten im Schlossmuseum hingen zwei Studien von ihm, eine
Landschaft in Aquarell und ein Stillleben in Öl, die beide erste
Preise gewannen. Er war ganz aufgeregt.

»Was meinst du wohl, was ich für meine Bilder bekommen
habe, Mutter?«, fragte er, als er eines Abends nach Hause kam.
Sie konnte es seinen Augen ansehen, dass er sich freute. Sie errötete.

»Woher soll ich das wissen, mein Junge?«

»Einen ersten Preis für die Glasgefäße –«

»Hm!«

»Und einen ersten Preis für die Skizze von Willey Farm.«

»Zwei erste Preise?«

»Ja.«

»Hm!«

Ein rosiger Glanz überflog ihr Gesicht, auch wenn sie nichts sagte.

»Schön, nicht?«, sagte er.

»Ja.«

»Warum hebst du mich dann nicht in den Himmel?«

Sie lachte.

»Ich hätte Mühe, dich wieder herunterzuholen«, sagte sie.

Aber sie war doch voller Freude. William hatte ihr seine Sporttrophäen mitgebracht. Sie verwahrte sie noch immer, und seinen Tod konnte sie nicht verzeihen. Arthur war stattlich, zumindest eine gute Erscheinung, warm und großzügig und würde vermutlich am Ende doch noch etwas Ordentliches werden. Aber Paul würde sich hervortun. Sie glaubte fest an ihn, umso mehr, als er sich seiner Kräfte nicht bewusst war. Er würde so viel aus sich hervorbringen. Für sie war das Leben reich an Verheißungen. Sie würde ihre Erfüllung noch erleben. Ihr Kampf war nicht umsonst gewesen.

Während der Ausstellung ging Mrs Morel, ohne dass Paul davon erfuhr, mehrere Male zum Schloss. Sie wanderte den langen Saal entlang, um die anderen Ausstellungsstücke zu betrachten. Ja, sie waren gut. Aber ihnen fehlte jenes gewisse Etwas, das sie zu ihrer Befriedigung verlangte. Einige machten sie eifersüchtig, so gut waren sie. Lange betrachtete sie sie, um Fehler in ihnen zu entdecken. Dann plötzlich bekam sie einen solchen Schreck, dass ihr das Herz klopfte. Dort hing Pauls Bild! Sie kannte es so gut, als wäre es ihr ins Herz gebrannt.

»Name: Paul Morel. Erster Preis.«

Es sah so sonderbar aus, dort in der Öffentlichkeit, an den

Wänden der Schlossgalerie, wo sie im Laufe ihres Lebens schon so manche Bilder gesehen hatte. Und sie blickte um sich, um zu sehen, ob jemand bemerkt hatte, dass sie schon wieder vor derselben Skizze stand.

Aber sie war eine stolze Frau. Als sie auf dem Heimweg zum Park gutgekleideten Damen begegnete, dachte sie bei sich:

»Ja, gut schaut ihr aus – aber ich frage mich doch, ob euer Sohn auch zwei erste Preise im Schloss hat.«

Und sie ging weiter, die stolzeste kleine Frau in ganz Nottingham. Und Paul hatte das Gefühl, etwas für sie getan zu haben, und sei es auch nur eine Kleinigkeit. Alles, was er schuf, gehörte ihr.

Als er eines Tages zum Schlosstor hinaufging, traf er Miriam. Am Sonntag hatte er sie besucht und rechnete nicht damit, ihr in der Stadt zu begegnen. Sie war in Begleitung einer ziemlich auffallenden blonden Frau mit mürrischer Miene und trotzigem Gang. Es war seltsam, wie Miriam in ihrer gebeugten, nachdenklichen Haltung neben dieser Frau mit den schönen Schultern verblasste. Miriam musterte Paul forschend. Sein Blick ruhte auf der Fremden, die ihn nicht beachtete. Das Mädchen merkte, wie seine Männlichkeit sich zurückmeldete.

»Hallo!«, sagte er. »Du hast mir gar nicht gesagt, dass du in die Stadt kommst.«

»Nein«, erwiderte Miriam halb entschuldigend. »Ich bin mit Vater zum Viehmarkt gefahren.«

Er betrachtete ihre Begleiterin.

»Ich habe dir von Mrs Dawes erzählt«, sagte Miriam mit heiserer Stimme. Sie war nervös. »Clara, kennst du Paul?«

»Ich glaube, ich habe ihn schon einmal gesehen«, antwortete Mrs Dawes gleichgültig, als sie ihm die Hand schüttelte. Sie hatte spöttische graue Augen, honigweiße Haut und einen vollen Mund mit einer leicht hochgezogenen Oberlippe, die nicht genau wusste, ob sie sich nun aus Geringschätzung gegen alle Männer aufwarf oder aus dem Wunsch heraus, geküsst zu werden, jedoch ersteren Grund vermutete. Sie warf den Kopf in den Nacken, als hätte sie sich voller Verachtung zurückgezogen, vielleicht wieder vor den Männern. Sie trug einen großen, uneleganten Hut aus schwarzem Biberpelz und ein betont schlichtes Kleid, in dem sie aussah, als stecke sie in einem Sack. Offensichtlich war sie arm und besaß nicht viel Geschmack. Miriam dagegen sah meist adrett aus.

»Wo haben Sie mich denn gesehen?«, wollte Paul von der Frau wissen.

Sie sah ihn an, als wollte sie sich nicht der Mühe einer Antwort unterziehen. Dann sagte sie:

»Als Sie mit Louie Travers spazieren gegangen sind.«

Louie war eins von den Mädchen aus der Strumpfabteilung.

»Sie kennen sie also?«, fragte er.

Sie antwortete nicht. Er wandte sich an Miriam.

»Wohin geht ihr?«, fragte er.

»Zum Schloss.«

»Mit welchem Zug fährst du nach Hause?«

»Ich fahre mit Vater. Magst du nicht mitkommen? Wann hast du frei?«

»Du weißt doch, heute erst um acht, verdammt noch mal.«

Gleich darauf gingen die beiden Frauen weiter.

Paul erinnerte sich, dass Clara Dawes die Tochter einer alten Freundin von Mrs Leivers war. Miriam hatte sie ausgekundschaftet, weil sie früher Aufseherin in der Strumpfabteilung bei Jordan's gewesen war und ihr Mann Baxter Dawes als Fabrikschmied die Eisenteile für künstliche Glieder und dergleichen anfertigte. Durch sie hoffte Miriam unmittelbaren Kontakt mit Jordan's zu erlangen und Pauls Stellung besser einschätzen zu können. Aber Mrs Dawes lebte von ihrem Mann getrennt und setzte sich für die Rechte der Frau ein. Sie galt als klug. Das interessierte Paul.

Baxter Dawes kannte er und mochte ihn nicht leiden. Der Schmied war ein Mann von ein- oder zweiunddreißig Jahren.

Gelegentlich kam er durch Pauls Abteilung: ein großer, gutgebauter Mann von auffallendem Aussehen und stattlich. Zwischen ihm und seiner Frau bestand eine eigentümliche Ähnlichkeit. Er hatte die gleiche weiße Haut mit einer klaren goldenen Tönung. Sein Haar war ein weiches Braun, sein Schnurrbart golden. Und in Haltung und Auftreten legte er den gleichen Trotz an den Tag. Aber dann kam der Unterschied. Seine Augen, dunkelbraun und unstet, blickten schamlos. Sie traten leicht hervor, und seine Lider hingen auf eine Weise darüber, dass es fast wie Hass wirkte. Sein Mund war zu sinnlich. Sein ganzes Benehmen war geduckter Trotz, als sei er bereit, jeden niederzuschlagen, der Anstoß an ihm nahm – vielleicht, weil er in Wahrheit selber Anstoß an sich nahm.

Paul hatte er vom ersten Tag an gehasst. Wenn er den unpersönlichen, abschätzenden Künstlerblick des Jungen auf seinem Gesicht spürte, geriet er in Rage.

»Was gibt's 'n da zu gucken?«, höhnte er drohend

Der Junge sah weg. Aber der Schmied blieb immer hinter dem Tresen stehen und unterhielt sich mit Mr Pappleworth. Seine Redeweise war zotig, verderbt. Wieder spürte er den kühlen, kritischen Blick des Jungen auf seinem Gesicht. Der Schmied fuhr herum, wie von der Tarantel gestochen.

»Was guckst 'n so, du Dreikäsehoch?«, knurrte er.

Der Junge zuckte leicht mit den Achseln.

»Warte nur, du –!«, schrie Dawes.

»Lassen Sie ihn in Ruhe«, sagte Mr Pappleworth mit jener einschmeichelnden Stimme, die besagen sollte: »Er ist doch nur einer von Ihren hübschen kleinen Pappnasen, er kann nichts dafür.«

Seitdem musterte der Junge den Mann jedes Mal, wenn er vorbeikam, mit derselben kritischen Neugier und sah weg, ehe er dem Blick des Schmiedes begegnete. Das machte Dawes wütend. Schweigend hassten sie einander.

Clara Dawes hatte keine Kinder. Als sie ihren Mann verlassen hatte, war der Haushalt aufgelöst worden, und sie war zu ihrer Mutter gezogen. Dawes wohnte bei seiner Schwester. In demselben Haus hielt sich auch eine Schwägerin auf, und aus irgendeinem Grund wusste Paul, dass dieses Mädchen, Louie Travers, jetzt mit Dawes zusammen war. Sie war ein hübsches, freches Flittchen, das sich über den Jungen lustig machte und doch errötete, wenn er sie auf ihrem Heimweg zum Bahnhof begleitete.

Als er Miriam das nächste Mal besuchte, war es Samstagabend. Sie hatte in der guten Stube Feuer gemacht und wartete auf ihn. Die anderen waren, mit Ausnahme ihres Vaters, ihrer Mutter und der jüngeren Kinder, ausgegangen, so dass sie die gute Stube für sich hatten. Es war ein langer, niedriger, warmer Raum. An der Wand hingen drei von Pauls kleinen Skizzen, auf dem Kaminsims stand sein Foto. Auf dem Tisch und auf dem hohen alten Klavier aus Rosenholz standen Schalen mit bunten Blättern. Paul setzte sich in den Lehnstuhl, sie kauerte sich auf dem Kaminvorleger zu seinen Füßen. Warm lag der Feuerschein auf ihrem hübschen, nachdenklichen Gesicht, als sie dort wie eine Verehrerin kniete.

»Was hältst du von Mrs Dawes?«, fragte sie ruhig.

»Sie sieht nicht gerade liebenswert aus«, erwiderte er.

»Nein, aber findest du nicht, dass sie eine schöne Frau ist?«, fragte sie mit tiefer Stimme.

»Ja – dem Wuchs nach. Aber ohne jeden Geschmack. Einiges an ihr gefällt mir. Ist sie unangenehm?«

»Ich glaube nicht. Ich glaube, sie ist unzufrieden.«

»Womit?«

»Nun – wie würde es dir gefallen, dein Leben lang an einen solchen Mann gefesselt zu sein?«

»Warum hat sie ihn dann geheiratet, wenn sie schon so früh Abscheu vor ihm empfindet?«

»Ja, warum wohl?«, wiederholte Miriam bitter.

»Und ich hätte gedacht, dass sie genügend Kampfkraft besitzt, um es mit ihm aufzunehmen«, sagte er.

Miriam ließ den Kopf sinken.

»Ach ja?«, fragte sie spöttisch. »Wie kommst du denn darauf?«

»Sieh dir ihren Mund an – wie gemacht für Leidenschaft – und den Halsansatz –«

Wie Clara warf er herausfordernd den Kopf in den Nacken.

Miriam ließ den Kopf noch tiefer sinken.

»Ja«, sagte sie.

Während er an Clara dachte, herrschte einige Augenblicke Stille.

»Und was hat dir an ihr gefallen?«, fragte sie.

»Ich weiß nicht – ihre Haut und ihre ganze Beschaffenheit – und ihr – ich weiß nicht – sie hat etwas Wildes. – Ich schätze sie als Künstler, das ist alles.«

»Ja.«

Verwundert fragte er sich, weshalb Miriam so seltsam grübelnd vor ihm kauerte. Es ärgerte ihn.

»Eigentlich magst du sie gar nicht, stimmt's?«, fragte er das Mädchen.

Mit ihren großen dunklen Augen sah sie ihn verstört an.

»Doch«, sagte sie.

»Nicht doch – das kannst du nicht – nicht wirklich.«

»Was dann?«, fragte sie langsam.

»Ach, ich weiß nicht – vielleicht magst du sie, weil sie einen Groll gegen Männer hat.«

Vermutlich war dies einer seiner eigenen Gründe dafür, dass er Mrs Dawes mochte, aber das kam ihm nicht in den Sinn. Sie schwiegen. Er hatte die Augenbrauen zusammengezogen, wie es ihm allmählich zur Gewohnheit wurde, besonders wenn er mit Miriam zusammen war. Sie sehnte sich danach, ihm die Stirn zu glätten, und hatte doch Angst davor. Paul Morels gerunzelte Stirn schien ihr das Mal eines Mannes zu sein, der ihr nicht gehörte.

Zwischen den Blättern in der Schale befanden sich ein paar rote Beeren. Er griff danach und zog einen Zweig heraus.

»Wenn du dir rote Beeren ins Haar stecktest«, sagte er, »warum würdest du dann aussehen wie eine Hexe oder wie eine Priesterin, und nie wie eine Bacchantin?«

Sie lachte, aber ihr Lachen klang nackt und gequält.

»Ich weiß nicht«, antwortete sie.

Seine kräftigen warmen Hände spielten aufgeregt mit den Beeren.

»Warum kannst du nicht lachen?«, fragte er. »Nie lachst du ein richtiges Lachen. Du lachst nur, wenn etwas seltsam oder ungereimt ist, und dann scheint es dir fast Qual zu bereiten.«

Sie senkte den Kopf, als schimpfe er sie aus.

»Ich wünschte, du könntest mal eine Minute über mich lachen – nur eine Minute. Ich habe das Gefühl, es würde etwas in dir freisetzen.«

»Aber –«, und mit ängstlich zuckenden Augen sah sie zu ihm auf, »– ich lache doch über dich – wirklich.«

»Niemals! Es klingt immer gezwungen. Wenn du lachst, könnte ich immer weinen, es ist, als würde es dein Leiden aufdecken. Ach, du zwingst mich dazu, die Brauen meiner Seele zusammenzuziehen und nachzugrübeln.«

Langsam, verzweifelt schüttelte sie den Kopf.

»Aber das will ich nicht«, sagte sie.

»Bei dir bin ich immer so verdammt geistig«, rief er.

Sie blieb stumm und dachte: »Warum bist du dann nicht anders?« Doch er sah nur ihre kauernde, brütende Gestalt, und diese schien ihn entzweizureißen.

»Aber es ist Herbst«, sagte er, »da fühlt sich jeder wie ein körperloser Geist.«

Wieder herrschte Schweigen. Diese sonderbare Traurigkeit zwischen ihnen ließ ihre Seele erschauern. Er kam ihr so schön vor, wenn seine Augen sich verdunkelten und aussahen, als seien sie tief wie der tiefste Brunnen.

»Du machst mich so geistig!«, klagte er. »Dabei will ich gar nicht geistig sein.«

Mit einem leisen Knall zog sie den Finger aus dem Mund und sah beinahe herausfordernd zu ihm auf. Doch in ihren großen dunklen Augen lag noch immer nackt ihre Seele und dieselbe flehende Bitte. Hätte er sie in unsinnlicher Reinheit küssen können, er hätte es getan. Aber so konnte er sie nicht küssen – und sie schien ihm keine andere Wahl zu lassen. Sie aber sehnte sich nach ihm.

Er stieß ein kurzes Lachen aus.

»Na gut«, sagte er, »hol deine Französischbücher, und wir lesen etwas – etwas Verlaine.«

»Ja«, sagte sie fast resigniert mit tiefer Stimme. Und sie stand auf und holte die Bücher. Ihre ziemlich roten, nervösen Hände sahen so mitleiderregend aus, dass es ihn danach verlangte, sie zu trösten und zu küssen. Aber dann wagte er es wieder nicht – oder vermochte es nicht. Etwas hinderte ihn daran. Seine Küsse waren nicht für sie gemacht. Bis zehn Uhr setzten sie ihre Lektüre fort, dann gingen sie in die Küche, und bei ihrem Vater und ihrer Mutter wurde Paul wieder natürlich und fröhlich. Seine Augen glänzten dunkel, es lag eine Art Zauber über ihm.

Als er in die Scheune ging, um sein Fahrrad zu holen, stellte er fest, dass der Vorderreifen ein Loch hatte.

»Hol mir eine Schüssel mit etwas Wasser«, sagte er zu ihr. »Ich komme zu spät, und dann kriege ich was zu hören.«

Er zündete die Sturmlampe an, zog den Rock aus, drehte das Rad um und machte sich geschwind an die Arbeit. Miriam kam mit der Schüssel voll Wasser, stellte sich dicht neben ihn und beobachtete ihn. Allzu gern sah sie seinen Händen bei der Arbeit zu. Er war schlank und kräftig, selbst seine hastigsten Bewegungen hatten etwas Müheloses. Und ganz mit seiner Arbeit beschäftigt, schien er sie zu vergessen. Sie liebte ihn, war in ihn versunken. Sie wollte ihre Hände an seinem Körper herabgleiten lassen. Immerzu wollte sie ihn umarmen, aber nur, solange *er* sie nicht wollte.

»So!«, sagte er und stand plötzlich auf. »Hättest du's schneller hingekriegt?«

»Nein!«, antwortete sie lachend.

Er richtete sich auf. Sein Rücken war ihr zugekehrt. Sie legte ihre beiden Hände an seine Seiten und ließ sie rasch daran herabgleiten.

»Du bist so schön!«, sagte sie.

Er lachte, hasste ihre Stimme, aber ihre Hände ließen sein Blut zu einer Flammenwoge aufbrausen. In alledem schien sie *ihn* nicht zu erkennen. Er hätte ein lebloser Gegenstand sein können. Nie erkannte sie in ihm den Mann, der er war.

Er schaltete die Fahrradlampe an, ließ das Rad auf dem Scheunenboden aufspringen, um zu prüfen, ob die Reifen aufgepumpt waren, knöpfte den Rock zu.

»Alles in Ordnung!«, sagte er.

Sie erprobte die Bremsen, aber sie wusste ja, dass sie nicht funktionierten.

»Hast du sie reparieren lassen?«, fragte sie.

»Nein!«

»Warum denn nicht?«

»Die hintere geht noch einigermaßen.«

»Aber das ist doch nicht sicher!«

»Ich kann doch mit der Fußspitze bremsen.«

»Ich wünschte, du hättest sie reparieren lassen«, murmelte sie.

»Keine Sorge – komm morgen mit Edgar zum Tee.«

»Ja?«

»Ja – so um vier – ich komme euch entgegen.«

»Gut.«

Sie freute sich. Sie gingen über den dunklen Hof zum Tor. Als er zum Haus blickte, bemerkte er durch das vorhanglose Küchenfenster im warmen Feuerschein die Köpfe von Mr und Mrs Leivers. Es sah sehr gemütlich aus. Vor ihm lag die schwarze Straße mit ihren Fichten.

»Bis morgen«, sagte er und sprang auf sein Rad.

»Du wirst aufpassen, nicht wahr?«, bat sie.

»Ja.«

Seine Stimme kam schon aus der Dunkelheit. Sie blieb einen Augenblick stehen und beobachtete, wie das Licht seiner Lampe über den Erdboden ins Dunkel raste. Ganz langsam wandte sie sich dem Haus zu. Über dem Wald stieg der Orion auf, sein Hund funkelte halb verhüllt hinter ihm. Im Übrigen war der Wald voller Finsternis und Schweigen, nur in den Ställen hörte man das Vieh atmen. An diesem Abend betete sie ernst für seine Sicherheit. Wenn er sie verließ, lag sie oft in Angst da und fragte sich, ob er heil nach Hause gekommen sei.

Auf seinem Rad flog er die Hügel hinab. Die Straßen waren glitschig, und er musste es dahinrasen lassen. Er empfand Vergnügen, als das Rad den zweiten, steileren Hang hinabsauste. »Jetzt geht's los!«, sagte er. Es war gefährlich, wegen der Biegung unten in der Dunkelheit und wegen der Brauereifuhrwerke, auf denen die betrunkenen Kutscher eingenickt waren. Sein Rad schien unter ihm wegzustürzen, das liebte er. Waghalsigkeit ist fast wie die Rache des Mannes an der Frau. Er fühlt sich nicht gewürdigt, und so nimmt er die eigene Selbstvernichtung in Kauf, damit sie ihn ganz verliert.

Die Sterne auf der Schwärze des Sees schienen wie silberne Grashüpfer zu springen, als er vorübersauste. Dann kam die lange Steigung nach Hause.

»Sieh mal, Mutter!«, sagte er, als er die Beeren und die Blätter auf den Tisch warf.

»Hm!«, sagte sie, betrachtete sie flüchtig und sah wieder weg. Wie immer saß sie allein da und las.

»Sind sie nicht hübsch?«

»Ja.«

Er wusste, dass sie böse auf ihn war. Nach ein paar Minuten sagte er:

»Edgar und Miriam kommen morgen zum Tee.«

Sie antwortete nicht.

»Du hast doch nichts dagegen?«

Sie antwortete immer noch nicht.

»Oder doch?«

»Ich weiß nicht, ob ich was dagegen habe oder nicht.«

»Ich wüsste nicht, warum – ich esse doch so oft bei ihnen.«

»Das tust du.«

»Warum gönnst du ihnen dann den Tee nicht?«

»Wem gönne ich den Tee nicht?«

»Warum bist du so garstig?«

»Ach, sag nichts mehr! Du hast Miriam zum Tee eingeladen, das genügt. Sie wird kommen.«

Er ärgerte sich sehr über seine Mutter. Er wusste, dass sie nur gegen Miriam etwas einzuwenden hatte. Er schleuderte seine Stiefel von sich und ging zu Bett.

Am nächsten Nachmittag lief Paul seinen Freunden entgegen. Er freute sich, als er sie kommen sah. Gegen vier Uhr gelangten sie nach Hause. Alles war sauber und still für den Sonntagnachmittag. Mrs Morel saß in ihrem schwarzen Kleid und ihrer schwarzen Schürze da. Sie stand auf, um die Besucher zu begrüßen. Edgar gegenüber war sie herzlich, zu Miriam jedoch kalt und missgünstig. Dabei fand Paul, dass das Mädchen in ihrem braunen Kaschmirrock sehr vorteilhaft aussah.

Er half seiner Mutter beim Anrichten. Miriam hätte gern ihre Hilfe angeboten, traute sich aber nicht. Paul war recht stolz auf sein Zuhause. Seiner Meinung nach hatte es inzwischen etwas Vornehmes. Die Stühle waren zwar nur aus Holz, das Sofa alt. Aber der Kaminvorleger und die Kissen waren gemütlich, die Bilder geschmackvolle Drucke, alles war schlicht, und es gab viele Bücher. Er schämte sich seines Zuhauses nicht im Geringsten, ebenso wenig Miriam sich des ihren, denn beide waren, wie sie sein sollten, und warm obendrein. Und dann war er stolz auf den Tisch: Das Porzellan war hübsch, das Tischtuch fein. Es spielte keine Rolle, dass die Löffel nicht aus Silber waren und die Messer keine Elfenbeingriffe hatten; alles sah ansprechend aus.

Als ihre Kinder heranwuchsen, hatte Mrs Morel tüchtig gewirtschaftet, so dass alles zueinander passte.

Miriam redete ein wenig über Bücher. Das war ihr unerschöpfliches Gesprächsthema. Aber Mrs Morel war nicht herzlich und wandte sich bald Edgar zu.

Zu Beginn hatten sich Edgar und Miriam immer auf Mrs Morels Kirchenbank gesetzt. Morel ging nie zum Gottesdienst, er zog das Wirtshaus vor. Mrs Morel saß wie eine kleine Kämpferin an einem Ende ihrer Bank, Paul am anderen, und zu Beginn hatte Miriam neben ihm gesessen. Dann fühlte die Kapelle sich heimisch an. Es war ein schöner Ort mit dunklem Gestühl und schlanken, eleganten Säulen und mit Blumen. Und seit seiner Kinderzeit saßen immer dieselben Menschen an denselben Plätzen. Es war angenehm und wunderbar beruhigend, dort anderthalb Stunden lang neben Miriam und nahe seiner Mutter zu sitzen, die beiden Lieben seines Lebens unter dem Zauber eines Gotteshauses vereint zu sehen. Dann fühlte er sich warm und glücklich und fromm zugleich. Und nach dem Gottesdienst ging er mit Miriam nach Hause, während Mrs Morel den Rest des Abends mit ihrer alten Freundin Mrs Burns verbrachte. Auf seinen Sonntagabendspaziergängen mit Edgar und Miriam war er immer äußerst lebhaft. Nie ging er abends an den Gruben vorüber, an der erleuchteten Lampenkaue, den hohen schwarzen Fördertürmen und Wagenreihen, den sich langsam, schattengleich drehenden Gebläsen, ohne dass sich sein Gefühl für Miriam wieder fast unerträglich stark einstellte.

Sie nahm die Kirchenbank der Morels nicht lange in Anspruch. Ihr Vater mietete selbst wieder eine. Sie befand sich unter der kleinen Empore, gegenüber der der Morels. Wenn Paul und seine Mutter die Kapelle betraten, war die Bank der Leivers stets leer. Dann befiel ihn die Furcht, sie könnte nicht kommen; es war ja so weit, und es gab so viele regnerische Sonntage. Dann kam sie, oft tatsächlich sehr spät, doch noch mit ihren langen Schritten herein, den Kopf gesenkt, das Gesicht unter ihrem dunkelgrünen Samthut verborgen. Wenn sie ihm so gegenübersaß, lag ihr Gesicht stets im Schatten. Aber wenn er sie dort sah, hatte er das heftige Gefühl, als sei seine ganze Seele aufgewühlt. Es war nicht dieselbe Glut, nicht derselbe Stolz, nicht dieselbe Seligkeit, die er empfand, wenn seine Mutter ihm anvertraut war: etwas Schöneres, weniger Menschliches, zuhöchst gesteigert von einem Schmerz, als gäbe es da etwas, das er nicht erlangen könne.

Um diese Zeit begann er, den orthodoxen Glauben anzuzweifeln. Er war einundzwanzig, sie war zwanzig. Sie begann sich vor dem Frühling zu fürchten: Dann wurde er immer so wild und tat ihr so weh. Auf der ganzen Wegstrecke zertrümmerte er grausam ihre Glaubenssätze. Edgar freute sich daran. Er war von Natur aus kritisch und eher leidenschaftslos. Miriam jedoch litt heftige Qualen, wenn der Mann, den sie liebte, mit messerscharfem Intellekt ihre Religion analysierte, in der sie lebte, webte und war. Aber er schonte sie nicht. Er war grausam. Und wenn sie allein gingen, trieb er es noch wilder, als wolle er ihre Seele töten. Er ließ ihren Glauben zur Ader, bis sie fast das Bewusstsein verlor.

»Sie frohlockt – sie frohlockt, dass sie mir meinen Sohn abspenstig macht«, rief Mrs Morel in ihrem Herzen, als Paul gegangen war. »Sie ist nicht wie eine gewöhnliche Frau, die mir meinen Anteil an ihm lässt. Sie wird ihn aussaugen. Sie wird ihn aus sich herauslocken und ihn aussaugen, bis nichts mehr von ihm übrig ist, nicht einmal für ihn selbst. Nie wird er ein Mann sein, der auf eigenen Füßen steht – sie wird ihn aussaugen.« So saß die Mutter da, kämpfte mit sich und brütete bitterlich.

Kam er dann von seinen Spaziergängen mit Miriam nach Hause, war er wie von Sinnen vor Qual. Er zerbiss sich die Lippen, ballte die Fäuste, schritt gewaltig aus. Wenn ihm ein Zauntritt den Weg versperrte, blieb er einige Minuten stehen und rührte sich nicht. Vor ihm lag die große, dunkle Senke, auf den schwarzen Hängen ein Gewirr winziger Lichter und im tiefsten

Grunde der Nacht die flammende Grube. Alles war so unheimlich, so entsetzlich. Warum war er so zerrissen, fast verstört, unfähig, sich zu bewegen? Warum saß seine Mutter zu Haus und litt? Er wusste, dass sie furchtbar litt. Aber warum? Und warum hasste er Miriam und war so grausam zu ihr, wenn er an seine Mutter dachte? Wenn Miriam seiner Mutter Leid zufügte, dann hasste er sie. Und er hasste sie leicht. Warum erweckte sie in ihm das Gefühl, als sei er seiner selbst nicht sicher, seiner selbst nicht gewiss, ein unbestimmtes Etwas, als besitze er keine ausreichende Wehr, die verhinderte, dass Nacht und Raum in ihn einbrachen. Wie er sie hasste! Und dann wieder, was für ein Andrang von Zärtlichkeit und Demut!

Dann stürzte er plötzlich weiter, rannte nach Hause. Seine Mutter merkte ihm die Zeichen seiner Qual an und sagte nichts. Aber er musste sie dazu bringen, mit ihm zu reden. Dann war sie böse mit ihm, weil er mit Miriam so weit lief.

»Warum magst du sie nicht, Mutter?«, fragte er verzweifelt.

»Ich weiß es nicht, mein Junge«, erwiderte sie kläglich. »Ich habe mir wirklich Mühe gegeben, mir immer wieder Mühe gegeben – aber ich kann einfach nicht, ich kann es nicht –«

Und er fühlte sich traurig und hoffnungslos zwischen den beiden.

Der Frühling war die schlimmste Zeit. Paul war launenhaft, verspannt und grausam. Daher beschloss er, sie zu meiden. Dann kamen die Stunden, da er wusste, dass Miriam ihn erwartete. Seine Mutter merkte, wie er unruhig wurde. Er konnte nicht weiterarbeiten. Er konnte gar nichts mehr tun. Es war, als zerre etwas an seiner Seele, nach Willey Farm hin. Dann setzte er seinen Hut auf und ging wortlos aus dem Haus. Und seine Mutter wusste, wohin er ging. Und sobald er unterwegs war, seufzte er erleichtert auf. Und wenn er bei ihr war, war er wieder grausam.

Eines Tages im März lag er am Ufer des Nethermere. Miriam saß neben ihm. Es war ein schimmernder, weiß-blauer Tag.

Über ihren Köpfen zogen große, glänzende Wolken dahin, und über das Wasser stahlen sich Schatten. Die wolkenlosen Stellen am Himmel waren von reinem, kaltem Blau. Paul lag rücklings in dem alten Gras und schaute hinauf. Miriams Anblick konnte er nicht ertragen. Sie schien ihn zu wollen, und er wehrte sich. Die ganze Zeit über wehrte er sich. Er wollte ihr Leidenschaft und Zärtlichkeit schenken und konnte es nicht. Er hatte das Gefühl, dass sie die Seele aus seinem Leib wollte, nicht ihn. All seine Stärke und Tatkraft zog sie in sich hinein durch irgendeinen Kanal, der sie verband. Sie wollte ihm nicht so begegnen, dass es zwei von ihnen gab, Mann und Frau. Sie wollte alles an ihm in sich hineinziehen. Das trieb ihn in eine Anspannung, die an Wahnsinn grenzte. Die ihn hypnotisierte, als hätte er Rauschgift genommen.

Er sprach mit ihr über Michelangelo. Während sie ihm zuhörte, war ihr, als betaste sie das zitternde Zellgewebe, das Protoplasma des Lebens. Das verschaffte ihr tiefste Befriedigung. Und am Ende ängstigte es sie. Da lag er in der weißglühenden Spannung seines Suchens, und allmählich füllte seine Stimme sie mit Furcht, so gleichförmig war sie, nahezu unmenschlich, wie in Trance.

»Sprich nicht mehr«, bat sie sanft und legte ihm die Hand auf die Stirn. Er lag ganz still, fast unfähig, sich zu bewegen. Als hätte er seine Körperhülle abgeworfen.

»Warum nicht? Bist du müde?«

»Ja, und es strengt dich an.«

Als er begriff, lachte er kurz auf.

»Du verleitest mich doch immer dazu«, sagte er.

»Dabei will ich es gar nicht«, sagte sie sehr leise.

»Nur dann nicht, wenn du zu weit gegangen bist und das Gefühl hast, es nicht ertragen zu können. Aber dein unbewusstes Ich bittet mich immer darum. Und ich will es vermutlich auch.«

»Wie kann ich es vermeiden?«

»Vermutlich gar nicht. Und trotzdem tust du es. Irgendwann

schaltest du mich ab und projizierst mich aus mir hinaus. Ich bin richtig gespenstisch, entkörperlicht.«

»Sag das nicht!«, flehte sie.

»Sogar jetzt«, fuhr er fort. »Sogar jetzt betrachte ich meine Hände und frage mich, was sie da tun. Das Wasser dort rieselt durch mich hindurch, und ich durch das Wasser. Es gibt keine Barrieren zwischen uns.«

»Aber –!«, stotterte sie.

»Eine Art streuendes Bewusstsein, mehr ist von mir nicht übrig. Ich fühle mich, als wäre mein Körper entleert, als wäre ich in anderen Dingen – Wolken und Wasser –«

Sie schaute ihn an und sah an ihm jenen sonderbaren Blick, als wäre er kein Mensch, sondern ein Ding. Das faszinierte sie, und davor fürchtete sie sich. Doch gerade weil sie sich davor fürchtete, wollte sie mehr davon. Jetzt aber wollte sie, dass er innehielt.

»Weißt du«, fuhr er fort, »mein individuelles körperliches Ich ist abgestreift. Aber wenn dem so ist, dann bin ich hier nicht lebendig. Bestimmt würde es mich zerstören. Du willst mich feist und normal machen, nicht schattenhaft. Du willst meine Seele in ihrer Hülle verankern. Eines schönen Tages wird sie herausgleiten, wie das Schwert, das aus einer losen Scheide glitt und ins Meer fiel.«

Miriam dachte angestrengt nach. Plötzlich hob sie den Kopf und sah ihn mit leuchtenden Augen an.

»Dann lass mich deine Schwertscheide sein«, sagte sie.

Ihre Hände flatterten zu ihm hin.

»Wenn du das könntest«, sagte er. »Aber du bist, wozu dein unbewusstes Ich dich macht, nicht so sehr, was du sein willst. Keiner von uns beiden ist ganz normal – aber jetzt will ich es sein, du aber nicht, glaube ich. Du willst nichts Gewöhnliches sein.«

»Nein«, rief sie. Aber wieder trat Furcht in ihre Stimme.

»Jedenfalls nicht jetzt«, fuhr er auf seine leblose Art fort. »So kannst du mich jetzt nicht haben. Denn du und ich, in diesem Augenblick sind wir nur Seelen, blutleer. Und dann hätten wir es mit einer anderen Schwingung zu tun, die sich mit dieser kreuzen würde – eine echte Tortur. – Wenn du doch nur *mich* wolltest und nicht das, was ich vor dir herunterhaspele!«

»Ich!«, rief sie verbittert. »Ich! Wann erlaubst du mir denn, dich zu nehmen?«

»Dann ist es meine Schuld«, sagte er, raffte sich auf und begann über belanglose Dinge zu reden. Er fühlte sich körperlos. Deshalb hasste er sie. Und er wusste, er selbst hatte ebenso viel Anteil daran. Doch das hinderte ihn nicht daran, sie zu hassen.

Eines Abends um diese Zeit begleitete er sie auf dem Heimweg. Sie standen an der Weide, die zum Wald hinunterführte, und konnten sich nicht trennen. Als die Sterne aufgingen, zogen sich die Wolken zusammen. Hin und wieder sahen sie im Westen ihr eigenes Sternbild, Orion. Seine Juwelen schimmerten einen Augenblick, sein Hund stand tief und kämpfte sich mühsam durch den Wolkenschaum.

Unter den Sternbildern hatte Orion für sie die wichtigste Bedeutung. In ihren seltsamen, gefühlsüberladenen Stunden hatten sie ihn angeschaut, bis sie selbst in jedem einzelnen seiner Sterne zu leben schienen. An diesem Abend war Paul verstimmt gewesen und verstockt. Orion war ihm wie ein gewöhnliches Sternbild vorgekommen. Er hatte gegen seinen Glanz und seinen Zauber angekämpft. Aufmerksam beobachtete Miriam die Stimmung ihres Geliebten. Aber er sagte nichts, was ihn verriet, bis der Augenblick der Trennung kam. Da blieb er stehen und schaute mit finsterer Miene zu den geballten Wolken auf, hinter denen das große Sternbild dahinziehen musste.

Am folgenden Tag sollte in seinem Haus ein kleines Fest stattfinden, zu dem auch sie kommen sollte.

»Ich werde dir nicht entgegengehen«, sagte er.

»Na gut – es ist nicht sehr schön draußen«, erwiderte sie langsam.

»Das ist es nicht – aber sie möchten es nicht. Sie sagen, ich mache mir mehr aus dir als aus ihnen. Aber du verstehst, nicht
wahr? – Du weißt, es ist nur Freundschaft.«

Miriam war erstaunt und gekränkt für ihn. Es hatte ihn Anstrengung gekostet. Sie ließ ihn stehen, weil sie ihm jede weitere
Demütigung ersparen wollte. Ein feiner Regen wehte ihr ins Gesicht, als sie die Straße entlangging. Sie war in ihrem Innersten
verletzt. Und sie verachtete ihn, weil er sich von jedem Wind der
Autorität umherstoßen ließ. Und in ihrem innersten Herzen
fühlte sie, dass er versuchte, von ihr loszukommen. Aber das
hätte sie sich niemals eingestanden. Sie bemitleidete ihn.

Um diese Zeit wurde Paul ein wichtiges Element in Jordan's
Fabrik. Mr Pappleworth trat aus, um ein eigenes Geschäft zu
gründen, und Paul blieb als Aufseher der Strumpfabteilung bei
Mr Jordan. Wenn alles gutginge, sollte sein Lohn zum Jahresen-
de auf dreißig Shilling angehoben werden.

Dennoch kam Miriam freitagabends oft zum Französischun-
terricht. Paul ging nicht mehr so häufig nach Willey Farm, und
bei dem Gedanken, dass ihre Erziehung nun bald zu Ende wäre,
wurde Miriam traurig; außerdem waren die beiden trotz ihrer
Zwistigkeiten gern zusammen. So lasen sie Balzac, schrieben
Aufsätze und kamen sich sehr gebildet vor.

Freitagabend war Abrechnungstag für die Bergleute. Morel
»rechnete ab« – das heißt, er verteilte den Ertrag des Stollens –
entweder im New Inn in Bretty oder bei sich zu Hause, ganz wie
die anderen Hauer es wünschten. Barker war Abstinenzler geworden, und so rechneten die Männer in Morels Haus ab.

Annie, die auswärts unterrichtet hatte, war wieder zu Hause.
Sie war noch immer ein Wildfang. Und sie war verlobt. Paul studierte Textilgestaltung.

Freitagabends war Morel stets guter Laune, es sei denn, der
Wochenlohn fiel zu gering aus. Gleich nach dem Essen hantierte
er herum und machte sich zum Waschen fertig. Der Anstand ge-
bot es, dass die Frauen sich unsichtbar machten, solange die

Männer abrechneten. Männergeheimnisse wie die Abrechnung unter den Bergleuten durften Frauen nicht ausspionieren – und brauchten auch nicht den genauen Betrag des Wochenlohns zu erfahren. So ging Annie, während ihr Vater in der Spülküche planschte, auf ein Stündchen zu einer Nachbarin. Mrs Morel kümmerte sich ums Backen.

»Mach die Tür zu!«, brüllte Morel wütend.

Annie schlug sie hinter sich zu und war fort.

»Wenn du sie noch mal aufmachst, wenn ich mich wasche, sorg ich dafür, dass dir das Kinn klappert«, drohte er mitten aus seinem Seifenschaum heraus. Paul und seine Mutter runzelten die Stirn, als sie ihn so hörten.

Gleich darauf kam er aus der Spülküche gerannt, das Seifen-wasser tropfte an ihm herab, und er bibberte vor Kälte.

»Meine Herrn!«, sagte er. »Wo is 'n mein Handtuch?«

Es hing zum Trocknen über einem Stuhl vor dem Kamin, sonst hätte er geschimpft und gepoltert. Er hockte sich vor das heiße Backfeuer, um sich abzureiben.

»F-ff-f«, machte er und tat so, als zittere er vor Kälte.

»Meine Güte, Mann, sei doch nicht so ein Weichling!«, sagte Mrs Morel. »Es ist doch gar nicht kalt.«

»Zieh du dich erst mal splitternackt aus und wasch dir den Pelz in der Spülküche«, sagte der Bergmann, als er sich das Haar rubbelte, »'n richtiger Eiskeller!«

»Ich würde mich nicht so anstellen«, entgegnete seine Frau.

»Nee, mit deiner zarten Haut würdste steif umfallen, mause-tot.«

»Seit wann ist eine Maus toter als alles andere?«, fragte Paul neugierig.

»Weiß nich – so sagt man halt«, antwortete sein Vater. »Aber in der Spülküche zieht's so stark, dass es dir durch die Rippen pfeift wie durch 'n Gatter.«

»Dir durch die Rippen zu pfeifen wäre nicht so einfach«, sagte Mrs Morel.

Morel blickte wehmütig an seinem Körper herab.

»Mir!«, rief er. »Ich bin doch nur noch 'n gehäutetes Karnickel. Mir ragen die Knochen nur so aus dem Leib.«

»Ich würde gerne wissen, wo«, entgegnete seine Frau.

»Überall! Ich bin doch nur noch 'n Sack voll Reisig.«

Mrs Morel lachte. Er hatte noch immer einen wunderbar jungen, muskulösen Körper ohne ein Gramm Fett. Seine Haut war glatt und rein. Es hätte der Körper eines Achtundzwanzigjährigen sein können, nur hatte er da, wo sich der Kohlenstaub unter der Haut festgesetzt hatte, vielleicht zu viele blaue Narben, fast wie Tätowierungen, und seine Brust war zu behaart. Aber wehmütig strich er sich mit den Händen über die Seiten. Weil er nicht dicker wurde, war er fest davon überzeugt, er sei mager wie eine ausgehungerte Ratte.

Paul betrachtete die dicken, bräunlichen, narbigen Hände seines Vaters mit den abgebrochenen Fingernägeln, die über die feine Glätte seines Körpers strichen, und das Missverhältnis fiel ihm ins Auge. Das sollte ein und dasselbe Fleisch sein?

»Ich vermute«, sagte er zu seinem Vater, »du hattest mal eine schöne Gestalt.«

»Wie bitte?«, rief der Bergmann aus und blickte sich erschrocken um, schüchtern wie ein Kind.

»Hatte er auch«, rief Mrs Morel. »Wenn er sich nicht so zusammenkrümmen würde, als wollte er sich im kleinsten Loch verkriechen.«

»Ich?«, rief Morel. »Ich 'ne schöne Gestalt? Ich war doch immer das reinste Gerippe.«

»Mann!«, rief seine Frau. »Sei doch nicht so ein Jammerlappen!«

»Ist doch wahr!«, sagte er. »Seit du mich kennst, seh ich aus, als wär ich kurz vorm Abkratzen.«

Sie setzte sich und lachte.

»Eine eiserne Konstitution hattest du«, sagte sie. »Und nie hatte ein Mann bessere Voraussetzungen, was das Körperliche betrifft. Du hättest ihn mal als jungen Mann erleben sollen –«, rief sie plötzlich Paul zu und richtete sich auf, um ihm die früher so schöne Haltung ihres Mannes vorzuführen. Morel beobachtete sie scheu. Er sah wieder die Leidenschaft, die sie einmal für ihn empfunden hatte. Einen Augenblick lang blitzte sie in ihr auf. Er war scheu, fast erschrocken und demütig. Und doch fühlte er wieder die alte Glut. Und gleich darauf fühlte er den Trümmerhaufen, den er in all diesen Jahren angerichtet hatte. Er wollte herumhantieren, davor wegrennen.

»Wasch mir doch mal eben den Buckel«, bat er sie.

Seine Frau holte einen gut eingeseiften Waschlappen und klatschte ihm damit auf die Schultern. Er sprang auf.

»He, du kleines Drecksluder!«, rief er. »Kalt wie der Tod!«

»Du hättest ein Salamander sein sollen«, lachte sie und wusch ihm den Rücken. Es geschah nur selten, dass sie etwas so Persönliches für ihn tat. Sonst besorgten das immer die Kinder.

»Die nächste Welt wird nicht heiß genug für dich sein«, fügte sie hinzu.

»Nein«, sagte er, »wirst schon sehen, da isses genauso zugig für mich.«

Aber sie war fertig. Sie trocknete ihn oberflächlich ab und ging hinauf, um gleich darauf mit seiner guten Hose zurückzukommen. Als er trocken war, mühte er sich in sein Hemd. Dann stand er rot und glänzend mit abstehenden Haaren da, das Flanellhemd hing ihm über die Grubenhose, und er wärmte die Kleidungsstücke, die er anziehen wollte. Er drehte sie, er wendete sie, er versengte sie.

»Meine Güte, Mann«, rief Mrs Morel, »zieh dich an!«

»Würdst du vielleicht in 'ne Buxe steigen, die kalt is wie 'n Bottich Wasser?«, fragte er.

Schließlich zog er seine Grubenhose aus und legte anständiges Schwarz an. All das tat er auf dem Kaminvorleger, wie er es auch getan hätte, wenn Annie und ihre vertrauten Freundinnen dabei gewesen wären.

Mrs Morel wendete das Brot im Ofen. Daraufhin entnahm sie der irdenen roten Schüssel, die in der Ecke stand, eine weitere Handvoll Teig, knetete und formte ihn und tat ihn dann in eine Backform. In diesem Augenblick klopfte es, und Barker trat ein. Er war ein ruhiger, gedrungener, kleiner Mann, der aussah, als könnte er durch eine Steinmauer gehen. Sein schwarzes Haar war kurzgeschoren, sein Kopf knochig. Wie die meisten Bergleute war er blass, aber gesund und straff.

»Abend, Missis«, nickte er Mrs Morel zu und mit einem Seufzer setzte er sich.

»Guten Abend«, antwortete sie herzlich.

»Du hast dir wohl die Hacken abgelaufen?«, fragte Morel.

»Ich wüsste nicht«, sagte Barker.

Er saß ziemlich zurückhaltend da, wie es die Männer in Mrs Morels Küche immer taten.

»Wie geht's der Missis?«, fragte sie ihn.

Vor einiger Zeit hatte er ihr erzählt:

»Wir erwarten jetzt unser Drittes, wissen Sie.«

»Nun«, antwortete er und rieb sich den Kopf, »es geht ihr leidlich, glaube ich.«

»Wann ist es denn so weit –?«, fragte Mrs Morel.

»Es sollte mich nicht wundern, wenn's jeden Augenblick losginge –«

»Ah! Und sie hält sich einigermaßen?«

»Ja – ganz wacker!«

»Das ist ein Segen, sie ist ja nicht die Kräftigste.«

»Nein. – Und ich hab schon wieder 'ne Dummheit angestellt.«

»Was denn?«

Mrs Morel wusste, dass Barker nie größere Dummheiten anstellte.

»Ich bin ohne Einkaufstasche gekommen.«

»Sie können meine haben.«

»Nee, die brauchen Sie doch selbst.«

»Nein – ich nehme immer mein Einkaufsnetz.«

Sie wusste, dass der entschlossene kleine Bergmann freitagabends immer die Lebensmittel und das Fleisch für die Woche einkaufte, und bewunderte ihn dafür. »Barker ist klein, aber zehnmal mehr Mann als du«, sagte sie zu ihrem Mann.

Bald darauf trat Wesson ein. Er war mager, von jungenhafter Treuherzigkeit und hatte ein leicht dümmliches Lächeln. Trotz seiner sieben Kinder wirkte er recht gebrechlich. Aber seine Frau war leidenschaftlich.

»Du bist ja vor mir angekommen«, sagte er und lächelte ziemlich geistlos.

»Ja«, antwortete Barker.

Der Neuankömmling legte seine Mütze und seinen dicken Wollschal ab. Seine Nase war spitz und gerötet.

»Ich fürchte, Ihnen ist kalt, Mr Wesson«, sagte Mrs Morel.

»Ein bisschen kneift es schon«, erwiderte er.

»Dann kommen Sie doch ans Feuer.«

»Nee, danke, es geht schon, wo ich sitze.«

Die beiden Kumpel saßen im Hintergrund. Sie ließen sich nicht dazu bewegen, an den Herd zu kommen. Der Herd ist das Familienheiligtum.

»Setz dich doch in den Lehnstuhl«, rief Morel fröhlich.

»Nee, danke, hier sitz ich ganz gut.«

»Ja, kommen Sie nur«, beharrte Mrs Morel.

Er stand auf und trat verlegen näher. Verlegen setzte er sich in Morels Lehnstuhl. Das war eine zu große Vertraulichkeit. Aber das Feuer machte ihn ganz selig.

»Und wie geht's Ihrer Brust?«, wollte Mrs Morel wissen.

Wieder lächelte er, mit fast sonnigen blauen Augen.

»Ach, so leidlich«, antwortete er.

»Mit 'nem Rasseln wie von 'ner Kesselpauke«, sagte Barker. »T-t-t-t!«, schnalzte Mrs Morel rasch mit der Zunge. »Haben Sie sich das Flanellunterhemd machen lassen?«

»Noch nicht«, lächelte er.

»Aber warum denn nicht?«, rief sie.

»Wird schon noch«, lächelte er.

»Ah, am Jüngsten Tag!«, rief Barker.

Barker und Morel hatten beide keine Geduld mit Wesson. Aber sie waren ja auch in guter Kondition.

Als Morel fast fertig war, schob er Paul den Geldbeutel hin.

»Zähl mal nach, Junge«, bat er demütig.

Ungeduldig wandte sich Paul von seinen Büchern und seinem Bleistift ab und entleerte den Beutel auf den Tisch. Er enthielt fünf Pfund in Silber, Sovereigns und Kleingeld. Rasch zählte er nach, prüfte die Abrechnungen, die Papiere, auf denen die Kohlenmengen angegeben waren, stapelte säuberlich die Münzen. Dann warf Barker einen Blick auf die Abrechnungen.

Mrs Morel ging hinauf, und die drei Männer setzten sich an den Tisch. Als Hausherr saß Morel mit dem Rücken zum heißen Feuer in seinem Lehnstuhl. Die beiden Hauer hatten kühlere Plätze. Keiner von ihnen zählte das Geld nach.

»Was hatten wir gesagt, wie hoch Simpsons Anteil ist?«, fragte Morel, und die Hauer nörgelten einen Augenblick über den Verdienst des Tagelöhners. Dann wurde der Betrag beiseitegelegt.

»Und Bill Naylors?«

Auch sein Geld wurde von dem Haufen genommen.

Da Wesson in einem Haus der Gesellschaft wohnte und seine Miete bereits einbehalten worden war, nahmen sich Morel und Barker jeder viereinhalb Shilling. Und da Morels Kohlen schon geliefert worden waren und keine weiteren Lieferungen erfolgten, nahmen sich Barker und Wesson jeder vier Shilling. Von da an war alles ganz einfach. Morel gab jedem von ihnen einen Sovereign, bis keine Sovereigns mehr da waren; jedem eine halbe Krone, bis keine halben Kronen mehr da waren; jedem einen Shilling, bis keine Shillings mehr da waren. Wenn am Ende etwas zurückblieb, das sich nicht teilen ließ, so nahm Morel es an sich und gab einen aus.

Dann standen die drei Männer auf und gingen. Morel huschte aus dem Haus, bevor seine Frau sich zeigte. Sie hörte die Tür zuschlagen und kam herunter. Hastig sah sie nach dem Brot im Ofen. Als sie einen Blick auf den Tisch warf, sah sie ihr Geld daliegen. Paul hatte die ganze Zeit über gearbeitet. Aber jetzt fühlte er, dass seine Mutter ihr Geld zählte und Zorn in ihr aufstieg.

»T-t-t-t!«, schnalzte sie mit der Zunge.

Er runzelte die Stirn. Wenn sie böse war, konnte er nicht arbeiten. Sie zählte noch einmal nach.

»Lumpige fünfundzwanzig Shilling!«, rief sie. »Wie hoch war die Abrechnung?«

»Zehn Pfund elf Shilling«, antwortete Paul gereizt. Er fürchtete sich vor dem, was jetzt kam.

»Und er gibt mir schäbige fünfundzwanzig, dabei ist diese Woche sein Vereinsbeitrag fällig! Aber ich kenne ihn – er denkt, weil du arbeitest, braucht er nicht länger für den Haushalt zu sorgen. Nein, er braucht sein Geld nur durch die Gurgel zu jagen. Aber dem werd ich's zeigen –«

»Lass doch, Mutter!«, rief Paul.

»Lass was, möchte ich gern wissen?«, rief sie aus.

»Fang nicht schon wieder damit an – ich kann nicht arbeiten.«

Sie wurde ganz ruhig.

»Ist ja schon gut«, sagte sie. »Aber wie, glaubst du, soll ich haushalten?«

»Wenn du dich darüber aufregst, wird's auch nicht besser.«

»Ich möchte gern wissen, was du tun würdest, wenn du dir das gefallen lassen müsstest!«

»Es wird nicht lange dauern – du kannst mein Geld haben – soll er sich doch zum Teufel scheren.«

Er widmete sich wieder seiner Arbeit, und sie band sich grimmig die Hutbänder fest. Er konnte es nicht ertragen, wenn sie verärgert war. Aber allmählich bestand er darauf, dass sie ihn ernst nahm.

»Die beiden oberen Brotlaibe«, sagte sie, »sind in zwanzig Minuten gar. Vergiss sie nicht.«

»In Ordnung«, antwortete er, und sie ging auf den Markt.

Er blieb mit seiner Arbeit allein. Aber seine übliche hohe Konzentration war gestört. Er horchte auf das Hoftor. Um Viertel nach sieben klopfte es leise, und Miriam trat ein.

»Ganz allein?«, fragte sie.

»Ja.«

Sie setzte ihre Schottenmütze ab, zog ihren langen Mantel aus und hängte beides auf, als wäre sie zu Hause. Es durchrieselte ihn. Dies könnte ihr eigenes Haus sein, seines und ihres.

Dann kam sie zurück und spähte ihm über die Schulter.

»Was ist das?«, fragte sie.

»Immer noch Textilgestaltung – dekorative Stoffe und Stickereien.«

Kurzsichtig beugte sie sich über die Zeichnungen.

»Und macht's dir Spaß?«, fragte sie.

»Großen Spaß. Ich habe jetzt eine Passion für geometrische Gebrauchskunst.«

»Ja.«

Sie machte sich nichts aus geometrischen Mustern. Aber sie glaubte, dass er sich darin am besten auskannte. Das waren Männerangelegenheiten, mit denen sie nichts zu tun hatte. Und doch wollte sie wissen, weshalb er eine Passion für geometrische Gebrauchskunst hatte. Was war daran so faszinierend?

»Wie kommst du auf so etwas?«, fragte sie nachdenklich.

Wieder begann er sich zu rechtfertigen. Mit Mühe versuchte er, ihr die Theorie zu erklären, dass die Schwerkraft der große Gestalter ist und dass, wenn es nur von dieser abhinge, eine Rose in korrekter geometrischer Linie und Proportion wüchse – und so weiter. Das löste in ihr ein Gefühl für geometrische Zeichnungen aus, die ihr zuvor als bloße Lüge erschienen waren. Schließlich schob er die Bücher zur Seite.

»Soll ich –?«, fragte er unschlüssig, zögernd.

»Was?«

»– sie dir zeigen? – Eigentlich wollte ich das erst, wenn sie fertig wären.«

Nichts von dem, was er tat, konnte er ihr verbergen. Er ging in die gute Stube und kehrte mit einem Bündel bräunlichen Leinens zurück. Sorgfältig wickelte er es auseinander und breitete es auf dem Fußboden aus. Es war ein Vorhang oder eine Portiere mit einem wunderschönen Rosenmuster.

»Oh, wie schön!«, rief sie.

Zu ihren Füßen lag der ausgebreitete Stoff mit den wunderbaren rötlichen Rosen und den dunkelgrünen Stielen, alles war so schlicht und wirkte doch irgendwie sündhaft. Sie kniete sich davor, und ihre dunklen Locken fielen nach vorn. Er sah, wie sinnlich sie vor seiner Arbeit kauerte, und das Herz schlug ihm schneller. Plötzlich sah sie zu ihm auf.

»Warum wirkt es so grausam?«, fragte sie.

»Was?«

»Es scheint eine gewisse Grausamkeit darin zu liegen«, sagte sie.

»Ob grausam oder nicht, es ist ziemlich gelungen«, erwiderte er und faltete seine Arbeit mit Liebhaberhänden zusammen. Langsam, in Gedanken, erhob sie sich.

»Und was hast du damit vor?«, fragte sie.

»Ich werd's an Liberty's schicken. Ich hab's für meine Mutter gemacht – aber ich glaube, das Geld wäre ihr lieber.«

»Ja«, sagte Miriam. Er hatte mit einem Anflug von Bitterkeit gesprochen, und Miriam fühlte mit ihm. Ihr selbst wäre das Geld nicht wichtig.

Er brachte den Stoff wieder in die gute Stube. Als er zurückkam, warf er Miriam ein kleineres Stück zu. Es war ein Kissenbezug mit dem gleichen Muster.

»Den hab ich für dich gemacht«, sagte er.

Mit zitternden Händen befühlte sie die Arbeit und sagte kein Wort. Er wurde verlegen.

»Herrgott, das Brot!«, rief er.

Er nahm die obersten Brotlaibe heraus und beklopfte sie kräftig. Sie waren gar. Zum Abkühlen legte er sie auf den Herd. Dann ging er in die Spülküche, befeuchtete sich die Hände, schöpfte den letzten weißen Teig aus der Schüssel und tat ihn in eine Backform. Miriam beugte sich noch immer über ihr bemaltes Stück Stoff. Er stand da und rieb sich die Teigreste von den Händen.

»Gefällt's dir?«, fragte er.

Sie blickte zu ihm auf, und ihre dunklen Augen waren eine einzige Flamme der Liebe. Er lachte unbehaglich. Dann begann er, über das Muster zu sprechen. Das machte ihm größte Freude: mit Miriam über seine Arbeit zu sprechen. Wenn er sprach und sein Werk überdachte, floss all seine Leidenschaft, all sein wildes Blut in seinen Umgang mit ihr ein. Sie regte seine Phantasie an. Sie begriff nicht, begriff ebenso wenig, wie eine Frau begreift, wenn sie in ihrem Schoß ein Kind empfängt. Aber dies war Leben für sie, und für ihn.

Während sie noch sprachen, trat eine junge Frau von etwa zweiundzwanzig Jahren, klein, blass und hohläugig, aber von hartem Aussehen, ins Zimmer. Sie war eine Freundin der Morels.

»Leg doch ab«, sagte Paul.

»Nein – ich bleib nich lang.«

Sie setzte sich Paul und Miriam gegenüber, die auf dem Sofa saßen, in den Lehnstuhl. Miriam rückte ein wenig von ihm ab. Im Zimmer war es heiß und duftete nach frischgebackenem Brot. Auf dem Herd standen braune, knusprige Brote.

»Dich hätte ich heut Abend nich hier erwartet, Miriam Leivers«, sagte Beatrice böse.

»Warum nicht?«, murmelte Miriam mit belegter Stimme.

»Na, lass mal deine Schuhe sehen.«

Miriam blieb reglos sitzen. Ihr war unbehaglich.

»Traust dich wohl nich«, lachte Beatrice.

Miriam schob die Füße unter ihrem Kleid hervor. Ihre Stiefel hatten jenes sonderbar unentschlossene, eher klägliche Aussehen, das bewies, wie unsicher und wie misstrauisch gegen sich selbst sie war. Und sie waren mit Schmutz bedeckt.

»Donnerwetter – du bist ja der reinste Dreckhaufen!«, rief Beatrice. »Wer putzt dir denn die Stiefel?«

»Ich putze sie selbst.«

»Dann haste aber viel zu tun«, sagte Beatrice. »Heut Abend hätt mich kein Dutzend Männer hergelockt. – Aber die Liebe lacht des Schlammes – nicht wahr, Apostel, mein Schatz?«

»*Inter alia*«, sagte Paul.

»Ach Gottchen, redst du jetzt auch noch in fremden Zungen? – Was heißt denn das, Miriam?«

In der letzten Frage lag ein feiner Spott, aber den hörte Miriam nicht heraus.

»›Unter anderem‹, glaube ich«, sagte sie demütig.

Beatrice steckte die Zunge zwischen die Zähne und lachte boshaft.

»›Unter anderem‹, Apostel?«, wiederholte sie. »Meinst du, die Liebe lacht der Mütter und Väter und Schwestern und Brüder und Freunde und Freundinnen und sogar des Liebsten selbst?«

Sie tat ganz unschuldig.

»Ja, sie ist ein großes Lächeln«, sagte er.

»Und lacht sich ins Fäustchen, Apostel Morel – glaub's mir«, sagte sie.

Und wieder stieß sie ihr boshaftes, leises Lachen aus.

Miriam saß stumm, in sich zurückgezogen da. Alle Freundinnen Pauls machten sich einen Spaß daraus, Partei gegen sie zu ergreifen, und er ließ sie im Stich, schien sich an ihr rächen zu wollen.

»Bist du noch an der Schule?«, fragte Miriam Beatrice.

»Ja.«

»Dann hat man dir noch nicht gekündigt?«

»Ich rechne Ostern damit.«

»Ist es nicht jammerschade, dass man dich entlassen will, nur weil du die Prüfung nicht bestanden hast?«

»Weiß nich«, antwortete Beatrice kühl.

»Agatha sagt, du bist so gut wie jede andere Lehrerin. Mir kommt es lächerlich vor. Ich frage mich, warum du durchgefallen bist.«

»Hab halt kein Köpfchen, was, Apostel?«, sagte Beatrice kurz angebunden.

»Zum Beißen reicht's«, erwiderte Paul lachend.

»Du Ekel!«, rief sie, sprang von ihrem Stuhl auf, stürzte sich auf ihn und gab ihm eine Ohrfeige. Sie hatte schöne, kleine Hände. Er packte ihre Handgelenke, als sie mit ihm rang. Schließlich riss sie sich los, griff ihm mit beiden Händen in sein dichtes dunkelbraunes Haar und schüttelte es.

»Beat«, sagte er, als er sich das Haar mit den Fingern glattstrich. »Ich hasse dich.«

Sie lachte schadenfroh.

»Macht nichts!«, sagte sie. »Ich will neben dir sitzen.«

»Lieber säße ich neben einer Füchsin«, sagte er, machte ihr aber doch Platz zwischen sich und Miriam.

»Hat's dir dein hübsches Haar zerzaust?«, rief sie und kämmte es mit ihrem Kamm wieder glatt.

»Und sein niedlicher kleiner Schnurrbart!«, rief sie aus. Sie bog seinen Kopf nach hinten und kämmte seinen jungen Schnurrbart.

»Was für ein verruchter Schnurrbart, Apostel«, sagte sie. »Rot steht für Gefahr. – Haste noch eine von deinen Zigaretten?«

Er holte sein Zigarettenetui aus der Tasche. Beatrice sah hinein.

»Keine von den hübschen kleinen Fluppen mehr, die Connie dir geschenkt hat?«, fragte sie.

»Irgendwo ist noch eine –«

Er kramte in seiner Tasche und fand eine kleine Schachtel. Beatrice nahm sie.

»Ach ja, nur noch eine!«, sagte sie. »Aber die sollte Miriam kriegen. Magste Connies letzte Zigarette, Miriam?«

»Nein, danke«, antwortete Miriam. »Wer ist Connie?«

»Hat er's nich erzählt?«, rief Beatrice ganz überrascht. »Also wirklich, Apostel Morel, ich glaub nich, dass es recht is, 'n armes Mädchen so in Ungewissheit zu lassen.«

»Willst du nicht mal eine Zigarette probieren?«, fragte Paul Miriam.

»Du weißt doch, dass ich nicht will«, antwortete sie.

»Stellt euch vor, ich rauch Connies letzte Zigarette«, sagte Beatrice und steckte sich das Ding zwischen die Zähne. Er hielt ihr ein angezündetes Streichholz hin, und sie paffte geziert.

»Vielen Dank, Liebling«, sagte sie spöttisch.

Es bereitete ihr boshafte Freude.

»Das macht er ganz reizend, findste nich, Miriam?«, fragte sie.

»Oh, sehr!«, sagte Miriam.

Er nahm selbst eine Zigarette.

»Feuer, alter Junge?«, fragte Beatrice und hielt ihm ihre Zigarette hin.

Er beugte sich vor, um seine Zigarette an ihrer anzuzünden. Dabei zwinkerte sie ihm zu. Miriam sah, wie seine Augen vor Übermut zitterten und sein voller, fast sinnlicher Mund bebte. Er war nicht er selbst, und sie konnte es nicht ertragen. So wie er jetzt war, hatte sie keine Verbindung mehr zu ihm, ebenso gut hätte sie nicht existent sein können. Sie sah, wie die Zigarette zwischen seinen vollen roten Lippen tanzte. Sie hasste sein dichtes Haar, weil es ihm lose in die Stirn fiel.

»Süßer Junge!«, sagte Beatrice, hob sein Kinn und drückte ihm einen kleinen Kuss auf die Wange.

»Ich küsse dich wieder, Beat«, sagte er.

»Das tuste nich!«, kicherte sie, sprang auf und ging weg. »Isser nich schamlos, Miriam?«

»Allerdings!«, sagte Miriam. »Übrigens, vergisst du nicht das Brot?«

»Herrgott!«, rief er und riss die Ofentür auf. Bläulicher Qualm und ein Geruch nach verbranntem Brot strömten heraus.

»Menschenskind!«, rief Beatrice und trat neben ihn. Er kauerte vor dem Ofen, sie spähte ihm über die Schulter. »Das kommt von der Liebesvergessenheit, mein Junge.«

Reumütig holte Paul die Brotlaibe hervor. Der eine war an der heißen Seite schwarz verkohlt, der andere steinhart.

»Die arme Mater!«, sagte Paul.

»Kratz es ab«, sagte Beatrice. »Hol mir die Muskatnussreibe.«

Sie stellte das Brot wieder in den Ofen. Er brachte die Reibe, und auf einer Zeitung auf dem Tisch kratzte sie das Brot ab. Er öffnete die Türen, damit sich der Geruch nach verbranntem Brot verzog. Beatrice paffte an ihrer Zigarette, rieb drauflos und klopfte die verkohlte Kruste von dem armen Laib.

»Auf mein Wort, Miriam, diesmal kriegste aber was zu hören«, sagte Beatrice.

»Ich?«, rief Miriam erstaunt aus.

»Am besten verdrückste dich, bevor seine Mutter kommt. – *Ich* weiß, warum König Alfred die Kuchen verbrennen ließ. Jetzt versteh ich's. Apostel könnte sich 'ne Geschichte ausdenken, dass er über der Arbeit die Brote vergessen hat, wenn er glaubt, dass das zieht. Wenn die alte Frau 'n bisschen früher gekommen wär, hätt sie dem frechen Ding, das ihn so vergesslich macht, eins hinter die Löffel gegeben, statt dem armen Alfred –«

Sie kicherte, während sie den Laib abschabte. Sogar Miriam musste unwillkürlich lachen. Reumütig brachte Paul das Feuer wieder in Gang.

Sie hörten das Gartentor zuschlagen.

»Schnell!«, rief Beatrice und gab Paul den abgeschabten Laib. »Wickel ihn in ein feuchtes Tuch.«

Paul verschwand in der Spülküche. Hastig blies Beatrice die Krümel ins Feuer und setzte sich unschuldig hin. Annie kam hereingestürmt. Sie war eine schroffe, ziemlich fesche junge Frau. In dem hellen Licht musste sie blinzeln.

»Es riecht verbrannt!«, rief sie.

»Das kommt von den Zigaretten«, erwiderte Beatrice spröde.

»Wo ist Paul?«

Leonard war hinter Annie eingetreten. Er hatte ein langes, drolliges Gesicht und blaue, sehr traurige Augen.

»Der hat euch wohl allein gelassen, damit ihr's unter euch ausmacht«, sagte er.

Mitfühlend nickte er Miriam zu und wurde sanft spöttisch gegen Beatrice.

»Nein«, sagte Beatrice, »der is mit Nummer neun losgezogen.«

»Gerade hab ich Nummer fünf getroffen, sie hat nach ihm gefragt«, sagte Leonard.

»Ja – wir werden ihn uns teilen, wie Salomo das Kind«, sagte Beatrice.

Annie lachte.

»Ach ja?«, sagte Leonard. »Und welches Stück kriegst du ab?«

»Weiß nich«, sagte Beatrice. »Ich lass zuerst die andern wählen.«

»Und begnügst dich mit dem Rest, was?«, sagte Leonard und schnitt eine Grimasse.

Annie sah in den Ofen. Miriam saß unbeachtet da. Paul trat herein.

»Das Brot sieht vielleicht aus, Paul«, sagte Annie.

»Du hättest ja dableiben und drauf achten können«, sagte Paul.

»Du meinst wohl, *du* solltest tun, was du zu tun hattest«, erwiderte Annie.

»Das sollte er, nicht wahr?«, rief Beatrice.

»Ich denke, er hatte alle Hände voll zu tun«, sagte Leonard.

»Du hattest einen schlimmen Weg, nicht wahr, Miriam?«, fragte Annie.

»Ja – aber ich war die ganze Woche über zu Hause –«

»Und du brauchtest ein bisschen Abwechslung, was?«, unterstellte Leonard ihr freundlich.

»Man kann schließlich nicht ewig zu Hause sitzen«, stimmte Annie zu. Sie war ganz liebenswürdig. Beatrice zog ihren Mantel an und ging mit Leonard und Annie weg. Sie wollte ihren Freund treffen.

»Vergiss das Brot nicht, Paul«, rief Annie. »Gute Nacht, Miriam, ich glaube nicht, dass es regnen wird.«

Als alle gegangen waren, holte Paul den eingewickelten Brotlaib, wickelte ihn aus und betrachtete ihn traurig.

»Was für eine Ferkelei!«, sagte er.

»Aber was ist das schon«, sagte Miriam ungeduldig, »zweieinhalb Pence.«

»Ja, aber – es ist Maters kostbares Brot, und sie wird's sich zu Herzen nehmen. – Aber es nutzt ja nichts, sich darüber aufzuregen.«

Er brachte den Laib wieder in die Spülküche. Etwas war zwischen ihn und Miriam getreten. Einige Augenblicke stand er ihr unschlüssig gegenüber und dachte über sein Benehmen Beatrice gegenüber nach. Er fühlte sich schuldbewusst und doch froh. Aus irgendeinem unerforschlichen Grund geschah Miriam recht. Er würde nichts bereuen. Sie fragte sich, worüber er wohl nachdachte, als er so abwartend dastand. Sein dichtes Haar fiel ihm in die Stirn. Warum konnte sie es nicht zurückstreichen und die Spuren von Beatrices Kamm verwischen? Warum konnte sie nicht seinen Körper mit beiden Händen umschlingen? Er sah so fest aus, alles daran so lebendig. Und andere Mädchen ließ er doch auch an sich heran, warum nicht sie?

Plötzlich erwachte er zum Leben. Sie zitterte fast vor Schreck, als er sich rasch das Haar aus der Stirn strich und auf sie zutrat.

»Halb neun!«, sagte er. »Wir müssen uns ranhalten. Wo ist dein Französisch?«

Schüchtern und ziemlich verbittert holte Miriam ihr Übungsheft hervor. Jede Woche schrieb sie für ihn auf Französisch eine Art Tagebuch ihres Innenlebens. Er hatte festgestellt, dass dies die einzige Methode war, wie er sie dazu bringen konnte, Aufsätze zu schreiben. Und meist war ihr Tagebuch ein Liebesbrief. Jetzt wollte er es lesen; sie hatte das Gefühl, als würde er in seiner augenblicklichen Stimmung die Geschichte ihrer Seele entweihen. Er setzte sich neben sie. Sie sah zu, wie seine Hand, fest und warm, ihre Arbeit streng bewertete.

Er las lediglich ihr Französisch, nicht ihre Seele, die sich darin ausdrückte. Allmählich aber vergaß seine Hand ihre Tätigkeit. Er las stumm, regungslos. Sie erbebte.

»*Ce matin les oiseaux m'ont éveillé*«, las er. »*Il faisait encore un crépuscule. Mais la petite fenêtre de ma chambre était blême, et puis, jaûne, et tous les oiseaux du bois éclatèrent dans un chanson vif et résonnant. Toute l'aûbe tressaillit. J'avais rêvé de vous. Est-ce que vous voyez aussi l'aûbe? Les oiseaux m'éveillent presque tous les matins, et toujours il y a quelque chose de terreur dans le cri des grives. Il est si clair* –«

Zitternd, halb beschämt saß Miriam da. Er blieb ganz stumm und versuchte zu verstehen. Er wusste nur, dass sie ihn liebte. Er fürchtete ihre Liebe zu ihm. Sie war zu gut für ihn, und er war ihrer nicht wert. *Seine* Liebe war fehlerhaft, nicht ihre. Beschämt korrigierte er ihre Arbeit, schrieb demütig über ihre Wörter.

»Schau«, sagte er leise, »das mit *avoir* konjugierte Partizip Perfekt richtet sich nach dem vorhergehenden direkten Objekt.«

Sie beugte sich vor, versuchte zu sehen und zu begreifen. Ihre feinen, losen Locken kitzelten sein Gesicht. Schaudernd fuhr er zusammen, als wären sie glühend heiß. Er sah, wie sie auf die Seite schielte, die roten Lippen waren qualvoll geöffnet, das schwarze Haar fiel ihr in feinen Strähnen über die rötlich-braune Wange. Ihre Gesichtsfarbe war reich wie die eines Granatapfels. Sein Atem ging schwer, als er sie beobachtete. Plötzlich sah sie zu ihm auf. Ihre dunklen Augen waren nackt in ihrer Liebe, ängstlich und sehnsuchtsvoll. Auch seine Augen waren dunkel, und sie taten ihr weh. Sie schienen sie zu beherrschen. Sie verlor alle Selbstkontrolle, war bloßgestellt in ihrer Furcht. Und er wusste, ehe er sie küssen konnte, musste er etwas aus sich vertreiben. Und wieder kroch ihm ein Anflug von Hass auf sie ins Herz. Er wandte sich wieder ihrer Übung zu.

Plötzlich warf er den Bleistift hin und war mit einem Satz am Ofen, um das Brot zu wenden. Für Miriam war das zu schnell. Heftig schrak sie zusammen und empfand wirklichen Schmerz. Sogar die Art, wie er vor dem Ofen kauerte, schmerzte sie. Ihr schien etwas Grausames darin zu liegen, etwas Grausames in der schnellen Art, wie er das Brot aus den Backformen stürzte und wieder auffing. Wäre er doch nur sanft gewesen in seinen Bewegungen, wie reich und warm hätte sie sich gefühlt! So aber schmerzte es sie.

Er kam zurück und beendete die Übung.

»Diese Woche hast du's gut gemacht«, sagte er.

Sie sah, dass ihr Tagebuch ihm schmeichelte. Aber das entschädigte sie nicht ganz.

»Manchmal blühst du wirklich auf«, sagte er. »Du solltest Gedichte schreiben.«

Vor Freude hob sie den Kopf, dann schüttelte sie ihn misstrauisch.

»Ich traue mich nicht«, sagte sie.

»Du solltest es versuchen!«

Wieder schüttelte sie den Kopf

»Wollen wir noch lesen, oder ist es zu spät?«, fragte er.

»Es ist schon spät – aber ein kleines bisschen können wir ja noch lesen«, bat sie.

Während der nächsten Woche erhielt sie wirklich Nahrung fürs Leben. Er ließ sie Baudelaires »Le Balcon« abschreiben. Dann las er es ihr vor. Weich und einschmeichelnd war seine Stimme, wurde dann aber fast roh. Er hatte eine Art, leidenschaftlich und bitter die Lippen vorzustülpen und die Zähne zu zeigen, wenn er sehr erregt war. Das tat er auch jetzt. Miriam hatte das Gefühl, als trete er sie mit Füßen. Sie wagte nicht, ihn anzusehen, sondern saß mit gesenktem Kopf da. Sie konnte nicht begreifen, weshalb er in solche Wut und Wallung geriet. Das machte sie ganz elend. Alles in allem gefiel ihr Baudelaire nicht – ebenso wenig Verlaine.

»Seht sie dort, allein im Feld,
Die einsame Hochlandmaid –«

Das nährte ihr Herz – ebenso »Die schöne Ines«. Und:

»Es ist ein schöner Abend, ruhig, frei,
Die heil'ge Zeit ist still wie eine Nonne –«

Die waren wie sie selbst. Und er saß da und sagte mit bitteren Kehllauten:

»*Tu te rappelleras la beauté des caresses* –«

Das Gedicht war zu Ende, er nahm das Brot aus dem Ofen und legte die verbrannten Laibe zuunterst in die Schüssel und die guten obenauf. Den ausgetrockneten Brotlaib ließ er eingewickelt in der Spülküche liegen.

»Das braucht Mater erst morgen zu erfahren«, sagte er. »Dann ärgert sie sich nicht so wie abends.«

Miriam blickte in das Bücherfach, sah, welche Ansichtskarten und Briefe er bekommen hatte, sah, welche Bücher dort standen. Sie nahm eins heraus, das ihn interessiert hatte. Dann drehte er das Gas aus, und sie machten sich auf den Weg. Die Tür schloss er gar nicht erst ab.

Er kam erst um Viertel vor elf nach Hause. Seine Mutter saß im Schaukelstuhl. Annie, der ein Zopf bis auf den Rücken reichte, saß auf einem niedrigen Schemel vor dem Feuer und stützte verdrießlich die Ellbogen auf die Knie. Auf dem Tisch lag ausgewickelt das anstößige Brot. Paul trat ziemlich außer Atem ein. Niemand sprach. Seine Mutter las das kleine Lokalblatt. Er zog seinen Mantel aus und ging zum Sofa, um sich hinzusetzen. Seine Mutter rückte knapp zur Seite, um ihn vorbeizulassen. Ihm war sehr unbehaglich. Einige Minuten saß er da und tat so, als lese er einen Zettel, den er auf dem Tisch fand. Dann sagte er:

»Ich habe das Brot vergessen, Mutter.«

Keine der beiden Frauen antwortete.

»Na ja«, sagte er, »es ist ja nur zweieinhalb Pence wert. Ich kann sie dir zahlen.«

Ärgerlich legte er drei Pence auf den Tisch und schob sie zu seiner Mutter hinüber. Sie wandte den Kopf ab. Ihr Mund war fest zusammengepresst.

»Ja«, sagte Annie, »du weißt gar nicht, wie schlecht es Mutter geht!« Bedrückt starrte das Mädchen ins Feuer.

»Wieso geht es ihr schlecht?«, fragte Paul auf seine überhebliche Art.

»Ach!«, sagte Annie. »Sie ist kaum nach Hause gekommen.«

Er musterte seine Mutter scharf. Sie sah krank aus.

»Warum bist du kaum nach Hause gekommen?«, fragte er sie im gleichen scharfen Ton. Sie antwortete nicht.

»Weiß wie ein Laken hat sie dagesessen, als ich kam«, sagte Annie fast mit Tränen in der Stimme.

»Aber warum?«, beharrte Paul. Er hatte die Augenbrauen hochgezogen, seine Augen weiteten sich vor Jähzorn.

»Das hätte jeden umgehauen«, sagte Mrs Morel, »sich mit all den Paketen abzuschleppen – Fleisch und Gemüse und ein Paar Vorhänge –«

»Ja, warum hast du dich denn mit ihnen abgeschleppt, das hättest du doch nicht zu tun brauchen.«

»Wer denn sonst?«

»Soll doch Annie das Fleisch holen.«

»Ich hätte das Fleisch ja geholt, aber woher sollte ich das wissen? Du hast dich mit Miriam herumgetrieben, statt da zu sein, wenn Mutter kommt.«

»Und was war nun mit dir?«, fragte Paul seine Mutter.

»Ich glaube, es ist das Herz«, antwortete sie. Tatsächlich sah sie um den Mund ganz bläulich aus.

»Und hast du das schon mal gespürt?«

»Ja. Oft.«

»Warum hast du mir dann nichts davon erzählt, und warum bist du nicht zum Arzt gegangen?«

Mrs Morel rutschte auf ihrem Stuhl hin und her. Sie ärgerte sich, weil er sie so herumkommandierte.

»Du merkst ja nichts«, sagte Annie. »Du bist ja nur darauf bedacht, dich mit Miriam herumzutreiben.«

»Ach ja – und mehr als du dich mit Leonard?«

»Ich war Viertel vor zehn zurück.«

Eine Zeit lang herrschte Schweigen im Zimmer.

»Ich hätte nicht gedacht«, sagte Mrs Morel bitter, »dass sie dich so in Anspruch nimmt, dass du einen ganzen Ofen voll Brot verbrennen lässt.«

»Beatrice war doch auch hier.«

»Sehr wahrscheinlich. Aber wir wissen doch, warum das Brot verdorben ist.«

»Und warum?«, fuhr er auf.

»Weil du ganz mit Miriam beschäftigt warst«, antwortete Mrs Morel hitzig.

»Na schön – aber so war es eben nicht!«, erwiderte er wütend.

Ihm war ganz elend. Er nahm eine Zeitung und begann zu lesen. Nachdem sie ihm kurz eine gute Nacht gewünscht hatte, ging Annie mit aufgeknöpfter Bluse und ihren langen, zu einem Zopf geflochtenen Haaren zu Bett.

Paul saß da und gab vor zu lesen. Er wusste, dass seine Mutter ihm Vorwürfe machen wollte. Außerdem wollte er wissen, was sie so krank gemacht hatte, denn er war beunruhigt. Statt also schleunigst zu Bett zu gehen, wie er es am liebsten getan hätte, blieb er sitzen und wartete. Es herrschte angespanntes Schweigen. Die Uhr tickte laut.

»Geh lieber ins Bett, bevor dein Vater kommt«, sagte die Mutter barsch. »Und wenn du noch was essen willst, dann hol's dir selbst.«

»Ich will nichts.«

Seine Mutter hatte die Angewohnheit, ihm am Freitagabend, dem Abend des Wohllebens für die Bergleute, eine Kleinigkeit zum Abendessen mitzubringen. Jetzt war er zu ärgerlich, um noch in die Speisekammer zu gehen und danach zu suchen. Das kränkte sie.

»Wenn du freitagabends mal für mich nach Selby gehen sollst, kann ich mir das Theater vorstellen«, sagte Mrs Morel. »Aber wenn *sie* dich abholt, bist du nie zu müde. Nein, dann willst du weder essen noch trinken.«

»Ich kann sie doch nicht allein gehen lassen.«

»So? – Und warum kommt sie dann?«

»Nicht, weil ich sie darum bitte.«

»Sie kommt doch nicht, ohne dass du es willst –«

»Nun, und was ist, wenn ich es will –?«, entgegnete er.

»Wieso? Nichts, solange es vernünftig oder angemessen ist. Aber meilenweit durch den Schlamm zu stapfen, um Mitternacht nach Haus zu kommen und früh wieder nach Nottingham zu müssen –«

»Wenn es ich es nicht getan hätte, wärst du trotzdem so.«

»Ja, das wäre ich, weil das Ganze keinen Sinn und Verstand hat. Ist sie denn so bezaubernd, dass du ihr dauernd nachlaufen musst –?« Mrs Morel war voll bitterem Hohn. Still, mit abgewandtem Gesicht, saß sie da und strich mit rhythmischen, ruckartigen Bewegungen über ihre schwarze Satinschürze. Es war eine Bewegung, deren Anblick Paul schmerzte.

»Ich mag sie«, sagte er, »aber –«

»Du *magst* sie!«, sagte Mrs Morel in demselben bissigen Tonfall. »Mir scheint, sonst magst du nichts und niemanden. Für dich ist doch jetzt weder Annie noch ich noch sonst jemand vorhanden.«

»Was für ein Unsinn, Mutter – du weißt doch, ich liebe sie nicht – ich – ich – sage dir, ich liebe sie nicht – beim Spazierengehen nimmt sie nicht mal meinen Arm, weil ich es nicht will.«

»Warum musst du dann immer gleich zu ihr rennen?«

»Ich unterhalte mich eben gern mit ihr – das habe ich nie be-
stritten. Aber ich liebe sie nicht.«

»Hast du denn sonst niemanden, mit dem du dich unterhalten kannst?«

»Nicht über die Dinge, über die wir uns unterhalten. Es gibt
eine Menge Dinge, die dich nicht interessieren, die –«

»Was für Dinge –?«

Mrs Morel war so hitzig, dass Paul nach Luft zu schnappen begann.

»Nun ja – Malerei – und Bücher. Aus Herbert Spencer machst
du dir doch nichts.«

»Nein«, kam die traurige Antwort. »Und in meinem Alter
wirst du das auch nicht mehr tun.«

»Aber jetzt tu ich's – und Miriam auch –«

»Und woher willst du wissen, dass ich es nicht tue?«, fuhr
Mrs Morel trotzig auf. »Versuchst du's denn je mit mir –?«

»Aber du tust es nicht, Mutter, du weißt, dass du dir nichts
daraus machst, ob ein Bild dekorativ ist oder nicht – aus der Mal-
weise machst du dir einfach nichts.«

»Woher willst du das wissen – versuchst du's denn je mit
mir? Hast du auch nur einmal versucht, mit mir über diese Dinge zu reden?«

»Aber sie sind dir nicht wichtig, Mutter, das weißt du doch.«

»Was denn – was ist mir denn wichtig?«, fuhr sie auf. Schmerzlich runzelte er die Stirn.

»Du bist alt, Mutter, und wir sind jung.«

Damit wollte er nur sagen, dass die Interessen ihrer Alters-
gruppe nicht die Interessen der seinen waren. Doch kaum hatte
er die Worte ausgesprochen, merkte er, dass er das Verkehrte gesagt hatte.

»Ja, ich weiß es wohl – ich bin alt! Und deshalb kann ich ab-
danken, habe mit dir nichts mehr zu tun. Du willst doch nur,
dass ich dir aufwarte – alles Übrige ist für Miriam.«

Das konnte er nicht ertragen. Unwillkürlich erkannte er, dass er für sie das Leben bedeutete. Und schließlich war sie auch für ihn die Hauptsache, das einzige höhere Wesen.

»Du weißt, dass es nicht so ist, Mutter, du weißt, dass es nicht so ist.«

Sein Aufschrei rührte sie zu Mitleid.

»Sieht mir aber ganz danach aus«, sagte sie und schob ihre Verzweiflung halb beiseite.

»Nein, Mutter – ich liebe sie wirklich nicht. Ich unterhalte mich mit ihr – aber ich möchte immer wieder nach Hause, zu dir.«

Er hatte Kragen und Halsbinde abgelegt und stand mit entblößtem Hals auf, um zu Bett gehen. Als er sich zu seiner Mutter beugte, um ihr einen Kuss zu geben, schlang sie ihm die Arme um den Hals, barg ihr Gesicht an seiner Schulter und weinte wimmernd. Ihre Stimme war so anders als sonst, dass er sich unter Qualen wand.

»Ich kann es nicht ertragen. Jede andere Frau – aber nicht sie – sie würde mir keinen Platz lassen, kein bisschen Platz –«

Und sofort hasste er Miriam bitterlich.

»Und ich habe nie – das weißt du, Paul – ich habe nie einen Ehemann gehabt – keinen richtigen –«

Er strich seiner Mutter übers Haar, und sein Mund lag an ihrem Hals.

»Und sie frohlockt so sehr darüber, dass sie dich mir abspenstig macht – sie ist anders als gewöhnliche Mädchen.«

»Ich liebe sie nicht, Mutter«, murmelte er, senkte den Kopf und verbarg vor Jammer seine Augen an ihrer Schulter. Seine Mutter gab ihm einen langen, inbrünstigen Kuss.

»Mein Junge!«, sagte sie mit einer Stimme, die vor leidenschaftlicher Liebe zitterte. Ohne es zu wissen, streichelte er sanft ihr Gesicht.

»So«, sagte seine Mutter, »nun geh zu Bett. Morgen früh wirst du so müde sein.«

Während sie noch sprach, hörte sie ihren Mann kommen.

»Da ist dein Vater – nun geh –« Plötzlich blickte sie ihn fast wie in Furcht an. »Vielleicht bin ich ja selbstsüchtig. Wenn du sie willst, dann nimm sie, mein Junge.«

Seine Mutter sah so sonderbar aus, dass Paul sie zitternd küsste.

»Ach – Mutter!«, sagte er weich.

Morel kam herein, er schwankte. Sein Hut hing ihm ins Auge. In der Tür zögerte er.

»Wieder bei euerm Unfug?«, fragte er gehässig.

Jählings wandelte sich Mrs Morels Rührung in Hass auf den Betrunkenen, der sie so überfiel.

»Wenigstens ist es nüchterner Unfug«, sagte sie.

»Hm – hm! Hm – hm!«, höhnte er.

Er ging in die Diele und hängte Hut und Rock auf. Dann hörten sie ihn die drei Stufen in die Speisekammer hinuntergehen. Mit einem Stück Schweinefleischpastete in der Hand kam er zurück. Die hatte Mrs Morel für ihren Sohn gekauft.

»Und die ist auch nicht für dich bestimmt. Wenn du mir nicht mehr als fünfundzwanzig Shilling gibst, werde ich dir bestimmt keine Schweinefleischpastete kaufen, mit der du dich vollstopfen kannst, wenn du dir den Bauch mit Bier vollgeschlagen hast.«

»Wa-as – wa-as?«, knurrte Morel und verlor das Gleichgewicht. »Wa-as – nicht für mich?« Er betrachtete das Stück Fleisch und Kruste und schleuderte es plötzlich in einem bösen Wutanfall ins Feuer.

Paul sprang auf.

»Vergeude doch dein eigenes Zeug«, rief er.

»Was – was?«, schrie Morel plötzlich, sprang auf und ballte die Faust. »Dir werd ich's zeigen, Bürschchen –!«

»Bitte sehr!«, sagte Paul boshaft und legte den Kopf zur Seite. »Zeig's mir doch –!«

In diesem Augenblick hätte er liebend gern etwas zerschlagen. Sprungbereit duckte Morel sich halb zusammen und hob die Fäuste.

Der junge Mann stand mit lächelndem Mund da.

»Hussa!«, zischte der Vater und führte einen mächtigen Streich aus, dicht am Gesicht seines Sohnes vorbei. Selbst aus dieser Nähe wagte er es nicht, den jungen Mann wirklich zu berühren, sondern wich ihm um eine Handbreit aus.

»Recht so!«, sagte Paul, die Augen auf den Mundwinkel seines Vaters gerichtet, den seine Faust jeden Moment getroffen hätte. Er sehnte sich nach diesem Hieb. Aber da hörte er hinter sich ein leises Stöhnen. Seine Mutter war totenbleich und um den Mund herum dunkel. Morel tänzelte heran, um einen neuen Schlag zu führen.

»Vater!«, sagte Paul so laut, dass das Wort durchs Haus hallte.

Morel zuckte zusammen und stand still.

»Mutter!«, stöhnte der Junge. »Mutter!«

Sie begann mit sich zu ringen. Ihre offenen Augen beobachteten ihn, obwohl sie sich nicht bewegen konnte. Allmählich kam sie wieder zu sich. Er legte sie auf das Sofa, lief nach oben, um etwas Whiskey zu holen, von dem sie endlich nippen konnte. Die Tränen rollten ihm übers Gesicht. Als er vor ihr kniete, weinte er nicht, doch die Tränen strömten ihm unaufhaltsam übers Gesicht. Morel saß, die Ellbogen auf die Knie gestützt, am anderen Ende des Zimmers und warf ihm finstere Blicke zu.

»Was hat sie denn?«, fragte er.

»Ohnmächtig!«, antwortete Paul.

»Hm!«

Der Ältere begann, sich die Stiefel aufzuschnüren. Dann wankte er zu Bett. In diesem Haus war sein letzter Kampf gekämpft.

Paul kniete und streichelte die Hand seiner Mutter.

»Sei nicht krank, Mutter – sei nicht krank!«, sagte er ein ums andere Mal.

»Es ist nichts, mein Junge«, murmelte sie.

Schließlich stand er auf, holte ein großes Stück Kohle und bedeckte das Feuer. Dann räumte er das Zimmer auf, brachte alles in Ordnung, deckte den Frühstückstisch und brachte seiner Mutter die Kerze.

»Kannst du zu Bett gehen, Mutter?«

»Ja, ich komme schon.«

»Schlaf bei Annie, Mutter, nicht bei ihm.«

»Nein, ich will in meinem eigenen Bett schlafen.«

»Schlaf nicht bei ihm, Mutter.«

»Ich will in meinem eigenen Bett schlafen.«

Sie stand auf, und er drehte das Gas aus, dann ging er, die Kerze tragend, dicht hinter ihr nach oben. Auf dem Treppenabsatz gab er ihr einen innigen Kuss.

»Gute Nacht, Mutter.«

»Gute Nacht!«, sagte sie.

In seiner wilden Not presste er das Gesicht ins Kopfkissen. Und doch, irgendwo in seiner Seele fand er Frieden, denn am meisten liebte er noch immer seine Mutter. Es war der bittere Friede des Verzichts.

Die Bemühungen seines Vaters am nächsten Tag, ihn versöhnlich zu stimmen, waren eine große Demütigung für ihn.

Jeder versuchte den Auftritt zu vergessen.

Kapitel 9
Miriams Niederlage

Paul war mit sich und der Welt unzufrieden. Seine tiefste Liebe galt seiner Mutter. Das Gefühl, sie gekränkt oder seine Liebe zu ihr versehrt zu haben, konnte er nicht ertragen. Der Frühling war gekommen, und es tobte ein Kampf zwischen ihm und Miriam. Dieses Jahr hatte er eine Menge an ihr auszusetzen. Das ahnte sie undeutlich. Jenes vertraute Gefühl, das sie beim Beten gehabt hatte, nämlich dass sie ein Opfer seiner Liebe sein müsste, verband sich mit all ihren Empfindungen. Im Grunde glaubte sie nicht, dass sie ihn jemals besitzen werde. Vor allem glaubte sie nicht an sich selbst: zweifelte daran, ob sie je sein könnte, was er von ihr verlangte. Jedenfalls sah sie sich nie ein glückliches Leben mit ihm verbringen. Vor sich sah sie nur Tragödien, Leiden und Opfer. Opfer zu bringen machte sie stolz, und Verzicht machte sie stark; denn sie traute sich nicht zu, das Alltagsleben zu meistern. Vorbereitet war sie auf die großen Dinge und die tiefen Dinge, Tragödien etwa. Dass auch das kleine, das alltägliche Leben genügte, darauf vertraute sie nicht.

Die Osterfeiertage begannen glücklich. Wie früher war Paul freimütig. Und doch hatte sie das Gefühl, dass es nicht gutgehen werde. Am Sonntagnachmittag stand sie an ihrem Schlafzimmerfenster und sah hinüber zu den Eichen des Waldes unter dem hellen Nachmittagshimmel, in deren Ästen sich die Dämmerung verfangen hatte. Graugrüne Geißblattrosetten hingen vor dem Fenster, und manche von ihnen schienen bereits zu knospen. Es war Frühling, den sie liebte und den sie fürchtete.

Sie hörte das Tor zuschlagen und wartete gespannt. Es war ein heller, grauer Tag. Paul kam mit dem Rad, und es glitzerte, als er es über den Hof schob. Sonst läutete er immer seine Fahrradklingel und lachte zum Haus hinauf. Heute ging er mit zusammengepressten Lippen, und in seiner kalten, grausamen Körperhaltung lag etwas Nachlässiges und Höhnisches. Inzwischen kannte sie ihn gut, und sein angespannter, hochmütiger junger Körper verriet ihr, was in ihm vorging. Die kalte, korrekte Art, mit der er sein Rad abstellte, ließ ihr Herz schwer werden.

Nervös ging sie nach unten. Sie trug eine neue Netzbluse, die ihr, wie sie fand, gut stand. Die Bluse hatte einen hohen Kragen mit einer winzigen Krause, die sie an Maria Stuart erinnerte und die sie, wie sie fand, wunderbar weiblich und würdevoll aussehen ließ. Sie war zwanzig, hatte volle Brüste und eine üppige Figur. Ihr Gesicht war noch immer wie eine weiche, schwere Maske, unveränderlich. Doch ihre Augen waren wunderschön, wenn sie aufblickte. Sie fürchtete sich vor ihm. Er würde ihre neue Bluse bemerken.

Er war in nüchterner, ironischer Stimmung und unterhielt die Familie mit der Schilderung eines Gottesdienstes im Gebetshaus der Ursprünglichen Methodisten, den ein wohlbekannter Prediger der Sekte geleitet hatte. Er saß am Kopf des Tisches, und sein lebhaftes Gesicht, dessen Augen so schön sein, so zärtlich glänzen und so lachend tanzen konnten, nahm bald diesen, bald jenen Ausdruck an, je nachdem, wen er gerade spöttisch nachäffte. Wie immer schmerzte sie sein Spott – er kam der Wirklichkeit zu nahe. Paul war zu klug und zu grausam. Wenn seine Augen sich verhärteten vor spöttischem Hass, schien er weder sich noch sonst jemanden schonen zu wollen. Doch Mrs Leivers wischte sich die Augen vor Lachen, und Mr Leivers, der eben aus seinem Sonntagsschläfchen erwacht war, rieb sich den Kopf vor Vergnügen. Die drei Brüder saßen zerzaust und verschlafen in Hemdsärmeln da und lachten hin und wieder schallend auf. Nichts war der Familie lieber als eine gelungene Parodie.

Von Miriam nahm er keine Notiz. Später sah sie, dass er ihre neue Bluse bemerkte, sah, dass der Künstler in ihm sie billigte, vermochte ihm aber kein Fünkchen Wärme zu entlocken. Miriam war aufgeregt, konnte kaum nach den Teetassen auf den Regalen greifen.

Als die Männer zum Melken gingen, wagte sie es, ihn persönlich anzusprechen.

»Du hast dich verspätet«, sagte sie.

»So?«, erwiderte er.

Eine Weile herrschte Schweigen.

»War es eine stürmische Fahrt?«, fragte sie.

»Ist mir nicht aufgefallen.«

Rasch fuhr sie fort, den Tisch zu decken. Als sie fertig war, sagte sie:

»Der Tee wird erst in ein paar Minuten fertig sein. Wollen wir uns die Narzissen ansehen?«

Er erhob sich, ohne zu antworten. Sie gingen hinaus in den Hintergarten unter die knospenden Pflaumenbäume. Die Hügel und der Himmel waren klar und kalt. Alles sah wie frisch gewaschen aus, harsch geradezu. Miriam warf Paul einen Blick zu. Er war blass und teilnahmslos. Es kam ihr grausam vor, dass seine Augen und seine Brauen, die sie so liebte, so verletzend wirken konnten.

»Hat der Wind dich müde gemacht?«, fragte sie.

Sie entdeckte eine tiefsitzende Mattigkeit an ihm.

»Nein, ich glaube nicht«, antwortete er.

»Auf der Straße muss es stürmisch sein – der Wald stöhnt so.«

»An den Wolken kannst du doch sehen, dass ein Südwest geht. Das macht die Sache leichter.«

»Ich fahre ja nicht Rad, ich versteh nichts davon«, murmelte sie.

»Muss man Rad fahren können, um das zu wissen?«, fragte er.

Seine sarkastischen Bemerkungen fand sie unnötig. Schweigend gingen sie weiter. Um den wilden, mit Grasbüscheln übersäten Rasen hinter dem Haus wuchs eine Dornenhecke, unter der sich aus Bündeln graugrüner Blätter Narzissen emporreckten. Die Wangen der Blüten waren noch grünlich vor Kälte. Dennoch waren etliche aufgegangen, und ihr Gold kräuselte sich und glühte. Miriam kniete vor einem Büschel nieder, nahm eine wild aussehende Narzisse zwischen die Hände, bog sie, bis sie ihr das goldene Gesicht zuwandte, bückte sich und koste sie mit Mund, Wangen und Stirn. Er stand abseits, die Hände in den Hosentaschen, und sah ihr zu. Eins nach dem andern wandte sie ihm flehentlich die Gesichter der geöffneten gelben Blumen zu und liebkoste sie dabei überschwänglich.

»Sind sie nicht prachtvoll?«, murmelte sie.

»Prachtvoll? – Das ist ein bisschen dick aufgetragen! – Hübsch sind sie!«

Da er ihr Lob tadelte, beugte sie sich wieder zu ihren Blumen. Er sah ihr zu, wie sie sich hinkauerte und die Blumen mit leidenschaftlichen Küssen bedachte.

»Warum musst du immer alles gleich tätscheln?«, fragte er verstimmt.

»Ich berühre sie aber so gern«, erwiderte sie gekränkt.

»Kannst du denn gar nichts gernhaben, ohne es gleich zu packen, als wolltest du ihm das Herz ausreißen? Kannst du nicht ein bisschen beherrschter oder zurückhaltender sein oder so?«

Voller Schmerz sah sie zu ihm auf, dann fuhr sie langsam fort, mit den Lippen über eine gekräuselte Blume zu streichen. Sie roch an ihr, und ihr Duft war so viel gütiger als Paul, dass sie fast weinen musste.

»Du versuchst, den Dingen ihre Seele abzuschmeicheln«, sagte er. »Das würde ich nie – jedenfalls wär ich gradheraus.«

Er wusste selbst kaum, was er sagte. Diese Dinge entfuhren ihm automatisch. Sie blickte ihn an. Sein Körper schien wie eine Waffe, fest und hart gegen sie gerichtet.

»Immerzu bettelst du die Dinge an, dich zu lieben«, sagte er, »als wärst du eine Bettlerin der Liebe. Sogar die Blumen – wie du um sie herumscharwenzelst –«

Mit rhythmischen Bewegungen wiegte sich Miriam hin und her, strich mit dem Mund über die Blume und atmete dabei ihren Duft ein, der sie jedes Mal erschauern ließ, wenn er an ihre Nase drang.

»Du willst nicht lieben – dein ewiges, unnatürliches Verlan-

gen ist es, geliebt zu werden. Du bist nicht positiv, du bist nega-
tiv. Du saugst alles auf, saugst es auf, als müsstest du dich mit
Liebe anfüllen, weil es dir irgendwo an etwas fehlt.«

Seine Grausamkeit schockierte sie, und sie hörte nicht hin. Er
hatte nicht die leiseste Ahnung, was er da sagte. Es war, als ver-
sprühe seine zerfressene, gequälte Seele, die vor unterdrückter
Leidenschaft brodelte, diese Worte wie elektrische Funken. Sie
begriff nichts von dem, was er sagte. Sie saß bloß da, zusammengekauert unter seiner Grausamkeit und seinem Hass auf sie. Nie
begriff sie sofort. Über allem musste sie erst brüten und brüten.

Nach dem Tee blieb er bei Edgar und dessen Brüdern und
schenkte Miriam keine Beachtung. Sie, zutiefst unglücklich an
diesem lang ersehnten Feiertag, wartete auf ihn. Und schließlich gab er nach und kam zu ihr. Sie war entschlossen, seiner
Stimmung auf den Grund zu gehen. Für sie war es nicht viel
mehr als eine Stimmung.

»Wollen wir ein Stück weit durch den Wald spazieren?«, fragte
sie ihn, denn sie wusste, eine direkte Bitte schlug er niemals aus.

Sie gingen hinunter zum Kaninchenbau. Auf dem mittleren
Pfad kamen sie an einer Falle vorbei, einem schmalen hufeisen-
förmigen Geflecht aus kleinen Fichtenzweigen, mit den Eingeweiden eines Kaninchens als Köder. Paul betrachtete sie miss-
billigend. Sie fing seinen Blick auf.

»Ist das nicht schrecklich?«, fragte sie.

»Ich weiß nicht! Ist es schlimmer als ein Wiesel, das einem
Kaninchen die Zähne in die Kehle schlägt? – Ein Wiesel oder
viele Kaninchen? – Eins von beiden muss dran glauben –!«

Die Bitterkeit des Lebens nahm er sich sehr zu Herzen. Er tat
ihr richtig leid.

»Gehen wir zurück zum Haus«, sagte er. »Ich mag nicht weitergehen.«

Sie kamen an dem Fliederbusch vorbei, dessen bronzene
Blattknospen sich entfalteten. Von dem Heuschober war nur ein
kleiner Rest geblieben, ein viereckiges braunes Denkmal, wie

eine steinerne Säule. Von der letzten Mahd lag noch ein kleines Heubett da.

»Setzen wir uns kurz hierher«, sagte Miriam.

Widerstrebend setzte er sich und lehnte seinen Rücken gegen die harte Heuwand. Sie wandten ihre Gesichter dem Amphitheater der gerundeten Hügel zu, die in der untergehenden Sonne glühten. Winzige weiße Gehöfte traten hervor, die Wiesen waren golden, die Wälder dunkel und doch voller Licht, in der Ferne deutlich die übereinandergeschichteten Baumwipfel zu erkennen. Der Abend war aufgeklart und der Osten ein zarter Hauch von Magentarot, unter dem still und reich das Land dalag.

»Ist es nicht wunderschön?«, flehte sie.

Doch er zog nur eine finstere Miene. Gerade jetzt wäre ihm etwas Hässliches lieber gewesen.

In diesem Augenblick kam ein großer Bullterrier mit offenem Maul angestürmt, legte dem jungen Mann beide Vorderpfoten auf die Schultern und leckte ihm das Gesicht. Lachend wich Paul zurück. Bill war ihm eine große Erleichterung. Er stieß den Hund zur Seite, doch der kam in Sprüngen wieder.

»Verschwinde«, sagte der Bursche, »oder ich zieh dir eins übers Fell.«

Aber der Hund ließ sich nicht wegstoßen. Also rang Paul ein wenig mit dem Geschöpf und schleuderte den armen Bill von sich. Der jedoch, wild vor Freude, kam immer wieder heftig zappelnd heran. Die beiden kämpften miteinander, der Mann unwillig lachend, der Hund bis über beide Ohren grinsend. Miriam sah ihnen zu. Der Mann hatte etwas Leidvolles an sich. Er wollte so gern lieben, zärtlich sein. Die raue Art, wie er den Hund umwarf, war in Wirklichkeit Liebe. Hechelnd vor Vergnügen, rappelte Bill sich immer wieder auf, rollte dabei die braunen Augen in dem weißen Gesicht und kam zurückgetapst. Er vergötterte Paul. Der Bursche runzelte die Stirn.

»Bill, ich hab genug von dir«, sagte er.

Doch der Hund blieb stehen, legte ihm die beiden schweren,

vor Liebe zitternden Pfoten auf den Schenkel und streckte ihm eine rote Zunge entgegen. Paul wich zurück.

»Nein«, sagte er. »Nein – jetzt ist genug.«

Und gleich darauf trottete der Hund glücklich davon, um einem anderen Vergnügen nachzujagen.

Kläglich starrte Paul wieder auf die Hügel, deren stille Schönheit ihm missfiel. Er wollte mit Edgar Rad fahren. Aber er hatte nicht den Mut, Miriam zu verlassen.

»Warum bist du traurig?«, fragte sie demütig.

»Ich bin nicht traurig, warum sollte ich?«, erwiderte er. »Ich bin normal.«

Sie fragte sich, weshalb er immer behauptete, normal zu sein, wenn er übellaunig war.

»Aber was hast du?«, bat sie und drang sanft in ihn.

»Nichts!«

»Doch!«, murmelte sie.

Er hob einen Stock auf und begann, auf den Erdboden einzustechen.

»Es wäre besser, wenn du nicht reden würdest«, sagte er.

»Aber ich möchte es wissen –«, erwiderte sie.

Er lachte verärgert.

»Das möchtest du immer«, sagte er.

»Das ist ungerecht«, murmelte sie.

Wie in fieberhafter Erregung stieß, stieß, stieß er mit dem spitzen Stock in den Boden und grub kleine Erdklümpchen aus. Sanft, aber bestimmt legte sie ihm die Hand aufs Handgelenk.

»Nicht!«, sagte sie. »Leg ihn weg.«

Er schleuderte den Stecken in die Johannisbeerbüsche und lehnte sich zurück. Jetzt staute sich alles in ihm.

»Was ist denn?«, flehte sie leise.

Er lag ganz still, nur in seinen Augen war Leben, und die waren voller Qual.

»Weißt du«, sagte er schließlich erschöpft, »weißt du – wir sollten uns besser trennen.«

Genau das hatte sie befürchtet. Mit einem Mal schien alles vor ihren Augen sich zu verdunkeln.

»Ach!«, murmelte sie. »Was ist geschehen?«

»Nichts ist geschehen. – Uns wird nur deutlich, wo wir stehen. – Es ist sinnlos –«

Schweigend, traurig, geduldig wartete sie. Es nutzte nichts, keine Geduld mit ihm zu haben. Jedenfalls würde er ihr jetzt verraten, was ihn bedrückte.

»Wir haben uns darauf geeinigt, Freunde zu sein«, fuhr er mit dumpfer, eintöniger Stimme fort. »Wie oft haben wir uns darauf geeinigt! – Und doch – weder endet es dort, noch führt es irgendwohin.«

Er schwieg wieder. Sie grübelte. Was meinte er? Er war so ermüdend. Da war etwas, das er nicht preisgab. Und doch musste sie Geduld mit ihm haben.

»Ich kann nur Freundschaft schenken – zu etwas anderem bin ich nicht imstande – es ist ein Makel in meinem Wesen. – Unser Verhältnis ist unausgewogen – ich hasse Unausgewogenheit – lassen wir's gut sein.«

Seine letzten Sätze brannten vor Wut. Er meinte, dass sie ihn mehr liebte als er sie. Vielleicht konnte er sie nicht lieben. Vielleicht trug sie das, was er brauchte, nicht in sich. Dieses Misstrauen sich selbst gegenüber war der tiefste Beweggrund ihrer Seele. Es saß so tief, dass sie es weder zu erkennen noch anzuerkennen wagte. Vielleicht fehlte es ihr ja tatsächlich an etwas. Wie eine unendlich feine Scham hielt es sie stets zurück. Wenn dem so war, wollte sie ohne ihn auskommen. Niemals würde sie sich erlauben, ihn zu wollen. Sie würde einfach abwarten.

»Aber was ist geschehen?«, fragte sie.

»Nichts – es liegt alles an mir – nur kommt es erst jetzt heraus. – Vor Ostern geht's uns immer so.«

Er erniedrigte sich so hilflos, dass sie Mitleid mit ihm bekam. Wenigstens quälte sie selbst sich nie so erbärmlich. Immerhin war er es, der sich am meisten demütigte.

»Was willst du?«, fragte sie ihn.

»Nun ja – ich darf nicht mehr so oft kommen – das ist alles. Warum sollte ich dich in Beschlag nehmen, wenn ich nicht – verstehst du, in Hinsicht auf dich fehlt es mir an etwas –«

Was er ihr sagte, war, dass er sie nicht liebe und ihr deshalb eine Chance mit einem anderen Mann lassen müsse. Wie töricht und blind und beschämend unbeholfen er war! Was bedeuteten ihr andere Männer! Was bedeuteten ihr Männer überhaupt! Doch er, ach, sie liebte seine Seele. Fehlte es *ihm* an etwas? Vielleicht war es ja so.

»Aber ich verstehe nicht«, sagte sie heiser. »Gestern –«

In der ausbleichenden Dämmerung wurde ihm der Abend schrill und verhasst. Und Miriam beugte den Nacken unter ihr Leid.

»Ich weiß«, rief er, »das wirst du nie. Du wirst niemals glauben, dass es mir nicht möglich ist – physisch nicht möglich ist, genauso wenig, wie ich zum Himmel auffliegen kann wie eine Lerche –«

»Was?«, murmelte sie. Jetzt fürchtete sie sich.

»Dich zu lieben.«

In diesem Moment hasste er sie bitterlich, weil er schuld daran war, dass sie litt. Sie zu lieben! Sie wusste doch, dass er sie liebte. Er gehörte ganz ihr. Zu sagen, dass er sie nicht liebe, physisch, körperlich, war nichts als Halsstarrigkeit seinerseits, weil er wusste, dass sie ihn liebte. Er war dumm wie ein Kind. Er gehörte ihr. Seine Seele wollte sie. Sie vermutete, dass jemand ihn beeinflusst hatte. Sie verspürte die Härte, die Fremdheit eines äußeren Einflusses in ihm.

»Was haben sie zu Hause gesagt?«, fragte sie.

»Das ist es nicht«, entgegnete er.

Und da wusste sie, dass es genau das war. Sie verabscheute seine Familie wegen ihrer Gewöhnlichkeit. Sie wussten nicht, was echten Wert hatte.

An diesem Abend sprachen sie nur noch wenig. Schließlich ließ er sie zurück, um mit Edgar Rad zu fahren.

Er war zu seiner Mutter zurückgekehrt. Die Verbindung zu ihr war die stärkste in seinem Leben. Wenn er darüber nachdachte, verblasste Miriam. Als wäre sie etwas Undeutliches, Unwirkliches. Und kein anderer Mensch zählte. Es gab nur einen festen Ort auf dieser Welt, der nicht zu Unwirklichkeit zerschmolz: der Ort, an dem seine Mutter war. Alle anderen Menschen mochten schemenhaft werden, beinahe so, als gäbe es sie nicht, nur sie nicht. Es war, als wäre seine Mutter der Dreh- und Angelpunkt seines Lebens, dem er nicht entrinnen konnte.

Und auf dieselbe Weise wartete sie auf ihn. In ihm hatte sie ihr Leben verankert. Darüber hinaus bot das Leben Mrs Morel schließlich sehr wenig. Sie erkannte, dass unsere Gelegenheit, etwas zu *bewirken*, hier ist, und das zählte für sie. Paul würde beweisen, dass sie recht gehabt hatte: Er würde ein Mann werden, den nichts erschüttern konnte, er würde die Welt verändern, auf eine Art, die etwas bedeutete. Wo immer er hinging, sie spürte, dass ihre Seele ihm folgte. Was immer er tat, sie spürte, dass ihre Seele ihm beistand, gewissermaßen bereit, ihm das Werkzeug zu reichen. Sie konnte es nicht ertragen, wenn er bei Miriam war. William war tot. Um Paul würde sie kämpfen.

Und er kehrte zu ihr zurück. Und in seiner Seele empfand er die Genugtuung der Selbstaufopferung, denn er war ihr treu. Sie liebte am meisten ihn, er liebte am meisten sie. Und doch genügte das nicht. Sein neues, junges Leben, das so stark und gebieterisch war, lechzte nach etwas anderem. Vor Rastlosigkeit wurde er fast verrückt. Das merkte sie und wünschte bitterlich, Miriam wäre eine Frau gewesen, die dieses neue Leben an sich gerissen und ihr selbst die Wurzeln überlassen hätte. Gegen seine Mutter kämpfte er fast genauso, wie er gegen Miriam kämpfte.

Erst nach einer Woche besuchte er wieder Willey Farm. Miriam hatte viel gelitten und Angst davor, ihn wiederzusehen. Würde sie jetzt die Schmach ertragen müssen, dass er sie verließ? Die wäre nur oberflächlich und vorübergehend. Er würde zurückkommen. Sie hielt die Schlüssel zu seiner Seele. Doch unterdessen, wie würde er sie quälen mit seinem Kampf gegen sie! Sie schrak davor zurück.

Am Sonntag nach Ostern aber kam er zum Tee. Mrs Leivers war froh, ihn zu sehen. Sie merkte, dass ihn etwas beunruhigte, dass ihn etwas bedrückte. Er schien Trost bei ihr zu suchen. Und sie war gut zu ihm. Sie tat ihm den großen Gefallen, ihn geradezu mit Ehrfurcht zu behandeln.

Er traf sie mit den jüngeren Kindern im Vorgarten an.

»Ich bin froh, dass du gekommen bist«, sagte die Mutter und sah ihn mit ihren großen, flehenden braunen Augen an. »Es ist so ein sonniger Tag. – Ich war gerade auf dem Weg zu den Feldern, zum ersten Mal in diesem Jahr.«

Er hatte den Eindruck, dass er mitkommen sollte. Das beschwichtigte ihn. Sie gingen und plauderten, er war sanft und bescheiden. Er hätte weinen können vor Dankbarkeit, weil sie so ehrerbietig gegen ihn war. Er fühlte sich gedemütigt.

Am Ende der Mow Close stießen sie auf ein Drosselnest.

»Soll ich Ihnen die Eier zeigen?«, fragte er.

»Gern!«, erwiderte Mrs Leivers. »Es sind echte Frühlingsboten und so voller Hoffnung.«

Er bog die Dornen zur Seite, nahm die Eier heraus und hielt sie in der hohlen Hand.

»Sie sind noch ganz warm – ich glaube, wir haben die Drossel verscheucht«, sagte er.

»Ach, das arme Ding«, sagte Mrs Leivers.

Miriam konnte nicht umhin, die Eier zu berühren und seine Hand, die sie so gut zu behüten schien.

»Ist das nicht eine seltsame Wärme?«, murmelte sie, um ihm nahezukommen.

»Körperwärme«, erwiderte er.

Sie beobachtete ihn dabei, wie er sie, den Körper gegen die Hecke gepresst, wieder zurücklegte und wie sein Arm langsam durch die Dornen griff, während er vorsichtig die Eier in der Hand hielt. Er konzentrierte sich auf sein Tun. Als sie ihn so sah, liebte sie ihn, so einfach und selbstgenügsam schien er. Aber zu ihm hindurchdringen konnte sie nicht.

Beim Tee besprach er mit Mrs Leivers die Karfreitagspredigt. Für die Mutter war es nun zu weit zum Gottesdienst, und beinahe hörte sie die Predigt lieber von Paul, mit seinen Kommentaren und Argumenten. Die anderen hörten zu. Sogar die großen, ruppigen Burschen waren aufmerksam und interessiert und konnten dem Gespräch etwas entnehmen.

»Er hat«, sagte Paul, »das Kapitel ›Aber wer glaubt unserer Predigt‹ gewählt – es gefällt mir.«

Bei dem Gedanken daran leuchteten Mrs Leivers' große braune Augen auf.

»Und er hat's völlig verdorben – verdorben hat er's.«

Plötzlich warf er Miriam einen Blick zu, damit sie jetzt bei ihm wäre.

»Er hat gesagt –«

In ernstem und zornigem Ton fasste Paul die Predigt zusammen. So liebte ihn Miriam. Sie sah ihm zu und war von großer Zufriedenheit erfüllt. Sie liebte ihn ebenso, wie Maria in Bethanien geliebt hatte. Nur wenn der Mann in ihm erwachte, herrschte Krieg zwischen ihnen. Und wer war stärker in ihm, der Jünger oder der Mann? Sie glaubte, dass es der Jünger sei, und für einen solchen hielt sie ihn.

Als sie den Teetisch abräumte, sagte er etwas gezwungen:

»Wenn du fertig bist, gehen wir hinaus.«

Und in der Spülküche half er ihr dabei, die Töpfe abzutrocknen. Sie zitterte leicht vor Angst. Doch sie wusste, an diesem Abend brauchte sie seine Ablehnung nicht zu fürchten.

»Sollen wir ein Buch mitnehmen?«, fragte sie und legte ihre Hand auf ihr liebstes Buch, Palgraves *Golden Treasury*. Am schönsten war es mit ihm, wenn sie Gedichte lasen.

»Nicht das«, sagte er.

Ihr wurde schwer ums Herz. Zögernd stand sie vor dem Bücherregal. Er nahm *Tartarin von Tarascon* zur Hand. Wieder saßen sie auf der Heubank am Fuße des Schobers. Er las ein paar Seiten, doch ohne mit dem Herzen dabei zu sein. Wieder kam der Hund herbeigerannt, um den Spaß vom letzten Mal zu wiederholen. Er stupste mit der Schnauze gegen die Brust des Mannes. Paul spielte kurz mit seinem Ohr. Dann stieß er ihn weg.

»Verschwinde, Bill«, sagte er. »Ich will dich nicht.«

Bill schlich sich davon, und Miriam fragte sich, was nun bevorstand, und fürchtete sich davor. Das Schweigen des jungen Mannes ließ sie vor Angst erstarren. Es war nicht sein Zorn, es waren seine ruhigen Entschlüsse, die sie fürchtete.

Er wandte ein wenig den Kopf zur Seite, damit sie ihn nicht sehen konnte, und begann ruhig und gequält zu sprechen:

»Glaubst du – wenn ich nicht so oft käme – dass du jemand anderen liebgewinnen könntest – einen anderen Mann –?«

Es beschäftigte ihn also noch immer.

»Aber ich kenne doch gar keine anderen Männer – wieso fragst du?«, erwiderte sie mit leiser Stimme, aus der er den Vorwurf hätte heraushören sollen.

»Nun«, stieß er hervor, »weil die Leute sagen, ich hätte kein Recht hierherzukommen – wenn wir nicht vorhaben zu heiraten –«

Miriam war empört darüber, dass jemand versuchte, sich in die Angelegenheiten, die nur sie beide betrafen, einzumischen. Sie war auf ihren eigenen Vater wütend gewesen, als er Paul gegenüber lachend bemerkt hatte, er wisse schon, weshalb er so oft komme.

»Wer sagt das?«, fragte sie und überlegte, ob ihre Familie etwas damit zu tun haben könnte. Aber das hatte sie nicht.

»Mutter – und die anderen. Sie sagen, dass man mich, wenn es so weitergeht, als verlobt betrachten wird und dass ich es ebenso halten sollte, weil es sonst dir gegenüber ungerecht ist. – Und ich habe versucht, es herauszufinden – und ich glaube nicht, dass ich dich so liebe, wie ein Mann seine Frau lieben sollte. – Wie denkst *du* darüber?«

Verstimmt senkte Miriam den Kopf. Es machte sie wütend, diesen Kampf austragen zu müssen. Die Leute sollten ihn und sie in Ruhe lassen.

»Ich weiß nicht«, murmelte sie.

»Glaubst du, wir lieben einander genug, um zu heiraten?«, fragte er entschieden. Es ließ sie erzittern.

»Nein«, erwiderte sie aufrichtig. »Ich glaube nicht – wir sind zu jung.«

»Ich dachte«, fuhr er unglücklich fort, »vielleicht hast du mit deiner Heftigkeit in allen Dingen mir mehr gegeben – als ich dir je vergelten könnte. – Und sogar jetzt noch – wenn du's für das Beste hältst – könnten wir uns verloben.«

Jetzt war Miriam den Tränen nahe. Und wütend war sie auch. Er benahm sich immer wie ein Kind, mit dem die Leute verfahren konnten, wie es ihnen beliebte.

»Nein, ich glaube nicht«, sagte sie bestimmt.

Er dachte kurz nach.

»Verstehst du«, sagte er, »so wie ich bin, glaube ich nicht, dass ein Mensch mich je ganz in Beschlag nehmen könnte – mir alles bedeuten könnte – ich glaube, das wird nie geschehen.«

Darüber dachte sie nicht nach.

»Nein«, murmelte sie. Nach einer kurzen Pause sah sie ihn an, und ihre dunklen Augen blitzten.

»Es liegt an deiner Mutter«, sagte sie. »Ich weiß, dass sie mich noch nie gemocht hat.«

»Nein, nein, das ist es nicht«, erwiderte er hastig. »Dieses Mal hat sie in deinem Interesse gesprochen. Sie hat nur gesagt, wenn ich so weitermache, dann sollte ich mich als verlobt betrachten.« Sie schwiegen. »Und wenn ich dich bitte, uns jederzeit zu besuchen, wirst du's mir nicht ausschlagen, nicht wahr?«

Sie antwortete nicht. Mittlerweile war sie sehr zornig.

»Nun, was sollen wir tun?«, fragte sie knapp. »Mit Französisch höre ich wohl besser auf. Ich hatte gerade begonnen, Fortschritte zu machen. – Aber ich komme wohl auch allein voran.«

»Ich glaube nicht, dass das nötig sein wird«, sagte er. »Französischstunden kann ich dir doch wohl geben.«

»Nun – und dann sind da auch noch die Sonntagabende. Ich werde nicht aufhören, zum Gottesdienst zu gehen, denn es gefällt mir, und ich gehe ja sonst nicht aus. Aber du brauchst nicht mit nach Hause zu kommen. Ich kann auch allein gehen.«

»In Ordnung«, antwortete er erstaunt. »Aber Edgar wird immer mit uns kommen, wenn ich ihn darum bitte, und dann kann niemand etwas dagegen einwenden.«

Sie schwiegen. Allzu viel würde sie also nicht verlieren. Trotz all des Geredes bei ihm zu Hause würde sich nicht viel verändern. Sie wünschte, die Leute würden sich um ihre eigenen Angelegenheiten kümmern.

»Und du wirst dir darüber nicht den Kopf zerbrechen und dir deshalb Sorgen machen, nicht wahr?«, fragte er.

»Aber nein«, erwiderte Miriam, ohne ihn anzusehen.

Er schwieg. Sie fand ihn unbeständig. Er besaß keine Zielstrebigkeit, keinen Anker der Gerechtigkeit, der ihn festhielt.

»Denn«, so fuhr er fort, »ein Mann steigt auf sein Fahrrad – und fährt zur Arbeit – und tut alles Mögliche. Eine Frau aber brütet.«

»Nein, damit gebe ich mich nicht ab«, sagte Miriam. Und sie meinte es ernst.

Es war ziemlich kalt geworden. Sie gingen ins Haus.

»Wie blass Paul aussieht!«, rief Mrs Leivers. »Miriam, du hättest ihm nicht erlauben sollen, im Freien zu sitzen. – Glaubst du, du hast dir eine Erkältung geholt, Paul?«

»Ach, nein!«, sagte er lachend.

Doch er fühlte sich unwohl. Der Konflikt in seinem Innern erschöpfte ihn. Nun hatte Miriam Mitleid mit ihm. Doch schon früh, vor neun Uhr, stand er auf, um zu gehen.

»Du willst doch nicht etwa schon nach Hause?«, fragte Mrs Leivers besorgt.

»Doch«, erwiderte er. »Ich habe versprochen, früh zurück zu sein.«

Er fühlte sich sehr unbehaglich.

»Das ist aber wirklich früh«, sagte Mrs Leivers.

Miriam saß in ihrem Schaukelstuhl und schwieg. Er zögerte, denn er wartete darauf, dass sie aufstand und mit ihm in den Stall ging, um sein Fahrrad zu holen, wie sie es sonst immer tat. Doch sie rührte sich nicht von der Stelle. Er wusste nicht weiter.

»Also dann – gute Nacht allerseits!«, stammelte er.

Gemeinsam mit allen anderen wünschte sie ihm eine gute Nacht. Als er am Fenster vorbeikam, schaute er hinein. Sie sah, wie blass er war, er hatte die Brauen hochgezogen, wie es ihm zur Gewohnheit geworden war, und seine Augen waren finster vor Schmerz.

Als er durchs Tor fuhr, stand sie auf und ging zur Tür, um ihm zum Abschied zuzuwinken. Langsam radelte er unter den Kiefern entlang und fühlte sich wie ein armer Hund, wie ein armer Wicht. Aufs Geratewohl rollte sein Fahrrad die steilen Hügel hinab. Er dachte, es müsse eine große Erleichterung sein, sich das Genick zu brechen.

Zwei Tage später schickte er ihr ein Buch und einen kurzen Brief, in dem er sie ermahnte, zu lesen und sich zu beschäftigen.

Und doch verhielt er sich von da an anders. Er hatte erkannt, wie die Dinge lagen. Er wusste, dass er sie *nicht* heiraten wollte. Die Gründe, weshalb er sie liebte, reichten nicht hin, um sie zu heiraten; so viel hatte er entschieden. Und seine Mutter hatte ihm eingebläut, seine jetzige Haltung könne nicht ewig so weitergehen, das wäre dem Mädchen gegenüber äußerst ungerecht. Also versuchte er, zwischen sich und ihr so viel Abstand wie möglich herzustellen. Kalt und herzlos war er zu ihr. Das alles empfand sie bitterlich, schrieb es seiner Mutter zu und wartete. Sie wusste, dass er sie nicht aufgeben konnte. Aber er schien Barrieren zwischen ihnen errichten zu wollen, hinter die er sich zurückziehen konnte, um vor ihr zu fliehen. Darunter litt sie sehr.

Während dieser Zeit schenkte er Edgar seine ganze Freundschaft. Er liebte die Familie so sehr, er liebte die Farm so sehr, sie war ihm der liebste Platz auf Erden. Sein eigenes Zuhause war gar nicht so liebenswert. Es war seine Mutter. Mit seiner Mutter aber wäre er überall sonst ebenso glücklich gewesen. Doch Willey Farm liebte er von ganzem Herzen. Er liebte die kleine, verwinkelte Küche, wo Männerstiefel über den Fußboden hinwegtrampelten und der Hund mit einem offenen Auge schlief, weil er Angst hatte, getreten zu werden, wo die Lampe bei Nacht über dem Tisch hing und wo alles so still war. Er liebte Miriams langes, niedriges Wohnzimmer, dessen romantische Atmosphäre, die Blumen, die Bücher, das Klavier aus Rosenholz. Er liebte die Gärten und die Gebäude, die mit ihren scharlachroten Dächern an den kahlen Rändern der Felder standen und sich an den Wald schmiegten, als wäre ihnen so behaglicher, die wilde Landschaft, die das Tal hinab- und an den verwilderten Hügeln der anderen Seite wieder hinaufkroch. Nur dort zu sein verhalf ihm zu Begeisterung und Freude. Er liebte Mrs Leivers, ihre Weltfremdheit und ihren sonderbaren Zynismus; er liebte Mr Leivers, der so warmherzig, jung und liebenswert war; er liebte Edgar, der strahlte, wenn er kam, und die Jungen und die Kinder und Bill – sogar die Sau Circe und den indischen Kampfhahn namens Tippoo. All das unabhängig von Miriam. Er konnte es nicht aufgeben.

Deshalb kam er genauso oft wie früher, aber gewöhnlich hielt er sich nun bei Edgar auf. Nur abends kam die ganze Familie zusammen, auch der Vater, und man spielte Scharaden und andere Gesellschaftsspiele. Und später versammelte Miriam sie, und mit verteilten Rollen lasen sie aus billigen Ausgaben von *Macbeth*. Es war sehr aufregend. Miriam war froh, und Mrs Leivers war froh, und Mr Leivers hatte seinen Spaß. Dann studierten sie mittels eines Tonika-Do-Systems gemeinsam Lieder ein, saßen im Kreis ums Feuer herum und sangen. Mittlerweile aber war Paul mit Miriam nur noch sehr selten allein. Sie wartete. Wenn sie, Edgar und er zusammen vom Gottesdienst oder von der Literaturgesellschaft in Bestwood nach Hause gingen, dann wusste sie, dass alles, was er so leidenschaftlich und so unorthodox von sich gab, für ihre Ohren bestimmt war. Aber sie neidete Edgar seine Radtouren mit Paul, seine Freitagabende, seine Arbeit auf den Feldern. Denn für sie gab es keine Freitagabende und keine Französischstunden mehr. Fast immer war sie allein, ging grübelnd im Wald spazieren, las, lernte, träumte, wartete. Und er schrieb ihr oft.

An einem Sonntagabend gewannen sie ihre seltene alte Harmonie zurück. Edgar war mit Mrs Morel zum Abendmahl dageblieben – er fragte sich, wie es wohl war. So gingen Paul und Miriam allein zum Haus der Morels zurück. Er war ihrem Zauber wieder so gut wie erlegen. Wie gewöhnlich besprachen sie die Predigt. Er segelte jetzt mit voller Kraft auf den Agnostizismus zu, allerdings auf einen so religiösen Agnostizismus, dass es Miriam nicht allzu sehr schmerzte. Sie waren bei Renans *Das Leben Jesu* angelangt. Miriam war die Tenne, auf der er alle seine Überzeugungen drosch. Wenn er mit seinen Ideen auf ihrer Seele herumtrat, enthüllte sich ihm die Wahrheit. Miriam allein war seine Tenne. Sie allein verhalf ihm zur Erkenntnis. Nahezu willenlos unterwarf sie sich seinen Argumenten und Erläuterungen. Und dank ihr erkannte er nach und nach, worin er unrecht hatte. Und was er erkannte, erkannte auch sie. Es schien ihr, als könne er ohne sie nicht auskommen.

Sie gelangten zu dem stillen Haus. Er nahm den Schlüssel vom Fenster der Spülküche, und sie traten ein. Die ganze Zeit über führte er die Diskussion weiter. Er zündete das Gas an, kümmerte sich um das Feuer und brachte ihr Kuchen aus der Speisekammer. Sie saß ruhig auf dem Sofa, einen Teller auf den Knien. Sie trug einen großen weißen Hut mit rosafarbenen Blumen. Es war ein billiger Hut, aber er gefiel ihm. Ihr Gesicht darunter war ruhig und nachdenklich, goldbraun und rosig. Wie immer waren ihre Ohren unter ihren kurzen Locken verborgen. Sie beobachtete ihn.

An Sonntagen mochte sie ihn am liebsten. Er trug dann immer einen dunklen Anzug, der die geschmeidigen Bewegungen seines Körpers betonte. Es war etwas Sauberes, Klares an ihm. Er ließ sie weiter an seinen Gedanken teilhaben. Plötzlich griff er nach einer Bibel. Miriam gefiel es, wie er danach griff, so präzise, so zielstrebig. Rasch blätterte er die Seiten um und las ihr ein Kapitel aus dem Johannesevangelium vor. Wie er so in seine Lektüre vertieft in seinem Lehnstuhl saß und seine Stimme reiner Gedanke war, schien es ihr, als benutze er sie unbewusst, so wie ein Mann ein Werkzeug für eine Arbeit benutzt, auf die er sich konzentrieren muss. Das gefiel ihr sehr. Und die Wehmut in seiner Stimme war wie ein Griff nach etwas, und es war, als ob sie selbst es sei, mit der er griff. Sie lehnte sich auf dem Sofa zurück, weg von ihm, und kam sich doch vor wie das Werkzeug, nach dem seine Hand griff. Es machte ihr große Freude.

Dann begann er zu stottern und sich unsicher zu fühlen. Und als er zu dem Vers kam: »Ein Weib, wenn sie gebiert, so hat sie Traurigkeit; denn ihre Stunde ist gekommen«, ließ er ihn aus. Miriam war nicht entgangen, dass ihm immer unbehaglicher zumute wurde. Als die vertrauten Worte nicht folgten, sank sie in sich zusammen. Er las weiter, aber sie hörte nicht hin. Vor Kummer und Scham senkte sie den Kopf. Noch vor einem halben Jahr hätte er einfach weitergelesen. Jetzt war der Umgang zwischen ihnen blockiert. Jetzt war ihr, als stünde etwas Feindseliges zwischen ihnen, etwas, dessen sie sich schämten.

Mechanisch aß sie ihren Kuchen. Er versuchte, sein Argument weiter auszuführen, fand aber den richtigen Ton nicht mehr. Bald danach kam Edgar herein. Mrs Morel war zu einer Freundin gegangen. Die drei machten sich auf den Weg nach Willey Farm.

Miriam grübelte über seinen Bruch mit ihr. Es gab etwas anderes, das er wollte. Er war nicht zufriedenzustellen, konnte sie nicht in Ruhe lassen. Dauernd gab es einen Grund zum Streit zwischen ihnen. Sie wollte es ihm beweisen. Sie glaubte, das wichtigste Bedürfnis in seinem Leben zu sein. Könnte sie das beweisen, ihm und sich selbst, so mochte das Übrige sich von selbst ergeben, sie könnte einfach auf die Zukunft bauen.

Also bat sie ihn im Mai, nach Willey Farm zu kommen und Mrs Dawes kennenzulernen. Es gab etwas, nach dem er sich sehnte. Wann immer sie von Clara Dawes sprachen, wurde er gereizt und ein wenig wütend. Er behauptete, sie nicht zu mögen. Und doch wollte er unbedingt mehr über sie erfahren. Nun, er sollte sich einer Prüfung stellen. Sie glaubte, dass in ihm ein Verlangen nach höheren Dingen war und ein Verlangen nach niedrigeren und dass das Verlangen nach den höheren siegen würde. Zumindest sollte er es versuchen. Dabei vergaß sie, dass »höher« und »niedriger« willkürliche Begriffe waren.

Die Vorstellung, auf Willey Farm Clara kennenzulernen, fand er ziemlich aufregend. Mrs Dawes kam für einen Tag. Ihr schweres dunkelbraunes Haar war zu einem Knoten hochgesteckt. Sie trug eine weiße Bluse und einen dunkelblauen Rock, und irgendwie gelang es ihr, jeden Ort, an dem sie sich befand, armselig und belanglos erscheinen zu lassen. In ihrer Anwesenheit wirkte die Küche viel zu klein und zu schäbig. Miriams schönes, dämmriges Wohnzimmer wirkte lächerlich steif. Mrs Dawes stellte sämtliche Leivers in den Schatten. Es fiel ihnen schwer, mit ihr auszukommen. Dabei war sie vollkommen liebenswürdig, wenn auch gleichgültig und ziemlich hart.

Paul kam erst am Nachmittag. Er kam zu früh. Als er sich vom Fahrrad schwang, sah Miriam, wie er erwartungsvoll zum Haus hinüberblickte. Er wäre enttäuscht gewesen, wenn die Besucherin nicht eingetroffen wäre. Miriam ging hinaus, um ihn zu begrüßen, und senkte den Kopf, weil die Sonne sie blendete. Unter dem kühlen grünen Schatten ihrer Blätter lugten karminrote Kapuzinerkresseblüten hervor. Dunkelhaarig stand das Mädchen da, froh, ihn zu sehen.

»Ist Clara nicht gekommen?«, fragte er.

»Doch«, erwiderte Miriam mit ihrer wohlklingenden Stimme. »Sie liest gerade.«

Er schob sein Fahrrad in die Scheune. Er trug eine hübsche Halsbinde, auf die er sehr stolz war, und dazu passende Socken.

»Sie ist heute Morgen angekommen?«, fragte er.

»Ja«, antwortete Miriam, die neben ihm herging. »Du hast gesagt, du würdest mir den Brief von dem Mann bei Liberty's mitbringen. Hast du daran gedacht?«

»Ach herrje, nein!«, sagte er. »Aber quäl mich, bis du ihn bekommst.«

»Ich quäle dich nicht gerne.«

»Tu's trotzdem. Und ist sie jetzt etwas freundlicher?«, fuhr er fort.

»Weißt du, ich finde sie eigentlich immer recht freundlich.«

Er schwieg. Seine Ungeduld, heute schon früher zu kommen, verdankte sich offenbar der Besucherin. Schon begann Miriam zu leiden. Zusammen gingen sie zum Haus. Er nahm die Klammern von den Hosenbeinen, war jedoch trotz der Socken und der Halsbinde zu bequem, sich den Staub von den Schuhen zu wischen.

Clara saß im kühlen Wohnzimmer und las. Sein Blick fiel auf ihren weißen Nacken und die feinen Härchen, die davon emporstanden. Sie erhob sich und musterte ihn gleichgültig. Um ihm die Hand zu schütteln, streckte sie ihm den Arm gerade entgegen, als wolle sie ihn auf Distanz halten und ihm gleichzeitig etwas zuwerfen. Er sah die Wölbung ihrer Brüste unter der Bluse, die hübsche Rundung ihrer Schulter unter dem dünnen Musselin.

»Sie haben sich einen schönen Tag ausgesucht«, sagte er.

»Es hat sich so ergeben«, sagte sie.

»Ja«, sagte er. »Ich freue mich.«

Sie setzte sich, ohne ihm für seine Höflichkeit zu danken.

»Was habt ihr denn den ganzen Morgen getrieben?«, fragte Paul Miriam.

»Nun, weißt du«, sagte Miriam und hüstelte heiser, »Clara ist mit Vater gekommen – also ist sie noch nicht sehr lange hier.«

Clara saß an den Tisch gelehnt und hielt sich abseits. Er sah, dass ihre Hände groß, aber gepflegt waren. Und ihre Haut wirkte fast grob, undurchsichtig und weiß, mit feinen goldenen Härchen. Es machte ihr nichts aus, dass er ihre Hände betrachtete. Sie wollte ihm Verachtung zeigen. Lässig lag ihr schwerer Arm auf dem Tisch. Ihr Mund war geschlossen, als hätte man sie beleidigt, und sie hielt das Gesicht leicht abgewandt.

»Sie waren neulich bei Margaret Bonfords Versammlung«, sagte er zu ihr. Miriam hatte Paul noch nie so höflich erlebt. Clara warf ihm einen Blick zu.

»Ja«, sagte sie.

»Ach ja?«, fragte Miriam. »Woher weißt du das?«

»Ich war ein paar Minuten da, bevor der Zug kam«, antwortete er.

Verächtlich wandte Clara sich wieder ab.

»Ich finde, sie ist eine liebenswerte kleine Frau«, meinte Paul.

»Margaret Bonford!«, rief Clara. »Sie ist sehr viel klüger als die meisten Männer!«

»Nun, ich habe nicht gesagt, dass sie das nicht ist«, sagte er entschuldigend. »Trotzdem ist sie liebenswert.«

»Und das ist natürlich alles, was zählt«, sagte Clara vernichtend.

Recht verwundert, recht verärgert kratzte er sich am Kopf.

»Ich denke, dass das mehr zählt als ihre Klugheit«, sagte er, »– die ihr schließlich keinen Platz im Himmel verschaffen wird.«

»Sie will nicht den Himmel – sondern ihren gerechten Anteil auf Erden«, entgegnete Clara. Sie sagte es, als wäre er für irgendeine Entbehrung verantwortlich, die Margaret Bonford zu erdulden hatte.

»Nun«, sagte er, »ich fand sie warmherzig und furchtbar nett – allerdings zu zerbrechlich. Ich wünschte, sie würde friedlich und komfortabel dasitzen –«

»Und die Socken ihres Mannes stopfen«, sagte Clara bissig.

»Es würde ihr bestimmt nichts ausmachen, auch meine Socken zu stopfen«, gab er zurück. »Und bestimmt würde sie sich darauf verstehen. – So wie es mir nichts ausmachen würde, ihre Stiefel zu wichsen, wenn sie es wollte.«

Aber Clara weigerte sich, auf seinen Seitenhieb einzugehen. Eine Weile sprach er mit Miriam. Die andere Frau verhielt sich reserviert.

»Nun«, sagte er, »ich glaube, ich werde zu Edgar gehen. Ist er auf dem Feld?«

»Ich glaube«, sagte Miriam, »er ist Kohlen holen gegangen. Er müsste gleich zurück sein.«

»Dann«, sagte er, »werde ich zu ihm gehen.«

Miriam wagte es nicht, etwas für alle drei vorzuschlagen. Er stand auf und ließ sie zurück.

Auf dem oberen Weg, wo der Ginster blühte, sah er Edgar träge neben der Stute hergehen, die die klappernde Kohlenladung zog und dabei mit der weißgefleckten Stirn nickte. Beim Anblick seines Freundes hellte sich das Gesicht des jungen Bauern auf. Edgar sah gut aus, er hatte dunkle, warme Augen. Seine Kleider waren alt und ziemlich abgerissen, aber er schritt mit sichtlichem Stolz aus.

»Hallo!«, sagte er, als er den barhäuptigen Paul sah. »Wohin gehst du?«

»Zu dir. Kann ›Nimmermehr‹ nicht ertragen.«

Edgar lachte vergnügt und ließ die Zähne blitzen.

»Wer ist ›Nimmermehr‹?«, fragte er.

»Die Dame – Mrs Dawes – sollte Frau Rabe heißen, die ›Nimmermehr‹ sprach.«

Edgar lachte hämisch.

»Magst du sie nicht leiden?«, fragte er.

»Nicht besonders«, sagte Paul. »Du etwa?«

»Nein!« Die Antwort kam aus dem Brustton der Überzeugung. »Nein!« Edgar schürzte die Lippen. »Ich würde nicht sagen, dass sie mir liegt.« Er dachte kurz nach. »Aber wieso nennst du sie ›Nimmermehr‹?«, fragte er.

»Nun«, sagte Paul. »Wenn sie einen Mann ansieht, sagt sie hochmütig ›Nimmermehr‹, und wenn sie sich im Spiegel betrachtet, sagt sie verächtlich ›Nimmermehr‹, und wenn sie zurückdenkt, sagt sie es voller Ekel, und wenn sie an die Zukunft denkt, sagt sie es voller Zynismus –«

Edgar dachte über Pauls Rede nach, konnte nicht viel damit anfangen und sagte lachend:

»Du glaubst, sie hasst die Männer?«

»*Sie* glaubt es«, erwiderte Paul.

»Aber du glaubst es nicht?«

»Nein«, erwiderte Paul.

»War sie denn nicht nett zu dir?«

»Kannst du dir vorstellen, dass sie zu irgendjemandem nett ist?«, fragte der junge Mann.

Edgar lachte. Zusammen luden sie die Kohlen im Hof ab. Paul war befangen, denn er wusste, dass Clara ihn sehen konnte, falls sie aus dem Fenster schaute. Sie schaute nicht hinaus.

An Samstagnachmittagen wurden die Pferde gebürstet und gestriegelt. Paul und Edgar arbeiteten zusammen und mussten niesen von all dem Staub, der von Jimmys und Flowers Fell aufwirbelte.

»Kannst du mir ein neues Lied beibringen?«, fragte Edgar.

Er arbeitete die ganze Zeit weiter. Wenn er sich vorbeugte, sah man seinen sonnenverbrannten Nacken; die Finger, die die Bürste hielten, waren dick. Manchmal beobachtete ihn Paul.

»›Mary Morrison‹?«, schlug der Jüngere vor.

Edgar war einverstanden. Er hatte eine schöne Tenorstimme und lernte mit Vergnügen alle Lieder, die sein Freund ihm beibrachte, damit er singen konnte, wenn er Kohlen holte. Paul hatte zwar nur einen durchschnittlichen Bariton, dafür aber ein scharfes Gehör. Doch aus Angst vor Clara sang er nur leise. Edgar wiederholte den Vers mit seiner klaren Tenorstimme. Ab und zu setzten beide aus, um zu niesen, und jeder schimpfte über sein Pferd.

Miriam hatte für Männer nichts übrig. Sie waren so leicht zu unterhalten – sogar Paul. Es passte nicht zu ihm, fand sie, dass er sich dermaßen in eine Belanglosigkeit vertiefen konnte.

Zur Teestunde waren sie fertig.

»Was für ein Lied war das?«, fragte Miriam.

Edgar sagte es ihr. Nun kamen sie auf den Gesang zu sprechen.

»Wir haben es immer so lustig«, sagte Miriam zu Clara.

Mrs Dawes aß langsam und würdevoll. Wann immer die Männer dabei waren, wurde sie abweisend.

»Magst du Gesang?«, fragte Miriam.

»Wenn er was taugt«, antwortete sie.

Natürlich errötete Paul.

»Sie meinen, wenn der Sänger niveauvoll und geschult ist?«, fragte er.

»Ich finde, dass eine Stimme geschult werden muss, bevor der Gesang etwas taugt«, antwortete sie.

»Ebenso gut könnten Sie darauf beharren, dass die Leute ihre Stimmen schulen lassen müssen, bevor man ihnen erlaubt zu sprechen«, entgegnete er. »In der Regel singen Menschen zu ihrem eigenen Vergnügen.«

»Manchmal auch zum Missvergnügen anderer.«

»Dann sollten die anderen Klappen auf den Ohren tragen«, erwiderte er.

Die Jungen lachten. Alle schwiegen. Paul errötete heftig und aß schweigend weiter.

Nun drehte sich das Gespräch wieder darum, ob Frauen und Männer den gleichen Lohn erhalten sollten. Mrs Leivers bestand darauf, dass Männer ihre Familien versorgen müssen; Clara sagte, gleicher Lohn für gleiche Arbeit, ob Mann oder Frau. Mr Leivers war geneigt, ihr darin zuzustimmen. Was auch immer Mrs Dawes vorgebracht hätte, Paul hätte ihr widersprochen. Er wandte ein, dass eine Frau auf dem Arbeitsmarkt nur nebengeordnet sei, dass sie in den meisten Fällen eine Randerscheinung sei, die sich für ein, zwei Jahre selbst versorge. Clara führte die vielen Frauen an, die Vater, Mutter, Schwestern und andere versorgen müssten.

»Und fast jeder Mann in der Welt, der über dreißig ist, hat eine Frau und eine Familie zu versorgen – und in der Regel sind besagte Ehefrauen keine Lohnempfänger«, erwiderte er.

»Ich glaube, mein Freund«, sagte Clara unterkühlt, »Ihre Sorte kenne ich bereits: junge Männer, die glauben, alles zu wissen –«

»Und Sie sind die junge Frau, die glaubt, ich wüsste nichts«, konterte er.

»O doch – Sie wissen, wie Sie sich Gehör verschaffen«, sagte sie.

Er schäumte vor Wut. Dann brach er in Gelächter aus.

»Klingt wie ein Suffragettentreffen«, sagte er, »mit Ihnen auf dem Podium.«

Da errötete Clara bis an die Haarwurzeln.

»Wieso bezeichnen Sie mich als ›Männer‹, wo ich doch nur ich selbst bin«, fuhr er fort.

»Als ob das nicht reichen würde«, sagte Edgar lachend.

»Und dann«, setzte Paul wieder an, »werde ich für jedes Verbrechen in der Geschichte Englands verantwortlich gemacht, von Königin Boadicea bis zum ›Lied vom Hemd‹. Das ist ungerecht. – Ich wünschte, ein Mann hätte das Recht, in der modernen Gesellschaft zu existieren – etwas zu haben, da er sein Haupt hinlege.«

»Nun ja«, scherzte Mrs Leivers, »am Ende bleibt sein Platz dort, wo er immer war, wir dagegen werden zu dem gemacht, was wir sind.«

Diesen Scherz verstand jedoch niemand außer Clara. Sie war empört.

Nach dem Tee, als alle Männer außer Paul gegangen waren, sagte Mrs Leivers zu Clara:

»Und ist Ihr Leben jetzt glücklicher?«

»Unendlich viel glücklicher.«

»Und Sie sind zufrieden?«

»Solange ich frei und unabhängig sein kann.«

»Und fehlt Ihnen denn gar nichts in Ihrem Leben?«, fragte Mrs Leivers sanft.

»Das alles habe ich hinter mir gelassen.«

Während dieses Gesprächs hatte Paul sich unbehaglich gefühlt. Er stand auf.

»Sie werden sehen, dass Sie über das, was Sie hinter sich gelassen haben, immer wieder stolpern werden«, sagte er. Dann brach er zu den Kuhställen auf. Er hatte das Gefühl, geistreich gewesen zu sein, und sein männlicher Stolz war ungebrochen. Pfeifend ging er den Ziegelweg hinunter.

Etwas später kam Miriam, um ihn zu fragen, ob er mit ihr und Clara einen Spaziergang machen wolle. Sie brachen nach Strelley Mill Farm auf. Als sie auf der Seite von Willey Farm am Bach entlanggingen und durch das Unterholz am Waldrand spähten, wo ein paar Sonnenstrahlen die roten Lichtnelken erhellten, sahen sie hinter den Baumstämmen und den schütteren Haselnusssträuchern einen Mann, der ein großes kastanienbraunes Pferd durchs Bachbett führte. Malerisch schien das große rote Tier durch das düstere grüne Haselnussgesträuch zu tänzeln, wo die Luft schattig war, als gehöre sie einer vergangenen Zeit an, zwischen den verwelkenden Hasenglöckchen, die schon für Deirdre oder für Isolde geblüht haben mochten.

Wie verzaubert blieben die drei stehen.

»Wie schön es wäre, ein Ritter zu sein«, sagte Paul, »der hier ein Zelt aufschlägt.«

»Und uns sicher einsperrt?«, hielt Clara dagegen.

»Ja«, antwortete er, »singend mit euren Zofen über eurer Stickerei. Ich würde euer Banner tragen, weiß und grün und violett. Mein Schild wäre mit den Lettern W.S.P.U. – Women's Social and Political Union – blasoniert, unter einer emporsteigenden Frau –«

»Ich habe keinen Zweifel«, sagte Clara, »dass Sie lieber für eine Frau kämpfen würden, als sie für sich selbst kämpfen zu lassen.«

»Das würde ich! Wenn sie für sich selbst kämpft, ist sie wie ein Hund vor einem Spiegel, der in wildem Zorn mit seinem Spiegelbild kämpft.«

»Und *Sie* sind der Spiegel?«, fragte sie mit geschürzter Lippe.

»Oder das Spiegelbild«, erwiderte er.

»Ich fürchte«, sagte sie, »Sie sind einfach zu klug.«

»Nun, ich überlasse es Ihnen, *brav* zu sein«, entgegnete er lachend. »Seien Sie eine brave, liebliche Maid und überlassen Sie das Klugsein *mir*.«

Doch Clara war seiner vorlauten Art überdrüssig. Als er sie ansah, erkannte er plötzlich, dass ihr Gesicht, das sie angehoben hatte, Kummer und nicht Hohn verriet. Sein Herz empfand Zärtlichkeit für sie alle. Er wandte sich um und war sanft zu Miriam, die er bis dahin vernachlässigt hatte.

Am Waldrand trafen sie auf Limb, einen mageren, vierzigjährigen Mann mit dunkler Haut; er war der Pächter von Strelley Mill, wo er Rinder züchtete. Teilnahmslos hielt er das Halfter des mächtigen Hengstes, als wäre er müde. Die drei blieben stehen, um ihn vorangehen zu lassen über die Trittsteine des ersten Baches. Paul bewunderte das große Tier dafür, dass es mit seinem unendlichen Kraftüberschuss auf so federnden Hufen gehen konnte. Limb blieb vor ihnen stehen.

»Richten Sie Ihrem Vater aus, Miss Leivers«, sagte er mit seltsam flötender Stimme, »dass seine Jungtiere vor drei Tagen den Zaun durchbrochen und sich auf und davon gemacht haben.«

»Welchen?«, fragte Miriam ängstlich.

Das große Pferd atmete schwer, schob seine roten Flanken hin und her und senkte den Kopf. Aus wunderschönen großen Augen blickte es argwöhnisch unter seiner herabhängenden Mähne hervor.

»Kommen Sie ein Stück mit«, erwiderte Limb, »ich zeige es Ihnen.«

Der Mann und der Hengst gingen voran. Das Pferd tänzelte zur Seite, schüttelte seinen weißen Kötenbehang und wirkte verängstigt, als es bemerkte, dass es im Bach stand.

»Mach keinen Unfug«, sagte der Mann liebevoll zu dem Tier.

In kleinen Sprüngen stieg es das Ufer hinan und watete dann behutsam durch den zweiten Bach. Clara, die in einer Art mürrischer Selbstvergessenheit einherging, beobachtete das Tier halb fasziniert, halb verächtlich. Limb blieb stehen und deutete auf einen Zaun unter ein paar Weiden.

»Da sind sie durchgebrochen, sehen Sie«, sagte er. »Mein Knecht hat sie dreimal zurückscheuchen müssen.«

»Ja«, sagte Miriam und errötete, als wäre es ihre Schuld.

»Kommen Sie mit rein?«, fragte der Mann.

»Nein, danke – aber wir würden gern am Teich entlanggehen.«

»Ganz wie Sie wollen«, sagte der Mann.

Der Hengst begann freudig zu wiehern, weil er fast zu Hause war.

»Er freut sich, zurück zu sein«, sagte Clara, die sich für das Tier interessierte.

»Ja – er war heute ganz schön viel unterwegs.«

Sie gingen durch das Tor und sahen von dem großen Bauernhaus eine kleine, dunkelhaarige, etwa fünfunddreißigjährige Frau auf sich zukommen, die nervös wirkte. Ihr Haar hatte graue Strähnen, ihre dunklen Augen blickten wild. Sie hatte die Hände hinter dem Rücken verschränkt. Ihr Bruder ging weiter. Als der große rotbraune Hengst die Frau erblickte, wieherte er abermals. Aufgeregt ging sie zu ihm hin.

»Bist du wieder zu Hause, mein Junge?«, sagte sie zärtlich zu dem Pferd, nicht zu dem Mann. Das große Tier wandte sich zu ihr um und senkte den Kopf. Sie schob ihm den runzligen gelben Apfel ins Maul, den sie hinter dem Rücken versteckt hatte, dann küsste sie es neben die Augen. Es stieß einen großen zufriedenen Seufzer aus. Sie nahm seinen Kopf in die Arme, drückte ihn an ihre Brust.

»Ist er nicht prachtvoll?«, sagte Miriam zu ihr.

Miss Limb blickte auf. Ihre dunklen Augen sahen Paul offen an.

»Ach, guten Abend, Miss Leivers«, sagte sie. »Sie waren ja schon ewig nicht mehr hier.«

Miriam stellte ihre Freunde vor.

»Ihr Pferd ist ein feiner Bursche!«, sagte Clara.

»Nicht wahr?« Wieder küsste sie ihn. »Liebevoll wie ein Mann!«

»Liebevoller als die meisten Männer, würde ich sagen«, erwiderte Clara.

»Er ist ein guter Junge!«, rief die Frau und umarmte das Pferd erneut.

Clara war fasziniert von dem großen Tier und wollte ihm den Hals streicheln.

»Er ist sehr sanftmütig«, sagte Miss Limb. »Sind das nicht alle großen Burschen?«

»Er ist eine Schönheit!«, antwortete Clara.

Sie wollte ihm in die Augen sehen. Sie wollte, dass er sie ansah.

»Schade, dass er nicht sprechen kann«, sagte sie.

»Ach, aber das kann er doch beinahe«, erwiderte die andere.

Dann ging ihr Bruder mit dem Pferd davon.

»Kommen Sie herein? – Kommen Sie doch herein, Mr – wie war noch gleich der Name –«

»Morel!«, sagte Miriam. »Nein – wir werden nicht hineinkommen, aber wir würden gern am Mühlteich vorbeigehen.«

»Ja, tun Sie das. Fischen Sie, Mr Morel?«

»Nein«, antwortete Paul.

»Denn dann könnten Sie jederzeit zum Fischen zu uns kommen«, sagte Miss Limb. »Wir sehen ja tagein, tagaus kaum eine Menschenseele. Ich wäre Ihnen dankbar.«

»Was für Fische gibt es denn in dem Teich?«, fragte er.

Sie gingen durch den Vorgarten, über die Schleuse und das steile Ufer hinauf zum Teich, der mit seinen zwei hölzernen Inselchen im Schatten lag. Paul lief neben Miss Limb.

»Ich hätte nichts dagegen, hier zu schwimmen«, sagte er.

»Tun Sie das«, erwiderte sie. »Kommen Sie, wann immer Sie möchten. Mein Bruder wird sich furchtbar freuen, mit Ihnen zu reden. Er ist so still, weil er niemanden zum Reden hat. Kommen Sie zum Schwimmen.«

Clara kam herauf.

»Er ist schön tief«, sagte sie, »und so klar.«

»Ja«, sagte Miss Limb.

»Schwimmen Sie?«, fragte Paul. »Miss Limb sagte gerade, wir könnten kommen, wann immer wir möchten.«

»Natürlich sind da die Knechte«, sagte Miss Limb.

Sie unterhielten sich eine Weile, dann stiegen sie den unwegsamen Hügel hinauf und ließen die einsame Frau mit dem verstörten Blick am Ufer zurück.

Der Hang badete im Sonnenschein. Er war verwildert und büschelig und ganz den Kaninchen überlassen. Schweigsam gingen die drei nebeneinander her. Dann sagte Paul:

»In ihrer Gegenwart fühle ich mich unwohl.«

»Meinst du Miss Limb?«, fragte Miriam. »Ja!«

»Was ist bloß mit ihr los? Die Einsamkeit hat sie wohl schrullig werden lassen?«

»Ja«, sagte Miriam. »Es ist nicht das richtige Leben für sie. Ich finde es grausam, sie hier zu begraben. Ich sollte sie wirklich öfter besuchen. Aber – sie bringt mich aus der Fassung.«

»Ich habe Mitleid mit ihr – ja, und sie beunruhigt mich –«, sagte er.

»Ich nehme an«, stieß Clara plötzlich hervor, »sie will einen Mann.«

Die beiden anderen schwiegen kurz.

»Aber es ist die Einsamkeit, die sie verrückt macht«, sagte Paul.

Clara antwortete nicht, sondern schritt weiter den Hügel hinan. Sie ging mit gesenktem Kopf und herabhängenden Armen und schwang die Beine, als sie sich durch die toten Disteln und das büschelige Gras kämpfte. Ihr schöner Körper schien den Hügel nicht hinaufzugehen, sondern hinaufzustolpern. Ein heißer Schwall durchflutete Paul. Er war neugierig auf sie. Vielleicht war das Leben grausam zu ihr gewesen. Er vergaß Miriam, die neben ihm ging und mit ihm sprach. Sie sah ihn an und merkte, dass er ihr nicht antwortete. Seine Augen waren auf Clara geheftet.

»Findest du sie immer noch unsympathisch?«, fragte sie.

Er merkte nicht, dass die Frage überraschend kam. Sie fügte sich in den Fluss seiner Gedanken.

»Irgendetwas stimmt nicht mit ihr«, sagte er.

»Ja«, erwiderte Miriam.

Oben auf dem Hügel stießen sie auf ein verwildertes Feld, das auf zwei Seiten von Wald gesäumt war und auf den anderen beiden Seiten von Weißdorn- und Holunderhecken. Zwischen den wuchernden Sträuchern gab es Lücken, durch die wohl Vieh hindurchgehen konnte, wenn es irgendwelches Vieh gegeben hätte. Der Torf war hier samtweich, die Kaninchen hoppelten darüber hinweg und gruben Löcher hinein. Das Feld selbst war naturbelassen und mit hohen Schlüsselblumen übersät, die noch nie gemäht worden waren. Über den groben Seggenbüscheln erhoben sich allenthalben ganze Haufen kräftiger Blumen. Es sah aus wie eine Reede, an der sich hohe Elfenschiffe drängten.

»Ah!«, rief Miriam und blickte Paul mit weiten dunklen Augen an. Er lächelte. Gemeinsam erfreuten sie sich an der Blumenwiese. Clara, die ein Stück abseits stand, betrachtete niedergeschlagen die Schlüsselblumen. Paul und Miriam blieben eng beisammen und unterhielten sich gedämpft miteinander. Er kniete hin und pflückte rasch die schönsten Blüten, bewegte sich rastlos von Büschel zu Büschel und sprach leise immer weiter. Miriam verweilte bei den Blumen und pflückte sie liebevoll. Er kam ihr immer zu hastig vor, fast wie ein Naturkundler. Doch seine Sträuße besaßen eine natürliche Schönheit, die den ihren fehlte. Er liebte Blumen, aber so, als gehörten sie ihm, als hätte er ein Anrecht auf sie. Sie empfand mehr Ehrfurcht vor ihnen: Sie hatten etwas, das ihr abging.

Die Blumen waren frisch und süß. Er wollte sie geradezu trinken. Während er die Blumen pflückte, verzehrte er die kleinen gelben Trompeten. Clara irrte noch immer niedergeschlagen umher. Er ging auf sie zu und fragte:

»Warum pflückten Sie denn keine?«

»Davon halte ich nichts. Sie sehen besser aus, wenn sie wachsen.«

»Aber Sie hätten gern welche?«

»Sie wollen stehen gelassen werden.«

»Das glaube ich nicht.«

»Ich will keine Blumenleichen um mich haben«, sagte sie.

»Das ist eine so sture, falsche Vorstellung«, sagte er. »In Wasser sterben sie auch nicht schneller als an ihren Wurzeln. – Außerdem sehen sie in einer Schüssel hübsch aus, sehen fröhlich aus. Und man bezeichnet nur dann etwas als Leiche, wenn es wie eine Leiche aussieht.«

»Ob es eine ist oder nicht?«, wandte sie ein.

»Für mich ist es keine. Eine tote Blume ist keine Blumenleiche.«

Darauf wollte Clara nicht eingehen.

»Trotzdem – was gibt Ihnen das Recht, sie auszureißen?«, fragte sie.

»Weil sie mir gefallen und weil ich sie haben will – und es gibt genügend davon.«

»Und das ist Grund genug?«

»Ja – wieso denn nicht? In Ihrem Zimmer in Nottingham würden sie bestimmt gut duften.«

»Und ich hätte das Vergnügen, sie sterben zu sehen.«

»Na und – es macht nichts, wenn sie sterben.«

Daraufhin ließ er sie stehen und ging gebückt über die ineinander verhedderten Blumenbüschel, die die Wiese dicht sprenkelten wie blasse, leuchtende Schaumhäubchen. Miriam war nähergekommen. Clara kniete über den Schlüsselblumen und sog ihren Duft ein.

»Ich glaube«, sagte Miriam, »wenn man sie mit Ehrfurcht behandelt – dann schadet man ihnen nicht – was zählt, ist die Stimmung, in der man sie pflückt.«

»Ja«, sagte er. »Doch nein, man nimmt sie sich, weil man sie haben will, das ist alles.« Er hielt ihr seinen Strauß hin.

Miriam schwieg. Er pflückte noch ein paar.

»Schau sie dir an!«, fuhr er fort. »Stämmig und munter wie kleine Bäume oder wie Jungs mit strammen Beinen –«

Claras Hut lag nicht weit von ihr im Gras. Sie hatte sich hingekniet und beugte sich vor, um an den Blumen zu riechen. Beim Anblick ihres Nackens verspürte er einen stechenden Schmerz – etwas so Schönes, und doch in diesem Augenblick nicht stolz auf sich selbst. Unter ihrer Bluse schwangen ihre Brüste leicht hin und her. Die runde Wölbung ihres Rückens war stark und schön. Sie trug kein Korsett. Plötzlich streute er, ohne es zu wissen, eine Handvoll Schlüsselblumen über ihr Haar und ihren Nacken und sagte:

»Asche zu Asche und Staub zu Staub,
Wenn Gott dich nicht will, dem Teufel zum Raub.«

Die kühlen Blumen fielen auf ihren Nacken. Aus fast kläglichen, furchtsamen grauen Augen sah sie zu ihm auf und fragte sich, was er da trieb. Blumen fielen ihr ins Gesicht, und sie schloss die Augen.

Plötzlich fühlte er sich unbehaglich dabei, so über ihr zu stehen.

»Ich dachte, Sie wollten ein Begräbnis«, sagte er verlegen.

Clara lachte etwas sonderbar, stand auf und zupfte sich die Schlüsselblumen aus dem Haar. Sie hob ihren Hut auf und steckte ihn fest. Eine Blume hatte sich in ihrem Haar verfangen. Er sah es, doch er sagte es ihr nicht. Er sammelte die Blumen auf, die er über sie gestreut hatte.

Am Waldrand hatten sich die Hasenglöckchen bis auf die Wiese ergossen und standen dort wie Hochwasser. Aber sie waren bereits am Verwelken. Clara schlenderte zu ihnen. Er folgte ihr. Die Hasenglöckchen gefielen ihm.

»Sehen Sie, die kommen vom Wald!«, sagte er.

Mit einem warmen und dankbaren Blick wandte sie sich zu ihm.

»Ja!«, lächelte sie.

Sein Blut geriet in Wallung.

»Das erinnert mich an die wilden Männer des Waldes, wie erschrocken sie gewesen sein müssen, sich plötzlich auf freiem Gelände wiederzufinden.«

»Glauben Sie, die waren erschrocken?«, fragte sie.

»Ich frage mich, welche der alten Volksstämme wohl mehr Angst hatten: die, die aus der Dunkelheit der Wälder in den hellen, offenen Raum ausbrachen, oder die, die sich aus dem Freien in die Wälder schlichen?«

»Ich denke, letztere«, antwortete sie.

»Ja, Sie gehören zu denen, die im Freien leben – und sich mit Gewalt ins Dunkel zu drängen versuchen, nicht wahr?«

»Woher soll ich das wissen?«, erwiderte sie in sonderbarem Ton.

Damit endete das Gespräch.

Der Abend senkte sich über die Erde. Das Tal war bereits voller Schatten. Ein einziger kleiner Lichtfleck lag auf der anderen Seite bei Crossleigh Bank Farm. Auf den Hügelspitzen schwamm Helligkeit. Langsam kam Miriam herauf, das Gesicht in dem großen, losen Blumenstrauß verborgen, und watete durch den knöcheltiefen Schaum der Schlüsselblumen. Hinter ihr nahmen die schattigen Bäume Gestalt an.

»Wollen wir gehen?«, fragte sie.

Und die drei machten sich auf den Heimweg. Niemand sprach

ein Wort. Als sie den Weg hinuntergingen, erblickten sie das Licht des Hauses auf der anderen Seite, und auf dem Hügelkamm, wo das Bergwerksdorf den Himmel berührte, waren dünne, dunkle Umrisse und kleine Lichtlein zu erkennen.

»Es war schön, nicht wahr?«, fragte er.

Miriam murmelte zustimmend. Clara schwieg.

»Finden Sie nicht?«, beharrte er.

Aber sie ging mit erhobenem Kopf und antwortete noch immer nicht. An ihrem gleichgültigen Gang erkannte er, dass sie litt.

Um diese Zeit fuhr Paul mit seiner Mutter nach Lincoln. Sie war heiter und begeistert wie immer, doch als er ihr im Zugabteil gegenübersaß, kam sie ihm gebrechlich vor. Einen Augenblick lang hatte er das Gefühl, als würde sie ihm entgleiten. Da wollte er sie festhalten, sie festschnallen, sie geradezu anketten. Er hatte das Gefühl, als müsse er sie festhalten.

Sie näherten sich der Stadt. Beide standen am Fenster und hielten Ausschau nach der Kathedrale.

»Da ist sie, Mutter!«, rief er.

Sie sahen die große Kathedrale, die aus der Ebene ragte.

»Ah!«, rief sie. »Da ist sie ja!«

Er sah seine Mutter an. Ihre blauen Augen betrachteten ruhig die Kathedrale. Schon wieder schien sie sich ihm zu entziehen. Etwas von der ewigen Ruhe der Kathedrale, die sich blau und erhaben gegen den Himmel abhob, etwas von ihrer Schicksalhaftigkeit spiegelte sich auch in ihr.

Was vorbei war, war *vorbei*! – Mit all seinem jungen Willen konnte er daran nichts ändern. Er sah ihr Gesicht: die Haut noch immer frisch und rosig und weich, um die Augen jedoch Krähenfüße, die Lider ruhig und etwas eingesunken, der Mund stets geschlossen vor Ernüchterung; und derselbe ewige Blick an ihr, als sei ihr Schicksal ihr bekannt. Mit der ganzen Kraft seiner Seele kämpfte er dagegen an.

»Sieh nur, Mutter, wie riesig sie sich über der Stadt erhebt!

Denk nur an die unzähligen Straßen, die unter ihr liegen. Sie wirkt größer als die ganze Stadt.«

»Das tut sie!«, rief seine Mutter und erwachte heiter wieder zum Leben. Aber er hatte gesehen, wie sie dagesessen und mit unbewegter Miene und starren Augen, die die Unbarmherzigkeit des Lebens spiegelten, unbeweglich aus dem Fenster auf die Kathedrale geblickt hatte. Und beim Anblick der Krähenfüße um ihre Augen, beim Anblick ihres fest verschlossenen Mundes hatte er das Gefühl, den Verstand zu verlieren.

Sie aßen eine Mahlzeit, die sie extravagant fand.

»Glaub ja nicht, dass es mir schmeckt«, sagte sie, während sie ihr Kotelett verzehrte. »Es schmeckt mir überhaupt nicht, wirklich nicht! Denk nur, wie viel Geld du hier verschwendest!«

»Mach du dir keine Gedanken um mein Geld«, sagte er. »Du vergisst, dass ich ein junger Mann bin, der sein Mädchen ausführt.«

Und er kaufte ihr ein paar blaue Veilchen.

»Hören Sie sofort damit auf, mein Herr!«, befahl sie. »Was soll ich tun?«

»Du sollst gar nichts tun! Steh einfach still.«

Und mitten auf der Hauptstraße steckte er ihr die Blumen an den Mantel.

»So ein altes Ding wie ich!«, sagte sie naserümpfend.

»Weißt du«, sagte er, »ich möchte, dass die Leute uns für schrecklich vornehm halten. Also bemüh dich, hochnäsig auszusehen.«

»Ich leg dich übers Knie«, lachte sie.

»Stolziere«, befahl er. »Wie ein Pfau.«

Er brauchte eine Stunde, um sie die Straße hinaufzuführen. Über dem Glory Hole blieb sie stehen, vor dem Stonebow blieb sie stehen, überall blieb sie stehen und erging sich in Ausrufen. Ein Mann kam herüber, nahm seinen Hut ab und verbeugte sich vor ihr.

»Darf ich Ihnen die Stadt zeigen, Madam?«

»Nein, danke«, erwiderte sie. »Dafür habe ich meinen Sohn.«

Da ärgerte sich Paul über sie, weil sie nicht mit mehr Würde geantwortet hatte.

»Darf das denn wahr sein«, rief sie. »Ha – da ist ja Jew's House! Erinnerst du dich noch an den Vortrag, Paul –?«

Doch Cathedral Hill konnte sie kaum erklimmen. Es fiel ihm nicht auf. Dann plötzlich merkte er, dass sie nicht sprechen konnte. Er führte sie in ein kleines Wirtshaus, wo sie sich ausruhte.

»Nicht der Rede wert!«, sagte sie. »Mein Herz ist eben ein bisschen alt; mit so was muss man rechnen.«

Er antwortete nicht, aber er sah sie an. Wieder schien ein glühender Griff sein Herz zu zerdrücken. Er wollte weinen, er wollte vor Wut um sich schlagen.

Ganz langsam, Schritt für Schritt, machten sie sich wieder auf den Weg. Und jeder Schritt lastete schwer auf seiner Brust. Ihm war, als müsse ihm das Herz zerspringen. Endlich gelangten sie nach oben. Entzückt blieb sie stehen und betrachtete das Burgtor, die Fassade der Kathedrale. Sie war ganz selbstvergessen.

»Das ist ja besser, als ich es mir je erträumt hätte!«, rief sie.

Er aber hasste es. Nachdenklich folgte er ihr überall hin. Sie saßen zusammen in der Kathedrale. Sie wohnten einem kurzen Gottesdienst im Chor bei. Sie war ängstlich.

»Hier kann aber jeder hin, nicht wahr?«, fragte sie ihn.

»Ja«, antwortete er. »Meinst du etwa, sie würden die verdammte Frechheit besitzen, uns wegzuschicken?«

»Wenn sie dich so fluchen hörten, ganz bestimmt!«, rief sie.

Während des Gottesdienstes schien ihr Gesicht wieder vor Freude und Frieden zu strahlen. Und die ganze Zeit über wollte er nur toben und Dinge zerschmettern und weinen.

Hinterher, als sie sich über die Mauer lehnten und auf die Stadt hinunterblickten, platzte er plötzlich heraus:

»Warum kann ein Mann keine *junge* Mutter haben? Warum muss sie alt sein?«

»Nun«, sagte seine Mutter lachend, »sie kann schwerlich etwas daran ändern.«

»Und warum war ich nicht der älteste Sohn? Sieh mal – es heißt, die Jüngeren sind im Vorteil – aber die hatten eine junge Mutter. Ich hätte dein Ältester sein sollen.«

»*Ich* habe es nicht so eingeteilt«, protestierte sie. »Wenn du darüber nachdenkst, trifft dich genauso viel Schuld wie mich.«

Blass, mit funkelnden Augen, wandte er sich gegen sie.

»Warum musst du alt sein?«, fragte er, verrückt vor Ohnmacht. »Warum kannst du nicht laufen? Warum kannst du nirgendwo mit mir hingehen?«

»Früher mal«, antwortete sie, »hätte ich diesen Hügel sehr viel schneller besteigen können als du.«

»Was nützt *mir* das?«, rief er und schlug mit der Faust gegen die Mauer. Dann wurde er schwermütig. »Es ist wirklich nicht nett von dir, krank zu sein, Kleines, es ist –«

»Krank?«, rief sie. »Ich bin ein bisschen alt, und du musst dich damit abfinden, das ist alles.«

Sie schwiegen. Mehr hätten sie nicht ertragen können. Beim Tee wurden sie wieder fröhlich. Als sie bei Brayford saßen und den Booten zusahen, erzählte er ihr von Clara. Seine Mutter stellte ihm unzählige Fragen.

»Mit wem lebt sie denn zusammen?«

»Mit ihrer Mutter in Bluebell Hill.«

»Und haben sie genug zum Leben?«

»Ich glaube nicht. Ich glaube, sie klöppeln.«

»Und worin besteht ihr Reiz, mein Junge?«

»Ich weiß nicht, ob ich sie reizend nennen würde, Mutter. Aber sie ist nett. Und sie wirkt offen, weißt du – kein bisschen abgründig, kein bisschen.«

»Aber sie ist sehr viel älter als du.«

»Sie ist dreißig, ich bin fast dreiundzwanzig.«

»Du hast mir noch gar nicht gesagt, was du an ihr magst.«

»Weil ich es nicht weiß – sie hat so eine aufsässige Art – so eine zornige Art –«

Mrs Morel dachte nach. Sie hätte sich gefreut, wenn ihr Sohn sich in eine Frau verliebt hätte, die – sie wusste nicht, was. Aber er sorgte sich so, wurde plötzlich so wütend und war gleichzeitig schwermütig. Sie wünschte sich, er würde eine nette Frau kennenlernen. Sie wusste nicht, was sie sich wünschte, so beließ sie es im Ungefähren. Jedenfalls war sie der Vorstellung, ihn mit Clara zu sehen, nicht abgeneigt.

Auch Annie wollte heiraten. Leonard war nach Birmingham gezogen, um dort zu arbeiten. Als er einmal zum Wochenende zu Hause war, hatte Mrs Morel zu ihm gesagt:

»Du siehst nicht besonders gut aus, mein Junge.«

»Ich weiß auch nicht«, sagte er. »Ich fühl mich so-so, Ma.«

Auf seine jungenhafte Art nannte er sie bereits Ma.

»Bist du nicht gut untergebracht?«, fragte sie.

»Doch – doch. Nur – irgendwie ist es ein Tiefschlag, wenn man sich den Tee selbst einschenken muss – und kein Mensch meckert, wenn man ihn auf die Untertasse gießt und ihn daraus schlürft. Dann schmeckt er irgendwie nicht.«

Mrs Morel lachte.

»Und das macht dir zu schaffen?«, fragte sie.

»Ich weiß nicht. – Ich möchte heiraten«, stieß er hervor, drehte an den Fingern und starrte auf seine Stiefel. Ein kurzes Schweigen folgte.

»Aber«, rief sie, »du hast doch gesagt, dass du noch ein Jahr warten willst.«

»Ja, das hab ich gesagt«, erwiderte er trotzig.

Wieder dachte sie nach.

»Und weißt du«, sagte sie, »Annie ist ein bisschen verschwenderisch. Sie hat erst elf Pfund gespart – und ich weiß schon, mein Junge, du hast auch nicht viel auf die hohe Kante gelegt.«

Er errötete bis an die Ohren.

»Ich habe dreiundzwanzig Pfund«, sagte er.

»Damit kommt ihr nicht weit«, erwiderte sie.

Er sagte nichts, sondern drehte wieder an den Fingern.

»Und du weißt«, sagte sie, »ich habe nichts –«

»Ma, ich wollte doch nicht –!«, rief er gequält und vorwurfs-voll und wurde rot.

»Nein, mein Junge, das weiß ich. – Ich wünschte nur, ich hätte es. – Und fünf Pfund müsst ihr für die Hochzeit und so zurück-legen – dann bleiben noch neunundzwanzig Pfund – damit kommt ihr nicht weit –«

Ohnmächtig, trotzig drehte er noch immer an den Fingern und mied ihren Blick.

»Aber möchtest du wirklich heiraten?«, fragte sie. »Hast du das Gefühl, heiraten zu müssen?«

Er warf ihr einen Blick aus seinen blauen Augen zu.

»Ja!«, sagte er.

»Dann«, erwiderte sie, »müssen wir unser Bestes tun, mein Junge.«

Als er das nächste Mal aufsah, standen ihm Tränen in den Augen.

»Ich will nicht, dass Annie sich benachteiligt fühlt –!«, sagte er verzweifelt.

»Mein Junge«, sagte sie, »du bist beständig – hast eine gute Stelle. Wenn mich ein Mann gebraucht hätte, ich hätte ihn für seinen letzten Wochenlohn geheiratet. Womöglich wird's ihr schwerfallen, so bescheiden anzufangen. Junge Mädchen sind nun mal so. Sie freuen sich auf das hübsche Zuhause, das sie sich erhoffen. Ich hatte teure Möbel! Aber das ist nicht die Hauptsache.«

Also fand kurz darauf die Hochzeit statt. Arthur kam nach Hause und sah prächtig aus in seiner Uniform. Annie sah hübsch aus in einem taubengrauen Kleid, das sie auch sonntags würde tragen können. Morel schalt sie eine Närrin, weil sie heiraten wollte, und war seinem Schwiegersohn gegenüber abweisend.

Mrs Morel hatte weiße Spitzen an ihrer Haube und etwas Weiß an ihrer Bluse, und ihre beiden Söhne zogen sie auf, weil sie sich so herausgeputzt hatte. Leonard war fröhlich und herzlich und kam sich vor wie ein ängstlicher Narr. Paul verstand nicht recht, weshalb Annie heiraten wollte. Er hatte sie gern, und sie ihn auch. Er war bekümmert und hoffte, alles würde gut werden. Arthur sah überraschend stattlich aus in Scharlachrot und Gelb, das wusste er selbst, doch insgeheim schämte er sich seiner Uniform. Annie weinte sich in der Küche die Augen aus, als sie von ihrer Mutter Abschied nahm. Auch Mrs Morel vergoss ein paar Tränen, dann klopfte sie ihr auf die Schulter und sagte:

»Wein doch nicht, Kind, er wird gut zu dir sein.«

Morel stampfte vor Wut mit dem Fuß auf und sagte, sie sei eine Närrin, diese Bindung einzugehen. Leonard sah blass und erschöpft aus. Mrs Morel sagte zu ihm:

»Ich vertraue sie dir an, mein Junge, du bist mir für sie verantwortlich.«

»Das kannst du«, sagte er und starb fast vor Qual. Und dann war alles vorbei.

Als Morel und Arthur zu Bett gegangen waren, saß Paul bei seiner Mutter und plauderte mit ihr, wie er es oft tat.

»Es tut dir doch nicht leid, dass sie geheiratet hat, Mutter?«, fragte er.

»Dass sie geheiratet hat, tut mir nicht leid – aber – es kommt mir sonderbar vor, dass sie mich nun verlässt. Es kommt mir sogar herzlos vor, dass sie lieber mit ihrem Leonard zieht. So sind Mütter eben – albern, ich weiß.«

»Und wirst du ihretwegen unglücklich sein?«

»Wenn ich an meinen Hochzeitstag zurückdenke«, erwiderte seine Mutter, »kann ich nur hoffen, dass ihr Leben anders verläuft.«

»Aber du glaubst, dass er gut zu ihr sein wird?«

»Ja. Ja! Die Leute sagen, er wäre nicht gut genug für sie. Aber ich sage, wenn ein Mann aufrichtig ist, so wie er, und ein Mädchen ihn gernhat – dann – dann wird alles gut werden – er passt zu ihr.«

»Es macht dir also nichts aus?«

»Nie hätte ich meine Tochter einen Mann heiraten lassen, von dem ich nicht das Gefühl habe, dass er durch und durch aufrichtig ist. – Und doch hinterlässt sie eine Lücke –«

Beide fühlten sich elend und wünschten sie sich zurück. Paul kam es vor, als sähe seine Mutter in der neuen schwarzen Seidenbluse mit dem bisschen weißen Besatz einsam aus.

»Ich jedenfalls werde nie heiraten, Mutter«, sagte er.

»Ja, das sagen sie alle, mein Junge. Du hast die Richtige nur noch nicht gefunden. Warte mal ein, zwei Jahre.«

»Aber ich werde nicht heiraten, Mutter – ich bleibe bei dir, und wir werden ein Dienstmädchen haben.«

»Ja, mein Junge – das ist leicht gesagt. Wir sprechen uns wieder, wenn es so weit ist.«

»So weit? Ich bin fast dreiundzwanzig.«

»Ja – du bist keiner von denen, die jung heiraten. Aber in drei Jahren –«

»Ich bleibe trotzdem bei dir.«

»Wir werden sehen, mein Junge, wir werden sehen.«

»Aber du willst doch nicht etwa, dass ich heirate?«

»Ich denke nicht gern daran, dass du durchs Leben gehst ohne jemanden, der für dich sorgt und – nein –«

»Und du meinst, ich sollte heiraten?«

»Früher oder später sollte jeder Mann heiraten.«

»Aber lieber wär's dir, wenn's später wäre?«

»Es wäre schwer – sehr schwer. Es stimmt schon, was man sagt:

›Ein Sohn bleibt ein Sohn, bis ein Weib er sich nimmt,
Die Tochter bleibt Tochter fürs Leben bestimmt.‹«

»Und du meinst, ich würde einer Frau erlauben, zwischen uns zu treten?«

»Nun, du würdest sie ja wohl nicht bitten, außer dir auch noch deine Mutter zu heiraten«, lächelte Mrs Morel.

»Sie könnte tun, was sie wollte – sie dürfte sich nur nicht einmischen.«

»Das würde sie auch nicht – bis sie dich hat – dann wirst du schon sehen.«

»Das werde ich nicht sehen. Solange ich dich habe, werde ich niemals heiraten – ganz bestimmt nicht.«

»Aber ich möchte dich nicht einsam zurücklassen, mein Junge«, rief sie.

»So bald verlässt du mich nicht. Wie alt bist du – dreiundfünfzig! Du schaffst es bis fünfundsiebzig. Bitte schön, dann bin ich vierundvierzig und fett. Dann heirate ich eine gesetzte Person. Siehst du –!«

Seine Mutter setzte sich und lachte.

»Geh zu Bett«, sagte sie, »geh zu Bett.«

»Und wir werden ein schönes Haus haben, du und ich, und ein Dienstmädchen, und alles wird gut werden. – Vielleicht werde ich ein reicher Maler.«

»Wirst du wohl zu Bett gehen!«

»Und du wirst eine Ponykutsche haben. Stell dir vor, du wirst herumkutschiert wie eine kleine Königin Victoria.«

»Ich hab dir gesagt, du sollst zu Bett gehen«, lachte sie.

Er gab ihr einen Kuss und ging. Seine Zukunftspläne hatten sich nicht geändert.

Mrs Morel saß da und brütete – über ihre Tochter, über Paul, über Arthur. Es schmerzte sie, Annie verloren zu haben. Die Familie war sehr eng miteinander verbunden. Und sie hatte das Gefühl, jetzt leben zu *müssen*, um für ihre Kinder da zu sein. Ihr Leben war so erfüllt. Paul brauchte sie, und Arthur ebenfalls. Arthur wusste selbst nie, wie sehr er sie liebte. Er war ein Geschöpf des Augenblicks. Noch nie war er gezwungen gewesen, sich selbst zu erkennen. Die Armee hatte seinen Körper diszipliniert, nicht jedoch seine Seele. Er war kerngesund und sehr stattlich. Sein dunkles kräftiges Haar lag dicht an seinem kleinen Kopf an. Seine Nase hatte etwas Kindliches, seine dunkelblauen Augen fast etwas Mädchenhaftes. Doch unter dem braunen Schnurrbart hatte er den vollen roten Mund eines Mannes und ein ausgeprägtes Kinn. Er hatte den Mund des Vaters und die Nase und die Augen der Familie ihrer eigenen Mutter, gutaussehender, charakterschwacher Leute. Mrs Morel machte sich Sorgen um ihn. Hatte er sich erst einmal die Hörner abgestoßen, wäre er in Sicherheit. Doch wie weit würde er kommen?

Die Armee hatte ihm nicht wirklich gutgetan. Die Macht der Unteroffiziere verdross ihn zutiefst. Er verabscheute es, wie ein Tier gehorchen zu müssen. Aber er besaß zu viel Verstand, um sich aufzulehnen. So konzentrierte er sich darauf, das Beste aus seiner Lage zu machen. Er konnte singen, er war ein guter Kamerad. Oft geriet er in Schwierigkeiten, aber das waren Schwierigkeiten, in die junge Männer oft geraten und die schnell verziehen sind. Und so ließ er sich's gutgehen, obwohl seine Selbstachtung litt. Er verließ sich darauf, dass sein gutes Aussehen, seine stattliche Figur, seine guten Manieren, seine gute Erziehung ihm die meisten seiner Wünsche erfüllten, und er wurde nicht enttäuscht. Trotzdem war er unstet. Etwas schien an ihm zu nagen. Er hielt niemals inne, war nie allein. Seiner Mutter gegenüber war er demütig. Paul bewunderte und liebte er und verachtete ihn ein wenig. Und Paul bewunderte und liebte ihn und verachtete ihn ein wenig.

Mrs Morels Vater hatte ihr ein paar Pfund hinterlassen, und sie beschloss, ihren Sohn aus der Armee loszukaufen. Er war außer sich vor Freude. Jetzt führte er sich auf wie ein Junge, dem Ferien bevorstehen.

Beatrice Wyld hatte er schon immer gerngehabt, und während seines Heimaturlaubes nahm er wieder Kontakt zu ihr auf. Sie war kräftiger und bei besserer Gesundheit. Die beiden unternahmen lange Spaziergänge, Arthur nahm ziemlich steif ihren Arm, wie es unter Soldaten üblich ist. Und sie kam zum Klavierspielen, während er sang. Dann hakte Arthur den Kragen seines Uniformrocks auf. Er errötete, seine Augen glänzten, er sang mit männlicher Tenorstimme. Danach saßen sie zusammen auf dem Sofa. Er schien seinen Körper zur Schau zu stellen, und so sah sie ihn vor sich: die kräftige Brust, die Seiten, die Schenkel in den enganliegenden Hosen.

Wenn er sich mit ihr unterhielt, verfiel er gern in Dialekt. Manchmal rauchte sie mit ihm. Gelegentlich nahm sie auch nur einen Zug an seiner Zigarette.

»Nee«, sagte er eines Abends, als sie nach seiner Zigarette griff: »Nee, die kriegste nich. Wenn du Lust hast, geb ich dir 'nen Rauchkuss.«

»Ich wollte einen Zug, keinen Kuss«, erwiderte sie.

»Gut – dann kriegste halt 'nen Zug«, sagte er, »und 'nen Kuss dazu.«

»Ich will an deiner Kippe ziehen«, rief sie und schnappte nach der Zigarette zwischen seinen Lippen.

Er saß so, dass seine Schulter sie berührte. Sie war klein und schnell wie der Blitz. Er konnte sich gerade noch retten.

»Ich geb dir 'nen Rauchkuss«, sagte er.

»Du bist eine Landplage, Arty Morel«, sagte sie und lehnte sich zurück.

»Komm, ich geb dir 'nen Rauchkuss!«

Lächelnd beugte sich der Soldat zu ihr. Sein Gesicht war dicht an ihrem.

»Wirste nich!«, erwiderte sie und drehte sich weg.

Er nahm einen Zug von seiner Zigarette, spitzte die Lippen und rückte dicht an sie heran. Sein dunkelbrauner, kurz geschorener Schnurrbart stand ab wie eine Bürste. Sie betrachtete die gekräuselten roten Lippen, dann riss sie ihm plötzlich die Zigarette aus den Fingern und sauste davon. Er setzte ihr nach und riss ihr den Kamm aus dem Haar. Sie drehte sich um und warf die Zigarette nach ihm. Er hob sie auf, steckte sie sich in den Mund und setzte sich.

»Nervensäge!«, rief sie. »Gib mir meinen Kamm!«

Sie fürchtete, dass ihre Haare, die sie eigens für ihn hochgesteckt hatte, sich lösen würden. Sie stand da und hielt die Hände an den Kopf. Er versteckte den Kamm zwischen seinen Knien.

»Ich hab ihn nich«, sagte er.

Die Zigarette zwischen seinen Lippen zitterte vor Lachen, als er sprach.

»Lügner!«, sagte sie.

»So wahr ich hier steh!«, lachte er und zeigte seine Hände.

»Du unverschämter Bengel!«, rief sie, stürzte sich auf ihn und balgte sich mit ihm um den Kamm, den er zwischen den Knien hatte. Als sie mit ihm raufte und an seinen weichen, eng umhüllten Schenkeln zerrte, musste er so lachen, dass er aufs Sofa zurückfiel und sich vor Belustigung geradezu schüttelte. Die Zigarette fiel ihm aus dem Mund und hätte ihm fast den Hals versengt. Unter seiner feinen Bräune war ihm das Blut in den Kopf geschossen, und er lachte, bis seine blauen Augen nichts mehr sahen und sein Hals so stark anschwoll, dass er beinahe erstickt wäre. Dann setzte er sich auf. Beatrice steckte sich den Kamm ins Haar.

»Das hat vielleicht gekitzelt, Beat«, sagte er mit belegter Stimme.

Blitzschnell kam ihre kleine weiße Hand hervorgeschossen und klatschte ihm ins Gesicht. Er sprang auf und funkelte sie zornig an. Sie starrten einander an. Langsam stieg ihr die Röte in die Wangen, sie senkte die Augen, dann den Kopf. Schmollend setzte er sich wieder. Sie ging in die Spülküche, um ihr Haar zu richten. Insgeheim vergoss sie dort ein paar Tränen, sie wusste nicht, warum.

Als sie zurückkam, war sie zurückhaltend. Doch das war nur eine hauchdünne Schicht, die ihre Glut verdeckte. Er, das Haar zerzaust, saß schmollend auf dem Sofa. Sie setzte sich ihm gegenüber in den Lehnsessel, und keiner sprach ein Wort. In der Stille klang das Ticken der Uhr wie Hammerschläge.

»Du bist ein kleines Luder, Beat«, sagte er schließlich halb entschuldigend.

»Du solltest nicht so unverschämt sein«, erwiderte sie.

Wieder folgte langes Schweigen. Er pfiff vor sich hin wie ein Mann, der aufgebracht und doch trotzig ist. Plötzlich ging sie zu ihm hinüber und gab ihm einen Kuss.

»So recht, du armes Ding?«, spottete sie.

Er hob das Gesicht zu ihr und lächelte seltsam.

»Kuss?«, sagte er einladend.

»Sollte ich's wagen?«, fragte sie.

»Mach schon!«, sagte er herausfordernd und hob ihr seinen Mund entgegen.

Bedächtig und mit einem eigenartig zitternden Lächeln, das sich auf ihrem ganzen Körper auszubreiten schien, drückte sie ihren Mund auf den seinen. Sogleich schlangen sich seine Arme um sie. Sobald der lange Kuss beendet war, zog sie den Kopf zurück und berührte ihn mit ihren zarten Fingern durch den offenen Kragen am Hals. Dann schloss sie die Augen und gab sich einem weiteren Kuss hin.

Sie handelte aus freien Stücken. Was sie tun wollte, tat sie von sich aus und trat die Verantwortung keinem anderen ab.

Paul spürte, dass das Leben um ihn herum sich veränderte. Die Jugend war vorüber. Inzwischen war es ein Haushalt voller Erwachsener. Annie war eine verheiratete Frau, Arthur ging seinem Vergnügen nach, auf eine Art, von der seine Familie nichts ahnte. So lange hatten sie alle zu Hause gelebt und waren nur hinausgegangen, um sich die Zeit zu vertreiben. Jetzt aber lag das Leben für Annie und Arthur außerhalb des Hauses ihrer Mutter. Sie kamen nach Hause, um Urlaub zu machen und sich auszuruhen. So fühlte das Haus sich seltsam leer an, als wären die Vögel ausgeflogen. Paul wurde immer unruhiger. Annie und Arthur waren fort. Er brannte darauf, es ihnen nachzutun. Doch sein Zuhause war bei seiner Mutter. Und dennoch gab es etwas anderes, etwas weit draußen, etwas, das er wollte.

Er wurde immer rastloser. Miriam genügte ihm nicht. Sein altes irres Verlangen, bei ihr zu sein, wurde schwächer. Manchmal traf er in Nottingham Clara, manchmal begleitete er sie zu Versammlungen, manchmal traf er sie auf Willey Farm. Doch bei diesen letzteren Gelegenheiten war die Situation angespannt gewesen. Zwischen Paul, Clara und Miriam hatte sich ein Dreieck der Feindschaft gebildet. Mit Clara unterhielt er sich in jenem geistreichen, weltmännischen, spöttischen Ton, der Miriam so missfiel. Was vorausging, zählte nicht. Sie mochte vertraut oder betrübt mit ihm sein. Kaum erschien Clara, verflüchtigte sich dies alles, und er richtete seine Aufmerksamkeit auf die Neue.

Miriam verbrachte einen schönen Abend mit ihm im Heu. Er war beim Heurechen gewesen und danach zu ihr gekommen, um ihr dabei zu helfen, das Heu zu Haufen zu schichten. Er erzählte ihr von seinen Hoffnungen und Sorgen, und seine ganze Seele schien vor ihr bloßzuliegen. Ihr war, als beobachte sie das Pulsieren des Lebens selbst in ihm. Der Mond stieg empor. Sie gingen zusammen nach Hause. Er schien zu ihr gekommen zu sein, weil er sie so dringend brauchte, und sie hörte ihm zu, schenkte ihm ihre ganze Liebe und ihren ganzen Glauben. Ihr schien, als bringe er ihr den besten Teil seiner selbst, damit sie diesen bewahre und ihr Leben lang hüte. Nein, der Himmel wachte über die Sterne nicht sicherer und dauerhafter, als sie das Gute in der Seele Paul Morels behüten würde. Sie ging allein nach Hause, fühlte sich erhoben, froh in ihrem Glauben.

Und dann, am nächsten Tag, kam Clara. Sie wollten auf der Heuwiese Tee trinken. Miriam sah zu, wie der Abend zu Gold und Schatten wurde. Und die ganze Zeit über tollte Paul mit Clara umher. Er schichtete immer höhere Heuhaufen auf, über die sie hinwegsprangen. Miriam machte sich nichts aus dem Spiel und stand abseits. Edgar und Geoffrey und Maurice und

Clara und Paul sprangen. Paul gewann, weil er leicht war. Claras Blut war in Wallung. Sie rannte wie eine Amazone. Paul gefiel es, wie entschlossen sie auf den Heuhaufen zujagte, hinübersprang und auf der anderen Seite landete. Ihre Brüste hüpften, und ihr dichtes Haar löste sich.

»Sie haben ihn berührt!«, rief er. »Sie haben ihn berührt.«

»Nein!«, fuhr sie auf und wandte sich zu Edgar. »Ich habe ihn nicht berührt, oder? Bin ich nicht glatt drübergesprungen?«

»Kann ich nicht sagen«, meinte Edgar lachend.

Das konnte keiner von ihnen.

»Aber Sie haben ihn berührt«, sagte Paul, »Sie haben verloren.«

»Ich habe ihn *nicht* berührt«, rief sie.

»Sonnenklar«, sagte Paul.

»Geben Sie ihm eine Ohrfeige«, rief sie Edgar zu.

»Nein«, sagte Edgar lachend, »das traue ich mich nicht. Das müssen Sie schon selbst tun.«

»Und nichts kann etwas daran ändern, dass Sie ihn berührt haben«, sagte Paul lachend.

Sie war wütend auf ihn. Ihr kleiner Triumph vor diesen Burschen und Männern war dahin. Im Spiel hatte sie sich selbst vergessen. Jetzt würde er sie demütigen.

»Ich finde Sie abscheulich!«, sagte sie.

Und wieder lachte er auf eine Art, die Miriam quälte.

»Und ich *wusste*, dass Sie nicht über diesen Haufen springen können«, spottete er.

Sie kehrte ihm den Rücken zu. Und doch konnte jeder sehen, dass er der Einzige war, dem sie zuhörte oder den sie wahrnahm, ebenso umgekehrt. Es gefiel den Männern, sie so kämpfen zu sehen. Doch Miriam quälte es.

Sie sah, dass Paul dem Höheren das Geringere vorziehen konnte. Er konnte sich selbst verleugnen, den echten, den tiefsinnigen Paul Morel. Er lief Gefahr, leichtfertig zu werden, seinen Befriedigungen hinterherzujagen wie Arthur oder wie sein Vater. Es verbitterte Miriam, dass er seine Seele für diesen frivolen Austausch von Belanglosigkeiten mit Clara wegwarf. Bitter und schweigend ging sie davon, während die beiden anderen sich neckten und Paul scherzte.

Und hinterher, obwohl er es nicht zugeben wollte, schämte er sich und warf sich vor Miriam auf die Knie. Dann begehrte er wieder auf.

»Es ist nicht religiös, religiös zu sein«, sagte er. »Ich denke, eine Krähe ist religiös, wenn sie durch die Luft gleitet. Aber die tut es nur, weil sie spürt, dass sie an ein Ziel getragen wird, nicht weil sie glaubt, sie sei ewig.«

Miriam jedoch wusste, dass man in allem religiös sein sollte, die Gegenwart Gottes, was für ein Gott Er auch sein mochte, in allem spüren sollte.

»Ich glaube nicht, dass Gott allzu viel über sich weiß«, rief er. »Gott *weiß* nicht, Gott *ist* – und ich bin sicher, dass er nicht seelenvoll ist.«

Und dann schien es ihr, als versuche Paul, Gott auf seine Seite zu ziehen, weil er seinen Willen durchsetzen wollte und sein Vergnügen. Er gab einen langen Kampf zwischen den beiden. Er war ihr vollkommen untreu, sogar in ihrer Gegenwart; mal schämte er sich, mal zeigte er Reue; mal hasste er sie und ging wieder fort. Das waren die stets wiederkehrenden Umstände.

Die Sorge um Miriam erfüllte ihn bis zum Grunde seiner Seele. Und dort blieb sie, betrübt, nachdenklich, eine Anbeterin. Und er machte ihr Kummer. Bald litt er ihretwegen, bald hasste er sie. Sie war sein Gewissen; und irgendwie spürte er, dass dieses Gewissen zu viel für ihn war. Er konnte sie nicht verlassen, denn auf eine gewisse Weise besaß sie das Beste an ihm. Er konnte nicht bei ihr bleiben, denn die restlichen drei Viertel konnte sie nicht haben. Und so zermarterte er sich ihretwegen.

Als sie einundzwanzig wurde, schrieb er ihr einen Brief, wie er ihn nur ihr schreiben konnte.

»Muss ich Dir einen Geburtstagsbrief schreiben? – So etwas mit Vorsatz zu tun scheint mir eine üble Idee, meinst Du nicht?

Denn bestimmt werde ich schwülstig und salbungsvoll werden.« Dem folgte eine gewisse Menge Schwulst.

Mein letzter Brief hat Dich wohl darauf vorbereitet, Dich über Dein Mündigwerden zu freuen. Kommst Du Dir nicht wie eine Erbin vor, die ihr Erbe antritt? Denn jetzt gelangst Du öffentlich in den vollen Besitz Deiner selbst. Würdest du mehr wollen als Dich selbst? – Unmöglich!

Nun begann ihn die Befangenheit zu quälen. Als hätte man ihm den Boden unter den Füßen weggezogen, als könnte er nicht auf zwei Beinen stehen und müsste strampeln und strampeln.

– Darf ich ein letztes Mal von unserer alten, ermatteten Liebe sprechen? Auch die ändert sich, nicht wahr? Sag, ist nicht der Körper dieser Liebe gestorben und hat Dir seine unverwundbare Seele hinterlassen? Verstehst Du, ich kann Dir geistige Liebe schenken, ich schenke Dir sie nun schon seit langer, langer Zeit; nicht jedoch körperliche Leidenschaft. Verstehst Du, Du bist eine Nonne. Ich habe Dir gegeben, was ich einer frommen Nonne geben würde – wie ein mystischer Mönch einer mystischen Nonne. Das hältst Du bestimmt für das Beste. Doch das andere bedauerst Du – nein, hast Du bedauert. In unserer Beziehung hat das Körperliche keinen Platz. Ich spreche mit Dir nicht durch meine Sinne – vielmehr durch den Geist. Deshalb können wir einander nicht im gewöhnlichen Sinne lieben. Wenn ich mit Dir spreche, sehe ich Dich oft nicht an, verstehst Du, denn ich spreche weder zu Deinen Augen, obwohl sie dunkel und schön sind, noch zu Deinen Ohren, die sich unter reizenden Locken seidenen Haares verbergen – sondern zu Deinem innersten Wesen. Und so werde ich es mein ganzes Leben lang halten, sofern es das Schicksal nicht anders will. Verstehst Du? Und verstehst Du jetzt, warum ich Dich nur unter dem Mistelzweig küsse? Verstehst

Du? – Und verstehe ich? – Und ist es so besser, was meinst Du? Ich glaube, ich bin zu vergeistigt, zu zivilisiert. Ich glaube, viele Leute sind das.

Du hast einen Platz in meinem Wesen, den niemand anders einnehmen könnte. Du hast eine wesentliche Rolle in meiner Entwicklung gespielt. Und diese Trauer, die wie eine Wolke zwischen unseren Seelen hängt, verzieht sie sich nicht allmählich? Unsere Zuneigung ist nicht alltäglicher Natur. Und doch sind wir sterblich, und Seite an Seite zu leben wäre furchtbar, denn aus irgendeinem Grund kann ich bei Dir nie für längere Zeit oberflächlich sein, und weißt Du, sich ständig jenseits dieses sterblichen Zustands zu bewegen würde bedeuten, ihn einzubüßen. Wenn Leute heiraten, müssen sie als liebevolle Menschen miteinander leben, die im Alltag zusammen sein können, ohne sich dabei unwohl zu fühlen – nicht als zwei Seelen. So zumindest empfinde ich.

In den nächsten Jahren werde ich vielleicht heiraten. Es müsste eine Frau sein, die ich küssen und umarmen kann, die ich zur Mutter meiner Kinder machen kann, mit der ich scherzhaft, oberflächlich und aufrichtig sprechen kann, nie jedoch mit diesem furchtbaren Ernst. Siehe, so hat es das Schicksal gewollt. Du, Du wirst vielleicht auch heiraten, einen Mann, der sich nicht wie Feuer vor Dir ergießt. Ich frage mich, ob Du verstehst – ich frage mich, ob ich selbst verstehe. Aber Du weißt, dass es mich krank macht, und hier nun endet unser Gespräch über diese Sache. Verzeih mir das alles – es ist unnatürlich, ich weiß – und verbrenne diesen Brief und denke nicht mehr daran und erinnere mich nicht mehr daran und hilf uns so, die Last unseres Ichs zu tragen.

Wird Dir das *Manual of Ethics* gefallen? Es wird Dir gefallen, und wir können darüber sprechen und daraus lernen – o ja. Und es wird Dich bereichern. Nicht wahr? – Siehst Du, unsere Vertrautheit wäre ganz herrlich gewesen, bis auf einen kleinen Fehler.

Und nun bist Du einundzwanzig. Ich bin so froh, dass Du jetzt eine mündige Frau bist. Du bist stark wie ich, nicht wahr? – Ja, sogar stärker. Ach, wenn wir leben wollen, müssen wir weise sein und dürfen nicht zu weit gehen. Wir müssen oberflächlich sein, und wir müssen nach Schönheit streben, nicht nach Schmerz, sonst geraten wir in eine verzwickte Lage. Wohlgemerkt, vorerst kein Wort über die heiklen Stellen.

Ach, wir werden fröhlich sein bei Deiner Feier am Samstag. Ich bin nicht traurig, kein bisschen traurig in meinem Herzen. Soll ich diesen Brief abschicken – ich bezweifle es. Andererseits – verstehen ist das Beste – *Au revoir* –

Miriam las den Brief zweimal, dann versiegelte sie ihn. Ein Jahr später erbrach sie das Siegel, um den Brief ihrer Mutter zu zeigen.

»Du bist eine Nonne – Du bist eine Nonne« – wieder und wieder stachen ihr die Worte ins Herz. Nichts, was er je gesagt hatte, hatte sie so tief, so unmittelbar getroffen, wie ein Todesstoß.

Zwei Tage nach der Feier antwortete sie ihm. »›Unsere Vertrautheit wäre ganz herrlich gewesen, bis auf einen kleinen Fehler‹«, zitierte sie. »War das mein Fehler?«

Gleich darauf antwortete er ihr aus Nottingham und sandte ihr zugleich eine kleine Ausgabe des Omar Khayyam.

– Zwischen den dünnen Umschlägen dieses Büchleins wirst Du vieles finden, doch der Grund, weshalb ich es Dir schenke, ist die Lektion, dass wir den roten Wein des Lebens trinken sollen, um uns eine Weile daran zu erfreuen. Außerdem möchte ich Dir *The Blessed Damozel* mitbringen und einen Abend mit Dir und Rossetti verbringen.

Ob der kleine Fehler Deiner war, fragst Du? Nun, wann irrt schon jemand allein! Dein Teil des Fehlers war ehrenhaft, die Suche nach Unsterblichkeit. Doch meiner war die unermüdliche Erkenntnis des Lehms, aus dem wir geformt sind – brüchig – starr – einengend. Und abwechselnd hasste und liebte ich dieses irdene Zeug, aus dem ich gemacht bin. Wenn ich es liebte, war ich grausam zu Dir, wenn ich es hasste, war ich grausam zu mir selbst, und zu allem anderen. Besitze ich nicht die Fähigkeit, furchtbar grausam zu sein?

Wenn ich an Deinem Geburtstag noch immer etwas stürmisch war, dann deshalb, weil ich in der Sonne Deines Mittwochs die ausgewaschene Helligkeit Deines verregneten Dienstags erkannte. Ich setze mich nicht hin und kämpfe meine Schlachten, so wie Du es tust. Ich packe meinen Feind an der Gurgel, schüttele ihn und nenne ihn einen Schurken und einen Hund. So werde ich ihn los, und für eine Weile bin ich frei. Dann nenne ich ihn einen lächerlichen Schwächling und lache. Sobald ich merke, dass er weder tot noch verschwunden ist, werde ich wieder in einen Abgrund gestürzt – und wenn dies unerträglich wird, falle ich abermals über ihn her. Solche Guerillakriege verhelfen mir zum Sieg, oder auch nicht. Keine Triumphe, keine Waterloos. Deshalb leide ich nicht so heftig und bin weniger stabil. Schließlich ist es doch nur ein Witz, dieses ›wir‹, nicht wahr?

Ich bin froh, dass Du geantwortet hast – Du bist so gelassen und natürlich, dass Du mich beschämst. Warum ich auch immer so wettern muss! Aber spielen muss ich – Du verstehst nicht, dass ich meine Feinde umtanzen, sie anheulen und auskundschaften, mit allem, was mir begegnet, spielen, mich gelegentlich raufen muss. Würde ich mich allem verschließen und meinen Kummer in meiner Brust bergen, so wie Du, ich müsste vor Erschöpfung sterben. In dieser Hinsicht sind unsere Wesen grundverschieden.

Deshalb sind wir auch so oft uneins. Doch in grundlegenden Fragen werden wir uns wohl immer einig sein, denke ich.

Ich muss Dir für Dein Wohlwollen meinen Bildern und Zeichnungen gegenüber danken. So manche Skizze ist Dir gewidmet. Ich freue mich schon auf Deine Kritik, die, zu meiner Scham und zu meinem Jubel, immer anerkennend ausfällt. Ein hübscher Scherz ist das.

Au revoir. Nun muss ich mich der verdammt öden Buchhaltung widmen. Ich hoffe, Du verbrennst diese Briefe. Ich mache es mir zur Regel, alle zu verbrennen – denn keiner ist so schön wie die Erinnerung an die Freude, die sie beschreiben, und die meisten sind voll heimlicher Tränen, vor denen ich fliehen muss –

Damit endete die erste Phase von Pauls Liebesgeschichte. Er war jetzt an die dreiundzwanzig Jahre alt, und obwohl er noch unberührt war, wurde der Geschlechtstrieb, den Miriam so lange in ihm verfeinert hatte, nun besonders stark. Oft, wenn er mit Clara Dawes sprach, geriet sein Blut in Wallung, und er verspürte eine seltsame Beengtheit in seiner Brust, als lebte dort etwas, ein neues Selbst oder ein neues Bewusstseinszentrum, das ihn warnte, dass er früher oder später um die eine oder die andere Frau anhalten müsse. Aber er gehörte Miriam. Dessen war sie sich so sicher, dass er nachgab.

Kapitel 10
Clara

Als Paul dreiundzwanzig Jahre alt war, sandte er für die Winterausstellung im Schloss von Nottingham eine Landschaft ein. Miss Jordan hatte großes Interesse an ihm gezeigt und ihn in ihr Haus eingeladen, wo er andere Künstler traf. Allmählich erwachte sein Ehrgeiz.

Eines Morgens, als er sich in der Spülküche gerade wusch, kam der Postbote. Plötzlich hörte Paul vonseiten seiner Mutter ein wildes Lärmen. Er stürzte in die Küche, da stand sie auf dem Kaminvorleger, schwenkte ausgelassen einen Brief und rief »Hurra!«, als sei sie verrückt geworden. Er war entsetzt und erschrocken.

»Mutter, was ist?«, rief er.

Sie flog auf ihn zu, schlang einen Augenblick lang die Arme um seinen Hals, dann schwenkte sie wieder den Brief und rief:

»Hurra, mein Junge – wusste ich's doch, dass wir's schaffen!«

Er fürchtete sich vor ihr, vor der kleinen, strengen Frau mit dem ergrauenden Haar, die plötzlich in solchen Jubel ausbrach. Der Postbote kam zurückgerannt; er fürchtete, es sei etwas geschehen. Über dem kurzen Vorhang sahen sie seine Dienstmütze. Mrs Morel stürzte zur Tür.

»Sein Bild hat den ersten Preis gewonnen, Fred«, rief sie, »und ist für zwanzig Guineen verkauft.«

»Auf mein Wort, das ist doch mal was!«, sagte der junge Postbote, den sie schon von Kind auf kannten.

»Und Major Moreton hat es gekauft«, rief sie.

»Das ist ja wirklich vielversprechend, Mrs Morel«, sagte der Postbote, und seine blauen Augen glänzten. Er freute sich, einen solchen Glücksbrief überbracht zu haben. Mrs Morel ging wieder ins Haus und setzte sich zitternd nieder. Paul hatte Angst, sie könnte den Brief falsch verstanden haben und wäre am Ende umso enttäuschter. Er las ihn einmal durch, zweimal. Ja, nun war auch er überzeugt, dass es seine Richtigkeit damit hatte. Dann setzte er sich hin, und das Herz schlug ihm vor Freude.

»Mutter!«, rief er aus.

»Hab ich's nicht immer gesagt, dass wir's schaffen?«, fragte sie und tat so, als weine sie gar nicht.

Er nahm den Kessel vom Feuer und goss den Tee auf.

»Du hast doch nicht etwa geglaubt, Mutter –«, setzte er vorsichtig an.

»Nein, mein Sohn – so viel habe ich nicht erwartet – aber eine Menge.«

»Aber nicht so viel«, sagte er.

»Nein – nein – aber ich wusste, wir würden's schaffen.«

Dann gewann sie ihre Fassung wieder, zumindest dem Anschein nach. Er saß mit offenem Hemd da, so dass man seinen jungen, fast mädchenhaften Hals sah; das Handtuch hatte er noch in der Hand, sein nasses Haar stand ab.

»Zwanzig Guineen, Mutter! Die brauchtest du doch, um Arthur freizukaufen. Jetzt brauchst du dir nichts zu leihen. Es reicht gerade.«

»Das stimmt, aber alles nehme ich nicht!«, sagte sie.

»Warum denn nicht?«

»Darum.«

»Na schön – du bekommst zwölf Pfund. Und ich bekomme neun.«

Sie zankten über die Aufteilung der zwanzig Guineen. Sie wollte nur die fünf Pfund annehmen, die sie benötigte. Davon wollte er nichts wissen. So überspielten sie ihre Gefühlsanspannung, indem sie sich stritten.

Abends kam Morel von der Grube nach Hause und sagte:

»Ich höre, Paul hat für sein Bild den ersten Preis gewonnen und es für fünfzig Pfund an Lord Henry Bentley verkauft.«

»Ach, was die Leute für Geschichten erzählen!«, rief sie.

»Ha!«, antwortete er. »Hab ja gleich gesagt, das is bestimmt 'ne Lüge. Aber die haben gesagt, du hast's Fred Hodgkisson erzählt.«

»Als ob ich dem so was erzählen würde!«

»Ha!«, stimmte der Bergmann zu.

Aber enttäuscht war er trotzdem.

»Es ist wahr, er hat den ersten Preis gewonnen –«, sagte Mrs Morel.

Der Bergmann setzte sich schwerfällig in seinen Lehnstuhl.

»Bei Gott, hat er das?«, rief er.

Mit starrem Blick sah er durchs Zimmer.

»Aber was die fünfzig Pfund betrifft, was für ein Unfug!« Sie schwieg eine Weile. »Major Moreton hat es für zwanzig Guineen gekauft, das ist wahr –«

»Für zwanzig Guineen? Was du nich sagst!«, rief Mr Morel.

»Ja, und die war es auch wert.«

»Ja!«, sagte er. »Das bezweifle ich nich. – Aber zwanzig Guineen für 'ne Pinselei, die er in 'ner Stunde oder zwei aus dem Ärmel schüttelt –!« Er war so stolz auf seinen Sohn, dass er schwieg. Mrs Morel rümpfte die Nase, als wäre das alles gar nichts.

»Und wann kriegt er das Geld auf die Hand?«, fragte der Bergmann.

»Das kann ich dir nicht sagen – wenn das Bild zurückgeschickt wird, nehme ich an.«

Es entstand Schweigen. Statt zu essen, starrte Morel auf die Zuckerdose. Sein geschwärzter Arm mit der von der Arbeit knorrigen Hand ruhte auf dem Tisch. Seine Frau tat so, als bemerke sie nicht, wie er sich mit dem Handrücken die Augen rieb, und auch nicht den schmierigen Kohlenstaub auf seinem schwarzen Gesicht.

»Ja, und der andre Jung hätt genauso viel zustande gekriegt, wenn sie ihn nich umgebracht hätten«, sagte er ruhig.

Der Gedanke an William durchschnitt Mrs Morel wie eine kalte Klinge. Auf einmal spürte sie, wie müde sie war und wie sehr sie sich nach Ruhe sehnte.

Paul wurde zum Abendessen bei Mr Jordan eingeladen. Hinterher sagte er:

»Mutter, ich brauche einen Gesellschaftsanzug.«

»Ja, das hatte ich schon befürchtet«, sagte sie. Sie freute sich. Ein, zwei Augenblicke schwiegen sie. »Da ist noch Williams Anzug«, fuhr sie fort, »der hat, soviel ich weiß, vier Pfund zehn gekostet, und er hat ihn nur dreimal getragen –«

»Möchtest du, dass ich ihn trage, Mutter?«, fragte er.

»Ja. Ich glaube, er wird dir passen – zumindest der Rock. Die Hose muss kürzer gemacht werden.«

Er ging hinauf und zog Rock und Weste an. Als er wieder herunterkam, sah er seltsam aus mit Flanellkragen und Flanellhemd, Gesellschaftsrock und Weste. Der Anzug war ziemlich weit.

»Der Schneider wird's schon richten«, sagte sie und strich ihm mit der Hand über die Schulter. »Ein schöner Stoff. Ich hab's nie übers Herz gebracht, deinem Vater zu erlauben, dass er die Hose trägt, darüber bin ich jetzt sehr froh.«

Und wie sie so mit der Hand den seidenen Kragen glättete, musste sie an ihren ältesten Sohn denken. Aber dieser hier war lebendig genug in den Kleidern. Sie fuhr ihm mit der Hand über den Rücken, um ihn zu fühlen. Er war am Leben und gehörte ihr. Der andere war tot.

Mehrere Male ging er in dem Gesellschaftsanzug, der William gehört hatte, zum Abendessen. Jedes Mal schwoll seiner Mutter das Herz vor Stolz und Freude. Jetzt war er auf dem besten Wege. Die Knöpfe, die sie und die Kinder für William gekauft hatten, steckten in seiner Hemdbrust; er trug eines von Williams Gesellschaftshemden. Aber er machte eine elegante Figur. Sein Gesicht war grob, aber warm und recht einnehmend. Er sah nicht eben wie ein Herr aus, aber durchaus wie ein Mann, dachte sie.

Alles, was sich ereignete, alles, worüber geredet wurde, berichtete er ihr. Es war, als sei sie selbst zugegen gewesen. Und er brannte darauf, sie seinen neuen Freunden vorzustellen, die jeden Abend um halb acht dinierten.

»Ach geh«, sagte sie. »Wozu wollen die mich schon kennenlernen?«

»Sie wollen es aber!«, rief er entrüstet. »Wenn sie mich kennenlernen wollen, und das behaupten sie, dann wollen sie auch
dich kennenlernen – denn du bist genauso klug wie ich.«

»Ach geh mir doch weg damit, Kind«, sagte sie lachend.

Aber sie begann doch, ihre Hände zu schonen. Auch diese
waren mittlerweile zerarbeitet. Die Haut glänzte von zu viel
heißem Wasser, die Knöchel waren recht geschwollen. Aber sie
begann doch, darauf zu achten, dass sie nicht mit Soda in Berührung kamen. Voller Bedauern dachte sie daran, wie sie früher gewesen waren, so klein und zart. Und als Annie darauf bestand,
dass sie modischere Blusen trug, die zu ihrem Alter passten,
fügte sie sich. Sie ging sogar so weit, dass sie sich eine schwarze
Samtschleife ins Haar stecken ließ. Dann zog sie auf ihre spöttische Art die Nase kraus und war überzeugt, dass sie grässlich
aussah. Dabei sah sie aus wie eine Dame, erklärte Paul, ebenso
gut wie Mrs Major Moreton und viel, viel netter. Mit der Familie
ging es voran. Nur Morel blieb unverändert, oder besser: langsam verfiel er.

Paul und seine Mutter führten jetzt lange Gespräche über das
Leben. Die Religion trat in den Hintergrund. Paul hatte alle
Glaubenssätze, die ihn hemmten, weggeschaufelt, hatte den
Boden geebnet und war mehr oder weniger zum Fundament des
Glaubens vorgedrungen: dass man im eigenen Innern nach
Recht und Unrecht tasten und die Geduld aufbringen müsse,
allmählich den eigenen Gott zu erkennen. Das Leben interes-
sierte ihn jetzt mehr.

»Weißt du«, sagte er zu seiner Mutter, »ich will nicht der ver-
mögenden Mittelschicht angehören. Am besten gefallen mir die
einfachen Leute. Ich gehöre zu den einfachen Leuten.«

»Aber wenn jemand anders das sagte, mein Sohn, dann würdest du vielleicht in die Luft gehen. Du weißt doch, dass du dich
jedem Gentleman für ebenbürtig hältst.«

»Meiner Person nach«, antwortete er, »nicht meiner Klasse oder meiner Bildung oder meinen Manieren nach. Aber meiner Person nach sehr wohl.«

»Na schön – aber warum sprichst du dann von den einfachen Leuten?«

»Weil – weil der Unterschied zwischen den Menschen nicht in ihrer Klasse liegt, sondern in ihrer Person. – Nur, von der Mittelschicht empfängt man Ideen und von den einfachen Leuten – das Leben selbst, Wärme. Man spürt ihren Hass und ihre Liebe –«

»Das ist ja alles gut und schön, mein Junge – aber warum gehst du dann nicht hin und unterhältst dich mit den Kumpeln deines Vaters?«

»Aber die sind doch ganz anders.«

»Ganz und gar nicht. Das sind doch die einfachen Leute. Schließlich, mit welchen einfachen Leuten verkehrst du denn? Mit denen, die Ideen austauschen, wie die Mittelschicht. Die anderen interessieren dich doch gar nicht.«

»Aber – da ist doch Leben –«

»Ich glaube nicht, dass du von Miriam auch nur einen Deut mehr Leben empfängst als von jedem anderen gebildeten Mädchen – sagen wir, Miss Moreton. Du bist's doch, der in Klassenfragen snobistisch ist.«

Sie wollte ganz unverhüllt, dass er in die Mittelschicht aufstieg, kein Ding der Unmöglichkeit, wie sie wusste. Und sie wollte, dass er am Ende eine Dame heiratete.

Nun begann sie, gegen seine rastlose Sorge anzukämpfen. Seine Beziehung zu Miriam erhielt er weiter aufrecht, konnte weder mit ihr brechen noch den Schritt zur Verlobung tun. Und diese Unentschiedenheit schien ihn all seiner Kraft zu berauben. Zudem argwöhnte die Mutter, dass er sich unbewusst zu Clara hingezogen fühlte, und da diese eine verheiratete Frau war, wünschte sie, er würde sich in eines der Mädchen aus gehobeneren Gesellschaftskreisen verlieben. Aber er war töricht und weigerte sich, ein Mädchen zu lieben oder auch nur zu bewundern, nur weil sie gesellschaftlich höher stand als er.

»Mein Junge«, sagte seine Mutter zu ihm, »all deine Klugheit, deine Abkehr vom Überkommenen, dein Entschluss, das Leben in die eigenen Hände zu nehmen, scheint dir nicht viel Glück zu bescheren.«

»Was ist schon Glück!«, rief er. »Das bedeutet mir nichts! Wie soll *ich* denn glücklich sein?«

Die unverblümte Frage erschreckte sie.

»Das musst du selbst beurteilen, mein Junge. Aber wenn du eine brave Frau fändest, die dich glücklich macht – und wenn du daran dächtest, einen Hausstand zu gründen – sofern du die Mittel dazu hast – so dass du arbeiten könntest, ohne dich dauernd zu sorgen – wäre das viel besser für dich.«

Er runzelte die Stirn. Seine Mutter rührte an die offene Wunde Miriam. Die Augen voller Qual und Feuer, strich er sich das wirre Haar aus der Stirn.

»Du meinst wohl: leichter, Mutter«, rief er. »Das ist der ganze Lebensgrundsatz einer Frau – seelisches Wohlbefinden und körperliches Behagen. Und das verachte ich.«

»Ach, wirklich?«, erwiderte seine Mutter. »Und das nennst du dann wohl göttliche Unzufriedenheit?«

»Ja – ob göttlich oder nicht, ist mir einerlei. Aber dein Glück soll der Teufel holen! Solange das Leben erfüllt ist, macht es nichts, ob es glücklich ist oder nicht. Ich fürchte, dein Glück würde mich bald langweilen.«

»Du gibst ihm ja nie eine Chance«, sagte sie. Plötzlich brach all ihr leidenschaftlicher Kummer um ihn heraus. »Aber es macht eben doch etwas!«, rief sie. »Und du solltest glücklich sein, du solltest versuchen, glücklich zu sein, du solltest leben, um glücklich zu sein. Wie könnte ich die Vorstellung ertragen, dass dein Leben nicht glücklich ist?«

»Deins war schlimm genug, Mater, aber so viel schlechter als die Leute, die glücklicher gewesen sind, bist du auch nicht dran.

Ich denke, du hast es gut getroffen. Und ich genauso. Hab ich's nicht recht gut getroffen?«

»Nein, mein Sohn. Kämpfen – kämpfen – und leiden, mehr tust du doch nicht, soweit ich sehe.«

»Aber warum auch, meine Liebe? Ich sage dir, es ist am besten so –«

»Ist es nicht! – Und man sollte glücklich sein, man sollte es.«

In diesem Augenblick zitterte Mrs Morel heftig. Auseinandersetzungen dieser Art zwischen ihr und ihrem Sohn trugen sich häufiger zu. Dann schien sie entgegen seinem eigenen Todeswunsch um sein Leben zu kämpfen. Er nahm sie in die Arme. Sie war krank und elend.

»Lass nur, Kleine!«, murmelte er. »Solange das Leben für dich nicht jämmerlich und eine erbärmliche Angelegenheit ist, spielt alles andere, Glück oder Unglück, keine Rolle.«

Sie drückte ihn an sich.

»Aber ich will, dass du glücklich bist«, sagte sie kläglich.

»Ach, meine Liebe – sag lieber, du willst, dass ich lebe.«

Mrs Morel war zumute, als müsse ihr seinetwegen das Herz brechen. Unter diesen Umständen, das wusste sie, würde er nicht leben. Er zeigte jene bittere Sorglosigkeit gegen sich selbst, das eigene Leid, das eigene Leben, die eine Form schleichenden Selbstmords ist. Es brach ihr fast das Herz. Mit der ganzen Leidenschaft ihrer starken Natur hasste sie Miriam dafür, dass sie seine Freude so raffiniert untergraben hatte. Dass Miriam nichts dafürkonnte, war ihr gleichgültig. Miriam hatte es getan, und sie hasste sie.

Sie wünschte sich so sehr, dass er sich in ein Mädchen verliebte, das ihm als Partnerin ebenbürtig wäre – gebildet und stark. Aber eine, die über ihm stand, sah er ja nicht einmal an. Mrs Dawes schien er zu mögen. Das war immerhin eine gesunde Empfindung. Immer wieder betete seine Mutter, er möge sich nicht vergeuden. Dies war ihr einziges Gebet – nicht für seine Seele oder seine Rechtschaffenheit, sondern nur: dass er sich nicht vergeude. Und wenn er schlief, dachte sie Stunde um Stunde an ihn und betete für ihn.

Unmerklich, ohne es zu wissen, löste er sich von Miriam. Arthur verließ die Armee nur, um zu heiraten. Sechs Monate nach der Hochzeit kam das Kind zur Welt. Mrs Morel verschaffte ihm wieder eine Anstellung in der Firma, zu einundzwanzig Shilling die Woche. Mit Hilfe von Beatrices Mutter richtete sie ihm ein kleines Cottage mit zwei Zimmern ein. Jetzt war er gefangen. Wie sehr er sich auch sträubte und wehrte, er saß fest. Eine Zeit lang tobte er, war reizbar gegen seine junge Frau, die ihn liebte; wenn das Baby, das zart war, schrie oder ihm zur Last fiel, geriet er fast außer sich. Seiner Mutter gegenüber murrte er stundenlang. Sie sagte nur: »Nun, mein Junge, du hast es dir selbst eingebrockt, jetzt musst du dich damit abfinden.« Und dann fasste er Mut. Er klemmte sich hinter seine Arbeit, übernahm Verantwortung, erkannte, dass er zu seiner Frau und seinem Kind gehörte, und fand sich damit ab. An die eigene Familie hatte er sich nie sehr eng gebunden gefühlt. Nun war er ihr ganz abhandengekommen.

Langsam vergingen die Monate. Dank seiner Bekanntschaft mit Clara hatte Paul mehr oder weniger Verbindung mit den Sozialisten, Suffragetten und Unitariern in Nottingham aufgenommen. Eines Tages bat ihn eine gemeinsame Freundin in Bestwood, Mrs Dawes eine Nachricht zu überbringen. Am Abend ging er über Sneinton Market nach Bluebell Hill. Er fand das Haus in einer ärmlichen kleinen Gasse, die mit Granitkopfsteinen gepflastert war und Fußwege aus dunkelblauen, ausgetretenen Ziegelsteinen hatte. Von diesem unebenen Gehsteig, über den die Schuhe der Passanten schrappten und klappten, führte eine Stufe hinauf zur Haustür. Die braune Farbe auf der Tür war so alt, dass zwischen den Rissen das blanke Holz zu sehen war. Er blieb unten auf der Straße stehen und klopfte an. Ein schwerer Schritt wurde hörbar; eine große, stämmige Frau um die sechzig überragte ihn. Vom Pflaster sah er zu ihr auf. Sie hatte ein recht strenges Gesicht.

Sie ließ ihn ins Wohnzimmer eintreten, das auf die Straße ging. Es war ein kleiner, grabesdumpfer Raum mit Mahagonimöbeln und den totenähnlichen Kohlefotografien Verstorbener. Mrs Radford ließ ihn allein. Sie war stattlich, fast martialisch. Gleich darauf erschien Clara. Sie errötete tief, und er wurde sehr verlegen. Es schien ihr unangenehm, in ihren häuslichen Umständen aufgestöbert zu werden.

»Ich habe Ihre Stimme nicht erkannt«, sagte sie.

Aber wennschon, dennschon. Sie bat ihn aus diesem Mausoleum von Wohnzimmer in die Küche.

Auch diese war ein kleiner, düsterer Raum, jedoch mit weißer Spitze überladen. Die Mutter hatte sich wieder neben die Anrichte gesetzt und zog Fäden aus einem ungeheuren Spitzengewebe. Rechts von ihr lagen ein Büschel Faserflocken und ein Knäuel Baumwolle, links ein Stapel dreiviertel Zoll breiter Spitze, während sich auf dem Kaminvorleger vor ihr ein Berg fertiges Spitzengewebe auftürmte. Kamingitter und Kamin waren mit krausen Baumwollfäden bedeckt, die sie aus den Längen der Spitze gezogen hatte. Paul wagte es nicht, weiterzugehen, weil er befürchtete, auf die weißen Stoffhaufen zu treten.

Auf dem Tisch stand eine Maschine, mit deren Hilfe die Spitze auf Pappe gewickelt wurde. Daneben ein Packen brauner, viereckiger Pappstücke, ein Packen aufgewickelter Spitze, eine kleine Schachtel mit Nadeln. Und auf dem Sofa lag ein Haufen Spitze, aus der die Fäden bereits herausgezogen waren.

Der Raum bestand nur aus Spitze – und es war so dunkel und warm, dass der weiße, schneeige Stoff umso deutlicher zu erkennen war.

»Wenn Sie hereinkommen, dürfen Sie sich an unserer Arbeit nicht stören«, sagte Mrs Radford. »Ich weiß, wir haben uns richtig abgesondert. Aber setzen Sie sich.«

Verlegen gab Clara ihm einen Stuhl an der Wand gegenüber den weißen Haufen. Dann nahm sie beschämt ihren Platz auf dem Sofa ein.

»Mögen Sie eine Flasche Stout?«, fragte Mrs Radford. »Clara, hol ihm eine Flasche Stout.«

Er erhob Einspruch, aber Mrs Radford bestand darauf.

»Sie sehen so aus, als könnten Sie die gebrauchen«, sagte sie. »Haben Sie immer so wenig Farbe?«

»Das ist nur mein dickes Fell, das das Blut nicht durchscheinen lässt«, antwortete er.

Beschämt und bekümmert brachte Clara ihm eine Flasche Stout und ein Glas. Er schenkte sich von dem schwarzen Zeug ein.

»Nun denn«, sagte er und hob sein Glas, »auf Ihr Wohlsein!«

»Danke«, sagte Mrs Radford.

Er nahm einen Schluck.

»Und zünden Sie sich eine Zigarette an, solange Sie nicht gleich das ganze Haus in Brand stecken«, sagte Mrs Radford.

»Danke«, erwiderte er.

»Sie brauchen mir nich zu danken«, antwortete sie. »Bin froh, mal wieder 'n bisschen Qualm im Haus zu riechen. Meiner Meinung nach is 'n Haus mit Weibern genauso tot wie 'n Haus ohne Feuer. Ich bin keine Spinne nich, die 'n Winkel für sich haben will. Ich will 'n Mann um mich haben, und wenn er nur zum Anschnauzen da is.«

Clara begann zu arbeiten. Ihre Maschine surrte leise, die weiße Spitze hüpfte zwischen ihren Fingern hindurch auf die Pappe. Als sie voll war, schnitt sie die Länge ab und befestigte das Ende mit einer Nadel auf der aufgewickelten Spitze. Dann legte sie ein neues Pappstück in die Maschine ein. Paul sah ihr zu. Kraftvoll und herrlich saß sie da. Ihr Hals und ihre Arme waren unbedeckt. Unter den Ohren kochte noch immer das Blut, voller Beschämung über ihre Niedrigkeit senkte sie den Kopf. Ihr Gesicht war über die Arbeit gebeugt. Neben der weißen Spitze wirkten ihre Arme weich und lebensvoll; ihre großen, gepflegten Hände arbeiteten gelassen, als könnte nichts sie zur Eile antreiben. Unbewusst beobachtete er sie die ganze Zeit. Da sie den

Kopf gesenkt hielt, sah er die Beuge ihres Nackens von der Schulter an; sah den Knoten dunkelbraunen Haars; sah ihre regsamen, leuchtenden Arme.

»Clara hat mir 'n bisschen von Ihnen erzählt«, fuhr die Mutter fort. »Sie sind bei Jordan's, nich wahr?« Unablässig zog sie die Fäden aus der Spitze.

»Ja.«

»So, so, ich kann mich noch genau dran erinnern, wie Thomas Jordan mich immer um eins von meinen Karamellbonbons gebeten hat.«

»Wirklich?«, sagte Paul lachend. »Und hat er's bekommen?«

»Manchmal ja, manchmal nein – aber das war später. Er gehört zu denen, die alles nehmen und nichts geben – jedenfalls damals.«

»Ich finde ihn sehr anständig«, sagte Paul.

»Na, das freut mich.«

Mrs Radford betrachtete ihn unverwandt. Sie hatte etwas Entschlossenes, das ihm gefiel. Ihr Gesicht begann zu welken, aber ihre Augen waren ruhig, und sie hatte etwas Kräftiges, so dass sie nicht etwa alt anmutete, sondern ihre Runzeln und ihre welken Wangen vielmehr wie ein Anachronismus wirkten. Sie besaß die Kraft und die Kaltblütigkeit einer Frau in den besten Jahren. Mit langsamen, würdevollen Bewegungen fuhr sie fort, Fäden zu ziehen. Unausweichlich bauschte sich das große Spitzengewebe auf ihrer Schürze, und die abgemessene Länge fiel neben ihr zu Boden. Ihre Arme waren wohlgeformt, glänzten aber gelb wie altes Elfenbein. Sie besaßen nicht den sonderbaren matten Schimmer, der Claras Arme so bezaubernd machte.

»Und Sie sind mit Miriam Leivers gegangen?«, fragte ihn die Mutter.

»Nun –«, antwortete er.

»Ja, das is mal 'n nettes Mädchen«, fuhr sie fort. »Sehr nett, aber für meinen Geschmack schwebt sie 'n bisschen zu sehr über der Welt.«

»Das tut sie wohl«, stimmte er zu.

»Die wird sich erst zufriedengeben, wenn ihr Flügel wachsen und sie über alle wegfliegen kann«, sagte sie.

Clara unterbrach sie, und er übermittelte ihr seine Nachricht. Sie sprach demütig mit ihm. Er hatte sie bei ihrer Plackerei ertappt. Da er sie demütig sah, kam ihm es vor, als würde er erwartungsvoll den Kopf heben.

»Arbeiten Sie gern an der Maschine?«, fragte er.

»Was kann eine Frau schon tun?«, erwiderte sie verbittert.

»Für einen Hungerlohn?«

»Mehr oder weniger. Arbeiten nicht alle Frauen für einen Hungerlohn? Das ist wieder so ein Streich, den uns die Männer spielen, seit wir auf den Arbeitsmarkt drängen.«

»Nun aber, lass die Männer aus dem Spiel«, sagte ihre Mutter. »Wären die Frauen nich so närrisch, wären die Männer nich so schlecht, sag ich. – Kein Mann is je so schlecht zu mir gewesen, dass ich's ihm nich heimgezahlt hab. – Aber 'ne Lausebande sind sie allemal, das is nich zu leugnen.«

»Aber eigentlich sind sie in Ordnung, nicht wahr?«, fragte er.

»Na ja – 'n bisschen anders als Frauen sind sie schon«, antwortete sie.

»Möchten Sie wieder zu Jordan's?«, fragte er Clara.

»Ich glaube nicht«, gab sie zurück.

»Doch, das möchte sie!«, rief ihre Mutter. »Würde ihren Sternen danken, wenn sie's könnte. Hören Sie nicht auf sie. Die sitzt immer auf dem hohen Ross. Und dem sein Rücken is so dünn und ausgemergelt, dass sie noch mal in zwei Stücke geschnitten wird.«

Clara litt sehr unter ihrer Mutter. Paul hatte das Gefühl, als wären seine Augen weit aufgerissen. Brauchte er Claras Ausfälle also doch nicht ernst zu nehmen? Gleichmäßig wickelte sie ihre Spitze auf. Bei dem Gedanken, sie könnte auf seine Hilfe angewiesen sein, durchzuckte ihn freudige Erregung. Auf so vieles schien sie verzichten, so vieles entbehren zu müssen. Aber ihr

Arm, der nie einem Mechanismus hätte unterworfen werden dürfen, bewegte sich mechanisch, ihr Kopf, der sich nie hätte beugen dürfen, war über die Spitze gebeugt. Wie sie so an ihrer Maschine saß, schien sie angespült zu sein, dort zwischen dem Strandgut des Lebens. Es war bitter für sie, vom Leben verbannt worden zu sein, als habe es keine Verwendung für sie. Kein Wunder, dass sie Widerspruch dagegen einlegte.

Sie begleitete ihn zur Tür. Er stand unten in der ärmlichen Gasse und sah zu ihr auf. Ihr Wuchs und ihre Haltung waren so schön, dass sie ihn an eine entthronte Juno erinnerte. Als sie im Eingang stand, wich sie zurück vor der Gasse, vor ihrer Umgebung.

»Und werden Sie mit Mrs Hodgkisson nach Hucknall fahren?«

Er redete zusammenhangloses Zeug, nur um sie beobachten zu können. Schließlich begegneten ihre grauen Augen seinem Blick. Stumm vor Erniedrigung blickten sie, flehten mit dem Jammer einer Gefangenen. Er war erschüttert und wusste nicht ein noch aus. Und er hatte sie für hochmütig gehalten!

Als er sie verließ, wäre er am liebsten gerannt. Wie im Traum lief er zum Bahnhof und gelangte nach Hause, ohne gemerkt zu haben, dass er sich von ihrer Gasse wegbewegt hatte.

Er hatte eine Ahnung, dass Susan, die Aufseherin der Strumpfabteilung, heiraten wollte. Tags darauf fragte er sie danach.

»Sag mal, Susan, ich hab läuten hören, dass du heiraten willst. Ist da was dran?«

Susan errötete.

»Wer hat dir denn das erzählt?«, entgegnete sie.

»Niemand – ich hab nur läuten hören, dass du dich mit dem Gedanken trägst –«

»Tu ich auch – aber das brauchst du niemand aufzubinden. Außerdem wär's mir lieber, ich tät's nicht.«

»Nein, Susan, das kannst du mir nicht weismachen.«

»Nein? Kannste mir ruhig glauben. Tausendmal lieber würde ich hierbleiben.«

Paul war verwirrt.

»Aber warum denn, Susan?«

Das Mädchen war hochrot, und ihre Augen funkelten.

»Darum!«

»Und musst du?«

Statt zu antworten, sah sie ihn an. Er war so offen und freundlich, dass Frauen ihm vertrauten. Er verstand.

»Oh, das tut mir aber leid«, sagte er. Ihr kamen die Tränen.

»Aber du wirst schon sehen, alles wird gut. Du wirst das Beste daraus machen«, fuhr er nachdenklich fort.

»Mir bleibt auch gar nichts anderes übrig.«

»Doch, man kann auch das Schlimmste daraus machen. Versuch, das Richtige zu tun.«

Bald fand er einen neuen Vorwand, um Clara aufzusuchen.

»Möchten Sie wieder zu Jordan's?«, fragte er.

Sie ließ die Arbeit sinken, legte die schönen Arme auf den Tisch und sah ihn einige Augenblicke an, ohne zu antworten. Allmählich stieg ihr die Röte in die Wangen.

»Wieso?«, fragte sie.

Paul kam sich ziemlich unbeholfen vor.

»Nun – weil Susan daran denkt, wegzugehen«, sagte er.

Clara nahm ihre Arbeit an der Maschine wieder auf. In kleinen Sprüngen und Sätzen hüpfte die weiße Spitze auf die Pappe. Er wartete. Ohne den Kopf zu heben, sagte sie schließlich mit sonderbar leiser Stimme:

»Haben Sie schon irgendetwas davon gesagt?«

»Kein Wort, außer zu Ihnen.«

Wieder trat langes Schweigen ein.

»Wenn das Inserat erscheint, werde ich mich bewerben«, sagte sie.

»Sie werden sich schon vorher bewerben. Ich werde Ihnen sagen, wann.«

Sie fuhr fort, ihre kleine Maschine zu betätigen, und widersprach ihm nicht.

Clara kam wieder zu Jordan's. Einige der älteren Arbeiterinnen, darunter Fanny, erinnerten sich an ihr früheres Regime, und diese Erinnerung war ihnen gründlich zuwider. Clara war stets hochnäsig gewesen – reserviert und herablassend. Nie hatte sie mit den Mädchen von gleich zu gleich verkehrt. Wenn sie gelegentlich etwas auszusetzen hatte, sprach sie kalt und mit ausgesuchter Höflichkeit, die die Säumige kränkender fand als jede Schroffheit. Gegen Fanny, die arme, überreizte Bucklige, zeigte sich Clara stets teilnahmsvoll und freundlich. Infolgedessen vergoss Fanny mehr bittere Tränen, als die scharfen Zungen anderer Aufseherinnen je ausgelöst hätten.

An Clara gab es etwas, das Paul missfiel, und vieles, das ihn reizte. Wenn sie in seiner Nähe war, betrachtete er stets ihren kräftigen Hals oder ihren Nacken, auf dem ein kurzer blonder Flaum wuchs. Auch auf der Haut ihres Gesichts und ihrer Arme lag ein fast unsichtbarer feiner Flaum, und als er den erst einmal bemerkt hatte, nahm er ihn immer wieder wahr.

Saß er nachmittags bei der Arbeit und malte, so kam sie herbei und blieb vollkommen reglos neben ihm stehen. Dann spürte er sie, obwohl sie ihn weder ansprach noch berührte. Obwohl sie einen Meter entfernt stand, hatte er das Gefühl, an sie gedrückt zu werden, und war voll von ihrer Wärme. Dann konnte er nicht länger malen. Er warf die Pinsel hin und wandte sich zu ihr, um mit ihr zu reden.

Manchmal lobte sie seine Arbeit, manchmal war sie kritisch und kalt.

»In diesem Stück sind Sie affektiert«, sagte sie dann wohl, und da ihre Missbilligung ein Körnchen Wahrheit enthielt, kochte sein Blut vor Ärger.

Dann wieder fragte er begeistert: »Was ist hiermit?«

»Hm!« Sie gab einen leisen, zweifelnden Laut von sich. »Interessiert mich nicht sehr.«

»Weil Sie es nicht verstehen«, entgegnete er.

»Warum fragen Sie mich dann?«

»Weil ich glaubte, Sie würden es verstehen.«

Voller Spott über seine Arbeit zuckte sie die Achseln. Er machte sie rasend – er war wütend. Dann beschimpfte er sie und erging sich in leidenschaftlichen Erklärungen seines Krams. Das belustigte und belebte sie. Aber nie gab sie zu, dass sie unrecht hatte.

In den zehn Jahren, da sie der Frauenbewegung angehörte, hatte sie sich einen ansehnlichen Bildungsvorrat erworben. Und da sie auch etwas von Miriams Lernbegierde besaß, hatte sie sich Französisch beigebracht und konnte diese Sprache lesen, wenn auch mit einiger Mühe. Sie hielt sich für eine besondere Frau, erst recht hinsichtlich ihrer Klasse. Die Mädchen in der Strumpfabteilung stammten alle aus guten Familien. Es war ein kleiner, spezialisierter Gewerbezweig, dem eine gewisse Würde anhaftete. Über beiden Arbeitsräumen lag eine kultivierte Atmosphäre. Doch auch von ihren Arbeitskolleginnen hielt Clara sich fern.

Nichts von alledem verriet sie Paul. Sie war niemand, der sich offenbarte. Eine Art Geheimnis umhüllte sie. Sie war so zurückhaltend, dass er spürte, wie viel sie zurückzuhalten hatte. Ihre Geschichte lag offen zutage, doch die innere Bedeutung blieb jedermann verborgen. Das war aufregend. Und zuweilen ertappte er sie dabei, wie sie ihn verstohlen unter ihren Brauen hervor mit mürrisch forschenden Blicken musterte, so dass er sich rasch abwandte. Oft aber trafen sich ihre Augen. Dann waren die ihren jedoch gewissermaßen verschleiert und gaben nichts preis. Sie schenkte ihm ein nachsichtiges kleines Lächeln. Aufgrund der Kenntnisse, die sie zu besitzen schien, trat sie ihm gegenüber außerordentlich herausfordernd auf und sammelte Früchte der Erfahrung, die er nicht erlangen konnte.

Eines Tages nahm er eine Ausgabe der *Lettres de mon Moulin* zur Hand, die auf ihrer Werkbank lag.

»Ach, Sie lesen Französisch?«, rief er.

Nachlässig sah Clara sich zu ihm um. Sie fertigte gerade einen

Elastikstrumpf aus violetter Seide und drehte die Strickmaschine mit langsamer, abgemessener Regelmäßigkeit, wobei sie sich gelegentlich vorbeugte, um ihre Arbeit in Augenschein zu nehmen oder die Nadeln zu befestigen. Dann leuchtete ihr herrlicher Nacken mit seinem Flaum und seinen feinen Härchen weiß vor der lavendelblau glänzenden Seide. Sie machte noch ein paar Umdrehungen und hielt dann inne.

»Was haben Sie gesagt?«, fragte sie mit süßem Lächeln.

Pauls Augen funkelten wegen ihrer anmaßenden Gleichgültigkeit ihm gegenüber.

»Ich wusste gar nicht, dass Sie Französisch lesen«, sagte er sehr höflich.

»Das wussten Sie nicht?«, erwiderte sie mit einem leisen, spöttischen Lächeln.

»Verdammte Angeberin!«, sagte er, aber kaum laut genug, dass sie ihn hörte.

Ärgerlich schloss er den Mund, während er sie beobachtete. Die Arbeit, die sie mechanisch verrichtete, schien sie zu verachten. Doch der Strumpf, den sie fertigte, war nahezu vollkommen.

»Sie mögen die Strumpfstrickerei nicht«, sagte er.

»Ach, Arbeit ist Arbeit«, antwortete sie, als wüsste sie alles darüber. Er staunte über ihre Kälte. Er selbst tat alles, was er tat, hitzig. Sie musste etwas ganz Besonderes sein.

»Was würden Sie denn lieber tun?«, fragte er.

Nachsichtig lachte sie ihn an, dann sagte sie:

»Dass man mir je die Wahl gibt, ist so unwahrscheinlich, dass ich meine Zeit nicht mit Nachdenken vergeudet habe.«

»Pah!«, sagte er, nun seinerseits voller Verachtung. »Das sagen Sie doch nur, weil Sie zu stolz sind, um sich einzugestehen, was Sie wollen und was Sie nicht erreichen können.«

»Sie kennen mich offenbar sehr gut«, entgegnete sie kalt.

»Ich weiß schon, Sie halten sich für ziemlich umwerfend und leiden unter der fortwährenden Kränkung, in einer Fabrik zu arbeiten –« Er war sehr ungehalten und sehr ruppig. Voller Geringschätzung wandte sie sich von ihm ab. Pfeifend ging er durch den Raum und schäkerte lachend mit Hilda.

Später fragte er sich:

»Warum war ich so unverschämt zu Clara?« Er ärgerte sich über sich selbst, gleichzeitig aber freute er sich.

»Geschieht ihr recht – sie stinkt ja geradezu vor Stolz«, sagte er aufgebracht bei sich selbst.

Mehrere Tage lang vermied er es, ihr unter die Augen zu treten. Schließlich jedoch musste er hinuntergehen und eine Bestellung mit ihr besprechen. Bei allem Zorn und allem Missbehagen war er an der Oberfläche fröhlich und sympathisch wie eh und je.

»Sie tragen ja eine Blume«, sagte er. »Ich dachte, das sei gegen Ihre Vorschriften.«

»Ich habe keine Vorschriften«, sagte sie und hob sachte den Kopf einer recht mitgenommenen roten Rose an.

»Natürlich nicht; nur Vorlieben. Aber in der Regel belieben Sie nicht, die welken Köpfe enthaupteter Blumen am Busen zu tragen.«

Mit einer jähen Bewegung ließ sie die Rose fallen.

»Das«, sagte sie, »ist eine Rose, die ich auf der Straße gefunden habe.«

»Das Strandgut verlorener Damen«, sagte er. »An Ihrer Stelle würde ich ein Gespräch mit ihr führen – ›Das Grab und die Rose‹ – Kennen Sie das Gedicht?«

»Nein«, antwortete sie.

»Ich dachte, Sie wären Französischkennerin«, spottete er. Das Blut trat ihr in die Wangen. Sie wollte ausfallend werden, aber er kam ihr zuvor.

»Sie könnten es lernen«, sagte er schmunzelnd, »dann könnten wir es nachspielen. Ich werde meine Stimme der Rose leihen, und Sie sind das Grab.«

»Ich finde«, sagte sie, »Sie sollten Manieren lernen.«

»Das werde ich auch, wenn's mir von Nutzen ist.« Er begann den Kopf zu verlieren. »Und ich will nicht alle Tugenden auf meiner Seite haben. – Außerdem würden Sie ein gutes Grab abgeben. Jeder hätte den Wunsch, einen Blick auf das Gerippe in der Gruft zu werfen.«

Jetzt hatte er ganz den Kopf verloren und war zu weit gegangen.

»Aber ich bitte Sie um Verzeihung«, sagte er und riss sich zusammen.

Kalt wandte sie sich ab. Er floh nach oben.

»Paul hat auf glühenden Kohlen gesessen«, sagten die anderen Mädchen.

Am Nachmittag kam er wieder herunter. Es lag eine gewisse Last auf seinem Herzen, die er loswerden wollte. Das wollte er bewerkstelligen, indem er ihr Pralinen anbot.

»Mögen Sie eine?«, fragte er. »Ich habe eine Handvoll gekauft, um mich zu versüßen.«

Zu seiner großen Erleichterung nahm sie an. Er setzte sich neben ihre Maschine auf die Werkbank und wickelte sich ein Stück Seide um den Finger. Sie liebte ihn wegen seiner raschen, unerwarteten Bewegungen, wie die eines jungen Tieres. Während er überlegte, ließ er die Füße baumeln. Die Süßigkeiten lagen auf der Bank verstreut. Sie beugte sich über ihre Maschine, die sie rhythmisch drehte, dann bückte sie sich nach dem Strumpf, der, vom eigenen Gewicht herabgezogen, nach unten hing. Er betrachtete die schöne Wölbung ihres Rückens und die Schürzenbänder, die sich auf dem Boden zusammenrollten.

»Immer haben Sie etwas Abwartendes«, sagte er. »Was immer Sie tun, Sie sind nie ganz dabei, Sie warten – wie Penelope, als sie das Gewand webte.« Einen Anflug von Boshaftigkeit konnte er nicht unterdrücken. »Ich werde Sie Penelope nennen.«

»Würde das einen Unterschied machen?«, fragte sie und zog vorsichtig eine ihrer Nadeln heraus.

»Das tut nichts zur Sache, solange es mir gefällt. – Hören Sie, Sie scheinen zu vergessen, dass ich Ihr Chef bin. Das fällt mir eben ein.«

»Und was hat das zu bedeuten?«, fragte sie kühl.

»Das hat zu bedeuten, dass ich das Recht habe, Sie herumzu-kommandieren.«

»Haben Sie sich über irgendetwas zu beklagen?«

»Hören Sie, Sie brauchen nicht gleich garstig zu werden«, sag-te er verärgert.

»Ich weiß nicht, was Sie wollen«, sagte sie und fuhr in ihrer Arbeit fort.

»Ich will, dass Sie mich freundlich und höflich behandeln.«

»Soll ich Sie vielleicht mit ›Sir‹ anreden?«, fragte sie ruhig.

»Ja, reden Sie mich mit ›Sir‹ an. So hätte ich es gern.«

»Dann wünsche ich, dass Sie nach oben gehen, Sir.«

Sein Mund klappte zu, und er runzelte die Stirn. Plötzlich sprang er von der Bank.

»Sie sind verdammt hochnäsig«, sagte er.

Und damit ging er zu den anderen Mädchen. Er spürte, dass er ärgerlicher war, als er es sein sollte. Eigentlich war er sich nicht sicher, ob er nicht selbst hatte angeben wollen. Aber dann jetzt erst recht! Clara hörte, wie er mit den Mädchen im Nebenraum lachte, ein Lachen, das sie hasste.

Als er am Abend, die Mädchen hatten Feierabend, durch die Abteilung ging, sah er, dass seine Pralinen unberührt vor Claras Maschine lagen. Er ließ sie liegen. Am Morgen lagen sie noch immer da, und Clara war bei der Arbeit. Später rief Minnie, eine kleine Brünette, die sie Pussy nannten, ihm zu:

»He, haben Sie keine Pralinen für alle?«

»Tut mir leid, Pussy«, erwiderte er. »Ich wollte sie herumrei-chen, aber dann hab ich's vergessen.«

»Ich glaube auch«, antwortete sie.

»Heute Nachmittag bring ich dir welche mit. Du willst doch keine, die herumgelegen haben, oder?«

»Ach, ich bin nicht so eigen«, sagte Pussy lächelnd.

»Nein, nein«, sagte er. »Die werden staubig sein.«

Er ging zu Claras Werkbank.

»Entschuldigen Sie, dass ich die Dinger habe herumliegen lassen«, sagte er.

Sie lief rot an. Er klaubte die Pralinen auf.

»Jetzt sind sie schmuddelig«, sagte er. »Sie hätten sie nehmen sollen. Ich wundere mich, dass Sie's nicht getan haben. Ich hatte Sie doch aufgefordert.«

Er warf sie aus dem Fenster in den Hof hinab. Dann sah er Clara kurz an. Sie wich seinem Blick aus.

Am Nachmittag brachte er eine neue Schachtel.

»Mögen Sie welche?«, fragte er und bot sie zuerst Clara an. »Die hier sind frisch.«

Sie nahm eine und legte sie auf die Werkbank.

»Ach, nehmen Sie doch gleich ein paar – als Glücksbringer«, sagte er.

Sie nahm noch zwei und legte sie ebenfalls auf die Bank. Dann wandte sie sich verwirrt wieder ihrer Arbeit zu. Er ging weiter durch den Raum.

»Bitte sehr, Pussy«, sagte er. »Aber sei nicht gierig!«

»Sind die etwa alle für sie?«, riefen die anderen und eilten herbei.

»Natürlich nicht«, sagte er.

Die Mädchen lärmten durcheinander. Pussy zog sich von ihren Kolleginnen zurück.

»Geht weg!«, rief sie. »Ich hab die erste Wahl, stimmt's, Paul?«

»Sei nett zu ihnen«, sagte er und ging davon.

»Bist 'n lieber Kerl«, riefen die Mädchen.

»Zu lieb«, antwortete er.

An Clara ging er wortlos vorbei. Sie hatte das Gefühl, als würden die drei Pralinen sie verbrennen, wenn sie sie auch nur anrührte. Sie musste all ihren Mut aufbringen, um sie in ihre Schürzentasche zu stecken.

Die Mädchen liebten und fürchteten ihn. Er war ja so freundlich, wenn er freundlich war; aber wenn er beleidigt war, gab er sich so distanziert, behandelte sie alle, als wären sie Luft für ihn oder nicht viel mehr als Garnrollen. Und wenn sie mal frech wurden, sagte er ruhig: »Habt ihr was dagegen, wieder an die Arbeit zu gehen?«, blieb bei ihnen stehen und behielt sie im Auge.

Als er seinen dreiundzwanzigsten Geburtstag feierte, war das Haus in Unruhe. Arthur stand kurz vor der Hochzeit. Seiner Mutter ging es nicht gut. Sein Vater, ein alter Mann und durch seine Unfälle lahm geworden, bekam eine armselige Arbeit zugewiesen. Miriam war ein ewiger Vorwurf. Er spürte, dass er ihr gehörte, und konnte sich ihr doch nicht hingeben. Außerdem war der Haushalt auf seine Unterstützung angewiesen. In alle Richtungen wurde er gezerrt. Über seinen Geburtstag freute er sich nicht. Der erbitterte ihn nur.

Um acht Uhr kam er zur Arbeit. Die meisten Gehilfen hatten sich noch nicht eingefunden. Die Mädchen brauchten erst um halb neun zu kommen. Als er seinen Rock wechselte, hörte er hinter sich eine Stimme sagen:

»Paul, Paul, ich muss dich sprechen.«

Es war Fanny, die Bucklige, die mit geheimnisvoll strahlendem Gesicht oben auf ihrer Treppe stand. Erstaunt sah Paul sie an.

»Ich muss dich sprechen«, sagte sie. Ratlos blieb er stehen.

»Komm schon«, schmeichelte sie. »Komm, ehe du mit den Briefen anfängst.«

Er stieg das halbe Dutzend Stufen hinab in ihren stickigen, engen Fertigungsraum. Fanny ging vor ihm her. Ihr schwarzes Mieder war so kurz, die Taille saß dicht unter den Achselhöhlen, und ihr grün-schwarzer Kaschmirrock schien sehr lang, als sie mit großen Schritten vor dem jungen Mann herging, der selbst so anmutig war. Sie begab sich an ihren Platz am schmalen Ende des Raumes, wo man durchs Fenster auf Schornsteinaufsätze blickte. Paul betrachtete ihre dünnen Hände und die flachen geröteten Handgelenke, als sie aufgeregt an ihrer weißen Schürze zupfte, die vor ihr auf der Werkbank ausgebreitet lag. Sie zögerte.

»Du glaubst doch nicht etwa, wir hätten dich vergessen?«, sagte sie vorwurfsvoll.

»Wieso?«, fragte er. Er hatte den eigenen Geburtstag vergessen.

»›Wieso?‹, fragt er. ›Wieso?‹ Schau her!« Sie deutete auf den Kalender, und rings um die große schwarze Zahl 21 sah er Hunderte von kleinen Bleistiftkreuzen.

»Oh, Küsse für meinen Geburtstag«, sagte er lachend. »Woher wusstest du das?«

»Das möchtest du wohl gern wissen«, spöttelte Fanny entzückt. »Von jeder einen – außer von Lady Clara – und von einigen auch zwei. Aber wie viele *ich* hingemalt habe, verrate ich dir nicht.«

»Ach, ich weiß doch, wie vernarrt du bist«, sagte er.

»Da irrst du dich«, rief sie entrüstet. »So verliebt könnte ich gar nicht sein.« Ihre Stimme war tief und kräftig.

»Du tust immer so, als wärst du 'n ganz hartgesottenes Luder«, sagte er lachend. »Dabei weißt du, wie weichherzig –«

»Lieber lasse ich mich weichherzig nennen als Gefrierfleisch«, platzte Fanny heraus. Paul wusste, dass sie Clara meinte, und lächelte.

»Sagst du was Böses über mich?«, fragte er lachend.

»Nein, mein Süßer«, antwortete die Bucklige mit verschwenderischer Zärtlichkeit. Sie war neununddreißig. »Nein, mein Süßer, denn du hältst dich nicht für eine schöne Marmorfigur und uns für bloßen Dreck. Ich bin genauso gut wie du, nicht wahr, Paul?« Die Frage entzückte sie.

»Wieso, von uns ist doch keiner besser als der andere, oder?«, entgegnete er.

»Aber ich bin genauso gut wie du, nicht wahr, Paul?«, beharrte sie verwegen.

»Natürlich bist du das. Wenn's um Güte geht, bist du sogar besser.«

Die Situation machte ihr ein wenig Angst. Womöglich wurde sie noch hysterisch.

»Ich dachte, ich würde den anderen zuvorkommen – werden

die nicht sagen, ich hätt's faustdick hinter den Ohren? – Jetzt mach die Augen zu –«, sagte sie.

»›Und den Mund auf und schau, was Gott dir schenkt‹«, ergänzte er und ließ den Worten Taten folgen. Er rechnete mit einer Praline. Dann hörte er das Rascheln ihrer Schürze und ein leises metallisches Klirren.

»Jetzt gucke ich aber«, sagte er.

Er schlug die Augen auf. Fanny betrachtete ihn. Ihre länglichen Wangen waren gerötet, ihre blauen Augen glänzten. Neben ihm auf der Werkbank lag ein kleines Bündel mit Farbtuben. Er wurde blass.

»Nein, Fanny«, sagte er rasch.

»Von uns allen«, antwortete sie hastig.

»Nein, aber –«

»Sind's denn die richtigen?«, fragte sie und wiegte sich vor Freude.

»Bei Gott! – Das sind die besten im Katalog –«

»Aber sind's auch die richtigen –?«, fragte sie.

»Die stehen alle auf der kleinen Liste, die ich gemacht habe. Die wollte ich mir besorgen, wenn ich mal berühmt bin.« Er biss sich auf die Lippen.

Fanny war von Gefühlen überwältigt. Sie musste das Thema wechseln.

»Die haben all drauf gebrannt, alle ihren Anteil bezahlt, alle bis auf die Königin von Saba.«

Die Königin von Saba war Clara.

»Wollte sie sich nicht beteiligen?«, fragte Paul.

»Sie hatte gar nicht die Gelegenheit – wir haben ihr nichts davon erzählt – wir wollten nicht, dass sie uns die Schau stiehlt. Wir wollten *nicht*, dass sie sich beteiligt.«

Paul lachte die Frau an. Er war sehr gerührt. Schließlich musste er doch gehen. Sie stand dicht neben ihm. Plötzlich schlang sie die Arme um seinen Hals und küsste ihn heftig.

»Heute darf ich dir einen Kuss geben«, sagte sie entschuldigend. »Du hast so blass ausgesehen, dass es mir ins Herz geschnitten hat.«

Paul erwiderte ihren Kuss und verließ sie. Ihre Arme waren so jämmerlich dünn, dass es auch ihm ins Herz schnitt.

Als er am selben Tag zur Mittagszeit nach unten rannte, um sich die Hände zu waschen, begegnete er Clara.

»Sind Sie zum Mittagessen dageblieben?«, rief er. Das war bei ihr etwas Ungewöhnliches.

»Ja – und anscheinend habe ich von dem Vorrat alter orthopädischer Bandagen gegessen. Ich muss an die frische Luft, sonst fühle ich mich noch durch und durch wie sprödes Gummi.«

Sie zauderte. Er begriff sofort, worauf sie hinauswollte.

»Gehen Sie irgendwohin?«, fragte er.

Sie gingen zusammen hinauf zum Schloss. Im Freien zog sie sich sehr einfach, geradezu unschön an. Zu Hause hatte sie immer hübsch ausgesehen. Mit zögernden Schritten, den Kopf gebeugt und abgewandt, ging sie neben Paul her. Mit ihrer nachlässigen Kleidung und ihrer schlaffen Körperhaltung wirkte sie sehr unvorteilhaft. Er konnte kaum die kräftige Gestalt wiedererkennen, in der so viel Vitalität zu schlummern schien. Fast kam sie ihm unbedeutend vor, so wie sie ihren geraden Wuchs hinter ihrer gekrümmten Haltung verbarg und sich den Blicken der Öffentlichkeit entzog.

Der Schlosspark war sehr grün und frisch. Als sie den steilen Hang erklommen, lachte und plauderte er, sie aber blieb stumm und schien über irgendetwas nachzugrübeln. Sie hatten kaum Zeit, das geduckte, viereckige Gebäude zu betreten, das den schroffen Felsen krönt. Sie lehnten sich über die Mauer, wo die Klippe jäh zum Park abfällt. Unter ihnen putzten sich Tauben leise gurrend in ihren Löchern im Sandstein. Weiter unten auf der Allee am Fuße des Felsens standen winzige Bäume in ihren Schattentümpeln, und winzige Menschen hasteten in beinahe lächerlicher Geschäftigkeit umher.

»Man hat das Gefühl, als könnte man die Leute wie Kaulquappen herausschöpfen und eine Handvoll davon mitnehmen«, sagte er.

Lachend antwortete sie:

»Ja – man braucht gar nicht weit zu gehen, um sich in den richtigen Proportionen zu sehen. Die Bäume sind viel bedeutender.«

»Reine Masse«, sagte er.

Sie lachte zynisch.

Hinter der Allee waren die dünnen Metallstreifen der Bahngeleise zu erkennen, an ihrem Rand wimmelte es von kleinen Holzstapeln, daneben qualmten wichtigtuerisch spielzeuggroße Lokomotiven. Irgendwo zwischen den schwarzen Haufen lag das silberne Band des Kanals. Die Wohnhäuser, die sich noch weiter hinten in den Flussniederungen drängten, sahen aus wie schwarze Giftkräuter. In dichten Reihen auf vollen Beeten zogen sie sich, hier und da von höheren Pflanzen unterbrochen, geradewegs bis dorthin, wo der Fluss als Hieroglyphe in der Landschaft schimmerte. Die steilen, schroffen Felsklippen auf der anderen Seite des Flusses wirkten winzig. Weite Flächen, von Bäumen verdunkelt und von Kornfeldern schwach aufgehellt, erstreckten sich bis zu dem grauen Dunstschleier, aus dem blau die Hügel ragten.

»Ein tröstlicher Gedanke«, sagte Mrs Dawes, »dass die Stadt nicht weiter reicht. Bislang ist sie nur eine *kleine* Wunde in der Landschaft.«

»Ein wenig Schorf.«

Sie schauderte. Sie hasste die Stadt. Wie sie so trübselig über das Land hinwegblickte, das ihr verboten war, ihr unbewegtes Gesicht blass und feindselig, da erinnerte sie Paul an einen der verbitterten, reumütigen Engel.

»Aber die Stadt geht doch«, sagte er. »Sie ist ja nur vorläufig. Sie ist die rohe, plumpe Notlösung, mit der wir uns behelfen, bis wir herausfinden, was die *Idee* der Stadt ist. Sie wird sich schon noch machen.«

»Der Optimist aus Vorsatz!«, spöttelte sie lächelnd.

»Mag sein. Aber ich hasse die Stadt nicht. Sie ist nur ein plumper Versuch. Wir haben noch nicht gelernt zusammenzuleben.«

»Aber wollen wir das denn lernen?«, entgegnete sie.

»Sind Sie immer so?«, fragte er. »Dass Sie das Fleisch auf Ihren Knochen hassen und die Worte aus Ihrem Mund?«

»Es geht um die unnatürlichen Dinge«, erwiderte sie. »Nur wenn die Dinge natürlich sind, sind sie schön.«

»Und was ist nicht natürlich?«, fragte er.

»Alles, was der Mann erschaffen hat«, antwortete sie, »ihn selbst eingeschlossen.«

»Aber den haben seine Frauen erschaffen«, gab er zurück. »Außerdem, war Dawes etwa nicht natürlich?«

Sie errötete tief und sah von ihm weg.

»Darüber werden wir nicht sprechen«, sagte sie.

»Na gut – aber ich glaube, er ist ein bisschen zu natürlich, ein bisschen zu nahe am bodenständigen Tier.«

»Auch ein Tier kann man verziehen«, sagte sie.

»Ganz recht. In seinem Lebensraum käme er zurecht. Wir sind eine Kreuzung: sieben Millionen Entwicklungsstufen vom Schimpansen zu mir, zu den Dichtern und den Christusgestalten. Dawes passt zu Hilda.«

»Ich glaube, Sie haben es noch nicht gelernt, Respekt vor den Gefühlen anderer zu haben«, sagte sie kalt. Er lachte.

»Ich werde gerügt«, sagte er und fuhr fort: »Aber was macht das schon! Ich denke darüber nach – ich sage es doch nur, weil ich interessiert bin. Und in diesem Augenblick befinden wir uns ›so hoch über der Welt wie zwei Cherubim im Himmel‹ – und meine Güte, wenn der Mann da unten, dieser eitle kleine Gegenstand, Dawes wäre, meinen Sie nicht, dass er als Gesprächsgegenstand schwerlich in Frage käme?«

Die unbekümmerte Ahnungslosigkeit, mit der er ihre Privatsphäre verletzte, entwaffnete ihren Zorn. Innerlich lächelte sie ihn an. Er war ein interessanter, aber ein so junger Kerl.

»Bald werde ich an mich halten müssen, Sie nicht *enfant ter-*

rible zu nennen«, sagte sie lächelnd. Sie verwendete die Sprach-
kunstgriffe öffentlicher Redner.

»Nennen Sie mich, wie Sie wollen«, erwiderte. »›Was uns
Rose heißt, wie es auch hieße, würde –‹ usw.«

Die Tauben in ihren Felslöchern zwischen den vereinzelten
Büschen gurrten behaglich. Zur Linken schob sich die große Kirche St. Mary, eine enge Gefährtin des Schlosses, über den auf-
getürmten Gemäuern der Stadt in den Raum.

»Es geht mir schon besser«, sagte sie.

»Danke«, erwiderte er. »Ein großes Kompliment!«

»Ach, mein Bruder!«, sagte sie lachend.

»Hm! – Da nehmen Sie allerdings mit der linken Hand, was
Sie mit der rechten gegeben haben«, sagte er.

Belustigt lachte sie ihn an.

»Aber was war denn mit Ihnen?«, fragte er. »Ich weiß, Sie haben über etwas ganz Besonderem gebrütet. Ich sehe den Stem-
pel auf Ihrer Stirn.«

»Das möchte ich Ihnen lieber nicht erzählen«, sagte sie.

»Na schön – dann behalten Sie's eben für sich«, antwortete er.

Sie wurde rot und biss sich auf die Lippen.

»Nein«, sagte sie, »es geht um die Mädchen.«

»Was ist mit denen?«, fragte Paul.

»Die haben schon die ganze Woche Ränke geschmiedet, und
heute scheinen sie ganz besonders voll davon zu sein. Alle miteinander beleidigen sie mich mit ihrer Geheimniskrämerei.«

»So?«, fragte er besorgt.

»Mir wär's ja gleich«, fuhr sie ärgerlich mit metallisch harter
Stimme fort, »wenn sie's mir nicht auf die Nase binden würden,
dass sie ein Geheimnis haben.«

»Sind eben Frauen«, sagte er.

»Abscheulich, ihre gemeine Schadenfreude«, sagte sie heftig.

Paul schwieg. Er wusste, worüber die Mädchen sich freuten.
Es tat ihm leid, die Ursache dieser neuerlichen Meinungsver-
schiedenheit zu sein.

»Sie dürfen so viele Geheimnisse haben, wie sie wollen«, fuhr sie bitter grübelnd fort. »Aber sie könnten es unterlassen, sich darin zu sonnen und mir mehr denn je das Gefühl zu geben, dass ich nicht dazugehöre. Es ist – es ist fast nicht auszuhalten.«

Paul dachte ein paar Minuten lang nach. Er war sehr verstört.

»Ich will Ihnen sagen, worum es sich handelt«, sagte er blass und nervös. »Heute ist mein Geburtstag, und die Mädchen haben mir eine ganze Menge Farben geschenkt, alle zusammen. Sie sind auf Sie eifersüchtig –«

Er spürte, wie sie bei dem Wort »eifersüchtig« kalt erstarrte.

»– nur weil ich Ihnen manchmal ein Buch bringe«, fügte er hinzu. »Aber – Sie sehen ja – es ist nur eine Kleinigkeit. Zerbrechen Sie sich darüber nicht den Kopf, ja? – Denn –«, er lachte auf, »– nun ja – was würden sie wohl sagen, wenn sie uns jetzt hier sähen, trotz ihres Sieges –!«

Sie ärgerte sich über ihn wegen seiner plumpen Anspielung auf ihre augenblickliche Vertrautheit. Das war fast unverschämt von ihm. Und doch war er so ruhig, dass sie ihm verzieh, auch wenn es sie Mühe kostete.

Ihre beiden Hände lagen auf der rohen Brüstung der Schlossmauer. Von seiner Mutter hatte er den feinen Körperbau geerbt, so dass seine Hände schmal und kräftig waren. Ihre waren groß, passend zu ihren großen Gliedmaßen, aber weiß und mächtig. Als Paul sie betrachtete, wusste er, wer sie war. »Sie braucht jemanden, der ihre Hände nimmt – sosehr sie uns verachtet«, sagte er bei sich. Und sie sah nichts als seine beiden Hände, so warm und lebendig, als lebten sie für sie. Nun brütete er und blickte unter düsteren Brauen hervor ins Land hinaus. Die mannigfaltigen kleinen Formen, die ihn so gefesselt hatten, waren von der Bildfläche verschwunden. Es blieb nur mehr der riesige dunkle Nährboden für Unglück und Leid, der immergleiche in all den Häusern, Flussniederungen, Menschen und Vögeln; sie nahmen lediglich unterschiedliche Gestalt an. Und nun, da die Formen weggeschmolzen schienen, blieb nur mehr die Masse, aus der die ganze Landschaft sich zusammensetzte: eine dunkle Masse von Kampf und Schmerz. Die Fabrik, die Mädchen, seine Mutter, die große, aufragende Kirche, das Dickicht der Stadt, all das vereinte sich zu *einer* Atmosphäre, ein jedes dunkel, brütend und sorgenvoll.

»Schlägt's da schon zwei?«, fragte Mrs Dawes überrascht.

Paul schrak auf, und alles sprang wieder in seine alte Form, gewann seine Individualität zurück und seine Vergessenheit, seine Fröhlichkeit.

Sie eilten wieder an die Arbeit.

Als er in größter Hast die Abendpost vorbereitete und die von Fannys Raum heraufgeschickten Artikel überprüfte, die noch nach Bügeleisen rochen, kam der Briefträger herein.

»Mr Paul Morel«, sagte er lächelnd und überreichte Paul ein Päckchen. »Eine Damenhandschrift! Dass die Mädchen die nur nicht zu sehen bekommen.«

Der Briefträger, selbst ein Frauenliebling, machte sich einen Spaß daraus, über die Zuneigung der Mädchen zu Paul zu scherzen.

Es war ein Gedichtband mit einer kurzen Notiz: »Gestatten Sie mir, Ihnen dies zu übersenden und auf diese Weise in meiner Absonderung zu verbleiben. Auch ich nehme Anteil an Ihnen und wünsche Ihnen alles Gute. C. D.« Paul schoss das Blut ins Gesicht.

»Gütiger Gott – Mrs Dawes! Das kann sie sich doch gar nicht leisten. Gütiger Gott – wer hätte das gedacht?«

Plötzlich war er zutiefst gerührt. Ihre Wärme erfüllte ihn. In dieser Glut konnte er sie plötzlich fühlen, als wäre sie zugegen, ihre Arme, ihre Schultern, ihren Busen, konnte sie sehen, sie fühlen, sie beinahe umfassen.

Dieser Schritt vonseiten Claras brachte sie in engere Verbindung. Den anderen Mädchen entging nicht, dass, wenn er Mrs Dawes begegnete, Pauls Augen sich aufhellten und jenen sonderbar leuchtenden Gruß aussandten, den sie wohl auszulegen verstanden. Da Clara wusste, dass er davon nichts ahnte, gab sie ihm keinerlei Zeichen und wandte höchstens gelegentlich das Gesicht ab, wenn er ihr über den Weg lief.

Um die Mittagszeit gingen sie sehr oft spazieren. Das geschah ganz offen, ganz unverhüllt. Jeder schien zu spüren, dass er sich über den eigenen Gefühlszustand gar nicht im Klaren war und daher nichts Unrechtes geschah. Er sprach jetzt zu ihr mit demselben Eifer wie vorher zu Miriam, aber es lag ihm nicht mehr so viel an dem Gespräch; er sorgte sich nicht darum, wie es ausging.

Eines Tages im Oktober wanderten sie nach Lambley zum Tee. Oben auf dem Hügel hielten sie unvermittelt an. Er kletterte auf ein Gatter und setzte sich dort hin, sie setzte sich auf den Zauntritt. Der Nachmittag war vollkommen still, durch den schwachen Dunst leuchteten gelbe Garben. Sie schwiegen.

»Wie alt waren Sie, als Sie geheiratet haben?«, fragte er leise.

»Zweiundzwanzig.«

Ihre Stimme klang gedämpft, nahezu unterwürfig. Jetzt würde sie ihm alles mitteilen.

»Das war vor acht Jahren?«

»Ja.«

»Und wann haben Sie ihn verlassen?«

»Vor drei Jahren.«

»Also fünf Jahre! – Haben Sie ihn geliebt, als Sie ihn geheiratet haben?«

Sie schwieg eine Weile. Dann sagte sie langsam:

»Das habe ich geglaubt – mehr oder weniger. Ich habe nicht viel darüber nachgedacht. Und er wollte mich. Damals war ich sehr prüde.«

»Dann sind Sie fast gedankenlos hineingetappt?«

»Ja! Anscheinend habe ich mein ganzes Leben lang geschlafen.«

»Eine Schlafwandlerin? – Aber – wann sind Sie aufgewacht?«

»Ich weiß nicht, ob ich seit meiner Kindheit irgendwann einmal aufgewacht bin, ob ich überhaupt je aufgewacht bin.«

»Als Sie zur Frau herangewachsen sind, sind Sie eingeschlafen? Wie merkwürdig? Und er hat Sie nicht aufgeweckt?«

»Nein – so weit ist er nie vorgedrungen –«, erwiderte sie mit monotoner Stimme.

Die braunen Vögel flitzten über die Hecken, an denen nackt und scharlachrot die Hagebutten hingen.

»Wie weit?«, fragte er.

»Zu mir. Eigentlich hat er mir nie etwas bedeutet.«

Der Nachmittag war so angenehm warm und schummrig. Rot brannten die Dächer der Cottages in dem blauen Dunst. Er liebte diesen Tag. Was Clara da sagte, konnte er zwar nachempfinden, aber nicht begreifen.

»Aber warum haben Sie ihn verlassen? – War er gemein zu Ihnen?«

Sie schauderte leicht zusammen.

»Er hat mich – erniedrigt. Er wollte mich einschüchtern, weil er nicht zu mir vordringen konnte. Und dann war mir, als müsste ich davonlaufen, als wäre ich gebunden und gefesselt. Und dann schien er so unflätig.«

»Verstehe.«

Er verstand gar nichts.

»Und war er immer unflätig?«, fragte er.

»Ein wenig«, antwortete sie langsam. »Und dann schien er nicht wirklich zu mir vordringen zu können. Und dann wurde er brutal – er *war* brutal!«

»Und weswegen haben Sie ihn am Ende verlassen?«

»Weil – weil er mir untreu wurde –«

Beide schwiegen eine Zeit lang. Um das Gleichgewicht zu halten, stützte sie die Hand auf den Pfosten des Gatters. Er legte seine darauf. Sein Herz klopfte wild.

»Aber haben Sie – sind Sie – haben Sie ihm je eine Chance gegeben?«

»Eine Chance? – Wozu?«

»Ihnen nahezukommen.«

»Ich habe ihn geheiratet – und ich war gewillt –«

Beide bemühten sich, ihre Stimmen in der Gewalt zu behalten.

»Ich glaube, er liebt Sie«, sagte er.

»Es sieht so aus«, erwiderte sie.

Er wollte seine Hand wieder wegnehmen und konnte es nicht. Sie kam ihm zu Hilfe, indem sie ihre wegzog. Nach einigem Schweigen begann er wieder:

»Hatten Sie ihn schon von Anfang an verlassen?«

»Er hat mich verlassen«, sagte sie.

»Vermutlich hat er es nicht geschafft, Ihnen alles zu bedeuten?«

»Er hat versucht, mich dazu zu zwingen.«

Aber das Gespräch überforderte sie beide. Plötzlich sprang Paul herunter.

»Kommen Sie«, sagte er. »Gehen wir Tee trinken.«

Sie fanden ein Cottage, in dessen kaltes Wohnzimmer sie sich setzten. Sie schenkte ihm Tee ein. Sie war sehr still. Er hatte das Gefühl, dass sie sich ihm wieder entzogen hatte. Als sie ihren Tee ausgetrunken hatte, starrte sie grüblerisch in ihre Tasse und drehte unablässig an ihrem Trauring. Geistesabwesend zog sie den Ring vom Finger, stellte ihn aufrecht auf den Tisch und ließ ihn kreiseln. Sein Gold wurde zu einer durchsichtigen, glitzernden Kugel. Dann kippte der Ring um und blieb zitternd auf dem Tisch liegen. Sie drehte ihn wieder und wieder. Paul sah gebannt zu.

Aber sie war eine verheiratete Frau, und er glaubte an schlichte Freundschaft. Und er fand, dass sein Verhalten ihr gegenüber vollkommen ehrenwert war. Es war nur eine Freundschaft zwischen Mann und Frau, wie jeder zivilisierte Mensch sie pflegte.

Er war wie so viele junge Männer in seinem Alter. Der Geschlechtstrieb war in ihm so kompliziert geworden, dass er es abgestritten hätte, Clara oder Miriam oder irgendeine andere Frau, die er kannte, je begehren zu können. Sexuelle Begierde war eine Sache für sich, die mit einer Frau nichts zu schaffen hatte. Miriam liebte er mit seiner Seele. Bei dem Gedanken an Clara wurde ihm warm, er kämpfte mit ihr, er kannte die Rundungen ihrer Brüste und ihrer Schultern, als seien sie in ihm selbst geformt. Und doch begehrte er sie keineswegs. Das hätte er stets geleugnet. Tatsächlich glaubte er sich an Miriam gebunden. Sollte er je heiraten, irgendwann in ferner Zukunft, wäre es seine Pflicht, Miriam zu heiraten. Das gab er Clara zu verstehen, und sie sagte nichts dazu, sondern überließ ihn seiner Bahn. Zu ihr, Mrs Dawes, kam er, sooft er konnte. Dann schrieb er häufig an Miriam und besuchte das Mädchen gelegentlich. So verbrachte er den Winter. Aber er wirkte nicht mehr ganz so unruhig. Seine Mutter machte sich weniger Sorgen um ihn. Sie glaubte, er sei im Begriff, sich von Miriam zu lösen.

Jetzt wusste Miriam, welche Anziehungskraft Clara auf ihn ausübte. Dennoch war sie überzeugt, dass das Beste in ihm obsiegen würde. Verglichen mit seiner Liebe zu ihr selbst waren seine Gefühle für Mrs Dawes – die überdies eine verheiratete Frau war – oberflächlich und vorübergehend. Er würde zu ihr zurückkehren, dessen war sie sicher; vielleicht würde er etwas von seiner jugendlichen Frische eingebüßt haben, aber von seinem Verlangen nach niedrigeren Dingen, wie andere Frauen als sie sie ihm gewähren könnten, wäre er geheilt. Wenn er ihr nur innerlich treu blieb und wieder zu ihr zurückkehrte, konnte sie alles ertragen.

Das Ungewöhnliche an seiner Haltung erkannte er nicht. Miriam war seine alte Freundin, seine Geliebte, und sie gehörte zu Bestwood, seinem Zuhause und seiner Jugend. Clara war eine neuere Freundin, und sie gehörte zu Nottingham, zum Leben, zur Welt. Das alles kam ihm ganz einfach vor.

Das Verhältnis zwischen Mrs Dawes und ihm kühlte sich oft ab, dann sahen sie sich nur selten. Aber sie fanden immer wieder zueinander.

»Waren Sie gemein zu Baxter Dawes?«, fragte er sie. Das war etwas, das ihn zu beunruhigen schien.

»Inwiefern?«

»Ach, ich weiß nicht. Aber waren Sie nicht gemein zu ihm? Haben Sie nichts getan, um ihn schlechtzumachen?«

»Was, bitte?«

»Ich sage Ihnen doch, ich weiß es nicht.«

»Warum dann etwas erfinden?«

»Weil ich das Gefühl habe, dass Sie ihm etwas angetan – einen gebrochenen Mann aus ihm gemacht – seine Männlichkeit zerbrochen haben. Was haben Sie getan?«

»Falls ich seine Männlichkeit zerbrochen habe, muss sie sehr zerbrechlich gewesen sein.«

»Zerbrechlicher als Sie, schätze ich. – Aber Sie waren arrogant, ich weiß, dass Sie ihm gegenüber arrogant waren. Auch mir gegenüber sind Sie arrogant, aber mir macht es nichts aus.«

»Wann bin ich Ihnen gegenüber arrogant?«

»Jetzt zum Beispiel. Aber es spielt keine Rolle. Ich glaube, dass Sie ihm genauso viel Schaden zugefügt haben wie er Ihnen, mehr Schaden, indem Sie ihm das Wasser abgegraben und ihn beschämt haben.«

»Er wirkt richtig beschämt, nicht wahr?«, höhnte sie.

»Indem Sie ihm das Gefühl gegeben haben, als wäre er ein Nichts – ich weiß«, erklärte Paul.

»Sie sind so klug, mein Freund«, sagte sie kühl.

Hier brach das Gespräch ab. Aber eine Zeit lang war sie kühl ihm gegenüber.

Sie sah Miriam jetzt nur noch sehr selten. Die Freundschaft zwischen den beiden Frauen bestand zwar noch, hatte sich aber bedeutend abgeschwächt.

»Gehen Sie Sonntagnachmittag ins Konzert?«, fragte ihn Clara kurz nach Weihnachten.

»Ich habe versprochen, nach Willey Farm zu gehen«, antwortete er.

»Na schön.«

»Sie haben doch nichts dagegen?«, fragte er.

»Warum sollte ich?«, entgegnete sie.

Das ärgerte ihn beinahe.

»Wissen Sie«, sagte er, »Miriam und ich, wir bedeuten einander viel, seit meinem sechzehnten Lebensjahr – das sind jetzt sieben Jahre.«

»Eine lange Zeit«, erwiderte Clara. .

»Ja. Aber irgendwie ist sie – irgendetwas stimmt nicht –«

»Wieso?«, fragte Clara.

»Sie scheint alles aus mir herauszuholen und würde nicht dulden, dass mir auch nur ein Haar ausfällt und fortweht – sie würde es aufheben.«

»Aber Sie fühlen sich gern aufgehoben?«

»Nein«, sagte er, »das tue ich nicht. Ich wünschte, es wäre ein normales gegenseitiges Geben und Nehmen – wie zwischen Ihnen und mir. Ich möchte, dass eine Frau mich festhält, aber vereinnahmen soll sie mich nicht.«

»Aber wenn Sie sie lieben, kann es nicht normal sein – wie zwischen Ihnen und mir.«

»Doch – dann würde ich sie nur noch inniger lieben. Sie will mich so sehr, dass ich mich nicht geben kann.«

»Wie das?«

»Sie will die Seele in meinem Leib. Ich kann nicht anders, ich schaudere vor ihr zurück.«

»Und doch lieben Sie sie?«

»Nein, ich liebe sie nicht. Ich küsse sie ja nicht einmal.«

»Warum nicht?«, fragte Clara.

»Ich weiß es nicht.«

»Vermutlich haben Sie Angst«, sagte sie.

»Nein. Etwas in mir schaudert vor ihr zurück wie vor der Hölle – sie ist so gut, wenn ich nicht gut bin.«

»Woher wissen Sie, wie sie ist?«

»Ich weiß es! Ich weiß, sie will eine Art Seelenverbindung.«

»Aber woher wissen Sie, was sie will?«

»Ich bin sieben Jahre mit ihr zusammen gewesen.«

»Und Sie haben nicht das Geringste über sie herausgefunden.«

»Und das wäre?«

»Dass sie Ihre Seelengemeinschaft gar nicht will. Das ist nur Ihre Einbildung. Sie will *Sie*.«

Er dachte darüber nach. Vielleicht irrte er sich ja.

»Aber sie scheint –«, begann er.

»Sie haben es noch nie versucht«, antwortete sie.

Mit dem Frühling kehrte auch der alte Kampf und Irrwitz wieder
ein. Inzwischen wusste er, dass er zu Miriam gehen musste.
Doch weshalb widerstrebte es ihm? Er sagte sich, dass es nur
eine Art übermäßiger Keuschheit in ihr und ihm sei, die sie beide nicht überwinden konnten. Er hätte sie heiraten können.
Aber seine häuslichen Umstände erschwerten dies, und außerdem wollte er nicht heiraten. Die Ehe war fürs Leben, und nur
weil sie enge Gefährten geworden waren, er und sie, folgte für
ihn daraus nicht unweigerlich, dass sie auch Mann und Frau werden müssten. Er hatte nicht das Gefühl, mit Miriam eine Ehe
eingehen zu wollen. Er wünschte, er hätte es gehabt. Er hätte
seinen Kopf darum gegeben, das freudige Verlangen zu verspüren, sie zu heiraten und sie zu besitzen. Warum dann brachte er
es nicht zuwege? Es gab ein Hindernis. Und worin bestand das
Hindernis? Es lag in der körperlichen Fessel. Vor körperlicher
Berührung schauderte er zurück. Aber warum? Bei ihr fühlte er
sich innerlich gehemmt. Er konnte sie nicht erreichen. Etwas in
ihm kämpfte darum, aber er konnte nicht zu ihr vordringen.
Warum nicht? Sie liebte ihn doch. Clara meinte sogar, sie wolle
ihn. Warum konnte er dann nicht zu ihr gehen, zärtlich mit ihr
sein, sie küssen? Wenn sie beim Spazierengehen schüchtern
ihren Arm in seinen legte, warum hatte er dann das Gefühl,
ruppig werden, vor ihr zurückschrecken zu müssen? Was er
war, verdankte er ihr. Er wollte ihr gehören. Vielleicht war ja das
Zurückschrecken, das Zurückschaudern vor ihr nur Liebe in ihrer ersten wilden Scheu. Er hegte keine Abneigung gegen sie.
Nein, das Gegenteil war der Fall: Ein starkes Verlangen rang mit
einer noch stärkeren Schüchternheit und Keuschheit. Es schien,
als sei die Keuschheit eine positive Kraft, die in ihnen beiden
focht und siegte. Bei ihr war diese so schwer zu überwinden, das
fühlte er. Und doch stand er ihr am nächsten, und nur bei ihr

konnte er sie bewusst überwinden. Und was er war, verdankte er ihr. – Wenn sie das erst einmal vernünftig regelten, dann konnten sie heiraten. Aber er würde nicht heiraten, wenn er sich in seiner Freude darüber nicht stark fühlte – niemals. Er hätte seiner Mutter nicht mehr in die Augen sehen können. Sich in einer unerwünschten Ehe aufzuopfern kam ihm wie eine Erniedrigung vor, sie würde sein ganzes Leben zugrunde richten, zunichtemachen. Er würde zusehen, was er tun konnte.

Und er empfand große Zärtlichkeit für Miriam. Immer war sie traurig, träumte ihre Religion. Und beinahe war er für sie selbst eine Religion. Er konnte es nicht ertragen, sie zu enttäuschen. Alles würde gut werden, wenn sie es nur versuchten.

Er sah sich um. Viele der nettesten Männer, die er kannte, waren wie er von der eigenen Keuschheit gefesselt, aus der sie nicht ausbrechen konnten. Ihren Freundinnen gegenüber waren sie so feinfühlig, dass sie lieber für immer auf sie verzichtet hätten, als sie zu kränken, ihnen unrecht zu tun. Als Söhne von Müttern, deren Ehemänner ziemlich derb durchs Heiligtum ihrer Weiblichkeit gestolpert waren, waren sie selbst zu schüchtern, zu zaghaft. Lieber verleugneten sie sich, als dass sie sich den Tadel einer Frau zuzogen. Denn eine Frau war wie ihre Mutter, und sie waren von Gefühlen für ihre Mutter erfüllt. Lieber nahmen sie das Elend des Zölibats auf sich, als die andere Person in Gefahr zu bringen.

All die Gespräche, die Miriam und er führten, all die abstrakten Begriffe, all die Klugheit und Erkenntnis, was waren sie denn anderes als die ins Bewusstsein übersetzten Küsse, die sie hätten tauschen sollen, als die dem Denken und dem Philosophieren zufließende Wärme, mit der er sie in die Arme genommen hätte? Und was war Denken, Erkenntnis? – Sie ließen ihn nur verkümmern. Das war kein Leben, keine Erfüllung. Es war eine Form des Todes: der Lebenstrieb, verwandelt in abstrakte Begriffe. Damit würde er jetzt Schluss machen. Den abstrakten Begriffen würden sie ein Ende bereiten, er und Miriam.

Er ging wieder zu ihr. Wenn er sie ansah, trieb ihm etwas in ihr fast Tränen in die Augen. Eines Tages stand er hinter ihr, als sie sang. Annie spielte ein Lied auf dem Klavier. Als Miriam sang, schien ihr Mund ohne jede Hoffnung. Sie sang wie eine Nonne, die zum Himmel singt. Es erinnerte ihn so sehr an Mund und Augen eines Menschen, der neben einer Madonna von Botticelli singt, so vergeistigt. Wieder schoss heiß wie glühender Stahl der Schmerz in ihm empor. Warum musste er sie um das andere bitten? Warum war da sein Blut, das mit ihr kämpfte? Er hätte seine rechte Hand darum gegeben, sanft und zärtlich zu ihr sein, die Luft der Schwärmerei und religiöser Träume mit ihr atmen zu können. Es war nicht recht, sie zu kränken. Eine ewige Jungfräulichkeit schien über ihr zu liegen. Und wenn er an ihre Mutter dachte, sah er die großen braunen Augen einer Jungfrau vor sich, die beinahe aus ihrer Jungfräulichkeit aufgescheucht und aufgeschreckt zu sein schien, wenn auch nicht ganz, trotz ihrer sieben Kinder. Sie waren geboren worden, ohne dass sie daran beteiligt gewesen wäre, nicht aus ihr, sondern durch sie. Daher konnte sie sie nie verlassen, weil sie sie nie besessen hatte.

Mrs Morel sah ihn wieder oft zu Miriam gehen und war erstaunt. Er sagte seiner Mutter nichts. Er erklärte sich nicht und entschuldigte sich nicht. Wenn er spät nach Hause kam und sie ihm Vorwürfe machte, runzelte er die Stirn und wandte sich hochfahrend gegen sie.

»Ich komme nach Hause, wann ich will«, sagte er dann. »Ich bin alt genug.«

»Muss sie dich gleich so lange dabehalten?«

»Ich bin derjenige, der bleibt«, antwortete er.

»Und sie duldet es – nun gut«, sagte sie.

Und wenn sie zu Bett ging, ließ sie die Haustür unverschlossen. Aber sie lag doch da und lauschte, bis er kam, oft noch lange danach. Dass er zu Miriam zurückgekehrt war, erbitterte sie sehr. Allerdings erkannte sie, dass jede weitere Einmischung zwecklos war. Er ging jetzt als Mann nach Willey Farm, nicht mehr als Jugendlicher. Sie hatte kein Recht auf ihn. Zwischen ihm und ihr herrschte Kälte. Er erzählte ihr kaum noch etwas. Obwohl er sie verschmähte, bediente und bekochte sie ihn noch immer und plagte sich gern für ihn ab. Aber ihr Gesicht verschloss sich wieder wie eine Maske. Für sie gab es jetzt nur noch die Hausarbeit. Aller anderen Dinge wegen ging er zu Miriam. Das konnte sie ihm nicht verzeihen. Miriam tötete alle Freude und Wärme in ihm. So ein fröhlicher Bursche war er gewesen, voll wärmster Zuneigung. Nun wurde er kälter, immer reizbarer, immer düsterer. Das erinnerte sie an William. Aber Paul war schlimmer. Alles, was er tat, tat er mit größerem Einsatz und größerer Klarheit über seine Ziele. Seine Mutter wusste, wie sehr er litt, weil ihm eine Frau fehlte, und sah ihn zu Miriam gehen. Hatte er sich erst einmal für etwas entschieden, konnte nichts in der Welt ihn davon abbringen. Mrs Morel war müde. Schließlich gab sie auf. Sie war am Ende. Sie stand ihm im Weg.

Diesen Weg verfolgte er beharrlich. Es blieb ihm nicht verborgen, was seine Mutter empfand. Aber das verhärtete seine Seele nur. Er zwang sich zur Rücksichtslosigkeit ihr gegenüber. Aber das war das Gleiche, als sei er rücksichtslos gegen die eigene Gesundheit gewesen. Es richtete ihn rasch zugrunde. Und doch bestand er darauf.

Eines Abends auf Willey Farm lehnte er sich im Schaukelstuhl zurück. Schon ein paar Wochen lang hatte er mit Miriam gesprochen, war aber noch nicht direkt zur Sache gekommen. Jetzt sagte er unvermittelt:

»Ich bin schon fast vierundzwanzig.«

Sie hatte gegrübelt. Plötzlich sah sie überrascht zu ihm auf.

»Ja! – Warum sagst du das?«

In der gespannten Atmosphäre lag etwas, das sie fürchtete.

»Sir Thomas More sagt, mit vierundzwanzig kann man heiraten.«

Sie lachte seltsam und fragte:

»Braucht man dazu Sir Thomas Mores Zustimmung?«

»Nein – aber in diesem Alter etwa sollte man heiraten.«

»Ja!«, antwortete sie grübelnd und wartete.

»Ich kann dich nicht heiraten«, fuhr er langsam fort, »jedenfalls noch nicht, weil wir kein Geld haben – und weil sie zu Hause auf mich angewiesen sind.«

Sie saß da und ahnte, was kommen würde.

»Ich will aber jetzt heiraten –«

»Du willst heiraten –?«, wiederholte sie.

»Eine Frau – du weißt schon, was ich meine.«

Sie schwieg.

»Ich muss jetzt endlich«, sagte er.

»Ja«, antwortete sie.

»Und du liebst mich?«

Sie lachte bitter.

»Warum schämst du dich dessen?«, antwortete er. »Vor deinem Gott würdest du dich doch auch nicht schämen, warum dann vor den Menschen?«

»Nein«, erwiderte sie gedankenschwer, »ich schäme mich nicht.«

»Doch!«, entgegnete er verärgert. »Und schuld daran bin ich. Aber du weißt ja, ich kann nichts dafür, dass ich so bin – wie ich bin – nicht wahr?«

»Ich weiß, du kannst nichts dafür«, antwortete sie.

»Ich liebe dich sehr – aber etwas fehlt.«

»Wo?«, antwortete sie und sah ihn an.

»Ach, in mir! Ich bin es, der sich schämen sollte – wie ein geistiger Krüppel. Und ich schäme mich auch. Es ist ein Elend. Warum ist das so?«

»Ich weiß es nicht«, erwiderte Miriam.

»Ich auch nicht«, sagte er. »Findest du nicht auch, dass wir zu streng gewesen sind in unserer sogenannten Reinheit? Findest du nicht auch, dass so große Angst, so großer Abscheu eine Art Niedertracht ist?«

Mit erschrockenen dunklen Augen sah sie ihn an.

»Vor alledem bist du zurückgescheut, und ich habe dein Verhalten übernommen und bin ebenfalls zurückgescheut – vielleicht schlimmer noch –«

Eine Weile herrschte Schweigen im Zimmer.

»Ja«, sagte sie, »so ist es.«

»Zwischen uns stehen all die Jahre der Vertrautheit«, sagte er. »Ich fühle mich nackt vor dir. Verstehst du?«

»Ich glaube, ja«, antwortete sie.

»Und du liebst mich?«

Sie lachte.

»Sei nicht bitter«, bat er.

Sie sah ihn an, und er tat ihr leid: Seine Augen waren dunkel vor Qual. Er tat ihr leid. Für ihn war diese verbogene Liebe schlimmer als für sie selbst, die nie richtig verheiratet sein würde. Er war ruhelos, drängte unaufhörlich vorwärts und versuchte, einen Ausweg zu finden. Mochte er tun, wie ihm gefiel, und sich nehmen, was ihm an ihr gefiel.

»Nein«, sagte sie sanft, »ich bin nicht bitter.«

Sie fühlte, dass sie seinetwegen alles ertragen konnte, seinetwegen leiden würde. Als er sich in seinem Stuhl vorbeugte, legte sie ihm die Hand aufs Knie. Er nahm sie und küsste sie. Aber schon das tat ihm weh. Er hatte das Gefühl, sich selbst aufzugeben. Er saß da, ein Opfer ihrer Reinheit, die ihm wie etwas Nichtiges vorkam. Wie konnte er leidenschaftlich ihre Hand küssen, wenn er sie damit verscheuchte und nichts als Schmerz zurückblieb? Dennoch zog er sie langsam an sich und küsste sie.

Sie kannten einander zu gut, um sich etwas vorzumachen. Als er sie küsste, beobachtete sie seine Augen. Sie stierten durchs Zimmer, und eine sonderbare, dunkle Glut darin faszinierte sie. Er hielt vollkommen still. Sie spürte, wie schwer ihm das Herz in der Brust schlug.

»Woran denkst du?«, fragte sie.

Die Glut in seinen Augen flackerte, wurde unbestimmt.

»Die ganze Zeit über habe ich gedacht, dass ich dich liebe. Ich bin sehr eigensinnig gewesen.«

Sie ließ den Kopf an seine Brust sinken.

»Ja?«, antwortete sie.

»Das ist alles«, sagte er, seine Stimme klang selbstsicher, und er küsste ihren Hals.

Da hob sie den Kopf und sah ihm mit dem vollen Blick der Liebe in die Augen. Die Glut sträubte sich, schien sie fliehen zu wollen und erlosch dann. Rasch wandte er den Kopf zur Seite. Es war ein Moment der Qual.

»Küss mich«, flüsterte sie.

Er schloss die Augen und küsste sie, und seine Arme umschlangen sie fester und fester.

Als sie mit ihm über die Felder nach Hause ging, sagte er:

»Ich bin froh, dass ich zu dir zurückgekehrt bin. Bei dir ist alles so einfach – als gäbe es nichts zu verbergen. Wir werden glücklich sein?«

»Ja«, murmelte sie, und ihr kamen die Tränen.

»Irgendetwas Widernatürliches in unseren Seelen«, sagte er, »macht, dass wir genau das, was wir wollen, nicht wollen, ihm entfliehen. Dagegen müssen wir ankämpfen.«

»Ja«, sagte sie und fühlte sich wie betäubt.

Als sie unter den überhängenden Zweigen des Dornbusches stand, in der Dunkelheit am Wegesrand, küsste er sie, und seine Finger glitten über ihr Gesicht. In der Dunkelheit, wo er sie nicht sehen, nur fühlen konnte, durchflutete ihn Leidenschaft. Er drückte sie fest an sich.

»Irgendwann wirst du mich haben?«, murmelte er und vergrub sein Gesicht an ihrer Schulter, es war so schwierig.

»Noch nicht«, sagte sie.

Seine Hoffnung sank, sein Mut. Ein Gefühl von Trostlosigkeit übermannte ihn.

»Nein«, sagte er.

Er lockerte seine Umarmung.

»Ich spüre deinen Arm gern *da*!«, sagte sie und presste seinen Arm gegen ihren Rücken, dort, wo er ihre Hüfte umfing. »Das beruhigt mich so.«

Um sie zu beruhigen, verstärkte er den Druck seines Armes in ihrem Kreuz.

»Wir gehören einander«, sagte er.

»Ja.«

»Warum sollen wir einander dann nicht ganz gehören?«

»Aber –«, stotterte sie.

»Ich weiß, das ist eine große Bitte«, sagte er. »Aber du gehst wirklich kein großes Risiko ein – nicht wie Gretchen. Du kannst mir doch vertrauen?«

»Oh, vertrauen kann ich dir!« Die Antwort kam schnell und eifrig. »Das ist es nicht – das ist es ganz und gar nicht – sondern –«

»Was?«

Mit einem leisen Jammerschrei barg sie ihr Gesicht an seinem Hals.

»Ich weiß es nicht«, rief sie.

Sie wirkte leicht hysterisch, aber wie vor Entsetzen. Ihm stockte das Herz.

»Findest du es hässlich?«, fragte er.

»Nein – nicht mehr. Du hast mich gelehrt, dass es das nicht ist.«

»Hast du Angst?«

Sie fasste sich rasch wieder.

»Ja, ich habe nur Angst«, sagte sie.

Er küsste sie zärtlich.

»Schon gut«, sagte er. »Mach's, wie du willst.«

Plötzlich umschlang sie ihn und straffte ihren Körper.

»Du sollst mich haben«, sagte sie durch ihre geschlossenen Zähne.

Wieder loderte sein Herz auf wie Feuer. Er umfasste sie und drückte seinen Mund auf ihren Hals. Sie konnte es nicht ertragen. Sie entzog sich. Er ließ sie los.

»Kommst du nicht zu spät?«, fragte sie sanft.

Er seufzte, hörte kaum, was sie sagte. Sie wartete, wünschte, dass er ging. Schließlich küsste er sie rasch und kletterte über den Zaun. Als er sich umblickte, sah er in der Dunkelheit unter den überhängenden Zweigen des Dornbusches den fahlen Fleck ihres Gesichts. Außer diesem fahlen Fleck war nichts mehr von ihr zu erkennen.

»Auf Wiedersehen!«, rief sie leise. Sie hatte keinen Körper mehr, nur noch eine Stimme und ein blasses Gesicht. Er wandte sich um und lief mit geballten Fäusten die Straße hinab. Und als er zu der Mauer über dem See kam, lehnte er sich halb betäubt dagegen und schaute auf das schwarze Wasser.

Miriam hastete durch die Wiesen nach Hause. Sie fürchtete sich nicht vor den Leuten, davor, was sie sagen mochten. Aber sie fürchtete sich vor dem Streit mit ihm. Ja, wenn er darauf bestand, sollte er sie besitzen. Aber wenn sie an die Folgen dachte, verließ sie wieder der Mut. Er würde enttäuscht sein, er würde keine Befriedigung finden, und dann würde er sie verlassen. Und doch war er so hartnäckig. Und daran, an etwas, das ihr gar nicht so wichtig schien, würde ihre Liebe zerbrechen. Schließlich war er genau wie andere Männer, suchte nur seine Befriedigung. Aber nein, in ihm lag noch etwas anderes, etwas Tieferes! Darauf konnte sie sich verlassen, all seinen Begierden zum Trotz. Er sagte, körperlicher Besitz sei ein großer Augenblick im Leben. Alle starken Gefühle seien darin vereinigt. Vielleicht war dem ja so. Etwas Göttliches sei darin. Dann würde sie das Opfer ehrfürchtig auf sich nehmen. Er sollte sie besitzen. Und bei dem Gedanken straffte sich unwillkürlich ihr ganzer Körper, als müsse sie sich gegen etwas auflehnen. Aber das Leben nötigte sie auch durch diese Pforte des Leidens, und sie würde sich unterwerfen. Auf alle Fälle würde sie ihm geben, was er wollte, es war ihr tiefster Wunsch. Sie grübelte und grübelte und grübelte, bis sie ihn angenommen hatte.

Wie ein Liebhaber machte er ihr jetzt den Hof. Wenn er sich erhitzte, schob sie oft sein Gesicht weg, nahm es zwischen ihre

Hände und sah ihm in die Augen. Er konnte ihren Blick nicht erwidern. Ihre dunklen Augen, voller Liebe, ernst und forschend, zwangen ihn, sich abzuwenden. Sie wollte, dass er keinen Augenblick vergaß. Er musste sich zurückquälen in das Gefühl der Verantwortlichkeit, der seinen und der ihren. Nie unachtsam sein, nie sich dem großen Hunger und der Unpersönlichkeit der Leidenschaft überlassen. Sie musste wieder einen besonnenen, nachdenklichen Menschen aus ihm machen. Wie aus dem Taumel der Leidenschaft rief sie ihn zurück zur Kleinheit, zur persönlichen Beziehung. Er konnte es nicht ertragen. »Lass mich in Ruhe – lass mich in Ruhe!«, wollte er rufen. Sie aber wollte, dass er sie mit den Augen der Liebe ansah. Seine vom dunklen, unpersönlichen Feuer des Verlangens erfüllten Augen gehörten ihr nicht.

Auf dem Hof war große Kirschenernte. Unter den dunklen Blättern der breiten, hohen Bäume hinter dem Haus hingen dichte scharlachrote und karminrote Tropfen. Eines Abends pflückten Paul und Edgar die Früchte. Es war ein heißer Tag gewesen, und jetzt wälzten sich Wolken über den Himmel, dunkel und warm. Paul stieg hoch hinauf in den Baum, über die roten Dächer der Gebäude. Mit sachter, erregender Bewegung, die das Blut aufreizte, wiegte der unablässig stöhnende Wind den ganzen Baum. Der junge Mann, der unsicher in den schlanken Ästen hockte, schwang hin und her, bis er das Gefühl leichter Trunkenheit hatte, griff in die Zweige, an denen dicht wie Perlen die scharlachroten Kirschen hingen, und pflückte Handvoll um Handvoll der glatten, kühlen, fleischigen Früchte. Wenn er den Arm ausstreckte, berührten die Kirschen seine Ohren und seinen Hals, und ihre kalten Fingerkuppen fuhren ihm wie Blitze durchs Blut. Sämtliche Rottöne, von goldenem Zinnoberrot bis zu reichem Karmesinrot, glühten im Dunkel des Blattwerks auf und trafen seinen Blick.

Plötzlich beglänzte die untergehende Sonne die zerrissenen Wolken. Im Südosten flammten ungeheure Mengen Goldes auf, ein weiches, glühendes Gelb, das sich bis zum Himmel auftürmte. Die Welt, bis dahin grau und düster, spiegelte die goldene Glut erstaunt wider.

Überall schienen die Bäume, das Gras, das ferne Wasser aus dem Zwielicht zu erwachen und zu leuchten.

Verwundert trat Miriam aus dem Haus.

»Oh!«, hörte Paul ihre weiche Stimme rufen. »Ist das nicht wundervoll?«

Er blickte nach unten. Auf ihrem Gesicht, das sehr sanft wirkte und zu ihm emporgewandt war, lag ein schwacher goldener Schimmer.

»Wie hoch oben du bist!«, sagte sie.

Neben ihr, auf den Rhabarberblättern, lagen vier tote Vögel, Diebe, die erschossen worden waren. Paul bemerkte einige Kirschkerne, die ausgebleicht wie Gerippe, von denen das Fleisch gepickt ist, herabhingen. Er blickte wieder nach unten, zu Miriam.

»Die Wolken stehen in Flammen!«, sagte er.

»Wunderschön!«, rief sie.

Sie schien so klein, so weich, so zart dort unten. Er warf eine Handvoll Kirschen nach ihr. Erschrocken fuhr sie zusammen. Er lachte mit leise glucksenden Lauten und bewarf sie erneut. Sie suchte Deckung und hob ein paar Kirschen auf. Zwei schöne rote Paare hängte sie sich über die Ohren, dann sah sie wieder auf.

»Hast du noch nicht genug?«, fragte sie.

»Bald. Hier oben ist es wie auf einem Schiff.«

»Und wie lange willst du noch bleiben?«

»Bis die Sonne untergegangen ist.«

Sie ging zum Zaun, setzte sich und sah zu, wie die goldenen Wolken zerfielen und in ungeheurem rosafarbenem Zerfall in die Dunkelheit zogen. Das Gold flammte zu Scharlachrot, in seiner starken Grellheit wie ein Schmerz. Dann sank das Scharlachrot zu Rosa herab, Rosa zu Karmin, und rasch schwand alle Leidenschaft vom Himmel. Die ganze Welt war dunkelgrau. Hurtig kletterte Paul mit seinem Korb nach unten und zerriss sich dabei den Hemdsärmel.

»Die sind herrlich«, sagte Miriam, als sie die Kirschen befühlte.

»Ich hab mir den Ärmel zerrissen«, antwortete er.

Sie betastete den dreieckigen Riss und sagte:

»Den werd ich flicken müssen.«

Der Riss saß nahe der Schulter. Sie steckte ihre Finger hindurch.

»Wie warm!«, sagte sie.

Er lachte. Ein neuer, fremder Klang lag in seiner Stimme, der ihr den Atem raubte.

»Wollen wir draußen bleiben?«, fragte er.

»Wird es nicht regnen?«, wandte sie ein.

»Nein, lass uns ein Stück spazieren gehen.«

Sie gingen über die Felder zu der dichten Fichten- und Kiefernschonung.

»Sollen wir zwischen den Bäumen laufen?«, fragte er.

»Möchtest du?«

»Ja.«

Es war sehr dunkel unter den Fichten, und die scharfen Nadeln stachen ihr ins Gesicht. Sie fürchtete sich. Paul war sonderbar still.

»Ich liebe die Dunkelheit«, sagte er. »Ich wünschte, sie wäre noch dichter – so richtig dichte Dunkelheit.«

Er schien sich ihrer als Person fast gar nicht mehr bewusst; jetzt war sie für ihn nur noch Frau. Sie fürchtete sich.

Er lehnte sich gegen einen Kiefernstamm und schloss sie in die Arme. Sie überließ sich ihm – aber es war ein Opfer, bei dem sie eine Art Grauen empfand. Dieser selbstvergessene Mann mit der belegten Stimme war ihr fremd.

Später begann es zu regnen. Die Kiefern dufteten stark. Paul lag auf dem Boden, den Kopf auf tote Kiefernnadeln gebettet, und lauschte dem scharfen Prasseln des Regens – ein gleichmäßiges, heftiges Geräusch. Sein Herz war bedrückt, war schwer. Jetzt begriff er, dass sie die ganze Zeit über gar nicht bei ihm geweilt, dass sich ihre Seele in einer Art Grauen abseits gehalten hatte. Körperlich war er erleichtert, mehr aber nicht. Er war voller Trübsal, sehr traurig und sehr zärtlich, mitleidig strichen seine Finger über ihr Gesicht. Jetzt liebte sie ihn wieder tief. Er war zärtlich und sehr schön.

»Der Regen!«, sagte er.

»Ja – wirst du nass?«

Sie hielt die Hände über ihn, über sein Haar, seine Schultern, um zu prüfen, ob die Regentropfen auf ihn fielen. Sie liebte ihn von Herzen. Wie er so mit dem Gesicht auf den toten Kiefernnadeln dalag, fühlte er sich ungewöhnlich ruhig. Es kümmerte ihn nicht, ob die Regentropfen auf ihn fielen; er wäre liegen geblieben, bis sie ihn durchnässt hätten. Ihm war, als sei alles einerlei, als sei sein Leben in ein nahes und liebliches Jenseits hinübergeglitten. Dieses seltsame, sanfte Hinüberlangen in den Tod war ihm neu.

»Wir müssen gehen«, sagte Miriam.

»Ja«, antwortete er, rührte sich aber nicht.

Das Leben kam ihm jetzt vor wie ein Schatten, der Tag wie ein weißer Schatten; Nacht und Tod und Stille und Untätigkeit, all dies kam ihm vor wie *Sein*. Lebendig zu sein, hartnäckig zu sein, beharrlich zu sein, das war *Nichtsein*. Das Höchste von allem war, mit dem Dunkel zu verschmelzen und sich darin zu wiegen, eins zu werden mit dem Großen Wesen.

»Der Regen kommt näher«, sagte Miriam.

Er stand auf und half ihr.

»Zu schade«, sagte er.

»Was?«

»Dass wir gehen müssen. Ich fühle mich so friedlich.«

»Friedlich?«, wiederholte sie.

»Friedlicher als je zuvor in meinem Leben.«

Er ging Hand in Hand mit ihr. Sie presste seine Finger und

verspürte leise Furcht. Jetzt schien er ihr so fern; sie fürchtete, ihn zu verlieren.

»Die Fichten sind wie Geister in der Dunkelheit, jeder Baum nur ein Geist.«

Sie hatte Angst und sagte nichts.

»Eine Art Stille; die ganze Nacht staunt und schläft. Ich nehme an, das tun wir im Tod: staunend schlafen.«

Vorher hatte sie das Tier in ihm gefürchtet; jetzt den Mystiker. Schweigend schritt sie neben ihm her. Der Regen rauschte mit einem schweren »Sch!« auf die Bäume hernieder. Endlich erreichten sie den Wagenschuppen.

»Lass uns eine Weile hierbleiben«, sagte er.

Überall war das Geräusch des Regens zu hören, das alles andere erstickte.

»Ich fühle mich so sonderbar und friedlich bei alledem«, sagte er.

»Ja«, sagte sie geduldig.

Obwohl er ihre Hand hielt, schien er sich ihrer wieder nicht bewusst zu sein.

»Unsere Individualität abzuschütteln, die unser Wille ist, der unsere Mühe ist – mühelos zu leben, in einer Art bewusstem Schlaf – das ist etwas sehr Schönes, glaube ich – das ist unser Leben nach dem Tode – unsere Unsterblichkeit.«

»Ja?«

»Ja – und sehr schön, wenn man es erlangt.«

»Gewöhnlich redest du nicht so.«

»Nein.«

Nach einer Weile gingen sie ins Haus. Alle musterten sie neugierig. Er hatte noch den ruhigen, schweren Blick in den Augen, die Stille in der Stimme. Instinktiv ließen ihn alle in Frieden.

Um diese Zeit erkrankte Miriams Großmutter, die in einem winzigen Cottage in Woodlinton wohnte, und das Mädchen wurde hingeschickt, um ihr den Haushalt zu führen. Es war ein schöner kleiner Ort. Das Cottage hatte einen großen Vorgarten mit roten Backsteinmauern, an denen Pflaumenbäume standen. Ein weiterer Garten hinter dem Haus war von den Feldern durch eine hohe, alte Hecke getrennt. Er war sehr hübsch. Miriam hatte nicht viel zu tun, daher fand sie Zeit zum Lesen, ihrer Lieblingsbeschäftigung, und zum Schreiben kleiner Besinnungsaufsätze, die ihr Interesse weckten.

Während der Festtage wurde ihre Großmutter, der es wieder besser ging, nach Derby gebracht, wo sie für ein, zwei Tage bei einer Tochter wohnen sollte. Sie war eine verschrobene alte Dame und mochte schon am zweiten oder auch erst am dritten Tag zurückkehren. So blieb Miriam allein im Cottage – was ihr ebenfalls recht war.

Paul radelte oft zu ihr hinüber, und in der Regel verlebten sie friedliche und glückliche Stunden miteinander. Er ließ sie nicht oft in Verlegenheit kommen. Aber den Montag, den zweiten Feiertag, wollte er ganz mit ihr verbringen.

Es war herrliches Wetter. Als er sich von seiner Mutter verabschiedete, sagte er ihr, wohin er fuhr. Sie würde den ganzen Tag allein sein. Das warf einen Schatten auf ihn. Aber er hatte drei Tage, die ganz ihm gehörten, und er würde tun, wonach ihm der Sinn stand. Es war angenehm, auf seinem Fahrrad über die morgendlichen Wege dahinzujagen.

Gegen elf Uhr kam er am Cottage an. Miriam war damit beschäftigt, Mittagessen zu kochen. Rotwangig und geschäftig, schien sie mit der kleinen Küche in völligem Einklang zu sein. Er küsste sie und setzte sich, um ihr zuzuschauen. Das Zimmer war klein und gemütlich, das Sofa mit einer Art Leinen aus roten und blassblauen Quadraten bezogen, alt und ziemlich verwaschen, aber hübsch. In einer Vitrine über dem Eckschrank befand sich eine ausgestopfte Eule. Durch die Blätter der duftenden Geranien im Fenster fielen Sonnenstrahlen. Paul zu Ehren kochte Miriam ein Hühnchen. Für den Tag gehörte das Cottage ihnen, und sie waren Mann und Frau. Er schlug Eier für sie und schälte die Kartoffeln. Er fand, dass sie etwas Häusliches ausstrahlte, fast wie seine Mutter. Und als das Feuer sie erhitzte, hätte niemand schöner aussehen können als sie mit ihren wirren Locken.

Das Mittagessen war ein großer Erfolg. Wie ein junger Ehemann zerlegte er das Hühnchen. Die ganze Zeit über unterhielten sie sich mit unermüdlicher Begeisterung. Dann trocknete er die Teller ab, die sie gespült hatte, und sie gingen hinaus über die Felder. Ein heller, kleiner Bach floss in ein Moor am Fuße einer sehr steilen Böschung. Hier wanderten sie entlang, pflückten ein paar Sumpfdotterblumen und viele große blaue Vergissmeinnicht. Dann setzte sie sich, die Hände voller Blumen, meist Wiesengold, auf die Böschung. Als sie das Gesicht in die Blumen senkte, war es von einem gelben Glanz überzogen.

»Dein Gesicht leuchtet«, sagte er, »wie bei einer Verklärung.«

Fragend sah sie ihn an. Er lachte flehend und legte seine Hand auf ihre. Dann küsste er ihre Finger, ihr Gesicht.

Die Welt war in Sonnenlicht getaucht und ganz still, schlief aber nicht, sondern zitterte in einer Art Erwartung.

»Etwas Schöneres habe ich nie gesehen«, sagte er. Die ganze Zeit über hielt er ihre Hand fest.

»Und das Wasser singt sich im Vorüberfließen ein Liedchen – gefällt es dir?«

Voller Liebe blickte sie ihn an. Seine Augen waren sehr dunkel, sehr hell.

»Ist das nicht ein herrlicher Tag?«, fragte er.

Sie murmelte Zustimmung. Sie *war* glücklich, und er sah es ihr an.

»Und es ist unser Tag – nur wir zwei«, sagte er.

Sie blieben noch ein Weilchen. Dann erhoben sie sich aus dem süßen Thymian, und er blickte ganz schlicht zu ihr hinunter.

»Kommst du?«, fragte er.

Hand in Hand gingen sie schweigend wieder nach Hause. Über den Pfad kamen die Hühner auf sie zugetrippelt. Er verriegelte die Tür, und sie hatten das kleine Haus für sich.

Nie vergaß er den Anblick, als sie nackt auf dem Bett saß, während er seinen Kragen löste. Zuerst sah er nur ihre Schönheit und war ganz geblendet. Sie hatte die schönsten Hüften, die er sich je ausgemalt hatte. Unfähig, sich zu bewegen oder zu sprechen, stand er da und betrachtete sie. Vor Staunen musste er fast lächeln. Und dann wollte er sie und schleuderte seine Kleider von sich. Aber als er auf sie zuging, hob sie mit einer kleinen, flehenden Geste die Hände, und er sah ihr ins Gesicht und blieb stehen. Ihre großen braunen Augen beobachteten ihn ruhig, ergeben und liebevoll; sie lag da, als sei sie zum Opfer bereit. Hier lag ihr Körper für ihn; doch der Blick in ihren Augen, wie der einer Kreatur, die der Opferung harrt, hielt ihn zurück, und sein Blut erstarrte.

»Bist du auch sicher, dass du mich willst?«, fragte er, als überlaufe ihn ein kalter Schatten.

»Ja, ganz sicher.«

Sie war sehr still, sehr ruhig. Sie wusste nur, dass sie etwas für ihn tat. Er konnte es kaum ertragen. Sie lag da, um sich für ihn zu opfern, weil sie ihn so sehr liebte. Und er musste sie opfern. Eine Sekunde lang wünschte er, er wäre geschlechtslos oder tot. Dann schloss er wieder die Augen vor ihr, und sein Blut begann erneut zu tosen.

Und dann liebte er sie, liebte sie mit der letzten Faser seines Wesens. Er liebte sie. Aber eigentlich hätte er gerne geweint. Da war etwas, das er nicht ertragen konnte, ihretwegen. Bis spät in die Nacht blieb er bei ihr. Als er nach Hause radelte, hatte er das Gefühl, endlich initiiert zu sein. Er war kein Jüngling mehr. Aber weshalb empfand er diesen dumpfen Schmerz in seiner Seele? Weshalb erschien ihm der Gedanke an den Tod, an das Leben nach dem Tode so süß und trostreich?

Er verbrachte die Woche mit Miriam und ermattete sie mit seiner Leidenschaft, ehe sie verflog. Immer wieder musste er fast willentlich, ohne auf sie zu achten, aus der rohen Kraft seiner eigenen Gefühle heraus handeln. Das vermochte er nicht sehr oft, und danach blieb stets ein Gefühl des Scheiterns und des Todes zurück. Wollte er wirklich mit ihr zusammen sein, durfte er nicht an sich und sein Verlangen denken. Wollte er sie besitzen, durfte er nicht an sie denken.

»Wenn ich zu dir komme«, fragte er, die Augen dunkel vor Schmerz und Scham, »willst du mich eigentlich gar nicht, oder?«

»O doch!«, antwortete sie rasch.

Er sah sie an.

»Nein«, sagte er.

Sie begann zu zittern.

»Siehst du«, sagte sie, fasste sein Gesicht und drückte es an ihre Schulter, »siehst du – so wie wir sind – wie kann ich mich an dich gewöhnen? – Wenn wir verheiratet wären, würde alles in Ordnung kommen.«

Er hob den Kopf und blickte sie an.

»Du meinst, jetzt ist der Schock immer zu groß?«

»Ja und –«

»Du bist immer ganz verkrampft.«

Sie zitterte vor Erregung.

»Siehst du«, sagte sie, »ich habe mich an den Gedanken noch nicht gewöhnt –«

»In letzter Zeit schon«, sagte er.

»Aber mein ganzes Leben lang – Mutter hat immer zu mir gesagt: ›In der Ehe gibt es eines, das immer schrecklich bleibt, aber du musst es ertragen.‹ Und ich habe ihr geglaubt.«

»Und du glaubst ihr immer noch«, sagte er.

»Nein!«, rief sie hastig. »Ich glaube wie du, dass Lieben, selbst auf diese Weise, das Höchste im Leben ist.«

»Das ändert nichts daran, dass du es nie willst.«

»Nein«, sagte sie, barg seinen Kopf in ihren Armen und wiegte sich verzweifelt hin und her. »Sag das nicht! Du begreifst nicht.« Schmerzlich wiegte sie sich hin und her. »Will ich nicht deine Kinder?«

»Aber nicht mich.«

»Wie kannst du das sagen? Aber um Kinder zu haben, müssen wir heiraten –«

»Sollen wir also heiraten? *Ich* will, dass du Kinder von mir hast.«

Ehrerbietig küsste er ihre Hand. Traurig dachte sie nach und musterte ihn.

»Wir sind zu jung«, sagte sie schließlich.

»Vierundzwanzig und dreiundzwanzig –«

»Noch nicht«, flehte sie und wiegte sich in ihrer Not hin und her.

»Wann immer du willst«, sagte er.

Ernst senkte sie den Kopf. Der hoffnungslose Tonfall, in dem er diese Dinge aussprach, betrübte sie zutiefst. Darin hatten sie immer versagt. Schweigend nahm sie seine Gefühle hin.

Und nach einer Woche der Liebe sagte er eines Sonntagabends plötzlich zu seiner Mutter, als sie eben zu Bett gehen wollten:

»Ich werde Miriam nicht mehr so oft besuchen, Mutter.«

Sie war überrascht. Aber sie wollte ihn nicht ausfragen.

»Ganz wie du willst«, sagte sie.

So ging er zu Bett. Aber eine neue Ruhe war über ihn gekommen, die sie verwunderte. Den Grund konnte sie fast erraten. Sie wollte ihn jedoch in Frieden lassen. Überstürzung würde alles ruinieren. Sie beobachtete ihn in seiner Einsamkeit und fragte sich, wo er enden mochte. Er war krank und für seine Verhältnisse viel zu ruhig. Andauernd zog er die Stirn in Falten, wie er es immer als kleines Kind getan hatte. Das hatte sie seit vielen Jahren nicht mehr an ihm gesehen. Jetzt war es wieder so wie damals. Und sie konnte nichts für ihn tun. Er musste allein weitergehen, seinen eigenen Weg finden.

Miriam blieb er auch weiterhin treu. Einen Tag lang hatte er sie uneingeschränkt geliebt. Doch kehrte dieses Gefühl nicht mehr zurück. Stattdessen wuchs das Gefühl des Scheiterns. Zunächst war es nur Traurigkeit. Dann war ihm, als könne er nicht weitermachen. Er wollte weglaufen, ins Ausland fliehen, was auch immer. Nach und nach hörte er auf, sie darum zu bitten, ihn zu besitzen. Statt sie zusammenzubringen, trennte es sie. Und dann kam ihm deutlich zu Bewusstsein, dass es keinen Sinn hatte. Jeder Versuch war zwecklos: Es würde ihnen nie gelingen.

Einige Monate lang hatte er Clara nur selten gesehen. Hin und wieder waren sie nach dem Mittagessen eine halbe Stunde spazieren gegangen. Doch bewahrte er sich stets für Miriam auf. Bei Clara jedoch erhellte sich seine Stirn, und er war wieder fröhlich. Sie behandelte ihn nachsichtig, als sei er ein Kind. Er glaubte, es mache ihm nichts aus. Aber tief unter der Oberfläche ärgerte es ihn doch.

Manchmal fragte Miriam:

»Was ist mit Clara? In letzter Zeit höre ich gar nichts mehr von ihr.«

»Ich bin gestern zwanzig Minuten mit ihr spazieren gegangen«, antwortete er.

»Und worüber hat sie gesprochen?«

»Ich weiß nicht. Vermutlich habe ich wie immer drauflosgeschwatzt. – Ich glaube, ich habe ihr von dem Streik erzählt – wie die Frauen ihn aufgenommen haben.«

»Ja.«

So legte er Rechenschaft über sich ab.

Aber heimtückisch, ohne dass er es merkte, lockte die Wärme, die er für Clara empfand, ihn von Miriam weg, für die er sich verantwortlich und der er sich zugehörig fühlte. Er glaubte, ihr ganz treu zu sein. Ehe sie nicht ganz mit einem durchgegangen sind, ist es nicht leicht, Kraft und Wärme der Gefühle, die man für eine Frau empfindet, genau einzuschätzen.

Er begann, seinen Freunden mehr Zeit zu widmen. Da war Jessop von der Kunstschule, Swain, Chemieassistent an der Universität, Newton, ein Lehrer; außerdem Edgar und Miriams jüngere Brüder. Arbeit vorschützend, skizzierte und studierte er mit Jessop. Swain holte er in der Universität ab, und die beiden gingen zusammen in die Stadt. Fuhr er mit Newton im Zug nach Hause, kehrten sie im Moon & Stars ein und spielten Billard. Wenn er Miriam gegenüber seine Freunde als Ausrede benutzte, fühlte er sich im Recht. Seine Mutter war erleichtert. Er erzählte ihr immer, wo er gewesen war.

Im Sommer trug Clara mitunter ein weiches Baumwollkleid mit weiten Ärmeln. Wenn sie die Hände hob, glitten die Ärmel zurück, und ihre schönen, kräftigen Arme leuchteten.

»Nur eine halbe Minute«, rief er. »Halten Sie den Arm still.«

Er fertigte Skizzen von ihrer Hand und ihrem Arm, und die Zeichnung fing etwas von dem Zauber ein, den der wirkliche Gegenstand für ihn besaß. Miriam, die seine Bücher und Papier stets gewissenhaft durchsah, bekam die Zeichnungen zu Gesicht.

»Ich finde, Clara hat so schöne Arme«, sagte er.

»Ja! Wann hast du sie gezeichnet?«

»Dienstag im Arbeitsraum. Du weißt, ich habe da eine Ecke, wo ich arbeiten kann. Oft kann ich alles, was in der Abteilung vonnöten ist, schon vor dem Mittagessen erledigen. Dann arbeite ich nachmittags für mich und sehe erst abends noch mal nach dem Rechten.«

»Ja«, sagte sie und blätterte in seinem Skizzenbuch.

Oft hasste er Miriam. Er hasste es, wie sie sich vorbeugte und über seinen Arbeiten grübelte. Er hasste es, wie sie ihn geduldig zusammenrechnete, als wäre er ein endloser psychologischer Jahresabschluss. Wenn er bei ihr war, hasste er sie dafür, dass sie ihn besaß und doch nicht besaß, und quälte sie. Sie nahm alles und gab nichts, sagte er. Zumindest gab sie keine Lebenswärme. Nie war sie lebendig und verströmte Leben. Nach ihr zu suchen war, als suche man nach etwas, das gar nicht vorhanden war. Sie war nur sein Gewissen, nicht seine Gefährtin. Er hasste sie inständig und wurde noch grausamer gegen sie. So schleppten sie sich bis zum nächsten Sommer hin. Clara sah er immer häufiger.

Schließlich sprach er. Eines Abends hatte er zu Hause gesessen und gearbeitet. Zwischen ihm und seiner Mutter herrschte ein besonderes Verhältnis: Menschen, die offen aussprechen, was sie aneinander auszusetzen haben. Mrs Morel hatte wieder Boden unter den Füßen. Er würde nicht bei Miriam bleiben. Gut, dann würde sie sich zurückhalten, bis er etwas sagte. Es hatte lange gedauert, bis der Sturm in ihm losbrach und er wieder zu ihr fand. An diesem Abend herrschte eine besondere Spannung zwischen ihnen. Er arbeitete fieberhaft und gedankenlos, um sich selbst zu entfliehen. Es wurde spät. Durch die offene Tür drang heimlich der Duft der Madonnenlilien, fast als schleiche er draußen umher. Plötzlich stand Paul auf und trat ins Freie.

Die Schönheit der Nacht hätte ihn beinahe aufschreien lassen. Ein Halbmond aus dämmrigem Gold versank hinter dem schwarzen Bergahorn am Ende des Gartens und färbte den Himmel dunkelpurpur mit seinem Glanz. Nahebei zog sich ein verschwommener weißer Zaun aus Lilien quer durch den Garten, und die Luft schien zu beben vor Duft, als sei sie lebendig. Er schritt über das Nelkenbeet hinweg, dessen scharfer Geruch sich mit dem wogenden, schweren Duft der Lilien vermischte, und blieb neben der Schranke weißer Blumen stehen. Sie alle ließen die Köpfe hängen, als seien sie am Verdursten. Der Duft berauschte ihn. Er ging zum Feld hinab, um den Mond versinken zu sehen.

Im Heufeld rief beharrlich eine Wiesenralle. Der Mond glitt rasch herab und färbte sich immer röter. Hinter Paul beugten die hohen Lilien sich vor, als riefen sie ihn. Und dann traf ihn wie ein Schock ein weiterer Geruch, roh und gemein. Als er nachforschte, stieß er auf purpurne Schwertlilien und berührte ihre fleischigen Kehlen, ihre dunklen, greifenden Hände. Jedenfalls hatte er einen Fund getan. Steif standen sie in der Dunkelheit und verströmten einen abscheulichen Geruch. Der Mond zerschmolz auf dem Kamm des Hügels. Dann war er verschwunden, alles war dunkel. Die Wiesenralle rief noch immer.

Paul brach eine Nelke ab und ging plötzlich wieder ins Haus.

»Komm, mein Junge«, sagte seine Mutter. »Es ist bestimmt Zeit, ins Bett zu gehen.«

Er stand da, die Nelke an den Lippen.

»Ich werde mit Miriam brechen«, antwortete er ruhig.

Über ihre Brille hinweg sah sie ihn an. Unbeirrt starrte er zurück. Einen Moment hielt sie seinem Blick stand, dann nahm sie die Brille ab. Er war blass. Der Mann in ihm war erwacht und beherrschte ihn. Den wollte sie nicht allzu deutlich erkennen.

»Aber ich dachte –«, begann sie.

»Nun«, antwortete er. »Ich liebe sie nicht – ich will sie nicht heiraten – also mache ich Schluss.«

»Aber –!«, rief die Mutter erstaunt. »Ich dachte, kürzlich hättest du dich entschlossen, sie zu nehmen, deshalb habe ich nichts gesagt.«

»Ich hatte – ich wollte – aber jetzt will ich nicht mehr. Es hat keinen Sinn. Am Sonntag werde ich mit ihr brechen. Das sollte ich doch, nicht wahr?«

»Das musst du am besten wissen. Du weißt, das habe ich dir schon lange gesagt.«

»Daran kann ich jetzt auch nichts mehr ändern. Am Sonntag werde ich mit ihr brechen.«

»Nun«, sagte seine Mutter, »ich halte es für das Beste. Aber ich dachte, kürzlich hättest du dich entschlossen, sie zu nehmen, deshalb habe ich nichts gesagt und hätte auch nie etwas gesagt. Aber ich sage, was ich immer gesagt habe: Ich glaube nicht, dass sie zu dir passt.«

»Sonntag werde ich mit ihr brechen«, wiederholte er und roch an der Nelke. Er nahm die Blume in den Mund. Gedankenlos entblößte er die Zähne, schloss sie langsam um die Blüte und hatte den ganzen Mund voller Blütenblätter. Er spie sie ins Feuer, gab seiner Mutter einen Kuss und ging zu Bett.

Am Sonntag ging er am frühen Nachmittag zum Hof. Er hatte Miriam geschrieben, dass sie über die Felder nach Hucknall wandern würden. Seine Mutter war sehr zärtlich zu ihm. Er sagte nichts. Aber sie sah doch, welche Anstrengung es ihn kostete. Seine sonderbar entschlossene Miene beruhigte sie.

»Halb so wild, mein Sohn«, sagte sie. »Wenn alles ausgestanden ist, wirst du dich viel besser fühlen.«

Paul warf seiner Mutter einen erstaunten, unmutigen Blick zu. Er wollte kein Mitgefühl.

Miriam traf ihn am Ende des Feldwegs. Sie trug ein neues Kleid aus bedrucktem Musselin mit kurzen Ärmeln. Diese kurzen Ärmel und Miriams braunhäutige Arme darin, so mitleiderregende, ergebene Arme, bereiteten ihm so viel Schmerz, dass es ihm half, grausam zu sein. Seinetwegen hatte sie sich so hübsch und frisch gemacht. Nur für ihn schien sie zu blühen. Jedes Mal, wenn er sie betrachtete – inzwischen eine reife junge Frau und wunderschön in ihrem neuen Kleid –, tat es ihm so weh, dass sein Herz fast zu zerspringen schien unter dem Zwang, den er ihm auferlegte. Aber er hatte seinen Entschluss gefasst, und der war unwiderruflich.

Auf den Hügeln setzten sie sich, und er lag da mit dem Kopf in ihrem Schoß, während sie mit seinem Haar spielte. Sie wusste, dass er »nicht da war«, wie sie es nannte. Oft, wenn sie ihn bei sich hatte, musste sie ihn suchen und konnte ihn nicht finden. Doch an diesem Nachmittag war sie nicht darauf gefasst.

Es war fast fünf Uhr, als er es ihr sagte. Sie saßen an einem Flüsschen, wo der Saum des Rasens über ein ausgehöhltes Ufer gelber Erde hing, und er hackte mit einem Stock drauflos, wie er es immer tat, wenn er verstört war und grausam.

»Ich habe nachgedacht«, sagte er, »wir sollten Schluss machen.«

»Warum?«, rief sie überrascht.

»Weil es keinen Sinn hat, weiterzumachen.«

»Warum hat es keinen Sinn?«

»Es hat einfach keinen Sinn. Ich will nicht heiraten. Ich will überhaupt nicht heiraten. Und wenn wir nicht heiraten, hat es keinen Sinn, weiterzumachen.«

»Aber warum sagst du das jetzt?«

»Weil ich mir schlüssig geworden bin.«

»Und was ist mit den letzten Monaten und den Dingen, die du mir da gesagt hast?«

»Ich kann's nicht ändern – ich will nicht weitermachen.«

»Du willst nichts mehr von mir wissen?«

»Ich will, dass wir Schluss machen – du frei von mir, ich frei von dir.«

»Und was ist mit den letzten Monaten?«

»Ich weiß es nicht. Ich habe dir immer nur gesagt, was ich für wahr gehalten habe –«

»Warum bist dann auf einmal so anders?«

»Bin ich gar nicht – ich bin derselbe – ich weiß nur, dass es keinen Sinn hat, weiterzumachen.«

»Du hast mir immer noch nicht gesagt, warum es keinen Sinn hat.«

»Weil ich nicht weitermachen will – und weil ich nicht heiraten will.«

»Wie oft hast du mir angeboten, mich zu heiraten – und ich wollte nicht?«

»Ich weiß – aber ich will, dass wir Schluss machen.«

Sie schwiegen eine Zeit lang, während er böse in der Erde herumstocherte. Sie senkte den Kopf und überlegte. Er war ein unvernünftiges Kind. Er war wie ein kleines Kind, das, wenn es sich satt getrunken hat, den Becher wegwirft und ihn zerbricht. Sie sah ihn an in dem Gefühl, ihn packen und etwas Logik aus ihm herauswringen zu können. Aber sie war hilflos. Dann rief sie:

»Ich habe dir gesagt, du wärst erst vierzehn – aber du bist erst *vier*!«

Noch immer stocherte er böse in der Erde herum. Er hatte es gehört.

»Du bist ein vierjähriges Kind«, wiederholte sie in ihrem Zorn.

Er antwortete nicht, sondern dachte bei sich: »Na schön, wenn ich ein vierjähriges Kind bin, wozu brauchst du mich dann? Ich brauche keine zweite Mutter.« Aber zu ihr sagte er nichts, und es herrschte Schweigen.

»Und hast du es schon deiner Familie gesagt?«, fragte sie.

»Ich habe es meiner Mutter gesagt.«

Wieder folgte langes Schweigen.

»Was willst du denn nun?«, fragte sie.

»Ich will, dass wir uns trennen. All die Jahre haben wir voneinander gelebt – jetzt lass uns aufhören damit. Ich werde meinen Weg gehen, ohne dich, und du wirst deinen Weg gehen, ohne mich. Dann wirst du ein eigenes, unabhängiges Leben führen.«

Darin lag, wie sie trotz ihrer Verbitterung zugeben musste, etwas Wahres. Sie wusste, dass sie sich ihm gegenüber fast hörig fühlte, etwas, das sie hasste, weil sie keine Kontrolle darüber hatte. Ihre Liebe zu ihm hatte sie von dem Augenblick an gehasst, da sie ihr zu stark geworden war. Und in ihrem tiefsten Innern hasste sie ihn, weil sie ihn liebte und er sie beherrschte. Seiner Herrschaft hatte sie sich widersetzt. Sie hatte darum gekämpft, sich letztendlich von ihm frei zu halten. Und sie war frei von ihm, freier sogar als er von ihr.

»Und stets werden wir mehr oder weniger das Werk des anderen sein«, fuhr er fort. »Du hast viel für mich getan, ich viel für dich. Jetzt lass uns damit anfangen, dass jeder für sich lebt.«

»Was willst du tun?«, fragte sie.

»Nichts, nur frei sein«, antwortete er.

In ihrem Herzen jedoch wusste sie, dass es der Einfluss Claras war, die ihn befreien wollte. Aber sie sagte nichts.

»Und was soll ich meiner Mutter sagen?«, fragte sie.

»Meiner Mutter habe ich gesagt«, antwortete er, »dass ich Schluss mache – ein für alle Mal.«

»Ich werde zu Hause nichts sagen«, sagte sie.

»Ganz wie du willst«, entgegnete er stirnrunzelnd.

Er wusste, dass er sie in arge Bedrängnis gebracht hatte und sie im Stich ließ. Das ärgerte ihn.

»Sag ihnen, dass du mich nicht heiraten wolltest und mich nicht heiraten willst und Schluss gemacht hast«, sagte er. »Stimmt ja auch.«

Trübsinnig biss sie an ihrem Finger. Sie überdachte ihrer beider Verhältnis. Sie hatte gewusst, dass es so kommen würde, hatte es die ganze Zeit vorausgesehen. Es entsprach ihrer bitteren Erwartung.

»Immer, immer ist es so gewesen!«, rief sie. »Zwischen uns war ein einziger langer Kampf – du hast dich von mir losgekämpft.«

Unvermutet, wie ein Blitz, brach es aus ihr heraus. Dem Mann stand das Herz still. So also fasste sie es auf?

»Aber wenn wir zusammen waren, hatten wir doch ein paar vollkommene Stunden, ein paar vollkommene Zeiten«, flehte er.

»Niemals!«, rief sie. »Niemals! Immer hast du mich abgewehrt.«

»Nicht immer – zu Beginn nicht«, flehte er.

»Immer – von Anfang an – immer war es so.«

Sie schwieg – aber sie hatte ja auch genug gesagt. Entgeistert saß er da. Er hatte sagen wollen: »Es war gut, aber jetzt es ist vorbei.« Und sie, an deren Liebe er geglaubt hatte, wenn er sich selbst verachtete, leugnete, dass ihrer beider Liebe je Liebe gewesen sei. Er hätte sich stets von ihr losgekämpft? Dann war es abscheulich gewesen. Dann hatte es nie wirklich etwas zwischen ihnen gegeben – die ganze Zeit über hatte er sich etwas eingebildet, wo nichts gewesen war. Und sie hatte es gewusst. Sie hatte so viel gewusst und ihm so wenig gesagt. Sie hatte es die ganze Zeit über gewusst. Die ganze Zeit über hatte es in ihrer Tiefe geruht!

In bitterem Schweigen saß er da. Endlich erschien ihm die ganze Angelegenheit in zynischem Licht. In Wahrheit hatte *sie* mit *ihm* gespielt, nicht er mit ihr. All ihre Missbilligung hatte sie ihm vorenthalten, hatte ihm geschmeichelt und ihn verachtet. Auch jetzt verachtete sie ihn. Da wurde er ganz grausamer Intellekt.

»Du solltest einen Mann heiraten, der dich anbetet«, sagte er. »Dann kannst du mit ihm machen, was du willst. Viele Männer werden dich anbeten, wenn du sie richtig zu nehmen weißt. So einen solltest du heiraten. Der würde dich nie abwehren.«

»Danke«, sagte sie. »Aber du brauchst mir nicht länger zu raten, wen ich heiraten soll. Das hast du schon einmal getan.«

»Sehr wohl«, erwiderte er. »Ich sage nichts mehr.«

Reglos saß er da. Ihm war, als habe er einen Schlag erhalten, statt einen auszuteilen. Acht Jahre der Freundschaft und Liebe, *die* acht Jahre seines Lebens, waren ausgelöscht.

»Wann hast du deinen Entschluss gefasst?«, fragte sie.

»Endgültig am Donnerstagabend.«

»Ich wusste, dass es so kommen würde«, sagte sie.

Das erfüllte ihn mit bitterer Freude. »Nun gut, wenn sie es wusste, dann ist es ja keine Überraschung für sie«, dachte er.

»Und hast du Clara schon davon erzählt?«, fragte sie.

»Nein – aber ich werde es jetzt tun.«

Wieder trat Schweigen ein.

»Weißt du noch, was du mir letztes Jahr um diese Zeit gesagt hast – im Haus meiner Großmutter – nein, sogar letzten Monat noch?«

»Ja«, antwortete er. »Ich weiß es noch. Und ich habe es auch so gemeint. Ich kann nichts dafür, dass es misslungen ist.«

»Misslungen ist es, weil du etwas anderes willst.«

»Es wäre so oder so misslungen. Du hast doch nie an mich geglaubt.«

Sie lachte sonderbar.

Schweigend saß er da, erfüllt von dem Gefühl, dass sie ihn hintergangen hatte. Sie hatte ihn verachtet, als er glaubte, sie bete ihn an. Sie hatte ihn das Verkehrte sagen lassen und ihm nicht widersprochen. Sie hatte ihn allein kämpfen lassen. Aber dass sie ihn verachtet hatte, während er glaubte, sie bete ihn an, das blieb ihm im Halse stecken. Sie hätte es ihm sagen müssen, wenn sie etwas an ihm auszusetzen hatte. Sie hatte nicht ehrlich gespielt. Er hasste sie. All die Jahre über hatte sie ihn behandelt, als sei er ein Held, und ihn insgeheim für ein kleines Kind gehalten, für ein törichtes Kind. Warum dann hatte sie das törichte Kind seiner Torheit überlassen? Sein Herz wurde hart gegen sie.

Sie saß voller Bitterkeit da. Sie hatte es gewusst – oh, sie hatte es nur zu gut gewusst. Die ganze Zeit über, wenn er nicht bei ihr war, hatte sie ihn eingeschätzt, seine Kleinheit erkannt, seine Gemeinheit und seine Torheit. Sogar ihre Seele hatte sie vor ihm geschützt. Sie war nicht besiegt, nicht gedemütigt, nicht einmal sehr gekränkt. Sie hatte es ja gewusst. Aber warum nur übte er, während er hier saß, noch immer diese seltsame Macht über sie aus? Allein seine Bewegungen faszinierten sie, als sei sie von ihm hypnotisiert. Dabei war er widerwärtig, unaufrichtig, unbeständig und gemein. Warum war sie ihm hörig? Warum erregte die Bewegung seines Arms sie wie sonst nichts auf der Welt? Warum war sie so an ihn gefesselt? Warum würde sie ihm sogar jetzt noch gehorchen müssen, wenn er sie nur ansah und ihr etwas befahl? Seinen geringfügigsten Befehlen würde sie gehorchen. Doch sie wusste, sobald sie ihm gehorchte, hatte sie ihn in ihrer Gewalt, dann konnte sie ihn führen, wohin sie wollte. Sie war sich ihrer selbst sicher. Nur dieser neue Einfluss! Ach, er war kein Mann, er war ein kleines Kind, das nach dem neuesten Spielzeug schreit. Und alle Anhänglichkeit seiner Seele würde ihn nicht halten. Nun gut, er würde gehen müssen. Aber wenn er seiner neuen Empfindungen überdrüssig wäre, würde er wiederkommen.

Er hackte auf die Erde ein, bis es sie aufs Blut reizte. Sie stand auf. Er blieb sitzen und schleuderte Erdklumpen in den Fluss.

»Wollen wir hier Tee trinken gehen?«, fragte er.

»Ja«, antwortete sie.

Beim Tee plauderten sie über belanglose Dinge. Er verbreitete sich über seine Vorliebe für Ornamente – das Wohnzimmer des Cottages brachte ihn darauf – und deren Verbindung mit Ästhetik. Sie war kühl und gelassen. Als sie nach Hause gingen, fragte sie:

»Dann werden wir uns also nicht mehr sehen?«

»Nein – oder doch nur selten«, antwortete er.

»Und uns auch nicht mehr schreiben?«, fragte sie fast spöttisch.

»Ganz wie du willst«, erwiderte er. »Wir sind uns ja nicht fremd – sollten es auch nie sein, was immer geschieht. Ich werde dir hin und wieder schreiben. Du kannst es halten, wie du möchtest.«

»Verstehe«, sagte sie schneidend.

Aber er befand sich bereits in einem Zustand, in dem nichts mehr kränkt. Er hatte einen tiefen Einschnitt in seinem Leben vorgenommen. Er hatte einen großen Schock erlitten, als sie ihm gesagt hatte, ihrer beider Liebe sei stets ein Kampf gewesen. Alles andere zählte nicht mehr. Wenn es ohnehin nie viel gewesen war, dann brauchte man auch kein Aufhebens darüber zu machen, dass es jetzt vorbei war.

Am Ende des Feldwegs verließ er sie. Während sie, allein, in ihrem neuen Kleid nach Hause ging und am anderen Ende des Weges ihrer Familie gegenübertreten musste, blieb er reglos vor Scham und Schmerz auf der Landstraße stehen und dachte an das Leid, das er über sie gebracht hatte.

Um seine Selbstachtung zu heben, ging er ins Willow Tree, um zu trinken. Hier saßen vier Mädchen, die einen Ausflug gemacht hatten und an einem bescheidenen Gläschen Portwein nippten. Auf dem Tisch lagen ein paar Pralinen. Paul saß mit seinem Whiskey in ihrer Nähe. Er sah, wie die Mädchen flüsterten und sich heimlich anstießen. Da beugte sich eine von ihnen, ein hübscher, dunkelhaariger Fratz, plötzlich zu ihm vor und fragte:

»Eine Praline gefällig?«

Die anderen lachten laut über ihre Dreistigkeit.

»Gern«, sagte Paul. »Geben Sie mir eine harte – mit Nuss. Cremefüllung mag ich nicht.«

»Bitte sehr«, sagte das Mädchen. »Hier ist eine mit Mandel für Sie.«

Sie hielt die Süßigkeit zwischen den Fingern. Er öffnete den Mund. Sie schob sie ihm hinein und errötete.

»Sie sind aber nett«, sagte er.

»Nun ja«, antwortete sie, »wir dachten, Sie sehen so düster aus, und die andern meinten, ich trau mich nicht, Ihnen eine Praline anzubieten.«

»Ich hätte nichts gegen eine andere – eine andere Sorte«, sagte er.

Und jetzt lachten sie alle miteinander.

Es war neun Uhr, als er nach Hause kam, und es dunkelte schon. Schweigend trat er ins Haus. Seine Mutter, die auf ihn gewartet hatte, stand ängstlich auf.

»Ich hab's ihr gesagt«, sagte er.

»Das freut mich!«, erwiderte seine Mutter erleichtert.

Müde hängte er seine Mütze auf.

»Ich habe gesagt, dass endgültig Schluss ist«, berichtete er.

»Das ist recht, mein Sohn«, entgegnete die Mutter. »Jetzt ist es hart für sie, aber auf die Dauer doch das Beste. Das weiß ich. Du hast nicht zu ihr gepasst.«

Er lachte unsicher, als er sich setzte.

»Im Wirtshaus habe ich so viel Spaß mit ein paar Mädchen gehabt«, sagte er.

Seine Mutter sah ihn an. Er hatte Miriam längst vergessen. Er erzählte ihr von den Mädchen im Willow Tree. Mrs Morel sah ihn weiter an. Seine Fröhlichkeit schien unwirklich. Dahinter lag zu viel Entsetzen und Not.

»Nun iss erst einmal was«, sagte sie sehr sanft.

Hinterher meinte er nachdenklich:

»Sie hat nie geglaubt, dass sie mich bekommen würde, Mutter, von Anfang an nicht, und deshalb ist sie nicht enttäuscht.«

»Ich fürchte, sie hat die Hoffnung auf dich noch nicht aufgegeben«, erwiderte seine Mutter.

»Nein«, sagte er, »vielleicht nicht.«

»Du wirst merken, dass es besser ist, Schluss gemacht zu haben«, sagte sie.

»Ich weiß nicht«, sagte er verzweifelt.

»Lass sie in Ruhe«, erwiderte seine Mutter.

So verließ er Miriam, und sie war allein. Nur sehr wenige Menschen kümmerten sich um sie und sie sich nur um sehr wenige Menschen. Sie blieb mit sich allein und wartete.

Kapitel 12
Leidenschaft

Allmählich gelang es ihm, sich seinen Lebensunterhalt mit seiner Kunst zu verdienen. Liberty's hatte etliche seiner gemalten Muster auf verschiedenen Stoffen angenommen, und ein oder zwei anderen Abnehmern konnte er Muster für Stickereien, Altardecken und ähnliches verkaufen. Momentan verdiente er zwar nicht sehr viel, doch konnte er sein Gewerbe vielleicht erweitern. Außerdem hatte er sich mit einem Keramikgestalter angefreundet und gewann neue Kenntnisse über die Kunst seines neuen Bekannten. Die angewandten Künste interessierten ihn sehr. Gleichzeitig arbeitete er langsam an seinen Bildern weiter. Am liebsten malte er große Figuren voller Licht, aber nicht einfach Gebilde aus Licht und Schatten wie die Impressionisten; vielmehr klar umrissene Figuren mit einer gewissen Leuchtkraft wie die von Michelangelo. Und diese fügte er in Landschaften ein, und zwar, wie er fand, in wahrer Proportion. Oft malte er aus dem Gedächtnis und verwendete jeden Menschen, den er kannte. Er glaubte fest an seine Arbeit, daran, dass sie gut und wertvoll war. Trotz depressiver Anfälle und Rückschläge, trotz allem glaubte er an seine Arbeit.

Mit vierundzwanzig Jahren sagte er seiner Mutter den ersten selbstbewussten Satz.

»Mutter«, sagte er, »ich werde ein angesehener Maler werden.«

Sie zog auf ihre seltsame Art die Nase kraus. Es war wie ein halb erfreutes Achselzucken.

»Nun gut, mein Junge, wir werden ja sehen«, sagte sie.

»Du wirst schon sehen, mein Täubchen. Du wirst schon sehen, ob du nicht eines schönen Tages ganz hochnäsig bist.«

»Ich bin auch jetzt schon ganz zufrieden, mein Junge«, lächelte sie.

»Aber du wirst dich ändern müssen. Sieh nur, wie du mit Minnie umgehst.«

Die vierzehnjährige Minnie war das Dienstmädchen.

»Und was ist mit Minnie?«, fragte Mrs Morel würdevoll.

»Ich habe sie heute Morgen gehört, als du im Regen hinaus-gegangen bist, um Kohlen zu holen: ›Och, Mrs Morel, das wollte ich doch gerade machen‹«, sagte er. »Sieht mir ganz danach aus, als könntest du gut mit Dienstboten umgehen.«

»Nun – das Kind wollte eben nett sein«, sagte Mrs Morel.

»Und dann hast du dich auch noch bei ihr entschuldigt: ›Du kannst nicht zwei Dinge gleichzeitig erledigen, oder?‹«

»Sie war doch gerade mit dem Abwasch beschäftigt«, erwi-derte Mrs Morel.

»Und ihre Antwort? ›Das hätte doch warten können. Sehen Sie nur, Ihre Füße sind patschnass!‹«

»Ja, ein freches, junges Gör!«, sagte Mrs Morel lächelnd.

»Und dann redest du von hochnäsig.«

Mrs Morel zog die Nase kraus.

»Deine Dienstboten wären so gut zu dir«, sagte er, »du wür-dest es nicht wagen, dich zu rühren, aus Angst, sie könnten's auf dich abgesehen haben.«

»Wo wir gerade dabei sind«, rief seine Mutter plötzlich, »ges-tern hab ich dich gehört, als du in die Diele wolltest: ›Och, gehen Sie da nicht rein‹, hat Minnie gesagt. ›Wieso nicht?‹, hast du ge-fragt. ›Ich hab grad aufgewischt.‹ Und du hast gesagt: ›Na, ich kann doch auf die Matte springen.‹ Also, mein Herr, was gibt *dir* das Recht, so mit mir zu reden?«

»Aber ich kann imposant auftreten und Leute herumkom-mandieren.«

Seine Mutter brach in Gelächter aus.

»Dafür leg ich die Hand ins Feuer«, spottete sie.

»Kann ich wohl, du solltest mich sehen«, beharrte er.

»In der Tat«, lachte sie.

»Ich sag dir, meine Mädels erzittern bei jedem meiner Schrit-te. Aber selbst wenn ich Chef von einer Million Mädels wäre – das würde bei dir auch nicht ziehen.«

Sie lachte ihn nur aus.

»Aber würde es dir nicht gefallen, im Esszimmer zu sitzen und zu läuten, wenn du deine Stiefel hinausgeschafft haben willst?«

»Ja, bestimmt!«, sagte sie skeptisch.

»Bestimmt, du wirst schon sehen. Einen echten Orientteppich sollst du haben.«

»Nun gut – nun gut, mein Junge. Aber ich warte lieber, bis ich ihn bekomme. Außerdem wirst du ihn für dein eigenes Zuhause wollen.«

»Für welches Zuhause? – Das hier ist mein Zuhause!«

»Das wird nicht immer so sein.«

»Doch, das wird es.«

»Ach, warte nur ab.«

»O ja, ich werde warten. Ich werde warten, bis mir die Venus von Milo über den Weg läuft.«

»Würdest du denn eine Frau wie die Venus von Milo wollen?«, lachte seine Mutter.

»Vielleicht würde sie einen vornehmeren Mann wollen«, sagte er. »Sie würde gut zu Mr Gladstone passen.«

»Denk nur an die arme Mrs Gladstone!«, lachte Mrs Morel. »Die ist ja so nett!«

»Ja – ja – sie hat ihn vergöttert – der müsste eine Frau haben, die ihn vergöttert. Madame Venus von Milo täte das nicht. *Mir* könnte sie gefallen. Aber sie ist ziemlich alt. Jedenfalls werde ich warten, bis sie kommt.«

Lachend sah er seine Mutter an. Wieder glühte sie warm und rosig vor Liebe zu ihm, als wäre aller Sonnenschein einen Augenblick lang auf sie gerichtet. Fröhlich arbeitete er weiter. Wenn sie glücklich war, schien sie so gesund, dass er ihr graues Haar vergaß.

Und in diesem Jahr machten sie zusammen Urlaub auf der Isle of Wight. Das war für sie beide allzu aufregend und allzu schön. Mrs Morel war voller Freude und Verwunderung. Aber er unternahm mehr Spaziergänge mit ihr, als sie verkraften konnte. Sie erlitt einen schlimmen Ohnmachtsanfall. Ihr Gesicht war so grau, ihr Mund so blau. Es quälte ihn. Ihm war, als stoße ihm jemand ein Messer in die Brust. Dann erholte sie sich wieder, und er dachte nicht mehr daran. Doch die Angst blieb in ihm zurück, wie eine Wunde, die sich nie schließen will.

Nachdem er Miriam verlassen hatte, ging er beinahe geradewegs zu Clara. Am Montag nach der Trennung ging er hinunter in den Arbeitsraum. Sie sah zu ihm auf und lächelte. Unvermutet waren sie einander sehr nahegekommen. Sie bemerkte eine neue Helligkeit an ihm.

»Ah, die Königin von Saba!«, sagte er lachend.

»Wieso denn?«, fragte sie.

»Ich finde, das passt zu Ihnen. Sie haben ein neues Kleid an.«

Sie errötete und fragte:

»Und wie ist es?«

»Es steht Ihnen gar nicht gut! *Ich* könnte Ihnen ein Kleid entwerfen.«

»Wie würde das aussehen?«

Mit funkelnden Augen stand er vor ihr und beschrieb es ihr. Er hielt ihren Blick mit seinem. Dann fasste er sie plötzlich an. Sie schreckte ein wenig zurück. Er zog den Stoff ihrer Bluse straffer und glättete ihn über ihrer Brust.

»Eher so!«, erklärte er.

Ihre Gesichter flammten vor Schamröte, und er lief gleich davon. Er hatte sie berührt. Die Empfindung ließ seinen ganzen Körper erzittern.

Es herrschte bereits eine Art stilles Einverständnis zwischen ihnen. Am nächsten Abend ging er mit ihr für ein paar Minuten ins Lichtspielhaus, bevor der Zug kam. Als sie dasaßen, bemerkte er ihre Hand neben sich. Einige Augenblicke lang wagte er es nicht, sie zu berühren. Die Bilder tanzten und flirrten. Dann nahm er ihre Hand. Sie war groß und kräftig und füllte seinen Griff ganz aus. Er hielt sie fest. Weder entzog sie sie ihm, noch gab sie ihm ein Zeichen. Als sie ins Freie traten, war es Zeit für seinen Zug. Er zögerte.

»Gute Nacht«, sagte sie. Er eilte über die Straße davon.

Am nächsten Tag ging er wieder zu ihr, um sich mit ihr zu unterhalten. Sie tat ihm gegenüber ein wenig herablassend.

»Wollen wir am Montag einen Spaziergang machen?«, fragte er.

Sie wandte das Gesicht ab.

»Werden Sie Miriam davon erzählen?«, entgegnete sie sarkastisch.

»Ich habe mich von ihr getrennt«, sagte er.

»Wann?«

»Letzten Sonntag.«

»Haben Sie gestritten?«

»Nein! Meinen Entschluss hatte ich schon gefasst. Ich habe ihr ziemlich klar gesagt, dass ich mich als frei betrachte.«

Clara antwortete nicht, und er widmete sich wieder seiner Arbeit. Sie war so ruhig, so herrlich!

Am Samstagabend lud er sie ein, nach Feierabend mit ihm in einem Restaurant Kaffee zu trinken. Sie kam zwar, wirkte aber sehr reserviert und sehr distanziert. Er hatte eine Dreiviertelstunde Zeit, bevor der Zug kam.

»Wollen wir einen kleinen Spaziergang machen?«, fragte er.

Sie war einverstanden, und sie gingen am Schloss vorbei in den Park. Er fürchtete sich vor ihr. Missgelaunt ging sie neben ihm her, ihr Gang war gereizt, widerstrebend, zornig. Er hatte Angst, ihre Hand zu fassen.

»Welchen Weg wollen wir nehmen?«, fragte er, als sie in der Dunkelheit dahingingen.

»Ist mir gleich.«

»Dann gehen wir die Treppe hinauf.«

Plötzlich drehte er sich um. Sie hatten die Parktreppe verpasst. Verärgert darüber, dass er sie so plötzlich zurückgelassen hatte, blieb sie stehen. Er suchte nach ihr. Sie stand abseits.

Plötzlich nahm er sie in die Arme, hielt sie einen Augenblick fest und küsste sie. Dann ließ er sie los.

»Komm schon«, sagte er reumütig.

Sie folgte ihm. Er nahm ihre Hand und küsste ihre Fingerspitzen. Schweigend gingen sie dahin. Als sie eine Laterne erreichten, ließ er ihre Hand los. Keiner von ihnen sprach, bis sie zum Bahnhof gelangten. Dann sahen sie einander in die Augen.

»Gute Nacht«, sagte sie.

Und er bestieg seinen Zug. Sein Körper handelte ganz automatisch. Leute sprachen ihn an. Er hörte das schwache Echo seiner Antworten. Er war wie im Delirium. Ihm war, als müsse er wahnsinnig werden, wenn nicht sofort Montag wäre. Am Montag würde er sie wiedersehen. Sein ganzes Wesen war darauf ausgerichtet. Der Sonntag kam dazwischen. Er konnte es nicht ertragen. Erst Montag konnte er sie wiedersehen. Und der Sonntag kam dazwischen – Stunde um Stunde der Anspannung. Er wollte mit dem Kopf gegen die Waggontür schlagen. Doch er saß still. Auf dem Weg nach Hause trank er etwas Whiskey, aber das machte die Sache nur noch schlimmer. Er durfte seine Mutter nicht beunruhigen, das war alles. Er ließ sich nichts anmerken und ging rasch zu Bett. Angekleidet, das Kinn auf den Knien, saß er da und starrte durch das Fenster auf den fernen Hügel mit seinen wenigen Lichtern. Er konnte weder denken noch schlafen, sondern saß vollkommen reglos da und starrte vor sich hin. Und als er schließlich zu sich kam, weil ihm kalt geworden war, bemerkte er, dass seine Uhr um halb drei stehen geblieben war. Es war schon nach drei. Er war erschöpft, und doch quälte es ihn, zu wissen, dass erst Sonntagmorgen war. Er ging zu Bett und schlief. Dann fuhr er den ganzen Tag Rad, bis er keine Kraft mehr hatte. Und er wusste kaum noch, wo er gewesen war. Aber der Tag danach war Montag. Er schlief bis vier Uhr. Dann lag er da und dachte nach. Er kam sich selbst näher – vor sich konnte er sein wahres Selbst erkennen. Am Nachmittag würde sie mit ihm spazieren gehen. Am Nachmittag! Der schien Jahre entfernt.

Langsam krochen die Stunden dahin. Sein Vater stand auf – er hörte ihn herumhantieren –, dann machte er sich auf den Weg zum Bergwerk. Seine schweren Stiefel knirschten im Hof. Die Hähne krähten noch. Ein Karren rollte die Straße hinunter. Seine Mutter stand auf. Sie schürte das Feuer. Gleich darauf rief sie leise nach ihm. Er antwortete, als schliefe er noch. Diese äußere Hülle machte sich vortrefflich.

Er war auf dem Weg zum Bahnhof – noch eine Meile! Der Zug war in der Nähe von Nottingham – würde er vor den Tunneln anhalten? –, aber wie dem auch sei, er würde noch vor Mittag eintreffen. Paul war bei Jordan's. In einer halben Stunde würde sie kommen. Jedenfalls wäre sie in der Nähe. Die Briefe hatte er erledigt. Sie würde da sein. Vielleicht war sie gar nicht gekommen. Er lief nach unten. Ah, er konnte sie durch die Glastür sehen. Ihre Schultern waren ein wenig über ihre Arbeit gebeugt, und ihm war, als könne er nicht weitergehen; aber stehen bleiben konnte er auch nicht. Er trat ein. Er war blass, nervös, verlegen und ziemlich kühl. Würde sie ihn missverstehen? Diese äußere Hülle verdeckte sein wahres Selbst.

»Und heute Nachmittag?«, brachte er mühsam heraus. »Wirst du kommen?«

»Ich denke schon«, gab sie murmelnd zur Antwort.

Unfähig, ein Wort zu sagen, stand er vor ihr. Sie verbarg ihr Gesicht vor ihm. Wieder überkam ihn das Gefühl, als müsse er ohnmächtig werden. Er biss die Zähne zusammen und ging nach oben. Bis jetzt hatte er alles richtig gemacht, und das würde er auch weiterhin tun. Den ganzen Morgen über kam ihm alles ganz weit entfernt vor, wie einem Menschen unter Chloroform. Ein enger Gurt schien ihn einzuzwängen. Und in der Ferne war sein anderes Selbst, das Dinge verrichtete, Einträge in ein Hauptbuch tätigte, und achtsam behielt er dieses weit entfernte Selbst im Auge, damit es keinen Fehler beging.

Aber viel länger durften der Schmerz und die Anspannung nicht andauern. Er arbeitete ununterbrochen. Dabei war es erst zwölf Uhr. Als hätte er seine Kleider an den Schreibtisch genagelt, stand er da und arbeitete, jeden Federstrich musste er sich abringen. Es war Viertel vor eins – er konnte aufräumen. Dann lief er nach unten.

»Treffen wir uns um zwei Uhr am Springbrunnen?«, sagte er.

»Vor halb drei kann ich nicht da sein.«

»Ja«, sagte er.

Sie sah seine dunklen, irren Augen.

»Ich will versuchen, schon um Viertel nach zwei da zu sein.«

Und damit musste er sich zufriedengeben. Er ging etwas essen. Die ganze Zeit über war er noch immer wie unter Chloroform, und die Minuten dehnten sich endlos. Er wanderte durch die Straßen, meilenweit. Dann glaubte er, zu spät zum Treffpunkt zu kommen. Um fünf nach zwei war er am Springbrunnen. Die Folter der nächsten Viertelstunde war unbeschreiblich. Die Qual bestand darin, sein lebendiges Selbst mit der äußeren Hülle zu vereinbaren. Dann erblickte er sie. Sie war gekommen! Und er war da.

»Du kommst zu spät«, sagte er.

»Aber doch nur fünf Minuten«, antwortete sie.

»Ich hätte dich niemals warten lassen«, lachte er.

Sie trug ein dunkelblaues Kostüm. Er betrachtete ihre schöne Gestalt.

»Du brauchst Blumen«, sagte er und ging zum nächsten Blumenhändler.

Sie folgte ihm schweigend. Er kaufte ihr ein Sträußchen scharlachroter, ziegelroter Nelken. Errötend steckte sie sie an ihre Jacke.

»Das ist eine schöne Farbe!«, sagte er.

»Etwas Sanfteres wäre mir lieber gewesen«, erwiderte sie.

Er lachte.

»Kommst du dir vor wie ein Zinnoberfleck, der durch die Straßen spaziert?«, fragte er.

Sie senkte den Kopf, aus Angst vor den Leuten, denen sie begegneten. Im Gehen betrachtete er sie von der Seite. Auf ihrem Gesicht, neben ihrem Ohr, wuchs ein wunderschöner Flaum, den er nur zu gern berührt hätte. Und eine gewisse Schwere war an ihr, die Schwere einer vollen Kornähre, die leicht im Winde schwankt, und ihm wurde schwindlig davon. Er schien die Straße hinunterzutaumeln, alles drehte sich im Kreis.

Als sie in der Straßenbahn saßen, lehnte sie ihre schwere Schulter gegen ihn, und er nahm ihre Hand. Er fühlte, wie er aus der Narkose erwachte und wieder atmen konnte. Ihr Ohr, halb verborgen unter ihrem blonden Haar, befand sich dicht neben ihm. Die Versuchung, es zu küssen, war fast zu groß. Doch auf dem Oberdeck saßen auch noch andere Fahrgäste. Es blieb ihm nichts anderes übrig, als mit dem Küssen zu warten. Schließlich war er nicht er selbst, er war ein Attribut von ihr, wie der Sonnenschein, der auf sie fiel.

Er sah rasch weg. Es hatte geregnet. Auf der hohen Klippe des Schlossfelsens, der über die Ebene der Stadt aufragte, hatte der Regen nasse Streifen hinterlassen. Sie durchquerten das weite, schwarze Gelände der Midland Railway und kamen am Viehgehege vorbei, das sich weiß abhob. Dann fuhren sie die schäbige Wilford Road entlang.

Das Rattern der Straßenbahn ließ Clara leicht hin und her schwanken, und da sie sich an ihn anlehnte, stieß sie gegen ihn. Er war ein kräftiger, schlanker Mann mit unerschöpflicher Energie. Sein Gesicht war rau, mit den groben Zügen einfacher Leute. Doch seine Augen unter den tiefen Brauen waren so voller Leben, dass sie sie ganz in Bann schlugen. Sie schienen zu tanzen und waren doch still, bebten vor verhaltenem Lachen. Auch sein Mund schien bereit, jeden Moment in triumphierendes Gelächter auszubrechen, tat es jedoch nicht. Paul schien voll scharfer Spannung. Gereizt biss sie sich auf die Lippen. Seine Hand hielt ihre in festem Griff.

Am Drehkreuz bezahlten sie ihre zwei Halfpennies und überquerten die Brücke. Der Trent führte Hochwasser. Schweigsam und tückisch wälzte er seine weiche Wassermasse unter der Brücke hindurch. Es hatte stark geregnet. In den Flussniederungen schimmerten seichte Lachen von Flutwasser. Der Himmel war grau, da und dort glitzerte er silbern. Die Dahlien im Kirchhof von Wilford trieften vor Regen wie nasse schwarz-rote Bälle. Der Pfad, der entlang der Ulmenkolonnade durch die grüne Flusswiese führte, war menschenleer.

Ein feiner Dunst lag über dem silbrigen, dunklen Wasser, den grünen Uferwiesen und den golden flimmernden Ulmen. Rasch und vollkommen still glitt der Fluss dahin, in sich selbst verschlungen wie ein zartes, kompliziertes Wesen. Verdrießlich ging Clara neben Paul her.

»Warum«, fragte sie schließlich in ziemlich schroffem Ton, »hast du Miriam verlassen?«

Er verzog das Gesicht.

»Weil ich sie verlassen wollte«, sagte er.

»Warum?«

»Weil ich die Verbindung mit ihr nicht fortsetzen wollte. Und heiraten wollte ich nicht.«

Einen Augenblick schwieg sie. Vorsichtig stiegen sie den schlammigen Pfad hinunter. Von den Ulmen fielen Wassertropfen.

»Wolltest du Miriam nicht heiraten, oder wolltest du gar nicht heiraten?«, fragte sie.

»Beides«, antwortete er. »Beides!«

Die Pfützen machten es ihnen nicht leicht, zum Zauntritt zu gelangen.

»Und was hat sie gesagt?«, fragte Clara.

»Miriam? Sie hat gesagt, ich sei ein vierjähriges Kind und hätte sie schon immer abgewehrt.«

Clara dachte eine Weile darüber nach.

»Aber eigentlich bist du ziemlich lange mit ihr gegangen?«, fragte sie.

»Ja.«

»Und jetzt willst du nichts mehr von ihr wissen?«

»Ja. Ich weiß, dass es keinen Sinn hat.«

Wieder dachte sie nach.

»Glaubst du nicht, dass du sie ziemlich schlecht behandelt hast?«, fragte sie.

»Ja! Ich hätte schon vor Jahren Schluss machen sollen. Aber jetzt hätte es keinen Sinn gehabt weiterzumachen. Ein Unrecht hebt das andere nicht auf.«

»Wie alt bist du?«, fragte Clara.

»Fünfundzwanzig.«

»Und ich bin dreißig«, sagte sie.

»Das weiß ich.«

»Ich werde bald einunddreißig – oder bin ich schon einund-dreißig –?«

»Ich weiß es nicht, und es kümmert mich auch nicht. Was liegt schon daran?«

Sie waren am Eingang zum Hain angelangt. Der nasse rote Pfad, schon klebrig von abgefallenen Blättern, führte zwischen den Gräsern das steile Ufer hinauf. Zu beiden Seiten war er von Ulmen gesäumt, wie Säulen in einem großen Kirchenschiff, die sich zu einem hohen Dach wölbten, von dem die toten Blätter abfielen. Alles war leer, still und nass. Sie stand oben auf dem Zauntritt, und er hielt ihre Hände. Lachend blickte sie ihm in die Augen. Dann sprang sie, ihre Brust stieß an seine, und er um-armte sie und bedeckte ihr Gesicht mit Küssen.

Sie stiegen weiter den steilen, schlüpfrigen roten Pfad hinauf. Sogleich ließ sie seine Hand los und legte sie um ihre Taille.

»Wenn du mich so festhältst, drückst du mir die Ader im Arm ab«, sagte sie.

Sie gingen weiter. Seine Fingerspitzen fühlten das Schaukeln ihrer Brüste. Alles war still und verlassen. Zur Linken zeigte sich in den Lücken zwischen den Stämmen der Ulmen und ihren Zweigen das nasse rote Ackerland. Rechts sahen sie die Wipfel der Ulmen in der Tiefe und hörten bisweilen das Gurgeln des

Flusses. Manchmal erhaschten sie einen Blick auf den vollen, sanft dahingleitenden Trent und auf die mit kleinen Rindern gesprenkelten Flussauen.

»Seit der kleine Henry Kirke White hierhergekommen ist, hat es sich kaum verändert«, sagte er.

Aber er betrachtete ihren Hals unterhalb des Ohres, wo die Rötung ihres Gesichts in honigweiße Haut überging, und ihren Mund, der mürrisch aufgeworfen war. Im Gehen streifte sie Paul, und sein Körper war wie eine gespannte Saite.

Als sie die Mitte der großen Ulmenkolonnade erreicht hatten, wo sich der Hain am höchsten über den Fluss erhob, zögerten sie weiterzugehen. Er führte sie hinüber zu der Wiese unter den Bäumen am Rande des Pfades. Zwischen Büschen und Bäumen fiel die Klippe aus roter Erde steil zum Fluss hin ab, der dunkel durch das Laubwerk glitzerte. Die Auen tief unter ihnen waren sehr grün. Still und furchtsam standen die beiden dicht aneinandergedrängt, ihre Körper berührten sich der ganzen Länge nach. Vom Fluss drunten ertönte ein rasches Gurgeln.

»Wieso hasst du Baxter Dawes?«, fragte er schließlich.

Mit einer herrlich majestätischen Bewegung wandte sie sich zu ihm um. Ihr Mund und ihr Hals boten sich ihm dar, ihre Augen waren halb geschlossen, und ihre Brust neigte sich zu ihm, als frage sie nach ihm. Er lachte kurz auf, schloss die Augen und fand sie in einem langen, tiefen Kuss. Ihr Mund verschmolz mit seinem, ihre glühenden Körper wurden eins. Es dauerte einige Minuten, ehe sie sich voneinander lösten. Sie standen neben dem öffentlichen Weg.

»Magst du zum Fluss hinuntergehen?«, fragte er.

Sie sah ihn an und überließ sich seiner Führung. Er trat über den Rand des Abhangs und begann den Abstieg.

»Es ist glatt«, sagte er.

»Macht nichts«, erwiderte sie.

Der rote Lehm fiel fast senkrecht ab. Paul rutschte, hangelte sich von einem Grasbüschel zum nächsten, hielt sich an den Sträuchern fest und steuerte auf eine kleine Terrasse am Fuße eines Baumes zu. Dort wartete er auf sie, lachend vor Erregung. Rote Erde klebte an ihren Schuhen. Es war schwierig für sie. Er verzog das Gesicht. Schließlich ergriff er ihre Hand, und sie stand neben ihm. Über ihnen erhob sich die Klippe, unter ihnen fiel sie ab. Claras Gesicht hatte Farbe bekommen, ihre Augen blitzten. Er spähte in den tiefen Abgrund unter ihnen.

»Es ist gefährlich«, sagte er, »oder zumindest schmutzig. Sollen wir umkehren?«

»Nicht meinetwegen«, erwiderte sie rasch.

»Schön. Du siehst, ich kann dir nicht helfen, ich bin dir nur hinderlich. Gib mir das kleine Paket und deine Handschuhe. Deine armen Schuhe!«

Sie standen mitten auf dem steilen Abhang, unter den Bäumen.

»Also gut, dann gehe ich weiter«, sagte er.

Und er ging los, rutschte, stolperte, glitt zum nächsten Baum und stürzte mit einem solchen Krach dagegen, dass es ihm beinahe den Atem verschlug. Vorsichtig folgte sie ihm und hielt sich an Zweigen und Gräsern fest. So stiegen sie etappenweise zum Rande des Flusses hinab. Dort bemerkte er zu seinem Verdruss, dass das Hochwasser den Pfad weggefressen hatte und der rote Abhang direkt ins Wasser führte. Er bohrte die Absätze in die Erde und richtete sich gewaltsam auf. Der Bindfaden des Pakets riss entzwei, und das braune Paket purzelte hinunter, fiel in den Fluss und segelte sanft davon. Paul klammerte sich an seinen Baum.

»Ach, zum Teufel!«, rief er verärgert. Dann lachte er. Sie wagte einen gefährlichen Abstieg.

»Vorsicht!«, warnte er sie. Wartend stand er mit dem Rücken zum Baum.

»Komm jetzt«, rief er und breitete die Arme aus. Sie stolperte den Hang hinunter. Er fing sie auf, und zusammen beobachteten sie, wie das dunkle Wasser den rauen Uferrand aushöhlte. Das Paket war bereits außer Sichtweite.

»Macht nichts«, sagte sie.

Er zog sie an sich und küsste sie. Es war gerade genug Platz für ihre vier Füße.

»So ein Reinfall!«, sagte er. »Aber da ist eine Spur, wo ein Mann entlanggegangen ist. Ich schätze, wenn wir weitergehen, werden wir den Pfad wiederfinden.«

Der Fluss glitt dahin, wirbelte seine starken Wassermassen voran. Auf den einsamen Niederungen am anderen Ufer graste Vieh. Rechter Hand ragte die Klippe steil über Paul und Clara auf. In der feuchten Stille standen sie an den Baum gelehnt.

»Wir wollen versuchen weiterzukommen«, sagte er, und entlang der Furche, die die genagelten Stiefel eines Mannes hinterlassen hatten, kämpften sie sich durch den roten Lehm. Ihre Gesichter waren erhitzt und gerötet. Schwer hingen ihre lehmverkrusteten Schuhe an ihren Füßen. Endlich fanden sie den unterbrochenen Pfad wieder. Er war mit Flussgeröll übersät, trotzdem ging es sich jetzt leichter. Mit Zweigen säuberten sie ihre Schuhe. Sein Herz klopfte heftig und schnell. Er glaubte sich zu erinnern, dass hinter der nächsten Biegung eine kleine, ebene Fläche lag. Er ging voran, sie folgte ihm stumm. Ihre Schuhe und ihre Rocksäume waren mit rotem Lehm bedeckt. Sie kletterten über einen umgestürzten Baum. Sie blieb einen Moment zurück, weil etwas Lehm in ihren Schuh geraten war. Sie waren fast da. Sein Herz klopfte heftig und schnell.

Als sie die kleine Fläche erreichten, sah er plötzlich zwei Männergestalten, die schweigend am Rande des Flusses standen. Sein Herz schlug höher. Die beiden Männer angelten. Er wandte sich um und hob warnend die Hand zu Clara. Sie zögerte und knöpfte ihren Mantel zu. Zusammen gingen sie weiter.

Die Fischer drehten sich um und musterten neugierig die Eindringlinge, die ihre Ruhe und Einsamkeit störten. Sie hatten ein Feuer gemacht, aber es war schon fast niedergebrannt. Niemand sprach ein Wort. Die Männer wandten sich wieder ihrem Fischfang zu, wie Statuen standen sie über dem grau glitzernden Fluss. Mit gesenktem Kopf und hochrotem Gesicht ging Clara weiter; Paul lachte vor sich hin. Kurz darauf verschwanden sie hinter den Weiden.

»Jetzt sollte man sie ertränken«, sagte Paul leise.

Clara antwortete nicht. Auf dem schmalen Pfad am Rande des Flusses quälten sie sich vorwärts. Plötzlich war der Pfad verschwunden. Die Uferböschung vor ihnen bestand aus reinem, festem rotem Lehm, der direkt zum Fluss hin abfiel. Mit zusammengebissenen Zähnen stand er da und fluchte vor sich hin.

»Es ist unmöglich«, sagte Clara.

Aufrecht stand er da und sah sich um. Direkt vor ihm lagen zwei kleine, mit Korbweiden bewachsene Inseln inmitten des Stroms. Doch sie waren unerreichbar. Wie eine schräge Wand stürzte die Klippe von hoch über ihren Köpfen herab. Nicht weit hinter ihnen standen die Fischer. Das ferne Vieh am anderen Ufer graste stumm im öden Nachmittag. Wieder fluchte er leise vor sich hin. Er blickte das große, steile Ufer empor. Blieb ihnen tatsächlich nichts anderes übrig, als wieder zu dem öffentlichen Weg hinaufzukraxeln?

»Warte einen Moment«, sagte er, bohrte die Absätze seitlich in die steile Uferböschung aus rotem Lehm und begann flink hinaufzuklettern. Er spähte jede Baumwurzel aus. Endlich fand er, wonach er gesucht hatte. Zwei Buchen, die nebeneinander auf dem Hügel standen, bildeten zwischen ihren Wurzeln eine kleine, ebene Fläche. Sie war mit feuchtem Laub bestreut, aber sie würde ausreichen. Vielleicht waren die Fischer weit genug außer Sicht. Er breitete seinen Regenmantel aus und winkte sie herbei.

Mühsam stieg sie zu ihm hinauf. Als sie ankam, schaute sie ihn mit schwerem Blick schweigend an und legte den Kopf an seine Schulter. Während er sich umblickte, hielt er sie fest im Arm. Hier waren sie in Sicherheit, niemand konnte sie sehen außer den kleinen, einsamen Kühen auf der anderen Seite des Flusses. Er grub seinen Mund in ihren Hals und fühlte ihren schweren Pulsschlag unter seinen Lippen. Alles war vollkommen still. An diesem Nachmittag gab es nichts als sie beide.

Als sie aufstand, sah er, der die ganze Zeit auf den Boden geschaut hatte, dass die nassen schwarzen Buchenwurzeln mit unzähligen scharlachroten Nelkenblütenblättern gefleckt waren, die wie Blutspritzer aussahen. Und kleine, rote Spritzer fielen von ihrem Busen und rieselten an ihrem Kleid herab bis zu ihren Füßen.

»Deine Blumen sind zerdrückt«, sagte er.

Als sie ihr Haar zurückstrich, blickte sie ihn schwermütig an. Plötzlich legte er seine Fingerspitzen auf ihre Wange.

»Warum siehst du so schwermütig aus?«, fragte er sie vorwurfsvoll.

Sie lächelte traurig, als fühle sie sich innerlich einsam. Er liebkoste ihre Wange mit den Fingern und küsste Clara.

»Nicht«, sagte er. »Sorg dich nicht.«

Sie umklammerte seine Finger und lachte unsicher. Dann ließ sie die Hand wieder sinken. Er strich ihr das Haar aus der Stirn, streichelte ihre Schläfen und küsste sie zärtlich.

»Aber du solltest dich nicht sorgen«, sagte er sanft und flehentlich.

»Ich sorg mich ja gar nicht«, lachte sie zärtlich und ergeben.

»Tust du wohl! Sorg dich nicht«, flehte er und liebkoste sie.

»Nein«, tröstete sie ihn und gab ihm einen Kuss.

Sie mussten tüchtig klettern, um wieder nach oben zu gelangen. Sie brauchten eine Viertelstunde. Als er das ebene Gras erreicht hatte, warf er seine Mütze von sich, wischte sich den Schweiß von der Stirn und seufzte.

»Jetzt haben wir wieder normalen Boden unter den Füßen«, sagte er.

Keuchend setzte sie sich in das büschelige Gras. Ihre Wangen waren rosig. Er küsste sie, und sie wurde wieder fröhlich.

»Und jetzt putze ich deine Stiefel, damit du dich wieder vor anständigen Leuten blicken lassen kannst«, sagte er.

Er kniete zu ihren Füßen und bearbeitete ihre Stiefel mit einem Stock und Grasbüscheln. Sie vergrub ihre Finger in seinem Haar, zog seinen Kopf zu sich und küsste ihn.

»Was soll ich denn nun tun?«, fragte er und sah sie lachend an. »Stiefel putzen oder mich mit Liebe befassen? Antworte mir!«

»Was mir gerade Spaß macht«, erwiderte sie.

»Jetzt bin ich erst einmal dein Schuhputzer und sonst gar nichts.«

Aber sie sahen einander weiterhin in die Augen und lachten. Dann küssten sie sich mit vielen kleinen Knabberküssen.

»Ts-ts-ts-ts«, schnalzte er mit der Zunge, ganz wie seine Mutter. »Ich sage dir, nichts geht voran, wenn eine Frau dabei ist.«

Und leise singend widmete er sich wieder dem Schuhputzen. Sie berührte sein dichtes Haar, und er küsste ihre Finger. Er bearbeitete ihre Stiefel. Schließlich waren sie wieder recht präsentabel.

»Na bitte!«, sagte er. »Bin ich nicht sehr geschickt darin, deine Ehrbarkeit wiederherzustellen? Steh auf! So, selbst Britannia könnte nicht untadeliger aussehen!«

Er putzte ein wenig seine eigenen Stiefel, wusch sich in einer Pfütze die Hände und sang dazu. Sie gingen weiter ins Dorf Clifton. Er war unsterblich verliebt in sie: Jede Bewegung, die sie machte, jede Falte in ihrem Kleid jagte ihm einen heißen Schauer durch den Leib und schien ihm anbetungswürdig.

Die alte Dame, in deren Haus sie Tee tranken, ließ sich von ihrer Fröhlichkeit anstecken.

»Ich wünschte, Sie hätten schöneres Wetter gehabt«, sagte sie und machte sich in ihrer Nähe zu schaffen.

»Nein«, lachte er. »Wir haben gerade gesagt, wie schön es ist!«

Die alte Dame musterte ihn neugierig. Er besaß einen eigenartigen, strahlenden Charme. Seine dunklen Augen lachten, und mit einer frohen Geste strich er sich über den Schnurrbart.

»Haben Sie das wirklich?«, rief sie, und ein Licht erwachte in ihren alten Augen.

»Wahrhaftig«, lachte er.

»Dann war der Tag wohl schön genug«, sagte die alte Dame.

Sie hantierte herum und wollte ihnen keine Ruhe lassen.

»Möchten Sie vielleicht auch ein paar Radieschen?«, sagte sie zu Clara. »Ich habe nämlich welche im Garten – und eine Gurke.«

Clara errötete. Sie sah sehr hübsch aus.

»Ich hätte gerne ein paar Radieschen«, antwortete sie.

Und die alte Dame trippelte fröhlich davon.

»Wenn die wüsste«, sagte Clara leise zu ihm.

»Nun, sie weiß es eben nicht – jedenfalls beweist es, dass wir einen guten Eindruck machen. Du siehst hübsch genug aus, um einen Erzengel zufriedenzustellen, und ich komme mir ganz harmlos vor – also – wenn es dich hübsch macht und wenn es die Leute glücklich macht, uns um sich zu haben, und wenn es uns glücklich macht nun, dann betrügen wir sie nicht allzu sehr.«

Sie setzten ihre Mahlzeit fort. Als sie aufbrachen, kam die alte Dame schüchtern mit drei winzigen, makellosen rot und weiß gesprenkelten Dahlien, die in voller Blüte standen. Zufrieden blieb sie vor Clara stehen und sagte:

»Ich weiß nicht, ob –«, und mit ihrer alten Hand hielt sie ihr die Blumen hin.

»Ach, wie hübsch –!«, rief Clara und nahm die Blumen an.

»Soll sie die etwa alle haben?«, fragte Paul die alte Dame vorwurfsvoll.

»Ja, sie soll sie alle haben«, erwiderte sie freudestrahlend. »Sie für Ihr Teil haben schon genug.«

»Aber ich werde sie bitten, mir eine abzugeben«, neckte er sie.

»Das kann sie halten, wie sie will«, sagte die alte Dame lächelnd. Und vor Freude machte sie einen kleinen Knicks.

Clara war schweigsam und verlegen. Als sie weitergingen, fragte er:

»Du fühlst dich doch nicht etwa wie eine Verbrecherin?«

Mit erschrockenen grauen Augen sah sie ihn an.

»Wie eine Verbrecherin?«, sagte sie. »Nein.«

»Aber offenbar hast das Gefühl, etwas Unrechtes getan zu haben.«

»Nein«, sagte sie. »Ich denke bloß – ›wenn die wüssten!‹«

»Wenn sie es wüssten, würden sie es nicht verstehen. So wie es jetzt ist, verstehen sie es, und es gefällt ihnen. Was kümmern die uns? Hier, allein mit mir und den Bäumen, fühlst du dich kein bisschen schuldig, oder?«

Er nahm ihren Arm, hielt sie so, dass sie ihm ins Gesicht sehen musste, und blickte ihr in die Augen. Etwas beunruhigte ihn.

»Wir sind doch keine Sünder?«, fragte er mit sorgenvoll gerunzelter Stirn.

»Nein«, sagte sie.

Lachend küsste er sie.

»Mir scheint, du magst dein bisschen Schuldgefühl«, sagte er. »Ich glaube, Eva hat's auch gemocht, als sie sich aus dem Paradies schlich. Und ich denke, Adam war wütend und hat sich gefragt, was zum Teufel der ganze Streit soll – wegen einem Stück Apfel, an dem die Vögel picken konnten, wenn sie wollten.«

Doch es lagen ein Leuchten und eine Ruhe über ihr, die ihn froh stimmten. Als er allein im Zugabteil saß, war er mit einem Mal überglücklich und fand die Leute ungemein nett, die Nacht herrlich und alles gut.

Mrs Morel saß da und las, als er nach Hause kam. Um ihre Gesundheit stand es nicht zum Besten. Ihr Gesicht zeigte jene elfenbeinerne Blässe, die er früher nie wahrgenommen hatte und die er später nie vergessen sollte. Ihm gegenüber erwähnte sie ihr schlechtes Befinden nicht. Schließlich maß sie diesem keine große Bedeutung bei.

»Du kommst aber spät!«, sagte sie und sah ihn an.

Seine Augen glänzten, sein Gesicht schien zu glühen. Er lächelte sie an.

»Ja – ich war mit Clara im Hain von Clifton.«

Wieder sah seine Mutter ihn an.

»Aber werden die Leute nicht reden?«, fragte sie.

»Wieso denn? Sie wissen doch, dass sie Suffragette ist und so weiter. Und selbst wenn sie reden!«

»Natürlich, es mag nichts Unrechtes dabei sein«, sagte die Mutter. »Aber du weißt ja, wie die Leute sind, und wenn erst einmal über sie geredet wird –«

»Nun, dann kann ich nichts daran ändern. So schrecklich wichtig ist es nun auch wieder nicht, wenn sie sich das Maul zerreißen.«

»Ich finde, du solltest dabei an *sie* denken.«

»Das tue ich doch! Was können die Leute schon sagen? – Dass wir zusammen spazieren gehen. Ich glaube gar, du bist eifersüchtig.«

»Du weißt, dass ich mich freuen würde, wenn sie keine verheiratete Frau wäre.«

»Nun, meine Liebe – sie lebt von ihrem Mann getrennt und redet auf Tribünen – also ist sie von den Schafen bereits geschieden und hat, soweit ich sehe, nicht viel zu verlieren. Nein – ihr Leben bedeutet ihr nichts, und was ist der Wert von nichts? Sie geht mit mir – dann wird was draus. Dann muss sie bezahlen, dann müssen wir beide bezahlen. Die Leute haben eine solche Angst vor dem Bezahlen – lieber würden sie Hungers sterben.«

»Nun gut, Sohn – wir werden sehen, wie es endet.«

»Nun gut, Mutter – ich werde das Ende abwarten.«

»Wir werden sehen.«

»Und sie ist – sie ist furchtbar nett, Mutter – wirklich! Du kannst es dir gar nicht vorstellen!«

»Das ist nicht dasselbe wie sie heiraten.«

»Vielleicht ist es besser.«

Sie schwiegen eine Weile. Er wollte seine Mutter etwas fragen, traute sich aber nicht.

»Würdest du sie gern kennenlernen?«, fragte er zögernd.

»Ja«, antwortete die Mutter kühl. »Ich würde gern wissen, wie sie ist.«

»Aber sie ist nett, Mutter, wirklich! Und kein bisschen gewöhnlich!«

»Das habe ich nie behauptet.«

»Aber du scheinst zu glauben, dass sie – nicht so gut ist wie – ich sage dir, sie ist besser als neunundneunzig unter hundert. Ja, sie ist besser, wirklich! Sie ist anständig, sie ist ehrlich, sie ist offen – sie hat nichts Hinterhältiges oder Überhebliches – tu ihr nicht unrecht.«

Mrs Morel errötete.

»Das tue ich gewiss nicht. Sie mag ja ganz so sein, wie du sagst – aber –«

»Du billigst es nicht«, vollendete er ihren Satz.

»Erwartest du das denn von mir?«, erwiderte sie kühl.

»Ja! – Ja!! – Wenn du Format hättest, würdest du dich freuen. Möchtest du sie wirklich kennenlernen?«

»Das sagte ich doch schon.«

»Dann bringe ich sie mit – soll ich sie hierherbringen?«

»Ganz wie du willst.«

»Dann bringe ich sie hierher – an einem Sonntag – zum Tee. Solltest du schlecht von ihr denken, werde ich es dir nie verzeihen.«

Seine Mutter lachte.

»Als ob das einen Unterschied machen würde«, sagte sie. Da wusste er, dass er gewonnen hatte.

»Ach, Mutter, es ist so schön, wenn sie da ist – auf ihre Art ist sie wie eine Königin –«

Gelegentlich ging er immer noch mit Miriam und Edgar nach dem Gottesdienst ein Stück ihres Weges. Den Hof besuchte er nicht mehr. Miriam verhielt sich ihm gegenüber wie früher, und er fühlte sich keineswegs verlegen in ihrer Gegenwart. Eines Abends war sie allein, als er sie begleitete. Sie begannen ein Gespräch über Bücher: ein unerschöpfliches Thema für sie beide.

Mrs Morel hatte gemeint, sein Verhältnis mit Miriam sei wie ein mit Büchern genährtes Feuer – lege man keine Bände nach, gehe es aus. Miriam wiederum brüstete sich, sie könne ihn lesen wie ein Buch, könne jederzeit den Finger auf Kapitel und Vers legen. Er nahm alles für bare Münze und glaubte, Miriam wisse mehr über ihn als jeder andere, und so genoss er es wie der einfältigste Egoist, von sich zu sprechen. Sehr bald wandte sich die Unterhaltung seinen Angelegenheiten zu. Es schmeichelte ihm ungemein, dass er von so hohem Interesse war.

»Und was hast du in letzter Zeit gearbeitet?«

»Ich – ach, nicht viel – ich habe eine Skizze von Bestwood angefertigt, vom Garten aus, die mir endlich fast gelungen ist. Der hundertste Versuch –«

So sprachen sie weiter. Dann fragte sie:

»Ausgegangen bist du in letzter Zeit also nicht?«

»Doch – am Montagnachmittag war ich mit Clara im Hain von Clifton.«

»Es war aber kein sehr schönes Wetter, oder?«, sagte Miriam.

»Aber ich wollte ausgehen – und es war in Ordnung. Der Trent führt Hochwasser.«

»Und seid ihr nach Barton gegangen?«, fragte sie.

»Nein, wir waren in Clifton zum Tee.«

»Ach, wirklich? Wie schön!«

»Ja, das war's. Bei der lustigsten alten Frau – sie hat uns einige ganz bezaubernde Pompondahlien geschenkt.«

Miriam senkte den Kopf und grübelte. Er dachte gar nicht daran, ihr irgendetwas zu verheimlichen.

»Was kam sie denn darauf, euch Blumen zu schenken?«, fragte sie.

Er lachte.

»Sie mochte uns – vermutlich, weil wir so lustig waren.«

Miriam steckte den Finger in den Mund.

»Bist du spät nach Hause gekommen?«, fragte sie.

Nun gefiel ihr Ton ihm gar nicht mehr.

»Ich habe den Zug um 7 Uhr 30 genommen.«

»Ha!«

Schweigend gingen sie weiter, er war wütend.

»Und wie geht es Clara?«, fragte Miriam.

»Ganz gut, denke ich.«

»Das ist schön«, sagte sie mit einem Hauch von Ironie. »Was ist übrigens mit ihrem Mann? Von dem hört man ja gar nichts mehr.«

»Er ist mit einer anderen Frau zusammen, und ihm geht's auch ganz gut«, erwiderte er. »Glaube ich zumindest.«

»Verstehe – du weißt also nichts Genaueres. – Meinst du nicht, dass eine solche Lage für eine Frau sehr schwierig ist?«

»Furchtbar schwierig.«

»Es ist so ungerecht!«, sagte Miriam. »Der Mann kann tun, was er will –«

»Dann sollte auch die Frau es dürfen –«, sagte er.

»Wie könnte sie! – Und wenn sie's tut, sieh dir mal ihre Lage an!«

»Was ist damit?«

»Na – die ist doch unmöglich! – Du begreifst ja nicht, was eine Frau alles verwirkt –«

»Nein, das tue ich nicht. – Aber wenn eine Frau nur von ihrem guten Ruf lebt, ist das eine ziemlich magere Kost, und ein Esel würde dabei verenden.«

Nun verstand sie wenigstens seine moralische Haltung und wusste, dass er dementsprechend handeln würde. Niemals fragte sie ihn geradeheraus, doch sie erfuhr genug.

Als er Miriam ein andermal sah, kamen sie erst auf die Ehe im Allgemeinen zu sprechen, dann auf Claras Ehe mit Dawes.

»Verstehst du«, sagte er, »den furchtbaren Ernst der Ehe hat sie nie begriffen. Sie dachte, das sei nun mal der Lauf der Dinge – so müsse es kommen – und Dawes – nun ja, so manche Frau hätte ihre Seele darum gegeben, ihn zu bekommen – also – warum nicht er? – Und dann hat sie sich zur ›femme incomprise‹ entwickelt – und ihn schlecht behandelt, darauf verwette ich meine Stiefel.«

»Und sie hat ihn verlassen, weil er sie nicht verstanden hat?«

»Ich nehme es an. Ich nehme an, sie konnte nicht anders. Es ist nicht allein eine Frage des Verstehens, sondern eine Frage des Lebens. Bei ihm war nur eine Hälfte von ihr am Leben, der Rest schlummerte, war wie betäubt. Und die schlummernde Frau war die ›femme incomprise‹. Und die musste geweckt werden.«

»Und was ist mit ihm?«

»Ich weiß es nicht – ich glaube, er liebt sie – soweit er das vermag. Aber er ist ein Narr.«

»Ungefähr so wie zwischen deiner Mutter und deinem Vater«, sagte Miriam.

»Ja, aber ich glaube, anfangs hat meine Mutter bei meinem Vater echte Freude und Zufriedenheit gefunden. Ich glaube, sie hatte eine Leidenschaft für ihn. Deshalb ist sie bei ihm geblieben. Schließlich waren sie aneinander gebunden.«

»Ja«, sagte Miriam.

»Ich glaube, dass man das empfinden muss«, fuhr er fort, »dieses echte, wahre, flammende Gefühl für einen anderen, einmal, ein einziges Mal nur, und wenn's nur drei Monate vorhält. Schau, meine Mutter sieht aus, als hätte sie alles gehabt, was für ihr Leben und ihre Entwicklung nötig war. Man hat bei ihr auch nicht das geringste Gefühl von Sterilität.«

»Nein«, sagte Miriam.

»Und bei meinem Vater hat sie dieses Echte zu Beginn erlebt, da bin ich mir sicher. Sie weiß es – sie hat es erfahren. Man sieht es ihr an, man sieht es ihm an, und Hunderten von Menschen, denen man täglich begegnet. Und ist dir das erst einmal widerfahren, kannst du alles meistern, kannst reifen.«

»Was genau widerfährt einem denn?«, fragte Miriam.

»Das ist schwer zu erklären – es ist etwas Großes, etwas Starkes, das dich verändert, wenn du wirklich mit einem anderen Menschen zusammenkommst. Fast scheint es deine Seele zu befruchten und dafür zu sorgen, dass du vorankommst und reifst.«

»Und du glaubst, deine Mutter hat das mit deinem Vater erlebt?«

»Ja – und im Grunde ist sie ihm dankbar dafür, dass er ihr das geschenkt hat, selbst jetzt noch, wo sie meilenweit auseinander sind.«

»Und du glaubst, Clara hat das nie erlebt?«

»Da bin ich mir sicher.«

Miriam dachte darüber nach. Sie sah, wonach er suchte: eine Art Feuertaufe der Leidenschaft, so kam es ihr jedenfalls vor. Sie erkannte, dass er niemals befriedigt wäre, ehe er sie nicht gefunden hatte. Vielleicht war es lebensnotwendig für ihn – so wie für andere Männer, sich die Hörner abzustoßen. Und hinterher, wenn er befriedigt wäre, würde er nicht länger vor Rastlosigkeit rasen, sondern könnte zur Ruhe kommen und sein Leben in ihre Hände legen. Nun gut, wenn er gehen musste, sollte er gehen und sein gerüttelt Maß an allem haben – etwas Großes und Starkes nannte er es. Sobald er es hätte, würde er es jedenfalls nicht mehr wollen: Das sagte er selbst. Er würde das andere wollen, das nur sie ihm geben konnte. Er würde jemandem gehören wollen, um arbeiten zu können. Es kam ihr bitter vor, dass er gehen musste. Aber sie konnte ihn ins Wirtshaus gehen lassen, um ein Glas Whiskey zu trinken, also konnte sie ihn auch zu Clara gehen lassen – solange dies ein Bedürfnis in ihm befriedigte, er wieder frei wäre und sie ihn besitzen könnte.

»Hast du deiner Mutter von Clara erzählt?«, fragte sie.

Sie wusste, damit konnte sie die Ernsthaftigkeit seiner Gefühle für die andere prüfen. Sie wusste, wenn er seiner Mutter davon erzählte, dann suchte er bei Clara etwas Wesentliches, anders als ein Mann, der des Vergnügens wegen zu einer Prostituierten geht.

»Ja«, sagte er, »und sie kommt am Sonntag zum Tee.«

»Zu euch ins Haus?«

»Ja, ich wollte, dass Mater sie kennenlernt.«

»Ach so!«

Es herrschte Schweigen. Die Dinge hatten sich schneller entwickelt, als sie gedacht hatte. Plötzlich empfand sie Bitterkeit darüber, dass er sie so schnell und so ganz verlassen konnte. Und würde Clara von seiner Familie akzeptiert werden, die ihr gegenüber so feindselig gewesen war?

»Vielleicht schaue ich auf dem Weg zum Gottesdienst kurz vorbei«, sagte sie. »Ich habe Clara schon so lange nicht mehr gesehen.«

»Sehr wohl«, sagte er erstaunt und unwillkürlich wütend.

Am Sonntagnachmittag ging er nach Keston, um Clara vom Bahnhof abzuholen. Als er auf dem Bahnsteig stand, versuchte er zu ergründen, ob er eine Vorahnung hatte.

»Fühle ich, dass sie kommt?«, fragte er sich und versuchte, es herauszufinden. Er spürte eine sonderbare Beklemmung. Das schien ihm ein schlechtes Omen zu sein. Er hatte also eine böse Ahnung, dass sie nicht kommen würde! Dann würde sie eben nicht kommen, und anstatt mit ihr über die Felder nach Hause zu gehen, wie er es sich ausgemalt hatte, würde er allein gehen müssen. Der Zug hatte Verspätung. Der Nachmittag war vertan, der Abend ebenso. Er hasste sie dafür, dass sie nicht kam. Warum hatte sie es versprochen, wenn sie ihr Versprechen nicht halten konnte? Vielleicht hatte sie ihren Zug verpasst – er selbst verpasste ständig Züge –, aber das war kein Grund, weshalb sie gerade diesen verpassen sollte. Er war ärgerlich auf sie – er war außer sich vor Wut.

Plötzlich sah er, wie der Zug herankroch und sich langsam um die Ecke stahl. Der Zug war also da, aber sie war natürlich nicht gekommen. Die grüne Lokomotive zischte den Bahnsteig entlang, und die Reihe brauner Waggons fuhr vor. Mehrere Türen öffneten sich. Nein, sie war nicht gekommen! – Nein! – Ach doch, da war sie, sie trug einen großen schwarzen Hut! Im Nu stand er neben ihr.

»Ich dachte schon, du würdest nicht kommen«, sagte er.

Sie lachte atemlos, als sie ihm die Hand reichte. Ihre Blicke trafen sich. Schnell führte er sie den Bahnsteig entlang und redete drauflos, um seine Gefühle zu verbergen. Sie sah wunderschön aus. Auf ihrem Hut trug sie große mattgoldene Seidenrosen. Ihr dunkles Kostüm schmiegte sich herrlich an Brust und Schultern. Stolzgeschwellt ging er neben ihr her. Er sah, dass die Bahnbeamten, die ihn kannten, sie voller Ehrfurcht und Bewunderung betrachteten.

»Ich war mir sicher, dass du nicht kommen würdest«, sagte er und lachte verlegen.

Sie lachte ebenfalls, fast klang es wie ein kleiner Schrei.

»Und als ich im Zug saß, habe ich mich gefragt, was ich tun würde, wenn du nicht da wärst!«, sagte sie.

Leidenschaftlich fasste er ihre Hand, und sie gingen den schmalen Fußweg entlang. Sie schlugen den Weg nach Nutall und über Reckoning House Farm ein. Es war ein blauer, milder Tag. Überall lag braunes Laub verstreut. In der Hecke am Wald standen viele scharlachrote Hagebutten. Er pflückte ein paar, um sie ihr anzustecken.

»Eigentlich«, sagte er, als er sie ihr an die Jackenbrust heftete, »solltest du dagegen sein, dass ich sie pflücke, wegen der Vögel. Aber in dieser Gegend haben sie für Hagebutten nicht viel übrig, denn es gibt genug zu fressen. Im Frühling sieht man die Früchte oft verfaulen.«

So schwatzte er vor sich hin und war sich kaum bewusst, was er sagte; er wusste nur, dass er ihr Früchte an die Jackenbrust heftete, während sie es geduldig geschehen ließ. Und sie betrachtete seine flinken Hände, die so voller Leben waren, und es kam ihr vor, als hätte sie noch nie zuvor etwas wirklich *gesehen*: Bis dahin war alles undeutlich gewesen.

Sie kamen in die Nähe des Bergwerks. Ganz still und schwarz stand es inmitten der Kornfelder, fast sah es aus, als sprieße seine riesige Schlackenhalde aus dem Hafer hervor.

496

»Wie schade, dass es hier, wo es so schön ist, eine Kohlengrube gibt«, sagte Clara.

»Findest du?«, erwiderte er. »Siehst du, ich bin so daran gewöhnt, dass sie mir fehlen würde. – Nein, ich mag die Gruben hier und da. Ich mag die Reihen der Wagen und die Fördertürme und den Dampf bei Tage und die Lichter bei Nacht. – Als ich ein Junge war, dachte ich immer, ein Bergwerk mit seinem Dampf und seinen Lichtern und den brennenden Halden wäre des Tages eine Wolkensäule und des Nachts eine Feuersäule – und ich dachte, der Herr säße stets oben im Förderschacht.«

Als sie sich dem Haus näherten, wurde sie schweigsam und schien zu zögern. Er drückte ihre Finger. Sie errötete, aber sie reagierte nicht.

»Möchtest du denn nicht zu mir nach Hause kommen?«, fragte er.

»Doch, ich möchte schon«, erwiderte sie.

Der Gedanke, dass ihre Stellung in seinem Haus seltsam und schwierig sein würde, kam ihm gar nicht. Ihm schien es, als stelle er seiner Mutter lediglich einen seiner männlichen Freunde vor – nur einen netteren.

Die Morels wohnten in einem Haus in einer hässlichen Straße, die einen steilen Hügel hinabführte. Die Straße selbst war scheußlich. Das Haus war aber immer noch besser als die meisten anderen. Es war alt und schmutzig und hatte ein großes Erkerfenster. Und es war eine Doppelhaushälfte. Allerdings wirkte es düster. Dann öffnete Paul das Tor zum Garten, und alles sah anders aus. Dort herrschte sonniger Nachmittag, als befände man sich in einem anderen Land. Um den Pfad herum wuchsen Rainfarn und kleine Bäume. Vor dem Fenster lag ein sonniges Stück Rasen, von alten Fliederbüschen gesäumt. Und der Garten erstreckte sich noch weiter, mit Unmengen zerzauster Chrysanthemen im Sonnenschein, hinunter bis zum Bergahorn und dem Feld, und dahinter blickte man über ein paar Cottages mit roten Dächern hinweg auf die Hügel, die im Herbstnachmittag glühten.

Mrs Morel saß in ihrem Schaukelstuhl und trug ihre schwarze Seidenbluse. Ihr grau-braunes Haar war glatt von ihrer Stirn und ihren hohen Schläfen zurückgekämmt, ihr Gesicht sah recht blass aus. Clara litt, als sie Paul in die Küche folgte. Mrs Morel erhob sich. Clara hielt sie für eine Dame, eine recht steife sogar. Die junge Frau war sehr nervös. Sie wirkte beinahe wehmütig, beinahe ergeben.

»Mutter – Clara«, sagte Paul.

Mrs Morel streckte die Hand aus und lächelte.

»Er hat mir schon viel von Ihnen erzählt«, sagte sie.

Clara schoss das Blut in die Wangen.

»Ich hoffe, es macht Ihnen nichts aus, dass ich komme«, stammelte sie.

»Ich habe mich gefreut, als er sagte, er würde Sie mitbringen«, erwiderte Mrs Morel.

Paul sah zu, und vor Schmerz krampfte sich sein Herz zusammen. Neben der üppigen Clara nahm seine Mutter sich so klein, so blass und verbraucht aus.

»Ein herrlicher Tag, Mutter!«, sagte er. »Und wir haben einen Eichelhäher gesehen.«

Die Mutter sah ihn an. Er hatte sich ihr zugewandt. Sie fand, in seinem dunklen, gutsitzenden Anzug sah er wie ein richtiger Mann aus. Er war bleich und wirkte leicht abwesend; jeder Frau würde es schwerfallen, ihn zu halten. Ihr Herz erglühte. Dann tat Clara ihr leid.

»Vielleicht möchten Sie im Wohnzimmer ablegen«, sagte sie freundlich zu der jungen Frau.

»Oh, vielen Dank«, erwiderte diese.

»Komm«, sagte Paul und führte sie in das kleine Vorderzimmer mit dem alten Klavier, den Mahagonimöbeln, dem Kaminsims aus gelblichem Marmor. Ein Feuer brannte. Überall lagen Bücher und Zeichenbretter verstreut.

»Ich lasse meine Sachen immer herumliegen«, sagte er. »Das ist viel einfacher.«

Ihr gefielen seine Künstlerutensilien, die Bücher und die Fotografien von Leuten. Bald erzählte er ihr: Das war William, das war Williams junge Braut im Abendkleid, das waren Annie und ihr Mann, das waren Arthur, seine Frau und das Baby. Sie hatte das Gefühl, in die Familie aufgenommen zu werden. Er zeigte ihr Fotos, Bücher und Skizzen, und sie plauderten eine Weile. Dann gingen sie zurück in die Küche. Mrs Morel legte ihr Buch beiseite. Clara trug eine feine Seidenchiffonbluse mit schmalen, schwarz-weißen Streifen. Ihre Frisur war einfach, oben zu einem Knoten festgesteckt. Sie sah recht stattlich und zurückhaltend aus.

»Sie wohnen jetzt unten auf dem Sneiton Boulevard?«, fragte Mrs Morel. »Als ich ein Mädchen war – was sage ich, Mädchen! –, als ich eine junge Frau war, wohnten wir in der Minerva Terrace.«

»Ach ja?«, sagte Clara. »Eine Freundin von mir wohnt in der Nummer 6.«

Und die Unterhaltung war in vollem Gange. Sie sprachen über Nottingham und die Leute von dort. Es interessierte sie beide. Clara war noch immer ziemlich nervös, und Mrs Morel bewahrte noch immer ihre würdige Haltung. Sie sprach sehr knapp, klar und präzise. Aber Paul merkte, dass sie gut miteinander auskommen würden.

Mrs Morel verglich sich mit der jüngeren Frau und fand, dass sie selbst die ungleich Stärkere war. Clara verhielt sich ehrerbietig. Sie kannte Pauls erstaunliche Hochachtung vor seiner Mutter und hatte sich vor dieser Begegnung gefürchtet, denn sie war auf eine eher harte und kühle Person gefasst gewesen. Nun war sie überrascht, diese kleine, interessierte Frau vorzufinden, die so bereitwillig mit ihr plauderte. Und dann empfand sie wie bei Paul, dass sie Mrs Morel lieber nicht im Wege stehen wollte. Seine Mutter hatte etwas so Festes und Sicheres, als hätte sie in ihrem Leben Zweifel nie gekannt.

Kurz darauf kam Morel herunter, zerzaust und gähnend nach

seinem Nachmittagsschlaf. Er kratzte sich den ergrauten Kopf und lief in Strümpfen herum, die geöffnete Weste hing ihm übers Hemd. Er wirkte fehl am Platz.

»Das ist Mrs Dawes, Vater«, sagte Paul.

Da riss Morel sich zusammen. Clara bemerkte, dass er sich verbeugte und ihr die Hand schüttelte wie Paul.

»Oh, wirklich?«, rief Morel. »Es freut mich sehr, Sie kennen-zulernen, wirklich, das kann ich Ihnen versichern. Aber lassen Sie sich nicht stören – nein – nein! Fühlen Sie sich wie zu Hause, Sie sind herzlich willkommen!«

Clara staunte über die überströmende Gastfreundlichkeit des alten Bergmanns. Er war so höflich, so galant! Sie fand ihn aus-gesprochen reizend.

»Und kommen Sie von weit her?«, fragte er.

»Nur aus Nottingham«, antwortete sie.

»Aus Nottingham. Dann hatten Sie ja herrliches Reisewetter.«

Damit schlurfte er in die Spülküche, um sich Hände und Ge-sicht zu waschen. Aus Gewohnheit kam er mit dem Handtuch an den Herd, wo er sich abtrocknete.

Beim Tee spürte Clara die Kultiviertheit und Gelassenheit dieses Haushalts. Mrs Morel war die Ruhe selbst. Sie schenkte Tee aus und bediente die anderen, ohne zu überlegen oder ihren Redefluss zu unterbrechen. An dem ovalen Tisch war viel Platz, das Porzellan mit dem dunkelblauen Weidenmuster nahm sich hübsch aus auf dem glänzenden Tischtuch. Eine kleine Schale mit gelben Chrysanthemen stand auf dem Tisch. Clara hatte das Empfinden, den Kreis zu vervollständigen, und das freute sie. Aber die Selbstbeherrschung der Morels, auch die des Vaters, machte ihr doch Angst. Sie passte sich ihrem Ton an. Alles hier war im Gleichgewicht. Es herrschte eine kühle und klare Atmo-sphäre, in der jeder er selbst war und doch in Einklang mit den anderen. Clara genoss sie, aber die Angst saß tief in ihr.

Paul räumte den Tisch ab, während seine Mutter und Clara sich unterhielten. Clara fiel sein flinker, lebhafter Körper auf, wie er kam und ging, als treibe ein schneller Wind ihn vor sich her. Fast war es wie das Hin und Her eines Blattes, das unerwartet heranweht. Ihre Aufmerksamkeit war vor allem auf ihn gerichtet. An der Art, wie sie sich vorbeugte, als höre sie zu, merkte Mrs Morel, dass ihre Gedanken woanders waren, während sie sprach. Und wieder tat sie der älteren Frau leid.

Als er fertig war, ließ er die beiden Frauen zurück, damit sie sich unterhalten konnten, und schlenderte durch den Garten. Es war ein dunstiger, sonniger Nachmittag, mild und sanft. Claras Blick folgte ihm durch das Fenster, als er bei den Chrysanthemen verweilte. Ihr war, als fessele sie etwas nahezu Greifbares an ihn. Und doch schien er so ungezwungen in seinen anmutigen, lässigen Bewegungen, so entrückt, als er die Blütenzweige, die zu schwer geworden waren, an ihre Stöcke band, dass sie in ihrer Hilflosigkeit am liebsten aufgeschrien hätte.

Mrs Morel erhob sich.

»Sie werden mir erlauben, Ihnen beim Abwasch zu helfen«, sagte Clara.

»Ach, es sind ja nur ein paar Teller, das dauert nur eine Minute«, erwiderte die andere.

Dennoch trocknete Clara das Teegeschirr ab und freute sich, dass sie mit seiner Mutter so gut auskam. Aber es war eine Qual, ihm nicht in den Garten folgen zu können. Schließlich gestattete sie sich hinauszugehen. Es war, als würde ihr ein Strick vom Knöchel gelöst.

Golden glänzte der Nachmittag über den Hügeln von Derbyshire. Paul stand drüben in dem anderen Garten, neben einem Büschel blasser Bergastern, und sah den letzten Bienen dabei zu, wie sie in den Stock krochen. Als er Clara kommen hörte, wandte er sich mit einer leichten Bewegung zu ihr um und sagte:

»Mit diesen Burschen geht es bald zu Ende.«

Clara stand nahe bei ihm. Jenseits der niedrigen roten Mauer lag das Land, lagen die fernen Hügel in goldenem Dämmer.

In diesem Moment trat Miriam durch das Gartentor. Sie sah,

wie Clara auf ihn zuging, sah, wie er sich zu ihr umwandte, sah, wie die beiden gemeinsam zur Ruhe kamen. Etwas in ihrer vollkommenen Zweisamkeit gab ihr zu erkennen, dass es vollbracht war zwischen ihnen, dass sie, wie sie es nannte, verheiratet waren. Ganz langsam ging sie auf dem Schlackenweg durch den langen Garten.

Clara hatte sich von einem der Stockrosenstengel eine Samenhülse gepflückt und wollte sie gerade aufbrechen, um die Saatkörner herauszuholen. Über ihrem gesenkten Kopf starrten die rosa Blumen, als wollten sie sie verteidigen. Die letzten Bienen taumelten in ihren Stock.

»Zähl dein Geld«, lachte Paul, als sie die flachen Samenkörner eins nach dem anderen aus der Münzrolle brach. Sie sah ihn an.

»Ich bin wohlhabend«, sagte sie lächelnd.

»Wie viel? – Pff! –« Er schnipste mit den Fingern. »Kann ich die in Gold verwandeln?«

»Leider nicht«, lachte sie.

Lachend sahen sie einander in die Augen. In diesem Moment bemerkten sie Miriam. Es machte schnapp, und alles war von Grund auf verändert.

»Hallo, Miriam!«, rief er. »Du hattest ja gesagt, du wolltest kommen!«

»Ja, hattest du's denn vergessen?«

Sie schüttelte Clara die Hand und sagte:

»Schon seltsam, dich hier zu sehen.«

»Ja«, antwortete die andere, »mir kommt es auch seltsam vor.«

Sie zauderten.

»Es ist hübsch hier, nicht wahr?«, sagte Miriam.

»Mir gefällt es sehr gut hier«, erwiderte Clara.

Daran erkannte Miriam, dass Clara akzeptiert wurde, wie es ihr selbst nie vergönnt gewesen war.

»Bist du allein gekommen?«, fragte Paul.

»Ja! Ich war bei Agatha zum Tee. Wir gehen zum Gottesdienst. Ich wollte nur kurz vorbeischauen, um Clara zu sehen.«

»Du hättest zum Tee kommen sollen«, sagte Paul.

Miriam lachte kurz, und Clara wandte sich ungeduldig ab.

»Gefallen dir die Chrysanthemen?«, fragte er.

»Ja – sie sind sehr hübsch«, erwiderte Miriam.

»Welche Sorte gefällt dir am besten?«, fragte er.

»Ich weiß nicht – ich glaube, die bronzefarbenen.«

»Ich glaube nicht, dass du schon alle Sorten gesehen hast. Komm und schau sie dir an. Komm du und sag mir, welche *dir* am besten gefallen, Clara.«

Er führte die beiden Frauen zurück in seinen Garten, wo die zerzausten, zerfetzten Blumenstauden in allen Farben den Weg zum Feld hin säumten. Soweit ihm bewusst war, machte ihn die Situation nicht verlegen.

»Sieh mal, Miriam – das sind die weißen aus deinem Garten. Hier machen sie sich nicht so gut, oder?«

»Nein«, sagte Miriam.

»Aber sie sind robuster. Euer Garten ist so geschützt. Dinge werden groß und zart, dann sterben sie. Die kleinen gelben hier mag ich. Möchtest du ein paar?«

Als sie draußen standen, begannen die Kirchenglocken zu läuten und tönten laut über die Stadt und die Felder. Miriam blickte zu dem Turm, der über den dicht gedrängten Dächern thronte, und dachte an die Skizzen, die er ihr gebracht hatte. Damals war alles anders gewesen. Aber noch hatte er sie nicht verlassen. Sie bat ihn um ein Buch. Er lief ins Haus.

»Was – ist das etwa Miriam?«, fragte die Mutter kühl.

»Ja – sie sagte, sie würde vorbeikommen, um Clara zu sehen.«

»Du hast es ihr also gesagt?«, kam die sarkastische Antwort.

»Ja, warum nicht?«

»Du hast gewiss keinen Grund, weshalb du es ihr nicht sagen solltest«, erwiderte Mrs Morel und widmete sich wieder ihrem Buch. Die Ironie seiner Mutter ließ ihn zusammenzucken. Verärgert runzelte er die Stirn und dachte: »Warum kann ich nicht tun, wie's mir gefällt?«

»Du hast Mrs Morel heute zum ersten Mal gesehen«, sagte Miriam zu Clara.

»Ja – sie ist so nett.«

»Ja«, sagte Miriam und senkte den Kopf. »In gewisser Weise ist sie wirklich sehr nett.«

»Das glaube ich auch.«

»Hat Paul dir viel von ihr erzählt?«

»Er hat viel von ihr gesprochen.«

»Ha!«

Sie schwiegen, bis er mit dem Buch zurückkehrte.

»Wann möchtest du's wiederhaben?«, fragte Miriam.

»Wann's dir passt«, antwortete er.

Clara machte sich auf den Weg zum Haus, während er Miriam zum Tor begleitete.

»Wann kommst du mal nach Willey Farm?«, fragte Miriam.

»Kann ich nicht sagen«, erwiderte Clara.

»Von Mutter soll ich dir ausrichten, dass sie sich jederzeit freuen würde, dich zu sehen, falls du magst.«

»Danke – ich würde gerne kommen – aber ich kann noch nicht sagen, wann.«

»Na schön!«, rief Miriam leicht verbittert und wandte sich ab.

Sie ging den Gartenweg entlang, den Mund in den Blumen vergraben, die er ihr geschenkt hatte.

»Möchtest du wirklich nicht mit hineinkommen?«, fragte er.

»Nein, danke.«

»Wir gehen zum Gottesdienst.«

»Ha! – Dann sehen wir uns dort!« Miriam war sehr verbittert.

»Ja.«

Sie verabschiedeten sich. Er fühlte sich ihr gegenüber schuldig. Sie war verbittert, und sie verachtete ihn. Sie glaubte, dass er noch immer ihr gehörte. Doch er konnte Clara haben, neben seiner Mutter mit ihr im Gottesdienst sitzen und ihr dasselbe Gesangbuch geben, das er vor Jahren ihr gegeben hatte. Sie hörte, wie er schnell zum Haus lief.

Aber er ging nicht sofort hinein. Auf dem Rasenstück hielt er inne. Er hörte die Stimme seiner Mutter, daraufhin Claras Antwort:

»Was ich an Miriam hasse, ist der Bluthund in ihr.«

»Ja«, sagte seine Mutter schnell. »Ja! Dafür muss man sie wirklich hassen!«

Sein Herz wurde heiß, und er war wütend auf die beiden, weil sie so über das Mädchen sprachen. Welches Recht hatten sie dazu? Etwas in ihren Worten entfachte in ihm selbst lodernden Hass auf Miriam. Dann bäumte sich sein Herz heftig dagegen auf, dass Clara sich die Freiheit nahm, so über Miriam zu sprechen. Wenn es um Güte ging, dachte er, war Miriam schließlich von beiden die bessere Frau. Er ging ins Haus. Seine Mutter wirkte aufgeregt. Mit der Hand schlug sie rhythmisch auf die Sofalehne, wie Frauen es tun, die mit ihren Kräften am Ende sind. Er hatte diese Bewegung noch nie ertragen können. Es herrschte Schweigen. Dann begann er ein Gespräch.

Beim Gottesdienst sah Miriam, wie er für Clara die richtige Stelle im Gesangbuch heraussuchte, genauso, wie er es früher für sie getan hatte. Und während der Predigt konnte er das Mädchen auf der anderen Seite der Kirche sehen; ihr Hut warf einen dunklen Schatten auf ihr Gesicht. Was sie wohl dachte, da sie ihn so mit Clara sah? Er hielt sich bei dem Gedanken nicht auf. Er fühlte, wie grausam er zu ihr war.

Nach dem Gottesdienst ging er mit Clara über den Hügel von Pentrich. Es war eine dunkle Herbstnacht. Sie hatten sich von Miriam verabschiedet, und er hatte einen Stich im Herzen verspürt, als er das Mädchen zurückgelassen hatte. »Aber es geschieht ihr recht«, sagte er bei sich, und fast bereitete es ihm Freude, vor ihren Augen mit dieser schönen anderen Frau davonzugehen.

In der Dunkelheit roch es nach feuchtem Laub. Warm und schlaff lag Claras Hand in seiner, als sie weitergingen. Er war im Zwiespalt. Der Kampf, der in seinem Innern tobte, ließ ihn verzweifeln.

Oben auf dem Hügel von Pentrich lehnte sich Clara im Gehen an ihn. Er schlang seinen Arm um ihre Hüfte. Wie sie so dahinschritt, fühlte er die starke Bewegung ihres Körpers unter seinem Arm; die Spannung in seiner Brust, die er wegen Miriam empfunden hatte, löste sich, und heiß durchwallte ihn sein Blut. Er hielt sie immer fester.

Dann sagte sie ruhig: »Du hast also immer noch Kontakt zu Miriam.«

»Nur zum Reden – viel mehr als Gespräche hat es ohnehin nie zwischen uns gegeben«, sagte er bitter.

»Deine Mutter mag sie nicht besonders«, sagte Clara.

»Nein – sonst hätte ich sie vielleicht geheiratet. – Aber das ist aus und vorbei – wirklich.«

Plötzlich wurde seine Stimme leidenschaftlich vor Hass.

»Wenn ich jetzt bei ihr wäre, würden wir über das ›Christliche Mysterium‹ oder derlei Kram schwatzen. Gott sei Dank bin ich es nicht.«

Eine Weile gingen sie schweigend weiter.

»Aber so richtig aufgeben kannst du sie nicht«, sagte Clara.

»Ich gebe sie nicht auf, weil es da nichts aufzugeben gibt«, entgegnete er.

»Für sie schon.«

»Ich sehe nicht ein, warum sie und ich nicht ein Leben lang Freunde bleiben können«, sagte er. »Aber eben nur Freunde.«

Clara rückte von ihm ab, wich jeder Berührung mit ihm aus.

»Warum rückst du von mir ab?«, fragte er.

Sie antwortete nicht, sondern rückte nur noch weiter von ihm ab.

»Warum willst du allein gehen?«, fragte er.

Sie antwortete noch immer nicht. Verdrießlich ging sie weiter und ließ den Kopf hängen.

»Weil ich gesagt habe, dass ich mit Miriam befreundet bleiben will?«, rief er.

Sie gab auf nichts eine Antwort.

»Ich sage dir doch, wir tauschen nur Worte aus«, beharrte er und versuchte, sie wieder an sich zu ziehen. Sie sträubte sich. Plötzlich stellte er sich vor sie hin und versperrte ihr den Weg.

»Verdammt!«, sagte er. »Was willst du denn?«

»Lauf lieber Miriam hinterher«, spottete sie.

Sein Blut kochte hoch. Er stand da und zeigte die Zähne. Verdrießlich ließ sie den Kopf hängen. Der Weg lag dunkel und verlassen. Plötzlich riss er sie an sich, beugte sich vor und presste ihr in einem zornigen Kuss den Mund aufs Gesicht. Verzweifelt wand sie sich, um sich ihm zu entziehen. Er hielt sie fest. Hart und unbarmherzig suchte sein Mund nach ihr. Ihre Brüste schmerzten an der Mauer seiner Brust. Hilflos erschlaffte sie in seinen Armen, und er überhäufte sie mit Küssen.

Da hörte er Leute den Hügel herunterkommen.

»Steh auf – steh auf!«, sagte er mit belegter Stimme und umklammerte ihren Arm, bis es weh tat. Hätte er sie losgelassen, sie wäre zu Boden gesunken. Sie seufzte auf und lief benommen neben ihm her. Schweigend gingen sie weiter.

»Wir gehen über die Felder«, sagte er, da kam sie wieder zu sich.

Aber sie gestattete ihm, ihr über den Zauntritt zu helfen, und ging schweigend mit ihm über das erste dunkle Feld. Es war der Weg nach Nottingham und zum Bahnhof, das wusste sie. Er schien sich umzuschauen. Sie erreichten eine kahle Hügelkuppe, wo die dunkle Gestalt der verfallenen Windmühle stand. Dort hielt er an. Hoch oben standen sie beide in der Dunkelheit und betrachteten die Lichter, die vor ihnen in die Nacht gestreut waren, viele glitzernde Pünktchen, Dörfer, die hier und da, hoch und tief in der Dunkelheit lagen.

»Als schritten wir mitten durch die Sterne«, sagte er mit unsicherem Lachen.

Dann nahm er sie in die Arme und hielt sie zu einem langen Kuss fest. Sie drehte den Mund zur Seite und fragte halsstarrig mit leiser Stimme:

»Wie spät ist es?«

»Das spielt doch keine Rolle«, flehte er mit belegter Stimme.

»Doch – doch – ich muss gehen.«

»Es ist noch früh«, sagte er.

»Wie spät ist es?«, beharrte sie.

Um sie her lag die schwarze, mit Lichtern gefleckte und gesprenkelte Nacht.

»Ich weiß es nicht.«

Sie legte ihre Hand auf seine Brust und tastete nach seiner Uhr. Er spürte, wie seine Glieder entflammten. Während er keuchend dastand, wühlte sie in seiner Westentasche. In der Dunkelheit konnte sie das runde, blasse Zifferblatt erkennen, aber nicht die Ziffern selbst. Sie beugte sich darüber. Er keuchte, wollte sie wieder in die Arme schließen.

»Ich kann nichts sehen«, sagte sie.

»Dann lass es sein.«

»Doch – ich gehe jetzt«, sagte sie und wandte sich ab.

»Warte – ich sehe nach –« Doch er konnte nichts sehen. »Ich reiße ein Streichholz an.«

Insgeheim hoffte er, dass es zu spät wäre, um noch den Zug zu erreichen. Sie sah die leuchtende Laterne seiner Hände, die die Flamme schützten, dann sein erhelltes Gesicht, seine auf die Uhr gehefteten Augen. Sofort war alles wieder dunkel. Alles war schwarz vor ihren Augen, nur ein rotglühendes Streichholz lag zu ihren Füßen. Wo war er?

»Und?«, fragte sie furchtsam.

»Du erreichst ihn ja doch nicht mehr«, kam seine Stimme aus der Dunkelheit.

Eine Pause trat ein. Sie fühlte sich in seiner Gewalt. Sie hatte den Klang in seiner Stimme wohl gehört. Er machte ihr Angst.

»Wie spät ist es?«, fragte sie ruhig, bestimmt, hoffnungslos.

»Zwei Minuten vor neun«, erwiderte er und sagte widerstrebend die Wahrheit.

»Und schaffe ich es in vierzehn Minuten von hier zum Bahnhof?«

»Nein – zumindest –«

Etwa einen Meter vor sich konnte sie wieder seine dunkle Gestalt ausmachen. Sie wollte fliehen.

»Schaffe ich es denn gar nicht mehr?«, flehte sie.

»Wenn du dich beeilst«, sagte er brüsk. »Aber du könntest auch einfach zu Fuß gehen, Clara – bis zur Straßenbahn sind's nur sieben Meilen – ich begleite dich.«

»Nein – ich will den Zug erreichen.«

»Aber warum?«

»Ich will – ich will den Zug erreichen.«

Plötzlich veränderte sich seine Stimme.

»Sehr wohl«, sagte er trocken und hart. »Dann komm.«

Und er hastete voran in die Dunkelheit. Den Tränen nahe, lief sie hinter ihm her. Jetzt war er hart und grausam zu ihr. Über die rauen, dunklen Felder lief sie ihm hinterher, atemlos, bereit, sich fallen zu lassen. Doch die doppelte Lichterreihe des Bahnhofs kam näher.

Plötzlich rief er: »Da ist er!«, und begann zu rennen.

Ein schwaches Rattern war zu hören. Zu ihrer Rechten schlängelte sich der Zug wie eine leuchtende Raupe durch die Nacht. Das Rattern verstummte.

»Er fährt über den Viadukt – du schaffst es gerade noch.«

Völlig außer Atem rannte Clara los und kletterte schließlich in den Zug. Die Pfeife ertönte. Paul war weg. Weg! – Und sie saß in einem Waggon voller Menschen. Sie spürte, wie grausam das alles war.

Er machte kehrt und hastete nach Hause. Bevor er wusste, wo er sich befand, stand er auch schon zu Hause in der Küche. Er war sehr blass, seine Augen sahen dunkel und gefährlich aus, wie wenn er betrunken wäre. Seine Mutter betrachtete ihn.

»Ich muss schon sagen, deine Stiefel sind ja in einem feinen Zustand«, sagte sie.

Er blickte auf seine Füße. Dann zog er seinen Mantel aus. Seine Mutter fragte sich, ob er betrunken war.

»Hat sie den Zug noch erreicht?«, sagte sie.

»Ja.«

»Ich hoffe, ihre Füße waren nicht genauso schmutzig – Gott weiß, wo du sie hingeschleppt hast.«

Eine Weile war er reglos und schweigsam.

»Hat sie dir gefallen?«, fragte er schließlich mürrisch.

»Ja – sie hat mir gefallen. – Aber du wirst sie bald leid sein, mein Sohn, das weißt du genau.«

Er antwortete nicht. Sie bemerkte, wie das Atmen ihn anstrengte.

»Bist du gerannt?«, fragte sie.

»Wir mussten zum Zug rennen.«

»Du wirst dir noch den Tod holen. Trink lieber eine heiße Milch.«

Das wäre wohl das beste Anregungsmittel für ihn gewesen. Aber er lehnte ab und ging zu Bett. Da lag er nun, das Gesicht auf der Tagesdecke, und vergoss Tränen der Wut und der Qual. Er verspürte einen so körperlichen Schmerz, dass er sich die Lippen blutig biss, und der Aufruhr in seinem Innern machte ihn unfähig, zu denken oder auch nur zu fühlen.

»So also behandelt sie mich«, sagte er wieder und wieder in seinem Herzen und drückte das Gesicht in die Bettdecke. Und er hasste sie. Wieder ging er die Szene durch, und wieder hasste er sie.

Am nächsten Tag legte er eine neue Teilnahmslosigkeit an den Tag. Clara war sehr sanft, fast liebevoll zu ihm. Er aber verhielt sich abweisend, sogar ein wenig verächtlich ihr gegenüber. Sie seufzte nur und blieb weiterhin sanft. Und er beruhigte sich.

An einem Abend dieser Woche gab Sarah Bernhardt im Theatre Royal in Nottingham die Kameliendame. Paul wollte die gealterte, berühmte Schauspielerin sehen und lud Clara ein, ihn zu begleiten. Seine Mutter bat er, den Schlüssel für ihn ins Fenster zu legen.

»Soll ich Plätze reservieren?«, fragte er Clara.

»Ja. Und bitte trage einen Gesellschaftsanzug, ja? Ich habe dich noch nie darin gesehen.«

»Um Gottes willen, Clara, stell dir vor, ich im Gesellschaftsanzug im Theater!«, protestierte er.

»Würdest du ihn lieber nicht tragen?«, fragte sie.

»Ich werde ihn tragen, wenn du möchtest – aber ich werde mir albern vorkommen.«

Sie lachte ihn aus.

»Dann komme dir mir zuliebe albern vor – nur dieses eine Mal, ja?«

Die Bitte brachte sein Blut in Wallung.

»Dann muss ich wohl.«

»Wozu nimmst du einen Koffer mit?«, fragte seine Mutter.

Er errötete heftig.

»Clara hat mich darum gebeten«, antwortete er.

»Und was für Plätze habt ihr?«

»Rang – dreieinhalb Shilling der Platz.«

»Na, so was aber auch!«, rief die Mutter sarkastisch.

»So eine Gelegenheit kommt nur alle Jubeljahre einmal«, sagte er.

Bei Jordan's kleidete er sich um, zog einen Mantel über, setzte eine Mütze auf und traf sich mit Clara in einem Café. Dort saß sie mit einer ihrer Suffragettenfreundinnen. Sie trug einen alten langen Mantel, der gar nicht zu ihr passte, und hatte ein kleines Tuch um den Kopf geschlungen, das er scheußlich fand. Zusammen gingen die drei ins Theater.

Auf der Treppe zog Clara ihren Mantel aus, und er entdeckte, dass sie eine Art Abendkleid trug, das Arme, Hals und einen Teil ihrer Brust entblößte. Ihr Haar war modern frisiert. Das einfache Kleid aus grünem Krepp stand ihr gut. Er fand, dass sie prächtig aussah. Das Kleid betonte ihre Figur, als schmiege es sich eng um ihren Körper. Wenn er sie ansah, konnte er die Festigkeit und die Weichheit ihres aufrechten Körpers geradezu fühlen. Er ballte die Fäuste.

Und er sollte den ganzen Abend über neben ihrem schönen nackten Arm sitzen, ihren starken Hals betrachten, der sich aus der starken Brust erhob, ihre Brüste unter dem grünen Stoff, die Rundung ihrer Schenkel unter dem hautengen Kleid? Etwas in ihm hasste sie, weil sie ihn so der Folter ihrer Nähe unterwarf. Und er liebte sie, wie sie den Kopf trug und schmollend, nachdenklich, reglos geradeaus blickte, als habe sie sich ihrem Schicksal ergeben, weil es zu stark für sie sei. Sie konnte nichts dafür – etwas Größeres als sie hatte sie in der Gewalt. Etwas Ewiges lag in ihrem Aussehen, als sei sie eine rätselhafte Sphinx, und er musste sie küssen. Er ließ sein Programm zu Boden fallen und bückte sich, um es aufzuheben, damit er ihre Hand und ihr Handgelenk küssen konnte. Ihre Schönheit quälte ihn. Reglos saß sie da. Erst als die Lichter ausgingen, ließ sie sich ein wenig gegen ihn sinken, und mit den Fingern streichelte er ihre Hand und ihren Arm. Er konnte ihren zarten natürlichen Duft riechen und wurde verrückt vor Verlangen. Die ganze Zeit über jagte sein Blut in mächtigen, weißglühenden Wellen, die für Momente sein Bewusstsein ausblendeten.

Das Schauspiel nahm seinen Fortgang. Er sah alles wie in weiter Ferne, als finde es ganz woanders statt, er wusste nicht, wo, aber irgendwo tief in seinem Innern. Er selbst war Claras weiße, schwere Arme, ihr Hals, ihr wogender Busen. Das alles schien er selbst zu sein. Irgendwo nahm das Stück seinen Lauf, und auch mit diesem wurde er eins. Ihn selbst gab es nicht mehr. Claras grau-schwarze Augen, ihr Busen, der ihm so nahe war, ihr Arm, den er umklammert hielt – sie allein waren vorhanden. Da kam er sich klein und hilflos vor, weil sie ihn überragte in ihrer Kraft.

Nur die Pausen, wenn die Lichter angingen, taten ihm unaussprechlich weh. Er wollte davonlaufen, ganz gleich wohin, solange es nur wieder dunkel wäre. Wie betäubt ging er hinaus, um etwas zu trinken. Dann wurden die Lichter wieder gelöscht, und die seltsame, irre Wirklichkeit Claras und des Schauspiels nahmen ihn wieder in Besitz.

Das Schauspiel ging weiter. Er aber war besessen von dem Verlangen, die winzige blaue Ader in ihrer Armbeuge zu küssen. Er konnte sie fühlen. Ihm schien, er könne erst dann wieder leben, wenn er seine Lippen auf diese Stelle gedrückt hätte. Es musste geschehen. Aber die Leute! Schließlich beugte er sich rasch vor und berührte sie mit den Lippen. Sein Schnurrbart streifte die empfindliche Haut. Clara erschauerte und zog ihren Arm weg.

Als alles vorbei war, als die Lichter brannten und die Zuschauer applaudierten, kam er wieder zu sich und sah auf seine Uhr. Er hatte seinen Zug verpasst.

»Ich muss zu Fuß nach Hause!«, sagte er.

Clara blickte ihn an.

»Ist es schon zu spät?«, fragte sie.

Er nickte. Dann half er ihr in den Mantel.

»Ich liebe dich. Wunderschön siehst du aus in diesem Kleid«, murmelte er über ihre Schulter, mitten im Gedränge hastender Menschen. Sie blieb still. Gemeinsam verließen sie das Theater. Er sah die wartenden Droschken, die vorübergehenden Menschen. Da war ihm, als sähe ihn ein Paar braune Augen hasserfüllt an. Aber sicher war er sich nicht. Er und Clara wandten sich ab und nahmen automatisch den Weg zum Bahnhof.

Der Zug war fort. Er würde die zehn Meilen zu Fuß nach Hause gehen müssen.

»Das macht nichts«, sagte er. »Es wird mir gefallen.«

»Möchtest du nicht die Nacht bei mir verbringen?«, fragte sie errötend. »Ich kann bei Mutter schlafen –«

Er sah sie an. Ihre Blicke trafen sich.

»Was wird deine Mutter dazu sagen?«, fragte er.

»Sie wird nichts dagegen haben.«

»Bist du dir sicher?«

»Ganz sicher!«

»Soll ich wirklich mitkommen?«

»Wenn du magst.«

»Na gut!«

Und sie machten kehrt. An der ersten Haltestelle stiegen sie in die Straßenbahn. Der Wind blies ihnen frisch ins Gesicht. Die Stadt war dunkel, die Straßenbahn schwankte in schneller Fahrt. Er saß da und hielt ihre Hand.

»Wird deine Mutter schon zu Bett gegangen sein?«, fragte er.

»Vielleicht – hoffentlich nicht.«

Sie eilten die stille, dunkle kleine Straße entlang; die Einzigen, die noch draußen waren. Clara trat schnell ins Haus. Er zögerte.

»Komm herein«, sagte sie.

Er sprang über die Stufe und stand im Zimmer. In der Innentür erschien ihre Mutter, groß und feindselig.

»Wen hast du denn da?«, fragte sie.

»Das ist Mr Morel – er hat seinen Zug verpasst. Ich dachte, wir könnten ihn für die Nacht unterbringen und ihm die zehn Meilen Fußweg ersparen.«

»Hm!«, rief Mrs Radford. »So siehst du das also! Wenn du ihn eingeladen hast, ist er von mir aus herzlich willkommen. Du führst ja den Haushalt.«

»Wenn Sie mich nicht hier haben wollen, gehe ich wieder«, sagte er.

»Aber nein, das ist nicht nötig. Kommen Sie nur herein. – Ich weiß nicht, was Sie von dem Abendessen halten, das ich für Clara zubereitet habe.«

Es war eine kleine Schüssel Bratkartoffeln mit Speck. Der Tisch war unordentlich für eine Person gedeckt.

»Speck können Sie noch haben«, fuhr Mrs Radford fort. »Aber Kartoffeln gibt's keine mehr.«

»Es ist ein Jammer, dass ich Ihnen solche Umstände mache«, sagte er.

»Ach, Sie brauchen sich nicht zu entschuldigen, das ist bei mir nicht nötig! Sie haben sie schließlich ins Theater eingeladen, nicht wahr –?« Ihre letzte Frage klang höhnisch.

»Nun ja –!« Paul lachte unbehaglich.

»Nun ja – was ist da schon eine Scheibe Speck? Legen Sie Ihren Mantel ab.«

Die große, aufrechte Frau versuchte, die Lage richtig einzuschätzen. Sie machte sich am Geschirrschrank zu schaffen. Clara nahm seinen Mantel. Im Schein der Lampe wirkte das Zimmer sehr warm und gemütlich.

»Meine Herrschaften!«, rief Mrs Radford. »Ich muss schon sagen, ihr seid mir vielleicht zwei Hübsche! Wozu habt ihr euch denn so herausgeputzt?«

»Ich glaube, das wissen wir selbst nicht«, sagte er und fühlte sich angegriffen.

»In diesem Haus ist für gleich zwei so Paradiesvögel kein Platz. Wenn ihr aber auch so hoch hinauswollt«, hänselte sie. Es war ein gemeiner Seitenhieb.

Er in seinem Gesellschaftsanzug und Clara in ihrem grünen Kleid und mit bloßen Armen waren ganz verwirrt. Sie hatten das Gefühl, einander in dieser kleinen Küche beschützen zu müssen.

»Und schaut euch diese Blüte an!«, fuhr Mrs Radford fort und zeigte auf Clara. »Was die sich wohl dabei gedacht hat?«

Paul sah Clara an. Sie war errötet, auch auf ihrem Hals lag warme Röte. Einen Augenblick lang herrschte Schweigen.

»Eigentlich sehen Sie's doch ganz gern, nicht wahr?«, sagte er. Die Mutter hatte sie beide in ihrer Gewalt. Die ganze Zeit über pochte sein Herz heftig, und er war starr vor Beklemmung. Doch er würde sich gegen sie zur Wehr setzen.

»Ich und gern sehen –?«, rief die alte Frau. »Warum sollte ich es gern sehen, wenn sie sich zur Närrin macht?«

»Ich habe schon größere Närrinnen gesehen!«, sagte er. Clara stand jetzt unter seinem Schutz.

»Ach ja – und wann war das?«, konterte sie höhnisch.

»Wenn sie Vogelscheuchen aus sich gemacht haben«, erwiderte er.

Mrs Radford, groß und drohend, stand auf dem Kaminvorleger und hielt ihre Gabel in der Hand.

»Närrinnen sind sie so oder so«, antwortete sie schließlich und wandte sich dem Bratkasten zu.

»Nein«, setzte er sich beherzt zur Wehr. »Die Leute sollten so hübsch aussehen, wie sie können.«

»Und das nennen Sie hübsch?«, rief die Mutter und zeigte mit der Gabel verächtlich auf Clara. »Das Mensch da sieht doch aus, als wär's nicht anständig angezogen.«

»Ich glaube, Sie sind eifersüchtig, weil Sie sich nicht auch fein machen können«, sagte er lachend.

»Ich? Ich hätte vor jedermann Abendkleider tragen können, wenn ich gewollt hätte«, kam die verächtliche Antwort.

»Und warum wollten Sie nicht?«, fragte er treffend. »Oder haben Sie welche getragen?«

Es folgte eine lange Pause. Mrs Radford wendete den Speck im Bratkasten. Sein Herz schlug schnell, aus Angst, sie beleidigt zu haben.

»Ich?«, rief sie schließlich. »Nein, das habe ich nicht! Und als ich in Stellung war, wusste ich sofort, wenn eins der jungen Mädchen mit nackten Schultern daherkam, was das für eine Sorte war, so auf ihren Sixpence-Schwof zu gehen.«

»Waren Sie sich zu schade, um auf den Sixpence-Schwof zu gehen?«, fragte er.

Clara saß mit gesenktem Kopf da. Seine Augen glitzerten dunkel. Mrs Radford nahm den Bratkasten vom Feuer, blieb neben Paul stehen und legte ihm Speckscheiben auf den Teller.

»Da sind ein paar Scheiben, schön knusprig!«, sagte sie.

»Geben Sie mir aber nicht die besten«, sagte er.

»*Sie* hat ja schon, was sie will«, war die Antwort.

Es lag eine Art verächtlicher Nachsicht im Ton der Frau, an der Paul erkannte, dass sie besänftigt war.

»Nimm doch ein wenig!«, sagte er zu Clara.

Beschämt und einsam sah sie mit ihren grauen Augen zu ihm auf.

»Nein, danke!«, sagte sie.

»Warum denn nicht?«, fragte er liebevoll.

Wie Feuer brannte das Blut in seinen Adern. Mrs Radford setzte sich wieder hin, groß, imposant und unnahbar. Er wandte sich ganz von Clara ab und widmete sich der Mutter.

»Es heißt, Sarah Bernhardt sei schon fünfzig«, sagte er.

»Fünfzig! – Die ist gerade sechzig geworden!«, kam die verächtliche Antwort.

»Nun«, sagte er, »man würde es nicht vermuten! Selbst jetzt noch bringt sie mich zum Heulen.«

»Möcht ich mal erleben, dass mich so 'ne alte Schachtel zum Heulen bringt«, sagte Mrs Radford. »Die sollte lieber mal dran denken, dass sie 'ne Großmutter ist und kein kreischender Katamaran –«

Er musste lachen.

»Ein Katamaran ist doch ein Boot, wie es die Malaien benutzen«, erklärte er.

»Und es ist ein Wort, das *ich* benutze«, entgegnete sie.

»Das tut meine Mutter manchmal auch – und ich darf nichts dagegen sagen«, erwiderte er.

»Sonst gibt sie Ihnen wohl eins über die Löffel?«, sagte Mrs Radford gutgelaunt.

»Das würde sie gern – und droht es mir an – also gebe ich ihr einen kleinen Schemel, auf den sie sich stellen kann –«

»Das ist das Schlimmste an meiner Mutter«, sagte Clara. »Sie nimmt sich für nichts einen Schemel.«

»Aber an *die* Dame reicht man oft nicht mal mit 'ner langen Stange ran«, wandte sich Mrs Radford an Paul.

»Ich glaube nicht, dass sie sich gern mit einer Stange anfassen lassen würde«, lachte er. »Ich jedenfalls nicht.«

»Euch beiden würde es guttun, wenn man euch mit der Stange mal eins überzöge«, sagte die Mutter und lachte plötzlich auf.

»Warum sind Sie mir gegenüber so rachsüchtig?«, fragte er. »Ich habe Ihnen doch nichts weggenommen.«

»Nein, da passe ich schon auf«, lachte die alte Frau.

Bald war das Abendessen beendet. Mrs Radford saß in ihrem Stuhl Wache. Paul zündete sich eine Zigarette an. Clara ging nach oben und kam mit einem Schlafanzug zurück, den sie zum Auslüften über das Kamingitter breitete.

»Den hatte ich ja ganz vergessen«, sagte Mrs Radford. »Wo kommt der denn her?«

»Aus meiner Schublade.«

»Hm! – Den hattest du für Baxter gekauft, und er wollte ihn nicht tragen, stimmt's?« Sie lachte. »Hat gesagt, er könnte auch ohne Hose auskommen.« Vertraulich wandte sie sich an Paul und sagte: »Die konnte er nicht ausstehen, diese Pyjamadinger.«

Der junge Mann saß da und blies Kringel in die Luft.

»Nun, ein jeder nach seinem Geschmack«, lachte er.

Darauf folgte eine kurze Diskussion über die Vorteile von Pyjamas.

»Meine Mutter liebt mich in Pyjamas«, sagte er. »Sie meint, ich sähe aus wie ein Pierrot.«

»Ich kann mir vorstellen, dass er Ihnen steht«, sagte Mrs Radford.

Nach einer Weile warf er einen Blick auf die kleine Uhr, die auf dem Kaminsims tickte. Es war halb eins.

»Schon komisch«, sagte er, »aber es dauert Stunden, bis man nach dem Theater zur Ruhe kommt.«

»Es wäre aber an der Zeit«, sagte Mrs Radford, die den Tisch abräumte.

»Bist du denn müde?«, fragte er Clara.

»Kein bisschen«, antwortete sie und wich seinem Blick aus.

»Wie wär's mit einer Partie Cribbage?«, fragte er.

»Ich hab vergessen, wie das geht.«

»Dann zeige ich es dir. – Dürfen wir Cribbage spielen, Mrs Radford?«, fragte er.

»Wie ihr wollt«, sagte sie, »aber es ist schon ziemlich spät.«

»Eine Partie oder zwei werden uns müde machen«, erwiderte er.

Clara holte das Kartenspiel und ließ ihren Trauring kreiseln, während er die Karten mischte. Mrs Radford besorgte in der Spülküche den Abwasch. Je später es wurde, desto angespannter wurde die Lage, das spürte Paul.

»Fünfzehn zwei, fünfzehn vier, fünfzehn sechs und zwei ist acht –!«

Die Uhr schlug eins. Das Spiel ging immer weiter. Mrs Radford hatte die kleinen Arbeiten erledigt, die vor dem Zubettgehen zu erledigen waren, die Tür versperrt und den Kessel mit Wasser gefüllt. Paul zählte und gab Karten aus. Er war besessen von Claras Armen und Hals. Er glaubte die Stelle zu erkennen, wo ihre Brüste begannen. Er konnte sie jetzt nicht verlassen. Sie betrachtete die schnellen Bewegungen seiner Hände und fühlte, wie ihre Glieder schmolzen. Sie war ihm so nahe, er berührte sie fast – und doch nicht ganz. Sein Feuer war erwacht. Er hasste Mrs Radford. Sie saß noch immer da, nickte beinahe ein und blieb doch entschlossen und hartnäckig in ihrem Sessel sitzen. Paul sah erst sie an, dann Clara. Sie erwiderte seinen Blick, der wütend war, spöttisch und stahlhart. Ihr eigener Blick war voller Scham. Er wusste, dass sie zumindest denselben Gedanken hatte. Er spielte weiter.

Schließlich erhob sich Mrs Radford steif und sagte:

»Ist es nicht höchste Zeit, dass ihr zwei zu Bett geht?«

Paul spielte weiter, ohne zu antworten. Er hasste sie so sehr, er hätte sie umbringen können.

»Nur noch eine halbe Minute«, sagte er.

Die ältere Frau stand auf, rauschte unbeugsam in die Spülküche und kehrte mit seiner Kerze zurück, die sie auf den Kaminsims stellte. Dann setzte sie sich wieder. Sein Hass auf sie brannte so heiß in seinen Adern, dass er die Karten fallen ließ.

»Dann hören wir eben auf«, sagte er, sein Ton klang noch immer herausfordernd.

Clara sah, dass seine Lippen fest geschlossen waren. Wieder sah er sie an. Es schien wie ein Einverständnis. Sie beugte sich über die Karten und hüstelte, wie um sich zu räuspern.

»Bin ich aber froh, dass ihr fertig seid«, sagte Mrs Radford. »Hier – nehmen Sie Ihre Sachen« – sie drückte ihm den warmen Pyjama in die Hand – »und das ist Ihre Kerze. Ihr Zimmer liegt genau über diesem – es gibt nur zwei, also können Sie es kaum verfehlen. – Also dann – gute Nacht – ich hoffe, Sie schlafen gut.«

»Das werde ich bestimmt – das tue ich immer«, sagte er.

»Ja – so gehört es sich auch in Ihrem Alter«, erwiderte sie.

Er sagte Clara gute Nacht und ging nach oben. Die Wendeltreppe aus geschrubbtem hellem Holz quietschte und knarrte bei jedem Schritt. Verbissen ging er weiter. Die beiden Zimmertüren lagen einander gegenüber. Er ging in sein Zimmer und schloss die Tür, ohne den Riegel vorzuschieben.

Es war ein kleines Zimmer mit einem großen Bett. Auf der Kommode lagen einige von Claras Haarnadeln, ihre Haarbürste; unter einem Tuch in der Ecke hingen ihre Kleider und einige Röcke. Auf einem Stuhl lag sogar ein Paar Strümpfe. Er durchforschte das Zimmer. Zwei seiner Bücher standen im Regal. Er zog sich aus, faltete seinen Anzug zusammen, setzte sich aufs Bett und horchte. Dann blies er die Kerze aus und legte sich hin. Zwei Minuten später wäre er beinahe eingeschlafen. Da machte es klick! – und er war hellwach und wand sich in Qualen. Es war, als hätte ihn, kurz bevor er eingeschlafen war, etwas gebissen und wahnsinnig gemacht. Er setzte sich auf und starrte durch das dunkle Zimmer. Dann fiel ihm wieder ein, dass auf einem Stuhl ein Paar Strümpfe von ihr lag. Heimlich stand er auf und streifte sie über. Reglos saß er da, er wusste, dass er Clara besitzen musste. Mit untergeschlagenen Beinen blieb er aufrecht und vollkommen unbeweglich auf dem Bett sitzen und lauschte. Irgendwo draußen hörte er eine Katze – dann den schweren, sicheren Schritt der Mutter – schließlich Claras klare Stimme:

»Machst du mir das Kleid auf?«

Eine Weile herrschte Schweigen. Schließlich sagte die Mutter:

»Nun denn – kommst du nicht mit nach oben?«

»Nein – noch nicht«, erwiderte die Tochter ruhig.

»Na schön, dann nicht. Wenn's dir noch nicht spät genug ist, bleibst du eben noch ein bisschen unten. Aber weck mich bloß nicht auf, falls ich schon eingeschlafen sein sollte.«

»Ich bleibe nicht lange«, sagte Clara.

Gleich danach hörte Paul, wie die Mutter langsam die Treppe heraufstieg. Das Kerzenlicht schien durch die Ritzen in seiner Tür. Ihr Kleid streifte die Tür, und ihm blieb das Herz stehen. Dann war es dunkel, und er hörte, wie ihr Türriegel zuschnappte. Sie hatte es ganz und gar nicht eilig, sich fürs Schlafengehen zurechtzumachen. Nach langer Zeit war es endlich still. Voller Erwartung saß er auf dem Bett und zitterte leicht. Seine Tür stand einen Spaltbreit offen. Er würde Clara auf ihrem Weg nach oben abfangen. Er wartete. Alles war totenstill. Die Uhr schlug zwei. – Dann hörte er, wie unten etwas gegen das Kamingitter schabte. Jetzt konnte er nicht länger warten. Er zitterte unkontrollierbar. Ihm war, als müsse er sterben, wenn er jetzt nicht ginge.

Er stieg aus dem Bett und blieb einen Moment schaudernd stehen. Dann ging er stracks zur Tür. Er versuchte, leise aufzutreten. Die erste Stufe krachte wie ein Schuss. Er lauschte. Die alte Frau regte sich in ihrem Bett. Die Treppe war dunkel. Unter der Tür am Fuße der Treppe, die zur Küche führte, fiel ein Lichtstreif hindurch. Er hielt einen Augenblick inne. Dann ging er mechanisch weiter. Jeder Schritt knarrte, und es rieselte ihm kalt über den Rücken bei dem Gedanken, die alte Frau dort oben hinter ihm könnte ihre Tür öffnen. Er hantierte an der Tür unten herum. Mit einem lauten Klicken hob sich der Riegel. Er trat in die Küche und machte die Tür geräuschvoll hinter sich zu. Jetzt würde die alte Frau es nicht mehr wagen herunterzukommen.

Wie angewurzelt blieb er stehen. Clara kniete nackt auf einem Stapel weißer Unterwäsche auf dem Kaminvorleger. Sie wandte ihm den Rücken zu und wärmte sich. Sie blickte sich nicht um, sondern blieb auf den Fersen hocken. Ihr schön gerundeter Rücken war ihm zugekehrt, ihr Gesicht verborgen. Sie wärmte ihren Körper am Kamin, um sich zu trösten. Auf einer

Seite lag rosiger Feuerschein, auf der anderen ein dunkler, warmer Schatten. Ihre Arme hingen schlaff herab.

Er zitterte heftig, biss die Zähne zusammen und ballte die Fäuste, um nicht die Fassung zu verlieren. Dann ging er zu ihr hin. Er legte eine Hand auf ihre Schulter und die Finger der anderen Hand unter ihr Kinn, um ihr Gesicht anzuheben. Bei seiner Berührung durchliefen sie ein, zwei krampfhafte Schauer. Sie hielt den Kopf gesenkt.

»Entschuldige!«, murmelte er, als er merkte, dass seine Hände eiskalt waren.

Da blickte sie ängstlich zu ihm auf, erschrocken wie ein Wesen, das sich vor dem Tod fürchtet.

»Meine Hände sind so kalt«, murmelte er.

»Ich mag's«, flüsterte sie und schloss die Augen. Der Atem ihrer Worte drang an seinen Mund. Ihre Arme umfassten seine Knie. Die Kordel seines Schlafanzugs baumelte gegen sie und ließ sie frösteln. Als die Wärme in ihn überging, ließ sein Schaudern nach.

Schließlich konnte er nicht länger so stehen bleiben, und er zog sie zu sich hoch. Sie vergrub den Kopf an seiner Schulter. Langsam, in unendlich zärtlicher Liebkosung, wanderten seine Hände über sie hin. Sie schmiegte sich eng an ihn und versuchte, sich in ihm zu verstecken. Er hielt sie fest umschlungen. Dann endlich sah sie ihn stumm und flehend an. Sie wollte wissen, ob sie sich schämen müsse.

Seine Augen waren dunkel, sehr tief und sehr ruhig. Es war, als schmerze und bekümmere ihn ihre Schönheit und dass er sie nahm. Beinahe gequält schaute er sie an und fürchtete sich. Er war so demütig vor ihr. Inbrünstig küsste sie ihn auf die Augen, erst auf das eine, dann auf das andere, und drängte sich an ihn. Sie gab sich ihm. Er hielt sie. Es war ein Augenblick, so intensiv, dass er zur Tortur wurde.

Dann lockerte er seine Umarmung, und das Blut schoss ihm durch die Adern. Als er sie betrachtete, musste er sich auf die

Lippen beißen, und Tränen des Schmerzes traten ihm in die Augen, so schön war sie und so begehrenswert. Der erste Kuss auf ihrer Brust ließ ihn vor Furcht keuchen. Die große Angst, die große Demut und das entsetzliche Verlangen waren fast zu viel. Ihre Brüste waren schwer. In jeder Hand hielt er eine, wie große Früchte in ihren Schalen, und küsste sie angsterfüllt. Er fürchtete sich davor, sie anzuschauen. Seine H>änden wanderten über ihren Körper, sanft, zart, klug, furchtsam, voll inniger Liebe. Plötzlich erblickte er ihre Knie, und er ließ sich zu Boden fallen und küsste sie leidenschaftlich. Sie zitterte. Und als seine Finger ihre Seiten berührten, zitterte sie abermals.

Sie stand da und ließ sich anbeten von ihm, ließ ihn zittern vor Freude an ihr. Das heilte ihren verletzten Stolz. Es heilte sie, es machte sie froh. Es machte, dass sie sich wieder stolz und erhaben fühlte in ihrer Nacktheit. Ihr innerer Stolz war verletzt worden, sie war herabgewürdigt worden. Jetzt strahlte sie wieder vor Freude und Stolz. Es war ihre Wiedereinsetzung, ihre Wiederanerkennung.

Während sie ihn so beobachtete bei seinem Gottesdienst, blickte er mit strahlendem Gesicht zu ihr auf. Sie lachten einander an, und er zog sie an seine Brust. Die Sekunden verstrichen, die Minuten verrannen, und noch immer standen die beiden eng umschlungen da, Mund an Mund, wie eine Doppelstatue aus einem Block.

Dann aber glitten seine Finger wieder tastend, rastlos wandernd, unbefriedigt über sie hin. Woge um Woge jagte sein heißes Blut. Sie lehnte den Kopf an seine Schulter.

»Komm in mein Zimmer«, murmelte er.

Sie sah ihn an und schüttelte den Kopf, warf untröstlich den Mund auf, die Augen schwer vor Leidenschaft. Er betrachtete sie unverwandt.

»Doch!«, sagte er.

Wieder schüttelte sie den Kopf.

»Warum nicht?«, fragte er.

Noch immer sah sie ihn ernst und bekümmert an, und wieder schüttelte sie den Kopf. Seine Augen verhärteten sich, und er ließ sie los.

Als er später wieder im Bett lag, wunderte er sich, weshalb sie sich geweigert hatte, ganz offen zu ihm zu kommen, so dass ihre Mutter es gewusst hätte. Dann wären die Dinge jedenfalls eindeutig gewesen. Und sie hätte die ganze Nacht bei ihm bleiben können, hätte sich nicht zu ihrer Mutter ins Bett zu legen brauchen. Es war eigenartig, und er konnte es nicht verstehen. Und dann schlief er fast umgehend ein.

Am Morgen wurde er davon wach, dass jemand mit ihm sprach. Als er die Augen aufschlug, sah er, dass Mrs Radford, groß und stattlich, auf ihn herabblickte. Sie hielt eine Tasse Tee in der Hand.

»Wollen Sie denn bis zum Jüngsten Tag schlafen?«, fragte sie. Da musste er lachen.

»Es ist doch bestimmt erst fünf Uhr«, antwortete er.

»Ob Sie's glauben oder nicht«, entgegnete sie, »es ist schon halb acht. Hier, ich habe Ihnen eine Tasse Tee gebracht.«

Er rieb sich die Nase und den braunen Schnurrbart, strich sich das wirre Haar aus der Stirn und richtete sich auf.

»Warum ist es denn schon so spät?«, murrte er.

Er ärgerte sich, dass sie ihn geweckt hatte. Das amüsierte sie. Sie sah seinen Hals in der Schlafjacke aus Flanell, weiß und rund wie der eines Mädchens. Mürrisch fuhr er sich durchs Haar.

»Es nutzt nichts, sich am Kopf zu kratzen«, sagte sie. »Dadurch wird's auch nicht früher. Hier! Was glauben Sie wohl, wie lange ich noch mit der Tasse herumstehen soll?«

»Ach – zum Teufel mit der Tasse!«, sagte er.

»Sie sollten früher zu Bett gehen«, meinte die Frau.

Er sah zu ihr auf und lachte frech.

»Ich bin vor Ihnen zu Bett gegangen«, sagte er.

»Ach Gottchen! – Sind Sie das?«, rief sie.

»Man stelle sich vor«, sagte er und rührte den Tee um. »Da

wird einem doch tatsächlich Tee ans Bett gebracht. Meine Mutter wird noch denken, ich werde verhätschelt.«

»Tut sie das denn nie?«, erkundigte sich Mrs Radford.

»Eher würde sie fliegen.«

»Ach, ich hab meine Bagage immer verwöhnt – deswegen ist aus denen auch nichts Rechtes geworden«, sagte die alte Frau.

»Sie hatten doch nur Clara«, erwiderte er. »Und Mr Radford ist im Himmel. Da bleiben eigentlich nur noch Sie übrig, aus der nichts Rechtes geworden ist.«

»Was Rechtes schon – aber viel zu weich«, sagte sie, als sie aus dem Schlafzimmer ging. »'ne rechte Närrin bin ich.«

Beim Frühstück war Clara sehr ruhig, aber sie tat so, als hätte sie eine Art Eigentumsrecht an ihm, was ihn mit unendlicher Freude erfüllte. Offenbar konnte Mrs Radford ihn gut leiden. Er begann, von seiner Malerei zu reden.

»Wozu soll das eigentlich gut sein«, rief die Mutter, »all das Gemaule und Gemurre, Geracker und Geplacker bei Ihrer Malerei? Was haben Sie eigentlich davon, möchte ich mal wissen? Sie sollten lieber das Leben genießen.«

»Oh«, rief Paul, »aber letztes Jahr habe ich mehr als dreißig Guineen verdient.«

»So? – Nun, das ist ein triftiger Grund, aber nichts im Vergleich zu der Zeit, die Sie dafür aufwenden.«

»Und ich hab noch vier Pfund ausstehen. Ein Mann hat gesagt, er zahlt mir fünf Pfund, wenn ich ihn und seine Frau und den Hund und das Cottage male. Da bin ich hin und hab anstelle des Hundes die Hühner gemalt, und er war böse, deshalb musste ich ein Pfund nachlassen. Ich hatte es satt, und den Hund konnte ich nicht leiden. – Ich habe eben ein Bild gemalt. – Was soll ich tun, wenn er mir die vier Pfund zahlt?«

»Sie werden schon selbst wissen, was Sie mit Ihrem Geld anstellen«, sagte Mrs Radford.

»Aber ich will die vier Pfund auf den Kopf hauen. Sollen wir für ein, zwei Tage ans Meer fahren?«

»Wer?«

»Sie und Clara und ich.«

»Was – von Ihrem Geld?«, rief sie halb erzürnt.

»Warum nicht?«

»Bei einem Hürdenlauf würden Sie sich bald das Genick brechen«, sagte sie.

»Solange ich mein Bestes gebe –! Wollen Sie?«

»Nein – das können Sie untereinander ausmachen.«

»Und wären Sie damit einverstanden?«, fragte er erstaunt und erfreut.

»Sie tun ja doch, was Sie wollen«, sagte Mrs Radford, »ob ich damit einverstanden bin oder nicht.«

Bald nachdem Paul mit Clara im Theater gewesen war, trank er mit ein paar Freunden im Punch Bowl, als Baxter hereinkam. Claras Mann wurde allmählich feist, die Lider über seinen braunen Augen erschlafften, sein Fleisch verlor die gesunde Festigkeit. Offensichtlich ging es mit ihm bergab. Nachdem er sich mit seiner Schwester zerstritten hatte, hatte er eine billige Wohnung gemietet. Einem Mann zuliebe, der sie heiraten wollte, hatte seine Geliebte ihn verlassen. Wegen einer Schlägerei in betrunkenem Zustand hatte er eine Nacht im Gefängnis gesessen, dazu noch war er an einer dunklen Wettgeschichte beteiligt gewesen.

Paul und er waren erklärte Feinde, dennoch herrschte zwischen ihnen jenes eigenartig vertraute Verhältnis, das zuweilen zwischen zwei Menschen besteht, die nie ein Wort miteinander gewechselt haben, so als stünden sie sich insgeheim sehr nahe. Paul dachte oft an Baxter Dawes, wollte oft auf ihn zugehen und sich mit ihm befreunden. Er wusste, dass auch Baxter oft an ihn dachte und dass sich der Mann durch irgendwelche Bande zu ihm hingezogen fühlte. Und doch musterten sich die beiden immer nur feindselig.

Da Paul bei Jordan's die höhere Stellung einnahm, war es an ihm, Dawes etwas zu trinken anzubieten.

»Was darf's denn sein?«, fragte er ihn.

»Nichts von so 'nem Scheißkerl wie Ihnen«, entgegnete der Mann.

Mit einem leicht verächtlichen Schulterzucken, das sehr aufreizend wirkte, wandte Paul sich ab.

»Die Aristokratie«, fuhr er fort, »ist eigentlich eine militärische Institution. Nehmen Sie Deutschland. Dort gibt es Tausende von Aristokraten, deren einziger Lebensunterhalt die Armee ist. Sie sind blutarm, und das Leben ist todlangweilig. Also hoffen sie auf Krieg. Für sie ist der Krieg eine Chance voranzukommen. Solange es keinen Krieg gibt, sind sie untätige Nichtsnutze. Wenn es Krieg gibt, sind sie Führer und Befehlshaber. Da haben Sie's – sie wollen Krieg.«

Er war kein beliebter Wirtshausredner, weil er zu hitzig und zu überheblich war. Die älteren Männer reizte er durch sein anmaßendes Auftreten und seine Arroganz. Schweigend hörten sie ihm zu und waren nicht traurig, wenn er geendet hatte.

Dawes unterbrach den Redeschwall des jungen Mannes, indem er laut und spöttisch fragte:

»Haben Sie das alles neulich im Theater gelernt?«

Paul sah ihn an. Ihre Blicke trafen sich. Da wusste er, dass Dawes ihn mit Clara hatte aus dem Theater kommen sehen.

»Wieso, was ist mit dem Theater?«, fragte einer von Pauls Gefährten, der sich freute, dem jungen Burschen einen Seitenhieb versetzen zu können, und etwas Saftiges witterte.

»Ach, der mit seinem Schwalbenschwanz, ganz etepetete!«, höhnte Dawes und deutete mit einem geringschätzigen Kopfnicken auf Paul.

»Das wird ja immer besser«, sagte der gemeinsame Freund. »Mit 'nem Flittchen und so?«

»Und was für einem –!«, sagte Dawes.

»Mach schon – lass hören«, rief der gemeinsame Freund.

»Du hast's doch gehört«, sagte Dawes. »Und ich schätze, Morelly auch.«

»Hol mich der Teufel!«, sagte der gemeinsame Freund. »Und war's 'n richtiges Flittchen?«

»'n Flittchen – und ob!«

»Woher weißt du das?«

»Oh«, sagte Dawes, »ich schätze, er hat die Nacht –«

Auf Kosten Pauls erhob sich lautes Gelächter.

»Aber wer war's denn nun, kennst du sie?«, fragte der gemeinsame Freund.

»Das will ich meinen«, antwortete Dawes.

Wieder brach Gelächter los.

»Dann spuck's aus«, sagte der gemeinsame Freund.

Dawes schüttelte den Kopf und nahm einen Schluck Bier.

»Ein Wunder, dass er's euch nicht selbst verraten hat«, sagte er. »Gleich wird er damit dicktun.«

»Komm schon, Paul«, sagte der Freund. »Es nützt doch nichts – rück schon raus damit.«

»Rück raus womit? – Dass ich zufällig mit einer Freundin ins Theater gegangen bin?«

»Na, wenn sie in Ordnung ist, kannst du uns doch sagen, wer's war, Junge«, sagte der Freund.

»Sie *war* mal in Ordnung«, sagte Dawes.

Paul wurde wütend. Höhnisch strich sich Dawes über den goldenen Schnurrbart.

»Mich trifft der Schlag –! Eine von denen!«, sagte der gemeinsame Freund. »Paul, mein Junge, ich muss mich über dich wundern. – Und du kennst sie, Baxter?«

»Nur so 'n bisschen!«

Er zwinkerte den anderen Männern zu.

»Na schön«, sagte Paul, »ich gehe!«

Der gemeinsame Freund legte ihm die Hand auf die Schulter, um ihn zurückzuhalten.

»Nein«, sagte er, »so leicht kommst du mir nicht davon, mein Junge. Wir brauchen einen vollständigen Bericht über die Geschichte.«

»Dann lasst ihn euch von Dawes geben«, sagte Paul.

»Du solltest keinen Schiss vor den eigenen Taten haben, Mann«, wandte der Freund ein.

Da machte Dawes eine Bemerkung, die Paul bewog, ihm ein halbes Glas Bier ins Gesicht zu schütten.

»Oh, Mr Morel!«, rief das Schankmädchen und klingelte nach dem Rausschmeißer. Dawes spie aus und stürzte sich auf den jungen Mann. In diesem Augenblick trat ein untersetzter Kerl mit aufgekrempelten Hemdsärmeln und eng über den Hüften sitzender Hose dazwischen.

»Na, na!«, sagte er und schob Dawes seinen Brustkorb entgegen.

»Komm raus, du kleiner Scheißer!«, rief Dawes.

Paul lehnte bleich und zitternd an der Messingstange der Theke. Er hasste Dawes, wünschte, etwas möge ihn auf der Stelle vernichten. Doch als er das nasse Haar auf der Stirn des Mannes sah, erschien er ihm gleichzeitig erbärmlich. Er rührte sich nicht.

»Komm raus, du –«, sagte Dawes.

»Das reicht, Dawes«, rief das Schankmädchen.

»Kommen Sie«, sagte der Rausschmeißer mit freundlicher Beharrlichkeit. »Sie sollten jetzt lieber gehen.«

Und indem er Dawes dicht vor sich herschob, lotste er ihn zur Tür.

»Das ist der kleine Scheißer, der angefangen hat!«, rief Dawes halb eingeschüchtert und zeigte auf Paul.

»Was für Geschichten, Mr Dawes!«, sagte das Schankmädchen. »Sie wissen doch, dass Sie's waren.«

Noch immer wölbte der Rausschmeißer seinen Brustkorb vor, noch immer schob er Dawes vor sich her, bis dieser erst in der Tür, dann draußen auf den Stufen stand. Dann drehte er sich um.

»Alles in Butter«, sagte er und nickte seinem Gegner zu.

Paul empfand ein sonderbares Gefühl des Mitleids, ja der Zuneigung für den Mann, vermischt mit heftigem Hass. Die angemalte Tür fiel zu. Im Schankraum herrschte Schweigen.

»Geschieht ihm ganz recht«, sagte das Schankmädchen.

»Aber es ist schon eklig, 'n Glas Bier in die Augen zu kriegen«, sagte der gemeinsame Freund.

»Ich hab mich drüber gefreut, das sag ich Ihnen«, sagte das Schankmädchen. »Wollen Sie noch ein Bier, Mr Morel?«

Fragend hielt sie Pauls Glas in die Höhe. Er nickte.

»Dem Mann ist alles schnuppe, diesem Baxter Dawes«, sagte einer.

»Pah – wirklich?«, sagte das Schankmädchen. »Der ist doch ein Großmaul, und die taugen meistens nichts. – Da ist mir einer, der angenehm plaudert, viel lieber, und wär's der Teufel selbst.«

»Na ja, Paul, mein Junge«, sagte der Freund, »jetzt musst du dich eine Weile vorsehen.«

»Sie brauchen ihm bloß aus dem Weg zu gehen, das ist alles«, sagte das Schankmädchen.

»Kannst du boxen?«, fragte ein Freund.

»Kein bisschen«, antwortete Paul, noch immer ganz blass.

»Ich könnte dir ein, zwei Kniffe zeigen«, sagte der Freund.

»Danke – ich habe keine Zeit.«

Und damit verabschiedete er sich.

»Gehen Sie mit, Mr Jenkinson«, flüsterte das Schankmädchen und zwinkerte ihm zu. Der Mann nickte, nahm seinen Hut, rief ihnen ein herzliches »Gute Nacht alle miteinander!« zu und folgte Paul.

»So warte doch, Alter«, rief er. »Du und ich, wir haben denselben Weg, glaube ich.«

»Mr Morel mag so was nicht«, sagte das Schankmädchen. »Sie werden sehen, der kommt nicht mehr so oft hierher. – Schade, er ist immer sehr unterhaltsam. Und Baxter Dawes gehört eingelocht, jawohl.«

Paul wäre lieber gestorben, als dass seine Mutter etwas von dieser Geschichte erfahren hätte. Er litt Qualen der Demütigung und der Beschämung. Zwangsläufig konnte er über einen großen Teil seines Lebens mit seiner Mutter nicht mehr reden. Er hatte ein Leben, das ihr verwehrt blieb – sein Geschlechtsleben. Über den Rest verfügte sie noch. Doch hatte er das Gefühl, ihr etwas vorenthalten zu müssen, und das verdross ihn. Zwischen ihnen kam ein gewisses Schweigen auf, und ihm war, als müsse er sich in diesem Schweigen gegen sie verteidigen. Er fühlte sich von ihr verurteilt. Dann hasste er sie mitunter und zerrte an seinen Fesseln. Sein Leben wollte sich von ihr befreien. Es war, als verlaufe sein Leben im Kreis und komme nicht recht voran. Sie hatte ihn geboren, liebte ihn, sorgte für ihn, und immer wieder kehrte seine Liebe zu ihr zurück, so dass er nicht frei war, sein eigenes Leben zu gestalten, eine andere Frau wirklich zu lieben.

Ohne es zu wissen, sträubte er sich zu dieser Zeit gegen den Einfluss seiner Mutter. Er erzählte ihr nichts, es herrschte Distanz zwischen ihnen.

Clara war glücklich, seiner fast sicher. Sie spürte, dass sie ihn endlich für sich hatte. Dann wieder überkam sie Ungewissheit. Im Scherz erzählte er ihr von dem Vorfall mit ihrem Mann. Sie errötete, ihre grauen Augen blitzten.

»Haargenau so ist er«, rief sie, »wie ein Hilfsarbeiter! Mit anständigen Menschen kann er nicht verkehren.«

»Und doch hast du ihn geheiratet«, sagte er.

Dass er sie daran erinnerte, machte sie wütend.

»Ja doch!«, rief sie. »Aber wie konnte ich das wissen?«

»Ich glaube, er war vielleicht mal ganz nett«, sagte er.

»Du glaubst also, *ich* hätte ihn zu dem gemacht, was er ist!«, rief sie.

»O nein! Das hat er selbst getan. Aber er hat etwas –«

Clara sah ihren Geliebten scharf an. Etwas an ihm hasste sie, eine Art gleichgültiger Kritik an ihr, eine Kälte, die ihre Frauenseele ihm gegenüber gefühllos werden ließ.

»Und was willst du jetzt tun?«, fragte sie.

»Wie meinst du das?«

»Wegen Baxter.«

»Da ist nichts zu tun, oder?«, erwiderte er.

»Wenn's drauf ankommt, kannst du dich ja mit ihm prügeln«, sagte sie.

»Nein – von Faustkampf versteh ich nichts. – Schon seltsam – die meisten Männer haben es im Instinkt, die Faust zu ballen und draufzuhauen. Ich brauche ein Messer, eine Pistole oder so etwas zum Kämpfen.«

»Dann solltest du lieber etwas bei dir tragen«, sagte sie.

»Nein«, lachte er. »Ich bin kein Messerheld.«

»Aber er wird dir was tun – du kennst ihn nicht.«

»Schon gut«, sagte er. »Wir werden sehen.«

»Und du lässt ihn einfach?«

»Vielleicht – wenn ich's nicht ändern kann.«

»Und wenn er dich umbringt?«, fragte sie.

»Das sollte mir leidtun, um ihn und um mich.«

Clara schwieg einen Augenblick.

»Du machst mich wirklich ärgerlich«, rief sie.

»Das ist nichts Neues«, lachte er.

»Aber warum bist du so dumm? Du kennst ihn nicht –«

»Will ich auch gar nicht.«

»Ja, aber – du wirst doch nicht zulassen, dass ein Mann so mit dir umspringt –?«

»Was soll ich denn tun?«, entgegnete er lachend.

»Ich würde einen Revolver bei mir tragen«, sagte sie. »Er ist bestimmt gefährlich.«

»Womöglich schieße ich mir noch die Finger ab«, sagte er.

»Nein – willst du's nicht doch lieber tun?«, bat sie.

»Nein.«

»Gar nichts?«

»Nein.«

»Und du lässt ihn einfach –«

»Ja.«

»Du bist ein Narr!«

»Stimmt!«

Ärgerlich presste sie die Zähne zusammen.

»Ich könnte dich schütteln«, rief sie vor Wut zitternd.

»Warum denn?«

»Weil du einen Mann so mit dir umspringen lässt.«

»Wenn er siegt, kannst du ja zu ihm zurückkehren –«, sagte er.

»Willst du, dass ich dich hasse?«, fragte sie.

»Ich meine doch nur«, sagte er.

»Und du behauptest, dass du mich liebst!«, rief sie bedrückt und empört.

»Soll ich ihn dir zu Gefallen etwa totschlagen?«, fragte er.

»Wenn ich es täte, sieh nur, welche Gewalt er über mich hätte.«

»Hältst du mich für eine solche Närrin –?«, rief sie.

»Durchaus nicht. Aber du verstehst mich nicht, meine Liebe.«

Es entstand eine Pause zwischen ihnen.

»Aber du solltest dich der Gefahr nicht aussetzen –«, bat sie.

Er zuckte mit den Schultern und zitierte Horaz:

»Wer von Lastern frei und von Frevel rein lebt,
Der bedarf nicht maurischer Speer und Bogen,
Noch des schweren Köchers von giftgetränkten
Pfeilen, o Fuscus!«

Sie sah ihn forschend an.

»Ich wünschte, ich könnte dich verstehen«, sagte sie.

»Da gibt's nichts weiter zu verstehen«, lachte er.

Sie senkte den Kopf und grübelte.

Dawes sah er ein paar Tage lang nicht. Dann eines Morgens, als er aus der Strumpfabteilung nach oben rannte, wäre er mit dem stämmigen Metallarbeiter um ein Haar zusammengeprallt.

»Was zum –«, rief der Schmied.

»Entschuldigung!«, sagte Paul und ging weiter.

»Entschuldigung!«, höhnte Dawes.

Paul pfiff vor sich hin: »*Put me among the girls.*«

»Das Pfeifen wird dir schon noch vergehen, Bürschchen«, sagte Dawes.

Der andere beachtete ihn nicht.

»Für die Geschichte neulich wirst du mir büßen.«

Paul ging zu seinem Schreibtisch in der Ecke und blätterte im Hauptbuch.

»Geh zu Fanny und sag ihr, ich will Auftrag 097, aber fix«, sagte er zu seinem Burschen.

Dawes stand groß und bedrohlich in der Tür und sah auf den Kopf des jungen Mannes herab.

»– sechs und fünf ist elf und sieben ist ein Shilling sechs Pence –«, addierte Paul laut.

»Hast du mich gehört?«, sagte Dawes.

»Fünf Shilling neun Pence.« Paul schrieb eine Zahl hin. »Was ist?«, fragte er.

»Dir werd ich's zeigen«, sagte der Schmied.

Der andere fuhr fort, laut die Zahlen zu addieren.

»Du kleiner Schleimscheißer, du wagst's ja nicht mal, mir ins Gesicht zu sehen.«

Rasch griff Paul nach dem schweren Lineal. Dawes fuhr zurück. Der junge Mann zog ein paar Linien in seinem Hauptbuch. Der Ältere war außer sich vor Wut.

»Aber wart nur, bis ich dich zu packen kriege, dann mach ich Hackfleisch aus dir, du kleines Schwein!«

»Sehr wohl«, sagte Paul.

Mit schweren Schritten kam der Schmied auf ihn zu. In diesem Augenblick ertönte schrill eine Pfeife. Paul ging zur Sprechrohranlage.

»Ja?«, sagte er und lauschte.

»Ah ja!« Er horchte, dann lachte er.

»Ich komme sofort. – Hab grad Besuch.«

An seinem Tonfall merkte Dawes, dass er mit Clara gesprochen hatte. Er trat vor.

»Du kleiner Teufel!«, sagte er. »Von wegen Besuch. Meinst du etwa, ich lass dich Grünschnabel einfach so laufen?«

Die anderen Gehilfen im Lagerhaus blickten auf. Pauls Bürobursche erschien, etwas Weißes in der Hand.

»Fanny sagt, Sie hätten ihn schon gestern Abend haben können, wenn Sie ihr Bescheid gegeben hätten.«

»Schön«, antwortete Paul und betrachtete den Strumpf. »Ab in den Versand damit.«

Entmutigt stand Dawes da, hilflos in seiner Wut. Morel wandte sich um.

»Entschuldigen Sie mich einen Augenblick«, sagte er zu Dawes und war im Begriff, nach unten zu gehen.

»Bei Gott, mir galoppierst du nicht davon!«, brüllte der Schmied und packte ihn am Arm. Paul drehte sich rasch um.

»He! – he!«, rief der Bürobursche erschrocken.

Thomas Jordan stürzte aus seinem kleinen Glasverschlag und kam durch den Raum geeilt.

»Was geht hier vor, was geht hier vor?«, fragte der Alte mit scharfer Stimme.

»Ich hab mit dem kleinen Sch… hier ein Hühnchen zu rup-fen, das ist alles«, sagte Dawes verzweifelt.

»Was meinen Sie?«, fauchte Thomas Jordan.

»Was ich sage«, antwortete Dawes. Aber er war doch unent-schlossen. Morel lehnte sich halb beschämt, halb grinsend gegen die Theke.

»Was hat das zu bedeuten?«, fauchte Thomas Jordan.

»Weiß nicht«, sagte Paul kopfschüttelnd und zuckte die Ach-seln.

»Weißte nich – weißte nich –!«, rief Dawes, streckte sein schönes, wütendes Gesicht vor und ballte die Faust.

»Sind Sie bald fertig?«, rief der Alte großspurig. »Gehen Sie Ihrer Arbeit nach und kommen Sie nicht schon am frühen Mor-gen beschwipst hierher.«

Langsam wandte Dawes ihm seinen schweren Körper zu.

»Beschwipst?«, sagte er. »Wer ist denn hier beschwipst? Ich bin auch nicht beschwipster als Sie.«

»Die alte Leier kennen wir schon«, fauchte der Alte. »Scheren Sie sich weg, aber etwas plötzlich. – Mit Ihrer Rauflust hier auf-zukreuzen –«

Verächtlich blickte der Schmied auf seinen Arbeitgeber herab. Seine Hände, groß und schmutzig und trotz seiner Arbeit wohl-geformt, bewegten sich unablässig. Paul fiel ein, dass es die Hän-de von Claras Mann waren, und eine Woge des Hasses durch-fuhr ihn.

»Verschwinden Sie, bevor Sie rausgeschmissen werden.«

»Wer will mich hier rausschmeißen, Sie verschimmelter klei-ner Scheißer?«, sagte Dawes und begann höhnisch zu grinsen.

Mr Jordan zuckte zusammen, marschierte mit den Händen

wedelnd auf den Schmied zu und schob dem Mann seine kleine, beleibte Gestalt mit den Worten entgegen:

»Verschwinden Sie aus meinem Geschäft – verschwinden Sie!«
Er ergriff Dawes' Arm und zerrte daran.

»Lassen Sie los!«, sagte der Schmied und versetzte dem kleinen Fabrikanten einen Stoß mit dem Ellbogen, so dass er zurücktaumelte. Noch ehe ihm jemand zu Hilfe kommen konnte, flog Thomas Jordan gegen die dünne Pendeltür. Diese gab nach, und er purzelte das halbe Dutzend Stufen hinab in Fannys Arbeitsraum. Eine Sekunde lang waren alle wie betäubt. Dann kamen Männer und Mädchen herbeigelaufen. Dawes blieb einen Augenblick lang stehen und betrachtete die Szene voller Verbitterung, dann ging er.

Thomas Jordan war arg mitgenommen, bis auf einige Quetschungen aber nicht weiter verletzt. Allerdings war er außer sich vor Wut. Er entließ Dawes und verklagte ihn wegen tätlicher Beleidigung.

Bei der Gerichtsverhandlung wurde Paul als Zeuge vernommen. Auf die Frage nach dem Tathergang sagte er:

»Dawes nahm die Gelegenheit wahr, Mrs Dawes und mich zu beleidigen, weil ich sie eines Abends ins Theater begleitet hatte. Da habe ich ihm Bier ins Gesicht geschüttet, und er wollte sich rächen.«

»*Cherchez la femme!*«, sagte der Richter lächelnd.

Nachdem der Richter Dawes gesagt hatte, er halte ihn für einen Saukerl, wurde die Klage abgewiesen.

»Sie haben den Fall verschenkt«, fauchte Mr Jordan Paul an.

»Das glaube ich nicht«, erwiderte dieser. »Außerdem hatten Sie's auf eine Verurteilung doch gar nicht abgesehen, oder?«

»Was meinen Sie wohl, weshalb ich die Klage angestrengt habe?«

»Nun«, sagte Paul, »es tut mir leid, dass ich das Verkehrte gesagt habe.«

Auch Clara war ärgerlich.

»Wozu musste mein Name mit hineingezogen werden?«, fragte sie.

»Lieber es offen aussprechen, als dass darüber gemunkelt wird.«

»Das war nun wirklich nicht nötig«, erklärte sie.

»Uns schadet es nichts«, sagte er gleichgültig.

»Dir vielleicht nicht«, sagte sie.

»Und dir –?«, fragte er.

»Mich hättest du aus dem Spiel lassen können.«

»Tut mir leid«, sagte er. Aber er hörte sich nicht so an.

Bei sich selbst sagte er sorglos: »Sie wird ihre Meinung schon ändern.« Und das tat sie auch.

Er erzählte seiner Mutter von Mr Jordans Sturz und von dem Prozess gegen Dawes. Mrs Morel sah ihn scharf an.

»Und was hältst du von alledem?«, fragte sie ihn.

»Ich halte ihn für einen Narren«, antwortete er.

Aber es war ihm doch sehr unbehaglich zumute.

»Hast du schon einmal darüber nachgedacht, wie das Ganze enden soll?«, fragte seine Mutter.

»Nein«, erwiderte er, »Dinge regeln sich von selbst.«

»Das schon, aber meist anders, als einem lieb ist«, entgegnete seine Mutter.

»Dann muss man sich eben damit abfinden«, sagte er.

»Du wirst schon sehen, dass du im ›Sich-Abfinden‹ nicht so gut bist, wie du dir einbildest«, sagte sie.

Er arbeitete eifrig weiter an seiner Zeichnung.

»Fragst du sie je nach *ihrer* Meinung?«, sagte sie schließlich.

»Meinung wozu?«

»Zu dir – und der ganzen Angelegenheit.«

»Mir ist es gleich, was für eine Meinung sie von mir hat. Sie ist schrecklich verliebt in mich, aber ihre Gefühle sind nicht sehr tief.«

»Aber genauso tief wie deine Gefühle für sie.«

Neugierig blickte er seine Mutter an.

»Ja«, sagte er. »Weißt du, Mutter, ich glaube, irgendetwas stimmt bei mir nicht. Ich kann nicht lieben. Wenn sie da ist, liebe ich sie in der Regel. Manchmal, wenn ich in ihr nur die Frau sehe, liebe ich sie, Mutter. Aber wenn sie dann redet und kritisiert, höre ich oft gar nicht hin.«

»Dabei hat sie genauso viel Verstand wie Miriam.«

»Mag sein. Und ich liebe sie mehr als Miriam. Aber warum können sie mich nicht *halten*?«

Die letzte Frage klang fast wie eine Klage. Seine Mutter wandte das Gesicht ab. Sie saß da und blickte sehr ruhig, ernst und entsagungsvoll durchs Zimmer.

»Aber du wirst Clara doch nicht heiraten wollen?«, fragte sie.

»Nein – anfangs wollte ich vielleicht. Aber warum, warum nur möchte ich weder sie noch irgendeine andere heiraten? Manchmal habe ich das Gefühl, als würde ich meine Frauen ungerecht behandeln, Mutter.«

»Inwiefern ungerecht, mein Sohn?«

»Ich weiß nicht –«

Ziemlich verzweifelt malte er weiter. Er hatte seinen wunden Punkt berührt.

»Und was das Heiraten angeht«, sagte seine Mutter, »das hat noch viel Zeit.«

»Aber nein, Mutter. Ich liebe Clara sogar, und auch Miriam habe ich geliebt. Aber mich ihnen in der Ehe hinzugeben – das könnte ich nicht. Ich könnte ihnen nicht gehören. Sie scheinen *mich* zu wollen, und dieses Ich kann ich ihnen niemals geben.«

»Du hast die Richtige noch nicht gefunden.«

»Und solange du lebst, werde ich die Richtige auch nicht finden«, sagte er.

Sie war sehr ruhig. Jetzt überkam sie wieder ein Gefühl der Müdigkeit, als sei sie am Ende.

»Wir werden sehen, mein Sohn«, antwortete sie.

Das Gefühl, dass alles sich im Kreis drehte, machte ihn ganz verrückt.

Tatsächlich war Clara leidenschaftlich in ihn verliebt, und er auch in sie, soweit es um Leidenschaft ging. Tagsüber vergaß er sie oft. Sie arbeitete in demselben Gebäude, aber er war sich dessen nicht bewusst. Er hatte zu tun, und ihr Dasein war ihm gleichgültig. Doch wenn sie in der Strumpfabteilung saß, spürte sie die ganze Zeit über, dass er sich oben aufhielt, spürte körperlich die Anwesenheit seiner Person in demselben Gebäude. Jeden Augenblick erwartete sie, dass er durch die Tür kam, und wenn er kam, erschrak sie. Aber oft war er ihr gegenüber barsch und kurz angebunden. Seine Anweisungen gab er ihr ganz geschäftsmäßig, hielt sie sich vom Leibe. Mit dem bisschen Verstand, das ihr geblieben war, hörte sie ihm zu. Sie wagte es nicht, ihn misszuverstehen oder etwas zu vergessen. Aber es war grausam für sie. Sie wollte seine Brust berühren. Sie wusste genau, wie seine Brust unter der Weste geformt war, und wollte sie berühren. Es machte sie wahnsinnig, wenn sie hörte, wie er ihr mit mechanischer Stimme Arbeitsaufträge erteilte. Sie wollte den Schein durchbrechen, die oberflächliche Hülle der Geschäftigkeit zerreißen, die ihn mit Härte bedeckte, wollte wieder zu dem Mann vordringen. Aber sie hatte Angst, und noch ehe sie einen Hauch seiner Wärme verspüren konnte, war er bereits verschwunden, und wieder tat ihr alles weh.

Er wusste, dass sie jeden Abend, an dem sie ihn nicht sah, traurig war, deshalb widmete er ihr einen Gutteil seiner Zeit. Die Tage waren ihr oft eine Qual, doch die Abende und die Nächte bescherten beiden meistens Glück. Dann schwiegen sie. Stundenlang saßen sie beisammen oder gingen in der Dunkelheit spazieren und tauschten nur ein paar nahezu belanglose Worte. Aber er hielt ihre Hand, und ihr Busen ließ in seiner Brust Wärme zurück und machte, dass er sich vollständig fühlte.

Eines Abends gingen sie am Kanal entlang. Etwas beunruhigte ihn. Sie wusste, dass sie ihn nicht besaß. Die ganze Zeit über pfiff er leise und beharrlich vor sich hin. Sie lauschte in dem Gefühl, seinem Pfeifen mehr zu entnehmen als seinem Reden. Es war eine traurige, unzufriedene Melodie, eine Melodie, die ihr das Gefühl gab, dass er nicht bei ihr bleiben würde. Schweigend ging sie weiter. Als sie zur Drehbrücke kamen, setzte er sich auf den großen Pfosten und betrachtete die Sterne auf dem Wasser. Er war ihr ganz fern. Sie hatte nachgedacht.

»Wirst du für immer bei Jordan's bleiben?«, fragte sie.

»Nein«, antwortete er, ohne zu überlegen. »Nein, ich werde Nottingham verlassen und ins Ausland gehen – bald.«

»Ins Ausland – wozu das?«

»Ich weiß nicht! Ich fühle mich rastlos.«

»Aber was wirst du tun?«

»Erst brauche ich regelmäßige Aufträge als Zeichner und eine Art Auktion für meine Bilder«, antwortete er. »Allmählich komme ich voran, das weiß ich.«

»Und wann, meinst du, wirst du gehen?«

»Ich weiß nicht. Solange meine Mutter noch am Leben ist, werde ich kaum lange wegbleiben.«

»Du könntest sie nicht verlassen?«

»Nicht für lange.«

Sie betrachtete die Sterne auf dem schwarzen Wasser. Ganz weiß und starr lagen sie da. Zu wissen, dass er sie verlassen würde, war Höllenqual. Aber ihn in ihrer Nähe zu haben war fast ebenso qualvoll.

»Und wenn du eine Menge Geld verdientest, was würdest du dann tun?«, fragte sie.

»Mit meiner Mutter in ein nettes Häuschen in der Nähe von London ziehen.«

»Verstehe.«

Es trat eine lange Pause ein.

»Ich könnte dich immer noch besuchen kommen«, sagte er. »Ich weiß es nicht. – Frag mich nicht, was ich tun würde, ich weiß es nicht.« Wieder herrschte Schweigen. Die Sterne auf dem Wasser erzitterten und zerfielen. Ein leichter Wind kam auf. Plötzlich ging er zu ihr und legte ihr die Hand auf die Schulter.

»Frag mich nicht nach der Zukunft«, sagte er kläglich. »Ich weiß überhaupt nichts. – Sei bei mir, jetzt, was immer sie bringt, ja –?«

Da schloss sie ihn in die Arme. Schließlich war sie eine verheiratete Frau und hatte kein Anrecht auf ihn, nicht einmal auf das wenige, das er ihr gab. Er brauchte sie so sehr. Sie hielt ihn in ihren Armen, und er war elend. Mit ihrer Wärme umfing sie ihn, tröstete ihn, liebte ihn. Sie würde den Augenblick für sich stehen lassen.

Nach einer Weile hob er den Kopf, als wollte er sprechen.

»Clara?«, sagte er mühsam.

Leidenschaftlich zog sie ihn an sich, drückte mit der Hand seinen Kopf an ihre Brust. Sie konnte das Leid in seiner Stimme nicht ertragen. Tief im Inneren fürchtete sie sich. Alles an ihr durfte er haben – alles. Aber sie wollte es nicht *wissen*; sie fühlte, dass sie es nicht verkraften würde; sie wollte nur, dass er Linderung bei ihr fände, Linderung. So stand sie da, umschlang und liebkoste ihn, und er war etwas Unbekanntes für sie, beinahe etwas Unheimliches. Sie wollte ihm Linderung verschaffen, bis er vergaß.

Und bald legte sich der Kampf in seiner Seele, und er vergaß. Doch dann war für ihn nicht mehr Clara dort in der Dunkelheit, sondern nur eine Frau, etwas Warmes, das er liebte und fast vergötterte. Aber Clara war es nicht. Und sie fügte sich ihm. Der nackte Hunger und die Unausweichlichkeit seiner Liebe zu ihr, etwas Starkes und Blindes und in seiner Primitivität Rücksichtsloses, machten die Stunde fast furchtbar für sie. Sie wusste, wie nackt und allein er war. Und sie spürte das Große darin, dass er zu ihr kam. Und so nahm sie ihn einfach, weil sein Bedürfnis größer war als sie oder er. Und ihre Seele wurde still. Sie tat dies für ihn in seiner Not, selbst wenn er sie verließ. Denn sie liebte ihn.

Die ganze Zeit über kreischten die Kiebitze im Feld. Als er wieder zu sich kam, wunderte er sich, was da, gebogen und lebensvoll, im Dunkeln so nahe vor seinen Augen war und mit welcher Stimme es sprach. Dann merkte er, dass es das Gras war und dass der Kiebitz rief. Die Wärme war Claras wogender Atem. Er hob den Kopf und sah ihr in die Augen. Sie waren dunkel und glänzten sonderbar, ein Leben wilden Ursprungs blickte in das seine, war ihm fremd und begegnete ihm doch. Und ängstlich schmiegte er sein Gesicht an ihren Hals. Was war sie? Ein starkes, fremdes, wildes Leben, das zusammen mit dem seinen diese Stunde im Dunkeln durchatmete. Dies alles war so viel größer als sie selbst, dass er verstummte. Sie waren einander begegnet und hatten den Wuchs der Grashalme, den Ruf des Kiebitzes, das Rad der Sterne in ihre Begegnung eingeschlossen.

Als sie aufstanden, sahen sie, wie sich an der gegenüberliegenden Hecke andere Liebespaare entlangstahlen. Es schien nur natürlich, dass sie hier waren. Die Nacht nahm sie auf.

Und nach einem solchen Abend waren sie beide sehr still, hatten sie doch die Unermesslichkeit der Leidenschaft erfahren. Sie kamen sich klein vor, halb verängstigt, kindlich und erstaunt wie Adam und Eva, als sie ihre Unschuld verloren und die Herrlichkeit der Macht gewahrten, die sie aus dem Paradies und durch die große Nacht und den großen Tag der Menschheit trieb. Für jeden von ihnen war es eine Initiation und eine Genugtuung. Die Erkenntnis der eigenen Nichtigkeit, die Erkenntnis der ungeheuren, lebendigen Flut, die sie immerfort trug, verschaffte ihnen inneren Frieden. Wenn eine so große, eine so herrliche Macht sie überwältigen konnte, sie eins mit sich machen konnte, so dass sie wussten, dass sie nur Körnchen waren in jener gewaltigen Brandung, die jeden Grashalm, jeden Baum und jedes Lebewesen zu seiner geringen Höhe erhob, wozu sich dann um sich selbst sorgen: Sie konnten sich vom Leben dahintragen lassen. Und sie empfanden so etwas wie Frieden aneinander: Es war eine Art Beglaubigung, die sie gemeinsam erlebt hatten. Nichts konnte sie zunichtemachen, nichts sie ihnen rauben. Fast war es ihr Glaube an das Leben.

Aber Clara war nicht zufrieden. Da war etwas Großes, das wusste sie, etwas Großes hüllte sie ein. Aber es hielt sie nicht. Am Morgen war es anders. Sie hatten etwas *gewusst* – aber sie konnte den Augenblick nicht bannen, sie wünschte ihn abermals herbei, sie wollte etwas Dauerhaftes, sie hatte ihn nicht ganz erfasst. Sie hatte geglaubt, *Paul* zu wollen. Sie konnte seiner nicht sicher sein. Was zwischen ihnen gewesen war, kehrte vielleicht nie wieder. Vielleicht würde er sie verlassen. Sie besaß ihn nicht. Sie war nicht zufrieden. Sie war wohl da gewesen, aber das – das Etwas, auf das sie so versessen war, sie wusste nicht, was – sie hatte es nicht ergriffen.

Am Morgen genoss er beträchtlichen Frieden und war innerlich glücklich. Fast schien es, als habe er die Feuertaufe der Leidenschaft empfangen, als habe diese ihm Ruhe beschert. Aber Clara war es nicht. Es war etwas, das ihretwegen geschah, aber es war nicht sie. Sie waren einander kaum nähergekommen. Es war, als seien sie blinde Werkzeuge einer großen Macht gewesen.

Als sie ihn an jenem Tag in der Fabrik sah, schmolz ihr Herz wie ein Feuertropfen. Es war sein Körper, seine Stirn. Der Feuertropfen in ihrer Brust wurde immer heißer. Sie musste ihn in die Arme nehmen. Er aber, sehr ruhig, sehr gelassen an diesem Morgen, fuhr fort, ihr Anweisungen zu geben. Sie folgte ihm in das dunkle, hässliche Erdgeschoss und hob ihm die Arme entgegen. Er küsste sie, und die Hitze der Leidenschaft begann ihn erneut zu versengen. Jemand war an der Tür. Er rannte nach oben. Sie kehrte in ihren Arbeitsraum zurück, bewegte sich wie in Trance.

Danach erlosch das Feuer allmählich. Mehr und mehr hatte er das Gefühl, sein Erlebnis sei unpersönlicher Natur gewesen und habe nicht Clara gegolten. Er liebte sie. Es war da eine große Zärtlichkeit, wie nach einer heftigen, gemeinsam erlebten Gefühlswallung. Doch konnte sie seine Seele nicht besänftigen. Er hatte gewollt, dass sie etwas wäre, das sie nicht sein konnte.

Und sie war verrückt vor Verlangen nach ihm. Sie konnte ihn nicht sehen, ohne ihn zu berühren. Wenn er in der Fabrik mit ihr über einen Strickstrumpf sprach, ließ sie ihre Hand verstohlen über seine Seite und seine Hüften gleiten. Sie folgte ihm ins Erdgeschoss, um ihn rasch zu küssen. Die Augen, stumm und sehnsüchtig, voll ungezügelter Leidenschaft, hielt sie stets auf ihn geheftet. Er hatte Angst, sie könnte sich allzu schamlos vor den anderen Mädchen verraten. Zur Mittagszeit wartete sie unweigerlich auf ihn, damit er sie umarmte, bevor sie ging. Ihm kam es vor, als sei sie hilflos, beinahe eine Last für ihn. Und das ärgerte ihn.

»Warum musst du mich immerzu küssen und umarmen?«, fragte er. »Ein jedes Ding hat doch seine Zeit.«

Sie blickte zu ihm auf, und Hass trat in ihre Augen.

»Will ich dich wirklich immerzu küssen?«, fragte sie.

»Immerzu! Selbst wenn ich komme, um mich nach der Arbeit zu erkundigen. Wenn ich bei der Arbeit bin, will ich mit Liebe nichts zu tun haben. Arbeit ist Arbeit –«

»Und was ist Liebe?«, fragte sie. »Muss die ihre besonderen Stunden haben?«

»Ja – die arbeitsfreien Stunden.«

»Sie soll sich also nach Mr Jordans Geschäftszeiten richten?«

»Ja – und nach der Freiheit von Geschäften jeglicher Art.«

»Es soll sie also nur in der Freizeit geben?«

»Nur dann – und auch dann nicht immer – nicht die küssende Art der Liebe.«

»Und das ist alles, was du darüber denkst?«

»Das reicht ja wohl.«

»Ich freue mich, dass du so denkst.«

Und eine Zeit lang war sie kalt gegen ihn. Sie hasste ihn. Und während sie kalt und voller Verachtung war, fühlte er sich so lange unbehaglich, bis sie ihm wieder verziehen hatte. Aber auch wenn sie wieder von vorn anfingen, kamen sie einander nicht näher. Er hielt an ihr fest, weil sie ihn nie zufriedenstellte.

Im Frühjahr fuhren sie zusammen ans Meer. In der Nähe von Theddlethorpe mieteten sie sich Zimmer in einem kleinen Cottage und lebten als Mann und Frau. Manchmal begleitete sie Mrs Radford.

In Nottingham war bekannt, dass Paul Morel und Mrs Dawes miteinander gingen; da sich aber nichts Auffälliges ereignete, da Clara schon immer Einzelgängerin gewesen war und er so naiv und harmlos schien, kam es darauf nicht an.

Er liebte die Küste von Lincolnshire, und sie liebte das Meer. Frühmorgens gingen sie oft zusammen schwimmen. Die graue Dämmerung, die weiten Flächen öden, noch vom Winter befallenen Moorlands, die Wiesen mit dem üppigen Gras, das alles war wirksam genug, um seine Seele zu erfreuen. Wenn sie vom Holzsteg auf die Landstraße traten und über die unendliche Eintönigkeit der Ebene hinwegblickten – das Land war etwas dunkler als der Himmel, das Meer hinter den Dünen hörte sich klein an –, füllte sich sein Herz mit der weiten Unbarmherzigkeit des Lebens. Dann liebte sie ihn – er war einsam und stark, und in seinen Augen leuchtete ein wunderbares Licht.

Sie fröstelten vor Kälte. Dann lief er mit ihr um die Wette die Landstraße hinab bis zu der grünen Rasenbrücke. Sie konnte gut rennen. Bald bekam sie Farbe, ihr Hals war bloß, ihre Augen glänzten. Er liebte sie, weil sie so wohlig schwer und doch so schnell war. Er selbst war leicht. Sie lief wie im Rausch. Sie wurden warm und gingen Hand in Hand.

Eine Röte überzog den Himmel, der fahle Mond, schon halb im Westen, versank in Bedeutungslosigkeit. Auf dem dämmrigen Land begannen die Dinge lebendige Form anzunehmen, Pflanzen mit großen Blättern wurden erkennbar. Durch eine Lücke in den hohen, kalten Sandhügeln gelangten sie zum Strand. Stöhnend lag die öde Weite des Uferlands unter der Dämmerung und der See. Der Ozean war ein flacher, dunkler Streifen mit weißem Saum. Über dem düsteren Meer färbte sich der Himmel rot. Schnell breitete sich das Feuer zwischen den

Wolken aus und zerstreute sie. Karmin verbrannte zu Orange, Orange zu stumpfem Gold, und in goldener Pracht stieg die Sonne empor und tröpfelte kleine feurige Spritzer über die Wogen, als schreite jemand dahin und verschütte Licht aus seinem Eimer.

Mit langen, heiseren Schlägen liefen die Sturzwellen den Strand entlang. Winzige Möwen segelten wie Gischtflocken über die Brandungslinie. Ihre Schreie schienen größer als sie selbst. Weithin erstreckte sich die Küste und verschmolz mit dem Morgen. Die grasbewachsenen Dünen schienen auf das Niveau des Strandes herabzusinken. Zu ihrer Rechten lag winzig Mablethorpe. Den weiten Küstenraum, die See und die aufgehende Sonne, das schwache Geräusch des Wassers, die scharfen Schreie der Möwen – all das hatten sie ganz für sich.

In den Dünen fanden sie eine warme Mulde, wo der Wind nicht hingelangte. Paul stand da und blickte aufs Meer hinaus.

»Es ist herrlich«, sagte er.

»Werd bloß nicht sentimental«, erwiderte sie.

Es irritierte sie, dass er so dastand und aufs Meer hinausstarrte wie ein einsamer Dichter. Er lachte. Rasch entkleidete sie sich.

»Heute Morgen gibt's schöne Wellen«, sagte sie triumphierend.

Sie konnte besser schwimmen als er. Untätig stand er herum und sah ihr zu.

»Kommst du nicht?«, fragte sie.

»Gleich«, antwortete er.

Sie war eine Frau mit samtiger weißer Haut und schweren Schultern. Ein leichter, vom Meer kommender Wind wehte über ihren Körper hin und zerzauste ihr Haar.

»Uh!«, sagte sie und schlang die Arme um die Brüste. »Ist das kalt!«

Der Morgen war von einer wunderbar klaren goldenen Farbe. Nach Norden und Süden schienen Schattenschleier zu treiben. Clara stand da und band sich die Haare auf. Unter der Berührung des Windes schauderte sie leicht zusammen. Hinter der nackten, weißhäutigen Frau wuchs Seegras. Sie blickte aufs Meer, dann auf ihn. Er beobachtete sie aus dunklen Augen, die sie liebte und die sie nicht verstand. Schaudernd presste sie ihre Brüste zusammen und lachte.

»Uh, wird das kalt sein!«, sagte sie.

Er beugte sich vor und küsste die beiden weiß glitzernden Kugeln, die sie umfasst hielt. Wartend stand sie da. Er sah ihr in die Augen, dann auf den bleichen Sand.

»Nun geh schon!«, sagte er leise.

Sie schlang die Arme um seinen Nacken, zog ihn an sich und küsste ihn leidenschaftlich. Dann ging sie mit den Worten:

»Aber du kommst doch auch?«

»Gleich.«

Mit schweren Schritten stapfte sie durch den samtweichen Sand. Ihr üppiger weißer Körper bewegte sich mit schwerer Anmut über das Uferland. Von den Dünen aus beobachtete er, wie die große blasse Küste sie umhüllte. Sie wurde immer kleiner, verlor jede Proportion, wirkte nur noch wie ein großer weißer Vogel, der sich vorankämpfte.

»Nicht viel mehr als ein großer weißer Kieselstein, der über den Strand gerollt wird – nicht viel mehr als eine Schaumflocke, die über den Sand geweht wird«, sagte er bei sich. Ganz langsam schien sie sich über den unermesslichen, widerhallenden Strand zu bewegen. Noch während er sie beobachtete, verlor er sie aus den Augen. Das blendende Sonnenlicht hatte sie verschluckt. Dann sah er sie wieder, einen winzigen weißen Fleck, der sich auf den weißen, murmelnden Meeresrand zubewegte.

»Sieh nur, wie klein sie ist!«, sagte er bei sich. »Sie ist verloren wie ein Sandkorn am Strand – nur ein dichter Fleck, der dahingeweht wird – eine winzige weiße Schaumblase – fast ein Nichts am Morgen. Warum fesselt sie mich so?«

Der Morgen war jetzt ganz ungestört: Sie war ins Wasser gegangen. Weithin glühten der Strand, die Dünen mit ihrem blauen Strandhafer, das glitzernde Wasser in seiner gewaltigen, ununterbrochenen Einsamkeit.

»Was ist sie denn schließlich?«, fragte er sich. »Hier ist der Morgen über der Meeresküste, groß und ewig und schön. Dort ist sie, verärgert, immer unzufrieden und vergänglich wie eine Schaumblase. Was bedeutet sie mir denn schließlich? Sie verkörpert etwas, so wie eine Schaumblase das Meer verkörpert. Aber was ist *sie*? Aus ihr selbst mache ich mir doch gar nichts –«

Dann, erschrocken über seine eigenen unbewussten Gedanken, die so deutlich zu sprechen schienen, dass der ganze Morgen sie hören konnte, zog er sich aus und lief rasch den Sand hinunter. Sie hielt nach ihm Ausschau. Ihr Arm blitzte ihm entgegen, sie hob sich mit einer Welle, versank wieder, die Schultern in einer Lache flüssigen Silbers. Er sprang durch die Brecher, und einen Augenblick später lag ihre Hand auf seiner Schulter.

Er war ein schlechter Schwimmer und konnte nicht lange im Wasser bleiben. Triumphierend tollte sie um ihn herum und prunkte mit ihrer Überlegenheit, um die er sie beneidete. Tief und schön stand die Sonne auf dem Wasser. Ein, zwei Minuten lachten sie im Meer, dann liefen sie um die Wette zurück zu den Dünen.

Als sie sich schwer keuchend abtrockneten, betrachtete er ihr lachendes, atemloses Gesicht, ihre hellen Schultern, ihre schaukelnden Brüste, die ihn beängstigten, als sie sie abrieb, und wieder dachte er: »Aber herrlich ist sie doch und größer noch als der Morgen und das Meer. – Ist sie es wirklich? – Ist sie es wirklich?«

Als sie seine dunklen Augen auf sich gerichtet sah, unterbrach sie sich lachend.

»Was gibt's denn da zu sehen?«, fragte sie.

»Dich!«, antwortete er lachend.

Ihre Blicke trafen sich, und einen Augenblick später küsste er ihre von einer Gänsehaut überzogene Schulter und dachte: »Was ist sie? Was ist sie?«

Am Morgen liebte sie ihn. Dann hatten seine Küsse etwas

Distanziertes, Hartes und Elementares, als sei er sich nur seines eigenen Willens bewusst und ließe sie und ihr Begehren völlig außer Acht.

Später am Tag ging er zeichnen.

»Du fährst mit deiner Mutter nach Sutton«, sagte er zu ihr, »ich bin zu träge.«

Sie stand da und sah ihn an. Er wusste, dass sie ihn begleiten wollte, aber er zog es vor, allein zu bleiben. Wenn sie bei ihm war, hatte er das Gefühl, gefangen zu sein, als könne er nicht frei atmen, als laste etwas auf ihm. Sie spürte sein Verlangen, frei von ihr zu sein.

Am Abend kam er wieder zu ihr. Im Dunkeln gingen sie am Strand entlang, dann saßen sie eine Weile im Schutz der Dünen.

»Mir scheint«, sagte sie, als sie über das dunkle Meer blickten, auf dem kein Licht zu sehen war, »mir scheint, als liebtest du mich nur bei Nacht – als liebtest du mich nicht auch bei Tage.«

Er ließ den kalten Sand durch seine Finger rinnen. Wegen ihres Vorwurfs fühlte er sich schuldig.

»Die Nacht ist dir vorbehalten«, erwiderte er. »Tagsüber möchte ich allein sein.«

»Aber warum?«, fragte sie. »Warum sogar jetzt, in diesen kurzen Ferien?«

»Ich weiß nicht. Liebesspiele tagsüber ersticken mich.«

»Aber es müssen ja nicht immer Liebesspiele sein«, sagte sie.

»Das sind sie aber immer, wenn wir zusammen sind«, entgegnete er.

Mit bitteren Gefühlen saß sie da.

»Möchtest du mich je heiraten?«, fragte er neugierig.

»Du mich denn?«, erwiderte sie.

»Ja – ja – ich möchte, dass wir Kinder haben«, antwortete er langsam.

Sie saß mit gesenktem Kopf da und spielte mit dem Sand.

»Aber eigentlich möchtest du dich von Baxter nicht scheiden lassen, stimmt's?«, fragte er.

Es dauerte ein paar Minuten, bevor sie antwortete.

»Nein«, sagte sie sehr bedächtig. »Ich glaube nicht.«

»Warum nicht?«

»Ich weiß nicht.«

»Hast du das Gefühl, ihm zu gehören?«

»Nein – ich glaube nicht.«

»Was dann?«

»Ich glaube, er gehört mir«, erwiderte sie.

Er schwieg einige Minuten und lauschte auf den Wind, der über das heisere, dunkle Meer wehte.

»Und du hattest nie die Absicht, mir zu gehören?«, fragte er.

»Doch, ich gehöre dir«, antwortete sie.

»Nein«, sagte er. »Weil du dich nicht scheiden lassen willst.«

Es war ein Knoten, den sie nicht lösen konnten, deshalb ließen sie ihn liegen und nahmen sich, was sie konnten. Was sie nicht erlangen konnten, ließen sie außer Acht.

»Ich finde, du hast Baxter gemein behandelt«, sagte er ein andermal.

Er rechnete halb damit, dass Clara ihm wie seine Mutter antworten würde: »Du denkst über deine eigenen Belange nach, bei denen anderer Leute kennst du dich nicht so gut aus.« Doch zu seiner Überraschung nahm sie ihn ernst.

»Wieso?«, fragte sie.

»Ich nehme an, du hast ihn für ein Maiglöckchen gehalten, ihn also in einen passenden Topf gepflanzt und entsprechend gepflegt. Du hattest nun mal entschieden, dass er ein Maiglöckchen ist, und da hat's nichts genutzt, dass er ein Herkuleskraut war, das wolltest du nicht.«

»Für ein Maiglöckchen habe ich ihn ganz bestimmt nicht gehalten.«

»Du hast ihn für etwas gehalten, das er nicht war. So sind Frauen eben. Sie glauben, sie wüssten, was gut für einen Mann ist, und sorgen dafür, dass er's kriegt; und ganz gleich, ob er verhungert, er kann dasitzen und pfeifen nach dem, was er braucht, solange sie ihn nur besitzt und ihm gibt, was gut für ihn ist.«

»Und was tust du?«, fragte sie.

»Ich denke darüber nach, welche Melodie ich pfeifen soll.«

Und statt ihn zu ohrfeigen, musterte sie ihn ernst.

»Du glaubst, ich will dir geben, was gut für dich ist?«, fragte sie.

»Ich hoffe doch. – Aber die Liebe sollte ein Gefühl der Freiheit geben, nicht der Gefangenschaft. Miriam hat mir das Gefühl gegeben, als wäre ich ein an einen Pflock angebundener Esel. Ich sollte auf ihrer Wiese weiden und nirgendwo anders. Das ist widerlich.«

»Und würdest du eine Frau tun lassen, was sie möchte?«

»Ja – ich will sehen, dass es ihr Spaß macht, mich zu lieben. Wenn nicht – nun, dann halte ich sie nicht.«

»Wenn du nur so wunderbar wärst, wie du behauptest«, erwiderte Clara.

»Dann wäre ich das Wunder, das ich bin«, sagte er lachend.

In dem Schweigen, das folgte, hassten sie einander, auch wenn sie lachten.

»Die Liebe ist missgünstig«, sagte er.

»Und wer von uns beiden ist der Missgünstigere?«, fragte sie.

»Na, du natürlich.«

So ging der Kampf zwischen ihnen weiter. Sie wusste, dass sie ihn nie ganz besaß; über einen großen und wesentlichen Teil von ihm hatte sie keine Macht, versuchte nie, ihn in Besitz zu nehmen oder auch nur zu erkennen, worin er bestand. Und er ahnte, dass sie sich noch immer als Mrs Dawes betrachtete. Sie liebte Dawes nicht, hatte ihn nie geliebt. Aber sie glaubte, dass er sie liebte, zumindest von ihr abhängig war. Er flößte ihr ein Gefühl von Sicherheit ein, das sie bei Paul Morel nie empfand. Ihre Leidenschaft für den jungen Mann hatte ihre Seele gefüllt, ihr eine gewisse Befriedigung verschafft, ihr das Selbstmisstrauen, die Zweifel genommen. Was immer sie sonst war, innerlich war sie gefestigt. Fast war es, als hätte sie sich selbst gewonnen und stünde nun klar und vollständig da. Sie hatte ihre Bestätigung erhalten. Aber nie glaubte sie, dass ihr Leben Paul Morel gehörte, oder das seine ihr. Am Ende würden sie sich trennen, und der Rest ihres Lebens wäre ein einziges Sehnen nach ihm. Aber jetzt wusste sie immerhin, dass sie ihrer selbst gewiss war. Und von ihm ließ sich fast das Gleiche sagen. Gemeinsam hatten sie die Taufe des Lebens empfangen, jeder durch den anderen. Nun aber folgte jeder seiner eigenen Sendung. Wohin Paul gehen wollte, dorthin konnte sie nicht mitkommen. Früher oder später würden sie sich trennen müssen. Selbst wenn sie heirateten und einander treu blieben, würde er sie doch verlassen und allein seinen Weg gehen; nur wenn er nach Hause käme, würde sie sich um ihn kümmern müssen. Aber das war ein Ding der Unmöglichkeit. Jeder brauchte doch einen Gefährten, der Seite an Seite mit ihm ging.

Clara wohnte jetzt bei ihrer Mutter in den Mapperley Plains. Eines Abends, als Paul und sie die Woodborough Road entlanggingen, begegneten sie Dawes. Morel erkannte wohl die Körperhaltung des sich nähernden Mannes, war aber gerade so in Gedanken vertieft, dass nur sein Künstlerauge die Gestalt des Fremden wahrnahm. Da wandte er sich plötzlich an Clara, legte ihr die Hand auf die Schulter und sagte lachend:

»Wir schreiten Seit an Seit, dabei bin ich in Gedanken in London und streite gerade mit einem gewissen Orpen – und wo bist du? –«

In diesem Augenblick ging Dawes vorüber. Fast streifte er Morel. Der junge Mann blickte auf und sah die stechenden dunkelbraunen Augen, voller Hass und doch so müde.

»Wer war das?«, fragte er Clara.

»Das war Baxter«, antwortete sie.

Paul nahm die Hand von ihrer Schulter und blickte sich um. Dann sah er wieder deutlich die Gestalt des vorübergehenden Mannes. Dawes ging noch immer aufrecht, die schönen Schultern zurückgeworfen, das Gesicht erhoben. Aber es lag ein verstohlener Blick in seinen Augen, der den Eindruck vermittelte, als versuche er, sich an jedem Menschen, dem er begegnete, unbemerkt vorbeizudrücken, und blicke argwöhnisch umher, um zu prüfen, was sie von ihm dachten. Seine Hände schienen sich verstecken zu wollen. Er trug alte Kleider, die Hose war am Knie zerrissen, das um den Hals geschlungene Tuch verschmutzt. Aber die Mütze saß ihm noch immer herausfordernd schief auf dem Kopf. Als Clara ihn sah, fühlte sie sich schuldbewusst. Sein Gesicht wirkte so müde und verzweifelt, dass sie ihn hasste, weil es ihr weh tat.

»Er sieht so zwielichtig aus«, sagte Paul.

Aber der mitleidige Ton in seiner Stimme klang vorwurfsvoll, und sie verhärtete sich.

»Jetzt erweist sich seine wahre Gewöhnlichkeit«, antwortete sie.

»Hasst du ihn?«, fragte er.

»Du redest von der Gemeinheit der Frauen«, sagte sie. »Ich wünschte, du würdest die Gemeinheit der Männer in ihrer rohen Kraft kennen. Sie wissen einfach nicht, dass es die Frau überhaupt gibt.«

»Ich auch nicht?«, fragte er.

»Nein«, antwortete sie.

»Ich weiß nicht, dass es dich gibt?«

»Du weißt nichts über mich«, sagte sie verbittert, »nichts!«

»Nicht mehr als Baxter?«, fragte er.

»Vielleicht nicht einmal so viel.«

Er war verwirrt, hilflos und ärgerlich. Da ging sie unerkannt neben ihm, obwohl sie eine solche Erfahrung geteilt hatten.

»Aber mich kennst du ziemlich gut«, sagte er.

Sie antwortete nicht.

»Kanntest du Baxter so gut, wie du mich kennst?«, fragte er.

»Er hat es nicht zugelassen«, sagte sie.

»Und habe ich es zugelassen?«

»Es geht darum, was Männer *nicht* zulassen – sie lassen nicht zu, dass man ihnen wirklich näherkommt«, sagte sie.

»Und ich habe es nicht zugelassen?«

»Doch«, antwortete sie langsam. »Aber du bist mir nicht nähergekommen. Du kannst nicht aus dir heraus, das kannst du nicht. Baxter konnte das besser als du.«

Gedankenvoll ging er weiter. Er war böse auf sie, weil sie ihm Baxter vorzog.

»Jetzt, wo du Baxter nicht mehr hast, fängst du an, ihn zu schätzen«, sagte er.

»Nein – ich sehe nur, worin er sich von dir unterscheidet.«

Aber er spürte, dass sie einen Groll gegen ihn hegte.

Eines Abends, als sie über die Felder nach Hause gingen, überraschte sie ihn mit der Frage:

»Glaubst du, die Sache ist es wert – das – das Geschlechtliche –?«

»Der Liebesakt selbst?«

»Ja – ist er dir etwas wert?«

»Wie kannst du das nur trennen?«, fragte er. »Er ist der Höhepunkt von allem – all unsere Intimität gipfelt darin.«

»Für mich nicht«, sagte sie.

Er schwieg. Hass gegen sie flammte in ihm auf. Dann war sie also mit ihm unzufrieden, selbst dort, wo er glaubte, dass sie einander erfüllten. Aber er glaubte ihr zu vorbehaltlos.

»Mir ist«, fuhr sie langsam fort, »als besäße ich dich nicht – als wäre nicht alles von dir da – und als wäre nicht ich es, die du nimmst –«

»Wer denn?«

»Etwas nur für dich. Es ist schön gewesen, so dass ich es nicht wage, daran zu denken. Aber – bin ich es, die du willst, oder ist es dieses Etwas?«

Wieder fühlte er sich schuldig. Ließ er Clara wirklich außer Acht und nahm die Frau schlechthin? Aber das hielt er für Haarspalterei.

»Wenn ich Baxter besaß, ihn tatsächlich besaß, hatte ich das Gefühl, alles an ihm zu besitzen«, sagte sie.

»Und das war besser?«, fragte er.

»Ja – ja – es war vollständiger. – Ich sage nicht, dass du mir nicht mehr gegeben hast, als er mir je gegeben hat –«

»Oder dir geben konnte.«

»Ja – vielleicht. – Aber dich selbst hast du mir nie gegeben.«

Ärgerlich zog er die Stirn in Falten.

»Wenn ich anfange, dich zu lieben«, sagte er, »trudele ich wie ein Blatt im Wind.«

»Und lässt mich außer Acht«, sagte sie.

»Und dann bedeutet es dir nichts?«, fragte er fast starr vor Wut.

»Etwas schon. – Und manchmal hast du mich auch mitgerissen – einfach so – ich weiß – und dafür verehre ich dich – aber –«

»Komm mir nicht mit ›aber‹«, sagte er und küsste sie rasch, weil ihn ein Feuer durchlief.

Sie fügte sich und schwieg.

Es traf zu, was er sagte. Wenn er anfing, sie zu lieben, war die Erregung meist so stark, dass sie in ungeheurem Schwung alles mit sich riss: Verstand, Seele, Blut, so wie der Trent seine Wirbel und Strudel gewaltsam, geräuschlos mit sich reißt. Allmählich verloren sich die kleinlichen Empfindungen, die kleinliche Kritik, auch die Gedanken schwanden dahin, alles wurde von einer einzigen Flut hinweggetragen. Paul war dann nicht ein Mann mit seinem Intellekt, sondern ein einziger großer Instinkt. Seine Hände waren wie lebendige Wesen; seine Glieder, sein Leib waren ganz Leben und Bewusstsein, nicht seinem Willen unterworfen, sondern in sich lebendig. So wie er schienen auch die kräftigen winterlichen Sterne lebensstark. In ihnen schlug der nämliche feurige Puls wie in ihm. Und die gleiche kraftvolle Freude, die den Farnwedel vor seinen Augen straffte, straffte auch seinen eigenen Körper. Es war, als würden er und die Sterne und die dunklen Gräser und Clara von einer ungeheuren Flammenzunge aufgeleckt, die voran- und emporschoss. Alles neben ihm stürmte voller Leben dahin, alles neben ihm war still, in sich vollkommen. Die wundersame Stille in jedem Ding an sich, noch während es im Überschwang des Lebens dahingetragen wurde, schien der Gipfel der Glückseligkeit.

Und Clara wusste, dass dies ihn an sie fesselte, deshalb vertraute sie ganz der Leidenschaft. Doch enttäuschte sie diese häufig. Die Höhen des einen Mals, da die Kiebitze gerufen hatten, errreichten sie nicht mehr oft. Mit der Zeit verdarb ihnen irgendeine mechanische Anstrengung den Liebesgenuss, oder wenn sie herrliche Augenblicke erlebten, erlebte sie jeder für sich und nicht so befriedigend. So oft schien er allein voranzustürmen. Oft merkten sie, dass es ein Misserfolg war, nicht das, was sie ersehnt hatten. Dann verließ er sie in dem Bewusstsein, dass der betreffende Abend einen kleinen Riss zwischen ihnen verursacht hatte. Ihr Lieben wurde mechanischer, verlor seinen wunderbaren Glanz. Um etwas von dem Gefühl der Befriedigung wiederzuerlangen, begannen sie allmählich, Neuerungen einzuführen. So lagerten sie sich ganz nah, fast gefährlich nah am Fluss, so dass das schwarze Wasser dicht an seinem Gesicht vorüberschoss. Das jagte ihnen einen leichten Schauer ein. Oder zuweilen liebten sie sich am Stadtrand in einer kleinen Mulde unterhalb des Zauns an dem Weg, auf dem gelegentlich Leute vorbeikamen. Dann hörten sie Schritte nahen, spürten fast die Erschütterung durch die Fußtritte und hörten, was die Passanten sagten, seltsame kleine Dinge, die für niemandes Ohren bestimmt waren. Und hinterher fühlten sie sich beide beschämt, und die Dinge bewirkten eine Entfremdung zwischen ihnen. Er begann, sie ein wenig zu verachten, als hätte sie das verdient!

Eines Abends verließ er sie, um über die Felder zum Bahnhof von Daybrook zu laufen. Es war sehr dunkel, und obwohl der Frühling schon so weit fortgeschritten war, hätte es beinahe geschneit. Morel hatte nicht viel Zeit; er stürzte voran. Fast abrupt endet die Stadt am Rand einer steilen Senke. Dort zeichnen sich die Häuser mit ihren gelben Lichtern gegen die Dunkelheit ab. Er stieg über den Zauntritt und ging rasch hinab in die Senke mit den Feldern. Auf Swineshead Farm leuchtete warm ein Fenster durch den Obstgarten. Paul sah sich um. Die Häuser hinter ihm, schwarz gegen den Himmel, standen am Rand der Senke wie wilde Tiere, die mit gelben Augen neugierig ins Dunkel spähen. Die Stadt schien wild und ungeschlacht, wie sie so auf die Wolken in seinem Rücken starrte. In den Weiden am Teich des Hofes rührte sich irgendein Getier. Es war zu finster, um etwas erkennen zu können.

Er war schon dicht am nächsten Zauntritt, bevor er eine dunkle Gestalt sah, die dagegenlehnte. Der Mann trat zur Seite.

»Guten Abend!«, sagte er.

»Guten Abend«, antwortete Morel, ohne ihn weiter zu beachten.

»Paul Morel?«, fragte der Mann.

Da wusste er, dass es Dawes war. Der Mann versperrte ihm den Weg.

»Jetzt hab ich dich aber, was?«, fragte er tölpelhaft.

»Ich verpasse meinen Zug«, antwortete Paul.

Dawes' Gesicht konnte er nicht erkennen. Der Mann schien mit den Zähnen zu klappern, während er sprach.

»Jetzt kannste was erleben«, sagte Dawes.

Morel wollte weitergehen. Der andere baute sich vor ihm auf.

»Willste den Mantel ausziehen«, sagte er, »oder willste dich damit hinlegen?«

Paul befürchtete schon, der Mann sei verrückt.

»Aber ich kann nicht kämpfen«, sagte er.

»Na schön«, antwortete Dawes, und bevor der Jüngere wusste, wie ihm geschah, taumelte er von einem Schlag ins Gesicht zurück. Die ganze Nacht wurde schwarz. Er riss sich Mantel und Rock vom Leib, wich einem weiteren Hieb aus und schleuderte die Kleidungsstücke über Dawes. Der fluchte wild. In Hemdsärmeln war Morel jetzt wachsam und wütend. Er spürte, dass sein ganzer Körper wie eine Kralle herausfuhr. Er konnte nicht kämpfen, also würde er seinen Verstand gebrauchen. Der andere war jetzt deutlicher zu sehen. Besonders seine Hemdbrust konnte er erkennen. Dawes strauchelte über Pauls Mantel und Rock, dann stürzte er sich auf ihn. Dem jungen Mann blutete der Mund. Er brannte darauf, den Mund des anderen zu treffen, und dieser Wunsch war so stark, dass es schmerzte. Rasch kletterte er über den Zauntritt, und als Dawes hinter ihm herkam, landete er blitzschnell einen Schlag auf seinem Mund. Paul zitterte vor Freude. Dawes näherte sich langsam, spuckte aus. Paul bekam es mit der Angst zu tun. Er bewegte sich um ihn herum, um wieder zum Zauntritt zu gelangen. Plötzlich kam wie aus dem Nichts ein mächtiger Schlag gegen sein Ohr, so dass er hilflos zurücktaumelte. Er hörte Dawes schwer keuchen wie ein wildes Tier. Dann folgte ein Tritt gegen sein Knie, der ihm solche Schmerzen verursachte, dass er aufstand und die Deckung seines Gegners wie blind unterlief. Es hagelte Schläge und Tritte, aber sie schmerzten nicht. Wie eine Wildkatze hing er an dem größeren Mann, bis Dawes schließlich das Gleichgewicht verlor und mit einem Krach hinfiel. Paul ging mit ihm zu Boden. Reiner Instinkt führte seine Hände zum Hals des Mannes, und bevor Dawes sich ihm in Wut und Schmerz entwinden konnte, hatte Paul die Fäuste in sein Halstuch gekrampft und die Knöchel in seine Kehle gegraben. Er war reiner Instinkt, ohne Verstand oder Gefühl. Sein Körper, hart und wunderbar, klammerte sich an den zappelnden Körper des anderen. Nicht ein Muskel an ihm gab nach. Er handelte ganz unbewusst, nur sein Körper hatte es sich zur Aufgabe gemacht, diesen anderen Mann zu töten. Er selbst besaß weder Gefühl noch Verstand. Er lag da, fest an seinen Gegner gepresst, sein Körper auf den einen Zweck ausgerichtet, den anderen zu erwürgen, den Anstrengungen des anderen in genau dem richtigen Augenblick, mit genau dem richtigen Kraftaufwand Widerstand zu leisten, stumm, gespannt, beharrlich. Allmählich drückte er seine Knöchel immer tiefer ein, spürte, wie die Anstrengungen des anderen immer wilder und wütender wurden. Immer straffer wurde sein Körper, wie eine Schraube, deren Druck allmählich zunimmt, bis etwas zerbricht.

Dann, voller Verwunderung und böser Ahnung, lockerte er plötzlich seinen Griff. Dawes hatte nachgegeben. Morel spürte, wie sein Körper vor Schmerz brannte, als er merkte, was er tat. Er war ganz bestürzt. Plötzlich erneuerten sich Dawes' Anstrengungen in einem heftigen Krampf. Pauls Hände wurden weggestoßen und aus dem Halstuch gerissen, in das sie sich verknotet hatten, er selbst hilflos abgeworfen. Er hörte das grauenhafte Ächzen des anderen, blieb aber wie betäubt liegen. Dann fühlte er, noch immer benommen, die Tritte des anderen und verlor das Bewusstsein.

Dawes, der vor Schmerz grunzte wie ein Tier, trat auf den ausgestreckten Körper seines Rivalen ein. Plötzlich schrillte zwei Felder weiter die Pfeife des Zuges. Er wandte sich um und blickte argwöhnisch um sich. Was kam da? Er sah die Lichter des Zuges durch sein Gesichtsfeld huschen. Es schien ihm, als näherten sich Leute. Über die Felder machte er sich davon nach Nottingham. Und im Gehen spürte er dumpf die Stelle an seinem Fuß, wo sein Stiefel gegen den Knochen des Burschen getreten hatte. Der Fußtritt schien in seinem Innern widerzuhallen. Er bemühte sich, ihn zu vergessen.

Nach und nach kam Morel wieder zu sich. Er wusste, wo er sich befand und was geschehen war, mochte sich aber nicht bewegen. Reglos lag er da, und kleine Schneeflocken kitzelten sein Gesicht. Es war so angenehm, ganz, ganz still liegen zu bleiben. Die Zeit verstrich. Es waren die Schneeflocken, die ihn immer wieder weckten, wenn er gar nicht geweckt werden wollte. Endlich trat sein Wille in Aktion.

»Ich darf hier nicht liegen bleiben«, sagte er, »das wäre dumm.« Aber er rührte sich noch immer nicht.

»Ich hab doch gesagt, ich würde aufstehen«, wiederholte er. »Warum tue ich es dann nicht?«

Dennoch dauerte es eine Weile, ehe er sich so weit zusammengerafft hatte, dass er sich rühren konnte. Dann rappelte er sich allmählich auf. Die Schmerzen machten ihn elend und schwindlig. Aber sein Kopf war klar. Schwankend tastete er nach seinem Mantel und seinem Rock und zog sie wieder an. Den Mantel knöpfte er bis zu den Ohren zu. Es dauerte einige Zeit, bis er seine Mütze fand. Er wusste nicht, ob sein Gesicht noch blutete. Blind ging er weiter, jeder Schritt machte ihn elend vor Schmerz. Er ging zurück bis zum Teich und wusch sich Gesicht und Hände. Das eiskalte Wasser tat weh, half aber, dass er wieder ganz zu sich kam. Er kroch den Hügel hinauf zur Straßenbahn. Er wollte zu seiner Mutter, er musste zu seiner Mutter. Das war seine blinde Absicht. Sein Gesicht verdeckte er, so gut er konnte, und kämpfte sich mühsam voran. Dauernd schien der Boden unter seinen Füßen nachzugeben, während er ausschritt, und er hatte das Übelkeit erregende Gefühl, durch den Raum zu fallen. So überstand er den Heimweg wie in einem Alptraum.

Alle waren schon im Bett. Er betrachtete sich. Sein Gesicht war bleich und blutverschmiert, fast wie das Gesicht eines Toten. Er wusch es und ging zu Bett. Die Nacht verfloss im Fieberwahn. Als er am Morgen aufwachte, sah ihn seine Mutter an. Ihre blauen Augen! – Die waren alles, was er sehen wollte. Sie war da, er war in ihren Händen.

»Es ist nicht weiter schlimm, Mutter«, sagte er. »Das war Baxter Dawes.«

»Sag mir, wo es weh tut«, sagte sie ruhig.

»Ich weiß nicht – meine Schulter. – Sag, dass es ein Fahrradunfall war, Mutter.«

Er konnte den Arm nicht bewegen. Gleich darauf kam Minnie, das kleine Dienstmädchen, mit dem Tee nach oben.

»Ihre Mutter hat mich fast zu Tode erschreckt«, sagte sie. »Sie ist ohnmächtig geworden.«

Das, empfand er, konnte er nicht ertragen. Seine Mutter pflegte ihn. Er erzählte ihr von dem Vorfall.

»Ich an deiner Stelle wäre jetzt fertig mit denen allen«, sagte sie ruhig.

»Das bin ich auch, Mutter.«

Sie deckte ihn zu.

»Und denk nicht mehr daran«, sagte sie. »Versuch nur zu schlafen. Der Arzt kommt erst um elf.«

Er hatte eine ausgerenkte Schulter, und am zweiten Tag setzte eine akute Bronchitis ein. Seine Mutter war jetzt totenblass und sehr mager. Sie saß immer da und starrte erst auf ihn, dann ins Leere. Es stand etwas zwischen ihnen, das keiner von beiden zu erwähnen wagte. Clara kam zu Besuch. Hinterher sagte er zu seiner Mutter:

»Sie macht mich müde, Mutter.«

»Ja. Ich wünschte, sie würde nicht kommen«, erwiderte Mrs Morel.

An einem anderen Tag besuchte ihn Miriam. Doch kam sie ihm fast wie eine Fremde vor.

»Du weißt, ich mache mir nichts mehr aus ihnen, Mutter«, sagte er.

»Ich fürchte doch, mein Sohn«, antwortete sie traurig.

Überall wurde bekanntgegeben, es habe sich um einen Fahrradunfall gehandelt. Bald konnte er wieder zur Arbeit gehen. Aber etwas nagte jetzt dauernd an seinem Herzen und machte ihn elend. Er ging zu Clara, aber dort war sozusagen niemand. Er konnte nicht arbeiten. Seine Mutter und er schienen einander aus dem Weg zu gehen. Es stand ein Geheimnis zwischen ihnen, das sie nicht ertragen konnten. Er merkte es nicht. Er wusste nur, dass sein Leben nicht im Lot war, als wollte es in Stücke zerspringen.

Clara wusste nicht, was ihm fehlte. Sie sah, dass er sie gar nicht zu bemerken schien. Selbst wenn er zu ihr kam, schien er sie nicht zu bemerken. Immer war er irgendwo anders. Sie fühlte, wie sie nach ihm griff – und er war irgendwo anders. Das quälte sie, und daher quälte sie ihn. Manchmal hielt sie ihn sich einen Monat lang vom Leibe. Fast hasste er sie und fühlte sich doch immer wieder zu ihr hingetrieben. Meist bewegte er sich in Gesellschaft von Männern, saß immer im George oder im White Horse. Seine Mutter war krank, distanziert, ruhig, schattenhaft. Er fürchtete sich vor etwas. Er wagte es nicht, sie anzusehen. Ihre Augen schienen dunkler zu werden, ihr Gesicht wächserner. Trotzdem schleppte sie sich an ihre Arbeit.

Pfingsten sagte er, er wolle mit seinem Freund Newton für vier Tage nach Blackpool fahren. Letzterer war ein großer, fröhlicher Kerl, der etwas von einem Rabauken hatte. Paul sagte, seine Mutter solle nach Sheffield fahren und eine Woche bei Annie unterkommen, die dort wohnte. Vielleicht würde die Abwechslung ihr guttun. In Nottingham suchte Mrs Morel einen Frauenarzt auf. Er sagte, Herz und Verdauung seien nicht in Ordnung. Sie willigte ein, nach Sheffield zu fahren, obwohl sie es gar nicht wollte. Aber jetzt würde sie alles tun, was ihr Sohn von ihr verlangte. Paul sagte, er werde sie am fünften Tag besuchen und bis zum Ende seines Urlaubs in Sheffield bleiben. Darauf einigten sie sich.

Frohgemut brachen die beiden jungen Männer nach Blackpool auf. Mrs Morel war recht guter Dinge, als Paul sie zum Abschied küsste. Als er erst einmal am Bahnhof war, vergaß er alles. Vier freie Tage – ohne Ängste, ohne Sorgen. Die beiden jungen Männer vergnügten sich einfach. Paul war wie ausgewechselt. Nichts von ihm war geblieben – keine Clara, keine Miriam, keine Mutter, die ihm Sorgen bereitete. Allen schrieb er Briefe, seiner Mutter ausführliche. Aber es waren lustige Briefe, die sie zum Lachen brachten. Er ließ es sich gutgehen, wie junge Burschen an einem Ort wie Blackpool es immer tun. Doch über allem lag ein Schatten – sie.

Paul war sehr fröhlich, ja aufgeregt bei dem Gedanken, bei seiner Mutter in Sheffield zu bleiben. Newton sollte den Tag mit ihnen verbringen. Ihr Zug hatte Verspätung. Scherzend, lachend, die Pfeifen zwischen den Zähnen, hievten sie ihre Reisetaschen in den Waggon. Paul hatte seiner Mutter einen kleinen Kragen aus echter Spitze gekauft, den sie tragen sollte, damit er sie necken konnte.

Annie wohnte in einem netten Häuschen und hatte ein kleines Dienstmädchen. Fröhlich lief Paul die Treppe hinauf. Er erwartete, seine Mutter lachend in der Diele zu sehen. Aber es war Annie, die ihm öffnete. Sie wirkte distanziert. Eine Sekunde lang blieb er bestürzt stehen. Annie bot ihm die Wange zum Kuss.

»Ist meine Mutter krank?«, fragte er.

»Ja – es geht ihr nicht sehr gut – reg sie nicht auf.«

»Liegt sie im Bett?«

»Ja.«

Und dann überkam ihn jenes seltsame Gefühl, als sei aller Sonnenschein aus ihm gewichen und alles liege im Schatten. Er ließ die Tasche fallen und rannte nach oben. Zögernd öffnete er die Tür. Seiner Mutter saß aufrecht im Bett. Sie trug einen altrosa Morgenrock. Demütig flehend blickte sie ihn an, als schäme sie sich. Wie aschfahl sie aussah!

»Mutter!«, sagte er.

»Ich dachte schon, du würdest gar nicht mehr kommen«, antwortete sie vergnügt.

Aber er fiel nur an ihrem Bett auf die Knie, vergrub das Gesicht in der Bettwäsche, weinte in Seelenangst und sagte: »Mutter – Mutter – Mutter!« Mit ihrer mageren Hand strich sie ihm sachte übers Haar.

»Weine nicht«, sagte sie. »Weine nicht – es ist nichts.«

Aber er hatte das Gefühl, als zerfließe sein Blut zu Tränen, und er weinte vor Kummer und Angst.

»Weine nicht – weine nicht«, stammelte seine Mutter.

Sachte strich sie ihm übers Haar. Zutiefst erschüttert weinte er, und die Tränen schmerzten in jeder Faser seines Körpers. Plötzlich hielt er inne. Aber er traute sich nicht, das Gesicht aus dem Bettzeug zu heben.

»Du kommst wirklich spät – wo hast du denn gesteckt?«, fragte seine Mutter.

»Der Zug hatte Verspätung«, erwiderte er, und das Laken dämpfte seine Stimme.

»Ja – die elende Zentralbahn! – Ist Newton hier?«

»Ja.«

»Ihr habt bestimmt Hunger – mit dem Essen haben sie gewartet.«

Mit einem Ruck sah er zu ihr auf.

»Was ist es, Mutter?«, fragte er unumwunden.

Sie wandte den Blick ab, als sie antwortete:

»Nur eine kleine Schwellung, mein Junge – du brauchst dir keine Sorgen zu machen – die ist schon so lange da, die Geschwulst.«

Wieder kamen ihm die Tränen. Sein Verstand war klar und hart, aber sein Körper weinte.

»Wo?«, fragte er.

Sie legte die Hand auf die Seite.

»Hier! – Aber weißt du, eine Schwellung kann man wegbrennen.«

Er stand da wie betäubt, hilflos wie ein Kind. Vielleicht war es ja so, wie sie sagte – ja, er beruhigte sich, dass es so war. Aber sein Blut und sein Körper wussten die ganze Zeit über unzweideutig, worum es sich handelte. Er setzte sich aufs Bett und ergriff ihre Hand. Sie hatte stets nur den einen Ring getragen, ihren Trauring.

»Seit wann geht's dir denn so schlecht?«, fragte er.

»Gestern hat es angefangen«, antwortete sie ergeben.

»Schmerzen?«

»Ja – aber nicht mehr, als ich sie auch zu Hause schon oft gehabt habe. – Ich glaube, Dr. Ansell ist ein Schwarzseher.«

»Du hättest nicht allein reisen sollen«, sagte er, mehr zu sich selbst als zu ihr.

»Als ob das etwas damit zu tun hätte«, antwortete sie rasch.

Sie schwiegen eine Weile.

»Jetzt geh und iss«, sagte sie. »Du hast doch sicher Hunger.«

»Hast du denn schon gegessen?«

»Ja. Eine köstliche Seezunge. Annie ist wirklich gut zu mir.«

Sie unterhielten sich noch eine Weile, dann ging er nach unten. Er war sehr blass und angegriffen. Newton saß in kläglichem Mitgefühl da.

Nach dem Essen ging er in die Spülküche, um Annie beim Abwasch zu helfen. Das kleine Dienstmädchen machte gerade eine Besorgung.

»Ist es wirklich nur eine Schwellung?«, fragte er.

Annie begann wieder zu weinen.

»Die Schmerzen, die sie gestern hatte – noch nie habe ich jemanden so leiden sehen!«, rief sie. »Leonard ist wie ein Wahnsinniger zu Dr. Ansell gerannt. – Und als sie zu Bett gegangen ist, hat sie zu mir gesagt: ›Annie, sieh dir mal die Geschwulst hier an der Seite an. – Ich frage mich, was das wohl ist.‹ – Da hab ich sie mir angesehen und gedacht, ich falle um. Paul, so wahr ich hier stehe, es ist eine Geschwulst, zweimal so groß wie meine Faust. Ich hab gesagt: ›Guter Gott, Mutter, seit wann hast du die denn?‹ – ›Ach Kind‹, hat sie gesagt, ›die hab ich schon lange.‹ – Ich hab gedacht, ich sterbe, Paul. – Zu Hause hatte sie diese Schmerzen schon seit Monaten, und niemand kümmert sich um sie.«

Tränen traten ihm in die Augen, dann versiegten sie plötzlich.

»Aber sie hat doch den Arzt in Nottingham aufgesucht – und mir hat sie nie etwas davon erzählt«, sagte er.

»Wenn ich zu Hause gewesen wäre«, sagte Annie, »hätte ich selbst nachgeschaut.«

Er kam sich vor wie jemand, der durch unwirkliche Welten wandert. Am Nachmittag suchte er den Arzt auf. Dieser war ein gescheiter, liebenswürdiger Mann.

»Was ist es denn nun?«, fragte Paul.

Der Arzt sah den jungen Mann an, dann verschränkte er die Finger.

»Es könnte ein großer Tumor sein, der sich im Gewebe gebildet hat«, antwortete er bedächtig, »und den wir vielleicht zum Verschwinden bringen können –«

»Können Sie nicht operieren?«, fragte Paul.

»Da nicht«, erwiderte der Arzt.

»Sind Sie sicher?«

»Ganz sicher!«

Paul dachte eine Weile nach.

»Sind Sie sicher, dass es sich um einen Tumor handelt?«, fragte er. »Warum hat Dr. Jameson in Nottingham nie etwas davon bemerkt? – Schon seit Wochen geht sie zu ihm, und er hat sie auf Herz und Verdauung behandelt.«

»Mrs Morel hat Dr. Jameson von der Geschwulst nie etwas erzählt«, sagte der Arzt.

»Und Sie wissen, dass es ein Tumor ist?«

»Nein, ich bin mir nicht sicher.«

»Was könnte es denn sonst noch sein? Meine Schwester haben Sie gefragt, ob es in der Familie jemals Krebs gegeben hat. Könnte es Krebs sein?«

»Ich weiß es nicht.«

»Und was werden Sie unternehmen?«

»Ich möchte sie gern untersuchen, zusammen mit Dr. Jameson.«

»Dann tun Sie das.«

»Das müssen Sie veranlassen. Für die Fahrt von Nottingham hierher würde er mindestens zehn Guineen berechnen.«

»Wann möchten Sie, dass er kommt?«

»Ich schaue heute Abend vorbei, dann werden wir die Sache besprechen.«

Paul biss sich auf die Lippen und ging.

Seine Mutter könne zum Tee nach unten kommen, hatte der Arzt gesagt. Paul ging hinauf, um ihr zu helfen. Sie trug den altrosa Morgenrock, den Leonard Annie geschenkt hatte, und mit etwas Farbe im Gesicht wirkte sie wieder ganz jung.

»Richtig hübsch siehst du darin aus«, sagte er.

»Ja, sie machen mich so fein, dass ich mich kaum wiedererkenne«, antwortete sie.

Doch als sie aufstand, um hinunterzugehen, wich die Farbe aus ihrem Gesicht. Paul half ihr, indem er sie halb trug. Oben an der Treppe wurde sie ohnmächtig. Er hob sie auf, trug sie rasch nach unten und bettete sie aufs Sofa. Sie war leicht und zerbrechlich. Ihr Gesicht sah aus, als sei sie tot, die blauen Lippen waren fest geschlossen. Dann schlug sie die Augen auf, ihre blauen, treuen Augen, und sah ihn flehend an, als bitte sie ihn um Verzeihung. Er hielt ihr Brandy an die Lippen, aber ihr Mund wollte sich nicht öffnen. Die ganze Zeit über betrachtete sie ihn liebevoll. Nur er tat ihr leid. Unablässig rannen ihm die Tränen übers Gesicht, aber kein Muskel bewegte sich. Er war darauf bedacht, ihr etwas Brandy einzuflößen. Bald konnte sie einen Teelöffel voll schlucken. Sie legte sich zurück, so müde war sie. Ihm liefen noch immer Tränen übers Gesicht.

»Es wird schon vorübergehen«, keuchte sie. »Weine nicht.«

»Tu ich doch gar nicht«, sagte er.

Nach einer Weile ging es ihr besser. Er kniete neben dem Sofa. Sie sahen einander in die Augen.

»Ich will nicht, dass du dir Sorgen machst«, sagte sie.

»Nein, Mutter – du musst ganz still bleiben, dann geht's dir bald wieder besser.«

Aber er war bleich bis an die Lippen, und als sie sich ansahen, verstanden sich ihrer beider Augen. Ihre Augen waren so blau, ein so herrliches Vergissmeinnichtblau! Hätten sie nur eine andere Farbe gehabt, er hätte es leichter ertragen können, empfand er. Ihm schien das Herz in der Brust langsam zu zerreißen. Da kniete er nun und hielt ihre Hand, und keiner von beiden sagte ein Wort. Dann kam Annie herein.

»Geht's dir besser?«, murmelte sie ihrer Mutter schüchtern zu.

»Natürlich«, antwortete Mrs Morel.

Paul setzte sich und erzählte ihr von Blackpool. Sie war neugierig.

Ein oder zwei Tage später fuhr er nach Nottingham zu Dr. Jameson, um eine Konsultation zu verabreden. Paul besaß nicht einen roten Heller. Aber er konnte sich etwas leihen.

Seine Mutter war immer am Samstagmorgen zur öffentlichen Sprechstunde gegangen, wenn sie den Arzt für einen nominellen Betrag aufsuchen konnte. Ihr Sohn ging am gleichen Tag hin. Das Wartezimmer war voll armer Frauen, die geduldig auf Bänken entlang den Wänden saßen. Paul musste an seine Mutter in ihrem kleinen schwarzen Kleid denken, die ebenfalls hier gesessen und gewartet hatte. Der Arzt verspätete sich. Die Frauen wirkten alle ziemlich verängstigt. Paul fragte die diensthabende Schwester, ob er den Arzt gleich nach seinem Eintreffen sprechen könne. So wurde es vereinbart. Die Frauen, die geduldig an den Wänden des Zimmers saßen, musterten den jungen Mann neugierig.

Endlich kam der Arzt. Er war um die vierzig, gutaussehend, braungebrannt. Seine Frau war gestorben, und er, der sie geliebt hatte, hatte sich auf Frauenleiden spezialisiert. Paul nannte seinen Namen und den seiner Mutter. Der Arzt konnte sich nicht erinnern.

»Nummer 46M«, sagte die Schwester, und der Arzt schlug den Fall in seinem Krankenbuch nach.

»Da ist eine große Geschwulst, die ein Tumor sein könnte«, erklärte Paul. »Aber Dr. Ansell wollte Ihnen einen Brief schreiben.«

»Ah ja!«, erwiderte der Arzt und zog den Brief aus seiner Tasche. Er war sehr freundlich, umgänglich, geschäftig, gütig. Er würde am nächsten Tag nach Sheffield kommen.

»Was ist Ihr Vater von Beruf?«, fragte er.

»Er ist Bergmann«, antwortete Paul.

»Nicht sehr wohlhabend, nehme ich an?«

»Darum – darum kümmere ich mich«, sagte Paul.

»Und Sie –?«, fragte der Arzt lächelnd.

»Ich bin Büroangestellter in Jordan's Fabrik für orthopädische Hilfsmittel.«

Der Arzt lächelte ihm zu.

»Ähem – nach Sheffield –!«, sagte er, legte die Fingerspitzen aneinander und sah ihn lächelnd an. »Acht Guineen?«

»Ich danke Ihnen!«, sagte Paul errötend und stand auf. »Und Sie kommen morgen?«

»Morgen – Sonntag! – ja! Können Sie mir sagen, wann nachmittags ein Zug geht?«

»Die Zentralbahn fährt um 16.15 Uhr ein.«

»Und wie kommt man zum Haus – werde ich zu Fuß gehen müssen?« Der Arzt lächelte.

»Es gibt eine Straßenbahn«, antwortete Paul. »Die Western-Park-Bahn.«

Der Arzt machte sich eine Notiz.

»Danke sehr«, sagte er und gab Paul die Hand.

Dann fuhr Paul nach Hause, um seinen Vater zu besuchen, der unter Minnies Obhut dageblieben war. Walter Morel war inzwischen stark ergraut. Paul traf ihn beim Umgraben des Gartens an. Er hatte ihm einen Brief geschrieben. Er schüttelte seinem Vater die Hand.

»Hallo, Sohn, biste also gelandet?«, sagte der Vater.

»Ja«, erwiderte der Sohn. »Aber heute Abend fahre ich wieder zurück.«

»Bei Gott!«, rief der Grubenarbeiter. »Und haste was gefuttert?«

»Nein.«

»Das sieht dir ähnlich«, sagte Morel. »Komm reinspaziert.«

Der Vater fürchtete sich vor jeder Erwähnung seiner Frau. Die beiden gingen ins Haus. Paul aß schweigend. Sein Vater saß mit erdigen Händen und aufgekrempelten Hemdsärmeln ihm gegenüber im Lehnstuhl und sah ihn an.

»Und wie geht's ihr?«, fragte der Bergmann schließlich mit leiser Stimme.

»Sie kann aufrecht sitzen – sie kann zum Tee nach unten getragen werden«, antwortete Paul.

»Was 'n Segen!«, rief Morel. »Hoffentlich haben wir sie bald wieder zu Hause. – Und was hat der Doktor in Nottingham gesagt?«

»Er will sie morgen untersuchen.«

»Bei Gott! – Das wird 'n hübsches Sümmchen kosten, denk ich.«

»Acht Guineen.«

»Acht Guineen!« Der Bergmann sprach ganz atemlos. »Die müssen wir irgendwo auftreiben.«

»Das kann ich bezahlen«, sagte Paul.

Sie schwiegen eine Zeit lang.

»Sie sagt, hoffentlich kommst du mit Minnie gut zurecht«, sagte Paul.

»Ja, mir geht's gut – und ich wünschte, ihr auch«, antwortete Morel. »Aber Minnie is 'n braves kleines Mädchen, Gott segne sie.« Er sah bedrückt aus.

»Um halb vier muss ich fahren«, sagte Paul.

»'ne weite Strecke für dich, Junge! – Acht Guineen! – Und wann, glaubste, kann sie wieder so weit fahren?«

»Wir müssen abwarten, was die Ärzte morgen sagen«, erklärte Paul.

Morel seufzte tief. Das Haus wirkte sonderbar leer, und Paul fand, dass sein Vater verloren, verlassen und alt aussah.

»Nächste Woche musst du sie besuchen, Vater«, sagte er.

»Ich hoffe, dass sie bis dahin wieder zu Hause is«, entgegnete Morel.

»Wenn nicht«, sagte Paul, »musst du kommen.«

»Ich weiß nicht, wo ich das Geld auftreiben soll«, erwiderte Morel.

»Und ich schreibe dir, was der Arzt sagt«, meinte Paul.

»Aber du schreibst so, dass ich nich klug draus werd«, sagte Morel.

»Na gut – ich schreibe ganz einfach.«

Es hatte keinen Sinn, Morel um eine Antwort zu bitten, denn er konnte kaum mehr als seinen Namen schreiben.

Der Arzt kam. Leonard hielt es für seine Pflicht, ihn mit einer Droschke abzuholen. Die Untersuchung dauerte nicht lange. Annie, Arthur, Paul und Leonard warteten ängstlich im Wohnzimmer. Die Ärzte kamen herunter. Paul warf ihnen einen Blick zu. Er hatte nie viel Hoffnung gehabt, außer wenn er sich etwas vorgemacht hatte.

»Es könnte ein Tumor sein – wir müssen abwarten«, sagte Dr. Jameson.

»Und wenn's einer ist«, sagte Annie, »können Sie ihn dann wegbrennen?«

»Wahrscheinlich«, antwortete der Arzt.

Paul legte acht Sovereigns und einen halben auf den Tisch. Der Arzt zählte die Geldstücke, nahm einen Florin aus seiner Börse und legte ihn hin.

»Danke!«, sagte er. »Tut mir leid, dass Mrs Morel so krank ist. Aber wir müssen sehen, was wir tun können.«

»Eine Operation ist nicht möglich?«, fragte Paul.

»Der Arzt schüttelte den Kopf.

»Nein«, antwortete er, »und selbst wenn sie möglich wäre, ihr Herz würde es nicht durchstehen.«

»Ist ihr Herz gefährdet?«, fragte Paul.

»Ja – Sie müssen behutsam mit ihr umgehen.«

»Sehr gefährdet?«

»Nein – eh – nein – nein! Nur seien Sie behutsam.«

Und schon waren die Ärzte gegangen.

Danach trug Paul seine Mutter nach unten. Schlaff wie ein Kind lag sie in seinen Armen. Doch als er auf der Treppe stand, schlang sie die Arme fest um seinen Hals.

»Ich fürchte mich so vor dieser scheußlichen Treppe«, sagte sie.

Und auch er fürchtete sich. Das nächste Mal würde er es Leonard überlassen. Er hatte das Gefühl, sie nicht tragen zu können.

»Er glaubt, es ist nur eine Schwellung!«, rief Annie ihrer Mutter zu. »Und er kann sie wegbrennen.«

»Sag ich doch«, beteuerte Mrs Morel verächtlich.

Sie tat so, als habe sie nicht bemerkt, dass Paul das Zimmer verlassen hatte. Er saß in der Küche und rauchte. Dann bemühte er sich, etwas graue Asche von seinem Rock zu bürsten. Er sah noch einmal hin. Es war eins von den grauen Haaren seiner Mutter. Es war so lang! Er hielt es in die Höhe, und es wehte zum Kamin hin. Er ließ es los. Das lange graue Haar schwebte davon und verschwand in der Schwärze des Kamins.

Am nächsten Tag küsste er sie, bevor er zur Arbeit ging. Es war sehr früh am Morgen, und sie waren allein.

»Du machst dir doch keine Sorgen, mein Junge?«, sagte sie.

»Nein, Mutter.«

»Nein – das wäre albern. Und pass auf dich auf.«

»Ja«, antwortete er. Dann nach einer Weile: »Und soll ich nächsten Samstag wiederkommen und meinen Vater mitbringen?«

»Ich vermute, dass er gern kommen würde«, erwiderte sie. »Wenn er kommen möchte, dann musst du ihn auf jeden Fall lassen.«

Er küsste sie abermals und strich ihr sanft und zärtlich, als wäre sie eine Geliebte, das Haar aus den Schläfen.

»Kommst du nicht zu spät?«, murmelte sie.

»Ich geh jetzt«, sagte er ganz leise.

Trotzdem blieb er noch ein paar Minuten sitzen und strich ihr die braunen und grauen Haare aus den Schläfen.

»Und es wird dir nicht schlechter gehen, Mutter?«

»Nein, mein Sohn.«

»Versprichst du's mir?«

»Ja – es wird mir nicht schlechter gehen.«

Er küsste sie, hielt sie einen Moment in den Armen und ging dann. Durch den frühen sonnigen Morgen rannte er zum Bahnhof. Er weinte den ganzen Weg, weswegen, wusste er nicht. Und ihre blauen Augen waren weit aufgerissen und starr, als sie an ihn dachte.

Am Nachmittag ging er mit Clara spazieren. Sie saßen in dem

kleinen Wäldchen, wo die Hasenglöckchen blühten. Er nahm ihre Hand.

»Du wirst sehen«, sagte er zu ihr, »ihr Zustand wird sich niemals bessern.«

»Ach, das kannst du nicht wissen«, erwiderte Clara.

»Doch«, sagte er.

Leidenschaftlich zog sie ihn an ihre Brust.

»Versuch, es zu vergessen, Lieber«, sagte sie, »versuch, es zu vergessen.«

»Ich will's versuchen«, antwortete er.

Ihre warme Brust war für ihn da, ihre Hände spielten in seinem Haar. Es war tröstlich, und er hielt sie umschlungen. Aber er vergaß nicht. Er redete nur mit Clara von etwas anderem. Und so war es immer. Wenn sie die Qual herannahen fühlte, rief sie ihm zu:

»Denk nicht daran, Paul, denk nicht daran, mein Liebling.«

Und sie drückte ihn an ihre Brust, wiegte ihn, besänftigte ihn wie ein Kind. So schob er ihr zuliebe die Sorge beiseite, nur um sie wieder hervorzuholen, sobald er allein war. Wenn er umherging, weinte er automatisch die ganze Zeit über. Sein Geist und seine Hände waren beschäftigt. Er weinte und wusste nicht, warum. Es war sein Blut, das weinte. Er war allein, ob er nun mit Clara zusammensaß oder mit den Männern im White Horse. Nur er selbst und dieser Druck in seinem Innern, mehr gab es nicht. Manchmal las er. Er musste seinen Geist beschäftigen. Und Clara war eine Möglichkeit, seinen Geist zu beschäftigen.

Am Samstag fuhr Walter Morel nach Sheffield. Er war eine verlorene Gestalt und sah aus, als gehöre er niemandem. Paul rannte nach oben.

»Mein Vater ist da«, sagte er und gab seiner Mutter einen Kuss.

»So?«, erwiderte sie müde.

Recht ängstlich trat der alte Bergmann ins Schlafzimmer.

»Wie find ich dich, Mädchen?«, fragte er, ging zu ihr und küsste sie flüchtig, zaghaft.

»Einigermaßen«, antwortete sie.

»Das seh ich«, sagte er. Er stand da und blickte auf sie nieder. Dann wischte er sich mit seinem Taschentuch die Augen. Hilflos sah er aus, als gehöre er niemandem.

»Bist du gut zurechtgekommen?«, fragte seine Frau recht matt, als koste es sie große Anstrengung, mit ihm zu sprechen.

»Ja!«, antwortete er. »Hin und wieder isse 'n bisschen langsam, wie du dir vorstellen kannst.«

»Stellt sie dir dein Essen hin?«, fragte Mrs Morel.

»Na ja – ein- oder zweimal musste ich sie anschreien«, sagte er.

»Und das musst du auch, wenn sie nicht fertig wird. Immer schiebt sie alles bis zur letzten Minute auf.«

Sie gab ihm ein paar Anweisungen. Er saß da und sah sie an, fast als wäre sie eine Fremde, vor der er linkisch und demütig sein musste, als hätte er die Geistesgegenwart verloren und wäre am liebsten davongelaufen. Dieses Gefühl, dass er am liebsten davongelaufen wäre, dass er wie auf glühenden Kohlen saß, bis er der unangenehmen Situation entronnen wäre, und doch ausharren musste, weil es sich so gehörte, machte seine Anwesenheit so anstrengend. In seiner Bedrängnis zog er die Augenbrauen hoch und ballte die Fäuste auf den Knien, so unbeholfen fühlte er sich in der Gegenwart großen Unglücks.

Mrs Morels Zustand veränderte sich kaum. In Sheffield blieb sie zwei Monate. Zum Schluss ging es ihr eher noch schlechter. Aber sie wollte nach Hause. Annie hatte ihre Kinder. Mrs Morel wollte nach Hause. Aus Nottingham ließen sie einen Wagen kommen – denn für eine Bahnfahrt war sie zu krank –, und man chauffierte sie durch den Sonnenschein. Es war gerade August, alles war hell und warm. Unter dem blauen Himmel konnten alle sehen, dass sie im Sterben lag. Und doch war sie vergnügter, als sie seit Wochen gewesen war. Alle lachten und plauderten.

»Annie!«, rief sie. »Eben habe ich eine Eidechse über den Felsen huschen sehen.«

Ihre Augen waren so rasch, sie war noch so voller Leben.

Morel wusste, dass sie kam. Er hatte die Haustür geöffnet. Alles war voller Erwartung. Die halbe Straße hatte sich eingefunden. Sie hörten das Motorgeräusch des großen Autos. Lächelnd fuhr Mrs Morel durch die Straße nach Hause.

»Seht nur, wie sie alle aus den Häusern kommen, um mich zu begrüßen!«, sagte sie. »Aber vermutlich hätte ich das Gleiche getan. – Guten Tag, Mrs Matthews – wie geht's, Mrs Harrison?«

Keine von ihnen konnte sie hören, aber sie sahen sie lächeln und nicken. Und sie alle hätten ihr vom Tod gezeichnetes Gesicht gesehen, sagten sie. Für die Straße war es ein großes Ereignis.

Morel wollte sie ins Haus tragen, aber er war zu alt. Arthur nahm sie hoch, als wäre sie ein Kind. Man hatte ihren großen tiefen Sessel vor den Herd gerückt, wo früher ihr Schaukelstuhl gestanden hatte. Als sie ausgepackt und abgesetzt worden war und einen kleinen Brandy getrunken hatte, blickte sie sich im Zimmer um.

»Glaub nur nicht, dass mir dein Haus nicht gefällt, Annie«, sagte sie. »Aber es ist schön, wieder in meinem eigenen Haus zu sein.«

Und Morel antwortete heiser:

»So isses, Mädchen, so isses.«

Und Minnie, das drollige kleine Dienstmädchen, sagte:

»Und wir sind froh, Sie wieder bei uns zu haben.«

Im Garten stand ein hübsches Gewirr gelber Sonnenblumen. Mrs Morel sah aus dem Fenster.

»Da sind ja meine Sonnenblumen!«, sagte sie.

»Übrigens«, sagte Doktor Ansell eines Abends, als Morel in Sheffield war, »wir haben hier im Fieberspital einen Mann aus Nottingham – Dawes. Er scheint nicht viele Angehörige auf dieser Welt zu haben.«

»Baxter Dawes!«, rief Paul.

»Genau der – körperlich ein feiner Bursche, würde ich meinen. In letzter Zeit etwas heruntergekommen. Sie kennen ihn?«

»Er hat früher mal in meinem Betrieb gearbeitet.«

»Ach ja? Wissen Sie etwas über ihn? Wenn er nicht so verdrießlich wäre, ginge es ihm jetzt schon viel besser.«

»Ich weiß nichts über seine familiären Umstände, außer dass er von seiner Frau getrennt lebt und wohl etwas niedergeschlagen war. Aber erzählen Sie mir doch von ihm. Richten Sie ihm aus, dass ich ihn besuchen werde.«

Als Morel den Arzt das nächste Mal sah, fragte er:

»Und was ist mit Dawes?«

»Ich habe ihn gefragt«, erwiderte er. »›Kennen Sie einen Mann aus Nottingham namens Morel?‹ – Und er hat mich angesehen, als wollte er mir an die Kehle fahren. Also sagte ich: ›Der Name sagt Ihnen offenbar etwas – es ist Paul Morel.‹ Dann habe ich ihm erzählt, dass Sie vorhätten, ihn zu besuchen. ›Was will er?‹, hat er gefragt, als ob Sie von der Polizei wären –«

»Und hat er gesagt, ob er mich empfangen will?«, fragte Paul.

»Er hat gar nichts gesagt – weder was Gutes noch was Schlechtes noch was Gleichgültiges«, erwiderte der Doktor.

»Warum nicht?«

»Das würde ich auch gern wissen. Er liegt da und ist verdrießlich, tagein, tagaus – man bekommt kein Wort aus ihm heraus.«

»Meinen Sie, ich könnte ihn besuchen?«, fragte Paul.

»Das könnten Sie.«

Es herrschte ein Gefühl der Zusammengehörigkeit zwischen den beiden Rivalen, mehr denn je, seit sie sich geprügelt hatten. In gewisser Weise fühlte sich Morel dem anderen gegenüber schuldig, und mehr oder weniger verantwortlich. Und da er sich in einem ähnlichen Seelenzustand befand wie Dawes, spürte er eine beinahe schmerzliche Nähe zu ihm, denn auch dieser litt und verzweifelte. Außerdem hatten sie einander in nacktem Hass gegenübergestanden, und das verband sie. Jeder war im anderen dem elementaren Mann begegnet.

Mit Dr. Ansells Karte ging er zum Isolierspital. Die Schwester, eine kräftige junge Irin, führte ihn durch die Station.

»Besuch für Sie, mein Dohlchen«, sagte sie.

Mit einem erschrockenen Krächzer drehte Dawes sich plötzlich um.

»Hä?«

»Krah?«, spottete sie. »Er kann nur ›krah!‹ sagen. – Ich habe einen Herrn mitgebracht, der Sie besuchen möchte. Also bedanken Sie sich schön und zeigen Sie Manieren.«

Rasch sah Dawes mit seinen dunklen, erschrockenen Augen an der Schwester vorbei auf Paul. Sein Blick war voller Furcht, Misstrauen, Hass und Kummer. Morel schaute ihm in die flinken, dunklen Augen und zögerte. Die beiden Männer hatten Angst vor dem nackten Ich, das sie gewesen waren.

»Dr. Ansell hat mir erzählt, dass Sie hier sind«, sagte Morel und reichte ihm die Hand.

Dawes schüttelte sie mechanisch.

»Also hab ich gedacht, ich komm mal vorbei«, fuhr Paul fort.

Dawes antwortete nicht. Er lag da und starrte auf die gegenüberliegende Wand.

»Sagen Sie ›krah!‹«, spottete die Schwester. »Sagen Sie ›krah‹, mein Dohlchen!«

»Geht's ihm besser?«, fragte Paul die Schwester.

»O ja! Er liegt da und bildet sich ein, dass er bald stirbt«, antwortete sie, »und die Angst verschlägt ihm die Sprache.«

»Dabei brauchen Sie jemanden, mit dem Sie reden können«, lachte Morel.

»Genau!«, lachte die Schwester. »Nur zwei alte Männer und ein Junge, der dauernd weint. Das ist schon hart! Ich brenne drauf, Dohlchens Stimme zu hören, und er gönnt mir nichts als dann und wann ein ›krah‹.«

»Wie ungerecht«, sagte Morel.

»Nicht wahr?«, sagte die Schwester.

»Da bin ich wohl ein Gottesgeschenk«, lachte er.

»Oh – Sie schickt der Himmel«, lachte die Schwester.

Gleich darauf ließ sie die beiden Männer allein. Dawes war magerer geworden und sah wieder gut aus, doch schien wenig Leben in ihm zu sein. Wie der Doktor gesagt hatte, lag er verdrießlich da und wollte einfach nicht genesen. Seinem Herzen schien er jeden Schlag zu missgönnen.

»Ist es Ihnen schlecht ergangen?«, fragte Paul.

Wieder wandte sich Dawes jäh zu ihm um.

»Was wollen Sie in Sheffield?«, fragte er.

»Meine Mutter ist bei meiner Schwester in der Thurston Street erkrankt. – Was machen Sie hier?«

Er bekam keine Antwort.

»Seit wann sind Sie schon hier?«, fragte Morel.

»Weiß nicht genau«, antwortete Dawes widerwillig.

Er lag da und starrte auf die gegenüberliegende Wand, als versuche er sich einzureden, Morel wäre gar nicht da. Paul spürte, wie sein Herz hart und böse wurde.

»Dr. Ansell hat mir erzählt, dass Sie hier sind«, sagte er kalt.

Der andere antwortete nicht.

»Typhus ist ziemlich schlimm, ich weiß«, beharrte Morel.

Plötzlich fragte Dawes:

»Warum sind Sie gekommen?«

»Weil Dr. Ansell gesagt hat, dass Sie hier niemanden kennen. Oder?«

»Ich kenne niemanden, nirgends«, sagte Dawes.

»Nun«, sagte Paul, »dann wollen Sie es eben nicht anders.«

Wieder kam keine Antwort.

»Wir wollen meine Mutter so bald wie möglich nach Hause bringen«, sagte Paul.

»Was fehlt ihr?«, fragte Dawes mit der Anteilnahme eines Kranken an der Krankheit.

»Sie hat Krebs.«

Wieder kam keine Antwort.

»Aber wir wollen sie nach Hause bringen«, sagte Paul. »Wir werden uns einen Wagen besorgen müssen.«

Dawes dachte nach.

»Warum bitten Sie nicht Thomas Jordan, Ihnen seinen zu leihen?«, fragte Dawes.

»Der ist nicht groß genug«, erwiderte Morel.

Dawes zwinkerte nachdenklich mit seinen dunklen Augen.

»Dann fragen Sie doch Jack Pilkington – er wird Ihnen seinen leihen. – Sie kennen ihn doch.«

»Ich glaube, wir werden uns einen mieten«, sagte Paul.

»Dann wären Sie ganz schön verrückt«, sagte Dawes.

Der Kranke sah hager, aber wieder gut aus. Paul hatte Mitleid mit ihm, weil seine Augen so müde wirkten.

»Hatten Sie hier Arbeit gefunden?«, fragte Paul.

»Ich war erst ein oder zwei Tage hier, als ich krank wurde«, erwiderte Dawes.

»Sie sollten in ein Erholungsheim«, sagte Paul.

Die Miene des anderen verdüsterte sich wieder.

»Ich gehe in kein Erholungsheim«, sagte er.

»Mein Vater war in dem in Seathorpe, und es hat ihm gefallen. – Dr. Ansell würde Ihnen eine Empfehlung schreiben.«

Dawes lag da und überlegte. Es war offensichtlich, dass er es nicht wagte, der Welt wieder ins Auge zu sehen.

»Das Meer wäre jetzt genau das Richtige«, sagte Morel. »Die Sonne auf den Dünen und die Wellen nicht weit draußen.«

Der andere antwortete nicht.

»Bei Gott«, schloss Paul, dem zu elend zumute war, um sich weitere Umstände zu machen, »es ist doch nicht so schlimm, wenn man weiß, dass man wieder laufen und schwimmen kann –«

Dawes warf ihm einen schnellen Blick zu. Die dunklen Augen des Mannes wagten es nicht, dem Blick eines anderen Menschen zu begegnen. Doch der echte Kummer und die Hilflosigkeit in Pauls Stimme waren eine Erleichterung für ihn.

»Ist es schon weit fortgeschritten?«, fragte er.

»Es geht steil bergab mit ihr«, erwiderte Paul. »Aber sie ist fröhlich – lebhaft –«

Er biss sich auf die Lippen. Nach einer Minute erhob er sich.

»Nun, ich gehe dann besser«, sagte er. »Ich lasse Ihnen eine halbe Krone da.«

»Ich will sie nicht«, murmelte Dawes.

Morel antwortete nicht, sondern ließ die Münze auf dem Tisch liegen.

»Also dann«, sagte er, »ich will versuchen, noch einmal vorbeizukommen, wenn ich wieder in Sheffield bin. Vielleicht möchten Sie ja meinen Schwager sehen. Er arbeitet bei Pyecrofts.«

»Ich kenne ihn nicht«, sagte Dawes.

»Er ist in Ordnung. Soll ich ihm sagen, dass er kommen soll? – Er könnte Ihnen ein paar Zeitungen mitbringen.«

Der andere antwortete nicht. Paul ging. Die starke Erregung, die Dawes in ihm hervorrief und die er bislang unterdrückt hatte, ließ ihn erschaudern.

Seiner Mutter sagte er nichts, doch am nächsten Tag erzählte er Clara von der Unterredung. Es war während der Mittagspause. Die beiden gingen nicht mehr so oft zusammen aus, heute aber hatte er sie gebeten, ihn in den Schlosspark zu begleiten. Da saßen sie nun, und in der Sonne leuchteten die scharlachroten Geranien und die gelben Pantoffelblumen. Inzwischen war sie immer ziemlich zugeknöpft und eher gereizt.

»Wusstest du, dass Baxter mit Typhus im Spital in Sheffield liegt?«, fragte er.

Mit erschrocken grauen Augen sah sie ihn an und erblasste.

»Nein«, sagte sie ängstlich.

»Es geht ihm schon besser. – Ich habe ihn gestern besucht – der Arzt hat es mir erzählt.«

Clara schien bestürzt über die Nachricht.

»Geht es ihm sehr schlecht?«, fragte sie schuldbewusst.

»Es ging ihm sehr schlecht. Aber jetzt ist er auf dem Wege der Besserung.«

»Was hat er zu dir gesagt?«

»Ach, nichts. Er wirkt sehr verdrießlich.«

Sie waren distanziert zueinander. Er gab ihr weitere Auskünfte.

Sie ging verschlossen und schweigsam umher. Bei ihrem nächsten Spaziergang löste sie sich aus seinem Arm und lief in einiger Entfernung von ihm. Dabei war er dringend auf ihren Trost angewiesen.

»Willst du denn nicht nett zu mir sein?«, fragte er.

Sie antwortete nicht.

»Was ist los?«, fragte er und legte ihr den Arm um die Schulter.

»Lass das!«, sagte sie und riss sich los.

Er ließ sie in Ruhe und hing wieder seinen eigenen Gedanken nach.

»Ist es Baxter, der dir zu schaffen macht?«, fragte er schließlich.

»Ich war garstig zu ihm«, sagte sie.

»Ich hab schon oft gesagt, dass du ihn nicht gut behandelt hast«, erwiderte er.

Etwas Feindseliges trat zwischen sie. Jeder war mit seinen eigenen Gedanken beschäftigt.

»Ich habe ihn – nein, ich habe ihn schlecht behandelt«, sagte sie. »Und jetzt behandelst du *mich* schlecht. Geschieht mir ganz recht.«

»Inwiefern behandle ich dich schlecht?«, fragte er.

»Geschieht mir ganz recht«, wiederholte sie. »Ich habe ihn nie für wert befunden, und jetzt befindest du *mich* nicht für wert. – Aber geschieht mir ganz recht. – Er hat mich tausendmal mehr geliebt, als du mich je geliebt hast.«

»Das stimmt nicht«, beteuerte Paul.

»Doch! – Jedenfalls hat er mich respektiert, und das tust du nicht.«

»Sieht mir gerade so aus, als hätte er dich respektiert«, sagte er.

»Hat er aber! – Und ich war es, die ihn niederträchtig gemacht hat, das weiß ich. Du hast mir dafür die Augen geöffnet. – Und er hat mich tausendmal mehr geliebt, als du mich je lieben wirst.«

»Sehr wohl«, sagte Paul.

Jetzt wollte er nur noch in Ruhe gelassen werden. Er hatte seine eigenen Sorgen, die kaum zu ertragen waren. Clara quälte und ermüdete ihn bloß. Es tat ihm nicht leid, als er sie verließ.

Bei der ersten Gelegenheit fuhr sie nach Sheffield, um ihren Mann zu besuchen. Die Begegnung verlief nicht gut. Aber sie brachte ihm Rosen, Obst und Geld mit. Sie wollte alles wiedergutmachen. Nicht, dass sie ihn liebte. Als sie ihn so daliegen sah, erwärmte sich ihr Herz nicht vor Liebe. Sie wollte sich vor ihm demütigen, vor ihm auf den Knien liegen. Sie wollte sich aufopfern. Schließlich war es ihr nicht gelungen, Morel dazu zu bringen, dass er sie wirklich liebte. Sie fürchtete für ihre Moral. Sie wollte Buße tun. So kniete sie vor Dawes und verschaffte ihm damit eine leise Genugtuung. Doch die Entfernung zwischen ihnen war noch immer sehr groß, zu groß. Das ängstigte den Mann. Die Frau fand beinahe Gefallen daran. Sie wollte das Gefühl haben, ihm über eine unüberwindliche Entfernung hinweg zu dienen. Sie war jetzt stolz.

Morel besuchte Dawes noch ein- oder zweimal. Es bestand eine Art Freundschaft zwischen den beiden Männern, obwohl sie bittere Rivalen waren. Nur die Frau, die zwischen ihnen stand, erwähnten sie nie.

Mrs Morel ging es immer schlechter. Anfangs trugen sie sie

noch die Treppe hinunter, manchmal sogar in den Garten. Von Kissen gestützt, saß sie lächelnd in ihrem Stuhl und sah so hübsch aus. Ihr goldener Trauring schimmerte an ihrer weißen Hand, und ihr Haar war sorgfältig gebürstet. Und sie sah die verknäuelten Sonnenblumen dahinwelken, die Chrysanthemen und die Dahlien hervorkommen.

Paul und sie fürchteten sich voreinander. Beide wussten, dass sie im Sterben lag. Aber sie täuschten weiterhin Fröhlichkeit vor. Jeden Morgen nach dem Aufstehen ging er, noch im Schlafanzug, in ihr Zimmer.

»Hast du geschlafen, meine Liebe?«, fragte er dann.

»Ja«, antwortete sie.

»Nicht sehr gut?«

»Doch, doch.«

Da wusste er, dass sie wach gelegen hatte. Unter der Bettdecke sah er ihre Hand, die sie in die Seite presste, dort, wo sie Schmerzen hatte.

»War's schlimm?«, fragte er.

»Nein –! Es hat etwas weh getan, aber nicht der Rede wert.«

Und nach alter Gewohnheit rümpfte sie verächtlich die Nase. Wie sie so dalag, sah sie aus wie ein Mädchen. Und die ganze Zeit über betrachtete sie ihn mit ihren blauen Augen. Doch darunter waren die dunklen Schmerzensringe, die ihm so weh taten.

»Es ist ein sonniger Tag«, sagte er.

»Ein wunderschöner Tag.«

»Möchtest du, dass wir dich hinuntertragen?«

»Mal sehen.«

Dann ging er fort, um ihr das Frühstück zu holen. Den ganzen Tag über waren seine Gedanken nur bei ihr. Es war ein ausgedehnter Schmerz, der ihn fiebrig werden ließ. Wenn er dann am frühen Abend nach Hause kam, warf er einen Blick durchs Küchenfenster. Sie war nicht da. Sie war nicht aufgestanden.

Sogleich lief er die Treppe hinauf und gab ihr einen Kuss. Fast hatte er Angst, sie zu fragen:

»Bist du denn nicht aufgestanden, Täubchen?«

»Nein«, antwortete sie. »Das Morphium – es hat mich müde gemacht.«

»Ich glaube, er gibt dir zu viel«, sagte er.

»Das glaube ich auch«, erwiderte sie.

Er setzte sich ans Bett und fühlte sich elend. Sie hatte eine Art, zusammengerollt auf der Seite zu liegen, wie ein Kind. Graue und braune Haarsträhnen hingen ihr lose übers Ohr.

»Kitzeln die dich nicht?«, fragte er und strich sie sanft zurück.

»Schon«, antwortete sie.

Sein Gesicht war dem ihren ganz nahe. Ihre blauen Augen lächelten genau in seine wie die eines Mädchens, warm, lachend und voll zärtlicher Liebe. Vor Entsetzen, Qual und Liebe rang er nach Luft.

»Man sollte dir die Haare flechten«, sagte er. »Halt mal still.«

Und er trat hinter sie, löste behutsam ihr Haar und bürstete es aus. Es war wie feine, lange braun-graue Seide. Sie hatte den Kopf zwischen die Schultern gezogen. Vorsichtig bürstete und flocht er ihr Haar, dabei biss er sich auf die Lippen und fühlte sich wie benommen. All das schien ihm so unwirklich, er konnte es nicht begreifen.

Nachts arbeitete er häufig in ihrem Zimmer, von Zeit zu Zeit sah er zu ihr auf. Und oft sah er ihre blauen Augen auf sich gerichtet. Und wenn ihre Blicke sich trafen, lächelte sie. Mechanisch arbeitete er weiter und brachte Gutes zustande, ohne zu wissen, was er tat.

Manchmal kam er ganz blass und still ins Zimmer, mit wachsam umherhuschenden Augen, wie ein Mann, der sich fast zu Tode getrunken hat. Sie beide fürchteten sich vor den Schleiern, die mitten zwischen ihnen entzweirissen.

Dann tat sie so, als ginge es ihr besser, plauderte fröhlich mit ihm und machte viel Aufhebens um ein paar Neuigkeiten. Denn beide waren an einem Punkt angelangt, wo sie Kleinigkeiten wichtig nehmen mussten, um sich nicht dem Großen geschlagen zu geben, an dem ihre menschliche Unabhängigkeit zerbrochen wäre. Sie hatten Angst, also nahmen sie alles auf die leichte Schulter und waren fröhlich.

Manchmal, wenn sie so dalag, wusste er, dass sie an die Vergangenheit dachte. Nach und nach schloss sich ihr Mund zu einem harten Strich. Sie hielt sich steif, damit sie sterben könne, ohne je den lauten Schrei auszustoßen, der aus ihr herausbrechen wollte. Nie würde Paul vergessen, wie sie, einsam und störrisch, den Mund fest zusammenpresste, wochenlang. Wenn es erträglicher war, sprach sie mitunter von ihrem Mann. Inzwischen hasste sie ihn. Sie konnte ihm nicht verzeihen. Sie konnte es nicht ertragen, wenn er im Zimmer war. Und ein paar Dinge, die Dinge, die für sie besonders bitter gewesen waren, kamen so stark in ihr hoch, dass aus ihr hervorbrachen und sie sich ihrem Sohn anvertraute.

Ihm war, als würde das Leben in seinem Innern zerstört, Stück für Stück. Oft kamen die Tränen plötzlich. Er lief zum Bahnhof, und die Tropfen fielen aufs Pflaster. Oft konnte er in seiner Arbeit nicht fortfahren. Die Feder hörte auf zu schreiben. Er saß da und starrte wie bewusstlos vor sich hin. Und wenn er wieder zu sich kam, war ihm übel, und seine Glieder zitterten. Nie fragte er sich, was es war. Sein Verstand versuchte nichts zu erklären oder zu verstehen. Er fügte sich einfach drein, schloss die Augen und ließ es über sich ergehen.

Seine Mutter tat das Gleiche. Sie dachte an den Schmerz, an das Morphium, an den nächsten Tag, kaum jedoch an den Tod. Der kam ohnehin, das wusste sie. Ihm musste sie sich unterwerfen. Aber niemals würde sie ihn herbeiflehen oder Freundschaft mit ihm schließen. Blind, mit verschlossener Miene und leerem Blick, wurde sie zu seiner Pforte hingestoßen. Die Tage vergingen, die Wochen, die Monate.

Manchmal, an sonnigen Nachmittagen, wirkte sie beinahe glücklich.

»Ich versuche, an die schönen Zeiten zu denken – als wir nach

Mablethorpe gefahren sind, nach Robin Hood's Bay und Shanklin«, sagte sie. »Diese schönen Orte hat schließlich nicht jeder gesehen. Und wie schön es war! – Daran versuche ich zu denken, nicht an die anderen Dinge.«

Dann wieder sprach sie einen ganzen Abend lang kein einziges Wort, und er auch nicht. Starr, stur und schweigend saßen sie beisammen. Schließlich ging er in sein Zimmer, um sich schlafen zu legen, und lehnte sich wie gelähmt gegen den Türrahmen, unfähig, weiterzugehen. Ihm schwand das Bewusstsein. Ein heftiger Sturm, er wusste nicht, was, schien in ihm zu toben. Angelehnt stand er da und fügte sich drein, ohne Fragen zu stellen.

Am Morgen waren beide wieder wie sonst auch, doch ihr Gesicht war grau vom Morphium und ihr Körper wie Asche. Dennoch waren sie wieder heiter. Oft vernachlässigte er sie, vor allem, wenn Annie und Arthur zu Hause waren. Clara sah er nur selten. Meist war er mit Männern zusammen. Er war schlagfertig, eifrig und lebhaft, doch wenn seine Freunde sahen, wie er über das ganze Gesicht erbleichte und seine Augen düster glitzerten, hegten sie ein gewisses Misstrauen gegen ihn. Manchmal ging er zu Clara, doch diese war geradezu kalt zu ihm.

»Nimm mich!«, sagte er schlicht.

Manchmal tat sie es. Aber sie hatte Angst. Wenn er sie dann besaß, war in ihm etwas, vor dem sie zurückschreckte, etwas Unnatürliches. Es begann ihr vor ihm zu grauen. Er war so ruhig und doch so seltsam. Sie hatte Angst vor dem Mann, der nicht bei ihr war, den sie hinter diesem vorgeblichen Geliebten nur erahnen konnte: jemand, der ihr unheimlich war, der sie mit Entsetzen erfüllte. Sie begann, sich vor ihm zu entsetzen. Fast als wäre er ein Verbrecher. Er wollte sie – er besaß sie –, und ihr war, als halte der Tod sie in seinen Klauen. Entsetzt lag sie da. Da war kein Mann, der sie liebte. Beinahe hasste sie ihn. Dann folgten kurze Ausbrüche von Zärtlichkeit. Doch sie wagte es nicht, ihn zu bedauern.

Dawes war in Colonel Seely's Home in der Nähe von Nottingham verlegt worden. Dort besuchte Paul ihn zuweilen, und Clara sehr gelegentlich. Die Freundschaft zwischen den beiden Männern hatte sich sonderbar weiterentwickelt. Dawes, der sich nur langsam erholte und sehr matt wirkte, schien sich Morel anvertrauen zu wollen.

Anfang November erinnerte Clara Paul an ihren Geburtstag.

»Den hatte ich ganz vergessen«, sagte er.

»Das dachte ich mir«, erwiderte sie.

»Nein! – Sollen wir übers Wochenende ans Meer fahren?«

Sie fuhren. Es war kalt und ziemlich trist. Sie wartete darauf, dass er warm und zärtlich zu ihr wäre. Stattdessen schien er sie kaum zu bemerken. Er saß im Abteil, starrte aus dem Fenster und schrak auf, wenn sie ihn ansprach. Er dachte an nichts Bestimmtes. Die Dinge schienen gar nicht vorhanden zu sein. Sie setzte sich zu ihm.

»Was ist, Liebling?«, fragte sie.

»Nichts!«, antwortete er. »Sehen diese Windmühlenflügel nicht öde aus?«

Er saß da und hielt ihre Hand. Er konnte weder sprechen noch denken. Aber es war tröstlich, so dazusitzen und ihre Hand zu halten. Sie fühlte sich unzufrieden und elend. Er war nicht bei ihr: Sie war ein Nichts.

Und am Abend saßen sie in den Dünen und blickten auf die schwarze, schwere See.

»Sie wird sich nie geschlagen geben«, sagte er leise.

Clara wurde schwer ums Herz.

»Nein«, erwiderte sie.

»Es gibt verschiedene Arten zu sterben. Die in der Familie meines Vaters sind ängstliche Leute, man muss sie aus dem Leben in den Tod zerren wie Vieh ins Schlachthaus: am Hals. Die in der Familie meiner Mutter dagegen werden von hinten geschoben, Zoll um Zoll. Es sind störrische Leute, die einfach nicht sterben.«

»Ja«, sagte Clara.

»Und sie wird nicht sterben. Sie kann es nicht. Neulich kam Mr Renshaw, der Pfarrer, zu Besuch. ›Denken Sie nur‹, hat er zu ihr gesagt, ›in der anderen Welt erwarten Sie Ihre Mutter und Ihr Vater und Ihre Schwestern und Ihr Sohn.‹ Da hat sie geantwortet: ›Ich bin lange Zeit ohne sie ausgekommen und kann auch jetzt ohne sie auskommen. Die Lebenden will ich, nicht die Toten.‹ – Sie will leben, selbst jetzt noch.«

»Ach, wie schrecklich!«, sagte Clara, zu verängstigt, um zu sprechen.

»Und sie sieht mich an und will bei mir bleiben«, fuhr er eintönig fort. »Sie hat einen so starken Willen, es ist, als würde sie niemals gehen, niemals –«

»Denke nicht daran«, rief Clara.

»Und sie war fromm – sie ist es auch jetzt noch –, aber es nützt nichts. Sie will sich einfach nicht geschlagen geben. Und weißt du, am Donnerstag habe ich zu ihr gesagt: ›Mutter, wenn ich sterben müsste, würde ich sterben. Ich würde sterben *wollen*‹ – und sie fuhr mich an: ›Glaubst du etwa, das täte ich nicht – meinst du, man kann sterben, wann man möchte?‹«

Er stockte. Er weinte nicht, sondern sprach eintönig weiter. Clara wäre am liebsten weggelaufen. Sie blickte um sich. Dort war das schwarze, donnernde Ufer, dicht über ihr der düstere Himmel. Erschrocken stand sie auf. Sie wollte an einen Ort, wo es Licht gab und andere Menschen. Sie wollte weg von ihm. Mit gesenktem Kopf saß er da, bewegte keinen Muskel.

»Und ich will nicht, dass sie noch isst«, sagte er, »das weiß sie. Wenn ich sie frage: ›Möchtest du etwas essen?‹, hat sie beinahe Angst davor, ›ja‹ zu sagen. ›Ich nehme eine Tasse Milchtrunk‹, sagt sie. ›Aber dann wirst du weiter bei Kräften bleiben‹, sage ich zu ihr. ›Ja‹, und sie weint fast, ›aber es nagt so an mir, wenn ich nichts esse, ich kann's nicht ertragen.‹ Also habe ich ihr den Trunk zubereitet. – Es ist der Krebs, der an ihr nagt. – Ich wünschte, sie würde sterben.«

»Komm«, sagte Clara schroff. »Ich geh jetzt.«

Er folgte ihr in die Dunkelheit der Sanddünen. Aber er kam nicht zu ihr. Er schien kaum zu bemerken, dass sie vorhanden war. Und sie fürchtete sich vor ihm und verabscheute ihn.

In der gleichen schweren Betäubung kehrten sie nach Nottingham zurück. Er war dauernd beschäftigt, hatte dauernd etwas zu tun, war dauernd von einem Freund zum anderen unterwegs.

Am Montag besuchte er Baxter Dawes. Lustlos und blass stand Baxter auf, um den anderen zu begrüßen, und hielt sich am Stuhl fest, während er Paul die Hand reichte.

»Sie sollten nicht aufstehen«, sagte Paul.

Dawes ließ sich schwerfällig auf dem Stuhl nieder und musterte Morel argwöhnisch.

»Verschwenden Sie Ihre Zeit nicht mit mir«, sagte er, »falls Sie etwas Besseres vorhaben.«

»Ich wollte aber kommen«, sagte Paul. »Hier – ich habe Ihnen Süßigkeiten mitgebracht.«

Der Kranke legte sie beiseite.

»Ich hatte kein besonders schönes Wochenende«, sagte Morel.

»Wie geht's Ihrer Mutter?«, fragte der andere.

»Fast unverändert.«

»Ich dachte schon, es ginge ihr vielleicht schlechter, weil Sie am Sonntag nicht gekommen sind.«

»Ich war in Skegness«, sagte Paul. »Ich brauchte Abwechslung.«

Der andere sah ihn mit dunklen Augen an. Er schien abzuwarten, traute sich kaum zu fragen, baute darauf, dass Paul sich ihm anvertrauen würde.

»Ich bin mit Clara hingefahren«, sagte Paul.

»Das dachte ich mir«, erwiderte Dawes ruhig.

»Ein altes Versprechen«, sagte Paul.

»Machen Sie, was Sie wollen«, entgegnete Dawes.

Es war das erste Mal, dass sie Clara ausdrücklich erwähnt hatten.

»Nein«, sagte Morel langsam, »sie hat mich satt.«

Wieder sah Dawes ihn an.

»Seit August ist sie mich satt geworden«, wiederholte Morel.

Die beiden Männer sprachen wenig. Paul schlug eine Partie Dame vor. Schweigend spielten sie.

»Wenn meine Mutter tot ist, gehe ich ins Ausland«, sagte Paul.

»Ins Ausland?«, wiederholte Dawes.

»Ja – es ist mir gleich, was ich tue.«

Sie spielten weiter. Dawes gewann.

»Irgendwie brauche ich einen Neuanfang«, sagte Paul. »Und Sie auch, denke ich.«

Er nahm einen von Dawes' Spielsteinen.

»Ich wüsste nicht, wo«, erwiderte der andere.

»Es muss etwas geschehen«, sagte Morel. »Es nützt nichts, etwas zu tun – zumindest – nein, ich weiß nicht. – Geben Sie mir ein Karamellbonbon.«

Die beiden Männer aßen Bonbons und begannen eine neue Partie Dame.

»Woher kommt die Narbe an Ihrem Mund?«, fragte Dawes.

Hastig legte Paul die Hand an die Lippen und sah hinaus in den Garten.

»Ich hatte einen Fahrradunfall«, sagte er.

Dawes' Hand zitterte, als er seinen Stein bewegte.

»Sie hätten mich nicht auslachen sollen«, sagte er sehr leise.

»Wann?«

»An dem Abend in der Woodborough Road – als Sie mit ihr an mir vorbeigegangen sind und ihr die Hand auf die Schulter gelegt haben.«

»Ich habe Sie nicht ausgelacht«, sagte Paul.

Dawes hatte seinen Stein noch in der Hand.

»Erst als Sie an uns vorbeigegangen sind, wusste ich, dass Sie es waren«, sagte Morel.

Dawes machte seinen Zug.

»Genau das hat mich geschafft«, sagte Dawes ganz leise.

Paul nahm noch ein Bonbon.

»Ich habe nicht gelacht«, sagte er, »höchstens, dass ich immer lache.«

Sie beendeten das Spiel.

An diesem Abend ging Paul von Nottingham zu Fuß nach Hause, um etwas zu tun zu haben. Über Bulwell glühten die Hochöfen in rotem Schimmer, die schwarzen Wolken hingen wie eine niedrige Zimmerdecke über ihm. Als er die zehn Meilen lange Landstraße entlanglief, war ihm, als schritte er zwischen den schwarzen Ebenen des Himmels und der Erde aus dem Leben. Doch am Ende lag nur das Krankenzimmer. Und wenn er ewig so weiterwanderte – ankommen würde er immer nur an diesem Ort.

Er war nicht müde, als er sich dem Haus näherte, zumindest merkte er davon nichts. In ihrem Schlafzimmerfenster auf der anderen Seite des Feldes konnte er den roten Feuerschein flackern sehen.

»Wenn sie tot ist«, sagte er zu sich selbst, »wird dieses Feuer erlöschen.«

Leise zog er seine Stiefel aus und schlich nach oben. Die Tür seiner Mutter war weit geöffnet, denn sie schlief noch immer allein. Das Feuer warf seinen roten Schein auf den Flur. Leise wie ein Schatten spähte er durch die Tür.

»Paul«, murmelte sie.

Wieder schien sein Herz zu brechen. Er ging hinein und setzte sich ans Bett.

»Wie spät du kommst!«, murmelte sie.

»Nicht sehr«, sagte er.

»Wie viel Uhr ist es denn?« Ihr Gemurmel klang kläglich und hilflos.

»Erst kurz nach elf.«

Er log – es war fast ein Uhr.

»Ach«, sagte sie, »ich dachte, es wäre schon später.«

Da begriff er die unaussprechliche Qual ihrer Nächte, die nicht vergehen wollten.

»Kannst du nicht schlafen, mein Täubchen?«, fragte er.

»Nein«, jammerte sie.

»Macht nichts, Kleine«, sagte er schmeichelnd. »Macht nichts, mein Liebling. Ich bleibe eine halbe Stunde bei dir, mein Täubchen, vielleicht geht's dir dann besser.«

Und er saß an ihrem Krankenbett und strich ihr langsam und gleichmäßig mit den Fingerspitzen über die Stirn, strich ihr über die geschlossenen Augen, tröstete sie und hielt ihre Finger in seiner freien Hand. Sie hörten die Schläfer in den anderen Zimmern atmen.

»Nun geh zu Bett«, murmelte sie und lag ganz still unter seinen Fingern und seiner Liebe.

»Wirst du auch schlafen?«, fragte er.

»Ja – ich glaube schon.«

»Du fühlst dich besser, meine Kleine, nicht wahr?«

»Ja!«, antwortete sie wie ein bedrücktes, halb getröstetes Kind.

Noch immer verstrichen die Tage und die Wochen. Er ging kaum noch zu Clara. Stattdessen zog er rastlos von einem zum anderen, suchte Hilfe und fand sie doch nirgends. Miriam hatte ihm einen einfühlsamen Brief geschrieben. Er besuchte sie. Es schmerzte sie sehr, ihn so blass und hager zu sehen, mit düsterem, verstörtem Blick. Ihr Mitleid regte sich und tat ihr so weh, dass sie es nicht ertragen konnte.

»Wie geht es ihr?«, fragte sie.

»Wie immer – wie immer«, antwortete er. »Der Arzt meint, es kann nicht mehr lange dauern – aber ich weiß, dass sie durchhalten wird. Auch Weihnachten wird sie noch erleben.«

Miriam schauderte. Sie zog ihn an sich, sie drückte ihn an ihre Brust, sie küsste ihn wieder und wieder. Er ließ es zu, aber es war ihm eine Qual. Sie vermochte sein Leid nicht fortzuküssen. Das blieb allein und für sich. Sie küsste sein Gesicht und brachte sein Blut in Wallung, doch seine Seele stand abseits und wand sich in Todesqualen. Und sie küsste ihn und berührte seinen Körper, bis er beinahe den Verstand verlor und sich endlich von ihr losriss. Das war es nicht, was er in diesem Moment wollte – das nicht. Und sie vermeinte, sie hätte ihn getröstet und ihm Gutes getan.

Der Dezember kam und mit ihm etwas Schnee. Paul blieb jetzt die ganze Zeit zu Hause. Eine Pflegerin konnten sie sich nicht leisten. Annie traf ein, um für die Mutter zu sorgen; morgens und abends kam die Gemeindeschwester, die sie sehr gern hatten. Paul teilte sich die Pflege mit Annie. Abends, wenn sie mit Freunden in der Küche saßen, lachten sie oft zusammen, schüttelten sich geradezu vor Lachen. Es war eine Reaktion. Paul war so komisch, Annie so drollig. Die ganze Gesellschaft lachte, bis ihnen die Tränen kamen, und versuchte, so wenig Lärm wie möglich zu machen. Und Mrs Morel, die allein in der Dunkelheit lag, hörte sie, und in ihre Bitterkeit mischte sich ein Gefühl der Erleichterung.

Dann ging Paul behutsam und schuldbewusst zu ihr hinauf, um herauszufinden, ob sie sie gehört hatte.

»Soll ich dir Milch bringen?«, fragte er.

»Ein wenig«, erwiderte sie kläglich.

Und er tat etwas Wasser hinzu, damit die Milch sie nicht nährte. Dabei liebte er sie mehr als sein eigenes Leben.

Jede Nacht bekam sie Morphium, und ihr Herz wurde immer schwächer. Annie schlief jetzt neben ihr. Am frühen Morgen, wenn seine Schwester aufgestanden war, ging Paul hinein. Infolge des Morphiums war seine Mutter morgens erschöpft und aschfahl. Ihre Augen wurden immer dunkler vor Qual, waren nur mehr Pupillen. Morgens waren Mattigkeit und Schmerz kaum noch zu ertragen. Doch sie konnte, sie wollte nicht weinen oder auch nur klagen.

»Heute Morgen hast du etwas länger geschlafen, Kleine«, sagte er dann zu ihr.

»So?«, erwiderte sie matt und verdrießlich.

»Ja – es ist schon fast acht Uhr.«

Er stand am Fenster und schaute hinaus. Das ganze Land lag kahl und blass unter dem Schnee. Dann fühlte er ihren Puls. Ein starker Schlag, ein schwacher, wie ein Laut und sein Echo. Ein Zeichen dafür, dass es zu Ende ging. Sie ließ ihn gewähren; sie wusste, was er wollte.

Manchmal sahen sie einander in die Augen. Dann schienen sie fast ein Abkommen zu treffen. Es war, als willige er ein, gleichfalls zu sterben. Sie aber gab ihre Zustimmung nicht – sie verweigerte sie. Ihr Körper war zu einem Häufchen Asche verkommen, ihre Augen dunkel und voller Qual.

»Können Sie ihr nicht etwas geben, um der Sache ein Ende zu bereiten?«, fragte er den Arzt schließlich.

Doch der Arzt schüttelte den Kopf.

»Es dauert nur noch ein paar Tage, Mr Morel«, sagte er.

Paul ging ins Haus.

»Ich kann es bald nicht mehr ertragen – wir werden noch alle den Verstand verlieren«, sagte Annie.

Die beiden setzten sich an den Frühstückstisch.

»Geh und setz dich zu ihr, während wir frühstücken, Minnie«, sagte Annie. Aber das Mädchen fürchtete sich.

Paul ging durch das Land, durch die Wälder, durch den Schnee. Im weißen Schnee sah er Spuren von Kaninchen und Vögeln. Er wanderte meilenweit. Langsam, schmerzlich, zögerlich kündigte sich ein dunstiger roter Sonnenuntergang an. Paul kam der Gedanke, dass sie an diesem Tag sterben werde. Am Waldrand stapfte ein Esel durch den Schnee auf ihn zu, schmiegte seinen Kopf an ihn und lief neben ihm her. Er schlang die Arme um den Hals des Esels und rieb die Wange an seinen Ohren.

Seine Mutter war ganz still. Sie war noch am Leben. Ihr harter Mund war grimmig geschlossen, nur die dunklen, qualerfüllten Augen lebten.

Weihnachten rückte näher; es schneite stärker. Annie und ihm schien es, als wären sie mit ihren Kräften am Ende. Doch ihre dunklen Augen lebten noch immer. Morel verkroch sich stumm und ängstlich. Manchmal ging er ins Krankenzimmer und sah nach ihr. Dann zog er sich verstört zurück.

Sie klammerte sich noch immer ans Leben. Die Bergarbeiter hatten gestreikt und nahmen zwei Wochen vor Weihnachten ihre Arbeit wieder auf. Minnie ging mit der Schnabeltasse nach oben. Das war zwei Tage nach Beendigung des Streiks.

»Haben die Männer gesagt, dass ihre Hände wund sind, Minnie?«, fragte sie mit jener schwachen, verdrossenen Stimme, die sich nicht geschlagen geben wollte. Minnie blieb überrascht stehen.

»Nicht, dass ich wüsste, Mrs Morel«, antwortete sie.

»Aber ich wette, sie sind wund«, sagte die sterbende Frau und bewegte mit einem matten Seufzer den Kopf. »Immerhin gibt's diese Woche was zum Einkaufen.«

Ihr entging aber auch nichts.

»Vaters Grubenkluft muss gut ausgelüftet werden, Annie«, sagte sie, als die Männer wieder zur Arbeit gingen.

»Mach dir darüber keine Gedanken, meine Liebe«, sagte Annie.

Eines Abends waren Paul und Annie allein. Die Gemeindeschwester war oben.

»Sie wird Weihnachten überleben«, sagte Annie. Beide waren voller Entsetzen.

»Das wird sie nicht«, erwiderte er grimmig. »Ich werde ihr Morphium geben.«

»Welches?«, fragte Annie.

»Alles, was aus Sheffield gekommen ist«, antwortete Paul.

»Ja – tu das!«, sagte Annie.

Am nächsten Tag malte er in ihrem Zimmer. Sie schien zu schlafen. Leise trat er beim Malen bald vor, bald zurück. Plötzlich wimmerte sie mit schwacher Stimme:

»Lauf nicht umher, Paul.«

Er sah sich um. Wie dunkle Blasen in ihrem Gesicht blickten ihre Augen ihn an.

»Nein, meine Liebe«, sagte er sanft. Wieder schien eine Faser in seinem Herzen zu zerreißen.

An diesem Abend nahm er alle vorhandenen Morphiumtabletten an sich und brachte sie nach unten. Sorgfältig zerstieß er sie zu Pulver.

»Was machst du da?«, fragte Annie.

»Die tu ich ihr heute Abend in die Milch.«

Da lachten sie wie zwei Kinder, die gemeinsam einen Streich ausgeheckt haben. Über all ihrem Entsetzen flackerte doch noch das bisschen gesunder Verstand.

An diesem Abend kam die Gemeindeschwester nicht, um Mrs Morel umzubetten. Mit der Schnabeltasse voll heißer Milch ging Paul nach oben. Es war neun Uhr.

Er richtete seine Mutter im Bett auf und setzte die Schnabeltasse an ihre Lippen, die vor Schmerz zu bewahren er sein Leben gegeben hätte. Sie nahm einen Schluck, schob dann den Schnabel der Tasse von sich und sah ihn mit ihren dunklen, fragenden Augen an. Er erwiderte ihren Blick.

»Oh, die schmeckt aber bitter, Paul!«, sagte sie und zog eine kleine Grimasse.

»Es ist ein neuer Schlaftrunk, den der Arzt mir für dich mitgegeben hat«, erklärte er. »Er meint, dass du dich dann morgens nicht so elend fühlst.«

»Hoffentlich hat er recht«, sagte sie wie ein Kind.

Sie trank noch etwas von der Milch.

»Die schmeckt wirklich scheußlich!«, sagte sie.

Er sah, wie sie mit schwachen Fingern die Tasse hielt und die Lippen zu einem Flunsch verzog.

»Ich weiß – ich habe gekostet«, sagte er. »Aber nachher bringe ich dir noch etwas frische Milch.«

»Ich denke auch«, sagte sie und trank weiter. Sie gehorchte ihm wie ein Kind. Er fragte sich, ob sie Bescheid wusste. Er sah die Schluckbewegungen ihrer armen, vertrockneten Kehle, als sie mühsam trank. Dann lief er nach unten, um mehr Milch zu holen. In der Tasse war kein Bodensatz zu sehen.

»Hat sie sie getrunken?«, flüsterte Annie.

»Ja – und sie hat gesagt, dass sie bitter schmeckt.«

»Oh!«, sagte Annie lachend und biss sich auf die Unterlippe.

»Und ich habe ihr gesagt, es sei ein neuer Schlaftrunk. Wo ist denn die Milch?«

Die beiden gingen nach oben.

»Ich wundere mich, warum die Gemeindeschwester nicht gekommen ist, um mich umzubetten!«, klagte die Mutter wehmütig wie ein Kind.

»Sie wollte in ein Konzert gehen, meine Liebe«, erwiderte Annie.

»Ach ja?«

Sie schwiegen einen Moment. Mrs Morel schluckte das bisschen frische Milch.

»Annie, der Schlaftrunk war scheußlich!«, sagte sie kläglich.

»Ja, meine Liebe? – Mach dir nichts draus.«

Wieder seufzte die Mutter müde. Ihr Puls ging sehr unregelmäßig.

»Wir betten dich um«, sagte Annie. »Die Gemeindeschwester kommt vielleicht erst spät zurück.«

»Ja«, sagte die Mutter, »versucht's nur.«

Sie schlugen die Bettdecke zurück. Paul sah seine Mutter in ihrem Flanellnachthemd, zusammengerollt wie ein Mädchen. Schnell machten sie eine Hälfte des Bettes, legten sie darauf, machten dann die andere, zogen das Nachthemd über ihre kleinen Füße und deckten sie zu.

»So«, sagte Paul und streichelte sie sanft. »So! – Jetzt wirst du schlafen.«

»Ja«, erwiderte sie. »Ich hätte nicht gedacht, dass ihr das Bett so schön machen könnt«, fügte sie fast fröhlich hinzu. Dann rollte sie sich zusammen, schmiegte die Wange auf ihre Hand und zog den Kopf zwischen die Schultern. Paul legte ihr den langen, dünnen Zopf grauen Haars über die Schulter und gab ihr einen Kuss.

»Jetzt kannst du schlafen, meine Liebe«, sagte er.

»Ja«, antwortete sie vertrauensvoll. »Gute Nacht.«

Sie löschten das Licht, und es war still.

Morel lag im Bett. Die Gemeindeschwester kam nicht. Gegen elf sahen Annie und Paul nach ihrer Mutter. Sie schien wie immer zu schlafen nach ihrem Trunk. Ihr Mund war ein wenig geöffnet.

»Sollen wir aufbleiben?«, fragte Paul.

»Ich werde wie immer bei ihr liegen«, sagte Annie. »Sie könnte aufwachen.«

»Gut – und ruf mich, wenn du eine Veränderung bemerkst.«

»Ja.«

Sie verweilten noch ein wenig vor dem Schlafzimmerkamin und spürten die mächtige, schwarze, verschneite Nacht dort draußen, ihrer beider Selbst allein in der Welt. Schließlich ging er ins Nebenzimmer und legte sich schlafen.

Er schlief fast unverzüglich ein, wurde aber immer wieder wach. Dann fiel er in einen tiefen Schlaf. Er schreckte hoch, als Annie flüsterte: »Paul – Paul!« In der Dunkelheit erkannte er seine Schwester in ihrem weißen Nachthemd, mit ihrem langen Zopf, der ihr über den Rücken fiel.

»Ja?«, flüsterte er und setzte sich auf.

»Komm und sieh sie dir an.«

Er schlüpfte aus dem Bett. Im Krankenzimmer brannte eine Gasflamme. Seine Mutter lag so da, wie sie eingeschlafen war, zusammengerollt, die Wange in der Hand. Doch ihr Mund stand offen, und sie atmete mit schweren, heiseren Zügen, als würde sie schnarchen; dazwischen lagen lange Pausen.

»Es geht zu Ende mit ihr«, flüsterte er.

»Ja«, sagte Annie.

»Wie lange liegt sie schon so?«

»Ich bin eben erst aufgewacht.«

Annie kauerte sich in ihren Morgenrock, und Paul hüllte sich in eine braune Decke. Es war drei Uhr. Er schürte das Feuer. Dann saßen die beiden da und warteten. Laut schnarchend atmete sie ein – hielt den Atem kurz an – und atmete aus. Dann eine Pause, eine lange Pause. Sie schreckten hoch. Wieder ertönte der laute, schnarchende Atemzug. Er beugte sich zu ihr und betrachtete sie.

»Ist das nicht fürchterlich?«, flüsterte Annie.

Er nickte. Hilflos setzten sie sich wieder. Wieder ertönte der laute, schnarchende Atemzug. Wieder warteten sie gespannt. Wieder wurde er ausgestoßen, lang und scharf. Das unregelmäßige, von langen Pausen unterbrochene Geräusch erfüllte das Haus. Morel in seinem Zimmer schlief weiter. Paul und Annie saßen zusammengekauert, aneinandergedrängt, regungslos da. Wieder setzte das laute, schnarchende Geräusch ein – wenn sie den Atem anhielt, folgte eine qualvolle Pause – dann kam der rasselnde Atem wieder. Minute um Minute verging. Paul beugte sich abermals vor und betrachtete sie.

»Das kann noch lange dauern«, sagte er.

Sie schwiegen beide. Er sah aus dem Fenster und konnte eben noch den Schnee im Garten erkennen.

»Leg dich in mein Bett«, sagte er zu Annie. »Ich bleibe auf.«

»Nein«, erwiderte sie. »Ich bleibe bei dir.«

»Mir wäre es lieber, wenn du gingest«, sagte er.

Schließlich stahl sich Annie aus dem Zimmer, und er war allein. Er wickelte sich in seine braune Decke, kauerte vor seiner Mutter nieder und beobachtete sie. Sie sah furchtbar aus, der Unterkiefer war herabgefallen. Er beobachtete sie. Manchmal dachte er schon, das laute Atmen würde nicht wieder einsetzen. Er konnte es nicht ertragen, das Warten. Dann plötzlich setzte das laute, scharfe Geräusch wieder ein und ließ ihn hochschrecken. Wieder schürte er geräuschlos das Feuer. Sie durfte nicht gestört werden. Die Minuten verrannen. Atemzug um Atemzug verrann die Nacht. Jedes Mal, wenn der Laut ertönte, schien es ihn zu würgen, bis er schließlich kaum noch etwas empfand.

Sein Vater stand auf. Paul hörte, wie der Bergarbeiter seine Strümpfe anzog und gähnte. Gleich darauf trat Morel in Hemd und Strümpfen ins Zimmer.

»Psst!«, machte Paul.

Morel stand da und schaute. Dann sah er hilflos und entsetzt seinen Sohn an.

»Soll ich lieber zu Hause bleiben?«, flüsterte er.

»Nein – geh zur Arbeit – sie wird bis morgen durchhalten.«

»Das glaube ich nicht.«

»Doch. Geh zur Arbeit.«

Der Bergarbeiter blickte sie nochmals ängstlich an und verließ gehorsam das Zimmer. Paul sah, wie seine Strumpfbänder gegen seine Beine schlenkerten.

Nach einer halben Stunde ging Paul nach unten und trank eine Tasse Tee, dann ging er wieder hoch. In Grubenkleidung kam Morel noch einmal nach oben.

»Soll ich wirklich gehen?«, fragte er.

»Ja.«

Und wenige Minuten später hörte Paul die schweren Schritte seines Vaters durch den tondämpfenden Schnee stapfen. Die Bergleute riefen sich auf der Straße an, als sie in Trupps zur Arbeit marschierten. Immer noch kam der schreckliche, langgezogene Atem – keuch – keuch – keuch – gefolgt von einer langen Pause – dann Ah–Ah–h–h–h–h!, wenn er wieder ausgestoßen wurde. Weit entfernt über dem Schnee schrillten die Pfeifen der Eisenhütte. Eine nach der anderen heulten und dröhnten sie, manche leise und weit entfernt, andere nahe, die Sirenen der Zechen und der anderen Werke. Dann war es still. Er schürte das Feuer. Die lauten Atemzüge brachen das Schweigen – sie selbst sah unverändert aus. Er zog das Rouleau hoch und schaute hinaus. Es war noch dunkel. Vielleicht eine hellere Färbung. Vielleicht ein blauerer Schnee. Er ließ das Rouleau wieder herunter und kleidete sich an. Dann trank er zitternd aus der Flasche Brandy auf dem Waschtisch. Der Schnee wurde tatsächlich blau. Er hörte einen Wagen durch die Straße rattern. Ja, es war sieben Uhr, und es wurde ein wenig heller. Er hörte Stimmen. Die Welt erwachte. Eine graue, tödliche Dämmerung kroch über den Schnee. Ja, jetzt konnte er die Häuser erkennen. Er drehte das Gas aus. Nun schien es wieder dunkel. Der Atem rasselte noch immer, aber daran hatte er sich fast schon gewöhnt. Er konnte sie sehen. Sie war unverändert. Er fragte sich, ob das schreckliche Atmen aufhören würde, wenn er schwere Kleider auf sie häufte. Er betrachtete sie. Das war sie nicht – kein bisschen. Wenn er die Decke und schwere Mäntel auf sie häufte.

Plötzlich ging die Tür auf, und Annie kam herein. Sie sah ihn fragend an.

»Unverändert«, sagte er ruhig.

Sie flüsterten einen Moment miteinander, dann ging er hinunter, um zu frühstücken. Es war zwanzig vor acht. Bald kam auch Annie herunter.

»Ist es nicht schrecklich? – Sieht sie nicht schrecklich aus?«, flüsterte sie benommen vor Entsetzen.

Er nickte.

»Wenn sie so aussieht –!«, sagte Annie.

»Trink etwas Tee«, sagte er.

Sie gingen wieder nach oben. Bald kamen die Nachbarn mit ihren ängstlichen Fragen:

»Wie geht es ihr?«

Alles blieb unverändert. Die Wange in der Hand, lag sie mit offenem Mund da, und das laute, grässliche Schnarchen kam und ging.

Um zehn Uhr kam die Gemeindeschwester. Sie sah seltsam und kummervoll aus.

»Schwester!«, rief Paul, »das kann noch Tage dauern.«

»Unmöglich, Mr Morel«, sagte die Gemeindeschwester, »unmöglich.«

Sie schwiegen.

»Ist es nicht fürchterlich?«, jammerte die Gemeindeschwester. »Wer hätte gedacht, dass sie so lange durchhalten würde? – Gehen Sie jetzt hinunter, Mr Morel, gehen Sie jetzt.«

Gegen elf Uhr ging er schließlich nach unten und ins Nachbarhaus. Auch Annie hielt sich unten auf. Die Gemeindeschwester und Arthur waren oben. Paul saß da, den Kopf in die Hände gestützt. Plötzlich kam Annie über den Hof gestürzt und rief ganz außer sich:

»Paul – Paul – sie ist tot!«

Im Nu war er wieder in seinem Haus und lief nach oben. Still und zusammengerollt lag sie da, das Gesicht in der Hand, und die Schwester wischte ihr den Mund ab. Sie alle wichen zurück. Er kniete nieder, schmiegte sein Gesicht an ihres und schlang seine Arme um sie.

»Meine Einzige – meine Einzige – ach, meine Einzige!«, flüsterte er wieder und wieder. »Meine Einzige – ach, meine Einzige!«

Dann hörte er, wie die Gemeindeschwester hinter ihm unter Tränen sagte:

»Sie ist besser dran, Mr Morel, sie ist besser dran.«

Sobald er sich von dem noch warmen Gesicht seiner toten Mutter gelöst hatte, ging er nach unten und begann, seine Stiefel zu wichsen.

Es gab viel zu tun, Briefe mussten geschrieben werden, und mancherlei mehr. Der Arzt traf ein, warf einen Blick auf sie und seufzte.

»Ach – das arme Ding«, sagte er und wandte sich ab. »Kommen Sie gegen sechs in die Praxis, um den Totenschein abzuholen.«

Gegen vier Uhr kam der Vater von der Arbeit nach Hause. Er schleppte sich leise ins Haus und setzte sich. Minnie beeilte sich, ihm sein Essen zu bringen. Müde legte er die schwarzen Arme auf den Tisch. Es gab gelbe Rüben, die er gern aß. Paul fragte sich, ob er es schon wusste. Es verging einige Zeit, ohne dass jemand gesprochen hätte. Schließlich fragte der Sohn:

»Hast du gesehen, dass die Rouleaus herabgelassen sind?«

Morel hob den Kopf.

»Nein!«, sagte er. »Warum – ist sie gestorben?«

»Ja.«

»Wann denn?«

»Gegen Mittag.«

»Hm!«

Einen Augenblick lang saß der Bergmann reglos da, dann begann er zu essen. Es war, als sei nichts geschehen. Schweigend verzehrte er seine Rüben. Danach wusch er sich und ging nach oben, um sich anzuziehen. Die Tür zu ihrem Zimmer war geschlossen.

»Hast du sie gesehen?«, fragte ihn Annie, als er herunterkam.

»Nein«, antwortete er.

Kurz darauf verließ er das Haus. Auch Annie ging weg, und Paul suchte den Leichenbestatter, den Pfarrer, den Arzt, den Standesbeamten auf. Es gab so viel zu erledigen. Als er zurückkam, war es schon fast acht Uhr. Der Bestatter würde bald kommen, um Maß für den Sarg zu nehmen. Das Haus war leer, bis auf sie. Er nahm eine Kerze und ging nach oben.

Das Zimmer, das so lange warm gewesen war, war jetzt kalt. Blumen, Flaschen, Teller – das ganze Krankenzimmerzubehör war weggeschafft worden. Alles wirkte streng und nüchtern. Erhöht lag sie auf dem Bett, von den Füßen erstreckte sich das Laken wie eine geschwungene reine Schneewehe, so still. Sie lag da wie ein schlafendes Mädchen. Mit der Kerze in der Hand beugte er sich über sie. Sie lag da wie ein schlafendes Mädchen, das von seinem Liebsten träumt. Ihr Mund war ein wenig geöffnet, als staune er über ihr Leiden, doch ihr Gesicht war jung, ihre Stirn klar und weiß, als hätte das Leben sie nie berührt. Wieder betrachtete er ihre Brauen, die kleine, anmutige, etwas schiefe Nase. Sie war wieder jung. Nur das Haar, das sich so schön von den Schläfen emporwölbte, wies silberne Strähnen auf, und die beiden schlichten Zöpfe, die auf ihren Schultern ruhten, waren ein zartes Gewebe aus Silber und Braun. Sie würde aufwachen. Sie würde die Lider heben. Noch war sie bei ihm. Er bückte sich und küsste sie leidenschaftlich. Doch sein Mund stieß auf etwas Kaltes. Entsetzt biss er sich auf die Lippen. Als er sie ansah, hatte er das Gefühl, sie niemals, niemals loslassen zu können. Nein! Er strich ihr das Haar aus den Schläfen. Auch das war kalt. Er sah den Mund, so stumm und so erstaunt über den Schmerz. Dann kauerte er sich auf den Boden und flüsterte ihr zu: »Mutter – Mutter!«

Er war noch bei ihr, als die Bestatter kamen, junge Männer, die mit ihm zur Schule gegangen waren. Sie berührten sie ehrfurchtsvoll, auf ruhige, professionelle Art. Sie sahen sie nicht an. Eifersüchtig passte er auf. Annie und er bewachten die Mutter streng. Sie ließen niemanden zu ihr vor, und die Nachbarinnen waren gekränkt.

Kurz darauf ging Paul aus dem Haus, um bei einem Freund Karten zu spielen. Es war Mitternacht, als er zurückkam. Als er eintrat, erhob sich sein Vater vom Sofa und sagte kläglich:

»Ich dachte schon, du würdst gar nich mehr kommen, Junge.«

»Ich dachte nicht, dass du aufbleiben würdest«, sagte Paul.

Sein Vater sah so verloren aus. Morel war ein furchtloser Mann gewesen – nichts konnte ihn schrecken. Jäh begriff Paul, dass er, allein im Haus mit seiner Toten, Angst gehabt hatte, zu Bett zu gehen. Er tat ihm leid.

»Ich hatte vergessen, dass du allein sein würdest, Vater«, sagte er.

»Willste was essen?«, fragte Morel.

»Nein.«

»Setz dich – ich hab dir 'n bisschen heiße Milch gemacht. Runter damit, 's is doch ziemlich kalt.«

Paul trank.

»Ich muss morgen nach Nottingham«, sagte er.

Nach einer Weile ging Morel zu Bett. Er eilte an der geschlossenen Tür vorbei und ließ seine eigene Tür offen. Bald kam auch der Sohn nach oben. Wie immer ging er hinein, um ihr einen Gutenachtkuss zu geben. Es war kalt und dunkel. Er wünschte, sie hätten ihr Feuer brennen lassen. Noch immer träumte sie ihren jungen Traum. Aber sie würde frieren.

»Meine Liebe!«, flüsterte er. »Meine Liebe!«

Und er küsste sie nicht, aus Angst, sie könne kalt und sonderbar zu ihm sein. Dass sie so schön schlief, machte es ihm leichter. Leise schloss er ihre Tür, um sie nicht zu wecken, und ging zu Bett.

Als Morel am nächsten Morgen Annie unten im Erdgeschoss herumwirtschaften und Paul im Zimmer auf der anderen Seite des Flurs husten hörte, nahm er all seinen Mut zusammen. Er öffnete ihre Tür und betrat das abgedunkelte Zimmer. Im Zwielicht erblickte er die weiße, erhöhte Gestalt, wagte es aber nicht, sie zu betrachten. Bestürzt, vor Angst fast wie von Sinnen, ging er wieder aus dem Zimmer und ließ sie zurück. Nie wieder betrachtete er sie. Seit Monaten hatte er sie nicht aufgesucht, weil er es nicht gewagt hatte, sie zu betrachten. Und nun sah sie wieder aus wie seine junge Frau.

»Hast du sie gesehen?«, fragte Annie ihn nach dem Frühstück schroff.

»Ja«, antwortete er.

»Und findest du nicht, dass sie hübsch aussieht?«

»Ja.«

Bald darauf verließ er das Haus. Und dauernd schien er sich verkriechen zu wollen, um allem aus dem Weg zu gehen.

Paul ging von einer Stelle zur anderen, um die Formalitäten abzuwickeln. In Nottingham traf er sich mit Clara, und sie tranken zusammen Tee in einem Café und waren fast wieder fröhlich. Sie war unendlich erleichtert, als sie sah, dass er den Todesfall nicht tragisch nahm.

Später, als die Verwandten zur Beerdigung eintrafen, wurde

das Ganze eine öffentliche Angelegenheit, und die Kinder mussten ihre gesellschaftlichen Pflichten wahrnehmen. Auf sich selbst achteten sie nicht. Sie begruben sie in einem tosenden Regensturm. Der nasse Lehm glänzte, all die weißen Blumen troffen. Annie fasste Pauls Arm und beugte sich vor. Tief unten sah sie eine dunkle Ecke von Williams Sarg. Gleichmäßig wurde der Eichensarg hinabgesenkt. Sie war fort. Der Regen strömte in das Grab. Das schwarz gekleidete Trauergefolge mit seinen glitzernden Regenschirmen wandte sich zum Gehen. Verlassen lag der Friedhof unter dem kalten Regenguss.

Paul ging nach Hause und beschäftigte sich damit, die Gäste mit Getränken zu versorgen. Sein Vater saß weinend mit Mrs Morels Verwandten, »besseren« Leuten, in der Küche und beteuerte, was für ein braves Mädel sie gewesen sei; er habe versucht, alles für sie zu tun, was in seiner Macht stand – alles. Sein ganzes Leben lang sei er bemüht gewesen, alles für sie zu tun, was in seiner Macht stand, und habe sich nichts vorzuwerfen. Nun sei sie tot, aber er habe sein Bestes für sie getan. Mit seinem weißen Taschentuch wischte er sich die Augen. Er habe sich nichts vorzuwerfen, wiederholte er. Sein ganzes Leben lang habe er sein Bestes für sie getan.

Und auf diese Weise versuchte er, Abschied von ihr zu nehmen. Nie dachte er an sie persönlich. Alles Tiefe in sich verleugnete er. Paul hasste seinen Vater dafür, dass er so dasaß und rührselig über sie daherredete. Er wusste, dass er es in den Wirtshäusern ebenso halten würde. Denn gegen seinen Willen spielte die wahre Tragödie sich in Morels Innerem ab. – Später kam er manchmal bleich und geduckt von seinem Nachmittagsschlaf herunter.

»Ich hab von deiner Mutter geträumt«, sagte er dann mit leiser Stimme.

»So, Vater? – Wenn ich von ihr träume, ist es immer wie damals, als sie noch wohlauf war. Ich träume oft von ihr, aber sie kommt mir schön und natürlich vor, als hätte sich nichts geändert.«

Morel dagegen kauerte verschreckt am Kamin.

Die Wochen gingen halb unwirklich dahin, brachten nicht viel Schmerz, eigentlich nichts Besonderes, vielleicht ein wenig Erleichterung, meist eine *nuit blanche*. Rastlos wanderte Paul von Ort zu Ort. Seit ein paar Monaten, seit es seiner Mutter schlechter gegangen war, hatte er nicht mehr mit Clara geschlafen. Sie war zurückhaltend und sprach kaum noch mit ihm. Wohl sah Dawes sie gelegentlich, doch konnten die beiden die große Distanz zwischen sich um keinen Zollbreit verringern. Alle drei trieben sie dahin.

Dawes erholte sich nur sehr langsam. Zu Weihnachten hielt er sich, nunmehr fast genesen, im Erholungsheim von Skegness auf. Paul fuhr für ein paar Tage ans Meer. Sein Vater war bei Annie in Sheffield. Dawes kam in Pauls Wohnung. Sein Aufenthalt im Heim war beendet. Die beiden Männer, die sich mit solcher Zurückhaltung begegneten, schienen einander treu zu bleiben. Dawes war jetzt auf Morel angewiesen. Er wusste, dass Paul und Clara sich so gut wie getrennt hatten.

Zwei Tage nach Weihnachten sollte Paul nach Nottingham zurückkehren. Am Vorabend saß er rauchend mit Dawes am Kamin.

»Sie wissen, dass Clara morgen für den Tag herkommt?«, sagte er.

Der andere warf ihm einen Blick zu.

»Ja, das haben Sie mir schon erzählt«, erwiderte er.

Paul trank den Rest seines Whiskeys.

»Ich habe der Wirtin gesagt, dass Ihre Frau kommt«, sagte er.

»So?«, fragte Dawes zurückweichend, überließ sich aber ganz dem anderen. Steif stand er auf und griff nach Morels Glas.

»Ich schenke Ihnen nach«, sagte er.

Paul sprang auf.

»Bleiben Sie sitzen«, sagte er.

Doch Dawes fuhr fort, ihm mit zitternder Hand den Drink zu mixen.

»Sagen Sie halt«, sagte er.

»Danke«, erwiderte der andere. »Aber Sie dürfen nicht aufstehen.«

»Das tut mir gut, Junge«, antwortete Dawes. »Dann kommt's mir vor, als ginge es wieder bergauf mit mir.«

»Aber das tut's doch auch.«

»Ja, sicher, ja«, sagte Dawes und nickte ihm zu.

»Und Len sagt, er kann Ihnen in Sheffield Arbeit verschaffen.«

Wieder warf Dawes ihm einen Blick zu, aus dunklen Augen, die allem zustimmten, was der andere sagte, vielleicht sogar ein wenig unterwürfig.

»Es ist seltsam«, sagte Paul, »neu zu beginnen! – Ich denke, ich sitze viel tiefer im Dreck als Sie.«

»Wie das, mein Junge?«

»Ich weiß es nicht. Ich weiß es nicht. Es ist, als säße ich in einem vertrackten, düsteren, trostlosen Loch gefangen, und nirgends ein Ausweg.«

»Ich weiß – ich verstehe«, sagte Dawes kopfnickend. »Aber Sie werden schon sehen, alles wird gut.«

Er sprach voller Zärtlichkeit.

»Hoffen wir's«, antwortete Paul.

Hoffnungslos klopfte Dawes seine Pfeife aus.

»Sie haben sich's nicht selbst eingebrockt, so wie ich«, sagte er.

Morel betrachtete das Handgelenk und die weiße Hand des anderen. Dieser umklammerte den Pfeifenstiel und klopfte die Asche aus, als hätte er sich geschlagen gegeben.

»Wie alt sind Sie?«, fragte Paul.

»Neununddreißig«, antwortete Dawes mit einem Seitenblick.

Seine braunen Augen, die sich der Niederlage so klar bewusst waren, die nahezu um Bestätigung bettelten, darum, dass jemand wieder den Mann in ihm festigte, ihn wärmte, ihn wieder aufrichtete – sie beunruhigten Paul.

»Die besten Jahre haben Sie noch vor sich«, sagte Morel. »Sie sehen nicht aus, als gehörten Sie zum alten Eisen.«

Plötzlich sprühten die braunen Augen des Anderen Feuer.

»Tu ich auch nicht«, sagte er. »Der Funke ist noch da!«

Paul sah auf und lachte.

»In uns beiden steckt noch genug Leben, um was zu bewegen«, sagte er.

Die Augen der beiden Männer trafen sich. Sie tauschten einen Blick. Sie hatten im anderen die Kraft der Leidenschaft erkannt und tranken ihren Whiskey.

»Bei Gott, ja!«, sagte Dawes atemlos.

Sie schwiegen eine Zeit lang.

»Und ich sehe nicht ein«, sagte Paul, »warum Sie nicht dort anknüpfen sollten, wo Sie aufgehört haben.«

»Was –!«, sagte Dawes vieldeutig.

»Ja – Ihr altes Heim wieder aufbauen.«

Dawes verbarg sein Gesicht und schüttelte den Kopf.

»Das geht nicht«, sagte er und blickte mit einem ironischen Lächeln auf.

»Warum? – Weil Sie nicht wollen?«

»Vielleicht.«

Sie rauchten schweigend. Als Dawes auf den Pfeifenstiel biss, zeigte er seine Zähne.

»Sie meinen, Sie wollen sie nicht mehr?«, fragte Paul.

Mit sarkastischer Miene starrte Dawes auf das Bild über dem Kamin.

»Ich weiß nicht recht«, sagte er.

Der Rauch schwebte sachte nach oben.

»Ich glaube, sie will Sie aber noch«, sagte Paul.

»So?«, erwiderte der andere sanft, spöttisch, zerstreut.

»Ja. – Sie hat sich nie wirklich an mich gebunden – im Hintergrund waren immer Sie. Deshalb wollte sie sich auch nicht scheiden lassen.«

Dawes starrte weiterhin spöttisch auf das Bild.

»So sind die Frauen nun mal mit mir«, sagte Paul. »Sie wollen mich wie verrückt, aber sie wollen mir nicht gehören. – Und die ganze Zeit über hat sie *Ihnen* gehört. Ich wusste es – «

In Dawes kam der triumphierende Mann zum Vorschein. Die Zähne zeigte er jetzt deutlicher.

»Vielleicht war ich ein Narr«, sagte er.

»Sie waren ein großer Narr«, sagte Morel.

»Dann waren Sie vielleicht sogar ein noch größerer Narr«, sagte Dawes.

Ein Anflug von Triumph und Bosheit klang aus seiner Stimme.

»Meinen Sie?«, fragte Paul.

Sie schwiegen eine Weile.

»Ich reise jedenfalls morgen ab«, sagte Paul.

»Aha«, antwortete Dawes.

Dann sprachen sie nicht mehr. Der Instinkt, den anderen umzubringen, war wieder erwacht. Sie wichen einander aus.

Sie teilten sich ein Schlafzimmer. Als sie zu Bett gingen, wirkte Dawes geistesabwesend. Er dachte nach. Im Hemd saß er auf der Bettkante und betrachtete seine Beine.

»Ist Ihnen nicht kalt?«, fragte Morel.

»Ich beseh mir nur meine Beine«, erwiderte der andere.

»Was ist mit denen? Die sind doch ganz in Ordnung«, erwiderte Paul, der schon im Bett lag.

»Sie sehen so aus – aber es ist noch Wasser drin.«

»Und was ist damit?«

»Kommen Sie und schauen Sie sich das an.«

Widerstrebend stand Paul auf, um sich die recht ansehnlichen Beine des anderen Mannes anzuschauen, die mit dunkelgolden schimmernden Haaren bedeckt waren.

»Sehen Sie hier?«, sagte Dawes und deutete auf sein Schienbein. »Schauen Sie sich mal das Wasser darunter an.«

»Wo?«, fragte Paul.

Der Mann drückte seine Fingerspitzen hinein. Sie hinterließen kleine Dellen, die sich langsam füllten.

»Ist doch nicht weiter schlimm«, sagte Paul.

»Fühlen Sie mal!«, sagte Dawes

Paul versuchte es mit seinen Fingern. Auch sie hinterließen kleine Dellen.

»Hm!«, machte er.

»Scheußlich, was?«, fragte Dawes.

»Wieso? – Ist doch nicht der Rede wert.«

»Mit Wasser in den Beinen ist man kein richtiger Mann.«

»Ich verstehe nicht, was das für einen Unterschied machen soll«, sagte Morel. »Ich habe eine schwache Brust.«

Er legte sich wieder in sein Bett.

»Ich nehme an, alles andere ist in Ordnung«, sagte Dawes und löschte das Licht.

Am Morgen regnete es. Morel packte seine Tasche. Das Meer war grau, unruhig und trostlos. Er schien sich mehr und mehr vom Leben abzukapseln. Er fand ein boshaftes Vergnügen daran.

Die beiden Männer standen am Bahnhof. Clara stieg aus dem Zug und kam sehr aufrecht, kühl und gefasst den Bahnsteig entlang. Sie trug einen langen Mantel und einen Hut aus Tweed. Beide Männer verabscheuten sie wegen ihrer Gefasstheit. An der Schranke schüttelte Paul ihr die Hand. Dawes lehnte am Bücherstand und sah zu. Wegen des Regens hatte er seinen schwarzen Mantel bis zum Kinn zugeknöpft. Er war blass und wirkte fast vornehm in seiner Ruhe. Dann trat er leicht humpelnd auf sie zu.

»Eigentlich solltest du besser aussehen«, sagte sie.

»Ach, mir geht's schon ganz gut.«

Verlegen standen die drei da. Claras Anwesenheit ließ die beiden Männer zaudern.

»Sollen wir gleich zur Wohnung gehen«, sagte Paul, »oder zuerst woanders hin?«

»Gehen wir doch gleich nach Hause«, schlug Dawes vor.

Paul ging an der Außenseite des Bürgersteigs, neben ihm Dawes, dann Clara. Sie unterhielten sich höflich. Das Wohnzimmer blickte aufs Meer, dessen graue, unruhige Flut unweit davon rauschte.

Paul zog den großen Lehnstuhl heran.

»Setzen Sie sich, Jack«, sagte er.

»Ich will den Stuhl nicht«, sagte Dawes.

»Setzen Sie sich«, wiederholte Morel.

Clara streifte ihre Sachen ab und legte sie aufs Sofa. Sie wirkte ein wenig verstimmt. Mit den Fingern lockerte sie ihre Haare und setzte sich abweisend und gefasst hin. Paul lief nach unten, um mit der Wirtin zu reden.

»Dir ist doch bestimmt kalt«, sagte Dawes zu seiner Frau. »Komm näher ans Feuer.«

»Danke, mir ist warm genug«, erwiderte sie.

Sie sah aus dem Fenster auf den Regen und das Meer.

»Wann fährst du zurück?«, fragte sie.

»Nun – die Zimmer sind bis morgen gemietet, und er möch- te, dass ich bleibe. Er fährt heute Abend zurück.«

»Und dann willst du nach Sheffield?«

»Ja.«

»Bist du denn gesund genug, dass du wieder anfangen kannst zu arbeiten?«

»Ich fange bald wieder an.«

»Hast du wirklich eine Stelle?«

»Ja – Montag fange ich an.«

»Gesund siehst du mir aber nicht aus.«

»Wieso nicht?«

Statt zu antworten, sah sie wieder aus dem Fenster.

»Und hast du eine Wohnung in Sheffield?«

»Ja.«

Wieder sah sie aus dem Fenster. Vom strömenden Regen wa- ren die Scheiben verschmiert.

»Und wirst du zurechtkommen?«, fragte sie.

»Das will ich hoffen. Ich werd's müssen!«

Als Morel zurückkam, verfielen sie in Schweigen.

»Ich werde den um vier Uhr zwanzig nehmen«, sagte er, als er eintrat.

Niemand antwortete.

»Zieh dir doch die Stiefel aus«, sagte er zu Clara. »Ich habe ein Paar Pantoffeln!«

»Danke«, sagte sie. »Sie sind nicht nass.«

Er stellte die Pantoffeln vor ihre Füße. Sie ließ sie stehen.

Morel setzte sich. Die beiden Männer wirkten hilflos, sie sahen wie gehetzt aus. Aber Dawes verhielt sich jetzt ruhiger, schien sich zu fügen, während Paul immer angespannter wurde. Clara hatte den Eindruck, als habe er noch nie so klein und armselig ausgesehen. Es war, als wolle er sich so klein wie nur möglich machen. Wie er so umherging und alles ordnete oder dasaß und plauderte, wirkte er unaufrichtig und verstellt. Sie beobachtete ihn verstohlen und sagte sich, dass es ihm an Beständigkeit mangelte. Auf seine Art war er angenehm, er war leidenschaftlich und konnte ihr, wenn er in der richtigen Stimmung war, den Trank reinen Lebens reichen. Jetzt aber wirkte er erbärmlich und belanglos. Nichts an ihm war beständig. Da besaß ihr Mann mehr männliche Würde. Jedenfalls drehte der sich nicht nach jedem Wind. Morel hatte etwas Flüchtiges, dachte sie, etwas Wechselhaftes und Unaufrichtiges. Einer Frau würde er niemals festen Boden unter den Füßen bieten können. Sie verachtete ihn dafür, dass er zusammenschrumpfte, sich klein machte. Ihr Mann war wenigstens männlich, und wenn er besiegt war, gab er sich geschlagen. Aber der andere würde niemals eingestehen, dass er besiegt war. Er würde sich drehen und winden, umherschleichen, sich noch kleiner machen. Sie verachtete ihn. Und doch beobachtete sie eher ihn als Dawes, und es schien ihr, als läge ihrer aller Schicksal in seinen Händen. Dafür hasste sie ihn.

Inzwischen glaubte sie, die Männer und das, was sie tun konnten oder wollten, besser zu verstehen. Sie hatte weniger Angst vor ihnen, war ihrer selbst sicherer. Dass sie nicht die armseligen Egoisten waren, für die sie sie gehalten hatte, fand sie beruhigend. Sie hatte eine Menge gelernt, fast so viel, wie sie lernen wollte. Ihr Becher war randvoll gewesen. Noch immer war er so randvoll, dass sie ihn eben noch tragen konnte. Alles in allem würde es ihr nicht leidtun, wenn Paul fort war.

Sie aßen zu Mittag, dann saßen sie am Kamin, aßen Nüsse und tranken. Kein ernsthaftes Wort war gefallen. Clara spürte jedoch, dass Morel sich aus dem Kreis zurückzog und ihr die Wahl überließ, bei ihrem Mann zu bleiben. Das ärgerte sie. Er war doch ein armseliger Kerl – sich zu nehmen, was er wollte, und es dann wieder zurückzugeben. Sie hatte vergessen, dass auch sie bekommen hatte, was sie wollte, und sich im Grunde ihres Herzens ja wünschte, wieder zurückgegeben zu werden.

Paul fühlte sich zerschlagen und einsam. Seine Mutter hatte seinem Leben Halt verliehen. Er hatte sie geliebt, tatsächlich hatten die beiden das Leben gemeinsam gemeistert. Nun war sie fort, und hinter ihm klaffte nun für immer diese Lücke im Leben, dieser Riss im Schleier, durch den sein Leben langsam zu entweichen schien, als würde er hinabgezogen in den Tod. Er wollte jemanden, der ihm aus freiem Antrieb half. Die kleineren Dinge begann er hinter sich zu lassen, aus Angst vor diesem großen Ding, dem Abgleiten in den Tod – im Gefolge des Liebsten, das er besessen hatte. Clara duldete es nicht, dass er Halt an ihr fand. Sie wollte ihn, aber nicht, um ihn zu verstehen. Es schien ihm, als wolle sie zuallererst den Mann, nicht sein wahres Ich, das in Nöten war. Dieses würde ihr zu viel Mühe bereiten, und er wagte nicht, es ihr zu schenken. Sie wäre ihm nicht gewachsen. Dafür schämte er sich. Heimlich schämte er sich, weil er in so tiefer Not war, weil er keinen festen Halt im Leben fand, weil niemand ihm Halt bot, weil er sich so wesenlos, so schemenhaft fühlte, als zähle er nicht viel in der dinglichen Welt, und so machte er sich immer kleiner. Er wollte nicht sterben, er würde sich nicht geschlagen geben. Aber er hatte vor dem Tod auch keine Angst. Wenn niemand ihm half, dann würde er seinen Weg eben allein gehen.

Dawes war bis an die äußerste Grenze des Lebens getrieben worden, bis er es mit der Angst zu tun bekam. Er konnte an den Rand des Todes treten, er konnte dort am Rand liegen und hinabschauen. Dann, verschüchtert, verängstigt, musste er wieder zurückkriechen und sich wie ein Bettler nehmen, was ihm angeboten wurde. Darin lag ein gewisser Adel. Clara begriff, dass er zwar eingestand, besiegt zu sein, aber dennoch zurückgenommen werden wollte, so oder so. Das konnte sie für ihn tun.

Es war drei Uhr.

»Ich nehme den um vier Uhr zwanzig«, sagte Paul abermals zu Clara. »Fährst du mit oder erst später?«

»Ich weiß es nicht«, antwortete sie.

»Um Viertel nach sieben treffe ich meinen Vater in Nottingham«, sagte er.

»Dann fahre ich erst später«, erwiderte sie.

Plötzlich zuckte Dawes zusammen, als habe sich eine Spannung in ihm gelöst. Er blickte hinaus aufs Meer, nahm aber nichts wahr.

»In der Ecke liegen ein, zwei Bücher«, sagte Morel. »Ich habe sie schon gelesen.«

Gegen vier Uhr ging er.

»Ich sehe euch beide später«, sagte er und schüttelte ihnen die Hand.

»Ich denke schon«, sagte Dawes. »Und vielleicht – irgendwann – werde ich Ihnen das Geld zurückzahlen können –«

»Ich werd's mir holen, Sie werden sehen«, sagte Paul lachend. »Es wird nicht lange dauern, bis ich pleite bin.«

»Ja – dann –«, sagte Dawes.

»Auf Wiedersehen!«, sagte er zu Clara.

»Auf Wiedersehen«, sagte sie und reichte ihm die Hand. Dann sah sie ihn ein letztes Mal an, stumm und demütig.

Er war fort. Dawes und seine Frau setzten sich wieder.

»Kein gutes Reisewetter«, sagte Dawes.

»Nein«, erwiderte sie.

Sie plauderten belanglos, bis es dunkelte. Die Wirtin brachte Tee. Ohne sich auffordern zu lassen, rückte Dawes seinen Stuhl an den Tisch wie ein Ehemann. Dann saß er demütig da und wartete darauf, dass ihm eingeschenkt wurde. Und ohne sich nach seinen Wünschen zu erkundigen, bediente Clara ihn nach alter Gewohnheit wie eine Ehefrau.

Nach dem Tee, als es schon auf sechs Uhr zuging, trat er ans Fenster. Draußen war alles dunkel. Das Meer toste.

»Es regnet immer noch«, sagte er.

»Ja!«, erwiderte sie.

»Heute Abend fährst du aber nicht mehr, oder?«, fragte er zögernd.

Sie antwortete nicht. Er wartete.

»Ich würde in diesem Regen nicht fahren«, sagte er.

»Möchtest du, dass ich bleibe?«, fragte sie.

Seine Hand, die den dunklen Vorhang hielt, zitterte.

»Ja«, sagte er.

Er wandte ihr den Rücken zu. Sie stand auf und ging langsam zu ihm. Er ließ den Vorhang los und drehte sich zögernd zu ihr um. Die Hände hinter dem Rücken, stand sie da und musterte ihn mit schwerem, undurchdringlichem Blick.

»Willst du mich, Baxter?«, fragte sie.

Mit heiserer Stimme antwortete er:

»Willst du zu mir zurückkommen?«

Sie stöhnte auf, hob die Arme, schlang sie um seinen Hals, zog ihn an sich. Er barg sein Gesicht an ihrer Schulter und hielt Clara umschlossen.

»Nimm mich zurück!«, flüsterte sie verzückt. »Nimm mich zurück, nimm mich zurück!« Und mit den Fingern strich sie durch sein feines, dünnes dunkles Haar, beinahe so, als wäre sie nur halb bei Bewusstsein. Er zog sie fester an sich.

»Willst du mich wieder?«, murmelte er mit gebrochener Stimme.

Kapitel 15
Unbehaust

Clara zog mit ihrem Mann nach Sheffield, und Paul sah sie kaum noch. An Walter Morel schien all das Leiden spurlos vorübergegangen zu sein, und da war er nun und kroch durch den Dreck wie immer. Zwischen Vater und Sohn bestand kaum eine Verbindung, außer dass jeder darauf bedacht war, dass es dem anderen an nichts fehle. Da es niemanden gab, der den Haushalt besorgen konnte, und beide die Leere des Hauses nicht ertragen konnten, nahm Paul sich ein möbliertes Zimmer in Nottingham, und Morel fand Aufnahme bei einer befreundeten Familie in Bestwood.

Der junge Mann schien in allem gescheitert zu sein. Er konnte nicht mehr malen. Das Bild, das er am Todestag seiner Mutter vollendet hatte – eines, das ihn befriedigte –, war sein letztes gewesen. Bei der Arbeit fehlte Clara. Wenn er nach Hause kam, konnte er die Pinsel nicht wieder zur Hand zu nehmen. Es war ihm nichts geblieben.

So saß er in der Stadt bald in diesem, bald in jenem Wirtshaus, trank und trieb sich mit den Männern herum, die er kannte. Das langweilte ihn bald. Er redete mit Bardamen und mit fast jeder Frau, doch in seinen Augen war ein dunkler, angespannter Blick, als wäre er auf der Jagd nach etwas.

Alles kam ihm so verändert, so unwirklich vor. Es schien keinen Grund dafür zu geben, weshalb Leute die Straße entlanggingen, weshalb Häuser ins Tageslicht ragten. Es schien keinen Grund dafür zu geben, weshalb diese Dinge den Raum füllten, statt ihn einfach leer zu lassen. Seine Freunde sprachen mit ihm: Er vernahm die Laute, und er antwortete. Doch weshalb es überhaupt Gesprächslärm gab, verstand er nicht.

Er war am ehesten er selbst, wenn er allein war oder schwer und mechanisch in der Fabrik arbeitete. Besonders bei der Arbeit erlosch sein Bewusstsein, und was blieb, war pures Vergessen. Aber damit musste es ein Ende haben. Es tat ihm so weh, dass die Dinge ihre Wirklichkeit eingebüßt hatten. Die ersten Schneeglöckchen blühten. Er bemerkte die winzigen Perltröpfchen in all dem Grau. Früher einmal hätten sie die lebhaftesten Gefühle in ihm geweckt. Nun standen sie zwar da, schienen aber keine Bedeutung zu haben. In wenigen Augenblicken würden sie diesen Platz nicht mehr einnehmen, und wo sie gestanden hatten, wäre nur noch leerer Raum. Abends ratterten hohe, hell erleuchtete Straßenbahnwagen durch die Straße. Fast kam es ihm wie ein Wunder vor, dass sie sich der Mühe unterzogen, hin- und zurückzugondeln. »Wozu macht ihr euch die Mühe, zu den Brücken über den Trent hinabzurollen?«, fragte er die großen Straßenbahnen. Ihm schien, als brauchten sie ebenso gut gar nicht zu fahren.

Das Wirklichste war die dichte Dunkelheit bei Nacht. Sie schien ihm ganz, fassbar und friedlich. Ihr konnte er sich überlassen. Plötzlich flatterte vor seinen Füßen ein Stück Papier hoch und wehte den Bürgersteig hinunter. Still und steif stand er da, mit geballten Fäusten, und ein großer Schmerz flammte in ihm auf. Und wieder sah er das Krankenzimmer, seine Mutter, ihre Augen. Unbewusst war er bei ihr gewesen, in ihrer Gesellschaft. Das schnelle Hochflattern des Papiers erinnerte ihn daran, dass sie fort war. Und doch war er bei ihr gewesen. Er wollte, dass alles stillstand, damit er wieder bei ihr sein konnte.

Die Tage gingen dahin, die Wochen. Aber alles schien zu einer einzigen geballten Masse verschmolzen zu sein. Er konnte einen Tag nicht vom anderen unterscheiden, kaum einen Ort vom anderen. Nichts war deutlich oder kenntlich. Oft verlor er sich für eine ganze Stunde, konnte sich nicht entsinnen, was er getan hatte.

Eines Abends kehrte er spät in sein möbliertes Zimmer zurück. Das Feuer war niedergebrannt, alle waren schon zu Bett gegangen. Er legte Kohlen nach, warf einen Blick auf den Tisch und entschied, dass er kein Abendessen wollte. Dann setzte er sich in den Lehnstuhl. Es war ganz still. Er nahm nichts wahr, aber wie in weiter Ferne sah er trüben Rauch zum Kamin hinaufschweben. Da kamen mit einem Mal zwei Mäuse hervorgekrabbelt und knabberten vorsichtig an den Krümeln, die heruntergefallen waren. Wie aus weiter Ferne sah er ihnen zu. Die Kirchenuhr schlug zwei. Wie aus weiter Ferne hörte er das harte Klirren der Güterwaggons auf den Schienen. Nein, nicht die waren in weiter Ferne. Die waren an ihrem Platz. Wo aber war er?

Die Zeit ging dahin. Die beiden Mäuse jagten ausgelassen umher und huschten keck über seine Pantoffeln. Er hatte keinen Muskel gerührt. Er wollte sich nicht rühren. Er dachte an nichts. Es war leichter so. Den Schmerz des Wissens gab es nicht mehr. Von Zeit zu Zeit aber blitzte in einem scharfen Satz ein anderes, ein mechanisch arbeitendes Bewusstsein auf:

»Was tue ich hier?«

Und wie aus einer Trance, wie aus dem Halbrausch kam die Antwort:

»Ich zerstöre mich.«

Dann sagte ihm ein dumpfes, aber lebhaftes Gefühl, das im selben Moment wieder verschwand, dass die Antwort verkehrt sei. Nach einer Weile kam plötzlich die Frage:

»Wieso verkehrt?«

Wieder kam keine Antwort, doch in seiner Brust widersetzte sich ein Stich hitzigen Starrsinns der Selbstvernichtung.

Er hörte einen schweren Karren durch die Straße rumpeln. Plötzlich ging das elektrische Licht aus, und vom Münzzähler her ertönte ein dumpfes Scheppern. Er rührte sich nicht, sondern blieb mit starrem Blick sitzen. Nur die Mäuse waren davongehuscht, und im dunklen Zimmer glühte rot das Feuer.

Dann setzte, ganz mechanisch und diesmal deutlicher, das Zwiegespräch in seinem Innern wieder ein:

»Sie ist tot – wozu das alles – ihr Kampf –?«

Das war seine Verzweiflung, die wollte, dass er ihr folgte.

»Du lebst.«

»Sie nicht.«

»Sie lebt – in dir.«

Plötzlich fühlte er sich müde unter dieser Last.

»Ihretwillen musst du dich am Leben erhalten«, sprach der Wille in ihm.

Etwas in ihm war trist, als wolle es nicht erwachen.

»Du musst ihr Leben weiterführen und das, was sie getan hat, fortsetzen –«

Aber er wollte nicht. Er wollte sich geschlagen geben.

»Du kannst doch mit deiner Malerei fortfahren«, sprach der Wille in ihm. »Oder du kannst Kinder zeugen. – Beides führt ihre Bestrebungen fort –«

»Malen ist nicht leben.«

»Dann lebe.«

»Wen heiraten?«, kam die triste Frage.

»So gut du kannst.«

»Miriam.«

Aber dem traute er nicht.

Unvermittelt stand er auf und ging sofort zu Bett. Als er in sein Schlafzimmer getreten war und die Tür geschlossen hatte, blieb er mit geballten Fäusten stehen.

»Mater, meine Liebe –«, begann er mit der ganzen Kraft seiner Seele. Dann hielt er inne. Er würde es nicht sagen. Er würde nicht zugeben, dass er sterben, mit allem abschließen wollte. Er würde nicht eingestehen, dass das Leben ihn besiegt hatte oder dass der Tod ihn besiegt hatte.

Er legte sich ins Bett und schlief gleich ein, überantwortete sich dem Schlaf.

So vergingen die Wochen. Stets allein, schwankte seine Seele beharrlich zwischen dem Pol des Todes und dem des Lebens. Die wirkliche Qual bestand darin, dass er nirgends hingehen, nichts tun, nichts sagen konnte und selbst ein Nichts war. Zuweilen lief er durch die Straßen, als ob er verrückt wäre. Manchmal war er verrückt: Dinge waren da, dann wieder nicht. Er rang nach Luft. Zuweilen stand er am Tresen des Wirtshauses, wo er etwas zu trinken bestellt hatte. Plötzlich rückte alles von ihm weg. In der Ferne sah er das Gesicht des Schankmädchens, die schwatzenden Gäste, sein eigenes Glas auf dem feuchten Mahagonitresen. Etwas stand zwischen ihm und den anderen. Er konnte keinen Kontakt zu ihnen finden. Er wollte sie nicht, er wollte sein Getränk nicht. Jäh drehte er sich um und ging hinaus. Auf der Schwelle blieb er stehen und blickte auf die beleuchtete Straße. Aber er gehörte ihr nicht an, gehörte nicht in sie hinein. Etwas trennte ihn von ihr. Alles spielte sich dort unter diesen Laternen ab, ohne dass er Zugang dazu hatte. Er konnte sie nicht erreichen. Ihm war, als könne er die Laternenpfähle nicht berühren, selbst wenn er die Hand nach ihnen ausstreckte. Wohin sollte er sich wenden? Er konnte nirgends hingehen, weder zurück ins Wirtshaus noch hinaus auf die Straße. Er glaubte zu ersticken. Für ihn gab es keinen Ort. Die Spannung in seinem Innern wuchs, und ihm war, als müsse er zerspringen.

»Ich darf nicht«, sagte er, wandte sich blindlings um, ging wieder hinein und trank weiter. Manchmal tat ihm das gut, manchmal machte es alles nur schlimmer. Er rannte die Straße entlang. Immerzu rastlos, lief er hierhin, dorthin, überallhin. Er entschloss sich zu arbeiten. Doch nach sechs Strichen war ihm der Bleistift zuwider, er sprang auf und ging fort, eilte in einen Klub, wo er Karten oder Billard spielen konnte, in ein Lokal, wo er mit einem Schankmädchen schäkern konnte, das ihm nicht mehr bedeutete als der messingene Pumpenschwengel, den sie bediente.

Er war sehr mager und hohlwangig. Er wagte es nicht, im Spiegel seinem eigenen Blick zu begegnen; nie sah er sich an. Er wollte vor sich selbst fliehen, doch da war nichts, woran er sich klammern konnte. Verzweifelt dachte er an Miriam. Vielleicht – vielleicht –?

Eines Sonntagabends ging er in die Unitarische Kirche, als die Gemeinde sich gerade erhob, um den zweiten Choral zu singen.

Da sah er sie vor sich. Das Licht glänzte auf ihrer Unterlippe, während sie sang. Sie sah aus, als ob sie jedenfalls etwas besäße: eine Hoffnung im Himmel, wenn nicht auf Erden. Ihr Trost und ihr Leben schienen im Jenseits zu liegen. Ein warmes, starkes Gefühl für sie wurde in ihm wach. Während sie sang, schien sie sich nach etwas Mysteriösem, nach Trost zu verzehren. Er setzte seine Hoffnung auf sie. Er sehnte das Ende der Predigt herbei, um mit ihr sprechen zu können.

Die Menge spülte sie direkt vor ihn. Er konnte sie fast berühren. Sie wusste nicht, dass er hier war. Er sah ihren braunen, demütigen Nacken unter den schwarzen Locken. Ihr wollte er sich überlassen. Sie war besser und größer als er. Ihr konnte er vertrauen.

Mit leerem Blick, wie es ihre Art war, wanderte sie durch die Grüppchen von Leuten vor der Kirche. Unter Menschen wirkte sie immer so verloren und fehl am Platz. Er trat vor und legte seine Hand auf ihren Arm. Sie zuckte heftig zusammen. Ihre großen braunen Augen weiteten sich ängstlich, und als sie ihn erkannte, wurde ihr Blick forschend. Er wich ein wenig zurück.

»Ich wusste nicht –«, stammelte sie.

»Ich auch nicht«, sagte er.

Er sah weg. Seine Hoffnung, die so plötzlich aufgeflammt war, erlosch wieder.

»Was machst du in der Stadt?«, fragte er.

»Ich wohne bei meiner Cousine Anne.«

»Ach! Länger?«

»Nein – nur bis morgen.«

»Musst du gleich nach Hause?«

Sie sah ihn an, dann verbarg sie das Gesicht unter ihrer Hutkrempe.

»Nein«, antwortete sie. »Nein; das muss ich nicht.«

Er wandte sich um, und sie begleitete ihn. Sie bahnten sich ihren Weg durch das Gedränge der Kirchgänger. In St. Mary's brauste noch die Orgel. Dunkle Gestalten traten aus den erhellten Türen, Leute kamen die Stufen herab. Die großen bunten Fenster leuchteten in der Nacht. Die Kirche sah aus wie eine riesige hängende Laterne. – Sie gingen den Hollow Stone hinunter und stiegen in die Straßenbahn, die zu den Brücken fuhr.

»Du wirst bei mir zu Abend essen«, sagte er, »dann bringe ich dich nach Hause.«

»Sehr gut«, erwiderte sie mit leiser, rauer Stimme.

In der Straßenbahn sprachen sie kaum ein Wort. Der Trent floss dunkel und voll unter der Brücke hindurch. Nach Colwick hin war alles schwarze Nacht. Er wohnte in der Holme Road, am kahlen Stadtrand, mit Blick über die Flussauen nach Sneinton Hermitage und dem Steilhang von Colwick Wood. Der Fluss war über die Ufer getreten. Zu ihrer Linken erstreckte sich das stille Wasser und die Dunkelheit. Beinahe furchtsam eilten sie an den Häusern vorbei.

Das Abendessen war gerichtet. Er zog den Vorhang vors Fenster. Auf dem Tisch stand eine Schale mit Freesien und scharlachroten Anemonen. Sie beugte sich über sie. Während sie sie noch mit den Fingerspitzen berührte, blickte sie zu ihm auf und sagte:

»Sind sie nicht wunderschön?«

»Ja«, sagte er. »Was möchtest du trinken – Kaffee?«

»Gerne«, antwortete sie.

»Dann entschuldige mich einen Moment.«

Er ging hinaus in die Küche.

Miriam legte ab und schaute sich um. Es war ein kahles, schmuckloses Zimmer. An der Wand hingen Fotos von ihr, Clara und Annie. Sie warf einen Blick auf das Zeichenbrett, um zu sehen, woran er gerade arbeitete. Nur ein paar belanglose Striche waren zu erkennen. Sie sah nach, welche Bücher er gerade las. Offenbar nur einen gewöhnlichen Roman. Die Briefe auf der Ablage stammten von Annie, Arthur und irgendeinem Mann, den sie nicht kannte. Alles, was er berührt hatte, alles, was auch nur ansatzweise persönlicher Natur war, betrachtete sie lange und gründlich. Er war nun schon so lange von ihr weg, sie wollte ihn wiederentdecken, ihn, seine Stellung und wer er jetzt war. Doch in dem Zimmer gab es nicht viel, was ihr dabei hätte helfen können. Es stimmte sie höchstens traurig, weil alles so streng und ungemütlich war.

Neugierig blätterte sie in einem Skizzenbuch, als er mit dem Kaffee zurückkam.

»Da ist nichts Neues drin«, sagte er, »und nichts Interessantes.«

Er stellte das Tablett ab und trat hinzu, um ihr über die Schulter zu schauen. Bedächtig blätterte sie die Seiten um, denn sie wollte sich alles genau besehen.

»Hm!«, sagte er, als sie bei einer Skizze verweilte. »Die hatte ich ganz vergessen! Nicht schlecht, oder?«

»Nein!«, antwortete sie. »Aber ich verstehe sie nicht ganz.«

Er nahm ihr das Buch aus der Hand und überflog es. Wieder entfuhr ihm ein seltsamer Laut der Überraschung und der Freude.

»Ein paar sind gar nicht so übel«, sagte er.

»Durchaus nicht«, erwiderte sie ernst.

Wieder verspürte er ihr Interesse an seiner Arbeit. Oder war es Interesse an ihm? Warum interessierte sie sich immer am meisten für ihn, so wie er in seiner Arbeit erschien?

Sie setzten sich zu Tisch.

»Übrigens«, sagte er, »habe ich recht gehört, dass du dir deinen eigenen Lebensunterhalt verdienst?«

»Ja«, erwiderte sie und neigte den dunklen Kopf über ihre Tasse.

»Und worum handelt es sich?«

»Ich gehe bloß für drei Monate auf die Landwirtschaftsschule in Broughton – wahrscheinlich wird man mich als Lehrerin dabehalten.«

»Ach ja? – Das scheint genau das Richtige für dich! Du wolltest doch immer schon unabhängig sein.«

»Ja.«

»Warum hast du mir nichts davon erzählt?«

»Ich weiß es erst seit letzter Woche.«

»Aber ich hab's schon vor einem Monat gehört«, sagte er.

»Ja – aber da war noch nichts vereinbart.«

»Ich hätte gedacht«, sagte er, »dass du mir erzählen würdest, was du vorhast.«

Sie aß auf die bedachtsame, gezwungene Art, die ihm so vertraut war, fast als schrecke sie davor zurück, etwas Derartiges so öffentlich zu tun.

»Du freust dich sicher«, sagte er.

»Sehr.«

»Ja – das ist doch mal was.«

Er war ziemlich enttäuscht.

»Ich finde, es ist eine ganze Menge«, entgegnete sie hochmütig, beinahe empört.

Er lachte kurz auf.

»Warum findest du das nicht?«, fragte sie.

»Oh, es ist nicht so, dass ich das nicht finde. Aber du wirst feststellen, dass dir deinen eigenen Lebensunterhalt zu verdienen nicht alles ist.«

»Nein«, sagte sie und schluckte mühsam. »Das ist es vermutlich nicht –«

»Ich glaube, für einen Mann kann Arbeit fast alles bedeuten«, sagte er, »auch wenn das nicht für mich gilt. Aber eine Frau arbeitet nur mit einem Teil ihrer selbst. Der echte, der lebenswichtige Teil bleibt davon unberührt.«

»Aber ein Mann kann sich ganz der Arbeit widmen?«

»Im Grunde ja.«

»Und eine Frau nur mit dem unwichtigen Teil ihrer selbst?«

»Genau.«

Sie sah zu ihm auf, und ihre Augen weiteten sich vor Zorn.

»Wenn das wahr ist«, sagte sie, »dann ist es eine große Schande.«

»So ist es. – Aber ich weiß ja auch nicht alles«, erwiderte er.

Nach dem Abendessen setzten sie sich an den Kamin. Er

schob ihr einen Sessel hin, ihm gegenüber, und sie nahmen Platz. Sie trug ein weinrotes Kleid, das zu ihrer dunklen Hautfarbe und ihren Gesichtszügen passte. Ihre Locken waren noch immer schön und ungebändigt, doch ihr Gesicht war viel älter geworden, der braune Hals viel dünner. Sie kam ihm alt vor, älter als Clara. Ihre Jugend war längst verblüht. Sie hatte eine steife, fast hölzerne Art. Sie dachte eine Weile nach, dann sah sie ihn an.

»Und wie geht es dir?«, fragte sie.

»Einigermaßen«, antwortete er.

Sie sah ihn an und wartete.

»Nein«, sagte sie sehr leise.

Ihre braunen, nervösen Hände lagen verschränkt auf ihrem Knie. Immer noch fehlten ihnen Selbstvertrauen und Ruhe, sie wirkten fast hysterisch. Ihr Anblick ließ ihn zusammenzucken. Dann lachte er freudlos. Sie schob den Finger zwischen die Lippen. Sein schlanker, schwarzer, gequälter Körper lag ganz still im Sessel. Plötzlich nahm sie den Finger aus dem Mund und sah ihn an.

»Und mit Clara hast du Schluss gemacht?«

»Ja.«

Wie ein herrenloser Gegenstand lag sein Körper hingeworfen auf dem Sessel.

»Weißt du«, sagte sie, »ich finde, wir sollten heiraten.«

Zum ersten Mal seit vielen Monaten schlug er die Augen auf und begegnete ihr mit Respekt.

»Warum?«, fragte er.

»Sieh doch nur«, sagte sie, »wie du dich vernachlässigst! Du könntest krank sein, du könntest sterben, und ich würde es nie erfahren, ganz so, als hätte ich dich nie gekannt.«

»Und wenn wir verheiratet wären?«, fragte er.

»Jedenfalls könnte ich verhindern, dass du dich vernachlässigst – und leichte Beute für andere Frauen wirst – wie – wie Clara.«

»Leichte Beute?«, wiederholte er lächelnd.

Schweigend senkte sie den Kopf. Er lag da und fühlte wieder Verzweiflung in sich aufsteigen.

»Ich bin mir nicht sicher«, sagte er langsam, »ob eine Heirat viel Sinn hätte.«

»Ich denke nur an dich«, erwiderte sie.

»Das weiß ich. – Aber – du liebst mich so sehr, dass du mich in deiner Gewalt haben willst. Und ich würde ersticken.«

Sie neigte den Kopf, legte den Finger zwischen die Lippen, und Bitterkeit brandete in ihr auf.

»Und was willst du sonst tun?«, fragte sie.

»Ich weiß nicht – wohl einfach weitermachen. Vielleicht gehe ich bald ins Ausland.«

Die verzweifelte Beharrlichkeit in seiner Stimme ließ sie in die Knie sinken, auf den Teppich vor dem Kamin, dicht neben ihm. Da kauerte sie nun, als würde sie von etwas zermalmt und könnte den Kopf nicht heben. Seine Hände ruhten träge auf den Armlehnen des Sessels. Das entging ihr nicht. Ihr war, als sei er ihr jetzt ausgeliefert. Könnte sie aufstehen, die Arme um ihn schlingen und sagen: »Du bist mein«, dann würde er sich ihr überlassen. Aber wagte sie es? Sie könnte sich mühelos opfern. Aber wagte sie es, ihr Recht zu behaupten? Sie sah seinen dunkel gekleideten, schlanken Körper, der, ein einziger Federstrich des Lebens, ausgestreckt in dem Sessel neben ihr saß. Aber nein, sie wagte es nicht, die Arme um ihn zu schlingen, ihn aufzuheben und zu sagen: »Er ist mein, dieser Körper. Überlass ihn mir!« Sie wünschte es sich. Er rief alle weiblichen Instinkte in ihr wach. Aber sie kauerte da und wagte es nicht. Sie fürchtete, er werde es ihr nicht gestatten. Sie fürchtete, es sei zu viel verlangt. Da lag er, sein Körper, herrenlos. Sie wusste, sie sollte ihn aufheben und ihn für sich beanspruchen, alle Rechte auf ihn geltend machen. Aber – würde sie es zuwege bringen? Ihre Ohnmacht vor ihm, vor der starken Forderung des Unbekannten in ihm, brachte sie in größte Not. Ihre Hände zitterten, sie hob halb den Kopf. Ihre flackernden, flehenden, fast irren Augen blickten ihn plötzlich inständig an. Da erwachte Mitleid in seinem Herzen. Er fasste ihre Hände, zog sie an sich und tröstete sie.

»Willst du mich haben, mich heiraten?«, fragte er sehr leise.

Ach, warum nahm er sie nicht? Ihre ganze Seele gehörte doch ihm. Warum nahm er sich nicht, was ihm gehörte? So lange schon hatte sie die Grausamkeit ertragen, ihm zu gehören, ohne von ihm beansprucht zu werden. Nun überforderte er sie wieder. Es war zu viel für sie. Sie zog den Kopf zurück, nahm sein Gesicht in ihre Hände und sah ihm in die Augen. Nein, er war hart. Er wollte etwas anderes. Mit ihrer ganzen Liebe flehte sie ihn an, die Entscheidung nicht ihr zu überlassen. Sie war ihr, war ihm, war allem anderen nicht gewachsen. Es zerrte so an ihr, dass sie das Gefühl hatte, daran zu zerbrechen.

»Willst du es denn?«, fragte sie sehr ernst.

»Nicht unbedingt«, erwiderte er gequält.

Sie wandte das Gesicht ab. Dann erhob sie sich würdevoll, legte seinen Kopf an ihre Brust und wiegte ihn sanft. Dann würde sie ihn also nicht besitzen! Aber trösten konnte sie ihn. Sie fuhr ihm mit den Fingern durchs Haar. Für sie die schmerzliche Süße der Selbstaufopferung! Für ihn die abscheulichen Qualen einer weiteren Niederlage. Er konnte sie nicht ertragen, diese warme Brust, die ihn wiegte, ohne die Bürde von ihm zu nehmen. So sehr sehnte er sich danach, in Miriam zu ruhen, dass die vorgetäuschte Ruhe ihn nur folterte. Er löste sich.

»Und ohne Ehe geht es nicht?«, fragte er.

Vor Schmerz entblößte er die Zähne. Sie schob den kleinen Finger zwischen ihre Lippen.

»Nein«, sagte sie leise wie ein Sterbeglöckchen. »Nein, ich glaube nicht.«

Das also war das Ende. Sie konnte ihn nicht nehmen und ihn von der Verantwortung für sich selbst befreien. Sie konnte sich ihm nur opfern, sich täglich und mit Freuden opfern. Und das wiederum wollte er nicht. Er wollte, dass sie ihn hielt und mit fröhlicher Autorität verkündete: »Schluss jetzt mit all der Unrast, diesem Ankämpfen gegen den Tod. Du bist mein – als Gefährte.« Die Kraft hatte sie nicht. Oder wollte sie gar nicht den Gefährten, sondern den Christus in ihm?

Er hatte das Gefühl, sie um ihr Leben zu betrügen, indem er sie verließ. Aber er wusste auch, dass er, wenn er blieb und den verzweifelten Mann in sich unterdrückte, sein eigenes Leben verleugnete. Und die Hoffnung, ihr zum Leben zu verhelfen, indem er sein eigenes verleugnete, hatte er nicht.

Ganz ruhig saß sie da. Er zündete sich eine Zigarette an. Kräuselnd stieg der Rauch in die Höhe. Er dachte an seine Mutter und hatte Miriam bereits vergessen. Plötzlich sah sie ihn an. Wieder brandete Bitterkeit in ihr auf. Ihr Opfer war also umsonst! Unnahbar lag er da, ohne jeden Gedanken an sie. Plötzlich erkannte sie wieder seinen Mangel an Religion, seine rastlose Unbeständigkeit. Wie ein eigensinniges Kind würde er sich selbst zerstören. Nun gut, sollte er doch!

»Ich glaube, ich muss gehen«, sagte sie leise.

An ihrem Tonfall erkannte er, dass sie ihn verachtete. Ruhig stand er auf.

»Ich begleite dich«, antwortete er.

Sie stand vor dem Spiegel und steckte ihren Hut fest. Wie bitter, wie unsagbar bitter es sie machte, dass er ihr Opfer verschmähte. Das Leben vor ihr sah wie erstorben aus, als sei die Glut in ihm erloschen. Sie beugte sich über die Blumen, die süßen, frühlingshaften Freesien, die scharlachroten Anemonen, die auf dem Tisch prangten. Das sah ihm ähnlich – solche Blumen zu haben.

Er bewegte sich mit einer gewissen Sicherheit im Zimmer umher, rasch, erbarmungslos und gelassen zugleich. Sie wusste, dass sie ihm nicht gewachsen war. Wie ein Wiesel würde er ihren Händen entschlüpfen. Und doch, ohne ihn würde sich ihr Leben leblos dahinschleppen. Nachdenklich berührte sie die Blumen.

»Nimm sie mit«, sagte er. Nass, wie sie waren, hob er sie aus der Schale und trug sie rasch in die Küche. Sie wartete auf ihn, nahm die Blumen entgegen, und gemeinsam gingen sie aus dem Haus. Er redete, sie fühlte sich wie tot.

Jetzt verließ sie ihn also. Als sie in der Straßenbahn saßen, lehnte sie sich in ihrer Not an ihn. Er reagierte nicht. Wohin würde er gehen, wie würde er enden? Sie konnte es nicht ertragen, dieses leere Gefühl, das seinen Platz einnahm. Er war so töricht, so selbstzerstörerisch, nie mit sich selbst im Frieden. Wohin würde er jetzt gehen? Und was kümmerte es ihn, dass er sie vernichtete? Er war nicht religiös – für ihn zählte nur die Anziehungskraft des Augenblicks, sonst nichts, nichts Tieferes. Nun, sie würde abwarten, wie es mit ihm weiterging. Sobald er genug hätte, würde er nachgeben und zu ihr kommen.

Er reichte ihr die Hand und ließ sie an der Haustür ihrer Cousine zurück. Als er sich von ihr abwandte, war ihm, als hätte er den letzten Halt verloren. In der Straßenbahn sah er, wie sich die Stadt über den Eisenbahndamm hinweg erstreckte, eine Fläche dunstigen Lichts. Hinter der Stadt das Land, kleine glimmende Punkte für weitere Städte – das Meer – die Nacht – weiter und weiter! Und er hatte keinen Platz darin. Wo er auch stand, er stand allein dort. Seiner Brust, seinem Mund entsprang der unendliche Raum – und der war dort hinter ihm, allerwärts. Die Menschen, die durch die Straßen eilten, waren für die Leere, in der er sich wiederfand, kein Hindernis. Sie waren schmale Schatten, deren Schritte und deren Stimmen man hören konnte, doch in jedem von ihnen war dieselbe Nacht, dasselbe Schweigen. Er stieg aus. Das Land war totenstill. Hoch oben funkelten kleine Sterne, kleine Sterne übersäten weithin das Flutwasser, ein Firmament unter ihm. Überall Weite und Schrecken der ungeheuren Nacht, die der Tag nur für kurze Zeit aufweckt und wachrüttelt, die aber wiederkehrt und schließlich ewig bleibt und alles einhüllt in ihr Schweigen und ihr lebendiges Dunkel. Es gab keine Zeit, es gab nur Raum. Wer konnte sagen, seine Mutter hätte gelebt und lebte nun nicht mehr? Sie war an einem Ort gewesen und war nun an einem anderen, das war alles. Und seine Seele konnte sie nicht verlassen, wo immer sie war. Nun war sie hinausgegangen in die Nacht, und er war noch immer bei ihr. Sie waren vereint. Und doch waren da sein Körper, seine Brust, die gegen den Zauntritt lehnte, seine Hände auf der hölzernen Stange. Die schienen immerhin etwas. Wo war er? – Ein winziges, aufrechtes Stückchen Fleisch, weniger als ein in die Erde gefallenes Weizenkorn. Er konnte es nicht ertragen. Von allen Seiten schien das ungeheure dunkle Schweigen ihn, einen so winzigen Klacks, auslöschen zu wollen, und obgleich er fast nichts war, so war er doch unauslöschlich. Die Nacht, in der sich alles verlor, griff weit aus, hinter die Sterne, die Sonne. Sterne und Sonne, ein paar leuchtende Kügelchen, drehten sich angstvoll im Kreis und hielten einander umschlungen, dort in der Düsternis, die sie alle übertrumpfte und sie klein und entmutigt hinter sich ließ. So gewaltig, und er selbst unendlich klein, im Grunde etwas Nichtiges und doch wieder kein Nichts.

»Mutter!«, wimmerte er, »Mutter!«

Sie war das Einzige, was ihm, ihm selbst, in alledem Halt verlieh. Und sie war fort, war jetzt selbst mit allem anderen vermischt! Er wollte, dass sie ihn berührte, wollte an ihrer Seite sein.

Doch nein, er würde sich nicht geschlagen geben. Jäh machte er kehrt und schritt auf den goldenen Schimmer der Stadt zu. Seine Fäuste waren geballt, sein Mund fest geschlossen. Jene Richtung würde er nicht einschlagen, ins Dunkel, um ihr zu folgen. Rasch schritt er auf die leise summende, funkelnde Stadt zu.

Anhang

Zu dieser Ausgabe

Die deutsche Übersetzung folgt der Ausgabe:

> D. H. Lawrence: Sons and Lovers. Hrsg. von Helen Baro und Carl Baron. Cambridge: Cambridge University Press, 1979. (The Cambridge Edition of the Works of D. H. Lawrence.)

Anmerkungen

8,28 *zwei Pence:* Vor der Einführung des Dezimalsystems 1971 enthielt das britische Pfund 12 Shilling; einem Shilling entsprachen 12 Pence. Die Preise für Dienstleistungen wurden in Guineen berechnet; der Wert einer Guinee (*guinea*) betrug 1 Pfund und 1 Shilling. Für das Pfund existierte eine Goldmünze (*sovereign*), die zu Lebzeiten von D. H. Lawrence noch in Umlauf war. Die größte Silbermünze war die halbe Krone (*half-crown*) im Wert von 2 Shilling und Sixpence; ein Zwei-Shilling-Stück wurde als *florin* bezeichnet.

13,18 *halbe Krone:* siehe Anm. zu 8,28.

14,14 f. *Independenten ... Kongregationalisten:* Die *independents* sind eine im 17. Jahrhundert aus der Anglikanischen Kirche hervorgegangene reformatorische Partei, die die Autonomie der einzelnen Kirchengemeinden anstrebte. Aus ihr entstanden u. a. die Kongregationalisten als eine Form der christlichen Gemeindeverfassung. – Der Independent John Hutchinson (1615–1664), Abgeordneter des Stadtparlaments von Nottingham, war während des Civil War (1642–49) für den Schutz der Stadt verantwortlich.

18,6 *Roger de Coverly:* Name eines englischen und schottischen Kontertanzes.

20,1 *Temperenzler:* Anhänger einer seit 1820 in Großbritannien und den USA verbreiteten Mäßigkeits- und Enthaltsamkeitsbewegung, vor allem in Bezug auf Alkoholkonsum.

29,34 *Sovereign:* siehe Anm. zu 8,28.

36,10 *Genevieve:* Titelfigur des beliebten Liedes »Sweet Genevieve« (1876) von George Cooper (1840–1927), vertont von Henry Tucker (um 1826–1882).

45,7 f. *goss sich den Tee auf die Untertasse:* Bis ins 20. Jahrhundert hinein war es in England Brauch, heißen Tee ohne Milch zur Abkühlung auf die Untertasse zu gießen.

59,27 *Cascara:* Extrakt aus der Rinde des Amerikanischen Faulbaums, der als Abführmittel verwendet wird. Früher diente er auch als krampfstillendes Mittel.

62,19 *Joseph:* biblischer Erzvater, der als Siebzehnjähriger einen Traum hatte, in dem ihm eine große Zukunft prophezeit wurde. In diesem Traum neigten sich die von Josephs Brüdern gebundenen Getreidegar-

ben vor der aufrechtstehenden, von Joseph gebundenen Garbe; vgl.
1 Mos 37,7.

77,6 *Vitriolöl:* auch als Vitriolelixier bezeichnetes Mittel zur Linderung von
Magenbeschwerden.

84,28 *'ne Kastanie, die hat schon siebzehnmal gesiegt:* Gemeint ist das in
Großbritannien und Irland traditionelle Kastanien-Wurfspiel *Conkers.*

95,23 *Mater:* lat. ›Mutter‹; im Jargon der Public Schools und Gymnasien
früher übliche, vertrauliche Anrede.

98,25–27 *Nicholas Nickleby ... laut Illustration:* Die Titelfigur des Romans
The Life and Adventures of Nicholas Nickleby (1838/39) von Charles Di-
ckens wurde vom Illustrator der Erstausgabe mit wohlgeformten Beinen dargestellt.

98,28 *Mr Good:* Im bekanntesten Werk des britischen Schriftstellers Sir
Henry Rider Haggard (1856–1925) *King Solomon's Mines* (1885; dt. *König Salomos Schatzkammer,* 1910; Erstausgabe 1888 u. d. T. *Umbopa.
König von Kukuanaland. Die Entdeckung der Schätze des Königs Salomo
im dunklen Erdteil*) wird Captain Good zwar nie ›Mr‹ genannt, aber der
Ausdruck »schöne weiße Beine« (*beautiful white legs*) kommt mehr-
mals vor.

103,3 *Jockey Club:* parfümierter Schnupftabak.

115,5 *Moleskin:* schwerer, robuster Baumwollstoff, der überwiegend zu
strapazierfähiger, warmer Berufskleidung verarbeitet wird.

118,32 *wider den Stachel zu löcken:* sich zu sträuben, widerspenstig zu sein;
vgl. Lk 26,14.

126,13 *de haut en bas:* frz. ›von oben bis unten‹.

158,2 *Norfolk-Anzug:* modischer Herrenanzug, bestehend aus Kniebund-
hose und langem, von den Schultern bis zum Saum gefälteltem Jackett
mit Gürtel.

167,34 *Chiffoniere:* hohe Kommode mit mehreren kleinen Schubladen;
auch: Nähtischchen.

172,2 *Chlorodyne-Kaugummi:* Chlorodyne ist eine Mischung aus Chloroform, Morphium, Hanftinktur, Pfefferminzöl, Spanischpfeffertinktur
und Alkohol, die als krampfstillendes und anregendes Mittel verwendet wurde.

181,18 *sotto voce:* ital. ›halblaut‹.

182,23 *Elaine:* Figur aus dem Artussagen-Epos *The Idylls of the King* (1859)
des viktorianischen Dichters Alfred Lord Tennyson (1809–1892).

190,6 *Guineen:* siehe Anm. zu 8,28.

209,18 *Fräulein vom See:* Titelfigur des Gedichts »The Lady of the Lake« (1810) von Sir Walter Scott (1771–1832).

214,8 *Foulardkleid:* Kleid aus leichtem (Kunst-)Seidengewebe.

215,3 *Annie Swan:* schottische Journalistin und Erfolgsautorin (1859–1943), die nicht nur unter ihrem eigentlichen Namen Annie Shepherd Swan, sondern auch unter mehreren Pseudonymen mehr als 200 Bücher (zumeist romantisch-sentimentale Romane und Kurzgeschichten) veröffentlichte.

216,4 *marrons glacés:* frz. ›kandierte Maronen‹.

233,27 f. *Edith ... und Guy Mannering:* Romanfiguren von Sir Walter Scott.

234,14 f. *Colomba oder die Voyage autour de ma chambre:* 1841 veröffentlichte Erzählung von Prosper Mérimée (1803–1870) und 1794 veröffentlichte Essaysammlung von Xavier de Maistre (1763–1852).

237,21 f. *König Cophetuas Bettlermädchen:* Auf den legendären König Cophetua, der sich den Frauen gegenüber abgeneigt zeigte, bis er in Liebe zu einem Bettlermädchen entflammte, spielt bereits Shakespeare u. a. in *Romeo and Juliet* II,1,14 an. Der mittelalterliche Sagenstoff war auch ein beliebtes Motiv englischer Maler, so etwa in dem berühmten, ab 1900 in der Tate Gallery ausgestellten Gemälde »King Cophetua and the Beggar Maid« (1884) von Edward Burne-Jones (1833–1898).

243,7 f. *les derniers fils d'une race épuisée:* frz. wörtl. ›die letzten Söhne einer erschöpften Rasse‹; Zitat aus: Abel Hermant, *Les Confidences d'une Aïeule,* 1788–1863, Paris 1893, S. 57.

247,29 f. *Reynolds' »Chor der Engel«:* Gemeint ist das heute in der Tate Gallery ausgestellte Gemälde »A Child's Portrait in Different Views« von Joshua Reynolds (1723–1792).

260,16 f. *die Sache ... auf dem Haupte:* vgl. Mt 10,29 f. und Lk 12,7.

274,4 *Jonquillen:* schlanke Narzissen mit einer Wuchshöhe von bis zu 40 cm und einheitlich goldgelben Blüten.

289,34 *Coons:* von etwa 1880–1920 vor allem in den USA populäre Musikrichtung, die ein rassistisches und stereotypisches Bild der afroamerikanischen Bevölkerung zeichnet. Die Lieder wurden meistens von weißen Musikern in *blackface* vorgetragen. Wegen ihres Rassismus kamen Coon Songs aus der Mode, gelten aber als Wegbereiter des Ragtime und des Blues.

295,24 *Ich habe den Shilling des Königs genommen:* sich als Rekrut anwerben lassen (durch die Annahme eines Shillings vom für die Anwerbung zuständigen Offizier – ein etwa von 1700 bis 1900 üblicher Brauch).

311,16 f. *in der sie lebte, webte und war:* vgl. Apg 17,28.

330,16 *warum König Alfred die Kuchen verbrennen ließ:* Alfred der Große (849–901), angelsächsischer König von 871 bis 901, musste 878 vor den Wikingern fliehen. Der Legende zufolge fand er Unterschlupf bei dem Schweinehirten Denewulf, dessen Ehefrau ihn bat, auf die im Backofen befindlichen Kuchen aufzupassen. Alfred war jedoch so sehr in die Pläne zur Befreiung seines Reichs vertieft, dass er die Kuchen anbrennen ließ.

331,11 *wie Salomo das Kind:* Anspielung auf 1 Kön 3,16–28.

333,7–13 *Ce matin … si clair:* frz. ›Heute Morgen haben mich die Vögel geweckt. Es dämmerte noch. Aber das kleine Fenster meines Zimmers war fahl, dann gelb, und alle Vögel des Waldes stimmten in einen lebhaften, schallenden Gesang ein. Die ganze Morgendämmerung erzitterte. Ich hatte von Dir geträumt. Siehst Du auch die Morgendämmerung? Die Vögel wecken mich beinahe jeden Morgen, und immer ist da so etwas wie Furcht im Ruf der Drosseln. Er ist so hell.‹ (Im französischen Text wird die höfliche Anredeform verwendet.)

335,8 *Tu te rappelleras la beauté des caresses:* frz. ›Du wirst Dich an die Schönheit der Liebkosungen erinnern‹; Zeile aus dem Gedicht »Le Balcon« von Charles Baudelaire (1821–1867) aus der Sammlung *Les Fleurs du Mal* (1857).

345,14 f. *Gebetshaus der Ursprünglichen Methodisten:* Die Primitive Methodists (auch: Primitive Methodist Church) sind eine 1812 gegründete Methodistische Freikirche, die bis 1932 in Großbritannien bestand. In den USA existiert sie noch heute.

355,19 f. *wie Maria in Bethanien:* Anspielung auf Joh 12,3.

355,34 *Tartarin von Tarascon:* Die wundersamen Abenteuer des Tartarin von Tarascon (1882); 1872 veröffentlichter Roman (*Aventures prodigieuses de Tartarin de Tarascon*) des französischen Schriftstellers Alphonse Daudet (1840–1897).

361,16 f. *Renans Das Leben Jesu:* 1863 veröffentlichte, umstrittene Biographie (die englische Übersetzung *Life of Jesus* erschien 1864) des französischen Bibelforschers und früheren Geistlichen Ernest Renan (1823–1892).

366,28 f. *sollte Frau Rabe heißen, die »Nimmermehr« sprach:* Anspielung auf das Gedicht »The Raven« (»Der Rabe«) von Edgar Allan Poe (1809–1849), in dem ein Rabe auf sämtliche Fragen »Nevermore« erwidert.

369,15 *Suffragettentreffen:* Als Suffragetten (von engl./frz. *suffrage* ›Wahl-

[recht]‹) bezeichnete man Anfang des 20. Jahrhunderts Frauenrechtlerinnen, die für die politische Gleichberechtigung der Frau kämpften.

369,23 *Königin Boadicea … »Lied vom Hemd«:* Boadicea (auch: Boudicca) war eine britannische Königin und Heerführerin, die in den frühen Jahren der römischen Besetzung Großbritanniens den im heutigen Norfolk und Suffolk ansässigen keltischen Stamm der Icener verteidigte und den letztlich erfolglosen Boudicca-Aufstand 60/61 n. Chr. anführte. – Bei dem »Lied vom Hemd« (»Song of the Shirt«) handelt es sich um ein Gedicht des englischen Schriftstellers Thomas Hood (1799–1845) über die Not der englischen Näherinnen.

369,25 f. *da er sein Haupt hinlege:* vgl. Mt 8,20.

396,30 *Manual of Ethics:* John S. Mackenzie (1860–1935) veröffentlichte 1893 A *Manual of Ethics*, ein zunächst als Prüfungsvorbereitung für seine Studenten konzipiertes Werk auf der Grundlage der Sittenlehre Kants.

397,22 *Omar Khayyam:* persischer Dichter, Mathematiker und Astronom (1048–1131).

397,27 *The Blessed Damozel:* 1850 veröffentlichtes Werk des präraffaelitischen Dichters und Malers Dante Gabriel Rossetti (1828–1882).

408,21 *Unitariern:* Als Unitarier werden die Anhänger der religiösen Gemeinschaft des Unitarismus bezeichnet, einer reformatorischen Glaubensbewegung, die die Lehre von der Dreifaltigkeit Gottes ablehnt.

416,31 *Lettres de mon Moulin:* 1866 veröffentlichte Erzählungen von Alphonse Daudet (dt. *Briefe aus meiner Mühle*, 1879).

418,23 f. *Das Grab und die Rose:* Gedicht von Victor Hugo (1802–1885) aus der Sammlung *Les Voix Intérieures* (1837).

419,27 *Penelope:* in der griechischen Mythologie Frau des Odysseus, von der in Homers Odyssee berichtet wird, dass sie während der Irrfahrt ihres Gatten ihre zahlreichen Freier vertröstete, indem sie vorgab, sie müsse ein Totentuch für ihren Schwiegervater Laertes weben. In der Nacht trennte sie wieder auf, was sie am Tag gewebt hatte.

427,34–428,1 *enfant terrible:* frz. ›schreckliches Kind‹; Bezeichnung für jemanden, der seine Umgebung durch unangemessenes Verhalten schockiert.

453,12 *Wiesengold:* volkstümliche Bezeichnung für die Sumpfdotterblume.

472,15 f. *Venus von Milo:* römischer Name der Aphrodite von Melos; auf der Kykladeninsel Melos gefundene Marmorstatue der Göttin Aphrodite; Werk eines unbekannten Meisters aus der zweiten Hälfte des

2. Jahrhunderts v. Chr., das im Louvre in Paris ausgestellt ist und als Inbegriff weiblicher Schönheit gilt.

492,34 *femme incomprise:* frz. ›unverstandene Frau‹.

510,29 *Sarah Bernhardt:* berühmte französische Schauspielerin (1844–1923), die von 1880 bis ins hohe Alter hinein in der Rolle der Kameliendame brillierte, der Titelfigur des Romans *La Dame aux Camélias* (1848; Bühnenfassung 1852) von Alexandre Dumas d. J. (1824–1895). D. H. Lawrence hat der Aufführung im Theatre Royal in Nottingham am 15. Juni 1908 beigewohnt.

537,24 *Cherchez la femme:* sprichwörtliche französische Wendung (wörtl.: ›sucht die Frau‹), die sich auf die Annahme bezieht, dass hinter den Streitigkeiten zwischen zwei Männern eine Frau steckt, zu der sich beide hingezogen fühlen.

553,23 *Orpen:* Sir William Orpen (1878–1931), irischstämmiger britischer Maler, der nicht nur Landschaften und Porträts, sondern auch zahlreiche, z. T. umstrittene Kriegsbilder direkt an der Westfront anfertigte.

572,13 *Florin:* siehe Anm. zu 8,28.

608,4 *nuit blanche:* frz. ›weiße‹, d. h. ›schlaflose Nacht‹.

Nachwort

Wenn der französische Philosoph Roland Barthes schreibt: »Toute biographie est un roman qui n'ose pas dire son nom«, so ließe sich seine Aussage ebenso gut umkehren: Jeder Roman ist eine Biographie, genauer: eine Autobiographie, die nicht wagt, sich als solche zu bekennen. Daher konnte Graham Greene mit gutem Grund behaupten, die Kindheit sei der Aktivsaldo des Romanschriftstellers. Dies gilt zumal für Erstlingswerke von Autoren, die in der Mehrheit der Fälle Material aus dem Steinbruch des eigenen Lebens verarbeiten. In beiden Gattungen, der der »Selberlebensbeschreibung« und der des Romans, verschränken sich Erfundenes und Erlebtes, Einbildung und Erinnerung, Dichtung und Wahrheit, wenngleich in unterschiedlichem Ausmaß und mit unterschiedlicher Akzentuierung. Wie der autobiographische Roman und die Romanautobiographie beweisen, sind die Übergänge fließend.

David Herbert Lawrence, geboren am 11. September 1885 in Eastwood in der englischen Grafschaft Nottinghamshire, gestorben am 2. März 1930 in Vence im französischen Département Alpes-Maritimes, Sohn eines Bergmanns und einer ehemaligen Lehrerin und selbst ausgebildeter Pädagoge, begann seine Laufbahn als Schriftsteller zwar nicht mit *Sons and Lovers* (1913), sondern mit den Romanen *The White Peacock* (1911, dt. *Der weiße Pfau*) und *The Trespasser* (1912, dt. *Todgeweihtes Herz* bzw. *Auf verbotenen Wegen*), hatte mit den Vorarbeiten zu *Sons and Lovers*, seinem ersten großen Wurf als Romancier, jedoch bereits im Oktober 1910 begonnen. Insofern entspricht sein Rückgriff auf die eigene Familiensituation durchaus dem angegebenen Muster, und zu Recht bezeichnete er den Roman, der bei Umfragen häufig zu den zehn bedeutendsten in englischer Sprache gezählt wird, als »Autobiographie« und als »Tragödie Tausender junger Männer in England«. Eigene Erfahrungen mit der Triade Vater – Mutter – Sohn, konkrete Anschauung vergleichbarer Familienverhältnisse und dichterische Imagination verbinden sich zu einem literarischen Kunstwerk, das beides zugleich ist: authentische, wiewohl fiktionalisierte Schilderung seiner persönlichen Entwicklungsgeschichte und allgemeingültige Darstellung der Mutter-Sohn-Beziehung, wie sie insbesondere von Sigmund Freud erforscht wurde.

Sons and Lovers, von Lawrence in der Korrespondenz mit seinem Verlag mitunter »Bergwerksroman« genannt, da die Handlung in der Hauptsache in einem Kohlerevier im mittelenglischen Nottinghamshire spielt, überschreitet die engen Grenzen einer realistischen Milieustudie also gleich mehrfach, auch wenn die materiellen Arbeits- und Lebensbedingungen der Familie Morel und diverse Schauplätze wie Kohlengrube, Bauernhof und orthopädische Fabrik detailliert geschildert werden. Denn gleichzeitig ist der Roman eine Verbindung von Bildungs-, Entwicklungs- und Künstlerroman, in deren Verlauf sich der künstlerisch ambitionierte Bergarbeitersohn Paul Morel aus vorgegebenen familiären und sozialen Verhältnissen zum kreativen Zeichner und Maler emporarbeitet. Der starre Gegensatz zwischen dem ungehobelten, trunksüchtigen proletarischen Vater Walter Morel und der feinsinnigen, aber eben auch puritanischen kleinbürgerlichen Mutter Gertrude Coppard – ein frühes Beispiel für eines von Lawrence' Lieblingsmotiven: die sexuelle Anziehung und Abstoßung ungleicher Naturen über Klassenschranken hinweg und die Bestimmung der Einzelpersönlichkeit durch das Milieu – wird vom Typus des Künstlers aufgesprengt.

Vor allem aber widmet sich dieser »Roman einer Familie« zwei großen psychologischen Themen: dem Verhältnis der Generationen und dem Verhältnis der Geschlechter zueinander. Dass Lawrence dabei – ganz im Einklang mit den Befunden der Psychoanalyse, obgleich er diese weder genau kannte noch vorbehaltlos billigte – dem Erotischen und dem Sexuellen eine herausragende Stellung zuweist, wurde von der frühen Kritik vielfach als »Übertreibung« oder als »Morbidität« empfunden und noch von seinem ersten deutschen Übersetzer als »Unnatur« und »unnötige Betonung des rein Geschlechtlichen« abgetan. Demgegenüber hätte Freud dem jungen Autor sicherlich Beifall gespendet, verdichteten sich doch, wie er in *Das Ich und das Es* (1923) ausführte, alle seine Erkenntnisse zu der Einsicht, dass »der Lärm des Lebens meist vom Eros ausgeht. Und vom Kampf gegen den Eros!«

Lawrence verwahrte sich gegen die einschlägige Deutung seines Porträts einer exzessiven Mutterliebe durch den amerikanischen Psychoanalytiker Alfred Kuttner: »Sie wissen, ich glaube, dass ›Komplexe‹ bösartige Halbaussagen der Freudianer sind [...]. Wenn man Mutterkomplex gesagt hat, hat man gar nichts gesagt [...]. Mein armes Buch: als Kunst war es eine ziemlich umfassende Wahrheit [...].« Aber die Parallelen zwischen einer besonderen künstlerischen Wahrheit, der es um emotionale Intensität und ästhetische Autonomie zu tun ist, und einer psychologischen Theorie, die universale Strukturen aufzudecken sucht, sind doch unübersehbar: »Die Ablösung des heranwachsenden Individuums von der Autorität der Eltern ist eine der notwendigsten, aber auch schmerzlichsten Leistungen der Entwicklung«, schreibt Sigmund Freud in seiner Studie *Der Familienroman der Neurotiker* (1909) und fährt fort: »Aus der Neurosenpsychologie wissen wir, daß dabei unter anderen die intensivsten Regungen sexueller Rivalität mitwirken.« Frühzeitig in Erscheinung tretende überzärtliche Regungen gegen die Mutter und aggressive, hasserfüllte gegen den Vater machen die beiden Hauptkomponenten des von Freud analysierten Ödipuskomplexes aus; sie können, je nach Bewältigung dieses Urkonflikts, die libidinöse Besetzung eines anderen weiblichen Sexualobjekts ebenso beflügeln wie behindern.

Lawrence selbst fasst die ödipale Grundstruktur des Romans in einem Brief an seinen Lektor Edward Garnett vom 19. November 1912 wie folgt zusammen:

Eine Frau von Charakter und Gewandtheit geht in die Unterschicht und findet in ihrem eigenen Leben keine Befriedigung. Sie hatte eine Leidenschaft für ihren Mann, daher sind die Kinder aus Leidenschaft geboren und besitzen ein Höchstmaß an Vitalität. Als aber ihre Söhne heranwachsen, erwählt sie sie zu Liebhabern – erst den ältesten, dann den zweiten. Diese Söhne werden von der wechselseitigen Liebe zu ihrer Mutter ins Leben hinausgetrieben – immer weiter vorangetrieben. Doch als sie das Mannesalter erreichen, können sie nicht lieben, weil ihre Mutter die stärkste Macht in ihrem Leben ist und sie festhält. [...] Sobald die jungen Männer in Kontakt mit Frauen kommen, gibt es eine Spaltung. William verschwendet seine Sexualität an ein frivoles Mädchen, und seine Mutter hält seine Seele fest. Doch die Spaltung bringt ihn um, weil er nicht weiß, wo er ist. Der nächste Sohn findet eine Frau, die um seine Seele kämpft – gegen seine Mutter kämpft. Der Sohn liebt die Mutter – alle Söhne hassen den Vater und sind eifersüchtig auf ihn. Die Schlacht tobt weiter zwischen der Mutter und dem Mädchen, mit dem Sohn als Streitgegenstand. Aufgrund der Blutsbande erweist sich die Mutter nach und nach als die Stärkere. Der Sohn beschließt, seine Seele in den Händen seiner Mutter zu lassen und sich wie sein älterer Bruder auf die Leidenschaft zu werfen. Er findet die Leidenschaft. Da macht sich die Spaltung erneut bemerkbar. Die Mutter jedoch erkennt fast unbewusst, was für eine Bewandtnis es damit hat, und beginnt zu sterben. Der Sohn verwirft seine Geliebte und kümmert sich um seine sterbende Mutter. Am Ende steht er entblößt von allem da, treibt dem Tod entgegen. Es ist eine große Tragödie [...].

Bereits diesem konzisen Exposé des Autors lässt sich die zentrale Konfiguration einer überstarken Mutterbindung entnehmen, die abzuschütteln gleich zwei Söhnen misslingt. Der Arbeitstitel Paul Morel, den Lawrence für die erste, zweite und dritte Fassung des Romans (Oktober bis Dezember 1910; März bis Juli 1911; November 1911, Februar bis April 1912, Mai bis Juni 1912) vorgesehen hatte und mit dem er einen der Söhne explizit in den Mittelpunkt rückte, wurde mit Beginn der vierten Fassung (Juli bis November 1912) zu *Sons and Lovers* umgeändert. Zweifellos ist der endgültige Titel der Personenkonstellation, dem Geschehen und der abgehandelten Thematik angemessener. Mag auch Paul Morel, der zweite Sohn, nach wie vor und besonders in Teil II Hauptprotagonist des Romans sein, so hat er doch einen Vorgänger in Gestalt seines acht Jahre älteren Bruders William, der schon vor ihm an die Stelle des ungeliebten Ehemanns getreten ist, ehe ihn eine tödliche Krankheit von dem kräftezehrenden Loyalitätskonflikt befreit.

Mit dem Pluralis wird die Dynamik des Beziehungsgeflechts, in welchem die dominante, besitzergreifende Mutterfigur die entscheidende Rolle spielt, komplexer und vielschichtiger. Beide Söhne verdrängen in der Wertschätzung der zärtlich »Mater« genannten Mutter den Ehemann von seinem angestammten Platz: Söhne sind Liebhaber – der Mutter. Immer wieder finden im Roman Ausdrücke Verwendung, die auf eine erotisch konnotierte Liebesbeziehung verweisen: »William war bereits so etwas wie ihr Liebhaber«, »[Paul] küsste sie abermals und strich ihr sanft und zärtlich, als wäre sie eine Geliebte, das Haar aus den Schläfen«. Nach dem Tode Williams wird Gertrude Morel »sein Mädchen«, »seine Einzige«, »das Liebste«, »das einzige höhere Wesen«, »wie ein Liebchen«, er wiederum ist ihr »Mann«, ihr »Gefährte«, beide sind »wie Verliebte«.

Aber gerade weil sie Liebhaber der Mutter sind, können sie anderen Frauen gegenüber die Rolle des Liebhabers nicht ausfüllen, fühlen sich innerlich gehemmt. Beide beteuern ihrer Mutter gegenüber: »Ich werde nicht heiraten. Sorg dich nicht, Mater. Ich werde erst heiraten, wenn ich eine Frau wie dich kennenlerne – und das kann lange dauern« (William). »Aber ich werde nicht heiraten, Mutter – ich bleibe bei dir, und wir werden ein Dienstmädchen haben. [...] Solange ich dich habe, werde ich niemals heiraten – ganz bestimmt nicht« (Paul). Und als sie sich am Ende doch mit Heiratsplänen tragen, scheitern beide in ihrer Objektwahl: William schwankt in seiner Liebe zu der attraktiven, aber leichtlebigen Lily; Paul schwankt zwischen den Kontrahentinnen Miriam Leivers und Clara Dawes, von denen die eine Spiritualität und Intellektualität, die andere Vitalität und Sexualität repräsentiert. Da er *Frau schlechthin* und *Person* stets voneinander trennt und das Gefühl hat, dass beide Frauen den *Mann in ihm* von seinem *wahren Ich* abtrennen, ist die Beziehung zu der mystisch-religiös veranlagten Miriam entkörperlicht und unsinnlich, die zu der frauenbewegten Clara entgeistigt und unbeseelt. Liebe und die »Feuertaufe der Leidenschaft«, Seelenverbindung und körperliche Vereinigung scheinen für immer unvereinbar.

Hinsichtlich der verhängnisvollen Unfähigkeit Pauls, sich vom verehrten mütterlichen Vorbild zu lösen, bekräftigt Lawrence abermals den autobiographischen, geradezu bekenntnishaften Charakter des Romans: »Was immer ich geschrieben habe, es könnte nicht so schrecklich sein wie die Abfassung einer Biographie meiner Mutter.« Wie sehr die klassische Darstellung des Ödipuskonflikts auch einer persönlichen Selbsterkundung entspringt, zeigt der folgende Ausschnitt aus einer kurzen Lebensskizze der Mutter, die Lawrence am 3. Dezember 1910 anfertigte: »Zwischen mir und meiner Mutter hat es eine Art Bindung gegeben. Wir haben einander geliebt, fast mit der Liebe von Mann und Frau, aber auch mit Sohnes- und Mutterliebe. [...] Es ist ziemlich schrecklich gewesen und hat mich in mancherlei Hinsicht *abnormal* gemacht« (Hervorh. d. Verf.).

Damit ist Lawrence nicht allzu weit entfernt von Freuds Auffassung: »Jedem menschlichen Neuankömmling ist die Aufgabe gestellt, den Ödipuskomplex zu bewältigen; wer es nicht zustande bringt, ist der Neurose verfallen.« Pauls Unvermögen, seine Libido von der Gestalt der Mutter abzuziehen, führt zu einer neurotischen Abspaltung des Triebs vom Geistigen: »Er war wie so viele junge Männer in seinem Alter. Der Geschlechtstrieb war in ihm so kompliziert geworden, dass er es abgestritten hätte, Clara oder Miriam oder irgendeine andere Frau, die er kannte, je begehren zu können. Sexuelle Begierde war eine Sache für sich, die mit einer Frau nichts zu schaffen hatte.« Paul muss seinen »Lebenstrieb« in »abstrakte Begriffe« übersetzen, die »eine Form des Todes« sind.

Solange seine Mutter am Leben ist, leidet Paul an dieser Dichotomie, bleibt ihm eine wirkliche Identitätsfindung, ein tätiges In-der-Welt-Sein verwehrt; eine Abkehr von der herrschsüchtigen, unduldsamen Mutter, eine Selbstbefreiung aus der emotionalen Gefangenschaft ist ihm unvorstellbar, es sei denn als erzwungene räumliche Trennung durch den Weggang ins Ausland: »Es gab nur einen festen Ort auf dieser Welt, der nicht zu Unwirklichkeit zerschmolz: der Ort, an dem seine Mutter war. Alle anderen Menschen mochten schemenhaft werden, beinahe so, als gäbe es sie nicht, nur sie nicht. Es war, als wäre seine Mutter der Dreh- und Angelpunkt seines Lebens, dem er nicht entrinnen konnte.«

Erst der Tod der überaus zählebigen Mutter, dem er mit Morphiumtabletten nachhilft, erlaubt es Paul, ins Licht des Lebens hinauszutreten. Es ist der in ihm wirkende Wille, durchaus im Schopenhauerschen Sinne zu interpretieren, der ihn davon abhält, ihr in der Hoffnung auf eine Wiedervereinigung im Jenseits ins Dunkel des Todes zu folgen. Wenn er, am offenen Schluss des Romans, »auf den goldenen Schimmer der Stadt«, »auf die leise summende, funkelnde Stadt« zuschreitet, dann lässt er nicht nur die Enge der Provinz, sondern auch eine erstickende symbiotische Beziehung zurück, womöglich aber auch nur deshalb, weil er überzeugt ist, dass die Mutter in ihm weiterlebt. Zugleich jedoch ist Paul, als Sohn wie als Künstler, von nun an obdachlos und unbehaust: »Wo er auch stand, er stand allein dort.« Parallel dazu ermöglichte es D. H. Lawrence erst der

Tod seiner Mutter Lydia am 9. Dezember 1910, den in Angriff ge-
nommenen Roman zu vollenden und ihm eine überzeugende
Richtung zu geben.

Die vorliegende Übersetzung ist die erste Neuübersetzung seit
1932. Von ihren Vorgängern – der deutschsprachigen Fassung
von Franz Franzius (1925) und der zweiten, noch jahrzehntelang
erhältlichen von Georg Goyert (1932) – unterscheidet sie sich in
erster Linie dadurch, dass sie auf der 1992 im Rahmen der *Cambridge Edition of the Works of D. H. Lawrence* erschienenen his-
torisch-kritischen, d. h. mit textkritischem Apparat und aus-
führlichem Kommentar versehenen Ausgabe beruht. Deren
Grundlage wiederum ist die vierte Fassung des Romans vor jeder Bearbeitung durch das Verlagslektorat; sie gibt die eigentliche Autorintention am besten wieder. Die einschneidenden
Eingriffe, die Lawrence' Widmungsträger Edward Garnett, Lektor bei Gerald Duckworth and Company Ltd, vornahm – zahlreiche Streichungen von Wörtern, Sätzen und ganzen Absätzen
hauptsächlich in den Kapiteln 1 bis 11 oder die Abschwächung
sexueller Anspielungen etwa in den Kapiteln 11 bis 13 –, sind
rückgängig gemacht, Korrekturen des Autors in Druckfahnen
und Seitenumbruch der ersten, am 29. Mai 1913 ausgelieferten
Auflage hingegen berücksichtigt. Damit ist die vorliegende Ausgabe um rund siebzig Seiten umfangreicher als die 1913 publi-
zierte Originalausgabe und der ursprüngliche Autorwille ein-
schließlich idiosynkratischer Interpunktion wiederhergestellt.

In der schwierigen, kaum zu meisternden Frage der Übersetzung von Dialekten habe ich mich im Gegensatz zu Franz Franzius, der seine englischen Bergarbeiter berlinern ließ, dafür entschieden, eine von der Sprachnorm abweichende, dialektal ge-
färbte Sprechweise nur sehr behutsam zu markieren, etwa durch
Verschleifungen, doppelte Verneinungen oder nichtstandard-
sprachliche Relativpronomina. Dies gilt vor allem für Walter
Morel, bei dem sich das »Bildungsgefälle«, unter dem seine Frau

Gertrude ebenso leidet wie unter seiner Grobschlächtigkeit, auch im mündlichen Sprachduktus niederschlagen muss.

Ansonsten habe ich mich um größtmögliche Präzision des Ausdrucks bemüht. Der Rhythmus der Prosa, in die immer wieder ein expressionistisch exaltierter Stil einbricht, war getreu nachzubilden, Eigenheiten des Autors wie leitmotivische Wortwiederholungen oder syntaktische Parallelismen durften nicht verschleiert werden. Als weitere Maxime der Neuübersetzung könnte eine Mitteilung des ersten deutschen Verlegers Anton Kippenberg herhalten: »Lawrence darf die wundervolle Dunkelheit, das mystische Zwielicht durchaus nicht geraubt werden.« Allein das omnipräsente Wort »Dunkelheit« oder »Dunkel«, in dem Unbewusstes, Unerklärliches und Unaussprechliches anklingen, hat eine wichtige Funktion im Gesamtgefüge des Romans, verdeutlicht mystische Momente im Erleben der Figuren wie die Erkenntnis der eigenen Nichtigkeit inmitten »der ungeheuren, lebendigen Flut, die sie immerfort trug«, Verlangen nach Lebenswärme oder aber Todessehnsucht: »Das Leben kam ihm jetzt vor wie ein Schatten, der Tag wie ein weißer Schatten; Nacht und Tod und Stille und Untätigkeit, all dies kam ihm vor wie *Sein*. Lebendig zu sein, hartnäckig zu sein, beharrlich zu sein, das war *Nichtsein*. Das Höchste von allem war, mit dem Dunkel zu verschmelzen und sich darin zu wiegen, eins zu werden mit dem Großen Wesen.«

Auch gewisse lebensphilosophisch geprägte Überspanntheiten wie die Bezeichnung des Geschlechtsaktes als »Trank reinen Lebens« durften nicht unterschlagen oder abgeschwächt werden, denn gerade hier äußert sich bereits Lawrence' Sexualphilosophie, die eine quasi-religiöse Überhöhung des Fleischlichen beinhaltet und das sakrale Mysterium körperlicher Liebe beschwört. Darüber hinaus galt es, die Schönheit der für die Grundstimmung des Romans so wesentlichen lyrischen Naturbilder auch im Deutschen einzufangen, ohne dass man mit Eduard von Keyserling sagen müsste: »Das Land wurde sentimental.« Zwei Beispiele für symbolhafte Naturschilderungen, die mit meist unbewussten Seelenzuständen korrelieren, mögen genügen: »Paul vergaß nie, wie er nach einer dieser grimmigen, mörderischen Schlachten einen großen roten Mond emporsteigen sah, langsam, mitten auf der öden Straße über der Hügelkuppe; stetig wie ein großer Vogel. Und er musste an die Bibel denken: dass der Mond ward wie Blut.« »Miriam, die mit Geoffrey nach Hause ging, sah den Mond aufsteigen: groß und rot und dunstig. Sie spürte, dass etwas in ihr zur Erfüllung gekommen war.«

Man darf sich fragen, ob ein in Zeiten sexueller Unterdrückung verfasster Roman, der das »Zurückschrecken«, das »Zurückschaudern« vor dem Sexuellen zum Thema hat, heute, da Sexualität allgegenwärtig geworden ist, überhaupt noch lesenswert sein kann. Aber vielleicht vermag in unserer Epoche der großen Beliebigkeit und Austauschbarkeit, der Überindividualisierung bei gleichzeitiger Entindividualisierung gerade die hier artikulierte Sexualphilosophie emotionale Ressourcen zu mobilisieren. Angesichts der Tatsache, dass der ödipale Grundkonflikt längst durch Patchworkfamilien aufgebrochen ist, dass Hunderttausende von Singles mittels virtueller Begegnungen, Partnerbörsen oder Speeddating auf ständiger Suche nach längerfristigen intimen Beziehungen sind und die prekäre Balance von Nähe und Distanz, von Hingabe und Autonomie zum Problem einer ganzen Generation geworden ist, könnte Lawrence' mystisch und mythisch begründete Verteidigung von Instinkt, Intuition und romantischer Vorstellungskraft die vorherrschende Hyperrationalität konterkarieren helfen.

Hans-Christian Oeser

Zeittafel

1885	Am 1. September wird David Herbert Lawrence als viertes Kind des Bergmanns Arthur John Lawrence und der Grundschullehrerin Lydia Beardsall in der Bergarbeiterstadt Eastwood geboren.
1891–98	Besuch der Grundschule in Eastwood.
1898–1901	Besuch der Nottingham High School mit einem Stipendium.
1901	Anstellung in einer Medizingerätefabrik, bis Lawrence die Arbeit infolge einer schweren Lungenentzündung aufgeben muss.
1902–06	Lawrence arbeitet als Grundschullehrer in Eastwood und verfasst erste Gedichte und Kurzgeschichten. Außerdem arbeitet er an seinem ersten Roman. Freundschaft mit Jessie Chambers, mit der er seine Liebe zu Büchern teilt und die ihn zum Schreiben motiviert.
1906–08	Studium am Nottingham University College.
1908	Umzug nach und Lehrtätigkeit in London.
1910	Der erste Roman *The White Peacock* (dt. *Der weiße Pfau*) erscheint und wird überwiegend positiv aufgenommen. Im gleichen Jahr stirbt Lawrence' Mutter und die kurzzeitige Beziehung zu Jessie Chambers geht in die Brüche.
1912	*The Trespasser* (dt. *Auf verbotenen Wegen*) erscheint. Lawrence lernt Frieda Weekly kennen, die Ehefrau seines Professors am Nottingham University College. Die beiden werden ein Paar und reisen in Weeklys Heimatstatt Metz, von dort aus weiter nach Bayern und Italien.
1913	*Sons and Lovers* (dt. *Söhne und Liebhaber*) erscheint.
1914	Lawrence und die inzwischen geschiedene Week-

ly kehren nach London zurück und heiraten. *The Prussian Officer and Other Stories* (dt. *Der preußische Offizier und andere Erzählungen*) erscheint als erste von zahlreichen Kurzgeschichtensammlungen.

1914–17 Lawrence lebt mit seiner Frau in Zennor an der kornischen Küste und arbeitet an Romanen und Sachtexten. Die beiden geraten während des Ersten Weltkriegs wiederholt in Spionageverdacht und müssen Cornwall schließlich verlassen.

1915 *The Rainbow* (dt. *Der Regenbogen*) erscheint und wird wegen sexueller Freizügigkeit zensiert. In Großbritannien bleibt das Buch bis 1926 verboten.

1919 Die Lawrences verlassen Großbritannien und reisen durch Europa, bis sie sich erneut in Italien niederlassen.

1920 *Women in Love* (dt. *Liebende Frauen*) erscheint nach dem Verbot des mit ihm zusammenhängenden ersten Bands *The Rainbow* nur in den USA und ist nur auf Bestellung erhältlich. Außerdem erscheint der Roman *The Lost Girl* (dt. *Das verlorene Mädchen*), der im selben Jahr den James Tait Black Memorial Preis erhält.

1921–23 Die Lawrences verlassen Europa: Über Sri Lanka und Australien reisen sie in die USA, wo sie in New Mexico eine Farm erstehen. Außerdem unternimmt Lawrence Reisen nach Mexiko.

1922 *Aaron's Rod* (dt. *Aarons Stab*) erscheint.

1923 Der autobiographische Roman *Kangaroo* erscheint, der sich mit Lawrence' Erlebnissen in Australien befasst.

1925 Rückkehr nach Italien.

1926 *The Plumed Serpent* (dt. *Die gefiederte Schlange*), inspiriert von der Mexikoreise, erscheint.

1929	Lawrence lässt sich schwer erkrankt in Südfrank-
	reich nieder.
1930	Am 2. März stirbt Lawrence in einem Sanatorium
	in Vence an Tuberkulose.

Inhalt

Englischer Originaltitel:
Sons and Lovers

RECLAM TASCHENBUCH Nr. 20663
2011, 2022 Philipp Reclam jun. Verlag GmbH,
Siemensstraße 32, 71254 Ditzingen
Durchgesehene Ausgabe
Umschlaggestaltung: Philipp Reclam jun. Verlag GmbH
Umschlagabbildung: akg-images
Umschlagmaterial: PEYVIDA puro 270 g/m², peyer graphic gmbh
Druck und Bindung: GGP Media GmbH,
Karl-Marx-Straße 24, 07381 Pößneck
Printed in Germany 2022
RECLAM ist eine eingetragene Marke
der Philipp Reclam jun. GmbH & Co. KG, Stuttgart
ISBN 978-3-15-020663-8

Auch als E-Book erhältlich

www.reclam.de